»Ich starre in diese Augen, die einmal mein Mittelpunkt waren. Dunkel, fast schwarz, brennt sich Bosses Blick in meinen. Er dürfte nicht hier sein. Aber dennoch steht er jetzt vor mir und wirft mich aus der Bahn. Früher war es ein gutes Gefühl. Wie der freie Fall, wenn man die Sicherheit des Bungee-Seils an den Fußgelenken spürt. Bosse war meine Sicherheit.
Ich habe wirklich geglaubt, ich würde nicht mehr so auf ihn reagieren. Aber das war ein fataler Irrtum. Er bringt mich noch immer dazu, mich aufzulösen, zu springen, zu fallen. Was sich verändert hat, ist, dass er nicht mehr meine Sicherheit ist. Da ist kein Netz mehr, nur der drohende Aufprall.
Ich kenne jeden Zentimeter seines Körpers, und gleichzeitig kommt er mir so fremd vor. Ich schließe die Augen, weil sein Anblick jeden geradlinigen Gedanken zerfasert. Aber selbst hinter meinen Lidern spüre ich den Schmerz, den er in mir hervorruft. Und diese verdammte Anziehung, die uns schon damals schockverknallt hat herumtorkeln lassen.«

Weitere Bücher der Autorin:
»Brausepulverherz«

Leonie Lastella liebt ihre Söhne, ihr Pferd und ihr kleines Häuschen im Norden Deutschlands. Wenn sie sich nicht gerade den frischen Nordseewind um die Nase wehen lässt, schreibt sie über die große Liebe. Von sich selbst sagt sie, sie sei der ungeduldigste Mensch auf dem Planeten. Ganz besonders, wenn es um die Liebe geht.

Weitere Informationen finden Sie auf www.fischerverlage.de

LEONIE LASTELLA

Nord stern funkeln

ROMAN

FISCHER Taschenbuch

Originalausgabe

Erschienen bei FISCHER Taschenbuch
Frankfurt am Main, September 2018

© 2018 S. Fischer Verlag GmbH,
Hedderichstr. 114, D-60596 Frankfurt am Main

Dieses Werk wurde vermittelt durch die
Literarische Agentur Thomas Schlück GmbH, 30827 Garbsen.
Abbildungen: Freepik
Satz: Fotosatz Amann, Memmingen
Druck und Bindung: CPI books GmbH, Leck
Printed in Germany
ISBN 978-3-596-29910-2

Für meine Familie
Ihr seid mein Licht. Der Navigationspunkt,
der mich immer wieder nach Hause bringt.
Mein Anker.

Prolog

Liebe sollte bedingungslos sein. Sie sollte keine Grenzen kennen und jede Zelle deines Körpers verwirbeln, dein Ich in Millionen Stücke zersetzen und neu zusammenfügen.

Obwohl ich erst siebzehn bin, liebe ich Bosse auf genau diese Art. Wie ich noch nie vor ihm einen Menschen geliebt habe. So wie ich nie jemand anderen lieben werde.

Die Menschen denken, wir wären zu jung und unsere Liebe sei nicht ernst zu nehmen. Ich sehe es in ihren milden, nachsichtigen Blicken. Sie halten es für etwas Flüchtiges ... Vergängliches. Und das ist in Ordnung.

Ich brauche niemanden außer Bosse, um zu wissen, dass wir anders sind. Anders als die Menschen, deren Jugendliebe das Scherbenfundament für die richtige Liebe bildet und am Ende nur eine bittersüße Erinnerung ist. Bosse und ich sind unser Fundament. Wir sind richtig!

Bosse lässt sich neben mich in den Sand fallen und schüttelt kühles Nordseewasser auf meinen Bauch. Seine Haarspitzen berühren mein Bikini-Oberteil. Ich zittere und rolle mich lachend zusammen. Es ist nicht die Kälte, die er vom

Kitesurfen mitgebracht hat. Es sind seine warmen Lippen und das Kratzen seiner Bartstoppeln direkt über dem Bund meiner Shorts, die mich erschaudern lassen.

Meine Hände verheddern sich in seinen von der Sonne gebleichten Haaren, während ich ihn seufzend an mich ziehe. Ich wünschte, wir wären allein auf der Welt und ich könnte dem Beben nachgeben, das jede seiner Berührungen in mir auslöst. Das ist ungesund, genauso wie das absurde Gefühl von Liebe und das Kribbeln, das durch meine Eingeweide zieht, wann immer er mich angrinst.

»Hi, Sternchen.« Er ist der Einzige, der mich so nennt. Es ist verboten kitschig, aber die Erklärung für den Kosenamen pflanzt mir ein warmes Gefühl in den Körper.

Ich bin sein Navigationspunkt, das Leuchten, das ihn nach Hause bringt. Zurück zu mir. Egal, was uns trennt. Dass ich ihm glaube, macht unsere Liebe zu etwas Ernstem, Unumstößlichen.

Es gibt nichts, was uns dauerhaft trennen, nichts, was uns etwas anhaben könnte. Das sagen viele Menschen und noch mehr scheitern. Wir nicht. Diese Gewissheit steckt in mir, wie ein Bosse-Rettungsanker. Ich bin sein Zentrum, sein Mittelpunkt. Ich war nie der Typ Mensch, der an diese eine alles verzehrende Liebe geglaubt hat. Bis Bosse vor fast drei Jahren auf die Insel gezogen ist.

Er küsst mich. Sandkörner stehlen sich zwischen unsere Lippen, begleiten seine Berührungen auf meiner Haut und machen sie rau und wild. Wie Bosse, wie unsere Liebe, die nie enden wird.

Acht Jahre später ...

Juna

Die Fähre zerteilt die Wassermassen am Bug des Schiffes in schäumend dunkle Wellenkämme. Ich stehe allein auf dem Achterdeck. Der Sturm zerrt an meiner Jacke und schleudert feuchte, braune Haarsträhnen in mein Gesicht. Ich sollte reingehen. Aus dem geheizten Innenraum der Fähre dringt warmes Licht durch die Tropfen auf der Scheibe und lockt meinen durchgefrorenen Körper, aber ich rühre mich nicht. Vielleicht will ich, dass der Sturm mir sowohl die Vorfreude als auch die Angst aus dem Kopf bläst – die ewig ambivalenten Gefühle, hervorgerufen von der maulwurfshügelgroßen Insel, deren Umrisse im Halbdunkel des verhangenen Tages auftauchen. Vereinzelte Lichtpunkte blitzen durch die Dünen der Westküste und markieren die wenigen Häuser, die direkt am Strand liegen. Einer dieser Punkte war früher mein Zuhause.

Ich bin hier geboren, aber meine neue Heimat liegt tausende Kilometer von hier entfernt – in San Francisco. Dort ist es warm, der Himmel meist wolkenlos blau und das Wetter so beständig wie die gute Laune der Menschen dort.

Eine Windbö holt mich fast von den Füßen und hat dabei dieselbe Kraft wie meine Gefühle, die so eng mit Amrum verbunden sind wie das Watt mit der Nordsee.

Da sind die zwiespältigen Empfindungen für meine Mutter und die sehr viel eindeutigeren für Bosse. Sie sind schwarz, dunkel und stärker als der Sturm, der das Regenwasser gegen die Scheiben peitscht.

Ich atme tief durch. Ich bin erwachsen, die Dinge haben sich verändert. Es gibt keinen Grund, so verdammt nervös zu sein.

Obwohl ich weder bei Facebook noch bei Google Einträge über ihn gefunden habe und deswegen nicht sicher sein kann, dürfte Bosse längst in einem Surfcamp auf Tarifa sein, wie er es immer vorhatte. Meine Mutter und ich befinden uns seit Jahren schon nicht mehr in der Mutter-Tochter-Pubertäts-Kampfarena. Wir verstehen uns sogar ziemlich gut. Zugegeben könnte das auch an den zig tausend Kilometern Distanz liegen, die uns bis heute getrennt haben. Das Wichtigste ist aber, dass ich mich verändert habe.

Die Sonne Kaliforniens und Tante Caro haben mich wieder hinbekommen, nachdem ich desillusioniert und am Boden zerstört vor acht Jahren von der Insel geflohen bin. Ich habe mich berappelt. Bin stärker als früher. Und das ist vor allem Tante Caros Verdienst. Sie lebt, seitdem ich zwölf bin, an der Westküste der USA. Sie hat sich dort ein Leben aufgebaut, ist stark, selbstbewusst und immer für mich da. Dank ihrer Unterstützung habe ich jetzt, mit 25, ein Leben, das ich liebe und auf das ich stolz bin.

Allison, meine Mitbewohnerin, meint zwar, ich wäre geradezu manisch, was mein Arbeitspensum angeht, aber sie verzeiht es mir, solange ich ab und an mit ihr auf Beutezug durch die Clubs von San Francisco ziehe. Das hat sich nun vorerst erledigt. Das nächste Visum für die USA kann ich frühestens in sechs Monaten beantragen. So lange werde ich hierbleiben. Meine Finger krampfen sich um die Reling. Sechs Monate können lang werden, aber ich schiebe den Gedanken beiseite, dass mich die Vergangenheit einholen könnte. Ich will mich auf Amrum freuen, auf meine Ma, die ich trotz ihrer Macken liebe, auf meine alten Freunde, mit denen ich viel zu lange kaum oder gar keinen Kontakt hatte. Die Insel ist ein Teil von mir, den auch acht Jahre Amerika nie vollständig ausgelöscht haben. Ich horche tief in mich hinein, wo Vorfreude aufsteigt. Ich komme nach Hause.

Ein leichtes Grinsen umspielt meine Lippen, während meine Hände noch immer die Reling umklammern. Das Metall ist rau und solide. Nicht schön, aber funktional, so wie fast alles hier. Im Gegensatz zu den Nordlichtern legt der Amerikaner großen Wert darauf, Dinge schön aussehen zu lassen – gerade wenn sie es eigentlich nicht sind.

Einer der Gründe, warum Ma mich nicht einmal besuchen gekommen ist. Sie hasst diese oberflächliche, unechte Fassade. Sie lobt sich die ehrlich derbe Art der Norddeutschen. Und genau das zeigt, wie unterschiedlich wir sind. Ich mag es, wenn man den dunklen Dingen im Leben einen bunten Hochglanzanstrich verpasst. Es hat mir damals geholfen zu überleben.

Die Motoren stellen den Schub um. Wir sind da. Der nassgraue Beton der Anlegestelle liegt verwaist vor uns. Das orangefarbene Licht der Straßenlaternen spiegelt sich in den trüben Pfützen, und als die Fähre mit einem Ruckeln anlegt, kommt auch mein Herz zur Ruhe. Ich habe diese Insel immer geliebt. Ein illoyaler Teil von mir hat es selbst dann getan, als ich alles an diesem Ort hassen wollte.

Ich springe die Stufen hinab und kann mich gar nicht sattsehen an dem, was sich meinen Augen bietet: vom Wind plattgedrücktes Dünengras, die Häuser von Wittdün, der Sandstrand westlich des Stadtzentrums, der sich in der einbrechenden Dunkelheit und einer Wand aus Nieselregen verliert. Erinnerungen tanzen durch meinen Körper, aber es ist kein sinnlicher Tanz. Eher Nervenzellen aufreibender Heavy-Metal-Pogo.

Trotzdem entlocken mir die Bilder ein Lächeln, das noch breiter wird, als ich Ma am Ende des Anlegers entdecke. Der Kragen ihres kanariengelben Regenmantelungetüms ist hochgeklappt. Ein abwegig bunter Wollschal lugt zusammen mit jeder Menge krausem, blondem Haar unter dem Cape hervor. Instinktiv berühre ich mein eigenes Haar. Es ist im Gegensatz zu ihrem glatt und dunkel. Das sind die Gene meines Vaters. Ma hat ihn in ihrer wildesten Zeit kennengelernt und sich sofort in ihn verliebt. Für den begrenzten Zeitraum eines Monats waren ihre Gefühle echt und irre intensiv, wie sie nie müde wird zu wiederholen. An seinen Nachnamen erinnert sie sich allerdings nicht mehr und schon gar nicht an eine Adresse oder auch nur den Hauch eines Anhaltspunktes, wo er abgeblieben sein könnte.

Ich verdrehe die Augen. So ist Ma, und auch wenn sie mir damit manchmal den letzten Nerv raubt, hüpft mein Herz genauso auf und ab wie ihre schlanke Gestalt, als sie quietschend auf mich zurast. Bei der Aktion verliert sie um ein Haar einen ihrer ebenfalls gelben Gummistiefel und fällt mir dann lachend um den Hals.

Ma ist wie eine Naturgewalt – wunderschön, mitreißend, überwältigend. Deswegen liebe ich sie. Es macht sie zu meiner Ma, und ich weigere mich, den Gedanken an ihre andere Seite zuzulassen, die verschlingend ist, ungerecht und manchmal zerstörerisch.

»Juna-Maus. Mein Mädchen.«

Ich versteife mich unwillkürlich. Ihre Art, mich ›Juna-Maus‹ zu nennen, lässt alte Bilder aufsteigen. Von uns, wie wir um jeden Meter Boden gekämpft haben. Damals, bevor ich weggegangen bin. Ich war jung und habe sie in den Wahnsinn getrieben. Und ihre Art hat nicht gerade deeskalierend gewirkt. Aber wir haben uns beide weiterentwickelt. Es gibt keinen Grund zu denken, es würde wieder so werden.

Ich drücke sie fest an mich und suche nach Worten. Ich

möchte ihr sagen, wie sehr ich mich freue, sie wiederzusehen, aber die Worte bleiben in meiner Kehle stecken.

»Ich habe dich so vermisst, meine Kleine.« Ich sie auch. Und wie. Meine Brust wird eng. Ich schließe meine Augen, weil ich nicht will, dass sie meine Tränen sieht. Ich atme Mas Geruch ein und lasse zu, dass Erinnerungen an den liebevoll, bunten, verrückt chaotischen Teil meiner Kindheit den letzten Rest Abwehr zerstören, der noch in meinen Knochen steckt.

»Ich danke dem Kosmos, dass er dich mir zurückgebracht hat.« Sie lächelt und streicht mir über die Wange. Tränen glitzern in ihren Augen, und ich weiß, dass ihre Gefühle für mich echt sind. Das waren sie immer, auch wenn es sich oft anders angefühlt hat. Das war einer der Gründe, warum ich mich damals so sehr an Bosse festgehalten und von Ma entfernt habe. Erst wenige, kaum merkbare, winzige Schritte, die uns aber in der Summe auseinandertrieben, und als das Ende von Bosse und mir mich urplötzlich ins Nichts geschubst hat, war sie bereits zu weit entfernt, um mich zu stützen. Die Wolle ihres Schals kratzt mich, während ihre Locken meine Nase kitzeln und die Wut fortstreichen, die sich durch die Erinnerungen in mir zusammenballt, wie eine Minikernfusion. Die Wut ist nutzlos und dumm. Es ist sinnlos, sauer auf Ma zu sein wegen etwas, das acht Jahre zurückliegt. Und Bosse ist längst fort. Auf ihn wütend zu sein ist noch nutzloser.

Er ist nicht mehr als eine Erinnerung, von der ich

wünschte, sie wäre blasser. Dann würde ich nicht sein Lachen sehen, sobald ich sie zulasse. Nicht fühlen, wie mitreißend es war.

Er wollte immer weg von hier und der verfluchten Sandbank, wie er Amrum stets nannte, den Rücken kehren. *Sternchen.*

Es ist das erste Mal seit Jahren, dass seine Stimme durch meinen Kopf hallt. Als würde der Wind, der um Ma und mich herumtobt, sie zu mir tragen. Bosse hat mich nicht wiedergefunden. Er hat nicht einmal gesucht. Vielleicht weil ich erloschen bin. Weil mich unsere gemeinsame Vergangenheit zu einem anderen Menschen gemacht hat.

»Lass uns nach Hause gehen«, sage ich und sehe, wie sehr es Ma freut, dass ich von ihrer Wohnung als meinem Zuhause spreche. Ich drücke sie noch einmal fest an mich, weil es mir die Zuversicht gibt, dass die nächsten sechs Monate schön werden. Dass es anders sein wird als damals. Besser. Ich weiß, dass Ma hofft, ich würde bleiben, aber mein potentieller Arbeitgeber *Marriott International* wird eine andere Betriebswirtschaftlerin einstellen, wenn ich meinen Aufenthalt in Deutschland verlängere. Und das würde bedeuten, dass ich mich ganz umsonst durch das zweijährige Trainee-Programm gekämpft habe. Außerdem würde ich das kleine, bunte Reihenhäuschen in San Francisco unendlich vermissen, genau wie mein winziges, gemütliches WG-Zimmer. Ich brauche die fluffigen kalifornischen Schäfchenwolken, die Sonne, aber vor allem

Tante Caro und meine Freundinnen, Allison und Caitlyn. So gut es sich auch anfühlt, zurück zu sein, ich weiß, dass ich dem Sturm auf dieser Insel nicht ewig standhalten kann.

»Kommst du?« Ma deutet auf ihr Hollandrad, an das sie einen altersschwachen Hänger gekoppelt hat. Die Konstruktion sieht nicht so aus, als könnte sie meinen zentnerschweren Hartschalenkoffer unfallfrei bis zur Wohnung transportieren.

»Das Gefährt gibt es immer noch?« Ich kann nicht glauben, dass ihr alter Drahtesel all die Jahre überlebt hat. Ma achtet wirklich auf Nachhaltigkeit.

»Natürlich.« Sie grinst. »Es ist ein sehr treuer Gefährte.« Treuer als ihre Tochter, die sie fast ein Jahrzehnt allein gelassen hat. Bei jedem anderen würde diese Aussage als versteckte Botschaft zwischen den Worten kleben, aber Ma ist nicht nachtragend – das versaut das Karma.

Gemeinsam hieven wir den Koffer auf den Anhänger und schlendern Seite an Seite in Richtung ihrer Wohnung. Es fühlt sich vertraut an, gut und ein bisschen verquer. Die Art von *verquer*, die ein warmes Gefühl in der Brust erzeugt.

Bosse

Die Sonne klettert über einen kaltblauen Horizont, als ich von der Küste weg über die aufgeraute See gleite. Die Wellenkämme werden zu steilen Sprungschanzen, als der Kite und das Board an Fahrt aufnehmen. Ich ziehe die Bar an mich, verkürze so die Backlines und damit den Zug, um noch mehr an Geschwindigkeit zuzulegen.

Ich liebe es vor der Arbeit rauszufahren, über das Wasser zu gleiten und mich einmal am Tag vollkommen frei zu fühlen. Die Natur gibt mir Adrenalin und Freiheit zugleich.

Ich jage den Kite über das Wasser, und nutze die nächste Welle, um abzuspringen. Mein Körper und das Board arbeiten zusammen, um den perfekten Moment für möglichst viel Airtime zu erwischen. Es ist wie Fliegen. Ein rasantes Schweben. Ich stehe einen Moment in der Luft, bevor der Wind abfällt, sich der Kite aus dem richtigen Winkel dreht und mich auf das Wasser zurückkatapultiert. Es gelingt mir, den Kite einzufangen, und ich nehme erneut Fahrt auf. Ein Grinsen macht sich auf meinem Gesicht breit, als ich die Geschwindigkeit auf bestimmt fünfzig km/h hochtreibe. Die Gischt überzieht mein Gesicht mit eiskaltem Wasser und macht mich wacher, als es zehn doppelte Espressi könnten.

Ich wende und rase parallel zum Strand zurück zu der Stelle, wo ich meinen Wagen vor den Dünen geparkt habe. Es wird Zeit, dass ich nach Hause komme und mich für die Arbeit fertigmache. Auch wenn mir die Stunde mit dem Brett unter den Füßen, den Wind in den Haaren und der Kraft der Elemente am liebsten ist, bringt mir das Kiten kein Geld ein. Auf jeden Fall nicht genug, um davon zu leben, und ich habe schon lange aufgehört, illusorischen Träumen nachzuhängen. Es gibt andere Wege, um seinen Lebensunterhalt zu verdienen.

Peer witzelt immer, dass ich zu einem Spießer mutiert bin, und vielleicht hat er recht. Früher hätte mir der Gedanke, Lehrer zu werden, Brechreiz verursacht. Aber jetzt gefällt es mir auf eine merkwürdige, nicht sadistische Art. Als ich mich dem Strand nähere und die Bar vom Körper weg bewege, verliere ich an Tempo. Erst, als ich knöcheltiefes Wasser erreiche, steuere ich den Kite ganz aus dem Windfenster. Langsam sinkt er auf den muschelüberzogenen Sandstrand, und mit dem Fahrtwind lässt auch das Rauschen des Adrenalins in meinen Ohren nach.

Früher wollte ich weg von hier. Heute bin ich mir sicher, dass dieser Ort der einzige ist, an dem ich leben will. Weil es meine Heimat ist, weil meine Freunde, mein Haus und mein Job hier sind und weil mich die Vergangenheit an genau diese Insel bindet.

Juna

Mein Zimmer sieht noch genauso aus wie vor acht Jahren. Als ich die Augen öffne und mich mit einem Ruck aufsetze, fühle ich mich für den schlaftrunkenen Bruchteil einer Sekunde wie mit siebzehn. Die Lichterkette an der Decke taucht das Weiß der Ikea-Kommode in ein milchiggelbes Licht. Darauf liegen Überbleibsel meiner Kindheit – gesammelte Muscheln, Hölzer, Murmeln, mein Tagebuch, der kindliche bunte Schmuck und Filztaschen, die ich mit Ma gebastelt habe. Darüber hängt eine riesige Fotowand. Jedes Bild erzählt von dem Leben, das ich hinter mir gelassen habe und das sich letzte Nacht trotzdem wieder in meine Träume geschlichen hat. Mein Körper fühlt sich bleischwer an. Und in meinem Kopf hämmert ein dumpfer Schmerz. Einen schönen Gruß vom Jetlag. Ich massiere meine Schläfen, aber das macht es nur noch schlimmer. Draußen blinzelt die Sonne durch sich auftürmende Gewitterwolken in mein Zimmer. Ein untrüglicher Beweis, dass ich verschlafen habe. Ich angle nach meinem Handy und sehe nach der Uhrzeit. Ein Uhr nachts. Das kann nicht stimmen. Zusammen mit einem Adrenalinstoß knallt die Erkenntnis in mein zentrales Nervensystem, dass ich Idiotin vergessen habe, das Handy auf Mitteleuropäische Zeit umzustellen. Da klingelt der beste Handywecker acht Stunden zu spät –

Zu spät. Ich werde zu spät zu meinem Vorstellungsgespräch kommen. In einem Anflug von Panik strample ich die Bettdecke von den Füßen und flitze ins Bad. Der Boden ist kalt. Natürlich spart Ma Heizkosten. Nicht, weil sie es sich nicht leisten kann, dem norddeutschen Wetter mit geballter Heizungswärme entgegenzutreten, sondern aus Überzeugung. Eine Überzeugung, die mir bunt geringelte Wollsocken an den Füßen beschert. Ma hat sie mir gestern Abend gegeben, damit ich im Schlaf nicht erfriere.

Das Radio im Bad hat eine digitale Zeitanzeige, die mich höhnisch anblinkt. Ich habe noch zehn Minuten, um mich fertigzumachen und die Spuren der Nacht aus meinem Gesicht zu wischen. Dabei würde man vermutlich einen ganzen Trupp Visagisten und eine Woche Zeit brauchen, um das wieder hinzubekommen. Ich versuche es aus Mangel an Alternativen mit einer Mini-Katzenwäsche und etwas Make-up. Das muss im Hinblick auf mein Zeitfenster reichen. Der Inhalt meines Koffers bestätigt, dass meine kalifornischen Klamotten nicht Amrum-tauglich sind. Ich werde nicht nur zu spät kommen, sondern mir wird dazu noch schweinekalt sein.

Ich puste mir die Haare aus dem Gesicht. Mein Pony erholt sich noch davon, trendig kurz geschnitten worden zu sein. Allison war der Meinung, das wäre der letzte Schrei und würde mir mega stehen. Ich war gleich skeptisch und habe recht behalten. Es hat meine ansonsten weichen Gesichtszüge hart und fremd gemacht. Meine schokoladenbraunen Augen wirkten kalt und unnahbar. Mittlerweile reicht der Pony wieder bis über das Kinn, hat den Rest meiner taillenlangen Haare aber noch nicht eingeholt.

Unschlüssig sehe ich von meinem Koffer zu dem Schrank, der neben dem Bett steht. Wenn Ma nichts in diesem Zimmer verändert hat, müssten meine alten Klamotten noch da sein. Ich lege eine Hand auf den Metallknauf des Schranks und spüre, wie mein Magen rebelliert. Ich kann mich einfach nicht dazu durchringen, ihn zu öffnen. Ich bin nicht darauf vorbereitet, gegen Erinnerungen zu prallen, noch nicht.

Merle starrt mich von den Fotos an, die über dem Schreibtisch hängen, und ich kann förmlich spüren, wie sie grinsend den Kopf schüttelt, weil ich mich verhalte wie eine Geistesgestörte. Ihr blonder, fransiger Bob ist wie sie: frech, ungestüm und anbetungswürdig. Auch nach all den Jahren ist sie noch meine Freundin. Die Einzige, zu der der Kontakt neben meiner Mutter nicht gänzlich abgebrochen ist, auch wenn er über die Jahre zäher und sporadischer geworden ist. Schuld waren nicht so sehr die Kilometer, die uns trennten, sondern mehr das eine Thema, das einen riesigen wunden Punkt bildete und Gespräche zu einem Minenfeld machte: Bosse.

Ich löse ein anderes Polaroid-Bild von dem rauen Korkuntergrund und halte es in das schräg einfallende Licht. Ich bin darauf zu sehen. In einem kurzen Sport-Top und einer enganliegenden Hose. Meine bloßen Füße berühren glänzendes Parkett, während ich in die Kamera lächle. Bosse hat das Foto aufgenommen. An dem Abend waren wir allein im Tanzstudio. Ich durfte die Räumlichkeiten nutzen, wann immer ich wollte, und Bosse hat mich oft begleitet. Ich habe trainiert, und er hat mir zugesehen oder gelesen. Ich habe es geliebt, mich frei von den starren Grenzen der Standardtänze zu bewegen und im Contemporary die Seele der Musik einzufangen. Und Bosse hat mich eingefangen in diesem Foto. Das, was mich damals ausgemacht hat.

»Juna, Frühstück?«, ruft Ma von unten und hört sich ungewohnt nach einer normalen Hausfrau an. Ihre Stimme reißt mich aus dem körperlos luftleeren Raum voller Erinnerungen, indem ich mich gerade auflöse. Sie katapultiert mich zurück ins Hier und Jetzt. Wo ein Schrank nur ein Schrank ist und die Zeiger der Uhr unerbittlich weiterlaufen.

»Komme gleich«, rufe ich ihr zu und bin erleichtert, dass meine Stimme nicht so angekratzt klingt, wie ich mich fühle.

Ich schmeiße das Foto verkehrt herum auf den Schreibtisch und schiebe die Türen des Schranks auf. Unwillkürlich zucke ich zurück. Jeder Pulli, jede Hose, jedes Stück Stoff darin erzählt eine Geschichte, und jede handelt von Bosse und mir.

Hastig zerre ich einen einfachen schwarzen Strickpullover aus dem oberen Regal und angle eine Jeans von einem der Bügel. Die Jeans habe ich getragen, als Bosse und ich die Inselmeisterschaft im Algenticken, der Lieblingsfreizeitbeschäftigung unserer Jugend, gewonnen haben. Algen, Sand und Salz. Das ausgelassene, atemlose Lachen und die wilde Jagd. Sich in Deckung rollen und gleichzeitig den Gegner mit den glibbrigen Pflanzenketten ausschalten. Diese Erinnerungen, die zu den glücklichsten meines Lebens gehören, sind fest mit diesen Jeans verwoben. Den Pullover habe ich oft getragen, wenn wir ineinander verschlungen in den Dünen lagen, bedeckt von Sand und Sturm. Ich reiße mich los und streife mir die Kleidungsstücke über. Es sind nur Klamotten. Sie sind leger, aber klassisch, und damit genau das Richtige für mein Vorstellungsgespräch im Hotel Seemöwe. Nicht mehr und nicht weniger.

Ich hoffe, Herr Kruse, dem das Hotel gehört, und sein Sohn Jakob werden mir den Job geben, den sie in Aussicht gestellt haben. Die Vorgespräche mit dem Junior-Chef über Skype waren toll. Die Chemie zwischen Jakob und mir hat vom ersten Augenblick an gestimmt, und ich bin sicher, dass wir ein gutes Team bilden werden. Die übrigen Kollegen scheinen laut Jakobs Beschreibungen ebenfalls nett und aufgeschlossen zu sein. Genau das, was ich jetzt brauche. Immerhin habe ich vor, mich voll in den Job zu stürzen. Nicht nur, weil ich genügend Geld für die Rückkehr nach San Francisco sparen muss, sondern vor allem, um mich zu beschäftigen und meine Gedanken in Schach zu halten.

Mit fünf riesigen Sprüngen hetze ich die Treppe hinunter und pralle fast mit Ma zusammen, die zwei Becher mit Tee zum Tisch balanciert.

»Juna.« Sie lacht und gibt mir einen Kuss auf die Wange. Ihre Haare hat sie zu vielen winzigen Zöpfchen geflochten. »Ich habe uns Frühstück gemacht«, erklärt sie fröhlich. Der Tisch ist vollkommen überladen mit Brötchen, Eiern, frischem Obst und Gemüse. Sogar Aufschnitt hat Ma besorgt, obwohl sie ansonsten streng vegetarisch lebt. Das ist ein riesiges Zugeständnis und macht mir sofort ein schlechtes Gewissen, weil ich nicht bleiben kann, um diese Geste ausreichend zu würdigen.

»Ma, das ist toll«, versuche ich es trotzdem. Ich schnappe mir ein Croissant und werfe mir meine Tasche über.

»Du willst schon gehen?«, fragt sie enttäuscht.

»Ich muss wirklich los, obwohl das hier galaktisch und oberlecker aussieht, aber ich bin schon viel zu spät dran.«

»Ich verstehe nicht, wieso du immer so sehr in Eile bist? Du bist doch gerade erst angekommen.« Sie hackt auf ihrem neuen iPad herum, mit dem sie sich seit dem Kauf auf Kriegsfuß befindet. Ich wundere mich, wie ein so kapitalistisches Produkt in ihre Weltanschauung passt, und wittere eine Chance, das Thema zu wechseln. »Du hast allen Ernstes ein iPad? Ist das nicht gegen deine Regeln?«, frage ich scheinheilig.

Sie braucht zwei Sekunden, um der neuen Wendung des

Gesprächs zu folgen. »Das Ding hat einen Apfel als Logo«, erklärt sie. »Der steht für Fruchtbarkeit, Natur und Lebensweisheit. Außerdem spendet Steve Jobs einen beträchtlichen Teil seines Vermögens.«

Ma ist wie eine moderne Pippi Langstrumpf. Sie macht sich die Welt, wie sie ihr gefällt. »Steve Jobs ist tot, Ma«, erwidere ich seufzend und puste mir die Haare aus dem Gesicht.

Sie zuckt mit den Schultern. »Manche ereilt die Ewigkeit eben früher. Womit ich darauf zurückkomme, dass du zur Ruhe kommen solltest, um dein Leben zu genießen. Es ist kurz genug. Dieses Gehetze und die viele Arbeit können nicht gesund sein. Du wirst, was das angeht, immer mehr wie Caro.« Der Zug um ihren Mund wird hart, als sie den Namen meiner Tante ausspricht. »Es geht immer nur um Erfolg, Arbeit und die Karriere.«

»Ich habe dir vorher von dem Jobangebot erzählt«, erkläre ich geduldig. »Das ist der Grund, warum ich hier bin.«

Sie nickt, wirkt aber nicht überzeugt.

»Ich arbeite gern, Ma. Das ist mir wichtig und macht mich glücklich.«

»Die Frage ist, warum es dir so wichtig ist, zu arbeiten, und nicht wichtiger, zu leben«, sagt sie mit ihrer Therapeutenstimme, die mir sofort das Gefühl gibt, mit mir würde etwas nicht stimmen. Dass meine Einstellung zum Leben so anders ist als die ihre, führt sie natürlich auf den »schlechten« Einfluss ihrer Schwester zurück. Und allein deswegen heißt sie meinen Wunsch zu arbeiten nicht gut.

Sie legt das iPad beiseite und seufzt resigniert. Siri hat offensichtlich diese Runde gewonnen. Vielleicht verzweifelt sie aber auch an unseren unterschiedlichen Lebenseinstellungen. Ma umkreist mit ihrer Hand die Wohnung, das üppige Frühstück und sich selbst.

»Nimm dir Zeit, um zur Ruhe zu kommen, deine Mitte wiederzufinden. Ich habe hier mehr als genug Platz. Du hast dein eigenes Zimmer und kannst bleiben, solange du willst. Es gibt keinen Grund, etwas zu überstürzen. Wenn es soweit ist, wirst du schon etwas Geeignetes finden.«

Ich will keine Ruhe. Ich will diesen Job, und ich bin gereizt. Eine Sache hat sich schon mal nicht geändert. Ma plant noch immer gern fremde Leben. Ganz Therapeutin. Dabei ist ihr eigenes Leben das reinste Chaos. Am liebsten würde ich etwas Patziges erwidern, aber das würde uns wahrscheinlich postwendend zurück in alte Verhaltensmuster katapultieren. Deswegen versuche ich, ruhig zu bleiben.

»Die Arbeit ist geeignet. Geeignetere Stellen wird es hier auf der Insel nicht so bald geben. Wenn du mich also in deiner Nähe haben willst, muss ich jetzt los und das Vorstellungsgespräch meistern.« Sie weiß, dass ich nur arbeiten will, um wieder zu verschwinden, und ich sehe, wie sie um Worte ringt, die mich davon abbringen sollen. Etwas versöhnlicher schiebe ich hinterher: »Das Croissant ist himmlisch.« Kauend schnappe ich mir meine Jacke. »Von Bäcker Jan, oder?«, schiebe ich leise hinterher.

Es ist, als würde allein diese Aussage erklären, wieso

Amrum und ich keine gemeinsame Zukunft haben. Es sind die winzigen Details, in denen so viel Vergangenheit steckt, die es unmöglich machen, zu bleiben.

Das spüre ich in meinem Herzen, wo ein tückisch scharfer Erinnerungssplitter von Bosse und mir auf der Bank vor Jans uriger Backstube aufblitzt. Bosse hat Schaumküsse in die aufgebrochenen, noch warmen Croissants gelegt und sie zu einer leckeren, kleinen Kalorienperversität zusammengedrückt. Ich schmecke die klebrige Süße, dann seinen Kuss, sehe seine genüsslich verdrehten Augen dicht vor meinen. Das Salz in seinen langen dunklen Wimpern und die Sandkörner in den ausgeblichenen Haarspitzen. Das Ausmaß der Perfektion dieses Moments treibt mir die Tränen in die Augen. Nur Bosse war in der Lage, etwas so Alltägliches wie ein Frühstück zu einer unauslöschlichen Erinnerung zu machen, die selbst ein Jahrzehnt später noch bittersüß in meinem Herzen hängt.

Das Hotel Seemöwe liegt ganz im Norden der Insel. Hinter Norddorf erstreckt sich nur noch das Naturschutzgebiet, so dass man einen atemberaubenden Blick auf die Dünen und die feinen Schaumkronen der aufgewühlten Nordsee hat, wenn man im Hotel Urlaub macht.

Der Name passt zu dem biederen Rotklinker mit einem kniehohen, weißen Friesenzaun davor und dem frisch gedeckten Reetdach. Ich blinzle das Bild des Marriott weg, wo stilvoll beleuchtete Wassersäulen das gigantische Hotel einrahmen und schon vor Betreten des Foyers keinen

Zweifel am Wow-Effekt aufkommen lassen. Immerhin wirken das Haus und der winzige Garten zwischen Friesenzaun und Fassade gepflegt und liebevoll bepflanzt.

Ich trete ein und kämpfe mich eine ganze Weile mit der extrem schweren Glastür ab. Im Foyer angekommen, brauche ich einen Augenblick, um zu begreifen, dass ich tatsächlich durch die richtige Tür getreten bin. Rustikales Bauernhaus meets schlichte Eleganz beschreibt den Empfangsbereich wohl am ehesten und bricht mit der spießigen Außenansicht.

Ein Mann, der mir allenfalls bis zum Kinn reicht, erhebt sich von einem der Chesterfield-Sofas, die dem Foyer ein gemütliches Flair verleihen und tief in einem modernen Langflorteppich versinken. Der Mann hat nur noch wenige Haare, die er kunstvoll über eine glänzende Glatze drapiert hat.

»Sie müssen Frau Andersen sein? Paul Kruse.« Er lacht ein tiefes dunkles Lachen, das nicht zu der Größe seines Resonanzkörpers passen will, und reicht mir die Hand. Er scheint sich aufrichtig zu freuen, mich zu sehen, was mich auf einen positiven Ausgang des Gesprächs hoffen lässt.

Eigentlich hatte ich gedacht, ich würde das Gespräch mit seinem Sohn Jakob führen, der bis jetzt mein Ansprechpartner war. Aber wenn ich seinen Vater überzeugen kann, werde ich ab nächster Woche wohl noch genügend Gelegenheiten haben, ihn kennenzulernen. Ich gebe mir einen Ruck und schüttle die Hand meines Gegenübers.

»Freut mich, Herr Kruse!«, sage ich und zwinge meine

Stimme in einen geschäftlichen Tonfall. Der professionelle Eindruck, den ich erwecken will, wird aber leider durch die Tatsache zerstört, dass ich über die Teppichkante stolpere.

Jakobs Vater lacht, aber es ist nicht abwertend, sondern ansteckend und freundlich.

»Folgen Sie mir doch bitte«, sagt er und zeigt mir den Weg zu seinem Büro. Er setzt sich hinter einen wuchtigen Mahagonitisch. Ein strenges, raumforderndes Möbel, hinter dem er versinkt, während er einladend auf die zwei modernen Stühle zeigt, die auf der anderen Tischseite stehen.

»Mein Sohn war von den Vorgesprächen mit Ihnen, Frau Andersen, sehr angetan. Wir haben bereits einige Bewerber für die Stelle eingeladen, aber Jakob bestand darauf, dass wir mit der endgültigen Entscheidung warten, bis wir mit Ihnen gesprochen haben. Er möchte sie unbedingt für unsere Familie gewinnen.«

Natürlich habe ich mich über das Hotel informiert und weiß, dass es ein Familienbetrieb mit nur wenigen Angestellten ist, und mir war klar, dass es sicher familiärer zugehen würde als im Marriott, aber für einen Moment wirft mich Paul Kruses Formulierung aus der Bahn. Ich meine, ich habe schon mit meiner Familie alle Hände voll zu tun. Eigentlich hatte ich nicht vor, mich allzu eng an diese Arbeitsstelle zu binden. Immerhin werde ich nicht lange bleiben, wovon die Kruses allerdings noch nichts wissen.

»Ich würde die Stelle sehr gerne antreten«, bemühe ich mich um ein wenig Distanz.

Er nickt, macht sich eine Notiz, die nicht halb so harmlos aussieht wie er selbst. Offensichtlich hat er etwas anderes erwartet als mich und meinen ewigen Versuch, Menschen auf Abstand zu halten.

Sein zunächst offenes Lächeln kühlt ab, genau wie sein Tonfall. »Wir suchen nicht nur eine Mitarbeiterin, die den Esprit unseres Hauses verkörpert und das neue Konzept vorantreibt, sondern auch jemanden, der ins Team passt. Wir sind wie eine Familie. Das macht die Arbeit hier aus. Ich habe das Hotel vor zwei Jahren von meinem Cousin übernommen, der das Haus leider aus gesundheitlichen Gründen nicht weiterführen konnte. Ich bin selbst auf der Insel aufgewachsen und habe sofort zugegriffen, als sich mir die Chance bot zurückzukehren und gemeinsam mit meinem Sohn dieses hübsche Kleinod herzurichten. Wir haben seitdem viel verändert und tun alles dafür, dass sich die Gäste familiär betreut und wohl fühlen. Niemand reißt hier nur seine Stunden ab. Wir helfen einander und arbeiten eng zusammen.« Er sieht mich aus klugen, wachen Augen an, die hinter einem schmalen Brillengestell liegen. »Wie ich mitbekommen habe, sind Sie ebenfalls auf Amrum aufgewachsen und kehren nach einigen Jahren im Ausland hierher zurück? Wie lange waren Sie noch gleich fort?«, fragt er.

Ich glaube nicht, dass sich unsere Geschichten in irgendeiner Weise ähneln und rutsche etwas unbehaglich auf meinem Stuhl herum, nicke aber und murmle: »Acht Jahre.«

»Dann sind Sie früh von zu Hause weggegangen.«

Er sieht mich noch immer freundlich an und nickt mir aufmunternd zu, aber ich will ganz sicher nicht mein Privatleben vor einem im Grunde Fremden ausbreiten.

»Ich bin zu meiner Tante gezogen. Viele Jugendliche gehen für ein Jahr ins Ausland«, versuche ich ihn davon zu überzeugen, dass meine Geschichte nicht erzählenswert ist.

Doch er lässt nicht locker. »Aber Sie sind geblieben. Acht Jahre lang.«

Ich nicke und weiß nicht, was ich darauf erwidern soll.

»Gut.« Er klatscht in die Hände und sieht sich etwas unschlüssig um. Offensichtlich hatte er auf mehr Offenheit von meiner Seite gehofft, und da unser Gespräch zusehends stagniert, geht er zum nächsten Punkt über. »Immerhin dürften Sie keine sprachlichen Probleme haben, wenn wir ausländische Gäste betreuen. Wie schon gesagt, helfen wir uns gegenseitig, und uns fehlt bisher jemand, der sich um die fremdsprachigen Gäste kümmert.«

»Das dürfte kein Problem sein«, sage ich. Das ist sicheres Terrain. »Ich habe in Amerika studiert und meinen Abschluss dort gemacht. Ich könnte sämtliche englischsprachige Korrespondenz sowie die Betreuung ausländischer Gäste übernehmen.«

Wieder macht er sich eine Notiz. »In Ordnung. Ich habe mir Ihre Qualifikationen durchgelesen, und ich weiß, dass Sie rein fachlich eine Bereicherung für unser Team wären, aber die Chemie muss ebenfalls stimmen.« Weiter sagt er nichts, und die Stille, die plötzlich zwischen uns steht, ist vernichtend.

Ich muss ihn davon überzeugen, dass ich teamfähig bin, dass ich zu diesem Hotel und den Menschen, die darin arbeiten, passe, auch wenn ich auf den ersten Moment distanziert und unnahbar wirke.

»Ich habe nach meinem Studium zwei Jahre in der Marriott Group gearbeitet und war am Standort San Francisco tätig«, sage ich hastig. »Ich habe dort mit meiner Vorgesetzten ein großes Team geleitet. Ich liebe es mit Menschen zu arbeiten und mich einzubringen.«

Herr Kruse klappt die Mappe mit den Bewerbungsunterlagen zu. Ich habe ihn mit den Floskeln, die ich herunterrattere, nicht erreicht, soviel ist klar. Ich bin dabei, den Posten zu verlieren, der mir so sicher erschien.

»Ihre Referenzen kenne ich, Frau Andersen, aber ich möchte wissen, ob Sie sich in ein familiäres Team integrieren möchten. Wir sind nicht das Marriott, wo Sie andere leiten und sich bestenfalls einbringen. Wir arbeiten hier zusammen.«

Ich beiße mir auf die Lippen. »Natürlich würde ich mich freuen, zu Ihrem Team zu gehören«, erwidere ich bestimmt, auch wenn ich spüre, dass mir Paul Kruse nicht glaubt.

Er nickt. Wieder kritzelt der Stift über das Papier und hinterlässt von meiner Position aus unleserliche Hieroglyphen. Ich zupfe meinen Pullover zurecht und wünschte, ich hätte die wunderschöne Chiffonbluse angezogen, die ich mir extra in San Francisco für das Gespräch gekauft habe. Dann würde ich wenigstens nicht von der Vergangenheit umgeben sein, während ich untergehe. Ich murmle eine Verwünschung in Richtung der Gewitterwolken, die sich bedrohlich über dem Meer auftürmen.

»Alles in Ordnung?«, unterbricht mich Paul Kruse und zieht eine Augenbraue nach oben.

»Ja, entschuldigen Sie«, quetsche ich hervor und deute nach draußen. »Das Wetter macht mir nur etwas zu schaffen.«

Er runzelt die Stirn und schüttelt dann den Kopf. Für Amrumer Verhältnisse ist das Wetter gut. Es regnet nicht, und der Sturm jagt die Wolken so schnell über das Firmament, dass immer mal wieder die Sonne durchblitzt.

Natürlich versteht mein Gegenüber nicht, warum mich das Wetter, die Insel und die Tatsache, dass ich mindestens sechs Monate hier verbringen muss, so aufwühlen. Er ist freiwillig hierher zurückgekehrt.

Ich atme tief durch. Das bin ich auch. Ich hätte überall hingehen können, um auf das neue Visum zu warten, aber ich bin hier. Ich wollte zurückkommen, um Zeit mit Ma zu verbringen. Um Merle wiederzusehen. Und um geradezurücken, was sich durch meinen Aufbruch und die jahrelange Distanz verschoben hat. Aber ich brauche diesen Job, wenn ich nicht durchdrehen will, während ich hier bin.

»Ich habe in San Francisco nicht nur an der Seite der Hoteldirektion gearbeitet, sondern war auch im Bereich der Kundenbetreuung tätig«, setze ich erneut an, Paul Kruse von mir zu überzeugen. »Ich habe viele hochkarätige nationale und internationale Gäste begrüßen dürfen und ihnen den Aufenthalt so angenehm wie möglich gestaltet.« Aber schon während ich rede, merke ich, dass meine Worte das Gegenteil von dem bewirken, was ich mir erhofft habe.

»Dann haben Sie vielleicht die Insel verwechselt?«, antwortet Paul Kruse kühl. Er kneift ein Auge halb zu. »Da haben Sie auf Sylt bessere Chancen. Wir haben zwar deren Sand, aber die haben die Promis.« Er zuckt mit den Schultern, als wäre es ihm nur recht, wenn ich und all die oberflächlichen Leute auf die Nachbarinsel verschwinden.

»So habe ich das nicht gemeint.« Ich suche nach einer Erklärung. »Ich wollte damit nur sagen, dass sich jeder Ihrer Gäste bei mir wie ein großer Star fühlen wird.« Was rede ich da? Ich höre mich an wie eine Verkäuferin bei QVC, die versucht, anständigen Leuten minderwertige Ware aufzuquatschen. Ich seufze resigniert.

Paul Kruse starrt mich einen Augenblick wortlos an, bevor er hinterherschiebt. »Wir melden uns dann gegebenenfalls bei Ihnen.«

Das ist das Aus. Eindeutiger hätte man mir nicht mitteilen können, dass ich es in den Sand gesetzt habe.

»Hören Sie, Herr Kruse, ich glaube, wir hatten einen schlechten Start, und dafür will ich mich entschuldigen. Ich bin gestern Abend erst auf der Insel angekommen und hatte kaum Zeit, mich richtig zu akklimatisieren.« Mein verzweifelter Versuch, das Ruder herumzureißen, macht die Situation auch nicht besser. Ich atme tief durch und füge hinzu. »Es tut mir wirklich leid.«

Ein Klopfen schiebt sich zwischen uns, aber bevor Paul Kruse darauf reagieren kann, wird die Tür aufgerissen und ein gutaussehender Typ mit krausem blonden Haar eilt ins Zimmer. Sein Sohn Jakob. Ein vertrautes Gesicht. Er ist größer, als es über den Bildschirm aussah, und athletisch gebaut. Ich schätze sein Alter auf Anfang bis Mitte dreißig.

Damit ist er ein paar Jahre älter als ich, aber sein Lachen lässt ihn jünger wirken. Auf seiner braungebrannten Haut verteilt sich eine Vielzahl an Sommersprossen. Schon beim ersten Gespräch war er mir überaus sympathisch, und dieser Eindruck verstärkt sich gerade. Er zwinkert mir aus tiefgrünen Augen zu und schließt mich kurzerhand in die Arme. »Schön, dich endlich persönlich kennenzulernen, Juna.« Von so viel Herzlichkeit in der bestehenden Eiszeit zwischen seinem Vater und mir überrumpelt, nicke ich nur und erwidere die Umarmung. Obwohl wir nur einige E-Mails ausgetauscht und wenige Gespräche über Skype geführt haben, beruhigt mich seine Anwesenheit augenblicklich. Er verströmt eine gewisse Zuversicht und gibt mir ein wenig Hoffnung, dass noch nicht alles verloren ist.

»Na, wie läuft euer Gespräch?« Es fällt mir schwer, mir vorzustellen, dass Vater und Sohn bei der Arbeit jemals einen gemeinsamen Nenner erreichen. Sie scheinen grundverschieden.

»Ich weiß nicht«, sagt Herr Kruse und tippt auf seine Notizen. Jakob liest sie sich durch, während ich überlege, was ich sagen soll, bis ich beschließe, einfach still zu bleiben. Nachdem ich es geschafft habe, Paul Kruse bereits zu verärgern, sollte ich es mir nicht durch irgendwelche Aussagen auch noch mit Jakob verscherzen.

»Magst du uns kurz allein lassen?« Jakob sieht mich ernst an, aber ich kann den Schalk in seinen Augen sehen und frage mich, ob es überhaupt irgendetwas gibt, das ihn jemals daraus vertreiben kann.

Ich verlasse den Raum und setze mich auf eines der Sofas. Das Leder unter mir knarzt, während ich unruhig darauf herumrutsche. Nur wenige Augenblicke später kommt Jakob aus dem Büro und hält direkt auf mich zu, in der Hand einen Stapel Papiere, den er mir reicht. »Nimm den Vertrag mit. Lies ihn dir in Ruhe durch. Wir würden dich gern rückwirkend zum ersten September einstellen. Du sagtest, du könntest direkt anfangen, richtig?« Er grinst mich an und pustet sich eine Locke aus dem Gesicht.

Ungläubig starre ich auf die Vertragspapiere und nicke. »Darf ich fragen, wie du das angestellt hast?« Ganz im Gegensatz zu seinem Vater hat Jakob mir das *Du* nach geschlagenen zweiunddreißig Sekunden Skype-Unterhaltung angeboten. »Dein Vater schien kein großer Fan von mir zu sein.« Das ist die erste diplomatische Umschreibung, die heute über meine Lippen kommt.

Er nickt und tippt mit den Papieren an meine Schulter,

damit ich sie ihm abnehme. »Du hast ziemlich dick aufgetragen. Mein Vater ist ein sehr geerdeter Typ. Und du solltest dir in Zukunft überlegen, wie du das Thema Größe umschiffst. Er ist da recht empfindlich. Das Team und ich betrachten es als moderne Form des Tabu-Spiels: Bringe den Alltag hinter dich ohne die Worte Größe, klein, winzig, mickerig und irgendeine Verniedlichungsform zu benutzen. Kann manchmal sehr lustig werden.« Er grinst mich an und entlockt mir ein Lachen. »Ich habe ihm gesagt, dass ich dich unbedingt fürs Team will. Dass du zu uns passt und dass du einfach extrem aufgeregt warst und noch mit dem Jetlag kämpfst. Vermutlich denkt er, du hättest eine fiese Tropenkrankheit. Auf jeden Fall hatte er Mitleid, und er ist mir noch einen Gefallen schuldig. Also hat er zugestimmt. Das bedeutet, wir sehen uns morgen.«

Ich reiche ihm als Zustimmung die Hand. Mir fällt ein Stein vom Herzen, und ich murmle ein tiefempfundenes »Danke«, während ich mich verabschiede. Jakob hat mich gerettet. Ich nehme die Papiere entgegen und verlasse das Hotel. Ich habe den Job wirklich bekommen. Ich könnte platzen vor Freude, auch wenn sich ein Funken schlechtes Gewissen dazu mischt. Denn ich habe Jakob und seinem Vater nicht gesagt, dass ich wieder gehen werde.

Ich kann nicht glauben, dass erst eine Stunde seit meinem überhasteten Aufbruch von zu Hause vergangen ist und tatsächlich ein Arbeitsvertrag in meiner Handtasche steckt.

Am liebsten würde ich meine Freundinnen in San Francisco anrufen und ihnen davon erzählen. Ich vermisse sie. Allison mit ihrer überschwänglichen Art und dem exorbitant hohen Verschleiß an gutaussehenden Typen, genauso wie Caitlyn, die eher schüchtern und ruhig ist. Auch wenn ihre Wirkung auf Männer nicht weniger durchschlagend ist, muss man bei ihr keine Angst haben, morgens mit einem halbnackten, tätowierten Typen im Bad unserer kleinen WG zusammenzustoßen.

Ein übergroßer Brocken Heimweh verstopft meine Brust, aber in San Francisco ist es jetzt mitten in der Nacht. Das heißt, ich störe Allie entweder bei heißem Sex oder ihrem Schönheitsschlaf. Beides ist keine gute Idee und schließt gleichzeitig auch Tante Caro als Gesprächspartnerin aus. Außerdem sollte ich den Besuch bei Merle nicht länger aufschieben, auch wenn ich Angst habe, unsere Freundschaft könnte so sehr auf Telefonate reduziert sein, dass uns ein echtes Treffen überfordern wird. Ihr von dem Vertrag zu erzählen dürfte zumindest ein guter Eisbrecher sein. Früher waren wir unzertrennlich, und dass der Kontakt in all den Jahren trotz unser beider Aversion gegen die sozialen Netzwerke nicht vollständig abgebrochen ist, zeigt, wie viel uns verbindet. Auch wenn wir uns durch die viele Arbeit, fehlende finanzielle Mittel und meine allgemeine Weigerung, nach Hause zurückzukehren, seitdem nicht mehr gesehen haben.

Von einem Bild, das sie mir mal per E-Mail geschickt hat, weiß ich, dass sie jetzt in einem alten Reetdachhaus im Zentrum von Wittdün wohnt. Mit knallroten Blumen davor. Natürlich sind die zu dieser Jahreszeit längst verblüht, aber auf dem Bild, das sie mir geschickt hat, gaben sie dem Haus ein Postkartenflair. Ich fahre mit dem Bus bis ins Zentrum und suche das Haus. Es ist leicht zu finden. Wesentlich leichter, als den Klingelknopf zu drücken, sobald ich davorstehe. Ich brauche vier Atemzüge, bis ich mich dazu durchringe. Eine Melodie, die an einen Walt-Disney-Film erinnert, hallt durch das Erdgeschoss. Kurz darauf sind Schritte zu hören und das Gebell von einem Hund, der sich anhört, als wäre er heiser.

»Sei still, du verrückter Köter.« Eine junge Frau mit langen, blonden Haaren und modischer, zurückhaltender Kleidung öffnet mir die Tür und hält einen unproportioniert wirkenden Dackel mit dem Bein davon ab, nach draußen zu entwischen.

»Ja?«

Es dauert einen Augenblick, bis mir klar wird, dass die Frau vor mir Merle ist. Sie sieht so erwachsen, angepasst und weiblich aus, dass ich erst mehrere Schubladen in meinem Kopf umsortieren muss, damit ich die Frau und meine chaotische Jugendfreundin übereinbringen kann. Wir haben uns beide verändert, und auch Merle braucht einen Augenblick, bevor ihr dämmert, wer da vor ihr steht. Als sie mich erkennt, gibt sie den Kampf mit dem Dackel auf, der die Gunst der Minute nutzt, an ihr vorbei und durch das Gartentor zischt und einen vorbeifahrenden Radfahrer attackiert. Merle sieht mich an, als wäre ich ein Gespenst.

»Hi«, sage ich leise und weiß, dass dieses eine Wort niemals ausreichen wird, um zu entschuldigen, dass ich Merle damals ohne eine Erklärung oder einen angemessenen Abschied verlassen habe und seitdem nicht ein einziges Mal zu Besuch gekommen bin oder die Sache per Mail angesprochen habe.

»Hi«, erwidert sie und löst sich langsam aus ihrer Schockstarre. »Was machst du hier? Ich meine ... Juna ... ich dachte, du bist in Amerika.« Früher wäre sie mir um den Hals gefallen, aber ich verstehe, dass sie zurückhaltend ist. Immerhin habe ich acht Jahre als beste Freundin pausiert.

»Was tust du auf Amrum?«, fragt sie unbeholfen und schließt mich dann doch kurz in ihre Arme. Die Berührung fühlt sich ungewohnt und eckig an.

»Ich bin zurück, schätze ich.«

Merle nickt. »Magst du reinkommen?« Auch wenn sie noch distanziert ist, blitzt echte Freude in ihren Augen auf.

Sie konnte noch nie länger als fünf Minuten nachtragend sein. Das macht sie zu einer denkbar unkritischen Person, aber auch zu einem wundervoll herzlichen Menschen, den ich vermisst habe.

Ich liebe sie, auch wenn uns Bosse verbindet und dieser Umstand wohl immer seine Schatten auf unsere Freundschaft werfen wird.

Merle sammelt den Dackel vom Gehweg ein und trägt das wild zappelnde Tier vor mir her in einen bunt chaotischen Eingangsbereich. Das Innere ihres Hauses passt besser zu der Merle, die ich in Erinnerung habe.

»Mama, Marie macht meine Legos kaputt!« Ein etwa sieben Jahre alter Junge steckt seinen Kopf durch den Türspalt der Wohnzimmertür und hält ein kleines Mädchen so zurück, wie Merle es zuvor mit dem hyperaktiven Dackel getan hat. Die Kleine brüllt, und eine wilde Rauferei beginnt.

Merle seufzt und zuckt entschuldigend mit den Schultern.

»Titus, lass deine Schwester in Ruhe und rück die Kekse wieder raus. Ich kann riechen, dass du deine Hosentaschen vollgestopft hast.« Merle baut sich zwischen mir und den Kindern auf. »Und Marie, hör bitte auf zu brüllen, sonst setze ich dich im Watt aus. Dann kannst du mit den Heulern um die Wette schreien.« Augenblicklich verstummt die Sirene und quetscht sich an ihrem abgelenkten Bruder vorbei.

»Das sind Titus und Marie.« Sie sieht mich an und streicht dabei das seidige Haar ihrer Tochter aus dem Gesicht und trocknet gleichzeitig ihre tränennassen Wangen. »Meine Kinder«, schiebt sie entschuldigend hinterher, und an die Kleinen gewandt. »Das ist meine Freundin Juna.«

»Die von dem Foto im Wohnzimmer?«

Merle nickt. Sie hat ihren Kindern von mir erzählt, ihnen Fotos gezeigt von uns. Sie ist Mutter, und sie lebt mit ihrer großen Liebe in einem wunderschönen Haus. Ich bin ein klitzekleines bisschen neidisch, aber vor allem freue ich mich für Merle.

»Du bist Mutter«, sage ich leise. Ich zeige auf die beiden kleinen Monster, die Merle das Glück so tief in den Körper pflanzen, dass es abfärbt. »Zwei Kinder.« Ich versuche beeindruckt zu klingen und nicht verletzt. Weil sie es mir verschwiegen hat. Weil Titus nur ein Jahr, maximal zwei, jünger ist als …

»Überraschung.« Sie grinst schief und beißt sich auf die Lippe. »Es tut mir leid. Ich habe es nicht übers Herz gebracht, dir davon zu erzählen, weil …«

Es ist klar warum. Trotzdem trifft mich das, was sie nicht in Worte fasst, genau wie die Tatsache, dass sie ihre Familie während der, zugegeben wenigen, Telefonate mit mir in den letzten Jahren vermutlich in die Abstellkammer gesperrt hat.

»Hör auf, dich zu entschuldigen. Sie sind toll und einfach süß«, sage ich betont leicht, obwohl es anstrengend ist, an dem Kloß in meiner Kehle vorbeizulächeln. Merle hätte mir von ihren Kindern erzählen sollen. Nicht nur, um mich besser vorzubereiten, sondern auch, weil ich gern für sie da gewesen wäre; während der Schwangerschaft und danach.

Ich hätte mit ihr Namen ausgesucht, wild diskutiert und nur für die skurrilsten Vorschläge abgestimmt. Es fühlt sich an, als hätten wir etwas Wichtiges unwiederbringlich verloren, weil sie mich schützen wollte und ich die Distanz so nötig hatte, dass ich zu wenig nachgebohrt habe.

»Das kannst du nur sagen, weil du sie nicht kennst«, brummt Merle mit einem Augenverdrehen. »Ich habe seit einer Ewigkeit nicht mehr durchgeschlafen, es ist immer laut, die Waschmaschine läuft permanent, und trotzdem liegt davor ein Mount Everest an schmutziger Wäsche, und wenn man in all dem Chaos tatsächlich mal Zeit für Sex findet, ist man zu müde.

Letztes Wochenende hatten Peer und ich kinderfrei und sind um neun auf dem Sofa eingeschlafen.« Sie sagt das, als wäre es furchtbar, dabei höre ich, wie sehr sie es liebt.

Mein Leben ist genauso reich, rede ich mir ein. San Francisco ist mein Zuhause. Ich habe Caro und meine Freundinnen. Sie sind meine Familie. Ich habe einen tollen Job, der auf mich wartet, sobald ich zurückkomme. Und doch ist es nicht dasselbe. Weil Teile von mir zersplittert auf dieser Insel liegen und ich hier wie dort nie ein ganzer Mensch war, bin oder sein werde.

»Wir können gern tauschen«, schiebt Merle hinterher und hebt dabei ein Paar dreckverkrustete Socken auf, die jemand unter die Treppe gefeuert hat.

»Würdest du nicht.«

Sie sieht mich an und lächelt. »Nein.« Ihr Gesichtsausdruck wird ernst. »Du hast recht, würde ich nicht.«

»Es ist schön, dich so glücklich zu sehen.« Die alte Merle hatte mehr Ecken und Kanten, als gut für sie war. Die neue Merle ist nicht mehr so. Nicht, weil sie jemand zurecht geschliffen hätte, sondern weil ihr das Leben die fehlenden Teile hinzugefügt hat.

»Dürfen wir hoch und einen Film ansehen, Mama?« Es

ist klar, dass Titus genau weiß, es ist eigentlich zu früh für Fernsehen. Aber er ist schlau genug, eine Chance zu wittern, wenn sie sich ergibt.

»In Ordnung, ja verdammt, heute ist ein besonderer Tag. Juna ist endlich wieder zu Hause.« Ich höre, wie viel Überwindung es Merle kostet, das zu sagen. Nicht weil sie sich nicht freut, sondern weil sie noch zweifelt, ob sie mir verzeihen kann und ob es uns gelingen wird, die riesige Lücke zu schließen.

»Verdammt sagt man nicht«, sagt Titus und grinst dabei frech.

Merle sieht ihren Sohn drohend an. »Willst du Fernsehen oder mit mir diskutieren? Ich kann es mir auch ganz schnell anders überlegen. Und Titus?« Er hält auf der untersten Stufe inne, während Marie bereits nach oben klettert und dabei jede Stufe mit dem Eifer eines Reinhold Messners erklimmt.

»Die Kekse!« Merle hält auffordernd die Hand nach vorn, und Titus gibt sich geschlagen. Ohne weiteren Widerstand händigt er sechs runde Plätzchen aus und spurtet dann hinter seiner Schwester her.

»Er hat meine Intelligenz geerbt, aber leider auch meinen Appetit und Stoffwechsel. Ich bin ernsthaft am Überlegen, ob ich ein Schloss am Kühlschrank anbringen sollte.« Sie pustet sich ihre Haare aus der Stirn.

»Die langen Haare stehen dir gut.« Ich berühre die ungewohnte Frisur, die Merle weiblicher und erwachsener wirken lässt. Gezähmt irgendwie.

»Peer mag es. Ich gewöhne mich noch dran.« Sie führt mich in ein gemütliches, buntes Wohnzimmer.

»Du hast dich kaum verändert. Never change a running system, oder?« Sie grinst. »Immerhin hast du so schon früher reihenweise den Männern den Kopf verdreht.« Sie zuckt zusammen und verstummt. Da ist er wieder, der blinde Fleck. Der einzige Mann, der mich damals interessiert hat. Der, wegen dem mir meine Wirkung auf alle anderen egal war. Bosse droht Merles und meine Wiedervereinigung zu torpedieren.

Sie setzt sich auf ein breites hellgraues Sofa und klopft neben sich. Ich gleite neben sie und ziehe die Füße hoch, damit der Dackel nicht länger an mir herumschnuppern kann. Stattdessen verlegt er sich darauf, Merle um Leckerli anzubetteln, indem er sie mit einem penetranten Schmelz-Hundeblick anstarrt. Merle krault ihn gedankenverloren hinter den Ohren.

»Peer also, ja?«, durchbreche ich die Stille und entlocke ihr ein Nicken. Mir war immer klar, dass die beiden zusammengehören. Allerdings ist mein Instinkt in Bezug auf Liebe sonst nicht besonders vertrauenerweckend.

»Ich liebe ihn, obwohl ich mich langsam frage, ob ich einen Fehler begangen habe. Wir sind immer noch nicht verheiratet, und langsam denke ich, Peer wird mich nie fragen.« Sie zuckt mit den Schultern. »Er hat alles, was er will. Die Kinder, ein Haus, jeden Abend verunstaltetes Essen auf dem Tisch und meine Wenigkeit. Er hat keinen Grund mehr, mir einen Antrag zu machen. Ich hätte einen Trumpf in der Hand behalten sollen.« Sie grinst, und es ist klar, dass es sie zwar wurmt, aber nicht wirklich stört.

»Er hat dir ernsthaft keinen Ring an den Finger gesteckt?« Peer und sie sind schon ewig zusammen. Sie haben eine Familie gegründet, sind sesshaft geworden und haben einen Rauhaardackel. Alles Dinge, die ich ihnen weniger zugetraut habe, als zu heiraten. Peers und Merles Eltern führen seit einer Ewigkeit eine glückliche Ehe. Ich hätte gedacht, dass er sie längst vor den Altar gezerrt hat. Vorzugsweise auf einem Surfbrett am Strand von Hawaii. Das hätte zu ihnen gepasst.

»Du kennst ihn.« Sie spielt auf Peers Komme-ich-heute-nicht-komme-ich-morgen-Einstellung an, die sie schon zu Schulzeiten in den Wahnsinn getrieben hat, und grinst schief, als ihr klar wird, dass ich ihn eben nicht mehr kenne. Ich kannte den achtzehnjährigen Peer, der im Kopf gerade einmal fünfzehn war und ständig nur idiotische, schräge Ideen hatte, in die er Bosse und Magnus mit hineinzog.

»Du hättest ihm in den Hintern treten sollen«, sage ich trotzdem und fühle mich komisch dabei, einer Freundin nach so vielen Jahren Beziehungstipps zu geben. Noch dazu, wo ich nur Erfahrungen mit dem epischen Scheitern von Beziehungen habe.

Ohne darauf einzugehen, fragt sie: »Warum bist du hier?«

Ich *könnte* sagen, weil meine Beziehung mit Henry Lancaster nach drei Jahren an der Tatsache gescheitert ist, dass ich ihn nie wirklich geliebt habe. Weil die Visa-Behörde beschlossen hat, mein Studentenvisum nicht in ein Arbeitsvisum umzuwandeln, und ich dadurch keine Möglichkeit hatte zu bleiben. Ich *müsste* sagen, weil ich immer den Teil von mir gesucht habe, den ich damals auf der Insel zurückgelassen habe. Aber das tue ich nicht. »Weil das hier mein Zuhause ist«, sage ich stattdessen und meine es ganz ernst. Merle nickt, aber ich sehe die unausgesprochene Frage hinter dieser Geste, ob ich tatsächlich bleibe oder vorhabe, wieder zu gehen. Merle hat die Wahrheit verdient. Unsere Freundschaft braucht die Wahrheit.

»Ich bleibe aber nur für ein halbes Jahr«, sage ich gedämpft. Der Satz hängt zwischen uns und verbreitet eine unbehagliche Stille.

Merle zieht eine bunte Patchwork-Decke über ihre Beine und knibbelt an dem gesäumten Ende herum. »Ein halbes Jahr?«, fragt sie.

Ich nicke. »Mein Visum war abgelaufen, und ich warte darauf, ein neues beantragen zu können, um meinen Job in San Francisco anzutreten.« Ich halte den Atem an. Ich könnte verstehen, wenn Merle nicht bereit wäre, unsere Freundschaft unter diesen Umständen wiederzubeleben.

Aber Merle ist eben Merle. Sie trägt ihr Herz auf der Zunge, und das ist so groß, dass sie keinen Platz für Negatives lässt.

»Dann bleiben uns also sechs Monate, um alles nachzuholen.« Sie sieht mich an, und ich lache, obwohl mir ein bisschen nach Heulen zumute ist.

»Ist deine Abreise verhandelbar?«

Ich schüttle den Kopf. »Ich denke nicht, aber ich werde sicher nicht noch einmal in so einer Nacht- und Nebelaktion abhauen. Ich komme zu Besuch, oder du setzt dich mit Peer und den Kids in ein Flugzeug und besuchst mich. Es wird diesmal anders sein.« Merle verzieht das Gesicht. »Peer in einem Flugzeug? Eher friert die Hölle zu, aber es ist schön, dass du nicht wieder ganz verschwindest.«

»Werde ich nicht. Versprochen. Und jetzt musst du mich auf den neuesten Stand bringen, in Ordnung?« Und dann lasse ich mir von Merle alles berichten, was in den letzten acht Jahren passiert ist. Hochzeiten, Todesfälle, Geburten. Lustige und schaurige Begebenheiten, den Klatsch, dessen Wahrheitsgehalt fraglich ist und gerade deswegen so viel Spaß macht. Es ist fast wie früher. Ich erzähle ihr von Caro, meinen Freundinnen, von Henry, der ein toller Mann, aber leider nicht mein Traummann ist, von San Francisco und dem Praktikum im Marriott Hotel. Wir bestaunen den gegenseitigen Werdegang, beneiden einander ein bisschen, besinnen uns auf die Dinge, die wir für kein Geld der Welt ändern wollen würden, und genießen es, wie jedes Wort die Kluft zwischen uns ein bisschen kleiner werden lässt. Nur ein Thema sparen wir sorgsam aus. Bosse.

Es ist mein erster Arbeitstag, und ich stehe an der Bushaltestelle. Der Versuch, mich in meinem Parka zu verkriechen, misslingt. Die Kälte sucht sich unbarmherzig ihren Weg unter den festen Stoff. Ich hüpfe von einem Bein aufs andere, aber wärmer wird mir dadurch nicht.

Noch zehn Minuten bis der Bus kommt. Morgen werde ich definitiv noch ein bisschen länger drinnen bleiben, und ich muss mir so schnell wie möglich einen Wagen kaufen. Der Sunshine-State Kalifornien hat mich temperaturtechnisch verweichlicht. Ich schlage die Hände vors Gesicht und puste warmen Atem in den schmalen Raum dazwischen, während ich auf- und abhopse.

»Hi, was machst du da?« Als ich durch die Finger spähe, sehe ich Teile einer schwarzen Karosserie, ein geöffnetes Wagenfenster und blonde Locken. Ich spreize die Finger weiter und sehe durch die Spalten Jakobs Grinsen. Auch wenn ich kein Interesse habe, entgeht mir nicht, dass er wirklich verteufelt gut aussieht.

»Hallo«, lächle ich ihn an, schiebe dann ein schlotterndes »vermutlich erfrieren« hinterher und lasse die Arme sinken. Die plötzliche Kälte sticht unbarmherzig in die Haut meiner Wangen.

»Was hältst du davon, wenn ich dich rette?« Jakob beugt sich über den Beifahrersitz, öffnet die Tür und gibt ihr einen Schubs.

»Danke für das Angebot, das ist sehr nett, aber ich werde den Bus nehmen.« Ich wedle mit der Dauerkarte, die in einer Plastikummantelung steckt. »Ich habe schon eine Fahrkarte.«

»Da will man einmal der Held sein, und dann tötet die holde Maid ihre Drachen lieber selbst«, brummt Jakob, aber seine Augen blitzen vergnügt. Flirtet er etwa? Ich muss ihm klarmachen, dass ich nicht an einer Beziehung, egal welcher Art, interessiert bin. Ich will die sechs Monate hier ohne Dramen und Emotionschaos herumkriegen.

»Vielleicht solltest du beim nächsten Mal das Pferd und die Rüstung nehmen«, sage ich und zeige auf seinen BMW. »Das macht mehr Eindruck bei den Frauen. Mich mal ausgenommen.« Ich kann ein Lachen nicht unterdrücken, als er zerknirscht die Augen verdreht.

»Ich habe meinem Stallburschen gleich gesagt, dass die moderne Kutsche die falsche Wahl für heute ist.« Er zeigt auf die geöffnete Tür. »Tust du mir trotzdem den Gefallen und steigst ein? Es war echt lästig, diese ganzen Vorstellungsgespräche zu führen, um jemanden Passendes für den Posten zu finden. Wenn du erfrierst, geht das wieder von vorn los.« Er lächelt mich an, und sein Blick könnte es locker mit dem von Merles Dackel Paule aufnehmen, wenn er versucht, ihr Leckerli aus dem Kreuz zu leiern.

»Und sollte unterwegs ein Drache auftauchen, überlasse ich ihn selbstverständlich dir«, fügt er noch hinzu, als wäre das das entscheidende Detail, um mich zu überzeugen.

Dabei ist es eher sein unkompliziertes Auftreten und seine nette Art, die mich nicken lassen. Ich rutsche auf den Beifahrersitz und lächle ihn an. »Danke.« Ich schlinge schlotternd die Arme um mich, als Jakob anfährt.

Er schließt das Fenster und dreht die Sitzheizung hoch. Eine Weile fahren wir schweigend Richtung Nordspitze der Insel, wo das Hotel *Seemöwe* liegt. »Du bist gerade erst angekommen und hast noch kein Auto?« Es ist eigentlich keine Frage, eher eine Feststellung, und bevor ich etwas sagen kann, fährt Jakob bereits fort. »Du wohnst bei deiner Mutter in dem Mehrfamilienhaus die Straße runter, oder?«

Natürlich kennt er durch die Bewerbungsunterlagen meine Adresse, und da ich seit meiner Rückkehr auf die Insel das Gesprächsthema Nummer eins sein dürfte, weiß er natürlich auch, dass ich dort nicht allein, sondern zusammen mit meiner Mutter wohne. Nach all den Jahren ist es ungewohnt, die relative Anonymität einer Großstadt wie San Francisco gegen den Mikrokosmos von Amrum einzutauschen, wo jeder ganz genau über seinen Nachbarn Bescheid weiß. »Du solltest dein Gesicht sehen.« Er stellt grinsend die Musik an und klopft den Takt des Liedes mit. Irgendein Popsong, den ich nicht kenne. »Ich bin kein Stalker.« Er lacht. »Es sieht nur so aus, als hätten wir denselben Arbeitsweg. Es wäre keine große Sache, dich abzuholen, wenn unsere Schichten zusammenfallen. Zumindest so lange, bis du ein eigenes Auto hast.«

Ich lächle ihn vorsichtig an und bin nicht sicher, ob ich auf sein Angebot eingehen soll. In der Vergangenheit habe ich Berufs- und Privatleben strikt voneinander getrennt, allerdings war mein Vorgesetzter im Marriott auch ein Pedant und professionell distanzierter Zwangsneurotiker – brillant in seinem Beruf, aber zwischenmenschlich eine echte Niete.

Jakob hingegen ist sympathisch, und es fällt mir bereits schwer, mich seiner entwaffnenden Offenheit zu verschließen. Wie sagte sein Vater – wir sind nicht nur ein Team, sondern auch eine Familie, Freunde. Das wird die Dinge verkomplizieren, aber mir ist klar, dass ich genau das will. Ich brauche einen Freund auf dieser Insel, und am besten jemanden, der nichts von mir weiß, außer wo ich wohne. Jemand, bei dem ich nicht hinter jeder Ecke über die Vergangenheit stolpere, und Jakob ist vermutlich der einzige Mensch, auf den das zutrifft.

»Ist doch idiotisch, dass du den Bus nimmst, wenn ich sowieso bei dir langfahre, und ich mache das wirklich gern«, wiederholt er sein Angebot. Er beugt sich etwas zu mir rüber. »Ich bin noch nicht lange auf der Insel, und die Nordlichter können wirklich verdammt reserviert sein. Manchmal ertappe ich mich dabei, Selbstgespräche zu führen, weil mich sogar Tratsch-Helen meidet, seitdem ich ihr das Gerücht über Porno-Piet nicht abkaufen wollte.« Er versucht ein Lachen zu unterdrücken, aber es gelingt ihm nur mäßig. »Du würdest mir also helfen, wenn du ja sagst und ich zumindest auf der Fahrt jemanden zum Reden habe.«

Er versucht, es mir leichtzumachen, über meinen Schatten zu springen, und er hat Erfolg damit. Er hält an einer roten Ampel, die im Wind leicht auf und ab schaukelt, aber selbst als sie auf Grün springt, fährt Jakob nicht an und hält mir stattdessen geduldig seine Hand entgegen.

Erst als ich sie ergreife und langsam schüttle, grinst er zufrieden, legt den ersten Gang ein und fährt an, obwohl die Grünphase bereits vorbei ist und die Farbe zu dunkelorange wechselt.

»Danke.« Ein einfaches Wort, das mir normalerweise schwerfällt. Jakob aber macht es leicht, es zu benutzen. Besonders, weil er herrlich schief und ohne Scham in den Refrain des Liedes einsteigt. Ich sehe ihm amüsiert zu.

»Das ist echt …« Mir fehlen die passenden Worte, um sein fehlendes Gesangstalent zu beschreiben.

»Furchtbar«, bietet er lachend an. »Das hatte ich, glaube ich, vergessen zu erwähnen. Gehört mit zum Paket, wenn ich dich fahre. Ich singe für mein Leben gern, ständig und furchtbar schlecht.« Er dreht die Anlage etwas lauter. »Der einzige Weg, dem zu entgehen«, brüllt er über die Beats hinweg, »ist Mitsingen und die Musik so laut drehen, dass es erträglich wird.«

Ich nicke und pruste los, als er sich stimmlich drei Meter neben Taio Cruz' einpendelt. Mitsingen werde ich auf keinen Fall, aber die Tatsache, dass sich mein Arbeitsweg vorerst so gestalten wird, gefällt mir.

Bosse

Sie ist wieder hier. Juna. Merles Worte graben sich wie Schrapnellsplitter durch meinen Körper. Genau wie die Elektromusik, die durch die Bootshalle dröhnt. Mir ist schwindelig, und das liegt nicht an den drei Bier, die ich getrunken habe, seitdem Merle mir die Neuigkeit vor die Füße geworfen hat.

Schon seit drei Wochen ist sie wieder auf der Insel und damit in Merles und Peers Leben. Ich frage mich ernsthaft, wie mir der Tratsch auf der Insel entgehen konnte, den ihre Rückkehr ausgelöst haben muss.

Das hätte nie passieren dürfen. Nicht, dass Juna geht, nicht, dass sie nach all den Jahren wieder hier auftaucht, und am allerwenigsten, dass es mir etwas ausmacht. Ich meine, Herrgott nochmal, ich bin erwachsen, und die Sache zwischen uns ist ewig her. Ich müsste über den Dingen stehen, aber ich fühle mich eher wie nach meinem ersten Besäufnis mit Peer und Fynn hinter Fietes Schuppen, als wir vierzehn waren.

Mir ist schlecht, und es fühlt sich so an, als würde das

nicht so bald anders werden. Ich lehne an einem Stapel Europaletten und starre auf den sandigen Boden der Bootshalle, die noch genauso ranzig aussieht wie bei den ersten Partys, die wir hier gefeiert haben. Nur stehen heute weniger Schiffe in der riesigen Lagerhalle.

Peers alter Herr behauptet seit jeher, es würde an den Partys liegen, die wir hier feiern und denen niemand gern sein Schiff aussetzt. Dabei ist das einzige Mal, dass wirklich ein Schaden entstanden ist, verteufelt lange her. Ich glaube, dass diese Insel langsam, aber sicher zur Hölle fährt. Viele Leute haben einfach nicht mehr die Zeit oder die finanziellen Mittel, um sich den Luxus eines Bootes leisten zu können. Ich zwinge meine Gedanken weg von Juna und bin erstaunlich erfolgreich, bis Merle mir einen Strich durch die Rechnung macht.

»Alles klar, Bosse?«, fragt sie, und das Mitleid in ihrem Blick macht mich wütend.

»Lass ihn doch einfach mal in Ruhe«, brummt Peer ihr zu. Aber wenn Merle sich erst einmal auf einer ihrer Rettungsmissionen befindet, hält sie niemand davon ab. Nicht einmal die Tatsache, dass Peer recht hat und ich meine Ruhe will. Sie ist einfach so. Das macht sie zu einer tollen Sozialpädagogin, die bei den Jugendlichen der Insel viel bewegt hat, bevor sie nach der Geburt ihres zweiten Kindes zu Hause geblieben ist. Aber von Zeit zu Zeit geht sie einem damit ganz schön auf den Geist.

Ich nicke ihr zu und murmle ein brüchiges »geht schon«, das niemanden überzeugt. Nicht einmal mich. Es fühlt sich an, als würde ich in dem verdammten Sturm stehen, in dem Juna verschwunden ist, als sie vor acht Jahren ging. Mir ist kalt, dabei herrscht eine Bullenhitze auf der Tanzfläche.

Irgendwer hat Elektromusik aufgelegt. Bis eben habe ich diesen Jemand verflucht, aber die stumpfsinnigen Beats eignen sich erstaunlich gut, um den Druck in meiner Brust zu überlagern.

»Ich hole mir noch was zu trinken. Soll ich irgendwem etwas mitbringen?«, bringe ich einigermaßen fest hervor. Ich lache, aber das Geräusch ist stumpf, wie das zigmal recycelte braune Glas der Flasche in meiner Hand.

Betretene Gesichter. Scheiße nochmal, ist sie eben wieder da. Die anderen könnten wenigstens so tun, als wäre es keine große Sache. Aber in mir konzentriert sich alles auf einen Punkt, der nichts mehr mit mir oder meinem Leben zu tun haben sollte. Juna. Sie ist wie Nato-Draht, den man durch meine Eingeweide zieht, und ich hoffe inständig, dass das vergeht, sobald ich den ersten Schock überwunden habe.

»Bosse?«, versucht Merle es erneut, aber ich unterbreche sie.

»Es ist keiner gestorben, verdammt nochmal«, bringe ich angemessen ausdruckslos hervor und schüttle ihre Hand ab. Ich drehe mich um und zwänge mich durch die Menschen auf der Tanzfläche. Zu viele Körper, zu viele Gesichter, die ich nicht kenne. Das hier sollte ein Ort nur für uns Inselbewohner sein. Touristen haben keinen Zutritt, aber jedes Jahr dringen mehr Fremde in dieses Refugium vor. Das erklärt auch die Musik.

Ich erreiche den Tresen und lege einen Schein vor Lea ab, die heute Tresendienst hat. Sie ist jung. Zu jung, um Alkohol auszuschenken, aber danach kräht hier kein Hahn. Ich weiß, dass sie das Geld braucht, und halte meine Klappe, obwohl wir beide wissen, dass sie kurz davorsteht, sitzenzubleiben.

Die Boxen stehen unmittelbar neben der Bar, was eine Verständigung unmöglich macht, also hebe ich nur drei Finger. Wenn man sich nicht die Mühe macht, seine Bestellung zu artikulieren, heißt das im Bootshaus automatisch Cola-Korn. Ich trinke zu selten, um die Mischung aus vier Fingerbreit Korn und einem Pseudoschuss Cola zu vertragen, aber das ist mir gerade scheiß-egal. Ich kippe das erste Glas hinunter, lasse das zweite folgen und bahne mir mit dem Dritten meinen Weg zurück zu den anderen.

Der Alkohol breitet sich mit jedem Herzschlag in meinem Körper aus, aber es ist kein angenehm taubes Gefühl. Ich fühle mich hilflos. Ich wusste, dass ich nicht mit uns abgeschlossen habe. Wie auch. Wir haben nie über damals geredet, uns nie ausgesprochen. Ich habe sie nie wirklich gehen lassen, aber das heißt nicht, dass sie das Recht hat, zurückzukommen.

Es hat mir besser gefallen, als sie sich am anderen Ende der Welt befunden hat und ich mein Leben neu sortiert habe. Das hätte so bleiben sollen. Immerhin ist das, was

Juna und mich jemals verbunden hat, längst tot, versandet, wie alles auf dieser Insel.

»Er trinkt. Er redet nicht mit uns. Wie viele Gründe kennst du, die ihn in so einen Zustand versetzen? Natürlich hat es mit ihr zu tun. Wir müssen jetzt für ihn da sein.«

Merle hat viele gute Eigenschaften. Eine ist, dass sie sich ernsthafte Sorgen um mich macht. Dass sie dabei so subtil und leise vorgeht wie ein Brecheisen, sicher nicht.

»Er hat einen Namen und ist zufällig keines deiner Sozialprojekte, Merle. Und ich kann dich hören.« Obwohl ich wünschte, die Musik wäre hier noch so laut wie vor den Boxen an der Bar und würde das verhindern. Ich tippe mir gegen den Schädel, als ich meinen Platz neben den Paletten erreiche, und verziehe das Gesicht zu einer Grimasse, die an einem nicht alkoholverhangenen Abend ein Grinsen geworden wäre. Merle tut nicht einmal angemessen beschämt. »Es geht mir gut«, füge ich hinzu, einfach weil ich will, dass es so ist.

»Na, Hübscher.« Eine Hand schiebt sich um meine Taille, und ich spüre Ellas Lippen an meinem Hals, bevor ich sie sehe. Ihr Körper an meinem schafft es endlich, Juna wegzuschieben. Nicht weit genug, aber immerhin auf eine erträgliche Distanz.

Ella ist nicht wie sie. Und das ist etwas Gutes, auch wenn es gleichzeitig der Grund ist, warum nie wirklich mehr aus uns werden konnte als dieses wackelige On-Off-Ding, das uns verbindet. Ich drehe mich zu Ella um, ziehe sie an mich und küsse sie.

Aus den Augenwinkeln sehe ich, wie Merle die Augen verdreht und Peer auf die Tanzfläche zerrt. Sie ist nicht gerade ein Fan von Ella, und sie gibt sich keine Mühe, ihre Gefühle zu verbergen.

»Na, seit wann bist du hier?«, murmle ich in den Kuss und schiebe meine Hand in ihre, obwohl Ella nicht der Händchenhalten-Typ ist.

»Seit eben.« Sie deutet auf mein Glas, dann lachend auf unsere Hände und löst sich von mir. »Dein Wievieltes ist das?« Sie nippt an dem Inhalt, ohne mir das Glas aus der Hand zu nehmen, und nickt wissend.

Sie sagt das nicht, weil sie etwas dagegen hat, wenn ich trinke. Sie versucht wohl nur zu ergründen, warum ich plötzlich beginne, mich wie ein Highschool-Musical-Darsteller aufzuführen. Allerdings scheint es ihr zu gefallen, dass ich meine ansonsten häufig aufblitzende Abwehr aufgebe. Ich bin längst jenseits des Pegels, bei dem ich irgendetwas aufrechterhalten könnte.

Ella beginnt zu tanzen. Ihr Körper bewegt sich an meinem und ist weit effektiver als die 180 Beats pro Minute, die über uns hinwegdonnern. Sie löscht Juna aus, unsere Vergangenheit. Zumindest kurzfristig.

Aber dann blitzen Bilder von Juna, wie sie nur für mich tanzt, in dem Stroboskopflackern auf, das uns umgibt. Ich kneife die Augen zusammen und küsse Ella auf die eine Stelle am Hals, die sie wehrlos macht. Ella hat viele solcher Stellen, und sie ist gut darin, meine zu finden. Sie berührt mich, aber tiefer als meine Körperoberfläche dringt sie dabei selten. Das muss sie auch nicht. Ihre Haut an meinen Lippen holt mich zurück ins Hier und Jetzt – das muss erst mal reichen.

»Kotz«, kommentiert Merle unseren Körperkontakt trocken. Sie hat ihre Ignoranztaktik aufgegeben und die Anti-Ella-Offensive gestartet. Ich habe sie schon so oft gebeten, sich endlich mit Ella anzufreunden oder sie wenigstens zu respektieren, aber Merle kann verdammt stur sein. Sie wirft Ella einen giftigen Blick zu.

»Lass uns von hier verschwinden, Bosse. Wir könnten runter zum Surfshop gehen«, schlägt Merle vor. »Fynn hat seine Gitarre dabei.«

Peer verdreht die Augen. Er weiß, dass er sich besser nicht zwischen Merle und ihre Mission stellt, und ich nehme mir vor, ihm bei nächster Gelegenheit wegen seiner Illoyalität einen Schlag in den Nacken zu verpassen.

Fynn nickt ebenfalls, weniger weil er Merle zustimmt, sondern weil seine gesamte Konzentration auf eine neue Eroberung gerichtet ist, die ihn selig anhimmelt, und er unserem Gespräch nur scheinbar folgt. Als würden Worte oder Gitarrengeklimper etwas daran ändern, dass mich gerade meine Scheiß-Vergangenheit von den Füßen holt.

»Gehen ist eine verdammt gute Idee«, wende ich mich an Ella und verdrehe damit Merles Worte. Weil ich weiß, dass es sie ärgert, und weil ich wirklich hier rausmuss. Ich schiebe meine Hand demonstrativ in Ellas Gesäßtasche und suche Nähe, wo keine ist.

»Ich verstehe nicht, wieso du dir nicht helfen lässt«, wagt Merle einen letzten Versuch.

»Nicht, dass ich Hilfe brauchen würde«, sage ich und leere mein Glas. »Aber falls doch, habe ich nicht vor, mir ausgerechnet von dir helfen zu lassen. Ich bin gerade scheiß-wütend, und du weißt genau, warum.« Sie hätte mir sagen müssen, dass Juna wieder da ist, und zwar viel eher. Sofort wäre gut gewesen.

»Lass uns einfach gehen«, murmle ich und ziehe Ella hinter mir her zum Ausgang.

Merle und mich verbindet, dass wir Juna verloren haben. Sie weiß, wie ich gelitten habe. Sie ist neben Fiete und Peer überhaupt die Einzige, der ich jemals gezeigt habe, wie fertig ich war. Sie hätte mit mir reden müssen, anstatt mich drei Wochen lang anzulügen und den Inseltratsch von mir fernzuhalten. Allein deswegen hat sie schon kein beschissenes Recht, mir zu erzählen, eine weitere Nacht mit Ella wäre ein Fehler.

Draußen schlägt mir eine Sturmbö Nieselregen ins Gesicht. Ärgerlich klappe ich den Kragen meiner Jacke hoch. Das Inselwetter hat ein Talent dafür, einen unangenehm nüchtern werden zu lassen.

»Wollen wir zu dir oder zu mir?«, fragt Ella. Das hört sich eine Spur zu sehr nach einem schlechten Porno an und bringt mich zum Lachen. Die ganze Situation ist so scheiß-verfahren, und ich bin froh, dass Ella nichts davon weiß. Dass sie es schafft, mich mitten in diesem Chaos zum Lachen zu bringen.

»Zu mir. Dann brauchen wir kein Taxi«, entscheide ich, weil es Ella egal ist. Mein Haus liegt nur einen knappen Kilometer westlich zwischen den Dünen. Ich habe es vor zwei Jahren gekauft und renoviere ständig irgendetwas. Fynn, der in die Baufirma seines Vater mit eingestiegen ist, meint, es würde nie etwas werden, wenn ich mit meinen zwei linken Händen daran herumwerkele. Er würde liebend gern die Regie übernehmen und zeigen, dass man in zwei Wochen fertig sein könnte. Aber ich bin mir nicht sicher, ob ich mit so viel Perfektion umgehen könnte. Ich mag die unverputzten Wände, die vielen unfertigen Ecken und die kleinen Macken, die während meiner Try-and-Error-Heimwerker-Grundausbildung entstanden sind.

Ella hängt sich bei mir ein und läuft schweigend neben mir her. Eine ihrer besten Eigenschaften ist, dass sie Stille nicht immer füllen muss.

Den ganzen Weg sagt keiner von uns ein Wort. Selbst dann nicht, als ich zwei Anläufe brauche, um die Haustür aufzuschließen. Ich schüttle die Feuchtigkeit aus meinen Haaren und schäle mich aus der Jacke. Achtlos werfe ich sie über eines der Kite-Boards, die im Flur an der Wand hängen. Ella legt ihren Parka auf die Kommode, die an der gegenüberliegenden Wand steht. Ein uraltes Exemplar, das makellos sein könnte, wenn man ihr einen neuen Anstrich verpassen würde. Aber ich mag es, dass man sieht, wie die Zeit dem Holz mitgespielt hat. Manchmal fühle ich mich genauso rau und angeschlagen.

Ich gehe zum Küchentresen und schenke mir einen

Bourbon ein. Ein guter Tropfen, sanft, erdig und rund. Aber heute scheiße ich auf das Aroma, das mehr Zeit brauchen würde, um sich zu entfalten, und schütte den Inhalt des Glases in einem Zug hinunter. Ella schiebt wortlos ihre Hände unter mein Shirt und lässt die Finger sanft über den Bund meiner Jeans kreisen, während ich mir nachschenke.

»Was ist los? Schlechter Tag heute? Ich habe dich noch nie wütend auf Merle erlebt«, flüstert sie nah an meinem Ohr.

Ich will nicht darüber sprechen. Mit ihrer Zunge streift sie über meinen Hals, als wollte sie sicherstellen, dass ich sie nicht wegschiebe.

Ich tue es trotzdem. Sanft, aber bestimmt. »Hör mal, ich bin echt neben der Spur. Vielleicht sollten wir das heute lassen«, sage ich und spüre, wie der Alkohol meine Zunge schwermacht. Ein letzter Anflug von Moral, der hart zu kämpfen hat, als sich ihre Hand in meine Hose schiebt.

Ella sieht atemberaubend aus, sie ist intelligent, sexy und sie will mich. Das sollte reichen. Trotzdem löse ich ihre Hände von mir und trete einen Schritt zurück. Sie sieht enttäuscht aus. Vielleicht sogar wütend. Sex ist unsere stärkste Verbindung. Heute vielleicht unsere einzige, und ich bin dabei, sie zu kappen.

»Tut mir leid. Ich weiß auch nicht.« Meine Stimme klingt belegt, und ich rede mir ein, dass es nur am Alkohol und an der Müdigkeit liegt, die an jeder meiner Zellen zerrt.

Ella lässt sich durch meinen lahmen Einwand nicht einschüchtern. Sie ist eine, die weiß, was sie will, und in der Regel auch genau das bekommt. Eine Eigenschaft, die mich vom ersten Tag an angezogen hat. Sie schiebt mich ins Schlafzimmer – der einzige separate Raum im Erdgeschoss – und ich bin zu sehr neben der Spur, um ihr ernsthaft etwas entgegenzusetzen. Sanft drückt sie mich auf die Matratze und sinkt vor mir in die Knie. Ich weiß, was jetzt kommt, aber anstatt mich fallenzulassen und zu vergessen, stoppe ich sie.

»Ich meinte das ernst. Können wir uns einfach nur hinlegen?«, frage ich und ziehe sie neben mich aufs Bett.

Sie holt Luft, wahrscheinlich um zu widersprechen, lässt es dann aber. Ich schließe meine Arme um sie. Ihr Kopf liegt auf meiner Brust, und ich kann hören, wie sich mein Herzschlag mit ihrem Atemrhythmus mischt. Solche Momente zwischen uns sind selten. Ella schläft so gut wie nie bei mir. Wir halten keine Händchen und kuscheln nicht miteinander. Wir sind anders, und im Grunde ist das in Ordnung. Ich war zufrieden, so wie die Dinge in meinem Leben liefen.

Aber das war, bevor Merle die Juna-Bombe gezündet hat.

Juna

Schon im Flur der Wohnung empfängt mich der penetrante Geruch nach Patschuli und Ingwer. Ich werfe meine Tasche neben die Garderobe und hänge meine Jacke auf. Die Bikerboots streife ich nur von den Füßen und pfeffere sie neben den wüsten Haufen von Mas Chucks. In allen Farben des Regenbogens, zerlöchert und mit Edding verziert liegen zig Exemplare im Flur herum.

Als ich die Tür zum Wohnzimmer aufdrücke, wird der herbe Geruch unerträglich. Ma sitzt auf dem Boden im Lotussitz und meditiert. Sie war schon immer gelenkiger als ich.

»Hallo, Juna-Maus.« Sie öffnet die Augen nicht, während ich den Raum durchquere und die Balkontür aufreiße.

»Hi, Ma.« Ich kneife meine Augenlider zu und bleibe in der Nähe der Balkontür stehen. Sicher ist sicher, denn noch immer steigt stinkender Rauch spiralförmig von den Räucherstäbchen auf, und ich bin sicher, dass die Gefahr, an dem Zeug zu ersticken, höher ist, als zu erfrieren.

»Wer war der süße Typ, der dich gebracht hat?«, fragt Ma.

Sie sitzt auf dem Boden und hat die Augen geschlossen. Wie konnte sie bitte mitbekommen, dass Jakob mich nach Hause gefahren hat? Ihr Traumprinz-Radar ist nach wie vor sehr empfindlich, auch wenn ich sie in diesem Fall leider enttäuschen muss. Jakob fährt mich zwar jeden Tag, und wir sind uns definitiv nähergekommen in den letzten drei Wochen, aber das zwischen uns ist rein freundschaftlich.

»Ich dachte, du meditierst?«, kontere ich, weil ich keine Lust habe, mich zu erklären. Ich kann sehen, wie es hinter ihrer Stirn arbeitet und sie bereits Bilder von Jakob und mir aneinanderreiht, die mit einem Häuschen auf Amrum, einem Ring am Finger und einer Horde Kinder endet. Dabei hat sie ihn noch nicht mal kennengelernt, und ich bezweifle, dass Jakob überhaupt Mas Männergeschmack entspricht.

»Ich bin eben multitaskingfähig.« Sie kichert. »Du kennst mich doch. Er bringt dich schon seit Wochen jeden Tag.«

Ich kenne Ma, insbesondere ihren Hang, mich verkuppeln zu wollen. Davon hat sie die letzten acht Jahre nicht einmal die Tatsache abgehalten, dass uns ein Ozean getrennt hat. Ich stöhne theatralisch, was ihr ein Lachen entlockt.

Sie beendet ihre Meditation, indem sie sich vor dem winzigen Altar aus Räucherstäbchen, Kerzen und einer

Buddhafigur verbeugt und dann die Räucherstäbchen mit angefeuchteten Fingern löscht.

»Das ist doch der Sohn deines Chefs?« Jetzt teilt sie ihre Aufmerksamkeit nicht mehr, sondern konzentriert sich ganz auf mich, und das kann verdammt gefährlich sein.

»Er hat so eine gewisse Aura.« Sie strahlt mich an, setzt sich auf das Sofa und klopft neben sich.

»Ma, ich muss noch ...« Mir fällt keine Ausrede ein, wie ich ihrer Befragung entkommen könnte.

»Papperlapapp. Wir beide sollten mal wieder richtig schön quatschen. Mädels unter sich.«

»Du bist fünfzig, Ma.«

»Und trotzdem jünger im Kopf als du«, kontert sie mit einem Grinsen. Mit einem resoluten Griff dreht sie mich so, dass sie meine Haare flechten kann.

»Ich bin nicht der Zopf-Typ, Ma«, protestiere ich schwach.

»Ich versuche hier gerade Nähe zu erzeugen. Also könntest du jetzt bitte mal ein bisschen kooperativer sein?«, fragt Ma, und ich gebe nach, weil es irgendwie süß von ihr ist.

Als ich noch ein Kind war, hat Ma mir oft die Haare geflochten und mir dabei Geschichten von irgendwelchen Typen erzählt, die so urkomisch waren, dass ich sie für reine Erfindung hielt. Heute bin ich da nicht mehr so sicher, aber hier mit ihr zu sitzen und ihre Finger durch meine Haare streifen zu spüren fühlt sich an wie Nachhausekommen.

»Also dein Chef«, setzt sie an. »Erzähl mir von ihm.«

Ich seufze. »Da gibt es nichts zu erzählen.« Ich zucke mit den Schultern und versuche Mas Neugier mit reinen Fakten zu befriedigen. »Er heißt Jakob, ist der Juniorchef, zweiunddreißig und wohnt seit zwei Jahren hier auf der Insel. Seitdem er mit seinem Vater das Hotel Seemöwe von dessen Cousin übernommen hat. Es gefällt ihm gut hier, auch wenn es nicht einfach ist, sich zu integrieren. Wir haben denselben Arbeitsweg, weswegen er mir angeboten hat, mich mitzunehmen. Er ist einfach nett, und wir haben uns ein wenig angefreundet.« Ich muss mich dringend um ein eigenes Auto kümmern, damit Jakob mich nicht mehr so oft fährt und damit hoffentlich Mas Interesse an ihm versiegt.

»Carsten und ich waren auch erst Freunde und dann ...« Sie verdreht genießerisch die Augen. »Er war ein phantastischer Liebhaber ... er konnte wirklich ewig ...«

»Ma!« Ich halte mir die Ohren zu. »Too much information.«

Sie lacht, und durch meine Hände auf den Ohren höre ich etwas, das wie »prüde« klingt. Dabei bin ich nicht prüde, aber ich möchte mir meine Ma nun mal nicht beim Sex vorstellen.

Mir reichen die Erinnerung an Ferien in Hippiekommunen, wo alle herumliefen, wie Gott sie schuf, und die eindeutigen Geräusche, die viel zu oft über den Platz wehten. Wir Kinder waren uns selbst überlassen, was nicht immer schlecht war. Die Treffen fanden in Wäldern, an Seen oder auf Wiesen statt. Wir hatten Matsch, Wasser, die Natur, jede Menge Farben, Stoffe und keinerlei Grenzen. Wir konnten tun, was wir wollten. Ich habe diese Urlaube geliebt und gleichzeitig gehasst, weil ich Ma immer teilen musste. Auf jeden Fall hatte ich damals für meine Lebzeiten genug Einblicke in Mas Sexleben.

»Wir sind nur Freunde, wenn man das überhaupt nach zwei Wochen schon sagen kann«, stelle ich noch einmal unmissverständlich klar.

Ma nickt und widmet sich wieder dem Zopf, den sie mir flicht. Eine Weile sitzen wir nur da und schweigen gemeinsam. Etwas, das wir früher nie konnten. Das ist definitiv etwas, was sich in den letzten Jahren verändert hat. Jetzt dreht Ma mich zu sich um, streicht mir einige widerspenstige Strähnen hinters Ohr und lächelt mich an.

»Hübsch siehst du aus. Das war wirklich schön.«

»War es«, stimme ich zu und lächle ebenfalls.

»Fast so schön wie der Sommer mit Ulf, weißt du noch.«

Ich springe auf und schüttle mich. »Ich geh ins Bett, bevor ich Dinge höre, von denen ich Albträume bekomme.«

Ma lacht. »Ulf war wirklich schräg.« Und wenn Ma das schon zugeben muss, hat es wirklich etwas zu bedeuten. Ulf war mit Abstand das Schrägste, was der Sommer 1996 zu bieten hatte.

»Schlaf gut, Juna-Maus.« Sie schickt einen Kuss durch das Wohnzimmer zur Tür, und ich werfe einen zurück.

»Das müssen wir unbedingt wiederholen. Am besten mit Eis, jeder Menge Pizza und einem echten Film«, sagt Ma und lässt sich rücklings auf das Sofa plumpsen.

Echte Filme sind bei Ma solche, in denen die Männer noch Hut tragen, die Frauen Zigaretten mit Spitze rauchen und das Bild schwarzweiß ist, am besten in Marathonmanier die ganze Nacht lang.

»Das sollten wir wirklich machen«, stimme ich zu. »Nacht, Ma.«

Ich parke meine neueste Errungenschaft, einen VW Polo, auf dem Parkplatz des Hotels. Seit etwas mehr als drei Wochen arbeite ich jetzt in der *Seemöwe*, und der Job macht mir wirklich Spaß. Da Team ist toll, besonders Jakob, der mit mir auf ein und derselben Wellenlänge schwimmt. Auch wenn er zunächst etwas gekränkt war, als ich ihn, sobald ich den altersschwachen Polo erstanden hatte, nicht mehr als Chauffeur brauchte. Dabei bedeutet meine Unabhängigkeit ja nicht, dass wir keine Freunde sein können. Da Jakob kaum jemanden anderes auf der Insel näher kennt, denn zwei Jahre reichen beileibe nicht, um den Panzer der Ureinwohner zu knacken, hat er mir jedoch ziemlich schnell vergeben.

Ich bin verdammt froh darüber, denn Jakob färbt meine Tage hier bunter, als ich je gedacht hätte. Der einzige Wermutstropfen ist die Tatsache, dass ich in einem halben Jahr wieder verschwinden werde und dass er keine Ahnung davon hat. Ich fühle mich nicht wohl dabei, ihm diese Information vorzuenthalten, und nehme mir vor, bei der nächstbesten, passenden Gelegenheit mit Jakob darüber zu sprechen. Er muss Bescheid wissen, wenn ich nicht will, dass unsere Freundschaft am Ende an meiner Flunkerei kaputtgeht. Wenn ich eins aus der Vergangenheit gelernt habe, dann, dass nicht Distanz Freundschaften auf eine harte Probe stellt, sondern sang- und klangloses Verschwinden. Ich krame meine Sachen vom Beifahrersitz zusammen und schmunzle, als ich an die Arbeit denke, die mich heute erwartet. Ich bin verdammt gut darin geworden, jegliche Wörter zu vermeiden, die Paul Kruse als Beleidigung seiner Größe auffassen könnte. Jakobs Vater ist ein komischer, aber sehr liebenswerter Kauz.

»Moin, Juna.« Jakob klopft an mein Fenster und öffnet die Tür, als er sieht, dass ich einen fragilen Turm aus Anziehsachen, Kaffeebecher, Schlüssel und Handtasche balanciere.

»Kann ich dir was abnehmen?« Er hält mir die Tür auf und wartet, bis ich aus dem Wagen gekrabbelt bin. Er ist aufmerksam und zuvorkommend. Eigenschaften, die er von seinem Vater hat.

»Willst du nach Sibirien auswandern?«, fragt er und zeigt auf die Sammlung an dicken Anziehsachen in meiner Hand. Er trägt selbst bei dem eisigen Westwind nur einen Pullover und eine dünne Jeans. Es ist, als hätte Jakob eine eingebaute Heizung und würde sich selbst wärmen. Damit ist er das genaue Gegenteil von mir. Wohl auch, weil ich durch das kalifornische Wetter verwöhnt bin.

»Lustig.« Eine kalte Bö verwirbelt meine Haare und macht den Versuch eines Stylings kaputt. Genervt verfrachte ich meine Sachen auf Jakobs Arm und binde mir die Haare zu einem Pferdeschwanz zusammen. »Wir haben Winter. Ich erfriere, wenn wir heute die Aufnahmen für die Website zwischen den Dünen machen und ich mich nicht vorher dick einpacke«, erkläre ich, angle noch eine Jacke vom Beifahrersitz und klemme sie mir unter den Arm.

»Ich verstehe.« Er schmunzelt und stößt mich leicht mit dem Ellbogen an. Dabei gerät das höchst wackelige Gebilde auf seinem Arm ins Wanken, und sowohl Schal als auch Mütze fallen herunter und saugen sich augenblicklich voll mit brackigem Pfützenwasser.

»O Mist.« Jakob beeilt sich, mein Zeug aus der Pfütze zu retten, bevor es völlig durchweicht ist. »Tut mir echt leid«, murmelt er. »Dieses Erfrieren-Ding scheint sich wie ein eisblauer Faden durch unsere Freundschaft zu ziehen«, meint er und sieht ehrlich betroffen aus, als er die patschnassen Sachen vor mir in die Höhe hält.

Eine warmes Gefühl macht sich in mir breit, weil Jakob das einfache Wort »Freundschaft« wie selbstverständlich zwischen uns legt. Ich hingegen krampfe herum, wenn ich auch nur versuche, das Wort »Gefühle« auszusprechen.

»Ich fahre einfach in der Mittagspause kurz nach Hause und hole mir trockene Sachen, bevor der Fotograf kommt«, sage ich und tippe unsicher gegen den tropfenden Wollschal. »Bis dahin werde ich schon nicht erfrieren.« Ich grinse ihn an. »Und falls doch, bin ich sicher, dass du mich rettest, mit Gaul oder Kutsche ist mir gleich.« Er wringt die Wolle aus, lacht und nickt. Dann laufen wir nebeneinander zum Eingang des Hotels und betreten die Lobby. »Der Fotograf kommt früher als geplant. Er hat gestern noch angerufen, ob wir den Termin auf den Vormittag schieben können. Keine Ahnung, warum.« Er zuckt mit den Schultern. »Schreit also nach einer prompten Rettung. Außerdem kannst du unmöglich unsere Mittagspause opfern, um nach Hause zu fahren.« Er schiebt gekränkt seine Unterlippe vor. Seitdem ich angefangen habe, in der Seemöwe zu arbeiten, haben wir fast jede Pause gemeinsam verbracht. Jakob hat ein ausgeprägtes Talent dafür, lustige Geschichten aus dem Hotel zu erzählen und nur Sekunden später in ernste Themen einzutauchen. Ich kann mit ihm lachen, neugierig sein, kann die Worte aus mir heraussprudeln lassen, ohne jedes davon abzuwägen. Ich muss ihm nichts erklären. Zwischen uns gibt es keine Vergangenheit, die sich verkanten könnte.

Ich habe genauso wenig Lust, diese gemeinsame Zeit zu opfern, um frische Klamotten von zu Hause zu holen, also nicke ich. »Spontane Rettung. Und wie sieht so etwas aus?«

Er knüllt den Haufen Wolle zusammen und tut geheimnisvoll. »Sagen wir einfach, ich habe da so meine Tricks. Du hast die Sachen trocken zurück, bevor das Shooting losgeht. Versprochen, und Problem gelöst.«

Das ist typisch Jakob. Es gibt kaum etwas, das ihn ernsthaft aus der Bahn wirft. »Lass mich raten. Entweder das Housekeeping oder dein Vater?«, frage ich, weil ich mir nicht vorstellen kann, dass Jakob in seinem Leben schon mal selbst einen Trockner bedient hat.

Er lacht. »Ein Mann braucht seine Geheimnisse.«

Wenn es um sein Privatleben geht, weicht Jakob tatsächlich immer aus. Ansonsten ist er aber niemand, der Geheimnisse für sich behalten kann. Ich lache.

»Nimmst du mich etwa nicht ernst?«

»Doch, na klar«, flunkere ich und fange mir dafür einen Knuff in die Seite ein. Dann deutet Jakob in Richtung Empfangstresen hinüber.

»Du solltest Nina helfen.«

Die Auszubildende des Hauses steht mit hochrotem Kopf hinter dem Tresen, während ein älteres Ehepaar wild gestikulierend auf sie einredet. Sie tippt auf dem Computer herum, aber es ist offensichtlich, dass sie heillos überfordert ist.

»Das ist das Ehepaar, das dein Vater angekündigt hat, nicht wahr?«

»Die Hollers. Sie lieben es, sich zu beschweren«, sagt Jakob.

Ergeben schlüpfe ich in meine High Heels und übergebe ihm auch noch meine Boots. »Ich sehe es.«

»Versuch's mit einem Gutschein für eine Wellnessbehandlung. Sie wollen etwas geschenkt, dann werden sie ganz handzahm.« Mit einem Lachen wendet er sich dem Büro zu, und ich wette, dass ich Schadenfreude darin höre.

Ich starre in diese Augen, die einmal mein Mittelpunkt waren. Dunkel, fast schwarz, brennt sich Bosses Blick in meinen. Er dürfte nicht hier sein. Wieso habe ich Merle nicht gefragt, ob er noch auf der Insel ist? Sie oder meine Ma. Ich war einfach davon ausgegangen, dass er längst fort ist. Weg von der Scheiß-Sandbank, weit weg von mir.

Aber dennoch steht er jetzt vor mir. In der Lobby der Seemöwe. Sein sonnengebleichtes Haar lugt unter einer khakifarbenen Beanie hervor. Sie beißt sich mit dem Oliv des Longsleeves, das seinen muskulösen Oberkörper betont. Darüber trägt er einen offenen Parka. Es war Bosse noch nie wichtig, was er trägt, ob es modisch ist oder wie die Farben zusammenpassen. Und er hat recht. Es ist egal. Das, was sich unter den Klamotten befindet, wirft einen so dermaßen aus der Bahn, dass die Farbe eines Shirts zur Nebensache wird. *Er* wirft mich aus der Bahn.

Früher war es ein gutes Gefühl. Wie der freie Fall, wenn man die Sicherheit des Bungee-Seils an den Fußgelenken spürt. Bosse war meine Sicherheit.

Ich habe wirklich geglaubt, ich würde nicht mehr so auf ihn reagieren. Aber das war ein fataler Irrtum. Er bringt mich noch immer dazu, mich aufzulösen, zu springen, zu fallen. Was sich verändert hat, ist, dass er nicht mehr meine Sicherheit ist. Da ist kein Netz mehr, nur der drohende Aufprall. Der Empfangstresen des Hotels steht sinnbildlich für die vergangenen acht Jahre zwischen uns, für die zwei Leben, die sich auf unterschiedlichen Kontinenten entwickelt haben, und die Wut, die in jeder meiner Zellen steckt. Leise, still, unaufgeregt – im Gegensatz zu Bosses Zorn, der in jedem dunklen Pigmentfleck seiner Augen zu explodieren scheint.

Was soll ich tun? Weglaufen? Stehenbleiben? Ich bin hierauf nicht vorbereitet. Allein die Tatsache, dass es mein Job ist, hinter dem Tresen auszuharren, nagelt mich auf dem Holzboden fest. »Was tust du hier?«, bringe ich nach einer halben Ewigkeit hervor, und meine Stimme hört sich vollkommen fremd an.

Bosse ist nicht der Typ, der sein Leben auf einer winzigen Nordseeinsel fristet, und er ist noch weniger der Typ, der freiwillig ein Hotel wie die Seemöwe betritt. Er hat schon immer eine eigenartige, hartnäckige Abneigung gegen die Touristen gehegt, die ich nie verstanden habe. Als würden sie ihm eine Insel streitig machen, die er nie gemocht hat.

»Merle hat mir gesagt, dass du hier bist.« Er deutet auf mich, die Insel, das Hotel, und ich muss verdrängen, wie es sich anfühlt, wenn seine tiefe, dunkle Stimme unsere Körper zum Vibrieren bringt.

»Ich habe erst gedacht, sie würde mich auf den Arm nehmen.«

Dann wäre er nicht hier. Er hat ihr geglaubt, und er musste herkommen, um es selbst zu sehen. Um mich zu sehen. Diese Erkenntnis löst einen sogartigen Strudel in meinem Magen aus. Es fühlt sich an, als würde ich fallen.

»Ich …«, ich habe offenbar meine Fähigkeit zu sprechen verloren. Ich schließe die Augen. Bosse ist in den letzten acht Jahren erwachsen geworden, selbstsicherer, aufregender. Letzteres ist mit Sicherheit kein Adjektiv, das ich mit ihm verbinden sollte. Ich kenne jeden Zentimeter seines Körpers, und gleichzeitig kommt er mir so fremd vor. Ich schließe die Augen, weil sein Anblick jeden geradlinigen Gedanken zerfasert. Aber selbst hinter meinen Lidern spüre ich den Schmerz, den er in mir hervorruft. Und diese verdammte Anziehung, die uns schon damals schockverknallt hat herumtorkeln lassen.

»Ich besuche meine Mutter«, bringe ich unbestimmt hervor und merke, wie sich meine Atmung beschleunigt, als würde sie dem Herz hinterherjagen, das gegen meine Brust hämmert. Das stimmt so nicht, und er wird es entweder schon wissen oder erfahren. Amrum ist winzig, und meine Rückkehr und die Gründe dafür werden über kurz oder lang die Runde machen. »Außerdem gab es Probleme mit dem Visum. Die Amis haben mich gezwungen auszureisen. Deswegen arbeite ich hier.« Ich lege meine Hand auf den Tresen, dessen Holz sich beruhigend kühl und glatt anfühlt.

»Du hättest nicht kommen sollen.« Eine Feststellung, die so dunkel und kalt ist wie sein Blick, der sich mit meinem verhakt. Wie früher kann ich in seinen Augen lesen. Er denkt, ich hätte vor acht Jahren nicht gehen sollen. Er denkt, ich hätte nicht wiederkommen dürfen, um der Insel nach einem kurzen Zwischenspiel wieder den Rücken zu kehren. Es wird Dinge an die Oberfläche spülen, die wir beide tief vergraben hatten. Er sucht die Schuld bei mir. Das tut weh. Auch wenn ich es andersherum genauso halte und ihm die Schuld gebe.

Bosse stützt sich auf den Tresen. Er macht dieses Gesicht, das alles bedeuten kann. Sein Vater hat immer gesagt, sein Blick wäre dann so leer wie das Watt, das sich bis an den blassblauen Horizont erstreckt.

Aber plötzlich füllt er diese Leere mit einem schiefen Lächeln. Es bringt mich völlig aus dem Konzept. Diesem Grinsen bin ich nicht gewachsen. Mein Kopf ist ein Wirrwarr aus zusammenhanglosen Worten. Also schweige ich und starre auf seine Finger, mit denen er auf den Tresen tippt. Ich weiß, wie sich diese Finger auf meiner Haut anfühlen. Seine Lippen bilden immer noch dieses traurige, aber unwiderstehliche Lächeln und lassen das bossetypische Grübchen entstehen, das mich schon früher wehrlos gemacht hat. Ich fühle mich wie ein Papiergebilde, und Bosse ist der Windstoß, der mich zusammenbrechen lässt.

Ich ziehe meine Hände zurück, die nur Zentimeter von seinen entfernt waren und stecke sie in meine Hosentaschen. Ich will nicht daran erinnert werden, wie es sich anfühlt, wenn er seine Finger mit meinen verknotet. Wenn er mich küsst und seine Lippen meine Haut erobern.

Er kann sehen, wie ich um Fassung ringe, wie der Puls in meiner Halsschlagader pocht. Seine Augen blitzen belustigt auf. Es macht ihn gleichermaßen anziehend wie abstoßend. Ein heißes Ziehen schnellt durch meine Eingeweide. Er hat es schon immer genossen, wie sehr ich auf ihn reagiert habe. Dass ich es noch immer tue, macht mich unendlich angreifbar, und wenn ich eins nicht sein sollte, dann angreifbar für Bosse Aklund.

»Ich bleibe nur so lange, bis ich ein neues Visum beantragen kann.«

Sein Lächeln erstirbt. »Merle hatte also recht«, stößt er eine Spur zu angestrengt hervor, um ihm die Scheiß-egal-Masche noch länger abzunehmen. Er sieht sich angemessen angewidert in der Lobby um, bevor er seinen Blick wieder auf mich heftet. »Du wirst wieder gehen.«

»Was hast du erwartet?«, frage ich. Ich würde gern herausfordernd klingen.

Er zieht seine Hand zurück und lässt sie gegen seinen Oberschenkel fallen. Es ist eine zutiefst unsichere Geste, die nicht zu Bosse passt. Er steht noch immer am selben Fleck, und sein Blick brennt sich in meinen.

»Gar nichts.« Er schüttelt den Kopf. »Ich habe gar nichts erwartet, Juna.« Er dreht sich um und verschwindet mit wenigen langen Schritten durch die Tür.

Seine Worte, sein plötzliches Verschwinden hinterlassen eine Leere, die mich wie damals von den Füßen reißt. Ich habe diesen Mann geliebt. So wie ich nie wieder jemanden lieben werde. Ich war mit Henry zusammen, aber das war anders. Vollkommen anders. Henry war ein Freund, und was dann daraus wurde, war ein warmes beständiges Glühen, bevor ich dem Ganzen den Sauerstoff entzogen habe. Das zwischen Bosse und mir ist wie ein verdammtes Feuerwerk, wie der heißeste Kern in einem Feuer, das niemand löschen kann, und ich verbrenne mich selbst jetzt noch. Nach allem.

Zitternd sinke ich hinter die Theke. Nina macht ihre Frühstückspause, und ich vertrete sie so lange. Paul und Jakob sind bereits mit dem Fotografen am Strand, wohin ich ihnen folgen soll, sobald Nina zurückkommt. Ich bin mir sicher, dass Bosse das wusste. Er wollte mich allein erwischen. Und das hat er. Er hat mich erwischt wie eine Monsterwelle einen winzigen Fischkutter. Mein Herz rast. Tränen sammeln sich heiß hinter meinen Lidern. Das zwischen Bosse und mir ist keine Hollywood-Happy-End-Romanze. Es ist etwas, das weh tut. Es gibt kein wir mehr. Nur Wut. Enttäuschung. Schmerz. Und unsere Körper, die sich an das erinnern, was wir verdrängt haben. Weil es zu schmerzhaft ist. Weil es jede unserer Entscheidungen in Frage stellt und weil es mir den Frieden stiehlt, der mich all die Jahre aufrecht gehalten hat.

Der Wind treibt sandkieselgeschwängerte Böen über die Düne. Ich sitze seit Beginn meiner Mittagspause auf dem Kamm des Sandbergs und starre auf die raue Nordsee.

Als Jakob sich plötzlich neben mich wirft, zucke ich zusammen. Wir waren zwar für die Pause verabredet, aber irgendwie hatte ich angenommen, dass er wie der Rest meines Lebens als Konstante durch Bosses Auftauchen weggebrochen wäre.

»Hi, schöne Frau«, sagt Jakob und streicht sich die Haare aus der Stirn.

»Hi«, murmle ich und löse meinen Blick nicht von den brechenden Wellenkämmen. Jakob kennt mich mittlerweile gut genug, um zu erkennen, dass etwas nicht stimmt.

»Du bist nicht zum Shooting gekommen. Was war los?« Es schwingt kein Ärger in seiner Stimme mit, dabei hätte er allen Grund, sauer zu sein. Ich sollte gemeinsam mit ihm das Fotoshooting betreuen und bin einfach nicht erschienen.

»Es tut mir leid«, presse ich hervor und weiß, dass ich es erklären muss. »Es ging mir nicht so gut. Ich wäre dir keine große Hilfe gewesen.« Weswegen ich seit einer gefühlten Ewigkeit allein auf dieser Düne sitze.

»Was war los?«, wiederholt Jakob seine Frage und berührt mich sachte mit seiner Schulter. Es ist klar, dass er nicht als Vorgesetzter fragt, sondern als Freund, aber ich kann nicht über Bosse sprechen. Ich mag es, dass Jakob nur die Jetzt-Variante von mir kennt.

Er beugt sich vornüber und schiebt sich zwischen mich und die See. Seine Augen suchen in meinen nach einem Anhaltspunkt und sind so ernst, dass sie nicht zu dem Lächeln passen, das wie üblich seine Lippen umspielt.

»Und ich dachte, ich hätte 'nen Scheiß-Tag gehabt«, sagt er leise und zwingt meine Mundwinkel mit Daumen und Zeigefinger nach oben. Ich tue ihm den Gefallen und lächle angestrengt weiter, als er seine Hand fallen lässt und es sich neben mir bequem macht.

»Ich habe heute Nacht kaum geschlafen, und als Ausgleich musste ich mich ohne dich mit einem exzentrischen Fotografen herumschlagen.« Er fährt sich über die Augen und grunzt theatralisch. Sein Gesicht ist dabei oscarreif, und ein Lächeln schleicht sich auf mein Gesicht. Jakob ist ein wenig wie die kalifornische Sonne, die ich so sehr vermisse. Er schafft es immer, dass ich mich gut fühle.

»Verrätst du mir, warum du guckst wie drei Tage Regenwetter?« Wegen Bosse.

Ich fühle mich krank, wenn ich an den Moment denke, als er ging. Es wäre eine Sache gewesen zu verarbeiten, dass er noch immer auf der Insel lebt, aber ihn zu sehen, mit ihm zu reden und all das zu spüren, was zwischen uns zerbrochen ist, macht meinen Brustkorb eng.

Ich frage mich wirklich, warum keiner es für nötig hielt, mich vorzuwarnen; warum ich nicht nachgehakt habe. Dabei kenne ich die Antwort. Weil Bosse der blinde Punkt in all meinen Beziehungen ist. Ich kann weder mit Ma noch mit Merle über ihn reden. Ich kann überhaupt nicht über ihn reden.

»Es scheint dir echt nicht gutzugehen ...« Jakob streicht mir sachte über den Arm und holt mich aus dem dunklen Bosse-Gedankenstrudel. Und obwohl ich ihm dankbar dafür bin, wende ich mich ab und unterbreche damit die Berührung, die mir die Tränen in die Augen treibt.

»Ich weiß nicht. Meine Mutter hat gestern gekocht«, quetsche ich brüchig hervor und verziehe das Gesicht zu einer schiefen Grimasse. Allein diese Tatsache reicht aus, um eine Magenverstimmung und meine Auszeit hier draußen zu erklären. »Ist mir vielleicht nicht so gut bekommen«, schiebe ich trotzdem hinterher.

»Kochen ist wohl nicht ihre Stärke?« Jakob beißt in sein Baguette, das aussieht, als wäre es als Maulsperre konzipiert worden, und zieht nachdenklich seine Stirn kraus, während er kaut.

»Du hast ja keine Ahnung.« Ich versuche das Lächeln wiederzufinden, das mir Jakob eben entlockt hat, aber es gelingt mir nicht.

»Aber das ist nicht alles, habe ich recht?« Er legt den Kopf schief und setzt nach. »Du siehst traurig aus, nicht krank, und ich frage mich, ob das an dem Typen liegen könnte, der vorhin nach dir gefragt hat?«

Er weiß es also längst. Ich nicke schwach. Was nützt es jetzt noch abzustreiten, dass Bosse mir den Boden unter den Füßen weggezogen hat.

»Nina hat mir erzählt, dass er sich heute Morgen nach dir erkundigt hat und dass sie ihm gesagt hätte, du wärst ab zehn in der Lobby. Als du nicht zum Shooting kamst, hab ich mir gedacht, dass er dich besucht hat.« Er wartet keine Antwort ab. »Ich glaube, ich weiß, wer er war. Die Leute reden.« Jakob bricht ab und starrt auf sein Brot. »Über dich und ihn.«

Er nimmt Bosses Namen nicht in den Mund, obwohl er ihn wahrscheinlich kennt. Ich weiß nicht, was Jakob erwartet. Ich kann nicht über Bosse sprechen, nicht über unser Ende vor acht Jahren, das für reichlich Spekulationen gesorgt hat, und ganz sicher kann ich nicht über heute reden.

»Es war bestimmt nicht einfach, ihn nach all den Jahren wiederzusehen.« Er mustert mich prüfend. »Aber es wird leichter.« Er nickt aufmunternd.

Er hat keine Ahnung.

»Nichts hieran ist leicht«, erwidere ich brüsk. »Ich bin

wie damals das Inselgesprächsthema Nummer eins, und das macht es ziemlich schwer, damit abzuschließen.«

»Auch das hört irgendwann auf«, sagt Jakob zuversichtlich.

»Ach ja?« Mein eingeschnappter Ton tut mir augenblicklich leid. Jakob gibt sich wirklich Mühe. Er versucht nur, zu helfen. »Klingt so, als wärest du nicht gerade ein Experte«, schiebe ich mit einem entschuldigenden Ton hinterher.

Sonst wüsste er, was es bedeutet, wenn alle Welt über einen redet, ohne die verdammte Wahrheit zu kennen. Im Grunde geht es niemanden etwas an, was wirklich passiert ist, aber manchmal bin ich kurz davor, es den Leuten ins Gesicht zu schreien, nur damit sie aufhören, Unwahrheiten zu verbreiten. Jakob hat unrecht. Ich bin vor acht Jahren gegangen. Vor einer kleinen Ewigkeit. Und es ist kein bisschen besser geworden. »Sie hören nie auf zu reden.« Ich seufze und lasse Sandkörner durch meine Hand gleiten.

»Doch, das tun sie«, sagt er, und ich bewundere die Zuversicht in seiner Stimme, auch wenn er unrecht hat.

»Das kannst du nur sagen, weil du noch nie das bevorzugte Tratschthema auf der Insel warst!«

»Sagt wer?«

Jakob ist niemand, der aneckt. Er schafft es sogar, die grantige Helene zu besänftigen, wenn sie zum Sonntagsbrunch mit ihren Bridge-Freundinnen ins Hotel kommt. Es ist undenkbar, dass er irgendwann einmal etwas getan hat, das ihn vom Everybody's Darling zum Amrumer Staatsfeind Nummer eins degradiert hat.

»Du kennst mich anscheinend gar nicht«, brummt er und wirft sich in eine missglückte Gangsterpose.

»Oder besser als du dich selbst«, kontere ich.

Er zuckt mit den Schultern. »Was hältst du davon, wenn wir früher Feierabend machen und ich dir das Gegenteil beweise?« Er blinzelt mich erwartungsvoll an. »Lass uns etwas kochen und gemeinsam essen. Es geht dir nicht gut. Du brauchst Ablenkung, und wenn du mitkommst, zeige ich dir, was mich zu Beginn meiner Zeit auf Amrum zum bevorzugten Inselgesprächsthema gemacht hat.«

Alles ist besser, als allein zu sein und den Gedanken an Bosse hinterherzujagen. Also nicke ich, auch wenn ich heute vermutlich keine besonders gute Gesellschaft bin.

Nur eine flache Düne trennt Jakobs Bungalow vom breiten Strand. Er parkt den Wagen auf der Auffahrt. Möwen fliegen auf und lassen sich nach einer Runde am Himmel an fast derselben Stelle nieder. Ein breites Band aus Algen und Muscheln dient ihnen als Landebahn.

»Da sind wir«, sagt Jakob und zuckt mit den Schultern, als müsste er sich für sein Zuhause entschuldigen. Dabei ist es ein Traum und das nicht nur wegen der einzigartigen Lage. Das Haus ist modern und fügt sich trotzdem perfekt in die Natur ein. Als wäre es ein Teil davon. Eine breite Veranda umgibt das gesamte Gebäude. Auf der Rückseite führen hölzerne Stufen zum Strand hinab.

»Es ist unfassbar schön.«

»Ja, ich mag es auch ganz gern«, erwidert Jakob zwinkernd und geht zur Tür, aber er wirkt ungewohnt angespannt.

»Hattest du nicht etwas von einem Geheimnis gesagt?«, forsche ich nach einem möglichen Grund für sein merkwürdiges Verhalten, aber er weicht meinem freundschaftlichen Knuff aus und zeigt auf die Tür.

»Wird geliefert.« Er lächelt schief, schließt die Tür auf, und wie auf Kommando verheddern sich dahinter ein etwa sechsjähriger Junge und ein Labrador ineinander. Unter lautem Gequietsche und Gejaule schliddern sie direkt vor unsere Füße, dicht gefolgt von einem jungen Mädchen, das nur kurz von seinem Smartphone aufsieht. Sie sieht aus, als wäre sie bereits auf dem Sprung. Offensichtlich die Babysitterin.

Jakob sieht den kleinen Junge liebevoll an, befreit ihn von etwa zwanzig Kilo Fellknäuel und wuchtet ihn auf seine Hüfte.

»Das ist Hennes.« Jakob küsst den Kleinen und prustet ihm auf den Hals, bis Hennes sich windet, kichert und gluckst. »Und wenn ich es so recht betrachte, sollte er vielleicht heute Abend nicht mitessen, sonst bekomme ich ihn morgen gar nicht mehr hochgehoben.«

Sekundenlang sage ich gar nichts. Es ist, als hätte mich Jakobs Familienidyll von den Füßen gerissen. Ich spüre, dass meine Reaktion unangebracht ist und dass es Jakob nicht entgeht. Ich zwinge mich dazu, mich nicht völlig gefühlskalt aufzuführen, und schüttle die Hand, die Hennes mir noch immer entgegenstreckt.

»Schön, dich kennenzulernen, Hennes«, bringe ich schließlich hervor, aber meine Stimme klingt hölzern. Meine Vergangenheit stand nie zwischen Jakob und mir. Jetzt tut sie es.

Er hat einen Sohn. Merle hat zwei wundervolle Kinder. Sie alle haben, was ich verloren habe. Ein taubes Gefühl erobert mich. Es kommt mir vor, als wäre ich blutleer. Ich klammere mich an der Hauswand fest, um nicht zu fallen. »Geht es dir gut?«, fragt Jakob besorgt. »Ich weiß nicht«, bringe ich stotternd hervor und weiche einen Schritt zurück.

Ich bin sicher, dass er mich für verrückt halten muss. Immerhin lädt er mich zu sich ein, stellt mir seinen Sohn vor, und ich reagiere, als hätten die beiden eine ansteckende Krankheit. Grundlos, so muss es ihm vorkommen. Denn selbst wenn Jakob von der Trennung zwischen Bosse und mir gehört hat, weiß er nicht, wieso damals alles kaputtgegangen ist. Wieso ich weggegangen bin. Wieso ich nie wiederkommen wollte. Er versteht nicht, wieso mir die Liebe zwischen ihm und Hennes weh tut, anstatt dass ich wie jeder Normalsterbliche in Verzückung ausbreche. Am liebsten würde ich wegrennen, aber das ist keine Option. Ich bin keine achtzehn mehr. Jakob und ich arbeiten zusammen. Seine Freundschaft ist mir wichtig. Ich muss es ihm erklären, damit dieser Moment nicht auf ewig wie ein Mammut zwischen uns steht.

Ich sehe den Jungen in seinem Arm, spüre die Liebe und Vertrautheit der beiden, und mein Herz verknotet sich. Da sind einfach keine Worte in meinem Kopf, die dieses Gefühl erklären könnten.

Jakob kann nicht verbergen, dass er sich eine andere Reaktion erhofft hätte, aber er bleibt ruhig, wirkt nicht zornig, nur mitfühlend. Sanft legt er mir seine Hand in den Rücken. Ich spüre die Wärme seiner Haut, die mich stützt. »Warte eben«, sagt er leise.

Es ist keine Frage, und irgendwie bin ich froh, dass er die Sache in die Hand nimmt. Er weist mir den Weg, den ich verloren habe, als Bosse heute Morgen urplötzlich vor mir stand. Den ich vielleicht schon verloren hatte, als ich vor acht Jahren ging. Spätestens aber habe ich ihn verloren, als mir klarwurde, dass alle meine Freunde sich weiterentwickelt und eine Familie gegründet haben. Ich bin die einzige, die noch an demselben Punkt steht wie vor einem knappen Jahrzehnt.

Jakob lässt seinen Sohn auf das Parkett des Flurs hinab und begrüßt zunächst den Labrador, der sich schon die ganze Zeit vergebens um seine Beine windet. Dann schickt er den Hund in ein Stoffkörbchen, das neben der Eingangstür steht.

Jakob bittet Lana, die Babysitterin, noch eine halbe Stunde zu bleiben. Er drückt Hennes die kleinere und leichte Einkaufstüte in die Hand, händigt Lana die andere aus und begleitet die beiden in die Küche. Ich höre ihn leise mit den beiden sprechen. Die Zärtlichkeit in seiner

Stimme, sobald er mit seinem Sohn redet, treibt mir die Tränen in die Augen. Bescheuerte Tränen.

Ich wische sie weg und knie mich hin, um den Hund zu streicheln. Das dunkle Fell ist weich und seidig glatt wie bei einer Robbe. Ich lasse meine Finger hindurchgleiten. Und tatsächlich hilft mir die monotone Bewegung dabei, mich etwas zu beruhigen. Der Labrador dreht sich auf den Rücken, was ziemlich akrobatisch aussieht, weil in dem Körbchen eigentlich zu wenig Platz für solche Verrenkungen ist. »*Dertutnix* hast du wohl schon kennengelernt.« Jakob ist leise neben mir aufgetaucht.

»Ist das dein Ernst?«, frage ich und ziehe eine Augenbraue nach oben. »*Dertutnix?*«

»Der Name war Emilys Idee.« Es gibt also eine Frau, die dieses Glück perfekt macht. Natürlich gibt es die. Sicher, wir kennen uns erst seit drei Wochen, aber ich habe wirklich gedacht, bereits den Großteil über Jakob zu wissen. Es kam mir so vor, als würde ich ihn schon ewig kennen. Auf jeden Fall hätte ich nicht gedacht, dass er ein Kind und eine Frau hat und er sie mir einfach verschweigt. Es hätte tausend Möglichkeiten gegeben, es mir zu sagen. Ich mag nicht, was die Erkenntnis mit mir macht, dass er mir dafür nicht genug vertraut hat. »Ich glaube, wir sollten uns unterhalten«, quetsche ich hervor, und Jakob nickt. »Was hältst du davon, wenn wir uns auf die Veranda setzen?« Er schiebt mich vor sich her und führt mich über die Holzveranda zur Rückseite des Hauses. Nachdem er mich auf einen Holzstuhl bugsiert, mir eine Decke umgelegt und sich mir gegenüber gesetzt hat, räuspert Jakob sich. *Dertutnix* ist uns gefolgt und rollt sich auf Jakobs Füßen zusammen. Jakob klopft ihm gedankenverloren auf die Flanke.

»Ich hätte dich nicht so überfallen dürfen. Das tut mir leid«, sagt er dann. »Ich vergesse manchmal, dass dieses geballte Hunde- und Kinderchaos zu viel für andere sein kann.«

Er hat gehofft, ich könnte damit umgehen, und ich habe ihn enttäuscht. »Du hast ihn nie erwähnt«, sage ich leise.

Er seufzt. »Ich vermeide es in der Regel, über meine Familie zu sprechen. Ich war schon einmal das Inselgesprächsthema Nummer eins, du erinnerst dich«, erwidert Jakob. »Seitdem bin ich vorsichtig und behalte mein Privatleben, so gut es geht, für mich, aber du hast recht: Wir sind Freunde, und ich hätte dir längst von Hennes erzählen müssen.« *Dertutnix*' Schwanz klopft auf den Boden. »Und natürlich von diesem unmöglichen Hund«, schiebt er lächelnd hinterher.

»Und von deiner Frau«, füge ich vorsichtig hinzu.

Er legt den Kopf schief und sieht mich fragend an.

»Emily«, erinnere ich ihn.

»Sie ist Hennes' Mutter, aber wir leben nicht mehr zusammen.« Er atmet tief durch, und mir ist klar, dass die Geschichte höchstwahrscheinlich ähnlich unerfreulich ist wie die von Bosse und mir.

»Was ist passiert?«, frage ich, weil es leichter sein wird, mich Jakob anzuvertrauen, wenn er dasselbe tut. Außerdem gibt es mir Zeit, wenn er den Anfang macht. »Wir haben uns an der Uni kennengelernt. Es war nicht die Liebe auf den ersten Blick. Eher auf den zweiten oder dritten.« Er hält inne, und sein Blick ist in sich gekehrt. »Vielleicht war es auch der zehnte. Wir hatten einen gemeinsamen Freundeskreis, sind uns immer wieder über den Weg gelaufen, und irgendwann haben wir dann eine Nacht miteinander verbracht. Das war im Jahr vor unserem Abschluss. Von da an waren wir zusammen. Es war schön. Wir haben uns unsere Freiheiten gelassen, nicht ständig aufeinandergehangen, wie Emily das nannte. Sie ist einfach nicht der Typ, der einen nah an sich heranlässt, und für mich war das in Ordnung. Heute glaube ich, ich war ein ziemlich verliebter Idiot.« Er lacht leise und fährt sich durch die Haare. »Sie hat BWL studiert und wollte Karriere machen. Ich kam in ihren Plänen genauso wenig vor wie Familie oder Kinder. Aber dann wurde sie schwanger. Wir haben einfach nicht gut genug aufgepasst.

Hennes kam zwei Jahre nach unserem Abschluss zur Welt. Sie war eine tolle Mutter, auch wenn ich anfangs daran gezweifelt habe. Sie hat ihre Karriere in einer Investmentfirma auf Eis gelegt und sich aufopferungsvoll um ihn gekümmert. Sie war so perfekt, dass es mir manchmal Angst gemacht hat. Das Problem war, dass sie sich in der Rolle als Mutter zu Tode gelangweilt hat.

Als wir dann auf die Insel gezogen sind, hat ihr das den Rest gegeben. Ich habe es gemerkt. Ich habe gesehen, dass sie daran kaputtgeht, aber ich konnte ihr nicht helfen. Es gab nichts, was die Sache hätte besser machen können.« Er seufzt, aber es ist kein Schmerz in seiner Stimme, nur Bedauern. »Ich wollte Hennes eine heile Familie bieten, sonst wäre es wohl viel früher vorbei gewesen.«

»Es hat also nicht geklappt?«, frage ich vorsichtig.

»Klappt so was jemals?«, stellt er leise die Gegenfrage. »Sie ist vor zwei Jahren gegangen. Wir haben uns in Freundschaft getrennt. Ohne Drama, Streit und Rosenkrieg. Sie ist in ihr altes Leben zurückgegangen. Hennes und ich sind auf Amrum geblieben. Er besucht sie in den Ferien. Bis letzte Woche war er bei ihr in Hamburg. Mein Vater und ich versuchen unsere Schichten so zu legen, dass immer einer von uns für Hennes da ist. Meistens klappt es. Ansonsten kommt Lana vorbei und passt auf, oder ich nehme ihn mal mit ins Hotel. Auch wenn ich versuche, das zu vermeiden. Seitdem er in die Schule geht, ist es deutlich einfacher geworden. Und obwohl es oft chaotisch ist, würde ich unser Leben nicht ändern wollen.«

Eine Weile ist es leise, nur das Rauschen der Wellen zerbröckelt die Stille. »Ein alleinerziehender, gutaussehender Junggeselle. Langsam verstehe ich, wieso über dich geredet wurde. Wie viele Verkupplungsversuche und Erziehungstipps musstest du aushalten?«, versuche ich zu witzeln, aber meine Stimme bricht.

»Was hat dich zum Gesprächsthema gemacht?«, fragt Jakob leise.

»Bosse.« Es ist schwer, seinen Namen auszusprechen.

Jakob wartet, anstatt nachzubohren. Es hilft mir, die Satzfragmente in meinem Kopf zu sortieren.

»Wir sind ein Jahr, nachdem er mit seinem Vater hergezogen ist, zusammengekommen. Damals war ich gerade fünfzehn geworden.« Ich schließe die Augen und rieche das nahe Meer. Wie früher, als ich mit Bosse am Strand lag und er Nordseewasser in winzigen Tropfen auf meine Haut spritzte.

Ich erinnere mich an unseren ersten Kuss. An den Moment, als mein Herz bis zum Hals schlug. Wir saßen auf dem Steg, der hinter Fietes Haus ins Meer ragt. Bosses Bein berührte meins. Sein Blick verhakte sich mit meinem. Es lag etwas Ernstes, Unverrückbares darin, das mein Herz flattern ließ. Ich wusste, er würde mich gleich küssen. Ich wollte es. So sehr, wie noch nie etwas anderes auf diesem Planeten. Und trotzdem war ich nicht vorbereitet auf den Moment, als er seine Lippen endlich auf meine legte. Ich war nicht darauf vorbereitet, wie sehr es mir den Atem nehmen, wie sich das Prickeln auf meinen Lippen durch meinen gesamten Körper stehlen würde. Ich war nicht auf Bosse vorbereitet.

»Ich habe ihn geliebt«, flüstere ich. Dieser Satz wird so oft gesagt und nicht gemeint. Er ist zu profan, um zu beschreiben, was ich für Bosse empfunden habe. »Ich war mir sicher, es wäre für immer.«

»Aber er hat dich verlassen?«, fragt Jakob vorsichtig.

»Wir waren glücklich. Mein Verhältnis mit Ma war schon immer schwierig. Wir stehen uns nahe, aber sie ist mehr wie eine Freundin, und manchmal hätte ich einfach eine Mutter gebraucht.

Bosses Beziehung zu seinem Vater war noch um Längen schwieriger als meine zu Ma. Aber wir hatten dann uns. Wir haben die Tage miteinander verbracht. In den Nächten hat Bosse sich von zu Hause weggeschlichen, ist durchs Fenster gestiegen und hat bei mir geschlafen. Wir haben so viel Blödsinn gemacht. Heute denke ich, Bosse wollte seinem Vater nur eine Reaktion entlocken. Damals hat es uns noch enger zusammengeschweißt.« Ein heiseres Lachen bricht über meine Lippen. »Ich habe wirklich geglaubt, dass uns nichts etwas anhaben könnte.« Ich muss schlucken, zwinge mich aber, weiterzusprechen. »Er hat mich nicht verlassen, sondern ich ihn.« Der Sturm von damals tobt durch mein Inneres, verwirbelt dichten Emotionsstaub. »Wie sich rausgestellt hat, war unsere Liebe nicht so einzigartig, wie ich gedacht hatte.« Ich sehe ihn nicht an, als ich ausspreche, was noch immer weh tut. »Ich wurde schwanger. Mit gerade einmal siebzehn.«

Jakob unterbricht mich nicht, wartet ab, bis ich so weit bin und weiterspreche. »Bosse wollte unser Kind nicht. Ich konnte ihm das nicht verzeihen. Er wollte es bis zum Schluss nicht, auch wenn er irgendwann das Gegenteil behauptet hat, um mich nicht zu verlieren. Wir haben nur noch gestritten. Ich konnte ihm seine Reaktion nicht verzeihen, ihm nicht vergeben, was er gesagt hat. Bei ihm lagen die Nerven blank und bei mir noch mehr.« Und dann ist er abgehauen. Und ich bin ihm hinterhergerannt.

Ich schlinge den Arm um meinen Körper, weil die Erinnerungen an den Sturz, der unsere Tochter getötet hat, ein schmerzhaftes Ziehen durch meine Brust treiben. »Er war der Meinung, dass wir dem Kind nichts bieten könnten.« Ich atme tief durch. »Ich denke, es zu lieben hätte erst einmal ausgereicht. Der Rest hätte sich gefunden. Aber Bosse hatte Pläne, die nicht zu einem Kind passten. Er wollte mit achtzehn nach Tarifa auswandern. Immer nur weg von hier.«

»Ihr wart verdammt jung. Vielleicht ist er nur in Panik geraten. Du sagst, er hatte ein schwieriges Verhältnis zu seinem Vater. Vielleicht hatte er Angst, dieselben Fehler zu begehen«, sagt Jakob, und es gefällt mir nicht, dass Verständnis für Bosse in seiner Stimme mitschwingt. Ein Verständnis, das ich nie empfunden habe.

»Ich habe unser Kind geliebt, und er hätte dasselbe tun müssen. Dann wäre unsere Tochter geblieben.« Es ist das erste Mal, dass ich diesen irrationalen Gedanken ausspreche.

Jakob sagt mir nicht, dass ich falschliege. Vielleicht, weil ihm klar ist, dass ich es längst weiß. »Wie weit warst du?«

»Im sechsten Monat«, sage ich, und meine Stimme bricht. »Ich habe sie verloren.« Ich schluchze laut, und Jakob zieht mich in seine Arme.

»So etwas sollte niemandem passieren.« Er kramt kein *es tut mir leid* hervor, das nur eine Floskel wäre. Er hält mich und löst sich erst von mir, als Lana aus dem Haus ruft. »Sie hätte längst zu Hause sein müssen. Ihr Vater bringt mich um. Ich muss sie nach Hause schicken«, sagt Jakob und streicht sich unbeholfen über den Arm, der mich bis eben noch gehalten hat.

Ich versuche mich zusammenzureißen, meinen peinlichen Zusammenbruch irgendwie zu erklären. »Ich habe nicht damit gerechnet, dass er noch immer hier ist, dass ich ihn wiedersehen würde«, sage ich. »Es hat mich aus der Bahn geworfen. Ihn zu sehen hat einfach so vieles wieder hochgeholt, und dann habe ich dich mit Hennes gesehen …«

Jakob nickt. »Du empfindest noch etwas für Bosse.« Es ist das erste Mal, dass er mich nicht direkt ansieht.

Dabei liegt er falsch. Zwischen Bosse und mir schwappen nur dunkle Erinnerungen hoch. Das ist keine Liebe, auch wenn mein Herz anderer Meinung ist. Das alles will ich sagen, aber die Worte schaffen es einfach nicht über meine Lippen, und dann ist der Moment vorbei.

»Ich bin gleich wieder da.« Jakob drückt meine Schulter und verschwindet um die Hausecke.

Ich bleibe sitzen und blicke in die Dunkelheit, während er Lana verabschiedet. Ihre Stimmen und Lanas junges unbeschwertes Lachen wehen zu mir herüber, während das Holz der Bank eine feuchte Kälte durch den Stoff der Wolldecke treibt. Ich ziehe sie fester um meinen Körper und halte inne, als Jakob an der Hausecke auftaucht und sich gegen die Wand lehnt. Seine Umrisse heben sich schwarz gegen die Außenbeleuchtung ab. »Ich muss rein zu Hennes. Er schneidet einen Kürbis klein, und ich will die Nacht nicht in der Notaufnahme verbringen, auch wenn Lana behauptet, es wäre ein kindersicherer Tupperhäcksler. Hennes hat ein Talent dafür, sich zu verletzen, selbst wenn es quasi unmöglich ist.«

»Er kocht?«, frage ich. Nicht viele Sechsjährige lassen Lego und Co. liegen, um den Kochlöffel zu schwingen.

»Für sein Leben gern.« Jakob schüttelt sich und lacht. »Von mir hat er das nicht und sicher auch nicht von Emily. Vielleicht hat man ihn bei der Geburt vertauscht.« Sein Blick wird ernst. »Hennes ist mein Ein und Alles. Ich kann mir nur ansatzweise vorstellen, was es bedeutet, sein Kind zu verlieren. Ich könnte dir viel raten, dir bescheuerte Tipps geben, wie du besser damit zurechtkommst, aber das werde ich nicht – kann ich nicht.«

Er setzt sich zu mir und streicht eine meiner Haarsträhnen hinter mein Ohr. »Ich verstehe es, wenn Hennes und ich im Moment zu viel für dich sind. Ich bringe dich nach Hause, wenn es das ist, was du willst. Aber mir wäre lieber, du würdest bleiben.« Er lächelt. »Du glaubst gar nicht, wie gut ich darin bin, die Vergangenheit hinter einmalig guter Kürbislasagne zu verstecken.« Er zwinkert mir zu. »Ich verspreche dir, du wirst es nicht bereuen.«

Bevor ich richtig darüber nachdenken kann, nicke ich bereits. Ich gebe dem Gefühl nach, hier sein zu wollen, bei Jakob und Hennes, in diesem gemütlichen Haus, in dem mich nichts an Bosse erinnert. Ich will lachen, Quatsch machen, ausgelassen sein und Lasagne essen. Ich will das komplette Familienpaket, das ich mir immer gewünscht habe und an das ich mir nie wieder zu denken erlaubt hatte, nachdem ich Bosse verlassen habe.

Manchmal denke ich, dass es Surren müsste. Dass ein Rauschen in der Leitung zeigen müsste, wie viele Kilometer Caro und mich trennen, aber ihre Stimme ist glasklar, als würde sie neben mir auf dem Balkon stehen. Ein scharfer Westwind drückt das Dünengras auf den Boden und weht mir die Haare vors Gesicht. Wie ein Vorhang, der die Welt um mich herum unwirklich erscheinen lässt.

Es ist halb elf, und ich bin erst vor einer Viertelstunde nach Hause gekommen. Jakobs Plan ist aufgegangen. Ich habe mich wirklich wohl gefühlt mit ihm und Hennes. Sie haben gesungen, gelacht und dabei eine wirklich köstliche Lasagne gezaubert. Ich hatte Angst, Hennes könnte ablehnend reagieren, aber er hat mich so unkompliziert akzeptiert, wie es nur Kinder können, und mich in die Kunst des Kürbishäckselns eingeweiht. Irgendwann hat Jakob ihn ins Bett gebracht und sich auf dem Rückweg eine Flasche Wein geschnappt. Wir haben Pinot Grigio getrunken und geredet. Es war einfach, die Zeit mit ihm verfliegen zu lassen. Wir sprachen über Musik, Konzerte, die wir besucht hatten oder noch besuchen wollen. Über das Studium. Die verrückten Dinge, die wir angestellt haben. Über ernste Dinge, wie den Verlust seiner Großeltern. Ich redete sogar mit ihm über Ma und ihre chaotisch bunte Welt. Nur Bosse ließen wir aus.

Aber es war nicht so wie sonst. Bosse war kein blinder Fleck, den wir umgehen mussten, sondern etwas, dem wir heute Abend einfach keinen Platz ließen. Wir füllten die Stunden einfach mit uns, mit Freundschaft, Lachen und Worten. Aber jetzt, wo ich zu Hause bin, kommt mir die Wohnung zu eng vor, zu vertraut. Alles hier ist Vergangenheit. Deswegen stehe ich auf dem Balkon und presse den Hörer gegen mein Ohr, als könnte das San Francisco und Caro näher hierherbringen. Caro mit ihren blonden Locken, die sie sich glättet und die sich keinen Deut um diese Bemühungen scheren. Ein Lächeln gleitet über meine Lippen, als ich mir vorstelle, wie sie morgens mit dem Glätteisen in der Hand und der Zahnbürste im Mund auf einem Bein durchs Bad hüpft und durch den Schaum in ihrem Mund schimpft, weil sich ihre Locken nicht bändigen lassen. Vor der ersten Tasse Kaffee ähnelt Caro Ma. Mit dem Unterschied, dass Caro danach das Chaos hinter sich lässt.

»Und jetzt erzähl du mal: Wie ist der neue Job und wie geht es dir, Süße?«, beendet Caro einen atemlosen Bericht über ihren neuen Fotoassistenten, Juanes, den sie hauptsächlich eingestellt hat, weil er sexy, heiß und Latino ist.

Irgendwann zwischen der ausführlichen Beschreibung seiner Bauchmuskulatur und seines göttlichen Hinterns sagte sie, dass er auch etwas vom Fotografieren versteht. Na immerhin. Männer sind neben dem Augenblick im Bad das Einzige, worin sich Ma und Caro ähneln. Sie haben beide eine Schwäche für Männer, die nicht bleiben. Der Unterschied ist nur, dass Ma sich jedes Mal selbst aufgibt, wenn sie verliebt ist, während sich die Auserwählten von Caro für einen begrenzten Zeitraum in ihr verlieren dürfen.

Ich übergehe ihre Frage. »Kaum bin ich aus dem Land, schon geht es bei dir drunter und drüber.«

Caro lacht. »Mit irgendetwas muss ich mich ja über deinen Verlust hinwegtrösten.« Sie vermisst mich, und das erzeugt ein warmes Gefühl in mir. Ihre Worte zeigen mir, dass sie mich liebt. Einfach so, ohne die Verstrickungen, die die gleiche Liebe zwischen mir und Ma schwierig macht.

»Was ist los, Jun?«, fragt sie, und ich mag das Gefühl, das mich durchströmt, als sie meinen Kosenamen benutzt.

Ma fand es immer schrecklich, wenn jemand meinen Namen verhunzte. Mir gibt es ein Gefühl von Geborgenheit, genau wie die Verlässlichkeit, mit der Caro spürt, dass etwas nicht stimmt. Und mit einem Mal sind da Tränen, wo Freude darüber da sein sollte, dass wir endlich mal ein Zeitfenster gefunden haben, um miteinander zu sprechen.

»Ich vermisse dich schrecklich«, schluchze ich in den Telefonhörer und hoffe, dass der Wind ein wenig der Verzweiflung verweht, die in meinen Worten mitschwingt.

»Was ist passiert?«, hakt Caro sanft nach. Sie weiß sofort, dass mehr passiert sein muss als die bloße Trennung von ihr.

Ich habe auch in San Francisco nicht mehr bei ihr gelebt. Wir haben uns manchmal wochenlang nicht gesehen, und ich konnte gut damit umgehen. Sie weiß, dass es einen triftigeren Grund geben muss, dass ich in Tränen ausbreche.

»Ist es wegen deiner Ma oder wegen Bosse?«, tippt sie, und ich muss lächeln, weil sie vermutlich der einzige Mensch ist, dem ich nichts sagen muss und der trotzdem genau weiß, was los ist.

»Er ist noch hier.« Ich ziehe die Nase hoch und setze mich auf einen der Gartenstühle, der auf dem Balkon neben einem filigranen Tischchen, Pflanzen und jeder Menge Holzwaldgeistern steht. »Er wohnt immer noch auf der Insel. Dabei war ich so sicher, dass er längst in Südspanien ist oder sonstwo.«

»Vorzugsweise da, wo der Pfeffer wächst«, entgegnet Caro trocken.

Sie kennt Bosse nicht, aber sie ist in dem Moment in den »Wir-hassen-Bosse-Club« eingetreten, als sie mich als verstörtes, verheultes Häufchen Elend in San Francisco vom Flughafen abholte.

»Aber wir wussten, dass er unter Umständen noch da sein würde«, stellt sie sachlich fest und fragt: »Hast du ihn gesehen?« Ich nicke, auch wenn ich weiß, dass sie es nicht sehen kann. Mein Schweigen ist Antwort genug für Caro. Sie seufzt, aber es liegt keine Ungeduld darin.

»Hör zu, er hat keine Macht mehr über dich. Es ist acht Jahre her. Du hast hier ein neues Leben angefangen. Du bist gut in deinem Job, du bist die beste Freundin, die Allison und Caitlyn sich wünschen können. Du bist die verrückteste, zauberhafteste Lieblingsnichte, die ich habe, und mit Henry hast du eine Beziehung geführt, die dich glücklich gemacht hat. Du weißt, dass du alles haben kannst, was du willst. Du brauchst die Vergangenheit nicht. Ihn nicht. Du bist stark.«

»Erinnere mich dran, dich für den Motivationscoach-Oscar zu nominieren«, bringe ich schniefend hervor.

Caro holt tief Luft. »Und wenn es dir bessergeht, sprich dich mit ihm aus. Dass er noch da ist, eröffnet dir die Möglichkeit, endlich damit abzuschließen. Er hat sich sicher weiterentwickelt und ist bereit zu reden. Es könnte euch beiden helfen.«

Wie kann sie denken, Bosse hätte keine Macht mehr über mich? Ich bin nach seinem Abgang im Hotel fast zusammengebrochen. Ich habe das Gefühl, mit jeder Minute, die ich ihm ausgesetzt bin, verliere ich, was ich mir all die Jahre in den USA aufgebaut habe.

Das fühle ich, aber ich sage es nicht. Ich habe Angst, Caro damit zu enttäuschen. Sie hat so viel Geduld und Liebe in mich investiert. Sie hat mich zu einem starken Menschen gemacht, zu jemandem, der weiß, was er will, der Ziele hat und nicht beim ersten Windstoß umfällt. An dieses neue Ich habe ich wirklich geglaubt, aber Bosse ist kein Windstoß. Er ist ein kosmischer Orkan, auf den ich nicht vorbereitet war und der mich acht Jahre zurückkatapultiert. Ich höre die Haustür, dann poltert es, als Ma ihre Schuhe im Flur von den Füßen schleudert. Sie tritt ins Wohnzimmer, wirft ihre Tasche auf das Sofa und kommt zu mir auf den Balkon. Sie drückt mir einen Kuss auf die Wange und hält abrupt inne, als sie meine Tränen sieht.

»Wer ist dran?«, fragt sie alarmiert, und ich kann ihre Anspannung spüren. Sie ahnt, dass es Caro ist.

»Tante Caro«, erwidere ich, aber die Beiläufigkeit meiner Worte ändert nichts daran, dass die Stimmung flirrt wie die Luft vor einem Sommergewitter. Ma bleibt vor mir stehen und starrt auf den Hörer in meiner Hand.

»Jun, ich muss sowieso los zur Arbeit. Geht es oder brauchst du mich noch?«, fragt Caro leise.

»Geht schon«, sage ich tapfer. Dabei brauche ich mehr Caro und mehr Kalifornien, um das hier zu packen. Ich fühle mich wie die schlechteste Lügnerin der Welt.

»In Ordnung. Dann richte Gesa einen schönen Gruß von mir aus und halte die Ohren steif. Wenn etwas ist, ruf mich jederzeit an. Tag und Nacht. Du weißt, ich bin hier.«

Ich nicke wieder und lausche noch eine Weile, obwohl der langgezogene Ton, der das Ende des Telefonats bedeutet, längst in meinen Ohren hallt.

»Du weißt, ich bin hier, jederzeit, Tag und Nacht«, äfft Ma Tante Caros Worte nach und reißt mich damit aus meinen Gedanken.

Sie stand so nah, dass sie Bruchstücke gehört haben muss, und wie immer ist alles, was Caro sagt, ein Affront gegen meine Mutter. Ich versuche mir vorzustellen, wie Ma als Kind war und ob es eine Zeit gab, in der sie keinen Krieg mit ihrer Schwester geführt hat, aber ich scheitere. »Sie hat nur versucht, mir zu helfen.« Ich will Caro nicht verteidigen, weil es unnötig ist. Es gibt nichts, was sie falsch gemacht hätte, und doch habe ich das Gefühl, für meine Tante einstehen zu müssen.

Ma verdreht die Augen. »Weil Caro natürlich der einzige Mensch ist, der dir helfen kann. Die perfekte Caro. Die Heldin vom anderen Ende der Welt.« Sie verzieht verächtlich das Gesicht, stakst ins Innere der Wohnung und beginnt die Decken auf dem Sofa zu ordnen. Ma räumt nicht gern auf. Für sie ist Unordnung ein Zeichen von Leben. Dass sie es jetzt tut, zeigt, wie nah ihr jeglicher Kontakt zu ihrer Schwester geht.

»So ist das nicht, Ma. Sie ist einfach jemand, der nichts mit dieser Insel und all dem Scheiß zu tun hat, der mich wieder einholt.« Ich atme tief durch. »Du kannst nicht ernsthaft immer noch sauer sein, weil sie mich damals aufgenommen hat?« Ma antwortet nicht, aber die Verbissenheit, mit der sie die Enden der Decken aufeinanderlegt, zeigt, dass genau das der Fall ist. Sie ist sauer, verletzt, gekränkt. Sie hat sich kein Stück weiterentwickelt. Dabei hatte ich wirklich geglaubt, dass wir uns beide verändert haben. »Es war nicht ihre Schuld. Ich musste damals von hier weg.« Der Grund dafür frisst mir die Stimme weg. Ich schweige einen Augenblick und setze dann erneut an. »Sie war nicht schuld. Und du auch nicht.« Sie hält inne, sieht mich aber nicht an. »Niemand ist dafür verantwortlich, außer mir«, sage ich, obwohl es eine Lüge ist. Dass ich gegangen bin, war auch Bosses Schuld, genau wie Mas. Ich konnte meine Traurigkeit nicht mehr mit ihr teilen. Dafür hatten wir uns zu weit voneinander entfernt, und auch wenn ich nicht unschuldig daran war, hätte sie unsere Entfremdung verhindern müssen. Immerhin ist sie meine Mutter, und ich war nur ein Kind.

»Sie ist schuld«, entgegnet Ma heftig und knallt die Decke in einen Korb am Boden, den ich ihr auf einem Kunstmarkt in Santa Fe gekauft und nach Amrum geschickt habe.

»Ich konnte nicht hierbleiben, und Caro hat mich unterstützt. Sie hat mich gerettet. Wie kannst du da von Schuld sprechen?«

Sie schüttelt den Kopf und kneift die Lippen zu einem schmalen Strich zusammen. »Die Retterin in glänzender Rüstung«, stößt sie mit einem ätzend sarkastischen Unterton hervor. Sie wirft sich gegen den Hocker, der neben ihr steht, und rückt das schwere Ungetüm von Möbel in die gegenüberliegende Zimmerecke. Das war schon immer Mas Lösung für besonders schwere Probleme. Sie ordnet einfach ihre Wohnung neu und erwartet, dass sich dadurch die Problematik von allein löst. Ich stehe noch immer in der geöffneten Balkontür.

»Sie wollte immer haben, was ich hatte.« Sie sieht mich an, und es ist klar, dass sie von mir spricht.

»Sie konnte es nicht ertragen, dass ich ein Kind hatte und sie keine bekommen konnte. Du glaubst vielleicht, sie hätte dich gerettet, aber es ging dabei nie um dich.« Die Sätze werden durch angestrengte Atemzüge unterbrochen, in deren Rhythmus sich Ma jetzt gegen eine der Kommoden stemmt.

»Es ging immer nur darum, dich mir wegzunehmen. Sie wollte mich übertrumpfen. Mir zeigen, dass sie die bessere Mutter sein kann, auch wenn sie selbst unfruchtbar ist. Und du redest mit ihr, lebst bei ihr, anstatt dich mir anzuvertrauen.«

Die Worte sind verletzend, und ich will etwas sagen, das vermittelt und erklärt, das Ma zeigt, wie falsch ihr Hass auf Tante Caro ist. Etwas, das ihr Bild von ihrer Schwester pastelliger färbt, aber ich weiß, dass Mas Meinung wie Granit ist.

In Stein gemeißelt, so dass ich schon früher oft daran zerschellt bin. Ich weiß, dass Worte vergebens sind, selbst wenn ich die richtigen fände. Sie wird sich wieder beruhigen. Das tut sie immer. Ma ist wie ein Schnellkochtopf, der explodiert und nach der Eruption wieder friedlich vor sich hin blubbert.

Ich weiß das, weil ich viele dieser Ausbrüche stumm ausgesessen habe, und immer war es danach, als wäre nie etwas vorgefallen. Für Ma war das sicher so, aber bei mir hat die Eruption jedes Mal ein Stück von mir fortgeschwemmt. Ich gehe leise aus dem Zimmer. Ma sieht mir nicht hinterher, sagt nichts, sondern ordnet nur die Bücher im Regal neu. Es ist, als hätte sie mich komplett ausgeblendet. Ich kann ihre Gedanken aus jeder ihrer abgehakten Bewegungen lesen. Sie denkt, ich hätte sie verraten, genau wie ihre Schwester.

Bosse

Ich hocke auf einem Stuhl neben dem Surfshop-Container und nippe an einer Flasche Bier. Genau genommen ist es schon die dritte Flasche, dabei schmeckt es wie warme Katzenpisse.

Der Container ist groß. Im vorderen Teil befindet sich der Surfshop und die Anmeldung für die Kurse. Hinter einer Leichtbauwand lagern die Neoprenanzüge und Boards für die Kursteilnehmer. Ganz hinten ist der Aufenthaltsraum inklusive Büro, der seit jeher der Treffpunkt unserer Clique ist.

Ich stehe auf und gehe langsam durch die beiden vorderen Abteile in den letzten Raum. Die abgewetzte Ledercouch wird flankiert von einem deutlich dezimierten Vorrat an Bier. Daneben steht ein kleiner Kühlschrank, in dem sich wie immer nur gähnende Leere befindet. Ich stelle die restlichen Flaschen hinein und schalte ihn an, damit das Bier für den Nächsten wenigstens eine annehmbare Temperatur hat.

Auf dem Schreibtisch an der gegenüberliegenden Wand

herrscht ein beträchtliches Chaos aus Papieren, Werkzeug und Büchern. Ich lehne mich gegen die Türzarge, während mein Blick zurück zu der Couch wandert, zurück zu der Wand, auf der so viele Erinnerungen mit Stiften, Farben und Fotos verewigt sind.

Mein Blick bleibt an Junas Schrift hängen. *Dein Licht, wo immer du auch bist.*

Ich schließe die Augen. Ich erinnere mich an den Abend, als sie die Worte an die Wand schrieb. Wir lagen nackt unter einer Wolldecke. Kälte stieß zwischen unsere erhitzten Körper, als sie sich von mir löste, um sich aufzurichten. Lichtpunkte tanzten auf ihrer Haut.

Sie hat die Lichterkette, die immer über der Couch hing, mitgenommen, als sie ging. Sie war mit einem Mal weg. Genau wie Juna. Einfach alles war fort.

Juna hätte wegbleiben sollen. Ich trete gegen den Fuß des Sofas, das sich vollkommen unbeeindruckt zeigt. Außer einem staubigen Abdruck auf dem dunklen Leder ist nichts zu sehen. Ich trete wieder zu. Es war scheiße, sie wiederzusehen, und hat sich gleichzeitig so gut angefühlt wie nichts anderes, seitdem sie weggegangen ist. Das sollte verflucht nochmal nicht so sein.

Ich sollte mich nicht an Lichterketten erinnern, nicht an Worte und vor allem nicht an sie. Sie ist vielleicht hier, aber sie geht wieder. Sie ist nur hier, weil die Visumsbehörde sie des Landes verwiesen hat. Nicht wegen mir. Nicht wegen unseres Kindes. Oder weil sie denkt, einen Fehler begangen zu haben, indem sie geflüchtet ist, anstatt sich dem Schmerz zu stellen. Ich trete wieder zu und noch einmal, aber das, was in meiner Brust wütet, geht nicht fort. Es ist die vage Hoffnung, ich könnte mich irren. Immerhin ist sie ausgerechnet hierhergekommen und hätte doch überall hingehen können. Dabei sollte Hoffnung das Letzte sein, was ich in Bezug auf Juna fühle.

Meine Hände umklammern die Lehne, während ich wieder und wieder gegen das Sofa trete.

Es ist Peers Hand auf meinem Rücken, die mich schließlich dazu bringt, von dem Möbel abzulassen. Schweigend sucht er das Bier und holt schließlich zwei Flaschen aus dem Kühlschrank, bevor er sich auf das Leder plumpsen lässt. Er wartet, bis ich mich setze, und reicht mir dann eine der geöffneten Flaschen.

»Wir brauchten eh ein neues Sofa. Das Ding ist hundert Jahre alt«, stellt er sachlich fest und deutet mit einem Kopfnicken auf die gebrochene Bodenleiste, die irgendwann unter meinen Tritten nachgegeben hat. Dann stößt er seine Flasche mit einem leisen Klicken gegen meine.

»Hat es wenigstens geholfen?«

Ich nicke, obwohl ich mir nicht sicher bin, ob das stimmt.

Peer nimmt einen tiefen Schluck, legt mir seine Hand in den Nacken und drückt kumpelhaft zu, bevor er sie zurückzieht. Es ist seine Art zu sagen, dass er da ist, wenn ich reden will. Dass Schweigen aber ebenso okay ist. Ich entscheide mich für das Schweigen und bin dankbar, dass Peer nicht der Typ ist, der alles zerreden muss. Es gibt einfach Dinge, die lassen sich nicht in Worte quetschen.

Und so sitzen wir noch immer wortlos da, als Magnus und Fynn eintreffen. Fynn hat seine Gitarre dabei und spielt leise Melodien vor sich hin, bricht ab und beginnt von vorn.

Ich lasse die Gespräche der anderen an mir vorbeiziehen und merke, wie ich mich langsam entspanne, weil mein Alltag noch existiert. Die Welt hat nicht aufgehört, sich zu drehen, nur weil Juna hier ist.

Juna

Meine Füße treffen rhythmisch auf den brettharten Sand. Der Strand liegt wie ausgestorben vor mir, während mir der Wind mit Feuchtigkeit geschwängerte Luft entgegenwirft. Mein Atem geht regelmäßig und pumpt Kälte in meine Lunge, während ich Meter um Meter algengesäumten Strand hinter mir lasse und nordwärts über den Kniepsand Richtung Odde jogge.

Ich hätte längst wieder laufen sollen. Es hilft mir, meinen Kopf freizubekommen. Genau wie früher das Tanzen.

In San Francisco bin ich jeden Morgen gelaufen. Seitdem ich auf Amrum bin, war ich so sehr mit der Umstellung auf das Leben hier beschäftigt, dass ich nicht dazu gekommen bin. Ich mag es, wie jeder Atemzug das Bild von Ma in den Hintergrund treten lässt, wie sie heute Morgen noch immer sauer am Frühstückstisch saß. Sonst ist sie nicht nachtragend, aber wenn es um ihre Schwester geht, gelten andere Regeln. Jeder Schritt löst die Gedanken an Bosse auf, bis nur noch Stille, das Rauschen der

Wellen, mein Atem und der harte Untergrund in meinem Kopf Platz haben.

Ich verlangsame meine Schritte erst, als meine Muskeln bereits übersäuern. Ich bleibe stehen, senke den Kopf und atme tief durch. Mein Atem kondensiert in der Morgenluft. Ich lache leise. Das habe ich dringend gebraucht. Ich fühle mich viel besser.

Es war keine bewusste Entscheidung, aber anstatt am Wasser zurückzulaufen, gehe ich den Strand hinauf und folge den Dünen, die mich an Jakobs Haus vorbei zur Straße führen. Ich versuche mir einzureden, dass ich es tue, weil ich mich mit der Strecke übernommen habe, denn nicht weit entfernt von Jakobs Haus ist eine Bushaltestelle. Dabei weiß ich eigentlich genau, dass ich nicht an seinem Grundstück entlanglaufe, um den Bus zu erwischen, der sowieso nur dreimal am Tag fährt.

Seufzend wische ich mir den Schweiß von der Stirn und rücke meine Mütze zurecht. Ich sollte nicht hier sein. Sicher hat mir der gestrige Abend gutgetan. Jakobs Freundschaft tut mir gut. Er hat es geschafft, nach meiner Geschichte ohne Straucheln zu der so typischen Leichtigkeit zwischen uns zurückzufinden. Selbst mein Geständnis zu später Stunde, dass ich die Insel, das Team der Seemöwe und damit auch ihn wieder verlassen werde, hat ihn nicht allzu tief erschüttert. Seiner Meinung nach könne man sowieso nie wissen, was die Zukunft bringt. Vorerst wäre ich hier, und vielleicht würde ich mich ja so sehr an ihn gewöhnen, dass ich doch bliebe. Und falls nicht, hätte er eine verdammt gute Freundin gewonnen und eine hervorragende Mitarbeiterin verloren.

Ich hatte auf genauso eine Reaktion gehofft, aber nicht wirklich erwartet, dass er tatsächlich so gut damit umgehen würde. Es zeigt, was für ein toller Mensch er ist, aber all das ist kein Grund, ihn heute in aller Herrgottsfrühe zu stalken.

Ich beeile mich, zu dem Holzbohlenweg zu gelangen, der unweit von seinem Haus durch die Dünen verläuft, bevor Jakob oder Hennes mich bemerken. Ich ziehe die Schultern hoch und stapfe, das Gesicht gesenkt, durch den Sand, als mich etwas mit voller Wucht von der Seite rammt. Meine Beine geben nach, und ich krache ungebremst zu Boden. Es dauert eine Weile, bis ich die feuchte Zunge in meinem Gesicht und das fellüberzogene Muskelpaket als Hund identifiziert habe.

»*Dertutnix*, kommst du her«, höre ich Jakob schimpfen, während er keuchend auf uns zukommt.

Aber *Dertutnix* hat ganz offensichtliche andere Pläne. Sein Hauptaugenmerk liegt darauf, mir seine ungeteilte Liebe zu beweisen, indem er mich erdrückt und dabei seine Zunge unentwegt durch mein Gesicht schlappern lässt. Er hört erst auf, als Jakob ihn von mir heruntergezerrt und mit ihm schimpft.

Dertutnix quittiert das mit einem vorwurfsvollen Blick. »Es tut mir wirklich leid, dass er Sie angesprungen hat«, sagt Jakob, reicht mir seine Hand, lässt dabei aber seinen Hund nicht aus den Augen und bemerkt deswegen auch nicht, wen sein Hund zu Fall gebracht hat.

»Schon gut, ich hätte ihm wohl gestern nicht heimlich etwas von der Lasagne geben sollen.«

Jakob dreht sich abrupt zu mir um. »Juna?«

»Höchstpersönlich«, entgegne ich dumpf und rapple mich mit seiner Hilfe auf. Ich habe überall Sand und fühle mich ziemlich ertappt.

»Was machst du hier?«

»Ich war joggen«, sage ich und zeige auf meine Kleidung.

»Und da du gerade fertig bist und mein Hund dich quasi eingeladen hat, trinkst du sicher einen Kaffee mit mir, bevor du gehst?« Er sieht auf seine Uhr und nickt. »Einen schnellen Becher schaffen wir noch.«

»Sehr gern.« Ich halte seinem Blick stand, als er mich angrinst und *Dertutnix* über den Kopf streicht.

»Böser Hund«, sagt Jakob, aber sein Tonfall zeigt, dass er es nicht ernst meint. Er lacht, und ich höre, wie er dem Hund leise zuflüstert: »Gut gemacht, mein Junge.«

Bosse

Es ist Donnerstagabend, und Ella sitzt an meinem Schreibtisch und korrigiert Klassenarbeiten. Deutsch, fünfte Klasse, Berichte. Ich sehe ihr zu, wie sie konzentriert durch die Texte geht und mit dem Rotstift korrigiert. Eigentlich hatte ich vor, währenddessen etwas zu lesen, aber ich bin noch nicht besonders weit gekommen.

Ella schiebt den Stuhl etwas zurück und streckt sich. Sie stöhnt und massiert sich den Nacken. Ich könnte aufstehen und dafür sorgen, dass sie ihre schmerzenden Muskeln und die Klassenarbeiten vergisst, aber ich bleibe sitzen und sehe sie einfach nur an. Sie dreht sich zu mir und streicht ihre dunklen Haare zurück. Ein Lächeln überfliegt ihr Gesicht, als sie die Brille abnimmt und auf das aufgeschlagene Heft vor ihr legt.

»Was?«, fragt sie.

»Was was?«, gebe ich die Frage zurück.

»Du starrst mich an.« Sie steht auf und kommt zu mir herüber, setzt sich auf das Sofa und schiebt ihre Beine unter die Wolldecke, die halb von der Lehne gerutscht ist.

Ich lege meine Hand auf ihr Bein und überlege, ob ich ihr von Juna erzählen sollte. Es ist nicht in Ordnung, ihr zu verschweigen, was in mir vorgeht, seit ich von Junas Rückkehr weiß. Andererseits sind Ella und ich kein Paar im eigentlichen Sinne. Sie erzählt mir nicht, was sie tut, wenn sie nicht bei mir ist, und damit geht es sie im Grunde nichts an, dass Juna mein verdammtes Herz geschreddert hat.

Mir ist klar, dass ich einfach nur feige bin, aber ich nehme mein Buch, anstatt mit Ella zu reden, und beginne, ihr daraus vorzulesen. Obwohl das nichts ist, was zu uns gehört.

Juna hat es geliebt, wenn ich ihr vorgelesen habe. Unsere Körper waren dann eng miteinander verschlungen, und sie hat ihren Kopf auf meine Brust gelegt. Sie meinte, so wäre meine Stimme 3D, weil sie sie nicht nur hören, sondern auch fühlen könnte. Ich lächle bei der Erinnerung. Ella hingegen steht auf und wirft mit einem Kissen nach mir.

»Spinner.« Sie lacht. »Wenn ich Sartre lesen will, tue ich das selbst. Ich kann nämlich schon lesen.« Sie zwinkert mir zu. »Und ich brauche Ruhe. So wie ich die Meute kenne, habe ich noch rund ein Dutzend wirklich schrecklich geschriebener Aufsätze vor mir.« Sie verzieht das Gesicht.

Ich nicke und klappe das Buch zu. Ich weiß selbst nicht, was ich hier versuche. Ich rapple mich vom Sofa hoch und gehe in die Küche, während Ella in die Welt ihrer Berichte abtaucht, und koche Wasser für Tee auf. Ella trinkt literweise davon, wenn sie arbeitet.

Ich fülle einen Becher mit Kaffee, der bitter sein dürfte, so lange wie er schon auf der Warmhalteplatte steht, und einen dickwandigen, hohen Becher mit Tee. Wortlos stelle ich ihn Ella hin und setze mich zurück auf die Couch.

Ich klappe das Buch auf. Es ist nicht die richtige Seite, aber das ist mir egal. Die Buchstaben verschwimmen, werden zu Erinnerungen, die nichts in meinem Leben zu suchen haben.

Juna

Ich bin nach der Arbeit bei Merle vorbeigefahren, um Zeit mit ihr zu verbringen. Marie hockt auf meinem Schoß und malt undefinierbare Wirbel auf ein mittlerweile klebriges Blatt Papier, während Merle versucht, Titus' Haut von schwarzem Permanentmarker zu befreien. Er hat den Stift vor fünf Minuten mit einer erstaunlichen Präzision zwischen all den anderen herausgefischt und sich einen Bart gemalt.

Ma braucht dieses Mal ungewöhnlich lange, um sich zu beruhigen. Nach dem Streit vor einer Woche vermeide ich es, allzu viel Zeit zu Hause zu verbringen, obwohl das natürlich idiotisch und keine Lösung ist. Erwachsene Menschen würde über das reden, was vorgefallen ist. Sie würden sich aussprechen, und danach wäre alles gut. Das Problem ist, dass Ma anders ist als normale Mütter und ich in ihrer Nähe ins Pubertätsalter zurückkatapultiert werde. Also sitze ich die Sache wie damals aus und gehe ihr aus dem Weg.

Jeden Morgen gehe ich laufen und mache fast immer

einen Zwischenstopp bei Jakob, der sich mittlerweile angewöhnt hat, mich mit einem Becher dampfendem Kaffee auf den Verandastufen zu erwarten. Meistens reden wir nicht einmal, sondern sitzen nur da, trinken unsere Morgenration Koffein und genießen einen ruhigen Start in den Tag. Nach der zweiten Etappe meiner Laufrunde, dem Weg nach Hause, springe ich nur schnell unter die Dusche und beeile mich zur Arbeit zu kommen, um nicht auf Ma zu treffen. Nach Feierabend bin ich entweder wie heute bei Merle oder unternehme etwas mit Jakob und Hennes.

»Ich werde ihn einfach die nächsten drei Monate zu Hause behalten.« Merle rubbelt verzweifelt an den breiten Stiftspuren in Titus' Gesicht und auf seinen Händen herum. Die Haut ist bereits knallrot, genau wie Merles Gesicht. Nur von dem Schwarz ist noch nichts verschwunden.

»Lass ihn doch einfach so gehen.« Ich zwinkere Titus zu. »Das ist ein sehr individueller Style. Lass dir nichts von Mama erzählen.«

Merle wirft den Schwamm beiseite und lässt sich neben mich auf das Sofa plumpsen. »Du verbündest dich mit ihm. Das ist nicht fair.« Sie lässt eine Schokopraline in ihrem Mund verschwinden und fügt kauend hinzu: »Meine Schwiegermutter kommt heute Abend, um auf die beiden aufzupassen. Und du weißt, wie Helen ist.« Peers Mama ist die perfekte Hausfrau und die perfekte Mutter. Dabei so liebevoll, dass man sie nicht einmal dafür hassen kann.

»Sag ihr, dass ihn ein anderer Junge in der Schule angemalt hat.«

»Das könnte gehen.« Merles Sorgenfalten glätten sich etwas.

»Wo wollt ihr denn hin, dass du deine Deichpiraten abgibst?« Ich hätte nie gedacht, dass irgendwo in Merle ein Glucken-Gen versteckt wäre, aber es fällt ihr tatsächlich schwer, ihre Kinder auch nur für ein paar Stunden alleinzulassen.

Sie antwortet nicht direkt und nestelt stattdessen an dem Gürtel ihrer Boyfriend-Jeans herum, als müsste sie Zeit schinden, um die Worte so zu drehen, dass sie weniger Wucht haben.

»Merle?«

»Wir laufen heute Nacht zum Japsand.«

Ich kann nicht glauben, dass diese Tradition überlebt hat. Seit der Schulzeit ist unsere Clique immer im Oktober zu einer nächtlichen Wattwanderung aufgebrochen. Mit viel Alkohol, Spaß und Alberei haben wir die Strecke von der Hallig rüber zum Japsand hinter uns gebracht, wo uns Peers Vater um Mitternacht mit dem Boot wieder eingesammelt und nach Hause gebracht hat.

»Ihr macht das ernsthaft immer noch?« Ich lache, und Maries kleiner Körper auf meinem Schoß wird dabei durchgeschüttelt. »Wird bestimmt eine Mordsgaudi, und wenn ihr euch beeilt, kannst du dich mit Peer noch für einen Moment ans Südende verziehen.«

Das Südende von Japsand ist die spitz zulaufende Zunge

der Sandbank und der Ort, wo sich die Pärchen treffen, wenn sie unanständige Dinge miteinander tun wollen. Merle sieht mich peinlich berührt an, und es ist klar, dass es nicht an dem Bild von ihr und Peer eng umschlungen im Sand liegt. Sie haben mich nicht eingeladen. Und Merle weiß nicht, wie sie mir beibringen soll, dass ich auf dieser Wanderung nicht erwünscht bin. Der Grund ist wie ein Ninja-Tritt in die Magengegend.

»Juna, es ist nicht so, dass ich dich nicht dabeihaben möchte, aber er kommt auch mit.« Sie braucht nicht zu sagen, von wem sie redet.

Mir wird schlecht, als ich darüber nachdenke, dass Bosse vermutlich mit jemand anderem an der Südspitze liegen wird.

»Ist schon gut. Ich habe sowieso keine Zeit«, erwidere ich und ertränke die aufsteigenden Tränen in einem Schluck Kaffee.

»Ihr beide zusammen, das ist einfach keine gute Idee, solange ihr das nicht geklärt habt«, legt Merle nach und fährt sich über die Augen, als würde ihr allein die Vorstellung Kopfschmerzen bereiten.

Sie wollten Bosse lieber dabeihaben als mich. Es ist nicht fair, eifersüchtig zu sein. Bosse war ihnen all die Jahre ein Freund. Ich hingegen bin sang- und klanglos verschwunden. Während ich alle paar Monate mal angerufen habe, war Bosse hier – ist Freund, Vertrauter und Patenonkel. Wie könnte ich also erwarten, dass sie mich mitnehmen und ihn damit vor den Kopf stoßen?

»Du brauchst das nicht zu erklären.« Ich schüttle den Kopf und versuche mir nicht anmerken zu lassen, wie sehr es mich trotz allem verletzt. »Ich wollte mich sowieso noch mit Jakob treffen. Außerdem sollte ich endlich die Sache mit meiner Mutter klären.« Merle weiß von dem Streit und versucht, mich seit Tagen dazu zu überreden, dass ich endlich mit Ma spreche. Sie wird mir diese Ausrede hoffentlich abkaufen. »Es ist okay, wirklich«, betone ich noch mal.

Aber gar nichts ist okay, und dieses *Garnichts* sitzt monströs zwischen uns. Ich spüre es und Merle ebenso. Es bringt sie dazu, sich einen Ruck zu geben.

»Weißt du was? Komm doch einfach mit.« Sie sieht mich nicht an, was zeigt, dass ihr nicht wohl dabei ist, mir dieses Angebot zu machen. »Wir sind fast zwanzig Leute. Ihr könnt euch aus dem Weg gehen. Das bekommen wir bestimmt hin und ...« Sie bricht ab und fügt dann mit einem Lächeln hinzu, »... und ich würde mich wirklich freuen, dich dabei zu haben.«

Es rührt mich, dass Merle mir das Gefühl von Zugehörigkeit geben will, aber das ist keine gute Idee, und das wissen wir beide.

Ich schüttle den Kopf. »Geht ihr nur. Ich vertrage mich mit Ma und mache mir einen schönen Abend vor dem Fernseher. Mit einer Wolldecke und einem Lumumba, während ihr euch durch Schlamm und schlechtes Wetter kämpft.« Ich lächle tapfer, und es gelingt mir sogar fast, überzeugend auszusehen.

»Denk noch mal drüber nach.« Sie tippt mich an. »Du weißt, wo und wann es losgeht, solltest du es dir anders überlegen.« Sie nimmt sich einen Keks aus einer Schale auf dem Tisch und knabbert vorsichtig den Rand ab. »Und jetzt will ich alles über diesen Jakob hören, der dich ständig in Beschlag nimmt.«

Der Kakao ist bio und schmeckt grässlich. Im Fernsehen läuft nur Schrott. Und der frisch geschlossene Frieden zwischen Ma und mir ist bröckeliger als der Marmorkuchen aus Dinkelmehl und Agavendicksaft, den Ma gebacken hat und der auf dem Couchtisch steht. Nichts hilft dabei, mich von den Gedanken an die Wattwanderung und Bosse abzulenken. Selbst Jakob kann mir heute Abend nicht als Zuflucht dienen. Er ist mit seinem Vater und Hennes auf dem Festland.

»Es ist Freitagabend, und der Kosmos würde bestimmt nicht wollen, dass mein hübsches Mädchen an einem so schönen Abend zu Hause auf dem Sofa sitzt«, entfährt es Ma. Bis jetzt hat sie es ausgehalten, nichts zu sagen, aber es war nur eine Frage der Zeit.

Ich schwöre, wenn sie während der nächsten sechs Monate noch einmal das Wort Kosmos in den Mund nimmt, drehe ich durch.

»Du sendest eine komplett negative Aura aus, weil du dich zurückziehst und dir langsam, aber sicher die Decke auf den Kopf fällt«, analysiert sie gnadenlos. »Du bist zurück auf der Insel, und das solltest du genießen. Nichts passiert ohne Grund«, fügt sie mit Bio-Chakra-Stimme hinzu, während sie aufsteht und erneut den Hocker durchs Wohnzimmer schiebt.

Jetzt räumt sie schon wieder um. Gebückt überprüft sie den neuen Standort des Hockers und pustet dafür einige Locken aus ihrem Sichtfeld. »Noch nicht perfekt. Hilfst du mir mal?«

Ich habe keine Lust, Möbel umzustellen und zu erwarten, dass das irgendetwas besser macht. Ich bleibe sitzen und sehe ihren Bemühungen zu, auch wenn es mir schwerfällt.

»Was meinst du damit – nichts passiert ohne Grund?« Ich kann mir nicht vorstellen, dass mein Aufenthalt auf Amrum irgendeinen tieferen Sinn hat.

»Vielleicht solltest du dich einfach amüsieren. Hab Spaß, gib der Insel eine Chance. Du musst dich nur darauf einlassen.«

Ich schreie gleich. Und ich bin mir sicher, sollte ich mich auf Bosse oder mein altes Leben hier einlassen, würde Ma das ebenfalls tun.

»Warum sperrst du dich so dagegen, auf der Insel etwas Schönes zu erleben? Du hältst so sehr an San Francisco fest, dass Amrum keine Chance hat.«

»Du willst nur, dass ich dir noch eine Chance gebe«, erwidere ich trotzig.

Sie nickt und lässt sich auf den Hocker plumpsen, der nach einer Runde quer durch das Wohnzimmer an fast derselben Stelle steht wie vorher. »Ja, auch mir. Wir könnten es uns hier zusammen richtig hübsch machen. Wie früher.«

Ich erleide gerade einen Inselkollaps, weil das Früher mich von hinten überrollt, aber Ma scheint vollkommen blind dafür.

»Du hast einen guten Job. Du hast Freunde. Ich sehe dich öfters mit Jakob. Und wenn wir dein Zimmer etwas«, sie sieht mich kritisch an, »spiritueller gestalten, wirst du dich sicher bald wieder zu Hause fühlen. Es könnte hervorragend laufen, wenn du es zulässt.«

Es geht nicht um das Zimmer, nicht um sie. Es geht um Bosse und mich und diese Insel. »Es wird niemals gutgehen.«

»Du bist immer so negativ. Du bist jung, hübsch und intelligent. Du müsstest nur an deiner Einstellung arbeiten, diese latente Aggressivität ablegen und deine Energien frei fließen lassen.« Sie zuckt entschuldigend mit den Schultern. »Du könntest Jakob zum Beispiel eine Chance geben. Er ist so nett und zuvorkommend. Ich habe ihn neulich im Supermarkt getroffen. Wirklich ein toller Mann. Er steht voll im Leben, ihr habt dieselben Interessen. Du könntest ihm eine Chance geben. Wenn ihr ein Paar werdet, wird dich das sicher erden.«

Es ist typisch für Ma zu denken, dass Sex oder eine Beziehung mit Jakob meine Probleme lösen würde. Ich wollte mich wirklich mit ihr vertragen, aber ihre Art, die immer gleiche Diskussion anzustrengen, macht mich wütend.

»Warum verstehst du nicht, dass Jakob und ich nur Freunde sind?«, frage ich schroff. »Und im Übrigen bin ich nicht aggressiv, *du* machst mich allenfalls aggressiv. Das ist ein Unterschied.«

Sie sieht ehrlich getroffen aus. Und genau das wollte ich. Ich wollte sie treffen, damit sie aufhört, mein Leben entlang irgendwelcher Energiebahnen und Männer zu organisieren.

»Genau das meine ich«, sagt sie und macht keinen Hehl daraus, wie gekränkt sie ist.

»In Amerika bin ich nicht so. Es ist die Insel. All das«, sage ich. Sie sieht mich an, als würde ich Mandarin sprechen. Wider besseren Wissens versuche ich, es ihr zu erklären.

»Ich habe mir in den Staaten ein Leben aufgebaut. Ich habe die Aussicht auf einen supertollen Job, ich habe dort meine vertraute Umgebung und meine Freunde. Ich bin ein ganz anderer Mensch.«

»Du könntest dieser Mensch auch hier sein.«

Sie versteht es einfach nicht. Ich starre auf meine Füße. Ich kann ihr nicht in die Augen sehen bei dem, was ich jetzt sage: »Ich brauche Tante Caro, um dieser Mensch zu sein.« Ich weiß nicht, ob ich sie damit verletzen oder einfach nur einen Schlussstrich unter die ewigen Diskussionen ziehen will. Auf jeden Fall spüre ich, wie der gerade erst geschlossene Frieden zwischen uns zerbricht, und im selben Moment tut es mir leid. »Ich brauche San Francisco dazu«, versuche ich meine Worte abzumildern, aber Ma hat bereits dichtgemacht.

Seufzend versuche ich, ihre Argumentation auszuhebeln. »Jakob ist nicht interessiert an einer Beziehung.« Er hat Hennes, ein Haus, den Hund und die Arbeit. Sein

Leben ist gut so, wie es ist, auch wenn Ma das anders sieht. Ich will es ihr nicht erklären. Trotzdem bemühe ich mich einzulenken.

»Ich gebe ihm ja eine Chance, als Freund. Und den anderen auch, aber das wird nichts daran ändern, dass mein Leben nicht mehr hier ist. Nicht, weil ich mich an Caro klammere oder Amrum verabscheue, sondern weil es absolut unvernünftig wäre, meine Freunde und eine tolle berufliche Laufbahn dort aufzugeben.«

Ma verdreht die Augen und verschränkt die Arme. Dabei bildet das Hippiemotiv auf ihrem Oberteil ein psychedelisches Muster, das in meinen Augen schmerzt. Wenn sie beginnt, ganz ohne Worte zu streiten, ist das definitiv zu viel des Guten. Am meisten ärgert es mich, dass sie genau weiß, dass dieses Verhalten mich noch mehr aufbringt.

»Du arbeitest hier auch. Was spricht dagegen, dir hier etwas aufzubauen, und was tust du denn schon, um wieder Anschluss zu finden?«

»Ich bin fast täglich bei Merle zu Hause. Ich verbringe viel Zeit mit Jakob. Ich bemühe mich um meine Freundschaften.« Ich verstehe nicht, wieso ich mich überhaupt rechtfertige. »Wenn ich dieses Mal gehe, wird es nicht so sein wie damals. Merle und ich haben viel gesprochen. Es war ein Fehler, den Kontakt hierher so rigoros zu kappen, aber in Zeiten von Skype, Smartphones und billigen Flügen werden wir dieses Mal in Kontakt bleiben. Ich bemühe mich wirklich, Ma.«

»Ach tatsächlich? Das nennst du bemühen?« Sie zieht

theatralisch die Schultern nach oben. Ich weiß, dass sie mich dazu bringen will, dass ich nachfrage, aber den Gefallen werde ich ihr nicht tun. Natürlich hält sie es nicht lange aus und schiebt hinterher: »Es ist Freitagabend. Helen ist bei Peer und Merle, um auf die Kinder aufzupassen. Ich habe sie heute Mittag getroffen. Das bedeutet, die beiden sind aus, während du hier rumhockst und klischeehafte Schmonzetten guckst, anstatt dich zu amüsieren.«

»Herzlichen Glückwunsch, Agatha Christie«, würge ich sarkastisch hervor. »Super kombiniert, aber die beiden sind ein Paar und wollen ab und an auch mal für sich sein.«

»Peers Freunde sind auch mit dabei«, sagt Ma, und der Vorwurf ist unüberhörbar. »Sie machen die jährliche Nachtwanderung durchs Watt, das hat mir Jan erzählt.« Sie nickt bekräftigend, als könnte sich der Tratsch aus Jans Backstube niemals irren. Dabei war sie meine halbe Kindheit über Inhalt dieses Tratsches und hat mir immer wieder versichert, man dürfe nichts darauf geben und müsste trotz all des Geredes sein Ding durchziehen.

»Und du sitzt hier und vergräbst dich«, schiebt Ma hinterher, und ich fühle mich, als stünde ich kurz davor, schachmatt zu gehen.

Ich kann ihr nicht sagen, dass ich gern mitgegangen wäre, dass ich mir wünschte, ich wäre im Watt, anstatt mir von ihr den letzten Nerv rauben zu lassen. Denn das würde bedeuten, zuzugeben, dass ich nur wegen Bosse nicht mitgegangen bin. Und wenn Bosse ein wunder Punkt zwischen Merle und mir ist, ist er eine offene Wunde zwischen Ma und mir.

»Also?« Sie sieht mich neugierig an und versucht dabei nicht im Geringsten zu verstecken, dass es von Anfang an ihr Plan war, mich dazu zu bringen, mitzugehen.

»Ich habe einfach keine Lust. Warum kannst du das nicht akzeptieren?«

»Weil ich deine Mutter bin«, erwidert sie schlagfertig. »Außerdem muss ich immer das letzte Wort haben, das weißt du doch.« Sie bricht ein Stück Kuchen ab und bröselt den staubtrockenen Teig in ihren Mund. »Weißt du, Juna, ich glaube, du vermeidest es, ihnen zu nahe zu kommen, weil es bedeuten könnte, dass ich recht behalte und du am Ende doch bleiben willst.«

»Nein!« Ich starre sie wütend an. Nichts würde mich dazu bringen, meine Pläne zu ändern.

»Nein? Dann kannst du ja gehen und dich amüsieren.« Sie grinst und schaltet den Fernseher aus.

Das ist doch einfach unglaublich. Diese halsstarrige Person hat mich einfach gegen die Wand gespielt. Wenn ich jetzt nicht gehe, gebe ich ihr recht, und in Bezug auf meine Mutter kann ich nicht aus meiner Haut. Eher verschlucke ich einen Findling, als ihr recht zu geben. Außerdem sieht sie mich herausfordernd an, die Fernbedienung hat sie unter ihren Oberschenkel geschoben, nur um glasklar zu machen, dass uns nichts und niemand ablenken wird, diese Diskussion fortzusetzen. Ma besitzt ein geradezu widerliches Durchhaltevermögen in Bezug auf nicht enden wollende Gespräche.

Ich rapple mich auf und gehe in den Flur, wo ich meinen Parka und meine Mütze vom Haken zerre. Auch wenn es bedeutet, dass ich Bosse wiedersehen werde, hat Ma mich nun so weit, dass ich lieber gehe, als zu bleiben. Auch wenn unser Aufeinandertreffen mit ihm in etwa so angenehm werden dürfte, wie einen Findling zu verschlucken. Meine Knie verwandeln sich bei dem bloßen Gedanken daran in Pudding. Trotzdem werfe ich Parka und Mütze über und ziehe dann die Haustür hinter mir zu. Es sind zwanzig Leute. Es wird dunkel sein. Wir gehen uns aus dem Weg, und ich muss mich nicht länger mit Ma herumschlagen.

»Viel Spaß, Juna-Maus«, ruft sie mir nach und klingt so vergnügt, dass ich ihr am liebsten den Hals umdrehen würde.

Bosse

Ich kann nicht fassen, dass Juna hier ist. Ich werfe Merle wütende Blicke zu, die sie gekonnt ignoriert. Es lässt meine Laune ins unterste Vorhöllenniveau fallen. Wie konnte sie Juna mitbringen. Ich weiß, dass sie das nicht im eigentlichen Sinne getan hat.

Peer und Merle waren schon zum Vorglühen auf dem Kutter dabei, während Juna erst dazu gestoßen ist, als sich die Gruppe bereits langsam in Bewegung setzte. Aber es ist klar, dass Merle ihr von der Wattwanderung erzählt hat und dass sie zu nett war, um Juna auszuladen. Trotzdem schien Merle ehrlich überrascht zu sein, als sie tatsächlich auftauchte. Peer, Magnus und Fynn hingegen waren einfach nur unsicher, wie sie reagieren sollten.

Jetzt stapfen wir alle mit gesenkten Köpfen gegen den Wind an. Die ausgelassene Stimmung des vorderen Teils der Gruppe verliert sich auf dem Weg zu uns wie Licht, das von der Nacht verschluckt wird.

Ich ziehe die Kapuze enger um mein Gesicht und verlangsame meine Schritte, so dass ich nach und nach zurückfalle. Niemand bemerkt es. Ich könnte einfach umdrehen und gehen, und keine Sau würde es bei dem Mistwetter mitkriegen. Ich hasse die Leere, die sich dabei in meinem Magen ausbreitet. Genau so muss Juna sich gefühlt haben, als sie gegangen ist. Sie muss annehmen, dass wir damals einfach weitergemacht und sie vergessen haben. Dabei ist vergessen das Letzte, was mir zu dem Gefühl einfällt, das in meiner Brust wütet.

Ich sollte sauer sein, anstatt mich zu fragen, wie es ihr ergangen ist oder was sie fühlt. Immerhin hat sie vor, wieder zu gehen. Sie wird ihrer Mutter den Verlust noch mal zumuten. Ich bin kein Fan von Gesa Andersen, aber das sollte sie nicht erneut durchmachen müssen. Und Merle wird ebenfalls darunter leiden, wenn Juna wieder geht. Ich werde es tun, und das Klügste wäre, Abstand zu halten.

Aber das ist schwer, wenn sie unmittelbar vor mir herläuft. Uns trennen vielleicht fünf Meter. Ich kann den Schein ihrer Stirnlampe sehen, die Umrisse ihrer zierlichen Gestalt, die Haare, die um ihren Kopf flattern. Wenn ich mich konzentriere, kann ich meine Füße in ihren Abdrücken im Schlick versenken. Ich renne in der Dunkelheit hinter ihr her und spüre ein verbotenes Kribbeln, weil ich denselben Boden berühre. Das ist so was von krank.

Ich schnaube frustriert, lösche das Licht meiner Lampe und bleibe stehen. Obwohl die anderen gemächlich gehen, vergrößert sich der Abstand schnell. Ich kann Juna nicht folgen und wissen, dass wir dabei seit Jahren in unterschiedliche Richtungen laufen. Nicht ohne durchzudrehen. Nicht ohne sie an mich reißen zu wollen. Und das ist das Letzte, was ich verflucht nochmal tun sollte.

Mit jedem Meter Distanz zwischen uns spüre ich, wie meine Anspannung weniger wird. Wie sich meine Atmung normalisiert und wie viel Kraft es mich trotzdem kostet, stehenzubleiben und auszuhalten, dass sie weitergeht. Wie damals. Und gerade als ich denke, dass mir der Abstand genügend Kraft verschafft hat, um mich umzudrehen und den Rückweg anzutreten, bleibt Juna ebenfalls stehen.

Sie berührt Merle an der Schulter, flüstert ihr etwas zu und dreht sich um. Ich weiß, dass sie mich nicht sehen kann, und doch starren wir einander an. Durch das dunkle Flirren der pechschwarzen Nacht. Die Gruppe marschiert weiter Richtung Japsand, aber Juna bleibt, wo sie ist. Genau wie ich.

Sie sollte hier draußen nicht allein sein. Es ist ewig her, dass sie durchs Watt gelaufen ist, und schon damals war ihr Orientierungssinn lächerlich unausgeprägt. Es ist verdammt gefährlich, sich zwischen den Prielen zu verirren. Wenn die Flut kommt, kommt sie schnell, und die Strömung in den Wasseradern des Watts ist erbarmungslos. Ich rede mir ein, dass ich nur deswegen stehenbleibe und zusehe, wie sie auf mich zuläuft. Ich sehe sie an, bis mich der Lichtkegel ihrer Lampe erfasst und die Helligkeit mich zwingt, die Augen zu schließen.

Juna

Bosse ist einfach stehengeblieben. Vermutlich hat er angenommen, es würde keiner bemerken. Als würde seine Anwesenheit nicht wie tausend feine Nadelstiche in meinem Rücken brennen. Er liebt diese Tradition, die Wattwanderung. Und er bricht sie wegen mir ab. Ich packe Merles Arm und beuge mich zu ihr hinüber, so dass unsere Kapuzen einen windstillen Raum schaffen.

»Ich komme gleich nach.«

»Was hast du vor?« Ihre Stimme ist vom Alkohol verwaschen. Sie ist schon seit dem Vorglühen kein ernstzunehmender Gegner mehr, und die Kurzen, die sie mit mir vernichtet hat, seitdem ich dazu gestoßen bin, potenzieren diese Tatsache noch.

»Ich kenne den Weg, und man sieht eure Lampen ewig weit. Ich finde euch. Ich habe etwas verloren und will eben nachsehen, ob ich es wiederfinden kann.« Das hört sich selbst in meinen Ohren plausibel an. Vielleicht, weil es die Wahrheit ist.

»Aber beeil dich. Es ist hier draußen dunkel wie in einem

Affenhintern. Nicht, dass du dich verirrst«, lallt Merle und kichert.

»Ich komme klar.« Das bezweifle ich zwar, aber da ich schon hier bin, wird eine Konfrontation mit Bosse das verfluchte Chaos nur noch marginal schlimmer machen. Ich will nicht, dass er so verdammt selbstlos ist. Er soll sich nicht zurücknehmen und mir diese Wanderung überlassen. Es ist das letzte Steinchen Schuld auf einem Geröllberg von Gefühlen, das den ganzen Wust ins Rutschen bringen wird.

Ich zerre die Taschenlampe samt Befestigung vom Kopf und lasse den Strahl vor meinem Körper tanzen, bis er Bosse erfasst, der wie angewurzelt mitten im Watt steht. Der Wind treibt uns feine Wassertropfen ins Gesicht und legt sich auf unsere Haut. Er heult um unsere Köpfe und macht mich taub für alles bis auf meinen eigenen Herzschlag, der ataktisch in meiner Brust hämmert. Bosse zittert, aber ich bezweifle, dass die Witterung schuld daran ist. Kälte, Sturm und Regen haben ihm noch nie etwas ausgemacht. Ich schon.

Ich weiß, dass ich diesen Mann bis in seine Grundfesten erschüttert habe. Genau wie er mich. Wir haben uns gegenseitig weh getan, und dann bin ich gegangen. In einer Nacht wie dieser hier. Mit Tropfen auf unserer Haut und Sturm zwischen uns.

Die Laute, die aus mir hervorbrechen, klingen unmenschlich. Ich bin zerfetzt. Dass ich nicht auseinanderfalle, liegt nur daran, dass Bosses Arme mich umklammern. Sein Atem zwingt meinen in einen ruhigen Rhythmus. *Das sind wir. Das waren wir.* Bosse, der mich hält, mich wieder zusammensetzt. Er beschützt mich, jeden Teil von mir. Jeden, bis auf den winzigen, der jetzt tot ist. Weil Bosse diesen Teil von mir nicht wollte. Es fühlt sich an, als würde dies den Menschen, der in der Lage wäre, mich zu retten, von mir schieben.

Ich sträube mich gegen seine tröstliche Berührung, gegen seine Lippen, die mein Haar berühren und sanfte Worte murmeln. Ich will uns zurück. Aber meine Abwehr ist wie ein Reflex, dem ich nichts entgegensetzen kann. Die Nordsee zerspringt an der rauen Küstenlinie der Insel, und ich fühle mich wie die Wellen, die sprudelnd aufbrechen, bevor sie aufhören zu existieren.

»Juna, ich liebe dich.«

Ich höre seine Worte, aber ich glaube sie nicht mehr. Ich will es zwar, aber zwischen uns fühlt sich selbst die einsetzende Stille an wie eine taube Lüge. Der Strand, die weit entfernten Häuser, die Umrisse der Bäume sind nicht mehr als blinde Flecken. Zusammenhanglose, tränennasse Bilder in der Dunkelheit, in der ich schwimme. Meine Kehle brennt. Ich fühle mich benommen, wund, als würde ich in winzige atomare Juna-Teilchen zerfallen, wenn er mich loslässt. Trotzdem schiebe ich Bosse von mir. Ich will lieber untergehen, als den Schmerz zu spüren.

Er sagt nichts. Und ich bin stumm. Ich stehe einfach vor ihm. Keiner von uns bewegt sich. Ich kann es kaum ertragen, wie uns jede Sekunde Schweigen weiter auseinandertreibt. Bosse fährt sich durch die Haare. Eine zutiefst unsichere Geste, dabei ist Bosse nie unsicher. Er ist wild, stark und einnehmend. Es ist, als wäre er ein anderer Mensch. Er ist nicht mehr mein Bosse, und *ich bin nicht mehr seine Juna. Wie also könnte unsere Liebe noch dieselbe sein?*

Ich gebe ihm die Schuld daran, auch wenn das nicht fair ist. Ich will nicht fair sein. Er hat den Teil von mir getötet, den ich am meisten geliebt habe – unser Baby. Weil er es nicht wollte. Und das ist schlimmer, als wenn er mich nicht mehr gewollt hätte.

Der Arzt hat mir versichert, dass eine Plazentaablösung in diesem Stadium der Schwangerschaft nicht unüblich sei. Niemanden träfe die Schuld. So etwas passiere eben. So etwas, zwei Worte, die zu klein sind, um meinen Schmerz zu beschreiben. Ich weiß es besser. Der Tod unseres Kindes ist nicht einfach passiert.

Ich erinnere mich an jede Sekunde, die ins Unglück geführt hat. Bosse wollte mit mir reden, aber ich war nicht bereit, ihm seine idiotische Reaktion zu Beginn der Schwangerschaft zu verzeihen. Selbst jetzt, fünf Monate danach, nicht. Ich wollte ihm all die Wochen nicht zuhören.

An diesem Abend hatte er genug. Er hat mich angeschrien und ist dann gegangen. Er hat die Tür zugeknallt und ist über den Parkplatz zum Strand gerannt. Ich hatte ihn noch nie so erlebt. Mit einem Mal war die Angst, ihn zu verlieren, übermächtig. So unendlich groß. Ich habe mir nicht einmal die Mühe gemacht, mir eine Jacke überzuziehen. Tränenblind lief ich ihm nach. Bis ich in den Dünen strauchelte. Den Sturz begleitete ein plötzlicher, gleißender Schmerz in meinem Unterleib. Es raubte mir für einen Moment den Atem.

Bosse hat es nicht einmal mitbekommen. Ich sah ihn mit dem Rücken zu mir an der Wasserlinie stehen und dem Wind trotzen.

Ich fühlte mich so alleingelassen. Ich war wütend auf ihn, weil er mir nicht half. Sich nicht mal umdrehte, obwohl ich schwanger und frierend in den Dünen lag und mich vor Schmerzen krümmte. Und das nur, weil ich ihm nachgerannt war. Der Schmerz verflog irgendwann, und ich rappelte mich auf und ging nach Hause. Ich habe etwas gegessen. Geduscht. Ein wenig gelesen. Alltägliche Dinge, während mein Kind starb.

Ich hätte es merken müssen. Bosse hätte es lieben müssen. Er hätte mich an diesem Tag nicht alleinlassen dürfen. Dann wäre ich nicht gestürzt und es wäre vielleicht geblieben. Wenn wir nicht gestritten hätten, würde es jetzt noch leben.

Ich kann ihn nicht ansehen.

»Lass uns darüber reden«, fleht er, und ich höre die Tränen in seiner Stimme.

»Bitte, Juna.«

Er hat kein Recht auf diese Tränen. Ich kann seinen Schmerz nicht ertragen. Weil er sich wie eine Lüge anfühlt. Weil ich schon meinen Schmerz kaum ertragen kann. Ich drehe mich um und laufe los. Ich haste gegen den schreienden Wind an. Bosse folgt mir, einige Meter, bevor seine Schritte im feuchten Sand ersterben. Er hat aufgegeben.

Ich renne. Ich bin feige und flüchte, weil es der einzige Weg ist, das hier zu überleben. Ich renne, bis mich der Wind verschluckt.

Jetzt hat er mich wieder ausgespuckt, der Wind, genau hier. Direkt vor Bosse, der sich keinen Millimeter bewegt, obwohl der Sturm an ihm zerrt und seine Regenjacke zu einem unförmigen Gebilde an seinem Rücken auftürmt.

Seine Haare kleben feucht an seinem Gesicht, an den Lippen, die blass sind vor Kälte, aber genauso fein geschwungen, voll und weich wie damals. Das Wasser rinnt seinen Hals hinab und verschwindet unter dem Kragen seiner Jacke. Er fährt sich mit der flachen Hand über die Augen, und ich frage mich, ob es Regen, das Meer oder Tränen sind, die er ärgerlich fortwischt.

»Was willst du hier?« Er hat mir die Frage schon einmal gestellt. Neulich im Hotel.

»Ich weiß es nicht.« Das ist die Wahrheit. Ich stehe nicht vor ihm, weil mein Visum abgelaufen ist oder weil Amrum der einzige Ort auf der Welt ist, an dem es einen Job gegeben hätte, der meinen Qualifikationen entspricht. Ich stehe mitten in der Nacht im Watt, weil er hier ist. Das ist die Wahrheit. Auch wenn ich das niemals laut aussprechen würde und nur vor mir selbst zugebe, weil mir Merles Drinks zugesetzt haben.

»Was tun wir hier?«, stelle ich die einzig logische Gegenfrage.

Er zuckt hilflos mit den Schultern, und ein schiefes Grinsen türmt sich in seinem Gesicht auf und rollt aus wie die Brecher am Weststrand.

»Na ja, du bist eben mein Stern.« Dabei deutet er auf meine Taschenlampe. »Mein Licht, mein Navigationspunkt. Ist nicht meine Schuld.«

Er bricht ab und senkt den Blick. Unwillkürlich berühre ich seinen Arm. Ganz sachte nur, als würde es die Worte ungeschehen machen, die zwischen uns hängen und den Wind zerteilen. Diese eine Berührung reicht aus, um acht Jahre auf Stecknadelkopfgröße zu schrumpfen. Ihm so nah zu sein jagt eine prickelnde Schockwelle durch meinen Körper. Es fühlt sich an wie damals, bevor alles schiefgegangen ist, und treibt mir pures Empfinden durch den Körper.

Es gibt nur uns und winzig kleine Lichter, die in der Ferne über das Watt tanzen. Bosse löst sich aus seiner Erstarrung und überwindet mit einem langen Schritt die Distanz zwischen uns. Seine Hand umklammert meinen Arm, als er mich fast schon grob an sich zieht. Ich kann seinen muskulösen Oberkörper dicht an meinem spüren und seine freie Hand, die sanft meine verwehten Haare aus dem Gesicht streicht und mich zärtlich an sich zieht. Eine Hand Jekyll und eine Hyde. Sanft und wild. Das ist Bosse. Er küsst mich, und ein Tosen brandet durch meinen Körper.

Wie von selbst verhaken sich meine Hände in seinem Nacken, halten die Lampe und ein Stück von ihm. Ich spüre das kalte Wasser und die Hitze seines Körpers. Sein Blick brennt sich in meinen, als er meine Unterlippe zwischen seine Lippen nimmt und sanft daran saugt. Ich habe das Gefühl, meine Beine würden nachgeben und nur Bosse hält mich davon ab umzufallen. Seine starken Arme, die meinen Körper an sich pressen. Sein Atem, der meinen mit sich fortreißt und dabei mein Herz mitnimmt. Jede Zelle in mir vibriert. Mein Herz hämmert zu laut in meinen Ohren, und ich fühle mich seltsam berauscht.

Genauso plötzlich wie er mir nahegekommen ist, setzt Bosse mich auf Entzug, als er sich ruckartig von mir löst und irgendwo zwischen Erschrecken, Sehnsucht und Verlangen umhertaumelt. Seine Lippen haben meinen Verstand ausgeschaltet, alle Erinnerungen gelöscht, aber jetzt, wo er aufhört, mich zu küssen, kommt alles wieder, in doppelter und dreifacher Intensität. Wie mit einem Brennglas, das irgendein sadistisches Kind direkt auf mein Herz richtet. Er hat mich nicht genug geliebt. Ich habe unser Baby deswegen verloren. Ein kleines Mädchen. Ich habe es still geboren. Die Leere, die mich danach erfüllte, schleicht sich in das Vakuum zwischen uns. Es war zu klein, zu schwach. Es ist gegangen, weil wir nicht bereit waren. Weil Bosse sich nicht reif genug gefühlt hat, um Vater zu werden. Weil wir uns gestritten haben, immer und immer wieder. Weil ich wollte, dass er uns liebt, und er es nicht konnte.

Ich weiß, es ist irrational, ihm den Großteil der Schuld zuzuschieben, aber alles andere würde mich ziemlich schnell an den Punkt bringen, an dem ich vor acht Jahren stand. Der Gedanke rast wie Eiswasser durch meine Venen und bringt mich dazu, rückwärtszustrauchen.

»Juna«, sagt Bosse leise.

Aber ich kann nicht. Ich will nur noch weg von hier.

»Lass mich!« Ich hebe meine Hand und stoppe ihn mitten in der Bewegung. Meine Stimme hört sich seltsam an. Nicht so wie ich. Nachdem Caro und all die Jahre weit weg mich langsam und Stück für Stück wieder zusammengesetzt haben, reicht ein Kuss von ihm aus, um mir klarzumachen, dass etwas Zusammengesetztes nie wieder heil wird.

Ein Schluchzen schlägt eine Schneise durch meine Brust. Ich werde nicht weinen. Nicht hier, nicht vor ihm. Ich weiß, dass er in dem Fall versuchen wird, mich zu trösten, und dass ich nichts mehr hätte, was ich ihm entgegensetzen könnte. Wenn ich zulasse, dass er mir noch einmal zu nahekommt, wird er nicht nur meinen Atem und mein Herz fortreißen, sondern alles mitnehmen.

Ich sehe ihn nicht an, als ich losrenne. Wie damals hoffe ich, dass der Sturm mich verschluckt, dass Bosse aufgibt und mich gehen lässt, aber bereits Sekunden später höre ich, wie er hinter mir herjagt. Die Taschenlampe. Ich schalte den wirr zuckenden Strahl aus und renne weiter, wechsle die Richtung, schlage einen Haken. Das knietiefe Wasser eines Priels bremst mich aus. Bosse befindet sich ein gutes Stück rechts von mir. Ich sehe seine Lampe. Die Dunkelheit gibt ihm jedoch keine Chance, mich zu finden. Der Lichtkegel hat nicht genug Reichweite. Trotzdem bemühe ich mich, mehr Abstand zwischen uns zu bringen, ohne die winzigen Lichter der Küste aus den Augen zu verlieren. Sie sind mein einziger Anhaltspunkt, um nach Hause zu finden.

Aber mit einem Mal gibt der Boden unter mir nach. Nicht nur sinnbildlich, sondern tatsächlich. Eiskaltes Wasser schlägt über meinem Kopf zusammen, als ich falle und panisch nach Luft schnappe. Ich schlage mit Armen und Beinen um mich, atme Sand und Wasser, fühle schlickigen Boden und stoße mich ab, um wieder an die Oberfläche zu kommen. Die Kälte dringt wie tausend kleine Nadelstiche in meinen Körper. Erschöpft ziehe ich mich auf der anderen Seite der Untiefe auf den Schlick und versuche zu Atem zu kommen. Es gelingt mir nicht. Ich rolle mich zusammen und kann die Tränen nicht länger aufhalten.

Ich vermisse Bosse und alles, was er in mir auslöst. Und gleichzeitig hasse ich ihn. Ich habe ihn nie loslassen können. Weil es unmöglich ist. Ich liege auf dem brettharten Boden neben dem Priel und kann nicht mehr aufhören zu weinen, während die Kälte nach und nach mein Empfinden betäubt.

Bosse

Ich sollte schlafen. Oder irgendetwas machen, das nichts mit ihr zu tun hat. Mit Juna. Ich sitze auf dem Sessel, der meinem Bett gegenübersteht und betrachte ihren schmalen Körper, der sich unter der Decke abzeichnet. Es ist bereits nach zwei Uhr morgens, und ich hocke noch immer hier und sehe sie an.

Die anderen müssten ihre Tour mittlerweile beendet haben. Wenn Peer Glück hat, kann er die Gunst der kinderfreien Stunden nutzen, um Merle zu verführen. Wobei ich bezweifle, dass das funktionieren wird. Merle wird schläfrig und abweisend, wenn sie getrunken hat. Und sie hatte schon zu Beginn der Wanderung genug Promille, um einen Elefantenbullen umzuhauen. Ich habe ihr eine WhatsApp geschrieben, dass Juna bei mir ist, und den Text eine halbe Ewigkeit angestarrt, bevor ich ihn abgeschickt habe. Als würde sich Juna dadurch in Luft auflösen.

Ihre Wangen sind leicht gerötet und ihr Schlaf unruhig. Wolfgang Amseling, der Inselarzt, sagte, sie würde Fieber bekommen. Die Unterkühlung hat ihre Abwehr plattgemacht, und der Wind, der an ihrem geschwächten Körper und den klatschnassen Sachen riss, hat den Rest erledigt. Ich hatte eine Scheiß-Angst um sie, als ich sie bewegungslos im Watt gefunden habe. Es hat mich an die Tage nach der Geburt erinnert. Da lag sie genauso da. Wie tot. Und dann ist sie aus meinem Leben verschwunden. Ich reibe mir die Schläfen. Ich will mich nicht erinnern, aber die Bilder, die aus meinem Gedächtnis auftauchen, sind zu stark, um sie niederzukämpfen, und ich bin zu müde, ihnen etwas entgegenzusetzen.

Das Linoleum unter meinen Schuhen quietscht, als ich den schmalen Gang des Krankenhauses entlangrenne. Der Geruch ist weder brennend noch schlecht, eher nichtssagend und komprimiert. So als wäre seit Monaten keine frische Luft mehr hineingelassen worden. Mir ist schwindelig. Merle hat mich angerufen und mir gesagt, dass Juna ins Krankenhaus eingeliefert wurde. Irgendetwas mit dem Baby. Sie hat mich gebeten, sie auf dem Laufenden zu halten, und gefragt, ob sie ebenfalls kommen solle, aber ihre Eltern haben heute Hochzeitstag. Die ganze Familie isst wie jedes Jahr gemeinsam auf dem Festland, und ich will nicht, dass sie wegen Juna und mir mit dieser Tradition bricht.

Vor allem aber will ich mich nicht fragen, warum Juna Merle kontaktiert hat, mich aber nicht. Sicher haben wir uns heute Morgen gestritten. In letzter Zeit streiten wir zu viel, aber sie weiß, dass ich für sie da bin, wenn etwas nicht stimmt.

Ich fahre mir durch die Haare, während ich weitereile, den

Aufzug links liegenlasse und die Treppe in den dritten Stock nehme. Meine Lungen stechen, und mir zieht sich bei dem bloßen Gedanken an mögliche Gründe, warum Juna ins Krankenhaus musste, der Magen zusammen. Ich hätte nicht mit ihr streiten, sie nicht einfach stehenlassen dürfen.

Eine breite, abgeschlossene Milchglastür trennt den Bereich um den Kreißsaal vom Rest des Flurs ab. Ich sehe mich suchend um und entdecke eine Klingel, die sich direkt neben der Zeichnung eines Storches befindet. Ich drücke darauf und warte. Die Wände sind mit Babyfotografien gesäumt. Es macht die Tatsache, dass Juna und ich tatsächlich ein Baby bekommen werden, verdammt real, und zu der aufkeimenden Panik, wann immer ich mir bewusst mache, dass ich Vater werde, gesellt sich ein warmes Gefühl, Freude und ein Klumpen Sorge.

Zum Glück haben wir noch vier Monate Zeit, um uns darauf vorzubereiten. Knapp vier Monate, um Juna zu beweisen, dass ich ein Idiot war, als sie mir den Test unter die Nase hielt und ich in Panik das Einzige gesagt habe, was ich nie auch nur hätte denken dürfen. Seitdem will ich nichts, als ihr beweisen, dass ich es bereue. Dass ich es ernst meine.

Auch wenn ich nicht die besten Voraussetzungen habe, um unserem Kind ein guter Vater zu sein, werde ich es packen. Meine Mutter hat Pa und mich verlassen, als ich zehn war, und starb dann vor einigen Jahren an Krebs, ohne je wieder den Kontakt gesucht zu haben. Ich habe sie nie wiedergesehen. Aber ihr Verschwinden hat so viel verändert. Es hat Pa verändert, der seitdem noch verschlossener war und ständiger Inhalt des Inselklatsches, der uns mitleidige Blicke einbrachte. Auch wenn er vorher niemals eine Auszeichnung für den besten Vater erhalten hätte, wurde es danach schlimmer.

Am liebsten würde ich mich für meine erste, saudämliche Reaktion ohrfeigen, wegen der ich jetzt allein vor dem Kreißsaal stehe, anstatt bei Juna zu sein. Warum haben wir uns bloß so oft gestritten? Schuldgefühle machen sich in meinem Kopf breit.

Ich verstehe, dass sie mir nicht einfach so vergibt, aber ich liebe Juna. Und ich liebe dieses Kind. Auch wenn ich ein wenig gebraucht habe, um das zu kapieren. Ich werde nicht noch einmal verschwinden, nur weil sie mir nicht glauben will. Immerhin habe ich das selbst verschuldet. Und ich werde jeden Tag der nächsten vier Monate nutzen, um ihr zu beweisen, dass ich es ernst meine und in die Rolle hineinwachsen kann.

Derzeit spricht sie nicht mit mir, hasst mich vielleicht sogar, aber ich weiß, ich kann das wieder geradebiegen. Wir gehören zusammen. Das ist eine einfache und unumstößliche Tatsache, und egal wie viele Wochen Juna mich noch schmoren lassen will, am Ende wird alles gut sein. Das weiß ich! Wieso zum Henker kommt niemand? Ich klingle noch mal, fordernder, länger. Es dauert eine ganze Weile, bis endlich eine Frau in rosafarbener OP-Kleidung durch die Tür tritt und mich lächelnd ansieht.

»Du musst Bosse sein.« Ihre Stimme ist warm und mitfühlend, und genau das versetzt mir einen Schlag.

»Ich möchte zu Juna Andersen«, bringe ich einigermaßen fest hervor.

»Sie wird gerade untersucht.« Hebamme Hanna, wie auf ihrem Namensschild steht, zeigt auf eine Stuhlgruppe. »Du kannst dich dorthin setzen und warten.« Sie lächelt wieder dieses Lächeln, das einem Angst macht, anstatt einen zu beruhigen, und entfernt sich, aber ich bin nicht bereit aufzugeben. Nicht schon wieder.

»Sie ist meine Freundin, und wir erwarten ein Kind.« Ich fahre mir durch die Haare, und es ist mir egal, wie unsicher das wirkt. »Ich möchte wissen, wie es ihr geht, und sie sehen.«

Die Hebamme zögert, kommt dann aber zurück und setzt sich auf einen der Stühle. Sie wartet, bis ich mich widerstrebend zu ihr setze. Warum bringt sie mich nicht einfach zu Juna? Ich glaube nicht, dass das Krankenhauspersonal angewiesen hat, mich wegzuschicken. Zugegeben, das vorhin war ein Monsterstreit. Schlimmer als die meisten anderen bisher. Aber es war immer eine unserer Stärken, dass wir im Ernstfall uneingeschränkt füreinander da waren. Bis sie mir von dem Baby erzählt hat. Ich schüttle den Kopf und damit die Gedanken ab, dass mein idiotischer Fehler etwas verändert haben könnte.

»Deine Freundin ist mit ihrer Mutter in einem der Kreißsäle. Das Baby scheint Probleme zu haben. Welche genau das sind, kann ich noch nicht sagen. Sie wird noch untersucht, aber Juna hatte Blutungen, und es sieht ernst aus.«

Ich nicke und fühle mich, als hätte mir ein Riese einen verdammten rechten Haken verpasst. Gesa, Junas Mutter. Sie dürfte wohl der Grund sein, warum ich noch immer hier draußen bin, anstatt an Junas Seite.

»Wann kann ich zu ihr?«

Jetzt legt mir die Hebamme auch noch ihre Hand auf den Unterarm. Ich bin versucht, ihn wegzuziehen, aber ich halte mich zurück. Immerhin ist diese Frau die einzige Möglichkeit, durch diese Tür und zu Juna zu gelangen.

»Sie hat mich gebeten, dir zu sagen, dass sie dich vorerst nicht sehen möchte«, sagt sie behutsam.

Was soll das bitte heißen? Mein Kopf ist nicht bereit, die Worte zu akzeptieren.

»Sie hat ihre Mutter«, fährt die Hebamme fort. »Und wir kümmern uns um sie. Sie ist in guten Händen.«

Aber ich muss doch bei ihr sein! Das muss denen doch einleuchten. »Hören Sie, ich will echt keinen Ärger machen, aber ich muss zu ihr. Wir haben gestritten, und ich bin mir sicher, das ist der Grund, warum sie mich gerade nicht sehen will.« Ich stehe auf. »Juna kann verdammt stur sein, aber sie braucht mich jetzt. Wenn ich ihr sagen könnte, dass es mir leid tut, würde sie mich bei sich haben wollen.«

Eine Ärztin eilt vorbei, öffnet die Türen und verschwindet hinter der Milchglasscheibe. Ihr Gesichtsausdruck ist angespannt, und ich versuche mir einzureden, dass nicht nur Juna hier gerade behandelt wird. Die Sorge im Gesicht der Ärztin muss nicht ihr gegolten haben. ›Es ist ernst.‹ Die Worte der Hebamme bohren sich in meine Eingeweide.

»Ich will zu ihr«, wiederhole ich kraftlos, aber Hebamme Hanna bleibt unnachgiebig.

»Deine Freundin muss jetzt entscheiden, was das Beste für sie ist, und wir als Kreißsaalteam unterstützen sie dabei. Ich muss jetzt wieder zu ihr. Aber ich werde ihr sagen, dass du hier bist und sie sehen möchtest.« Dann folgt sie der Ärztin. Ich bin allein – eine kalte Wand in meinem Rücken und Sorge in meinem Kopf.

Ich berühre das raue Glas der Tür und kann nicht glauben, dass Juna mich nicht zu sich lässt. Dass ihre Mutter ihre derzeitige Schwäche ausnutzt, um mir eins auszuwischen.

Ich stehe ewig hinter der Tür, ohne dass jemand den Kreißsaalbereich verlässt oder betritt. Ich habe Merle geschrieben, dass niemand zu Juna darf und sie hier eh nichts tun könnte. Das ist Stunden her. Die Nacht ist bereits vorbei und macht einem blassen Tag Platz, als sich endlich die elektrische Tür öffnet. Es ist Gesa, die zu mir auf den Gang tritt.

Sie sieht erschöpft aus, fahl und unendlich fertig. Nicht einmal die grellen Farben ihrer Hippieklamotten ändern etwas an dem bleichen Erscheinungsbild.

»Du hast die ganze Nacht hier gewartet?«, fragt sie, ohne mich anzusehen.

Ich nicke. Es macht mir Angst, dass Gesa keinen vernichtenden Spruch auf Lager hat. Sie nutzt sonst jede Gelegenheit, um mir zu zeigen, dass sie mich nicht mag.

»Was ist passiert? Wie geht es Juna und dem Kind? Wann kann ich zu ihr?«

Statt einer Antwort kullern Tränen über ihre Wangen.

»Es ist ein Mädchen«, schluchzt sie nach einer gefühlten Ewigkeit leise. Da ist keine Freude über das neue Leben, während in mir Sorge, Glück und Liebe für meine Tochter Samba tanzen. Egal, wie sehr Gesa gegen die Schwangerschaft war, spätestens jetzt, wo unsere Tochter geboren ist, sollte sie doch ihren Widerstand aufgeben. Unsere Tochter. Das hört sich unglaublich an.

»Ich will zu ihnen.« Wahrscheinlich sehe ich ziemlich dämlich aus, weil ich bis über beide Ohren grinse, aber ich kann es trotz

meiner Sorge um Juna und das Baby, das viel zu früh geboren ist, nicht abstellen.

»Es gab Probleme, Bosse.«

Sicher gab es die. Die Kleine ist vier Monate zu früh geboren, aber wir sind in einem modernen Krankenhaus. Die werden alles tun, damit es der Kleinen an nichts fehlt, und ich bin einfach nicht bereit, meine Euphorie an Gesas Trauermiene zu verlieren.

»Juna will allein sein«, nuschelt Gesa an ihrer Hand vorbei. »Sie hat mich rausgeworfen und möchte auch sonst niemanden sehen.«

Juna macht sich Sorgen um unser Kind, und Gesas Leichenbittermiene könnte ich in so einem Fall auch nicht ertragen, aber mich wird sie doch sehen wollen. Jetzt, wo das Baby auf der Welt ist. Unser Baby.

Als hätte sie meine Gedanken gelesen, murmelt Gesa:»Am allerwenigstens dich.« Sie sagt es ohne Nachdruck. Ohne Bosheit in der Stimme: Nicht, um mich zu verletzen. Sie weint noch immer, und ich wünschte, sie würde endlich aufhören. Sie sollte sich mit mir freuen oder mich hassen, wie sie es sonst tut. Auf jeden Fall sollte sie nicht so verdammt merkwürdig sein.

»Was ist hier eigentlich los?«, bringe ich mühsam hervor, aber Gesa antwortet nicht. Sie starrt zu Boden. Ich habe Junas Mutter so noch nie gesehen.

»Gesa, was ist passiert?«, ich höre mich schreien, weil gerade Gewissheit wird, was ich spüre, seitdem ich hier angekommen bin. Es ist ernst. Gesa wird mir keine Hilfe sein. Sie steht vollkommen neben sich.

Ich laufe zur Tür und klingle Sturm, schlage gegen das Glas, schreie, und nach endlosen Minuten öffnet endlich jemand.

Es fühlt sich an, als würde meine Welt wanken, als ich zu Hebamme Hanna in den Flur des Kreißsaals trete. Sie zieht mich in einen der angrenzenden Räume. Warme Farbtöne, kaum technisches Gerät. Das ist vermutlich hinter den Einbauschränken verborgen. Mittig steht ein großes Bett im Raum. Daneben ein Sessel.

»Setz dich!«, *fordert sie mich auf, aber ich will mich nicht setzen. Juna ist nicht hier, und alles, was ich will, ist bei ihr und dem Baby zu sein.*

Die Hebamme zuckt mit den Schultern und setzt sich auf einen Drehstuhl. Sie scheint es gewohnt zu sein, Menschen ihren Willen zu lassen und mit dem zu arbeiten, was man ihr gibt.

Ich renne ruhelos auf und ab, aber auch davon lässt sie sich nicht aus der Ruhe bringen.

»Hat die Mutter deiner Freundin schon mit dir gesprochen?«

Ich schüttle den Kopf.

»Juna hat ein kleines Mädchen geboren.«

Sie gibt mir keine Zeit, darauf zu reagieren, weil sie ruhig fortfährt.

»Ich hatte dir gesagt, dass es Probleme gab. Blutungen. Das ist nicht ungewöhnlich in diesem Schwangerschaftsabschnitt, aber bei Juna hatten sie ernste Ursachen. Die Plazenta hatte sich abgelöst. Wir mussten die Entbindung vorantreiben, um Juna nicht zu gefährden.« *Sie seufzt, und es ist eines dieser endgültigen Geräusche, die Katastrophen begleiten.* »Eure Tochter ist still geboren.«

Ich halte mitten in der Bewegung inne und sehe sie nur an. Ich spüre Tränen, die über meine Wangen laufen. Mein Herz hat begriffen, was mein Verstand nicht fassen kann.

»Was bedeutet das?«, bringe ich krächzend hervor.

»Eure Tochter war zu klein, um zu überleben. Juna war gerade erst in der fünfundzwanzigsten Woche. Das ist zu früh. Euer Mädchen ist gestorben.«

Unsere Tochter ist tot. Etwas tief in mir drinnen zerreißt. Ganz langsam lasse ich mich zu Boden sinken, umschlinge meine Beine und weine um ein Kind, das ich nicht gewollt habe, das mir Angst gemacht hat und das ich trotzdem geliebt habe. Ich weine so sehr, dass es sich anfühlt, als würde in diesem Moment etwas in mir für immer kaputtgehen.

Hebamme Hanna sagt nichts, ist nur da.

»Was ist mit Juna?«, *frage ich schließlich mit wackeliger Stimme. Ich kann nicht glauben, dass sie diesen Schmerz allein erträgt. Ich will ihn mit ihr teilen. Ich muss, weil auch ich ihn allein nicht ertragen kann und weil ich instinktiv spüre, dass uns diese Sache entweder noch enger zusammenrücken lässt oder aber das genaue Gegenteil bewirken wird. Ich kann nicht auch noch sie verlieren.*

»Sie hat sich komplett zurückgezogen und spricht nicht.« *Hebamme Hanna rollt auf dem Drehstuhl sitzend näher.* »Das ist normal, allerdings weigert sie sich auch, das Kind anzusehen. Das sollte sie, bevor wir es wegbringen müssen. Sie muss eure Tochter willkommen heißen, um sie später gehen lassen zu können.«

»Ich sollte mit ihr sprechen«, *sage ich kraftlos.*

»*Ihre Mutter hat es schon versucht.*«

Aber ich bin nicht ihre Mutter. Wir sind Juna und Bosse. Sie ist mein Leuchten und ich bin ihr Anker. Wir sind jetzt Eltern.
»*Ich möchte mein Kind sehen und Juna.*«

Die Hebamme nickt. »*Fangen wir mit deiner Tochter an, und dann sehen wir, was ich in Bezug auf Juna tun kann.*«

»*Was passiert danach mit unserer Tochter?*«

»*Es gibt verschiedene Möglichkeiten, aber Juna wird diese Entscheidung treffen müssen, da sie als Mutter allein entscheidungsbefugt ist.*«

»*Was ist mit mir?*« *Mein Kopf ist wie leergefegt. Da ist nur Kälte und Trauer. Es fällt mir schwer, alle Informationen zu verstehen.*

»*Es gibt keine Vaterschaftsanerkennung. Ihr seid nicht verheiratet. Damit entscheidet Juna allein.*«

»*Ich dachte, wir hätten noch Zeit.*« *Das habe ich wirklich gedacht. Ich wollte die Anerkennung unterschreiben. Ich habe sogar schon die Formulare zu Hause. Wir hätten diese vier Monate gebraucht. Unsere Tochter hätte sie gebraucht. Dann würde sie leben, und ich wäre ihr Vater, auch gesetzlich.*

»*Kann ich sie sehen*«, *quetsche ich leise hervor, und Hebamme Hanna nickt.*

»*Warte hier.*« *Und dann verschwindet sie, minutenlang, bevor sich die Tür öffnet und sie zurückkehrt. Vor sich her schiebt sie ein winziges, durchsichtiges Plastikbettchen. Sie steuert nicht auf mich zu, sondern hält vor dem Sessel, der neben dem Entbindungsbett steht.* »*Setzt dich hierher.*« *Sie lächelt.* »*Das erste Kennenlernen kann einen schon mal umhauen.*«

Und ich glaube ihr aufs Wort. Tränen verschleiern meinen Blick, als ich zu ihr hinübergehe und mich auf den Sessel fallen lasse. Ich schließe die Augen, als sie mir ein kleines Bündel in die Hände legt.

Ich spüre den winzigen Körper durch den Stoff der Decke, spüre den Kampf, den unsere Tochter ausgefochten und verloren hat, die Kälte, die ihren kleinen Körper bereits erobert. Es wird nie mehr als dieses erste Kennenlernen zwischen uns geben.

Mit noch immer geschlossenen Augen streiche ich über den seidigen Flaum auf ihrem Kopf, ertaste die Form ihres Gesichtchens, ihrer Hände.

»Du kannst sie ruhig ansehen. Sie ist wunderschön«, sagt Hebamme Hanna sanft und lässt mich dann allein.

Ich brauche lange, bis ich die Augen öffne und mir jeden Zentimeter unserer Tochter einpräge. Ihre langen, dunklen Wimpern, das winzige Gesicht. Ihre Haut ist rein und so zart, fast durchscheinend. Ihre Ohren haben dieselbe Form wie Junas, und ich folge den Konturen mit meinen Fingern. Ich gebe ihr einen Kuss auf die Schläfe, so zart, als wäre er nicht real. Weil all das hier nicht real sein darf.

Unser Baby ist ein Teil von uns. Und gleichzeitig ist sie so viel mehr als wir beide. Sie hätte mehr sein können, wenn ich sie gewollt hätte. Vielleicht wäre sie dann geblieben.

Ich habe Juna nie davon erzählt. Sie hat mich damals nie wieder nah genug an sich herangelassen. Sie hat unsere Tochter nach der Entbindung nie wieder angesehen. Sie nicht gehalten. Sich nicht verabschiedet. Sie lag da wie jetzt. Leblos. Wunderschön. Und verletzt. Ich kann mir nur vorstellen, wie scharfkantig die Erinnerungen noch immer für sie sein müssen.

Im Gegensatz zu mir ist sie bis heute vor allem weggelaufen, während ich Zeit hatte, wenigstens einen Teil davon zu verarbeiten. Wahrscheinlich ist sie deswegen weggerannt, auch wenn es mich trifft, dass sie lieber allein durchs Watt geirrt wäre, als sich von mir helfen zu lassen.

Vielleicht tun wir uns wirklich nur gegenseitig weh, aber ich kann sie trotzdem nicht in Ruhe lassen. Ich kann nicht aufhören, sie anzusehen. Zuzusehen, wie sie atmet. Wie perfekt sie dabei aussieht. Meine gesamte Kraft geht dafür drauf, den Wunsch zu unterdrücken, neben sie zu gleiten und sie an mich zu pressen. Ich schüttle den Kopf und versuche mich wenigstens etwas auszuruhen, bevor es hell wird.

Juna

Das Laken an meiner Wange ist kühl und riecht nach Weichspüler. Ma benutzt so etwas nicht. Ihre Wäsche stinkt immer nach zu langsam getrockneter Feuchtigkeit und Bio-Waschmittel.

Mein Körper fühlt sich steif an, mein Hals wund und rau. Ich schlucke und kneife die Augen zusammen. Verdammt. Fühlt sich an, als hätte ich Stacheldraht gefrühstückt. Vorsichtig sehe ich mich um. Rustikale Holzdielen. Einfach verputzte Wände. Alte Balken, die sich gegen helle Wände abheben. Die Einrichtung ist minimalistisch. Ein Bett mit schlichter khakifarbener Bettwäsche, an der Wand ein Bild, auf dem grelle Farben miteinander in wüsten Schlieren konkurrieren. Auf dem Boden sind mehrere Stapel mit Büchern verteilt, und gegenüber vom Bett fristet ein grauer Sessel ein einsames Dasein. Kein Schrank. Auf jeden Fall ein Männerzimmer. Besitzt dieser Mensch keine Kleidung?

Ich schäle mich aus der Bettdecke und durchkrame meine Erinnerungen an gestern, um einen Anhaltspunkt zu finden, wo ich mich befinde und wie zum Henker ich hierhergekommen bin. Dabei streife ich auf zittrigen Beinen durch den Raum. Versteckt im hinteren Teil des Zimmers entdecke ich einen kleinen begehbaren Kleiderschrank. Ich hatte recht. Ausnahmslos Männerkleidung. Sportliche Kapuzenpullover, Oberteile im Retrostyle und Jeans in jedem erdenklichen Abnutzungsgrad. Ich ziehe einen Pullover an mein Gesicht und atme tief ein. Riecht genau wie das Bett. Gut, vertraut irgendwie, auch wenn ich den Geruch nicht einordnen kann.

Ich lehne mich an die Wand und schlage leicht mit dem Kopf dagegen. Wieso kann ich mich nicht erinnern? Ich war angetrunken. Okay, zugegeben, betrunken, aber nicht so sehr, dass es einen Filmriss rechtfertigen würde.

Ich kneife die Augen zusammen und wühle in den verworrenen Bruchstücken. Ich wollte den Abend mit Ma verbringen. Wortfetzen mischen sich zu Aufbruchbildern. Wir haben gestritten, und ich dachte, es wäre eine bessere Idee, mit auf die Japsand-Wanderung zu gehen, als weiter mit ihr zu diskutieren. Bosse. Er ist die Bö, die die Erinnerungstür aufstößt.

Ich habe ihn geküsst. Es hätte sich falsch anfühlen müssen, schmerzlich, aber es war eher wie ein Mentos-trifft-auf-Cola-nach-Hause-kommen. Der Schmerz kam erst, als Bosse mich losgelassen hat. Ich bin weggerannt. Wasser, Kälte, Erschöpfung und dann Dunkelheit.

Bosse hat mich gesucht. Eine triumphierende Stimme flüstert mir zu, dass er nicht aufgegeben hat. Ganz offensichtlich nicht. Sonst würde ich jetzt noch immer im Watt liegen und wäre vermutlich ertrunken oder erfroren.

Ich berühre das schwarze Shirt und die Jogginghose, die ich trage, und knülle den Stoff mit den Fäusten zusammen. Das hier muss sein Haus sein, sein Kleiderschrank und seine Klamotten. Er hat sie mir angezogen. Ich will mir nicht vorstellen, dass er mich dafür berührt haben muss, dass ich vermutlich nackt war. Ich sehe mich nach meinen Sachen um, kann sie aber nirgendwo entdecken. Ich höre Schritte, die sich nähern.

»Juna?«

Mich ergreift ein diffuses Panikgefühl. Nicht nur, weil es komisch sein wird, ihm nach dem Kuss gestern unter die Augen zu treten. Die Frage wie ich aus meinen Sachen in seine gelangt bin, wird es apokalyptisch peinlich machen.

»Wo steckst du?« Bosses Stimme klingt entspannt, nicht wütend. Er taucht in der Türöffnung auf und grinst vorsichtig, fordert aber keine Erklärung, warum ich an seiner Kleidung riechend in seinem Schrank stehe. Stattdessen deutet er mit dem Kopf hinter sich. »Deine Sachen sind noch im Trockner. Du kannst dich später umziehen. Du solltest erst einmal etwas in den Magen bekommen.«

Noch immer schwebt seine Hand vor mir in der Luft. Ich ergreife sie. Es ist anders als gestern. Hier und jetzt, als ich ihm durch den sonnendurchfluteten Raum folge, ist es fast so wie früher.

»Du musst Hunger haben«, sagt Bosse, als er das Schlafzimmer verlässt und mich hinter sich herzieht.

Ich nicke, dabei bin ich mir nicht sicher, ob ich mit diesen Halsschmerzen überhaupt etwas herunterbekomme. Aber Bosse hat recht, mein Magen rumort bereits und krampft sich unangenehm zusammen. Ich sollte etwas essen. Vielleicht gibt sich dann auch das Zittern in meinen Beinen. Er schiebt mich vor sich, als wir in einen riesigen, hellen Raum gelangen, der Küche und Wohnzimmer vereint und sich zum Eingang des Hauses hin etwas verjüngt.

»Du hast mich gestern Abend erschreckt«, sagt Bosse so dicht an meinem Ohr, dass meine Haare von seinem Atem verwirbelt werden. Ein Schauder folgt seiner Hand, die meinen Rücken streift, bevor er sich von mir löst und zur Kaffeemaschine geht. Er erwartet keine Antwort. Es ist einfach eine Tatsache, dass er sich um mich sorgt. Warum habe ich daran gezweifelt? Ein warmes Gefühl breitet sich in mir aus und gibt den schmerzhaften Erinnerungen keinen Raum. Es schafft einen fragilen Waffenstillstand zwischen uns.

Er stellt einen Becher mit Kaffee vor mich und rührt einen halben Löffel Zucker hinein. Als er mir den Becher entgegenschiebt, hält er inne. »Du nimmst doch noch Zucker?« Er wirkt unsicher und verlegen, während meine Stimme sich irgendwo zwischen Schlafzimmer und Küche verabschiedet hat.

»Sonst nehme ich den, und du kriegst meinen.« Er will die Becher austauschen, aber ich halte ihn zurück. Dabei versuche ich, die Kraft und Wärme seines Arms unter meiner Hand zu ignorieren.

»Ist genau richtig so«, bringe ich hervor. Das ist absurd. Wir haben uns so lange nicht gesehen. Er hätte mich vergessen sollen und ich ihn, aber zwischen uns liegt alles außer Vergessen.

Ich nehme einen tiefen Schluck, verstecke mich länger als nötig hinter dem Becher und bin froh, als Bosse seinen Blick von mir löst und sich dem Herd zuwendet. Er stellt die Gasflamme an und erhitzt eine Pfanne, bevor er erst Speck und anschließend Eier hineinschmeißt.

Früher habe ich immer auf der Küchenzeile in seinem Elternhaus gesessen, während er kochte. Meistens in einem ähnlichen Outfit wie heute. Nur stehe ich heute unbeweglich am Tisch, anstatt mich wie früher neben ihn auf die Arbeitsfläche zu schwingen. Ich habe ihm gern dabei zugesehen, wie er Zutaten in wilden Kompositionen zusammenwarf. Bosse ist kein besonders guter Koch, aber er tut es mit Leidenschaft. Und egal, welche monströse Zusammenstellung er am Ende präsentierte, es schmeckte fast immer verboten gut. Die einzige Ausnahme bildet da wohl der Versuch, Schokoküsse mit Gnocchi und Blattspinat zu mischen, als wir ganz frisch zusammen waren. Ein zaghaftes Lächeln löst meine Anspannung.

Bosse dreht sich zu mir um und überlässt das Essen sich selbst. »Vielleicht sollten wir ...«

Darüber reden, dass wir uns geküsst haben. Dass ich weggerannt bin. Vermutlich schon, aber das ist zu nah. Zu gefährlich. Bevor er den Satz beenden kann, unterbreche ich ihn hastig. »Ist das *dein* Haus?« Ich fahre über die abgenutzte Kante einer alten Kommode. »Es ist schön«, fahre ich fort und höre selbst, wie dünn meine Stimme klingt. Ich weiß, zuallerst sollten wir über damals reden. Auch Tante Caro sagt, es würde mir helfen, aber ich kann mir nicht vorstellen, was das bringen soll.

»Wann bist du hergezogen?«, frage ich stattdessen.

»Ich habe es vor zwei Jahren gekauft.« Er zögert. »Kurz nach Pas Tod.« Ein Schatten huscht über sein Gesicht.

Ich weiß, wie sehr er seinen Vater geliebt hat. Sosehr wie sie tagtäglich miteinander gestritten haben. Seine Liebe für diesen Mann war so groß wie die Distanz, die immer zwischen ihnen bestand. Die beiden hat eine Hassliebe verbunden, die so ziemlich alles übertrifft. Johan Aklund wäre der einzige Grund für Bosse gewesen, auf der Insel zu bleiben, nachdem es uns nicht mehr gab. Warum hat er dann ein Haus auf Amrum gekauft, als er endlich frei war? Genau das will ich ihn fragen, aber ich habe Angst, dass mir eine so intime Frage nicht mehr zusteht.

»Das mit deinem Vater tut mir leid«, sage ich und weiß doch, dass die Worte nicht genug sagen.

Bosse nickt. »Ist schon in Ordnung.« Aber seine Stimme klingt so brüchig, dass mir klar wird, wie wenig er Johans Tod verwunden hat.

Ich versuche, wieder stabilen Boden zu erreichen, weil seine Traurigkeit mich dazu bringt, ihn in die Arme schließen zu wollen. »Ich mag den Stil.« Das Haus spiegelt Bosse wider. Man erkennt ihn in jedem Winkel. Ich fahre über einen der Balken, der an die Arbeitsplatte stößt.

»Fynn kriegt jedes Mal einen Nervenzusammenbruch, wenn er hier ist. Er wartet nur darauf, dass ich ihn die restlichen Arbeiten machen und die Makel ausbessern lasse.« Bosse zuckt resigniert mit den Schultern. »Aber ich mag es so. Es ist nicht fertig, nicht perfekt.«

Der Speck und die Eier müssten gewendet werden, aber Bosse sieht mich an und ignoriert den Qualm, der aus der Pfanne aufsteigt. »Aber was ist schon perfekt?«

Wir waren perfekt, und ich sehe den Wunsch in seinen Augen, ich würde ihm versichern, dass er sich das nicht nur eingebildet hat. Vielleicht weil es bedeuten würde, wir könnten es noch einmal sein.

Wenn ich ihn ansehe, will ich genau das. Wenn ich mein Herz seit Jahren das erste Mal im richtigen Takt schlagen höre, weiß ich, dass es das wegen ihm tut. Aber ich weiß auch, dass er die Macht besitzt, es für immer aus dem Rhythmus zu bringen, wenn ich ihn zu nah an mich heranlasse. Ich kann ihm nicht sagen, was er hören möchte. »Die Eier brennen an«, schiebe ich stattdessen zwischen uns und spüre, wie der Moment zerbricht. Das sollte etwas Gutes sein, aber es fühlt sich nach Verlust an.

Bosse nickt und wendet sich dem verkohlten Essen zu. »Erzähl mir von Amerika«, versucht er sich in einem Themawechsel und befördert mit einem Poltern die Überreste unseres Frühstücks in den Müll.

»Im Ernst?«

»Ja!« Er dreht sich halb zu mir um, und sein Lächeln trifft mich vollkommen unvorbereitet. Es ist ehrlich. Es ist

Bosse. Es bringt mich aus dem Konzept und entzieht mir den Grund, warum ich ihm nicht von San Francisco erzählen sollte.

»Bis vor zwei Jahren habe ich bei meiner Tante Caro gewohnt. Sie ist vollkommen anders als Ma.«

Es klingt wie eine Beleidigung, und bei jedem anderen würde ich eine Erklärung nachschieben, die das Bild korrigiert, aber welchen Sinn hätte das bei Bosse. Er kennt meine Mutter. Er weiß, wie sie ist und warum ich mich nie so auf sie verlassen konnte wie auf Caro. Warum unsere Basis wacklig und zerlöchert ist, von Tausenden Malen, die sie einfach gefehlt hat, weil sie der Meinung war, ich wäre reif und erwachsen genug, um alleine klarzukommen.

»Caro wohnt in einem kleinen, himmelblauen, viktorianischen Reihenhaus.«

Bosse schlägt neue Eier auf und sucht im Kühlschrank nach Ersatz für den verbrannten Speck. Sekunden später hält er eine Zucchini, Käse und eine Handvoll Champignons in der Hand.

»Noch mal sollte uns das Zeug nicht anbrennen. Das sind meine letzten eisernen Reserven«, wirft er ein und legt alles in einem wüsten Chaos neben die Pfanne und beginnt mit Runde zwei des Frühstücksversuchs.

»Viktorianisch klingt irgendwie ehrwürdig«, greift er das Gespräch wieder auf, lutscht ein Zucchinistückchen von seinem Daumen und zerteilt dann, ohne hinzusehen, das restliche Gemüse vor sich.

Bei Ma würde ich jetzt den Verbandskasten hervorkramen, weil sie sich bei der Aktion mindestens dreimal in den Finger schneiden würde, aber bei Bosse sieht das Ganze recht routiniert aus. Und sexy. Ich kappe den Gedanken.

»Es ist alles andere als ehrfürchtig. Es hat mich immer an unseren Treffpunkt erinnert.«

Den kleinen Raum im hinteren Teil des Surfshops, der immer eine Spur zu vollgestellt war, ein Tick zu dunkel und trotzdem so gemütlich, dass wir den Teil unserer Jugend dort abgehangen haben, den wir nicht am Strand verbrachten. Ich habe mich dort wohl gefühlt, weil der Surfshop viel mehr Bosses Zuhause war, als es das Zimmer im Haus seines Vaters je war. Ich erinnere mich an die vielen Male, die Bosse und ich uns in der Wärme des kleinen Ofens geliebt haben. Ich erinnere mich an die Muscheln, die früher als Schmuck am Eingang des Containers hingen und im Wind leise klirrten, an Mas Wolldecken und die Wärme, die unsere Körper erzeugten. Das war unser Ort, bunt und fröhlich.

Ich sehe, wie Bosse kurz innehält, als würde er sich ebenfalls erinnern. Warum müssen wir immer wieder über die Vergangenheit stolpern? Er nickt, aber die Intensität, mit der er die Eier aufschäumt, zeigt, dass ihn die Erinnerung getroffen hat.

»Caros Haus hat sehr viel Ähnlichkeit mit dem Club«, füge ich entschuldigend hinzu. »Es ist einzigartig und bunt. Es hat mich ein bisschen an Ma erinnert. Es war, als wäre ein Teil von ihr bei mir.«

Und ein Teil von uns. Ich erinnere mich an die Lichterkette, die ich am Tag meiner Abreise aus dem Container mitgenommen und zwischen meine Sachen in den Koffer gestopft habe. Sie hing all die Jahre in dem Erker meines Zimmers in San Francisco. Ich habe oft darunter auf dem Teppich gelegen, eingewickelt in Decken und habe das Spiel der einzelnen Lichter auf meinem Gesicht mit den Händen durchbrochen. Ich sage all das nicht, aber Bosse spürt es. Seine Stimme ist rau.

»Warum bist du ausgezogen? Merle hat von einer WG erzählt, in der du jetzt wohnst?«

»Ja, zusammen mit einer guten Freundin, Allison. Manchmal übernachtet Caitlyn auch bei uns. Wir drei sind ein gutes Team. Aber ihre Eltern wollten nicht, dass sie auszieht. Deswegen wohnt sie offiziell noch bei ihnen.« Ich zucke mit den Schultern. »Vielleicht wollte ich einen Neuanfang. Allie meinte, dass wir zusammenziehen sollten, und damals schien es eine gute Idee zu sein.«

»Damals?«

Ich hatte vergessen, wie gut Bosse darin ist, zwischen den Worten nach dem zu fischen, was man nicht ausspricht. »Ich habe es nicht direkt bereut, aber Allie ist echt chaotisch.«

Er lacht, und es ist dieser tiefe, mitreißende Klang, der mich zum Lächeln bringt.

»Du hast dein halbes Leben mit Gesa Andersen zusammengelebt. Du müsstest abgehärtet sein, oder nicht?«

»Auf Allie kann einen nichts vorbereiten, glaub mir«. Bei der Erinnerung muss ich grinsen.

Ganz plötzlich dreht er sich zu mir und kommt mir dabei so nahe, dass ich die winzigen, helleren Sprenkel in seinen dunklen Augen sehen kann. Ich nage an meiner Unterlippe, und er beobachtet es eine Spur zu fasziniert, bevor er einen Teller zwischen uns hochhebt.

»Frühstück ist fertig.« Er lässt den Teller wieder sinken und setzt ihn mit einem lauten Geräusch auf der Holzarbeitsplatte ab, bevor er etwas Ei und die vegetarische Füllung auf eine Gabel schiebt und das Ganze bis vor meinen Mund balanciert.

»Probier mal.« Ich sollte mich nicht von ihm füttern lassen, aber auch wenn mich die Vertrautheit beklommen macht, öffnen sich meine Lippen. Herrgott nochmal, wie konnte er so etwas Leckeres aus ein bisschen Grünzeug und ein paar Eiern zaubern, während ich über San Francisco geredet habe?

Ich verdrehe die Augen und nicke. »Das ist köstlich.«

»Das sind nur Eier, aber ich freue mich, dass es dir schmeckt.« Er holt eine zweite Gabel aus einer Schublade und nimmt sich selbst auch etwas zu essen, während ich schon die dritte Gabel in meinem Mund verschwinden lasse. Ich bin völlig ausgehungert und fühle mich so, als könnte ich ein halbes Wildschwein auf Toast verdrücken.

»Genau wie früher.« Er meint vermutlich meinen gesegneten Appetit. Vielleicht aber auch meine nicht gerade damenhaften Tischmanieren.

»Entschuldige, mir war nicht klar, wie hungrig ich bin«,

sage ich und lasse meine Gabel sinken, obwohl ich lieber weitergegessen hätte.

»Ich habe vorhin schon eine Kleinigkeit gegessen. Bedien dich.« Er schiebt mir den Teller zu. »Nach gestern bin ich froh, dass du überhaupt noch in der Lage bist, etwas zu essen.«

»Wie hast du mich gefunden?«, platzt es aus mir hervor.

Er stützt sich schwer auf den Tresen. »Nachdem ich ...« Er zögert und weiß offensichtlich nicht, wohin mit seinen Händen, also versenkt er sie in seinen Hosentaschen. »... nachdem wir uns geküsst haben«, fährt er fort und sieht mich an, als würde er erwarten, dass ich ihm dafür nachträglich eine runterhauen würde, »bist du weggelaufen, und zwar in die vollkommen falsche Richtung.«

»Ich habe mich an den Lichtern der Küste orientiert«, protestiere ich schwach.

»Das waren die Positionslichter der Barken.« Er fährt sich mit der Hand durch die Haare. »Du bist hoffnungslos orientierungslos. Das hat sich wohl nicht verändert?« Er grinst schief. »Du bist genau in einen Priel gelaufen, dessen Ursprung ausgewaschen war. Das Loch war verdammt tief. Ist ein Wunder, dass du da wieder rausgekommen bist. Ich habe dich erst gefunden, als du schon vollkommen unterkühlt und weggetreten warst.« Er schließt kurz die Augen, bevor er seinen Blick auf mich heftet. »Warum hast du mir nicht geantwortet, als ich nach dir gerufen habe? Du musst mich gehört haben!«

Ich weiß nicht, was ich sagen soll. Dass ich Angst vor

ihm hatte? Vor mir? Vor der Tatsache, dass er meinen Widerstand einfach so einreißen konnte und damit meinen einzigen Schutz?

Er runzelt die Stirn und ich kann sehen, wie er nach einer möglichen Erklärung sucht.

»Wolltest du wirklich lieber im Watt verrecken, als dich von mir retten zu lassen?«

Natürlich denkt er, es wäre so gewesen, und es gibt nichts, was ich sagen könnte, um die Tatsache abzuschwächen. Sein Gesicht verfinstert sich, und mir fällt nichts anderes ein, als verzweifelt mit den Schultern zu zucken.

»Verstehe«, stößt er gekränkt hervor.

»Bosse, ich ...«

Er schneidet mir das Wort mit einer Handbewegung ab. »Vergiss es. Ich verstehe es, wirklich.«

Und trotzdem ist er wütend.

Ich will etwas hinterherschieben, was die Situation entschärfen würde, etwas, das uns an den Punkt zurückbringt, an dem wir vor nur fünf Minuten waren, aber Bosse gibt mir keine Chance.

»Ich sollte dich jetzt nach Hause fahren. Wir tun einander nicht gut.« Ohne sich zu vergewissern, ob ich ihm folge, reißt er seine Jacke von einem der Kite Boards, die als Garderobe dienen, und knallt die Tür hinter sich zu.

Draußen startet ein Motor, während ich benommen auf den gestreiften Leuchtturm starre, den man zwischen den Dünen sehen kann. Wie in Trance setze ich mich in Bewegung und folge Bosse, der mit versteinerter Miene in einem alten Jeep wartet. Abgase verwirbeln in der kalten Luft. Fröstelnd schlinge ich meine Arme um mich und gleite auf den Beifahrersitz.

Bosse fährt an und folgt im Schritttempo der unbefestigten Straße, die von seinem Grundstück zur schmalen Hauptstraße führt. Er sagt keinen Ton, dreht aber die Heizung hoch, als er sieht, wie ich unkontrolliert zittere. Dabei ist es nicht die Kälte, die meinen Körper schüttelt. Ich wünschte, wir würden noch immer in seinem Haus stehen, das warme Holz in meinem Rücken, und er würde lachen, kochen und mich so ansehen, wie er es immer getan hat. Ich wünschte, ich könnte die Zeit zurückdrehen und etwas sagen. Etwas, das nicht kaputtmacht, was uns verbindet, weil irgendeiner von uns alte Wunden aufreißt. Ich zittere, weil mir bewusst wird, dass ich die Zeit in Wirklichkeit viel weiter zurückdrehen möchte und das genau das zu viel Wollen ist. Dabei sollte ich in Bezug auf uns nichts mehr wollen.

Bosse hält den Wagen in der Nähe von Mas Wohnung an, und ich spüre die Tränen, die heiß und brennend in meinen Augen stehen. Mir ist übel. Unbeholfen klettere ich aus dem Wagen und weiß, dass ich einfach gehen sollte. Wie damals. Ohne zurückzublicken. Aber ich bin anders als damals. Bosse ist anders. Also zwinge ich mich, ihn anzusehen, und bringe ein brüchiges »Danke« hervor.

»Dafür nicht.« Er winkt ab, und die Geste ist so endgültig, dass ich nichts weiter sagen kann. Ich huste, und der Ton kommt tief aus meiner brennenden Lunge.

»Geh zum Arzt!«, sagt er und fährt im selben Moment an. Es gelingt mir nicht, die Tür richtig zuzuwerfen. Sie rastet nur halb ein. Regenwasser dringt ein und läuft von innen an der Scheibe hinab, als Bosse wendet und beschleunigt.

Ma öffnet die Tür zu meinem Zimmer, unmittelbar nachdem ich mich in voller Montur aufs Bett habe fallen lassen.

»Juna-Maus.« Ihr Blick fällt auf die zu große Jogginghose und das ausgebeulte Shirt von Bosse, und ein zweideutiges Grinsen huscht über ihr Gesicht. »Wie ich sehe, war es schön. Du warst die ganze Nacht weg.«

Bei jedem anderen wäre es vielleicht eine Feststellung gewesen, bei Ma ist es eine Frage, die einen detaillierten Bericht fordert, was wohl bedeutet, dass sie Bosses Wagen nicht bemerkt hat. Sie scheucht mich von der schweren, geblümten Tagesdecke, schlüpft darunter und hält die andere Ecke für mich hoch. Ich gleite neben sie und lasse zu, dass sie sich eng an mich kuschelt. Ihre Berührung spendet Trost. Die Sonne fällt durch das Fenster und zerteilt sich in staubpartikelgeladene Strahlen, die auf die Tagesdecke fallen und unsere Körper wärmen.

»Dann war Jakob auch da?«, versucht Ma mich aus der Reserve zu locken und erntet dafür einen Klaps von mir.

Ich habe nicht vor, ihr zu erzählen, von wem ich die Kleidung bekommen habe. Für den Moment reicht es mir, ihren Körper an meinem zu spüren und mich geborgen zu fühlen, ohne mir Sorgen machen zu müssen, dass allein Bosses Name dieses Gefühl abrupt beenden könnte.

Ma sieht wohl ein, dass sie vorerst nichts aus mir herausbekommen wird, und wechselt das Thema. »Ich war gestern mit Georg aus. Ein Bild von einem Mann.«

»Und?«

Sie zuckt mit den Schultern und zieht enttäuscht eine Flunsch. »Ich war im Gegensatz zu dir nicht die ganze Nacht weg. Er war ein wenig zu normal.«

Während andere Menschen versuchen, die wenigen normal tickenden Menschen in einem Wust aus Verrückten zu finden, tut Ma das genaue Gegenteil. »Vielleicht hätte er Potential gehabt«, gebe ich zu bedenken.

»Um mich zu Tode zu langweilen sicher!« Sie lacht, und ich weiß plötzlich, was ich ihr geben kann, ohne dass wir unweigerlich wieder bei gestern Abend landen.

»In Amerika hatte ich eine Beziehung.«

Sie hebt den Kopf. Ihre Locken kitzeln meine Wange.

»Henry Lancaster war mein Georg.« Ich seufze. »Er war toll. Gutaussehend, intelligent. Er hat Betriebswirtschaft studiert. Sein Vater hat ein ziemlich erfolgreiches Reedereiunternehmen. Er wird das Ganze irgendwann übernehmen.«

Hinter mir macht Ma ein Geräusch, als müsste sie sich übergeben.

»Ich weiß, was du denkst. Aber so war das nicht. Henry ist unglaublich nett und setzt sich für Schwächere ein.

Sein Vater und er unterstützen sehr viele soziale Projekte. Er hat an der Uni kostenlose Nachhilfe gegeben und trainiert ein Kinder-Baseballteam.« Ich zucke mit den Schultern. »Ich glaube, dass er dir gefallen würde, obwohl er Geld hat.«

»Hört sich ja nach einem echten Traumprinzen an«, bemerkt Ma zweifelnd.

Ich nicke. »Er ist ein Traumprinz. Das Problem ist, dass ich keine Prinzessin mehr bin. Ich glaube, ich habe meine rosa Phase hinter mir gelassen und muss lernen, das Märchen an meine Welt anzupassen.« Ich drehe mich zu Ma um, und sie gibt mir einen Kuss auf die Stirn.

»Ich bin stolz auf dich.«

»Weil ich Henry, den Traumprinzen, sitzenlassen habe?« Sie nickt und lacht. »Ganz meine Tochter.«

Wir sind uns kein Stück ähnlich. Insbesondere nicht, wenn es um Männer geht. Aber ich lasse zu, dass ihre Worte Nähe aufbauen.

»Wir stehen nun mal nicht auf teure Rüstungen«, setzt sie kichernd nach.

Ich bin mir nicht sicher, ob ihr bewusst ist, dass Jakob ebenfalls sehr wohlhabend ist. Vielleicht wäre das eine Möglichkeit, um sie von der fixen Idee abzubringen, er wäre der Richtige für mich. Ein Blick auf meine Uhr sagt mir jedoch, dass keine Zeit für Überzeugungsaktionen bleibt.

»Ich muss los zur Arbeit«, stoße ich hervor und seufze, weil ich wirklich müde bin und mein Hals noch immer brennt. Außerdem schmerzen meine Gelenke, als würde sich eine ausgewachsene Grippe darin breitmachen.

Ma nickt nur, und ich bin ihr dankbar, dass sie keinen blöden Spruch wegen meiner Arbeit von sich gibt, sondern akzeptiert zu haben scheint, dass mein Job zu mir gehört.

»Was hältst du von Pizza morgen Abend? Ein Henry-Abschiedsessen mit *Die Brücke am Kwai* und ... *denn sie wissen nicht, was sie tun*?«

Ich lächle sie an und überlege kurz. Eigentlich wollte ich mit Peer und Merle auf dem Festland essen gehen und ins Kino, aber ich denke, so ein Abend würde Ma und mir gut tun, und Merle und Peer haben sicher nichts gegen ein bisschen Zweisamkeit.

»Warum nicht«, stimme ich zu. »Ich liebe James Dean, und Henry hat eine würdige Abschiedsparty verdient. In der Mittagspause leihe ich uns die Filme aus, und auf dem Nachhauseweg hole ich Pizza.«

Sie kuschelt sich an mich, als wären wir beste Freundinnen und nicht Mutter und Tochter, als hätte es all die Probleme zwischen uns nie gegeben.

So lange, bis ich mich für die Arbeit umziehen muss. Als ich fertig bin, habe ich noch fünf Minuten, in denen ich mich zu ihr lege. Wir diskutieren über mögliche Farben, die das Lila und Rosa ersetzen sollen, das zwei der vier Wände meines Zimmers bedeckt. Samstagmorgen will Ma direkt zum Baumarkt aufs Festland fahren, im Anschluss streichen und später umräumen. Sie ist sich sicher, dass es mir hier erst richtig gut gefallen wird, wenn wir alles umgestaltet haben, und ich kann nicht anders, als mich von ihrem Enthusiasmus mitreißen zu lassen. Es ist schön, dass sie all das nur für mich plant. Sie will für mich da sein. Das ist neu und genau das, was ich gerade brauche.

Bosse

Die Frage, was gestern Abend passiert ist, steht zwischen uns, auch wenn Merle sie nicht ausspricht. Titus turnt auf einem der Surfboards herum. Sein Neoprenanzug hängt zum Trocknen hinter dem Tresen des Surfshops an der Wand. Er trägt einen kuscheligen, neongrünen Kapuzenpullover und eine Hose, die in Sachen Mode locker mit den hippen Klamotten meiner Schüler mithalten kann. Seine blonden Haare stehen feucht und verwuschelt vom Kopf ab. Der Kleine ist schon wirklich gut auf dem Board, und ich liebe es, mit ihm zu surfen.

»Zieh endlich deine Mütze auf, Titus.« Merle wedelt seit etwa einer Viertelstunde mit dem Beanie herum, ohne damit etwas zu bewirken. Normalerweise ist sie die Konsequenz in Person. Allein schon, weil ihr so ein Wildfang wie Titus gnadenlos auf der Nase herumtanzen würde, wenn sie auch nur einen Quadratzoll nachgeben würde. Heute lenke ich sie jedoch von ihrer ansonsten geradlinigen Erziehung ab.

»Titus, mach schon.« Ich fische die Mütze aus Merles

Hand und schnappe mir den Kleinen. Ich schlinge meinen Arm um seine Mitte und drehe ihn kopfüber.

»Lass dass«, quietscht er, und ein Gackern schüttelt seinen Körper, während ich ihm die Mütze mit der freien Hand überstülpe. Natürlich versucht er, sie sich vom Kopf zu ziehen, aber ich halte ihn blitzschnell fest und kitzle ihn durch. Dann stelle ich den Kleinen vor mir ab und sehe ihn todernst an.

»Wenn du krank wirst, nehme ich dich nächstes Wochenende nicht mit zum Drachenfest. Dann muss ich stattdessen mit Marie fahren.«

»Du hast gesagt, dass es ein Männerwochenende wird. Sie ist ein Mädchen«, sagt er und bläst sich die Haare aus der Stirn.

Ich zucke ehrlich bedauernd die Schultern. »Ein ziemlich cooles, kleines Mädchen, und solltest du krank sein, bleibt mir wohl nichts anderes übrig.«

Titus zieht seine Mütze so tief, dass er kaum noch etwas sehen kann, trollt sich und zieht eine Flunsch. Zwei seiner Kumpels sind am Strand aufgetaucht. Im Türrahmen hält er kurz inne, als würde er sich gerade noch daran erinnern, dass er sich besser auch mit Merle gut stellen sollte, wenn er nächste Woche mit mir wegfahren möchte.

»Darf ich mit Kjell und Mats spielen?«, wirft er über die Schulter und spurtet schon los, bevor Merle nickt.

Marie sitzt während der ganzen Zeit in einer Ecke des Containers und malt. Ich hätte nie gedacht, dass so etwas angeboren ist, aber Titus und Marie erfüllen die Wildfang-

Jungen- und Rosa-Prinzessinnen-Mädchen-Rollen bis aufs Letzte, ohne dass Merle es je forciert oder beeinflusst hätte. Ich kehre zu dem Tresen von Fietes Surfshop zurück, der aus einem ausgemusterten Surfbrett gefertigt ist und an dem Merle in einem riesigen Becher Kaffee rührt. Die Plörre muss längst kalt sein.

»Danke.« Sie fährt sich durch die Haare. »Er ist zurzeit echt schwierig.«

»Er ist immer schwierig, und dafür liebst du ihn«, entgegne ich.

Sie nickt gedankenverloren. Ein unangenehmes Schweigen breitet sich zwischen uns aus, dabei hat sie sonst immer etwas zu sagen. Ich beuge mich über die Anmeldelisten, als würde jetzt am Ende der Saison tatsächlich noch etwas Interessantes darauf stehen. Es ist zum Verrücktwerden ruhig, dabei ist jetzt die beste Jahreszeit zum Surfen und Kiten. Ich hatte nur einen halb ausgebuchten Kurs Windsurfer am frühen Nachmittag direkt nach der Schule und kurz vor Feierabend eine Einzelstunde mit einem Typen vom Festland, der begriffen hat, dass Kiten mehr Spaß bringt, wenn man den Herbstwind sucht.

»Wirst du mir irgendwann erzählen, was los war?«, bricht Merle dann das Schweigen.

»Wirst du aufgeben, wenn ich nein sage?«

Sie schüttelt den Kopf, nimmt einen Schluck Kaffee und verzieht angewidert das Gesicht. »Das ist übel!«

»Du hast ihn kalt gerührt«, verteidige ich mich.

»Wie auch immer.« Sie schiebt den Becher von sich, und

ich entsorge den Inhalt in dem kleinen provisorischen Waschbecken, dessen Ausguss in einem alten Wasserkanister endet.

Es ist mühsam, Frischwasser zum Container am Strand zu schaffen und das Abwasser von hier weg. Fiete kann das nicht mehr. Das übernehme ich jetzt. Denn Fiete war seit meiner Kindheit für mich da. Er hat mich aufgefangen, als Ma verschwunden war und als es zwischen Pa und mir immer schwieriger wurde. Er hat mir etwas gegeben, auf das ich mich konzentrieren konnte, ohne in Schwierigkeiten zu geraten. Er hat mir das Kiten beigebracht und mir einen Job gegeben, hier im Surfshop.

Meine Freunde waren immer für mich da, aber sie konnten eine Vaterfigur nicht ersetzen, und meinen eigenen Vater konnte ich nie an mich heranlassen. Auch nicht als Juna schwanger wurde und ich nicht wusste, was ich tun sollte. Nicht, als wir unsere Tochter verloren und Juna aus meinem Leben verschwand.

Fiete hingegen war immer für mich da. Auch in der Nacht, in der ein so heftiger Sturm tobte, dass es mich und den Kite zerrissen hätte, wenn ich tatsächlich hinausgefahren wäre. In der Nacht, als Juna ging und es mir egal gewesen wäre. Ich verdanke ihm vieles. Alles. Aber das ist nicht der einzige Grund, warum ich in meiner Freizeit hier arbeite, seitdem Fiete körperlich nicht mehr dazu in der Lage ist. Ich mag den Job. Das hier bin viel mehr ich, als es mein Beruf als Lehrer je sein könnte – obwohl mir die Arbeit mit den Kindern und Jugendlichen Spaß macht.

»Ihr wart beide auf einmal verschwunden«, hilft mir Merle auf die Sprünge.

»Und?« Ich bin noch nicht bereit, meinen Widerstand aufzugeben.

»Es sorgt für Gerüchte.« Sie grinst mich schief an. »Dass sie bei dir übernachtet haben soll, ist eins davon. Dass da wieder was zwischen euch ist, ein anderes.«

»Es ist nichts«, versuche ich sie zu beruhigen.

»Dann will ich alles über dieses Nichts wissen.« Sie stoppt die unstete Bewegung meiner Finger, mit denen ich an dem Bund meines Pullovers herumknibble. »Bosse, ich habe euch beide verdammt lieb. Du kannst mich nicht außen vorlassen, während die halbe Insel über euch spekuliert.«

»Hmm.« Ich weiß nicht, wie Merle auf den Kuss reagieren wird, und zögere.

»Wir haben uns geküsst«, gebe ich schließlich doch zu und sehe, wie Merles Gesichtszüge entgleisen. Mir ist nicht ganz klar, ob sie verzückt oder erschrocken ist. »Und ich werde sie nicht wiedersehen.« Klingt halbwegs überzeugend, auch wenn mein Herz dabei poltert und sich meine Zähne nach diesem Satz schmerzhaft in meine Unterlippe graben.

Merle hat sich während meines miesen Selbsttäuschungsversuchs wieder gefangen. Nur die unstete Bewegung ihrer Hände zeigt, dass ich eine Geröllawine in ihrem Inneren losgetreten habe.

»Was ist passiert?«, wiederholt sie, und ich verstehe

nicht, wie sie es anstellt, dabei ruhig und versöhnlich zu klingen. Ich hätte mir an ihrer Stelle längst in den Hintern getreten.

»Ich habe sie nicht losgelassen, denke ich.« Meine Stimme wankt. Erst wollte ich gar nicht darüber reden, aber jetzt, wo ich damit angefangen habe, habe ich das Gefühl, ich müsste es endlich zugeben. Nicht nur vor mir, sondern vor jemand anderem.

»Vielleicht bin ich mit der ganzen Juna-Sache nicht so durch, wie ich es sein sollte.« Ich schließe die Augen. »Das ist erbärmlich.« Ich fühle mich wie ein drittklassiger Schauspieler in einer Telenovela. Nur wird es für Juna und mich nie ein Happy End geben.

»Sie wird wieder gehen. Sie hat es mir gesagt, und ich habe nichts Besseres zu tun, als sie zu küssen. Es hat sie verstört, was vermutlich nicht gerade ein Kompliment ist.«

»Oder gerade doch«, wirft Merle dazwischen und lächelt, bevor sie sich mit einem imaginären Schlüssel die Lippen verschließt und mir zu verstehen gibt, dass sie ab jetzt zuhören wird.

»Sie ist weggelaufen, und ich Idiot bin ihr nach, damit sie mit ihrem beschissenen Orientierungssinn nicht als Krabbenfutter endet. Sie hat es geschafft, in einen verdammten Priel zu fallen. Als ich sie gefunden habe, war sie vollkommen unterkühlt, und ich habe sie nicht wach bekommen. Also habe ich sie zu mir nach Hause gebracht und den Doc angerufen. Sie hat die Nacht in meinem Bett verbracht, wir haben gefrühstückt, und dann habe ich sie nach Hause gefahren.«

Ich zucke scheinbar gleichgültig mit den Schultern, dabei weiß ich, dass dieses Theater bei Merle zwecklos ist. Juna wäre lieber allein durchs Watt geirrt, als sich von mir finden zu lassen. Eindeutiger kann man das, was sie für mich empfindet, wohl nicht in Worte fassen. Es ist schwer, damit klarzukommen. Die einzig logische Konsequenz wäre, sie nicht wiederzusehen, und ich frage mich ernsthaft, warum es mir so schwerfällt, genau das umzusetzen. Warum habe ich noch immer Gefühle für sie? Nach all den Jahren sollte ich es besser wissen.

»Ich weiß nicht, ob ich das packe.« Ich mache eine diffuse Armbewegung. »Sie hätte nicht zurückkommen sollen.«

Merle nickt verständnisvoll. Dabei ist sie genauso froh, dass Juna den Weg zurückgefunden hat, wie ein illoyaler Teil von mir.

Merle macht einen Schritt auf mich zu und umarmt mich. Sie presst ihren kleinen, energiegeladenen Körper an mich und streichelt mir über die Beanie, die dabei verrutscht.

»Du musst mit Ella sprechen«, murmelt sie an meiner Schulter.

Ich nicke. Sie hat recht. »Sie ist noch mit ihrer Klasse in Schweden, kommt aber morgen wieder.« Dass meine erste große Liebe und die Mutter meines Kindes zurück auf der Insel ist und ich noch immer Gefühle für sie habe, ist nichts, was man übers Telefon klärt. »Ich wollte warten, bis sie wieder hier ist, und dann mit ihr sprechen.« Ich kann nicht glauben, dass ich ernsthaft darüber nachdenke, mein bisheriges Leben wegen eines Kusses wegzuwerfen. Ella aufzugeben, nur weil ich Juna nicht aus meinem Kopf bekomme. Juna und ich haben keine Zukunft, wieso also gebe ich diesem dämlichen Gefühl so viel Raum? Weil ich nicht anders kann und weil es nicht fair wäre, Ella weiterhin zu sehen, während ich Gefühle für Juna habe.

Ich drücke Merle fester an mich. Ich bin froh, dass es sie, die Jungs, Fiete und die Kleinen gibt. Ich habe ein Leben, das mich in der Spur hält, egal, wie sehr Junas Nähe mich auch aus der Bahn wirft.

Juna

Ich bin nach der Arbeit im Hotel direkt nach Hause gefahren, um den Abend mit Ma zu verbringen. Wir wollten unseren Film-Marathon mit Pizza und einem guten Wein krönen, und obwohl ich mich nach meinem gestrigen Zusammenstoß mit der Nordsee krank fühle, hatte ich mich auf den Abend gefreut. Ich kann nicht glauben, dass der Zettel vor mir Mas Ernst ist. Es ist eine herausgerissene Ecke aus einem Collegeblock, auf die sie hastig ein paar Worte gekritzelt hat:

Juna-Maus, sorry, ich kann heute nicht. Baldi hat mich gefragt, ob ich ihn zu einem Workshop begleite. Ich habe echt eine Schwäche für den Typen. Unseren Abend holen wir irgendwann nach. Kuss, Mama

Wie aufs Stichwort klingelt es an der Tür. Das muss die Pizza sein, die ich von unterwegs aus bestellt habe. Damit wir nicht zu lange warten müssen. Ich wollte, dass der Abend perfekt wird, dabei hätte ich es besser wissen müssen. Mas Prioritäten waren schon immer äußerst sprunghaft.

Ich bin wütend, weil sie mich mal wieder enttäuscht hat.

Ich schäle mich aus meiner Jacke, werfe sie auf die Kommode neben der Tür und öffne dann dem Pizzaboten. Ohne auf seine furchtbar gute Laune einzugehen, drücke ich ihm Geld in die Hand und klappe die Tür wortlos wieder zu. Die Pizzakartons balanciere ich ins Wohnzimmer, stelle sie auf den Tisch und frage mich, was ich jetzt mit den zwei Monsterpizzen anfangen soll.

Merle und Peer sind nicht da, und Bosse ist stinksauer auf mich. Außerdem wäre es wohl auch keine gute Idee, ihn überhaupt wiederzusehen. Noch dazu hier, in der Wohnung meiner Mutter.

Ich fische mein Handy aus der Hosentasche und fotografiere Mas Zettel, bevor ich das Bild per WhatsApp an Jakob sende. Es dauert keine Minute, und ein Ping signalisiert, dass er geantwortet hat.

Wie könnte ein Typ, der Baldi heißt, jemals eine bessere Gesellschaft sein als du?

Ein Lächeln huscht über mein Gesicht. Jakob weiß, wie sehr ich mich auf diesen Abend und das Wochenende gefreut habe, und findet genau die richtigen Worte, um mich aufzubauen.

Ich habe gerade die App geschlossen, als das Telefon klingelt. Jakobs Nummer erscheint auf dem Display. Ich grinse, klemme mir das Handy zwischen Schulter und Ohr und laufe in mein Zimmer.

Anstatt einer Begrüßung, sagt er nur »Autsch« und

drückt damit ziemlich präzise aus, was gerade in mir vorgeht.

»Danke für dein Mitgefühl«, erwidere ich leicht sarkastisch. Meine Stimme ist gedämpft, weil ich mich parallel zu unserem Gespräch aus einem Monstrum von Wollpullover kämpfe. Ich schmeiße das Oberteil auf den Stuhl neben meinem Bett, zerre mir die Jeans hinunter und pfeffere sie hinterher. Dann schlüpfe ich in eine bequeme Jogginghose und einen weiten Pullover, während ich hinzufüge: »Das Schlimmste ist, dass ich hier mit zwei riesigen Pizzen sitze und vermutlich platzen werde, weil ich sie aus Frust beide aufesse.«

»Das können wir unmöglich verantworten.« Jakob lacht leise. »Soll ich vorbeikommen?«

Sein Angebot klingt verlockend. »Das wäre schön, aber was ist mit Hennes?«, frage ich vorsichtig.

»Der liegt mit meinem Vater auf der Couch und guckt *Findet Nemo*. Ich denke, die beiden kommen ganz gut ohne mich zurecht. Wenn ich ehrlich bin, würdest du mich retten. Hennes hat eine Schwäche für diesen Film. Ich habe mich eben dabei ertappt, wie ich den Part des hyperaktiven Doktorfisches mitgesprochen habe.«

Ich laufe zurück in die Küche und krame die DVDs aus meiner Tasche. »Hier hättest du die Wahl zwischen *Die Brücke am Kwai* und ... *denn sie wissen nicht, was sie tun*«, sage ich und positioniere die beiden Filme auf dem Küchentresen, als könnte Jakob so besser wählen.

»Ich kenne keinen davon, aber solange kein sprechender Fisch darin vorkommt, ist es eine deutliche Verbesserung. Ich bin in zehn Minuten da.« Er legt auf, und ich bin froh, dass ich Jakob geschrieben habe.

In der Zeit, in der ich auf ihn warte, zünde ich Kerzen an. Ich mag das warme Licht, das sie verbreiten. Dann dimme ich die Lampe und decke den Couchtisch. Bei jedem anderen Mann hätte ich mir jetzt Sorgen gemacht, dass er meine Bemühungen als romantische Geste versteht. Bei Jakob nicht. Zwischen uns ist es einfach und unkompliziert.

Ich entkorke eine Flasche Weißwein, und nur wenige Minuten später steht Jakob vor der Tür und hält ebenfalls einen Wein in der Hand. Er umarmt mich und drückt mir die Flasche in die Hand. Nachdem er seine Jacke aufgehängt und die Schuhe ausgezogen hat, folgt er mir ins Wohnzimmer.

»Romantisch«, witzelt er und schnuppert in Richtung der Kerzen.

Ich muss eine von Mas Duftkerzen erwischt haben, denn ein unangenehmer Geruch breitet sich im Zimmer aus.

»Riecht wie eine Horde Männer auf Old Spice«, meint Jakob lachend und setzt sich auf das Sofa.

Ich öffne das Fenster und lasse kalte Nachtluft herein. »Ich bitte um ein bisschen Ernsthaftigkeit. Das hier war als Abschiedsfete zu Ehren von Henry Lancaster geplant«, sage ich feierlich. »Also, Contenance bitte!«

Jakob wartet, bis ich mich neben ihn gesetzt habe, bevor

er eine von Mas Monsterdecken aus dichter Wolle über uns ausbreitet. »Ist er von uns gegangen, der werte Herr Lancaster?«, erkundigt er sich.

»Ich habe ihn verlassen, bevor ich aus San Francisco abgereist bin.«

Jakob zwinkert mir zu. »Der Arme. Dann sollten wir unbedingt für eine angemessene Abschiedsfeier sorgen.« Er klappt die Pizzakartons auf, reicht mir ein Stück und stößt dann formvollendet mit mir an.

»Was gucken wir?«, fragt er und lässt ein halbes Stück Pizza auf einmal in seinem Mund verschwinden.

»*... denn sie wissen nicht, was sie tun*«, antworte ich.

»Kenne ich nicht, aber vermutlich mochte Henry den Film?«

Ich lache. »Er hat ihn gehasst.«

Das Firmenlogo der Warner Brothers Filmstudios von 1955 flackert über den Bildschirm, während ich Jakob die Andersen-Filmregeln erkläre. Kein Dazwischenquatschen, keine Pipipausen und keine Handys oder Ablenkungen anderer Art. Jakob schwört mit drei Fingern auf seinem Herzen, dass er die Regeln achten wird, und bietet an, mit dem Pizzaroller einen Blutschwur zu leisten, was ich dankend ablehne.

Der Film beginnt, und Jakob ist von der ersten Minute an fasziniert. Ganz im Gegensatz zu Henry, der es lange Zeit versucht und schließlich aufgegeben hat. Ein echtes Leuchten liegt auf seinem Gesicht. Er ist der perfekte Ersatz für Ma und rettet den Abend.

Leider bin ich keine besonders gute Gesellschaft. Die Halsschmerzen werden immer schlimmer. Ich fühle mich leicht fiebrig, und immer wieder fallen mir die Augen zu.

Irgendwann ist der Film zu Ende. Jakob stoppt den Abspann, wechselt die DVD und wirkt dabei schrecklich wach. Ich fühle mich hingegen zerschlagen und ernsthaft krank.

Als Jakob zum Sofa zurückkehrt, sieht er mich prüfend an. »Wir können den zweiten Film auch ein anderes Mal sehen.«

Aber ich will jetzt auf keinen Fall allein sein und mich fragen, wieso ich in Mas Gunst gegen einen alternden Hippie wie Baldi verliere. Alles, nur das nicht.

»Es ist gerade erst zehn«, sage ich schnell.

»Du siehst nicht gut aus«, bemerkt Jakob und kneift ein Auge zu, als würde ihm das zu medizinischen Fachkenntnissen verhelfen. »Du hast schon vom ersten Film kaum etwas mitbekommen.«

»Ich bin okay, wirklich!« Ich setze mich aufrecht hin und gebe mich fit. Mit zweifelhaftem Erfolg. »Er sagt nicht viel, aber was er sagt, das meint er auch«, zitiere ich aus dem eben gesehenen Film und hoffe, Jakob davon überzeugen zu können, dass ich fit genug bin, auch noch den zweiten zu sehen.

»Du kennst den Streifen auswendig, das zählt nicht«, erwidert er unbeeindruckt, streicht mir über die Stirn und schüttelt den Kopf. »Du hast Fieber. Ich sollte wirklich gehen.«

Ich verneine. »Mir ist nur warm unter der Decke, und ich bin etwas geschafft, das ist alles.«

Eine steile Falte bildet sich auf Jakobs Stirn. Er glaubt mir nicht, so viel ist klar. Trotzdem lehnt er sich wieder zurück und lässt zu, dass ich mich an ihn kuschle. Er spürt, dass ich gerade nicht allein sein kann. Obwohl mein Entertainment-Faktor gen null tendiert und ich ihn anstecken könnte, bleibt er. Er ist für mich da, und während die Vorspann-Musik des nächsten Films sich mit Jakobs Herzschlag mischt, drifte ich langsam in einen wattedicken Grippe-Schlaf.

Bosse

Der Weg zu Fietes windschiefer Kate steht fast vollständig unter Wasser, als ich am Abend zu ihm fahre.

Im Sommer muss ich mir dringend etwas einfallen lassen, sonst wird er im nächsten Winter gar nicht mehr passierbar sein. Ich werde Fynn fragen, ob er mit seinem Bautrupp vorbeikommen kann. Wenn er sich hier draußen bei Fiete austoben darf, hört er vielleicht auf, mich wegen meines Hauses zu nerven.

Ich parke den Wagen vor dem Haus neben ein paar unordentlich gestapelten Krabbenkörben und einem zerborstenen Surfboard. Das Heulen des Windes und das Tosen der nahen Wellen begleiten mich zur Tür. Ich stemme mich dagegen, um sie zu öffnen, und betrete den Flur. In Fietes alter Kate ist es immer leicht dämmrig, weil die kleinen Sprossenfenster zu wenig Licht hereinlassen. Böden und Einrichtung tun ihr Übriges, um das wenige Licht zu schlucken.

»Bis du dat, Bosse?«

»Ja.« Ich hänge meine Jacke an einen der bronzefarbenen

Haken aus den Siebzigern. Dann stelle ich meine Schuhe im Flur ab und folge den ausgetretenen Dielen in die Küche. Die Tüte mit Lebensmitteln setze ich auf der Arbeitsfläche ab und nicke Fiete zu, der auf seinem provisorischen Bett liegt. Ich beginne, alles in die Schränke zu räumen.

Das Haus riecht nach Pfeifentabak, der sich in den Möbeln und Stoffen festgesetzt hat. Ich mag den Geruch, der zu Fiete gehört wie der des Meeres und der Sonne.

»Wie geht es dir heute?«, frage ich geistesabwesend.

Er kontert mit einer Gegenfrage. »Sin wir schlecht druf?«

Ich höre, wie Fiete sich aufsetzt und wie absurd schwer es ihm fällt. Das Alter zerfrisst diesen Mann. Ich wünschte, ich könnte es aufhalten, aber das kann niemand.

»Nein, sind wir nicht«, entgegne ich und strafe mich selbst damit Lügen. »Ich bin nur müde. Der Tag war lang.«

Die Vorräte sind verstaut, und ich lege die Geldtasche mit den Einnahmen des Surfshops auf dem Küchentisch ab.

»Häst du diin Geld rausgenommen?«, fragt Fiete, und ich nicke, obwohl es nicht stimmt.

Ich zahle mir schon seit Monaten kein Gehalt mehr. Ich wende mich in Richtung Tür und will gehen, aber Fietes Stimme hält mich zurück.

»Setzt du dii nicht für zwei Minütchen zu 'nem aldden Knochen, den die Langeweile noch feddich macht?«

Er weiß, wie er mich kriegt. Seufzend drehe ich mich um und gebe nach. »Fünf Minuten. Es ist spät, alter Mann, und ich bin hundemüde.«

»Dat reicht mi allemol.« Er klopft auf den Stuhl neben sich, und ich folge seiner Aufforderung. Als ich mich setze, fährt er mir liebevoll durch die Haare. Nicht so lange, dass ich mich dagegen wehren könnte. Aber lange genug, um meine Wut abflauen zu lassen.

»Wat tut de Welt da draußen?«

»Untergehen, ohne dich«, witzle ich. Dieses Geplänkel ist unser Ding, aber heute fühlen sich die Worte abgenutzt an. »Diese Woche war ganz gut was los im Surfshop.« Ich tippe auf die Geldtasche. »Die Einnahmen werden reichen, um die laufenden Kosten in diesem Monat zu tragen.«

Fiete scheint das gar nicht zu interessieren. Er durchschaut meine Art, Konversation zu betreiben, nur um vom Wesentlichen abzulenken. Er runzelt die Stirn und sieht mich mit diesem Blick an, der durch jede meiner Schichten dringt.

»Was?«

»Dat frag ich dii.«

Ich seufze. »Juna ist wieder da«, gebe ich zu. Aber allein die Art, wie ich es sage, zeigt mehr, als mir lieb ist.

»Un nu denkst du ernsthaft drüber noch, dii allwedder auf se einzulassen?« Fiete war schon immer gut darin, Dinge auf den Punkt zu bringen. Er redet nicht um den heißen Brei herum.

»Nein.« Ich spüre, wie das Grinsen, an dem ich mich versuche, langsam entgleist. Ein eindeutigeres *Ja* hätte ich Fiete nicht liefern können.

»Du häst Jahre gebraucht, um wedder in den Saddel zu komm.«

Als wüsste ich das nicht. Ich würde sogar so weit gehen, zu sagen, dass Ella nicht im eigentlichen Sinne bedeutet, wieder im Sattel zu sitzen. »Es ist nicht gerade so, dass ich mir aussuchen kann, was ich für sie fühle«, erwidere ich resigniert.

»Wo die Lieb henfallt, da wächst keen klare Gedanke mehr, mien Jung.« Er schüttelt sich, und seine grauen Haarsträhnen tanzen um den fast kahlen Kopf. »Du häst sie also weddersehn?«

»Wir haben uns gesehen, ja.«

Fiete sagt nichts und wartet ab.

»Und wir haben uns geküsst«, gebe ich zu, weil Fiete einmalig gut darin ist, einen ins Kreuzverhör zu nehmen, ohne auch nur ein Wort zu sagen. Ich fahre mir durch die Haare und mustere die Bodenfliesen.

Fiete seufzt leise.

Ich weiß, er tut das aus Sorge, aber es nervt mich. Weil ich weiß, dass er recht hat, und weil ich verdammt nochmal nicht will, dass er recht behält! Nicht in Bezug auf Juna. »Ich muss mit ihr reden und diese Sache aus der Welt schaffen«, räume ich zerknirscht ein.

»Mit sie schnacken?« Er glaubt nicht, dass es dabei bleibt. »Du wirst dii wedder auf se einlassen, und du wirst dii damit so richtig auf'n Moars setzen.«

»Vermutlich. Und du wirst für mich da sein?« Ich brauche Fietes Rückendeckung.

»Wie immer. Wo sollte ik schon anners hingehn?« Er zeigt auf seinen ausgemergelten Körper. »Wo sollte ik sein, wenn nich hier, bei mien Jung, um zuzukieken, wie er ins Malöör afglitscht?«

Juna

Es klingelt an der Wohnungstür. Dabei muss es noch mitten in der Nacht sein. Zumindest sagt das mein bleischwerer Körper, der in einem verdrehten Wust aus Mas Wolldecken auf dem Sofa liegt. Ich sehe mich um und bin froh, Jakob nirgendwo zu entdecken. Es reicht vollkommen, dass *ich* im Zentrum des Inseltratsches stehe. Ich will ihn da nicht mit reinziehen, weil er die Nacht bei mir verbracht hat.

Ich angle mein Handy vom Tisch und sehe auf dem Sperrbildschirm eine Nachricht von ihm.

Ich habe 'ne ganze Weile deinen Schlaf bewacht. Meine Güte, du schnarchst wie ein Hobbit ;-) Bleib heute zu Hause, du scheinst wirklich krank zu sein. Gute Besserung. Jakob

PS: Die Filme waren der Hammer. Henry ist ein Banause.

PSS: Im Kühlschrank steht eine Tüte mit Medikamenten. Nimm sie und versteck sie gut vor deiner Mutter, sollte sie sich spontan dazu entschließen, wiederzukommen. Die sind bestimmt nicht bio-shakra-fengshui-kompatibel.

Ich liebe Jakob in diesem Moment. Nicht so sehr dafür,

dass er mich mit Arznei versorgt hat, sondern viel mehr, weil er offensichtlich keinen Schimmer hat, was Fengshui genau ist. Damit stellt er den perfekten Gegenpol zu Ma dar.

Die zweite Nachricht ist von ihr. Sie entschuldigt sich wortreich für gestern Abend und erklärt gleichzeitig, dass sie noch länger mit Baldi auf dem Festland bleiben wird. Er hält einen mega interessanten Vortrag über *Der Atem der Pflanzen. Durch Meditation die richtige Mondphase zum Säen und Ernten finden.*

Ich reibe mir die Schläfen. Ich habe Kopfschmerzen. Mein Hals ist geschwollen, das Schlucken tut weh, und jeder Atemzug brennt. Das ist kein Anflug von Kranksein mehr, sondern ein ausgewachsener Infekt. Ich rolle mich vom Sofa und lande in einer annähernd senkrechten Position. Ein Hustenanfall begleitet ein weiteres Schrillen der Türklingel. Am liebsten würde ich mich ins Bett legen, aber außer mir ist niemand da, der die Tür öffnen könnte.

Als ich mich durch den Flur schleppe, streift mein Blick die Uhr, die unbarmherzig halb zwölf Uhr mittags anzeigt und leider auch den Spiegel. Es grenzt an ein Wunder, dass ich bei meinem Anblick nicht vor Schreck das Gleichgewicht verliere. Meine Haare hängen wirr und stumpf an meinem Kopf herunter. Dunkle Augenringe zeichnen sich auf der blassen Haut unter fiebrig glänzenden Augen ab. Die Klingel dröhnt schon wieder durchs Haus. Wer auch immer vor der Tür steht, hat nicht vor, aufzugeben.

Ich schlurfe an Mas Trommelsammlung im Flur vorbei

und öffne die mit philosophischen Sprüchekarten zugeklebte Wohnungstür.

Merle steht davor. Sie bemerkt meinen Zustand, und ich sehe schon die Frage auf ihren Lippen, ob sie helfen kann. Etwas Mütterliches, Fürsorgliches überfliegt ihr Gesicht, bevor sich ihre Augen verengen und sie die Lippen entschlossen zusammenkneift.

»Kann ich reinkommen?«, fragt sie knapp und schiebt sich im selben Moment an mir vorbei in den Flur. Ihr Blick gleitet über die Wände, den vielen Schnickschnack meiner Mutter, während sie mit bestimmten Schritten ins Wohnzimmer läuft. Sie war seit Ewigkeiten nicht mehr hier.

»Was gibt es?«, frage ich lahm. Wenn Merle so offensichtlich auf einer Mission ist, sollte man in Deckung gehen, anstatt dumme Fragen zu stellen. Außerdem ahnt ein Teil von mir, worum es geht.

»Du und Bosse?«, platzt es aus ihr heraus.

Woher weiß sie von uns? Und vor allem, wie viel weiß sie? Ich habe keine Ahnung, was ich sagen soll, und bleibe deswegen einfach stumm.

Sie stößt Luft aus. »Wann hattest du vor, mir davon zu erzählen?«

»Es gibt gar nichts zu erzählen«, erwidere ich. Der nächste Hustenanfall kommt mir sehr gelegen.

Merle verlässt ihren Platz in der Mitte des Wohnzimmers, betritt die Küche und beginnt, Teewasser aufzukochen. »Ich hab dich echt lieb, aber das könnt ihr nicht bringen. Ihr habt euch geküsst, und du hältst es nicht für nötig, mir davon zu erzählen?« Sie verdreht die Augen. »Ich kann dir gar nicht sagen, auf wie viele Arten das falsch ist. Ich meine, du und Bosse? Ernsthaft?«

»Ich habe es dir nicht erzählt, weil es absolut nichts zu bedeuten hatte.« Meine Stimme versagt, denn mein Gefühl brüllt mir das Gegenteil zu.

Merle findet zielsicher Mas Teevorrat, obwohl sie so lange nicht mehr hier war. Sie platziert zwei gefüllte Teeeier in bauchigen, selbstgetöpferten Bechern und gießt kochendes Wasser darüber. Der Geruch von getrocknetem Sommer steigt mit dem Dampf auf.

»Du weißt, dass das Bullshit ist. Als hätte es *bedeutungslos* je zwischen euch gegeben. Diese Sache damals hat Bosse aus der Bahn geworfen.« Sie atmet geräuschvoll aus. »Und zwar auf die Gegenfahrbahn. Aber er hat sich gefangen. Dir ging es nicht viel besser. Wir alle haben mit euch gelitten. Und plötzlich beschließt ihr, es wäre lustig, das alles noch mal zu wiederholen? Versteh mich nicht falsch. Ich habe immer gehofft, dass ihr wieder zueinanderfindet. Du weißt, ich stehe auf kitschige Happy Ends. Aber du wirst wieder gehen. Ihr habt nie über damals geredet, euch nie ausgesprochen. Das ist Irrsinn.«

Ich nicke. Merle hat recht. Ich wollte die Zeit hier genießen und dieses Mal die Insel ohne einen Scherbenhaufen verlassen. Das dürfte schwierig werden, wenn Bosse und ich so weitermachen. Ein Gefühl von Verlust durchfährt mich, als mir bewusst wird, dass es nichts gibt, das ich weiterführen könnte. Ich habe ihm quasi bestätigt, dass ich lieber allein im Watt herumirre und mir eine Lungenentzündung hole, anstatt mit ihm zusammen zu sein. Daraufhin ist er gefahren. Alles ist gesagt. Vermutlich wird er mir ab jetzt aus dem Weg gehen.

Ich schließe die Augen, weil der Gedanke weh tut. »Er hat mir nur geholfen. Ich wollte zurück nach Hause und habe mich im Watt verirrt.«

»Das passt zu dir«, entgegnet Merle trocken und lacht leise. »Du bist die einzige Person, die so etwas schafft.«

»Bosse hat mich nur nach Hause gebracht.« Ich atme tief durch. »Es hat so viel hochkatapultiert, plötzlich vor ihm zu stehen, deswegen ist das mit dem Kuss passiert. Aber das war eine einmalige Sache.«

»Gut!« Merle nippt an ihrem Tee und schiebt sich auf einen der Küchenstühle. »Denn ich sag dir was: Das damals war echt nicht lustig. Das brauchen wir nicht zu wiederholen. Und sollte dir noch mal so etwas Winziges wie ein Kuss in der epischsten Liebesgeschichte Amrums passieren, erzählst du mir davon, okay? Ich bin deine beste Freundin.«

»Er hat mich geküsst. Nicht ich ihn«, stelle ich klar, aber Merle winkt ab.

»Egal, wer da seine Lippen zuerst auf wessen gedrückt hat – es war ein Kuss.« Sie zuckt entschuldigend mit den Schultern, weil sie die wenig nette Wahrheit ausspricht.

Ich senke den Blick und starre in das dunkle Teewasser. »Es war wie früher. Für einen Moment zumindest.«

»Bis zu dem Augenblick, in dem du ihn hast stehenlassen und durchs Watt geirrt bist?«, fragt Merle und zieht eine Augenbraue hoch.

Warum hat er ihr davon erzählt? Ich versuche, nicht wütend deswegen zu sein. Die beiden sind Freunde. Natürlich spricht er mit ihr über so etwas.

Merle nimmt mich in den Arm und drückt mich an sich.

»Mensch, Juna, er liebt dich. Du brichst ihm das Herz mit so bescheuerten Aktionen. Und dir selbst vermutlich auch.«

Die Essenz dessen, was sie gesagt hat, schafft ein Rauschen in meinen Ohren. Bosse liebt mich. Noch immer.

»Hat er das gesagt?«, bringe ich hervor.

Merle hält verdutzt inne. »Was?«

»Hat er das gesagt?« Als sie nicht reagiert, präzisiere ich meine Frage. »Dass er mich liebt, meine ich?«

Es sollte keine Rolle spielen. Egal, was er empfindet. Egal, was ich fühle. Es wird niemals reichen, um neu anzufangen. Ich meine, ich reise in knapp vier Monaten wieder ab. Warum hoffe ich dann so schmerzlich dumm, Merle würde meine Frage bejahen?

Sie sieht mich ungläubig an. »Du wirst wieder gehen. Das führt nirgendwo hin. Deswegen sollte es dir total egal sein, was Bosse fühlt oder auch nicht.« Sie nippt an ihrem Tee und mustert mich aufmerksam. »Du siehst echt scheiße aus. Warst du schon beim Arzt?«

Ich schüttle den Kopf. »So schlimm ist es nicht«, sage

ich und spüre gleichzeitig, dass ich mich belüge, und das nicht nur in Bezug auf meine Gesundheit. »Jakob hat mir Medikamente besorgt.« Ich nicke zum Kühlschrank hinüber.

Merle spült die Teeeier ab und schmiert ein Brot, das sie mit Käse und Gurkenscheiben belegt. Sie fragt nicht, was Jakob hier getan hat und wieso er mir Medikamente besorgt hat.

»Iss das, damit du möglichst bald die Drogen von Jakob einschmeißen kannst«, sagt sie und reicht mir den Teller.

»Danke.« Ich habe zwar keinen Hunger, aber Merle hat recht. Ich muss etwas in den Magen bekommen, bevor ich die Medikamente einnehmen kann. Also knabbere ich lustlos an der Rinde herum.

Sie sieht mich nachdenklich an. »Bosse ist wie ein Bruder für mich, und du bist meine beste Freundin. Ich will mich nicht zwischen euch entscheiden müssen. Ich will nicht noch einmal zwischen den Stühlen sitzen.«

»Ich habe das nicht geplant«, flüstere ich. »Ich war einfach überfordert.« Es fühlt sich nicht wie etwas an, dem man gewachsen sein kann. »Ich empfinde noch etwas für ihn, aber ...« Ich lege meine Hand auf die Brust, von wo der Schmerz sternförmig ausstrahlt. »Ich weiß nicht, was ich damit anfangen soll. Bosse hingegen hat seinen Standpunkt mehr als deutlich gemacht. Er hat mich nach Hause gefahren und stehengelassen. Ich glaube also nicht, dass du Angst vor einer Wiederholung haben musst.«

Und dennoch krallt sich Bosse hartnäckig in mein Herz.

Bosse

Ella hat mir drei Nachrichten hinterlassen, seitdem sie gestern Abend mit ihrer Klasse aus Schweden zurückgekehrt ist.

Ich habe sie nicht zurückgerufen, obwohl ich das fest vorhatte. Ich bin ein echtes Arschloch. Sie war in all den Jahren für mich da und damit wohl das, was einer festen Freundin am nächsten kommt.

Und ich küsse eine andere. Ich sollte es ihr zumindest sagen, um für klare Verhältnisse zu sorgen. Vielleicht kann man mir zugutehalten, dass ich den Kuss mit Juna nicht geplant hatte und genaugenommen nicht mal eine Beziehung mit Ella führe. Aber das ist Augenwischerei. Kaum jemand plant so etwas. Was also sollte meinen Kuss mit Juna zu etwas anderem machen als einem gewöhnlichen Betrug? Und auch wenn ich mich geweigert habe, Ellas und meiner Beziehung einen offiziellen Namen zu geben, gab es sie.

Ich fahre mir über die Augen. Ich spreche schon in der Vergangenheitsform, dabei ist es selbstmörderisch, Ella gehen zu lassen und mein Herz an Juna zu hängen. Sie hat ziemlich deutlich gemacht, dass sie nichts von mir will. Herrgott, sie hält es ja nicht einmal in meiner Nähe aus. Ich sollte wirklich keinen Gedanken an sie verschwenden.

Seufzend fische ich mein Handy aus der Hosentasche. Ella hat heute frei, was bedeutet, ich könnte ihr einen weiteren Tag aus dem Weg gehen. Aber was nützen vierundzwanzig Stunden? Ich raffe mich also auf und wähle ihre Nummer.

Mein Herz fühlt sich taub an bei dem Gedanken an das bevorstehende Gespräch. Es ist vorbei. Egal, wie bescheuert es ist, alles hinzuschmeißen. Seitdem Juna die Insel betreten hat, ist sie in meinem Leben. In jeder meiner verdammten Zellen. Und sie lässt keinen Platz für Ella. Wenn ich ehrlich bin, gab es den nie.

Ella geht nach dem zweiten Klingeln ran. Sie hat auf meinen Anruf gewartet, und sie ist nicht der Typ, der das verbirgt.

»Hi«, sagt sie, und ihr Tonfall gibt meinem Gewissen einen saftigen Tritt.

»Alles in Ordnung bei dir?« Was für eine blöde Floskel. Es ist vollkommen klar, dass Ella längst von Juna und mir weiß. Sie lebt auch auf dieser Insel, und der Tratsch dürfte bereits in vollem Gange sein. Ich frage sie das nur, um mein herumpolterndes Gewissen zu beruhigen und fahre mir durch die Haare, als würde das etwas an der verfahrenen Situation ändern.

»Können wir uns sehen?«, bringt Ella mühsam hervor und spart sich eine Antwort auf meine Frage.

»Klar.« Das Gespräch ist unumgänglich. »Ich muss dringend mit dir reden.«

»Ja, wir sollten reden«, sagt sie.

»Wann?«, bringe ich hervor und stütze meinen Kopf sekundenlang in meine Handflächen, als könnte ich so den Druck hinter meiner Stirn lindern.

»Wann passt es dir?«, fragt sie, und ihre Stimme klingt dabei merkwürdig brüchig. Dabei ist Ella der selbstsicherste Mensch auf diesem Planeten.

»Ich stehe auf dem Schulparkplatz und bin für heute durch. Ich könnte dich in zehn Minuten abholen, und wir gehen etwas essen? Vielleicht drüben auf dem Festland?« Es ist offensichtlich, dass ich versuche, sie von der Insel zu schaffen, damit Juna uns nicht zusammen sieht. Ella ist nicht dumm, sie hat mich längst durchschaut, und ich frage mich, warum sie mich nicht anschreit. Stattdessen seufzt sie resigniert.

»Okay. Ich komme zur Fähre. Aber ich fahre selbst.« Es ist ihre Form, sich etwas Stolz zu bewahren. Dann legt sie auf. Ich nicke und stopfe das Handy in meine Hosentasche, bevor ich meinen Kopf gegen das kühle Wagendach lege. Ich habe Ella nie verletzen wollen.

Das Restaurant, in dem wir sitzen, ist einer dieser Schickimicki-Läden, die ich abgrundtief hasse. Wahrscheinlich hat Ella ihn deswegen ausgesucht. Es ist ihre Art, mich zu bestrafen, noch bevor ich ausgesprochen habe, weswegen wir hier sind. Draußen senkt sich die Dunkelheit rasch über die Straßen. Dabei ist es noch früh am Abend.

Ella nippt an ihrem Weißwein und fährt sich durch die Haare. Die kleinen silbernen Kreolen, die sie trägt, hat sie aus dem Spanienurlaub letzten Sommer. Sie wollte, dass wir zusammen fahren, und ich hielt es für keine gute Idee. Sie stehen ihr verdammt gut. Ella sieht toll aus. Sie trägt ein graues Wollkleid, das ihrer Figur schmeichelt, dazu einen Schal mit winzigen pinken Ankern drauf und Stiefel, die zeigen, wie aufregend ihre Beine sind.

Schon als wir das Restaurant betreten haben, drehten sich die zwei Typen in der Nische neben dem Ausgang nach ihr um. Es sollte mich stören, aber das tut es nicht. Und genau das ist unser Problem. Ich mag Ella. Sogar sehr. Aber nicht so sehr wie sie mich. Nicht genug, um eifersüchtig zu sein. Nicht genug, um das Juna-Tosen in mir zu übertönen.

»Wie war Schweden?«, frage ich, um die Stille zwischen uns zu überbrücken.

»Kalt und nass«, antwortet Ella, sieht mich aber dabei nicht an.

»Ich habe dir gesagt, du sollst die Klassenfahrt im ersten Halbjahr machen. Es war klar, dass ihr euch zu dieser Jahreszeit den Hintern abfrieren würdet.«

»Ernsthaft, Bosse?« Jetzt sieht Ella mich doch an. Sie hat Tränen in den Augen. »Reden wir jetzt wirklich über das Wetter?«

Ich beiße mir auf die Unterlippe. Sie hat recht. Ich versuche, mich mit belanglosem Gequatsche über Wasser zu halten.

»Tut mir leid«, sage ich zerknirscht.

Sie nickt, und ich kann den Schmerz in ihrem Blick sehen. Ihr ist längst klar, worauf das hier hinausläuft.

Am liebsten würde ich ihre Hand nehmen, sie trösten, aber ich weiß, dass ich es damit nur noch schlimmer mache.

»Wahrscheinlich hast du gehört, dass Juna wieder auf der Insel ist?«, beginne ich.

»Habt ihr euch getroffen?« Sie verdreht die Augen. Es wirkt nicht genervt, eher verzweifelt. »Natürlich habt ihr euch gesehen, sonst säßen wir jetzt nicht hier, oder?« Sie nimmt einen Schluck von ihrem Wein.

Ich nicke. »Ich habe sie gesehen. Es war …« Ich suche nach Worten, wo es keine gibt. »… es hat mir gezeigt, dass ich nicht mit ihr abgeschlossen habe.« Ich hätte jetzt auch gern Wein. Oder besser Whisky. Wodka. Irgendetwas, das die folgenden Worte einfacher macht. »Ich denke, dass ich deswegen nie den nächsten Schritt zwischen uns zugelassen habe. Und ich glaube auch nicht, dass sich das ändern wird«, sage ich leise. »Ich kann das zwischen uns nicht weiterlaufen lassen, solange ich Gefühle für sie habe.«

»Hast du mit ihr geschlafen?« Ellas Verletzlichkeit ist gewichen und hat kalter Wut Platz gemacht.

»Nein«, murmle ich, obwohl es sich wie eine Lüge anfühlt. Ich wollte Juna auf eine schmerzhafte, tiefere Weise, und das ist schlimmer, als einfacher Sex es je sein könnte.

»Ich habe nicht mit ihr geschlafen«, wiederhole ich mich trotzdem.

»Aber du wolltest sie ficken.« Die Wortwahl passt nicht zu Ella. Der unnahbare Ausdruck auch nicht.

»Du weißt, dass ich das nicht tun würde.« Das stimmt. Normalerweise. Aber seitdem Juna hier ist, ist nichts mehr normal. Ich frage mich, ob Ella recht hat. Ob ich so weit gegangen wäre, sie zu betrügen, wenn Juna mir nicht unmissverständlich klargemacht hätte, dass sie meine Nähe nicht erträgt.

»Und jetzt holst du dir einen Freifahrtschein, indem du mich hierherschleppst und uns wegschmeißt? Du bist ein Arschloch!« Sie kippt den Rest des Weins hinunter. »Und nur fürs Protokoll: Wir waren nie zusammen. Du hättest dir dieses Treffen sparen können, diesen erbärmlichen Versuch, etwas zu beenden, dass es für dich eh nie gab.«

»Ella, bitte!« Ich versuche, sie zurückzuhalten, aber sie macht sich mit einem Ruck los. Sie steht auf und zieht ihren Mantel von der Stuhllehne. Dann dreht sie sich um und verlässt das Restaurant.

Ich werfe einen Zwanzig-Euro-Schein auf den Tisch und folge ihr. Die Außentür ist schwer und trennt warme, essensgeruchgeschwängerte Luft von der Kälte draußen auf dem Gehweg.

Ella ist bereits auf der anderen Straßenseite. Ihr Blick warnt mich, ihr nicht zu folgen.

Ich bleibe stehen und respektiere damit die von ihr gesetzte Grenze. Überraschenderweise fällt mir das schwer, denn eins ist glasklar: Das hier ist das Ende. Keines dieser Leck-mich-und-dann-kommen-wir-eh-wieder-zusammen-Enden, die Ella und ich schon so oft hinter uns gebracht haben. Diese Erkenntnis ist scharfkantig. Sie macht meinen Brustkorb eng. Ich weiß, dass es richtig ist, und trotzdem fühlt es sich gerade überhaupt nicht gut an.

Ich öffne meinen Mund, um noch etwas zu sagen, aber Ella steigt bereits in ihren Wagen. Ich sehe einfach zu, wie sie auf den Fahrersitz gleitet und, die Augen starr nach vorn gerichtet, den Motor startet. Dann ist sie fort. Was bleibt, ist das Rot der Rücklichter, verzerrt im aufsteigenden Nebel.

Juna

Es ist ruhig im Hotel. Nachdem ich eine Woche im Bett gelegen habe und dachte, ich würde sterben, geht es mir endlich etwas besser. Ich habe die erste Gelegenheit genutzt, der Wohnung und damit Baldi zu entkommen.

Er ist offenbar bis auf Weiteres bei uns eingezogen und wirft Ma in jeder möglichen und unmöglichen Sekunde anzügliche Bemerkungen hinterher. Dabei sieht er aus wie ein ergrauter John Lennon und hält sich offenbar tatsächlich für einen begnadeten Musiker, trifft aber äußerst selten einen Ton. Auch wenn er ständig zum Gegenbeweis antritt.

Ma ist in vielerlei Hinsicht zu kritisch. Sie bildet sich zu allem und jedem eine Meinung, hinterfragt vieles und diskutiert leidenschaftlich. Aber wenn es um alternde Hippies geht, wird sie unverständlich unkritisch.

Ich bin verdammt froh, dem Schauspiel entkommen zu sein und arbeiten zu dürfen. Für heute Nachmittag hat sich eine Reisegruppe Thüringer Rentner angekündigt. Das ist die Zielgruppe, mit denen das Hotel die Nebensaison bestreitet. Ich muss noch die Zimmer checken. Es gehört zu meinen Aufgaben, für die neuen Gäste alles perfekt vorzubereiten. In jedem Zimmer gibt es eine Schale mit Obst und eine Flasche Wasser, die auf einem kleinen Tischchen stehen. Außerdem, und das ist mir persönlich am wichtigsten, mache ich einen letzten Hygiene-Check.

Jakob, der die ganze Zeit Faxen macht und mich auf meiner Tour begleitet, ist nicht gerade hilfreich, aber er bessert meine Laune ungemein.

»Ich wurde neulich im Großmarkt angeflirtet.« Er wirft sich auf das schon gemachte Bett und verursacht fiese Knitterfalten in dem sauber gestärkten Stoff.

»Wünschst du dir das, oder trifft das auch in der allgemeinen Realität zu?«, frage ich ihn und scheuche ihn mit meinem strengsten Blick aus den Laken. »Jetzt müsste ich das Bett komplett neu beziehen. Manchmal bist du schlimmer als Hennes. Mach das wieder ordentlich!«

»Ist da jemand eifersüchtig?«, entgegnet Jakob und sieht mich dabei mit einem gespielten Killerblick an, der mich lediglich zum Lachen bringt.

»In hundert Jahren nicht. Sorry, Romeo. Du solltest meinen Männergeschmack kennen, jetzt wo du weißt, auf welche Filme ich stehe. Und du hast leider zu wenig Ähnlichkeit mit meinen Schwarz-Weiß-Helden.«

Ich wende mich der Obstschale zu, entferne eine deformierte Birne und ersetze sie durch eine schönere. Der Schein muss gewahrt werden. Das gilt für die Obstschale wie für mich. Ich blödele mit Jakob herum, mache meine

Arbeit gewissenhaft und akkurat. Aber tief in mir drin wirbeln Merles Worte auch Tage später noch Emotionsstaub auf. *Bosse liebt dich.*

»Gut so?« Jakobs Stimme reißt mich aus einem Tagtraum, der ein gleichermaßen heißes wie sehnsüchtiges Ziehen durch meinen Körper gejagt hat. Der Geschmack von Orangensaft, Sonne und Nordseewasser, der Bosses Küsse begleitet, hatten etwas damit zu tun.

»Hallo?« Jakob wedelt mit seiner Hand vor meinem Gesicht herum. »Bist du noch da?«

Ich blinzle die letzten Fetzen Bosse weg und puste mir die Haare aus dem Gesicht. Dann begutachte ich Jakobs Werk. »Du bist hier der stellvertretende Geschäftsführer! Ist das dein Ernst?« Das Bett sieht schlimmer aus als nach seinem Sprung hinein.

Jakob verdreht die Augen, sieht mir aber aufmerksam zu, als ich das Desaster mit einigen wenigen Handgriffen behebe.

»Manchmal bist du unmöglich«, sage ich, und meine Worte heben seine Mundwinkel zu einem beleidigten Grinsen.

»Das ist, was Männer interessant macht, oder nicht?«, entgegnet er.

Ich sehe ihn zweifelnd an und muss lachen. »Es macht dich auf jeden Fall speziell.«

Blitzschnell zieht Jakob das Bettzeug von der Matratze und wirft es mir über den Kopf, bevor er sich auf mich stürzt. Er ist kräftiger, als man annehmen würde, und bringt mich zu Fall. Prustend landen wir als Knäuel aus Bettzeug, Armen und Beinen auf dem Boden. Jakob kitzelt mich durch, während ich angestrengt um mein Leben kämpfe. Erst als mich ein Hustenanfall lahmlegt, lässt er von mir ab und sieht mich besorgt an.

»Ich habe dir gesagt, dass du erst wiederkommen sollst, wenn du ganz gesund bist.«

»Ich bin gesund«, erwidere ich keuchend.

»Das hört sich aber ganz anders an, du Bazillenmutterschiff.« Er wedelt übertrieben mit der Hand, als könnte er sich so vor einer eventuellen Ansteckung schützen.

»Du kennst meine Ma nicht, sonst wüsstest du, warum ich lieber mit dir arbeite, als auch nur einen Tag länger zu Hause zu bleiben.«

»Sie ist wieder aufgetaucht?« Er betrachtet mich ernst, und jeglicher Schalk ist aus seinem Blick gewichen. »Was hat sie zu ihrer Verteidigung gesagt?«

Er versteht das nicht. Für Ma war unsere verpatzte Verabredung keine große Sache und vor allem etwas, das sie längst wieder vergessen hat. Sie würde nicht verstehen, dass mir eine knappe Entschuldigung per SMS nicht ausreicht.

»Sie hat gar nichts gesagt«, antworte ich wahrheitsgemäß.

»Sie verdient dich echt nicht.« Zärtlichkeit liegt in Jakobs Blick. Seltsam. Ich weiß nicht, was ich davon halten soll, und bin froh, als der Moment nur Sekunden später von einer weiteren Kitzelattacke abgelöst wird.

Ma sagt immer, ich wirke abweisend und kalt auf andere, und oft weiß ich nicht, wie ich das ändern kann. Bei Jakob ist das anders. Ich winde mich aus dem Bettlaken, nur um ihn fest an mich zu drücken. Es fühlt sich natürlich an, ihm auf diese Art für seine Freundschaft zu danken. Vielleicht will ich Ma und vor allem mir selbst auch nur beweisen, dass ich sehr wohl in der Lage bin, Bindungen einzugehen, Freundschaften zu führen und nicht ein Leben lang die emotional angeknackste Juna zu sein. Ich brauche Jakobs Freundschaft und ich möchte, dass er das weiß.

»Danke«, murmle ich. Mir ist klar, dass ich ohne ihn schon längst durchgedreht wäre. »Für die Medikamente und einfach alles.«

»Du erwürgst mich«, brummt er an meinem Hals, erwidert die Umarmung aber. Intensiviert sie. Sein Geruch umgibt mich. Er riecht nach Weichspüler und Aftershave. Anders als Bosse.

Eine Bewegung im Türrahmen lässt mich zusammenzucken. Das kann nicht sein. Auch wenn Bosse gerade noch durch meine Gehirnwindungen geschlichen ist. Er kann unmöglich hier sein. Und doch sieht die Gestalt, die wie ein windschiefer Baum am Türrahmen lehnt, aus wie er. Seine Augen wirken müde, sein Blick ist dunkel und brennend.

»Sieht aus, als käme ich ungelegen«, sagt er, und die Melodie der Wörter ist kalt und grausam klar. Als würde er sich und mich gleichermaßen damit aufspießen.

Ich befreie mich aus Jakobs Umarmung und weiche zurück. Mein Rock ist beim Toben etwas nach oben gerutscht, meine Haare sind zerzaust. Ich liege mit einem anderen Mann auf dem Boden eines Hotelzimmers in einem Gewühl aus Kissen und Decken. Mir ist klar, wie das aussehen muss. Hastig rapple ich mich auf.

»Was ... was machst du hier?« Ich höre mich an wie der Inbegriff einer ertappten Person, dabei war die Sache mit Jakob vollkommen unschuldig. Und selbst wenn sie das nicht wäre, müsste ich mich im Grunde nicht dafür rechtfertigen. Aber trotzdem habe ich das brennende Bedürfnis, es Bosse erklären zu wollen.

Der sieht Jakob an, als würde er ihn am liebsten töten, murmelt aber nur ein halb verständliches »Scheiß-Idee« und verlässt seinen Platz an der Tür, um im Flur zu verschwinden.

»Jakob, ich muss ...« Ich deute hilflos hinter Bosse her und auf das Chaos zu meinen Füßen.

»Das ist er also?« Jakob lächelt gezwungen. Er scheint eine andere Meinung darüber zu haben, ob ich Bosse folgen sollte. Und vermutlich hat er recht. Das einzig Vernünftige wäre, Bosse gehen zu lassen. Nur kann ich das nicht.

»Ich beseitige das Chaos hier. Kann so schwer ja nicht sein«, sagt Jakob und dreht das Laken in seinen Händen zu einem undefinierbaren Gebilde. Dann sieht er mich ernst an und schlägt mich mit dem Ende des Stoffes gegen den Oberschenkel.

»Jetzt geh schon.« Seine Stimme ist seltsam stumpf, aber sein Lächeln ist warm wie immer.

Ich kann nicht anders, als ihm einen Kuss auf die Wange zu drücken. »Danke.«

Das Wort reicht nicht aus, um Jakob zu zeigen, wie viel es mir bedeutet, dass er mir nicht sagt, wie bescheuert ich bin, weil mich noch immer so viel an Bosse bindet. Ich würde es verstehen, wenn er versuchen würde, es mir auszureden. Aber das tut er nicht. Er gibt mir die Gewissheit, dass es okay ist, Bosse zu folgen. Vielleicht nicht schlau oder nachvollziehbar, aber in Ordnung.

Noch einmal sehe ich mich nach Jakob um, bevor ich Bosse hinterherjage. Er steht etwas verloren vor dem Bett und starrt auf das Laken in seiner Hand, bevor er sich seufzend daranmacht, das Chaos zu beseitigen.

Bosse

Verdammte Scheiße! Ich schlage gegen die mit Seidentapete bezogenen Wände und wünschte, ich würde mehr hinterlassen als ein scharfes Brennen auf meiner Haut. Ein Loch in einer der schmucken Wände würde den Kerl sicher dazu bringen, sich mit etwas anderem zu beschäftigen als mit Juna.

Eifersucht steigt in mir auf. Sie hat Merle gesagt, dass sie überfordert war, weil sie noch immer Gefühle für mich hat. Scheiße. Sie hat quasi zugegeben, dass sie mich liebt, und ich Idiot habe geglaubt, dass es etwas bedeutet. Dass sie die Wahrheit gesagt hat und wir über damals reden, es vielleicht nochmal miteinander versuchen könnten.

Nur deswegen bin ich hier. Aber bei meinem Plan hatte ich nicht einkalkuliert, dass sie etwas mit dem Hoteltypen haben könnte. Was bin ich nur für ein Idiot. Vielleicht sollte ich dem Schicksal dafür danken, mich nicht zehn Minuten später in dieses Zimmer geschickt zu haben.

Ich biege in einen kleinen Seitenarm des Flurs ab und lehne mich an eine der Türen, die matt im Halbdunkeln schimmern. Ich muss atmen. Nichts als atmen. Meinen Verstand nach etwas durchkämmen, was mich beruhigt, sonst werde ich zurücklaufen und Dinge tun, die verdammt dumm wären. Ich weiß nicht einmal genau, wie man jemanden schlägt. Auf der anderen Seite wird wohl kein Lehrgang vonnöten sein, um jemandem gepflegt eine reinzuhauen. Mein Herz wummert gegen meinen Brustkorb.

»Bosse?«

Ich drehe mich abrupt um und starre Juna an, die etwa einen Meter von mir entfernt stehen geblieben ist. Warum ist sie mir gefolgt?

Ich bringe nur ein heftiges »Was?« hervor und hoffe, dass sie die Härte darin aus dem Gleichgewicht bringt. Ich will sie treffen. So wie sie mich getroffen hat.

»Das eben …« Sie bricht ab und wirkt so unsicher, dass die bescheuerte Wut in mir sofort verebbt, anstatt dort zu bleiben wo sie hingehört.

»Jakob ist nur ein Freund. Wir haben herumgealbert, aber es bedeutet nichts.«

Sie muss es mir nicht erklären. Sie ist mir keine Rechenschaft schuldig. Aber anstatt es einfach bleiben zu lassen, wiederholt sie sich.

»Es ist nichts passiert.«

Ich sehe sie stumm an. Ich habe Augen im Kopf. Der Blick, den der Typ ihr zugeworfen hat, war eindeutig. Und sie hat nicht ausgesehen, als wäre seine Nähe ihr unangenehm. Wieso also sollte ich ihr glauben? Die Antwort ist einfach und zweifelsohne erbärmlich. Weil ich es will. Unbedingt. Ich sinke ein Stück in mich zusammen. Allein die Zarge verhindert, dass ich vollständig zusammenklappe.

»Fällt verdammt schwer, das zu glauben«, bringe ich endlich hervor.

Sie schlägt die Augen nieder, nickt. »Ist aber so.« Sie richtet ihren Blick wieder auf mich. »Warum bist du hier?«

Ich sage nichts. Wozu auch? Es ist klar, dass ich wegen ihr gekommen bin. Und genauso klar ist auch, was für einen Idioten ich deswegen aus mir gemacht habe.

»Warum?«, fragt sie wieder und kommt dabei näher. Ich kann ihr Parfüm riechen. Es ist nicht fair, dass es noch immer dasselbe ist wie damals.

Sie wartet kurz ab, bevor sie das letzte bisschen Distanz zwischen uns eliminiert. Ich kann ihren Atem auf meinem Gesicht spüren.

»Warum?« Sie berührt mich leicht am Arm und verursacht damit einen Kurzschluss, der mein Hirn außer Kraft setzt. Ich ziehe sie in einer hastigen Bewegung an mich und drehe sie mit dem Körper zwischen mich und die Tür. Mein Atem mischt sich mit ihrem. Jede meiner Zellen gerät durcheinander, nur weil sich unsere Blicke verhaken, weil mein Brustkorb bei jedem Atemzug ihre perfekten Rundungen berührt.

Wir sollten reden, anstatt so aufeinander zu reagieren. Aber es ist, als wären wir zwei masochistische Magnete, die das Schicksal viel zu bald wieder umdrehen wird. Ich kann bereits den Schmerz spüren, der einsetzen wird, wenn wir einander von neuem abstoßen. Trotzdem halte ich Juna fest.

Ihr Puls rast, als ich mich ihr nähere. Meine Lippen streifen ihre. Erst zaghaft, aber dann ist es wie ein nach Hause kommen, sie zu küssen. Ich teile ihre Lippen und genieße es, wie sie mich empfängt. Meine Küsse werden fordernder, und wie damals ist Juna die sanfte Küstenlinie, an der sich meine Lust bricht.

Sie erwidert das Spiel meiner Zunge, knabbert an meiner Lippe. Kurze atemlose Küsse, die mir ein leises Stöhnen entlocken.

Ich löse meine Hände von ihrem Körper und stemme sie links und rechts von ihrem Kopf gegen den Türrahmen. Damit schaffe ich eine abgeschlossene Welt um uns, in der sich nichts deplatziert oder falsch anfühlt.

Ihre Hände schieben mein Shirt nach oben und gleiten sanft über die Haut an meinem Rücken. Ich schließe die Augen, weil ihre Berührungen meiner Selbstbeherrschung zusetzen, und folge ihrem Beispiel. Ich löse ihre Bluse aus dem Rock, schiebe sie an ihrem Körper hinauf, bis meine erhitzte Haut auf ihre trifft. Ich kann nicht mehr fühlen, wo ich aufhöre und ihr Körper beginnt. Nur das leise Knistern, das jede unserer Berührungen begleitet, hallt zwischen uns wider.

Aber dann weicht Juna plötzlich zurück. Es ist, als würde ihr Körper wegdriften. Unsere Lippen lösen sich als Letztes. Sie sieht mir tief in die Augen und kramt in einer

Tasche, die sie wie einen Gürtel um den Bund ihres Rocks geschlungen hat.

Ich weiß nicht, was sie vorhat. Ich weiß nur, dass es nicht zu Ende sein darf. Mein Körper hat all die Jahre auf diesen Moment gewartet. Ich habe gewartet. Auf Juna.

Zärtlich streiche ich ihre dunklen Haare auf eine Seite und küsse mich ihren Nacken hinauf. Es erzeugt eine prickelnde Spur aus Gänsehaut auf ihrem Hals. Sie reagiert wie früher auf mich. Als hätte ich ihr erst gestern auf genau dieselbe Art und Weise Lust durch den Körper getrieben.

Ihre Beine knicken ein wenig ein, und ich schlinge meinen Arm um ihre Mitte, halte sie, als ich die Prozedur wiederhole und mit meiner Zunge das Spiel meiner Lippen unterstütze.

Noch immer fingert sie an etwas herum, das sie aus der Tasche gezerrt hat. Es ist eine Schlüsselkarte, die sie mit zitternden Fingern in das Schloss der Tür vor uns steckt, um sie Sekunden später zu öffnen. Sie zieht mich in den Raum dahinter.

Es ist ein großes, aber gemütliches Zimmer. Ein breites, restauriertes Bauernbett steht mittig im Raum, umgeben von schlichter, moderner Eleganz. Durch die Fenster sehe ich Dünengras, Sand und dazwischen Fetzen aufgeschäumter See. Ich lasse Juna nicht los, als ich der Tür einen Tritt verpasse und sie so hinter uns verschließe.

Ihre Hand gleitet an meinem Kinn entlang, während sie mich wieder küsst. Sanft erst, dann entschlossen. Sie pflanzt mir ihren unverwechselbaren Geschmack auf die Zunge. Erzeugt dieses Beben, das nicht nur Lust ist, sondern tiefer geht und mein Gleichgewicht zerklüftet.

Ganz kurz nur halte ich inne und flüstere dicht an ihrem Ohr. »Bekommst du dafür auch keinen Ärger?« Wir sind hier bei ihrer Arbeit und in einem Zimmer, das ganz sicher nicht dafür gedacht ist, dass eine Angestellte und irgendein Typ darin übereinander herfallen.

Sie schüttelt stumm den Kopf und zieht mich weiter in den Raum hinein. Ich umschließe mit beiden Händen ihr Gesicht und küsse sie wieder und wieder. Einfach, weil ich nicht sicher bin, ob ein einzelner, langer Kuss mehr sein würde, als ich ertragen könnte. Ihre Hände streichen über meinen Rücken. Juna findet die Linien wieder, denen ihre Finger unzählige Male gefolgt sind, um mir meine Beherrschung zu rauben. Sie stoppt am Bund meiner Hose, lässt dann ihre Hand darunter gleiten, streift meine Leisten, meinen Bauch.

Mein Atem setzt aus, als sie mich berührt und sich dann wieder zurückzieht. Sie hakt ihre Finger um das breite Leder des Gürtels und sinkt quälend langsam vor mir auf die Matratze. Ich halte inne, als sie erst die Gürtelschnalle öffnet und dann den obersten Knopf meiner Jeans. Sie küsst den Ansatz der Haare, die sich unter den Boxershorts verlieren, dann meine Leisten, meinen Bauch.

Lust pulsiert durch meinen Körper und macht es schwer, nicht sofort über Juna herzufallen. Die Chemie zwischen uns hat schon immer gestimmt, aber Junas selbstbewusste

Art, die Führung zu übernehmen, ist neu. Sie bringt mich um den Verstand.

Ich kann nicht länger passiv bleiben und zwinge Juna sanft auf die Matratze. Ich küsse sie erneut und schiebe dabei ihre Bluse nach oben. Ihre Haut ist makellos und von einem hypnotisierenden goldbraun. Ich fahre sanft mit den Händen darüber, folge der Linie ihres BHs und schiebe meine Zunge unter den Stoff.

Juna wölbt sich mir entgegen und bringt mich dazu, sie sofort nehmen zu wollen. Mehr als alles andere. Aber ich halte mich zurück.

Ich will nicht, dass das zwischen uns eine schnelle Nummer wird. Ich will mehr Zeit mit ihr. Ich küsse sie, lasse mich fallen. Auch wenn es vermutlich klüger wäre, mich nicht in Juna zu verlieren.

Juna

Ich lasse meine Hände über seinen Körper wandern. Spüre seine Haut. Seine Muskeln. Seine Erregung, die sich gegen meine Mitte presst, und seine Zunge, die hungrig über meine Haut gleitet. Dort, wo er sich aufstützt, hinterlassen seine Hände tiefe Mulden neben meinem Körper. Es fühlt sich an, als würde der Untergrund wanken. Alles wankt. Allem voran mein Verstand und die Überzeugung, dass es klüger wäre, Bosse nie wieder in mein Leben zu lassen.

Ich wölbe ihm meinen Oberkörper entgegen und öffne mit einer Hand den BH. Etwas umständlich befreie ich mich von dem störenden Stoff und werfe ihn mitsamt der Bluse, die Bosse mir zuvor über den Kopf gezogen hat, auf den Boden. Er sieht mich an, und sein Blick ist so intensiv, dass sich Minitornados in meinem Unterleib bilden.

Seine Lippen suchen meine. Er küsst mich und streichelt mich gleichzeitig an meinen empfindlichsten Stellen. Seine Lippen jagen sengende Stromstöße durch meinen Körper und sammeln sich zu einer feuchten Hitze zwischen meinen Beinen.

Ein leises Stöhnen stielt sich in Bosses Zungenspiel und zeigt, wie sehr er es genießt, wie ich mich unter ihm winde. Ich ziehe ihn an mich und verhake meine Hände in seinem Nacken. Während ich ihn atemlos küsse, dränge ich mich so gegen ihn, dass er auf den Rücken rollt und ich die Oberhand gewinne.

Seine Jeans ist bis zu den Knien hinab gerutscht, und er strampelt sie ganz runter. Dann küsst er sich meinen Arm hinauf, streift das Schlüsselbein und erreicht die andere Schulter. Ich suche seine Lippen, küsse ihn hungrig und presse meinen Körper an seinen.

Mit jeder Faser will ich Bosse so nah sein, wie man es nur sein kann, wenn man miteinander verschmilzt. Ich will seine Bewegungen in mir spüren, endlich das Verlangen befriedigen, das bittersüß in mir herumschwappt. Jede meiner Beckenbewegungen entlockt ihm ein heiseres Stöhnen, das meine Lust weiter anfacht und das Ziehen in meinem Unterlieb vergrößert.

Ich nestle an seinen Boxershorts herum, bis er mir hilft und sie an seinen Beinen hinabschiebt. In einer fließenden Bewegung gleite ich wieder auf ihn. Bosse schließt die Augen, als ich ihn umfasse. Seine Hand liegt auf meinem Oberschenkel und presst sich in dem Rhythmus, den er braucht, in mein Fleisch.

Mit einem verhangenen schweren Blick taucht Bosse aus dem Strudel an Lust auf, den ich ihm beschere, und stoppt meine Bewegungen. Er küsst mich, bevor er mich sanft neben sich dirigiert. Er betrachtet mich, und sein

Blick steigert meine Lust. Seine Hände tun dasselbe, als er mir das Höschen vollständig auszieht. Wie zufällig fährt er an der Innenseite meiner Schenkel entlang und erobert dann meine Mitte. Ich kann nicht anders und presse meinen Kopf gegen seine Brust, sauge seinen Duft nach Wind, Meer und Sonne ein.

Er steigert den Takt, in dem er mich berührt, und verlangsamt ihn, bis ich es nicht mehr aushalte und Bosse mit ungeduldigen Beckenbewegungen auffordere, mir Erlösung zu verschaffen. Er küsst mich mit einer sanften Wildheit, die mir den Atem raubt. Mein Herz. Und alles dazwischen.

Und während er mich küsst, lässt er seine Finger aus mir gleiten und dringt langsam in mich ein. Ich stöhne, beiße ihm eine Spur zu fest in die Lippe und vergrabe meine Hände in seinen ausgeblichenen, blonden Haaren.

Ich versuche den Moment hinauszuzögern, jedes Detail seines Gesichts abzuspeichern, jede Berührung, die unsere alte Liebe in sich trägt. Aber schließlich gewinnt das Verlangen die Oberhand. Ich bewege mich, spüre jeden Zentimeter, dort, wo sich unsere erhitzte Haut trifft. Und Bosse antwortet darauf mit tiefen, schnellen Stößen. Er streichelt mit einer Hand meine Brüste, meinen Rücken, meine Schenkel, meinen Po, während er sich schwer auf die andere stützt. Ich merke, wie sich die Lust tief in mir zusammenballt. Bosses Atem beschleunigt sich, als er mitten in diesen Wirbel aus Begehren und Hitze in mir trifft, der aufbricht und mich mit ihm zusammen fortschwemmt.

Ich höre das Rauschen des Meers. Meinen Herzschlag. Seinen. Es ist, als wären die drei Dinge ein und dasselbe. Ich weiß, dass ich mich von Bosse lösen müsste, aber ich kann nicht. Ich will nicht. Das hier ist die einzige Möglichkeit, ihm nahe zu sein. Aber sie räumt keines unserer Probleme aus dem Weg und ist allein deswegen verdammt endlich. Solange ich in Bosses Armen liege, löscht seine Hitze die Erinnerungen aus, aber irgendwann muss ich mich von ihm lösen. Was seine Gegenwart dann mit mir anstellen wird, macht mir Angst. Mein Herz verliert seinen Rhythmus, und es ist, als würde Bosse das spüren. Er hebt den Kopf, streicht mir über den nackten Rücken und richtet sich auf. Dabei rutscht er von mir weg zur Bettkante.

»Alles in Ordnung?«, fragt er, aber obwohl er noch neben mir sitzt, ist seine Stimme meilenweit entfernt.

Während ich noch im Wir gefangen war, das unsere Körper erzeugt haben, hat er sich von mir zurückgezogen. Das erinnert mich an früher, als ich dachte, wir würden für immer zusammen sein, während er nur nach dem schnellstmöglichen Weg gesucht hat, die Insel zu verlassen.

Ich setze mich auf, gleite aus dem Bett und sammle unsicher meine Kleidung auf. Ich will auf keinen Fall Nähe suchen, wo keine ist. »Ja, alles in Ordnung«, antworte ich auf seine Frage und gratuliere mir zu einer einigermaßen festen Stimme.

Schnell ziehe ich mich an und vermeide es, Bosse dabei in die Augen zu sehen. Nur weil ich diese kitschig, romantische Teenie-Vorstellung von uns nicht loslassen kann, heißt das nicht, dass Bosse sich zu irgendetwas verpflichtet, nur weil wir Sex miteinander hatten. Auch wenn ein Knoten meinen Brustkorb verengt, werde ich keine große Sache daraus machen. Ich werde nicht zusammenbrechen, sondern wie eine Erwachsene mit der Sache umgehen. Leider ist mein Herz vollkommen anderer Meinung.

Zuletzt schlüpfe ich in meinen Rock und ordne meine Haare. Ich lächle Bosse unsicher zu, aber er sieht mich nicht an.

Stattdessen haftet sein Blick auf dem Muster des Parkettbodens, während er sich die Jeans überstreift und ebenfalls aufsteht. Panik kommt in mir auf, aber ich kämpfe sie nieder.

Mit einer lässigen Bewegung zieht Bosse sein Shirt über. »Das war ...« Er grinst verhalten. Der Blick, den er mir zuwirft, trifft mich genau da, wo ich verdammt nochmal nichts mehr für ihn empfinden sollte. Aber dann verfinstert sich sein Gesichtsausdruck, als würde er vergeblich nach dem Ende seines Satzes suchen.

»Was machen wir jetzt?«, fragt er schließlich. Er vollführt eine unbestimmte Handbewegung, die uns meint. Als wären wir ein Ding, das er aus der Welt schaffen will. Nicht mehr als ein Fehler. Ein Ausrutscher. Bloße körperliche Anziehung. Er bereut es, das kann ich an der Art sehen, wie er sich gegen die Wand lehnt und auf seine Schuhspitzen starrt.

Im Grunde hat Bosse recht. Es gibt nicht den Hauch

einer Chance, dass wir mehr sind als das, was gerade passiert ist. Ich weiß das, auch wenn mein Herz störrisch das Gegenteil behauptet. Ich muss etwas sagen, das mich weniger angreifbar macht als die Stille, in der meine Gefühle für ihn herumwirbeln.

»Wir sollten das vielleicht für uns behalten«, höre ich mich sagen, und meine Stimme ist beängstigend ausdruckslos.

»Mmh«, er fährt sich durch die Haare und zögert. »Ist vermutlich das beste.« Er nickt, und es ist, als würde er mein Herz mit dieser Bewegung in winzige Stücke hacken. Merle hat behauptet, er würde mich lieben, aber die Realität ist keine halb so hoffnungslose Romantikerin wie sie. Merle würde Liebe zur Not erfinden, um ihr eigenes Happy-End der Geschichte zu schreiben.

»Du hast sicher recht, dass es besser ist, wenn wir es nicht an die große Glocke hängen. Kein Ding.« Er schüttelt den Kopf. »Sehe ich auch so. Ist schließlich keine große Sache.«

Seine Stimme klingt stumpf und bestätigt, was ich befürchtet habe. Da ist keinerlei Gefühl, nicht einmal in seinen Worten. Das hier war nie mehr als Sex. Wunderbarer, alles verschlingender Sex, der mir beim bloßen Gedanken daran die Hitze durch die Adern schießt. Aber mehr war es nie. Weil unsere Gefühle füreinander schon vor Ewigkeiten zerbrochen sind.

Ich streiche meine Bluse glatt und zupfe meinen Rock zurecht. »Einverstanden. Dann bleibt das hier unter uns.«

Ich höre mich geschäftsmäßig an, als hätte ich gerade einen x-beliebigen Deal klargemacht. Und zu allem Überfluss halte ich ihm die Hand entgegen, aber bevor ich sie sinken lassen kann, ergreift Bosse sie.

Seine Finger umschließen meine. Er dreht unsere Hände leicht und streicht über meine Haut. Es ist ein Anflug von Zärtlichkeit. Aber dann löst Bosse unsere Verbindung abrupt, dreht sich um und geht. Er verlässt wortlos das Zimmer, und ich bleibe allein zurück, mit etwas, das ihm nichts bedeutet hat. Und mir alles.

Es ist Freitagabend. Ma rührt in einer Tonschüssel herum und sieht mir zu, wie ich die Äpfel für den Kuchen schäle. Ich sitze auf der Arbeitsfläche unserer Küche. Baldi ist eine Woche nach seinem Einzug in eines seiner Löcher verschwunden und kommt hoffentlich so bald nicht wieder hervor. Ma sagte irgendetwas von einem Workshop in Kiel, den ich frei mit »andere Frauen« übersetzen würde.

Es riecht nach Zimt. Caro sagt immer, dass Zimt ein Weihnachtsgewürz ist, und verbannt es elf lange Monate aus ihrer Küche. Ma ist da anders. Sie tut, was immer sie will und wann immer sie will. Davon bringen sie weder Traditionen noch Jahreszeiten ab. Ich liebe den Geruch zerlassener Butter, gemischt mit Zimt und frischen Äpfeln.

»Das haben wir früher oft getan.« Sie knufft mich in die Seite. »Zusammen gebacken.«

Ich nicke, weil es stimmt. Ich erinnere mich an unzählige Male, die ich an genau derselben Stelle auf der Arbeitsfläche gehockt und Ma dabei zugesehen habe, wie sie irgendwelche Köstlichkeiten zauberte. Ich erinnere mich an den süßen, zähen Geschmack von rohem Kuchenteig und die Bauchschmerzen, die ich immer bekommen habe, weil ich viel zu viel davon genascht habe. Angestrengt blinzle ich das Bild meiner pinken Ringelstrumpfhosen fort, die ich damals so gerne trug. Erinnerungen, die beweisen, dass meine Kindheit schön war, ausgelassen, bunt. Wie können sich diese Erinnerungen so warm und butterweich anfühlen, während die Verbindung mit Ma gleichzeitig so porös ist?

»Ich habe darüber nachgedacht, was du gesagt hast.« Ma hat mit dem Rühren aufgehört und sieht mich durchdringend an. »Dass es schwierig für dich ist, hier auf der Insel neu anzufangen.«

»Es ist nicht schwierig, und ich möchte nicht neu anfangen.«

Mein Herz schlägt gegen die Worte. Ich wollte nie bleiben, und nach dem, was vor fünf Tagen im Hotelzimmer passiert ist, bin ich mir sicherer als jemals zuvor, dass ich so schnell wie möglich zurück nach San Francisco will.

»Ich werde wieder gehen. Das habe ich dir gesagt.« Das ist definitiv kein guter Zeitpunkt für ein Gespräch. Ich habe Ma nicht verziehen. Kein Stück. Ich bin es einfach nur müde, ständig zu streiten.

»Es ist wegen Bosse, oder?«

Ich schlucke Stille und Verwundbarkeit herunter, als Ma seinen Namen in den Mund nimmt. Natürlich weiß längst jeder auf der Insel darüber Bescheid, dass ich die Nacht nach der Wattwanderung bei ihm verbracht habe. Vermutlich wissen sogar einige besonders hartnäckige Tratschweiber, dass er bei mir im Hotel war. Ich verdrehe die Augen.

»Du hörst mir nicht zu. Dass ich nicht bleiben werde, ist meine Entscheidung und hat nichts mit ihm zu tun«, erwidere ich eine Spur zu trotzig.

Sie reagiert gar nicht auf meinen Einwand. »Er tut dir nicht gut. Hat er damals nicht, und wird er nie tun.« Ein Nicken begleitet die energischen Handbewegungen, mit denen sie ihre Wut auf den Teig in der Schüssel überträgt. »Ich weiß, dass du dich mit ihm getroffen hast.«

Auf dieser verdammten Insel bleibt nichts verborgen.

»Ma, bitte, können wir aufhören, darüber zu reden?« Ich spüre die Tränen zwischen meinen Worten.

»Wieso sollte ich aufhören? Ich habe dir beigebracht zu laufen, und jetzt soll ich zugucken, wie du auf eine verdammte Klippe zurennst, ohne dass ich etwas dazu sagen darf?«

Ich seufze. »Das war ein Zitat aus 'nem Hollywoodstreifen, Ma.«

Ma wiegt den Kopf hin und her, fühlt sich aber nicht ertappt. »Ein sehr treffendes.« Sie probiert ein wenig Teig und mischt eine weitere Messerspitze Zimt hinzu, weil sie noch nicht zufrieden mit dem Geschmack ist. »Du bist damals in die falsche Richtung gerannt, und du tust es jetzt wieder. Ich habe dich vor acht Jahren verloren und mir geschworen, dass mir das nie wieder passieren wird.« Sie reckt ihr Kinn vor. »Tut mir leid, aber das werde ich nicht zulassen. Bosse Aklund wird mir unseren Neuanfang nicht kaputtmachen.«

Sie kommt nicht einmal auf die Idee, sie könnte mit daran schuld sein, dass ich nicht bleiben will. Dass ich nie vorhatte zu bleiben und es besser für mich wäre, wieder zu gehen, und dass dies mehr zählen sollte als ihr egoistischer Wunsch, mich bei sich zu haben.

»Und was genau willst du dagegen tun, dass ich diesen Neuanfang nicht möchte?«, frage ich und sehe sie herausfordernd an. »Wenn ich in Amerika leben möchte, dann tue ich es. Und wenn ich mich mit Bosse treffen will, dann tue ich das auch.«

»Na hervorragend. Du machst also dieselben Fehler wie damals, und ich soll einfach nur zuschauen?«

»Es geht dich zwar nichts an, aber ich mache keinen Fehler, weil ich ihn nicht wiedersehen werde. Und dass wir uns überhaupt getroffen haben, war im Grunde deine Schuld. Du hast mich dazu gebracht, auf diese dämliche Wattwanderung zu gehen.« Ich blende unser zweites Treffen im Hotel aus, für das ich Ma nicht die Schuld geben kann.

Ma verschränkt die Arme und mustert mich. »Dann bin ich also an allem schuld? Du machst es dir verdammt einfach.«

»Ma, bitte«, flehe ich. »Niemand hat schuld. Ich gehe einfach zurück, weil mein Leben jetzt in San Francisco ist. Ich habe eine Zukunft dort, die ich nicht aufgeben werde.«

»Das hört sich ja alles ganz toll an, aber wir wissen beide, dass du dir das nur schönredest. Du gehst wegen ihm.«

Ich will nicht mit ihr über den Moment sprechen, in dem Bosse meinen Körper in Flammen gesetzt hat, und erst recht nicht über die Kälte in seinen Augen und die Erleichterung, als ich ihm vorschlug, niemandem davon zu erzählen. Und tatsächlich hat der Schmerz, der dabei in mir aufflammte, nichts damit zu tun, dass ich gehen werde. Nach San Francisco zurückzukehren war immer geplant, schon als ich noch gar nicht wusste, dass Bosse noch auf der Insel ist.

»Ma, das alles geht dich gar nichts an«, protestiere ich schwach.

Aber wie immer schert sie sich nicht um meinen Einwand. Sie tut so, als würde ich gar nicht existieren.

»Wenn du jemand anderen kennenlernen würdest, könntest du bleiben und hier glücklich werden«, argumentiert sie jetzt.

Sie wird niemals akzeptieren, dass meine Entscheidung längst gefallen ist.

»Ich will niemanden kennenlernen«, stoße ich resigniert hervor. »Und es würde auch nichts ändern.«

Gedankenverloren dreht sie den Löffel durch die zähe Teigmasse. »Jemanden, der erwachsen ist und im Leben steht. Ein Mann, der dich aus deinem Schneckenhaus holt und glücklich macht.«

»Mutter, hörst du mir überhaupt zu?« Ich stemme die

Hände in die Hüften und recke mein Kinn vor. Das Caro-Kampfgesicht. Ich hoffe, ich sehe nur halb so energisch aus wie sie.

»Ich bin nur hier, weil mein Visum abgelaufen ist. Nicht wegen dieser verdammten Insel, nicht wegen dir und schon gar nicht wegen Bosse. Und ich werde ganz sicher nicht wegen eines Mannes bleiben und meine Pläne aufgeben, wie du es jedes Mal tust, wenn ein Typ wie Baldi in deinem Leben auftaucht.«

Bei diesen Worten zuckt Ma kurz zusammen, aber sie gibt nicht auf und drückt ihren Rücken durch. »Es geht nicht um irgendeinen Typen. Jakob, zum Beispiel, ist ein netter Mann, und du magst ihn. Du solltest ihm eine Chance geben. Neulich Abend, als du krank warst, war er für dich da. Oder nicht?«

»Weil du es nicht warst!«, kontere ich.

»Das war unter der Gürtellinie, und das weißt du«, sagt Ma, ohne mich anzusehen. Sie wischt das Mehl auf der Arbeitsplatte zusammen.

»Es macht mich einfach wütend, dass du mir nicht zuhörst. Ich bin erwachsen. Ich treffe meine eigenen Entscheidungen, und ich erwarte, dass du das endlich respektierst.« Ich seufze. »Jakob hat nur das getan, was Freunde eben tun. Sie helfen einander, aber das heißt noch lange nicht, dass er der Prinz sein wird, der deine Tochter ehelicht und für immer an Amrum bindet.«

Der Löffel erzeugt ein dumpfes Geräusch, als Ma ihn auf die Arbeitsplatte knallt. Sie ist niemand, der anderen das letzte Wort überlässt. Jetzt aber schweigt sie. Ihre Kinnpartie ist so angespannt, dass sie zittert, als sie sich abwendet und akribisch ihre Hände im Waschbecken reinigt.

»Ich habe mich entschuldigt, dass ich neulich Abend nicht da sein konnte. Ist es so schwer zu verstehen, dass ich nicht für immer allein bleiben will?«

Als wäre Baldi ein passender Kandidat, um ihr Leben mit ihm zu teilen. Mas Körpersprache ist wie in Granit gemeißelt. Sie steht da, und sie wird keinen Millimeter nachgeben.

Wenn unsere Beziehung nicht so verfahren wäre, würde ich ihr sagen, dass es mir leid tut. Ich würde einlenken, weil ich weiß, dass sie diesen ersten Schritt nicht machen kann, und weil ich verstehe, dass sie verzweifelt nach der großen Liebe sucht. Ich würde ihr sagen, dass ich nur erreichen wollte, dass sie aufhört. Ich bin zu weit gegangen, weil ich überfordert bin. Im Grunde seit dem ersten Schritt, den ich auf dieser Insel gemacht habe. Weil mich die Gefühle mit derselben Intensität von hier fortjagen, mit der sie mich an die Insel, Ma und die Menschen hier binden. Ich würde ihr sagen, dass ich sie liebe, trotz allem.

Vielleicht würden wir uns dann in den Armen liegen und weinen. Vielleicht könnte ich mich nach all den Jahren wieder so fühlen wie als Kind, wenn ich nach einem Albtraum in ihr Bett gekrochen bin und wir stundenlang geredet haben, bis die bösen Geister endlich verschwunden waren. Ich wünschte, ich könnte den Krater zwischen uns überwinden, aber ich bin verletzt, wütend und traurig.

Also stehe ich nur da und starre auf Mas durchgedrückten Rücken, das bunte Seidentuch, das um ihren Hals geschlungen ist, und ihre Locken, die sinnbildlich für alles stehen, was uns unterscheidet. Ich stehe einfach nur da, während sie ihren Händen Beschäftigung gibt. Ich würde gern etwas sagen, das die Stille durchbricht. Das Richtige. Aber stattdessen bringe ich nur ein knappes »Ich gehe laufen« hervor.

Sie reagiert nicht, und ich wende mich ab. Leise gehe ich in mein Zimmer, ziehe mich um und schnappe mir auf dem Weg nach draußen meine Sportschuhe.

Über dem Meer zieht Nebel auf, und das Dünengras bewegt sich leicht im Wind, als ich den Holzbohlenweg zum Strand hinunterlaufe. Ich wollte eigentlich joggen, bis weder Ma noch Bosse Platz in meinem Hirn haben, aber so fit bin ich noch nicht. Schon nach ein paar hundert Metern zwingt mich die noch nicht auskurierte Erkältung dazu, das Tempo zu drosseln, bis ich schließlich nur noch gehe. Trotzdem tut die Luft gut, die einsetzende Dämmerung macht die Umgebung angenehm unscharf. Ich mag es, wenn die Umrisse verschwimmen und schließlich in Dunkelheit versinken. Weil es zu dieser Zeit still ist, einsam. Weil meine Gedanken über die Weite des Watts wandern können und mich in Ruhe lassen.

Ich ziehe die Kapuze meines Pullovers enger um den Kopf. Es ist kalt, und ich bin eigentlich zu dünn angezogen. Immerhin wollte ich joggen und nicht spazieren gehen.

Zurück nach Hause will ich aber nicht. Ma hat sich sicherlich noch nicht wieder beruhigt, und ich habe keine Lust, direkt in den nächsten Streit zu taumeln.

Es gibt nur einen Ort, zu dem es mich zieht. Jakob ist der Fels in dem Chaos, das gerade um mich herum wütet. Sein Haus liegt nur zehn Minuten von hier entfernt. Wenn ich zügig gehe, hat er vielleicht noch Zeit für einen Tee, bevor er Hennes ins Bett bringt.

Ein Lächeln legt sich auf meine Lippen. Ich mag den Kleinen. Er ist unkompliziert und aufgeweckt und ähnelt seinem Vater damit so sehr, dass es unmöglich ist, ihn nicht zu mögen.

Noch bevor ich von der Wasserlinie abbiege, sehe ich warmes Licht durch die Fenster scheinen und steuere auf die Hintertür zu. Ich mache mir nicht die Mühe außen herum zur Vordertür zu laufen, sondern steige die drei Treppenstufen der Holzveranda hinauf und klopfe an die Hintertür.

Durch das Küchenfenster neben der Tür sehe ich Jakob und Hennes. Der Junge sitzt auf der Kücheninsel und blättert in einem riesigen Kochbuch. Dabei nickt er und sieht wirklich aus, als würde er aufmerksam darin lesen.

Jakob streut Gewürze in den Topf und hält irritiert inne, als er mein Klopfen hört. Er dreht den Herd runter, schultert Hennes in einer fließenden Bewegung und düst mit ihm zur Tür. Der Junge quietscht und hält sich mit den Handflächen an Jakobs Gesicht fest, so dass dessen Mimik verrutscht.

Noch immer lachend öffnen die beiden mir die Tür. Ehrliche Freude blitzt in Jakobs Augen auf, und bevor ich etwas sagen kann, schließt er mich in die Arme. So gut das eben geht, wenn Kinderbeine im Weg sind.

»Juna. Schön, dass du vorbeikommst.«

»Ich will nicht stören«, sage ich und hoffe gleichzeitig, dass er mir widerspricht. Und genau das tut Jakob. Verlässlich wie immer.

»Du und stören.« Er prustet, um zu unterstreichen, wie lächerlich das sei. »Hennes und ich kochen gerade Kürbissuppe, und der Tiger hier hat für eine ganze Kompanie gekocht. Wenn du möchtest, kannst du mitessen.«

Ich nicke dankbar und ziehe meine Schuhe vor der Tür aus, um keinen Sand in den Wohnraum zu tragen. Jakob setzt Hennes ab und zupft an meinem Ärmel.

»Ist wirklich schön, dich hier zu haben.«

Ich will etwas erwidern, aber Hennes hat seine Hand in meine geschoben und zerrt mich bereits in Richtung Küche.

»Komm, Juna, ich muss dir was zeigen.«

Entschuldigend drehe ich mich zu Jakob um. Er sieht es nicht, weil er gerade meine Schuhe nimmt und sie neben seine und die von Hennes auf die Matte im Flur stellt.

»Sonst hast du später Eisfüße«, erklärt er lapidar. Dabei ist es viel mehr als eine Kleinigkeit. Ich mag es, dass er sich Sorgen um mich macht. Dass er aufmerksam ist und seine Freundschaft in jeder kleinen Geste spürbar ist.

Hennes zieht mich noch immer hinter sich her und legt

sich dabei so sehr ins Zeug, dass er die nackten Kinderfüße in den Boden stemmt und sein Oberkörper gefährliche Schräglage bekommt. Erst als wir die Küche erreichen und er über den Stuhl auf die Kochinsel klettert, lässt er mich los.

»Augen zu und Nase auf«, befiehlt er und kichert leise.

Ich tue, was er sagt, und höre, wie er den Deckel des Topfes anhebt. Eine heiße Wolke aus Dampf, Gewürzaromen und der frischen, fruchtigen Note des Kürbisses treffen mich, und ich inhaliere sie gierig ein. Erst jetzt wird mir bewusst, wie hungrig ich bin.

»Das riecht wahnsinnig lecker«, sage ich und öffne die Augen.

Hennes sieht mich erwartungsvoll an.

»Was?«, frage ich, weil mir nicht klar ist, was der Kleine von mir will.

»Was riechst du?«

»Kürbis?«

Es scheint Hennes nicht zu reichen, dass ich die offensichtliche Zutat nenne. Ich schließe meine Augen und beuge mich weiter über den Topf und atme tief ein.

»Curry?«, frage ich unsicher und ernte ein wohlwollendes Nicken von Jakobs Sohn.

»Kumpel, Juna weiß doch gar nichts von unserem Spiel. Du musst es ihr erst erklären.« Er nimmt Hennes den Deckel ab, stülpt ihn wieder über den Topf und schüttelt leicht den Kopf. »O je, also gut. Hennes kocht wie gesagt für sein Leben gern. Irgendwann hat sich dieses Spiel entwickelt. Mein Vater hat damit angefangen. Wir würzen, und Hennes muss raten, welche Zutat wir verwendet haben.«

»In Ordnung«, sage ich kampflustig und setze ein siegessicheres Grinsen auf. »Öffne den Deckel.« Wieder schnuppere ich an der Suppe und versuche krampfhaft, die verschiedenen Bestandteile herauszufiltern. »Puh, das ist verdammt schwer.«

Hennes zuckt nur mit den Schultern und blättert in dem Kochbuch vor seiner Nase.

»Paprika«, rate ich.

»Nicht ganz«, sagt Jakob und stößt dann seinen Sohn an. »Juna war dran, jetzt du, Tiger?«

Hennes klappt das Buch zu und konzentriert sich so sehr, dass er den Blick Richtung Decke richtet. »Muskat und Pfeffer und Ingwer und Kokosmilch«, rattert er herunter, als wäre die Komposition offensichtlich.

»Das war richtig, Kumpel«, sagt Jakob und klatscht ein. Dann zwinkert er mir zu. »Du wirst besser mit der Zeit, aber er schlägt selbst mich regelmäßig.«

Jakob rührt die Suppe um und lässt Hennes dann probieren. »Was sagt der Küchenchef? Fertig?«

Hennes nickt und flitzt los, um den Tisch zu decken, während Jakob mir Gläser und Getränke reicht. Es fühlt sich vertraut an, so eingebunden zu werden, fast so, als wäre ich schon ewig ein Teil dieser kleinen Familie. Und ich merke, wie sich alles in mir entspannt, wenn ich hier bin.

Später am Abend sitze ich begraben unter einer Wolldecke auf Jakobs Sofa. Im Kamin knistert ein Feuer und verbreitet eine flackernde Wärme in dem Wohnzimmer.

»Warum bist du heute Abend vorbeigekommen?«

»Ich wollte euch nicht stören«, gehe ich sofort in die Defensive und weiche innerlich etwas zurück. Vielleicht bin ich nicht so willkommen, wie es mir vorkommt.

Jakob drückt meinen Unterschenkel durch den festen Stoff der Decke. »Ich kann sehen, wie du zumachst!« Er grinst. »Hör auf damit, in jedem Wort von mir nach einer Zurückweisung zu suchen. Ich freue mich, dass du hier bist. Basta. Ganz einfach und simpel. Trotzdem frage ich mich, ob dein Besuch einen besonderen Grund hat? Weil Freunde das eben so machen. Sie sorgen sich um das Wohlergehen des jeweils anderen.« Er zwinkert mir zu.

»Vielleicht«, gebe ich zu.

»Vielleicht was?«

»Vielleicht bin ich heute aus einem bestimmten Grund hier.« Ich stocke und fahre dann fort. »Irgendwie ist im Moment alles so verflixt kompliziert.«

»Mit deiner Ma?«

Ich nicke. »Auch.«

Jakob nimmt einen Schluck Wein und schwenkt den Rest in seinem Glas, als müsse er dem Bordeaux helfen, sich zu entfalten. »Du hast mir nicht erzählt, was passiert ist, als du Bosse nachgelaufen bist.«

Weil ich wünschte, es wäre nie passiert. Jede Zelle meines Körpers schreit, dass ich eine verdammte Lügnerin bin. Selbst mein Herz ist ein Verräter, aber Bosses Sicht auf uns war unmissverständlich.

»Es ist komplizierter als kompliziert«, werfe ich Jakob über den Rand meines Glases zu und trinke, um die Sache nicht ausführen zu müssen.

»Glaubt Bosse etwa, wir hätten etwas miteinander?« Er lässt seine Augenbrauen in einer schnellen Abfolge auf- und abschnellen.

Ich muss lachen und schubse ihn spielerisch. »Das ist nicht lustig.«

»Nein, es macht dich fertig«, sagt er wieder ernst.

»Ist das so offensichtlich?« Ich fahre mir über das Gesicht, als könnte ich so dafür sorgen, dass Bosse aus meinem Leben – meinem Körper –, aus mir verschwindet.

»Schon«, sagt Jakob nachdenklich und dreht sich dann zu mir. »Was hältst du davon, wenn wir für ein paar Tage verschwinden? Einfach mal den Kopf freibekommen.«

Ich sehe ihn zweifelnd an. »Du hast Hennes. Das Hotel. Und ich arbeite noch nicht lange genug, um schon Urlaub einreichen zu können.« Ich verziehe mein Gesicht zu einem Grinsen. »Mein Chef ist ein ziemlich harter Knochen. Das kriege ich niemals durch.«

»Mit deinem Chef würde ich mal ein ernstes Wörtchen reden. Ich habe da ganz gute Connections, und Hennes ist nächstes Wochenende bei seiner Mutter. Emily holt ihn Freitagmorgen ab und bringt ihn erst am Dienstag der kommenden Woche wieder. Er hat schulfrei. Irgendwelche beweglichen Ferientage.«

Er fährt sich über die Stirn, und ich kann sehen, wie schwer es ihm fällt, seinen Sohn abzugeben, und wie sehr er sich gleichzeitig auf die wenigen freien Tage freut.

»Ich wollte zum Drachenfest auf Rømø fahren.« Er nimmt meine Hand in seine und drückt sie. »Würdest du mich begleiten?«

Das hört sich toll an. Als Kind war ich oft mit Ma auf dem Drachenfest in Dänemark. Es sind gute Erinnerungen, die sich warm anfühlen. Es würde bedeuten, all dem Chaos, in das mein Leben sich seit meiner Rückkehr verwandelt hat, für eine Weile zu entkommen. Ich könnte Spaß haben, Zeit mit Jakob verbringen. Es würde mir guttun, und dennoch zögere ich.

»Ich weiß nicht«, sage ich unbestimmt.

»Du musst nur ja sagen. Das Haus ist längst gemietet und hat genug Zimmer für uns beide. Es würde dich nichts kosten außer deiner Zeit, und du würdest mir einen Gefallen tun.«

»Wie das?« frage ich.

Er legt den Kopf schief. Seine Hand in meiner fühlt sich warm an, als gehöre sie dorthin.

»Ich bin ein alleinerziehender Vater, der sein Kind über alles liebt. Wenn du nicht mitkommst und mir in den Hintern trittst, werde ich vermutlich nichts vom Drachenfest sehen, weil ich nur im Ferienhaus sitzen und mir Sorgen machen werde.« Er macht ein mitleiderregendes Gesicht.

Jakob ist mein Fels, seitdem ich zurück bin. Das hier ist die Möglichkeit, mich wenigstens ein bisschen zu revanchieren. Er kennt mich gut genug, um zu wissen, dass es mir leichter fallen wird, ihm einen Gefallen zu tun, als eine nette Geste anzunehmen.

Ich nicke und schüttle seine Hand. »Abgemacht.«
Er lässt mich los und grinst breit. »Abgemacht.«

Bosse

Es ist Freitagnachmittag. Mein Wagen steht in der Einfahrt von Merle und Peers Haus im Zentrum von Wittdün. Merle stopft gerade Titus' letzte Sachen in das Heck des VW-Busses. Der Bulli ist mein Spaßmobil. Er kommt immer dann zum Einsatz, wenn ich mal ein paar Tage raus muss – egal wohin, egal mit wem.

Ich bin kein Freund von Hotels. Vielleicht, weil ich mich nicht gern wie ein Tourist fühle. Und weil kein Hotel mit dem Ausblick mithalten kann, den man hat, wenn man in erster Reihe am Strand steht – mit den Füßen im Sand, den Sonnenaufgang über einem menschenleeren Strand beobachtend.

»Ist alles in Ordnung?« Merle mustert mich prüfend.

»Natürlich geht es mir gut, sonst würde ich nicht fahren«, antworte ich.

Sie verbirgt nicht, dass sie ernste Zweifel hat, ob ich in der mentalen Verfassung bin, mit ihrem Sohn wegzufahren. Merle weiß, dass ich mit Ella Schluss gemacht habe. Natürlich denkt sie, ich wäre deswegen so aus dem Tritt.

Immerhin weiß sie nichts von dem Sex mit Juna. Ich habe ihr nicht erzählt, dass wir miteinander abgestürzt sind. Der Ausdruck ist unpassend. Bei anderen Frauen käme er mir leichter über die Lippen. Juna hingegen ist etwas ganz anderes. Verdammt nochmal, was versuche ich mir hier eigentlich einzureden? Der Sex mit ihr war genau das. Ein miteinander Abstürzen. Deswegen fühlt es sich auch so an, als wäre ich aus hundert Metern Höhe auf rissigen Asphalt gekracht.

»Du bist ja wirklich total bei der Sache.« Merle schlägt mir gegen die Schulter und katapultiert mich damit aus meinem Gedankenwirrwarr zurück auf die Einfahrt. »Reiß dich zusammen, sonst gebe ich dir mein Baby nicht mit.«

»Lass ihn das nicht hören. Er ist kein Baby mehr. Und was mich angeht: Es wird mir guttun, etwas rauszukommen.«

Ich fahre mir über das Gesicht und blinzle in das matte Sonnenlicht. Dann wende ich mich wieder Merle zu: »Außerdem würdest du mich nie aufhalten. Peer und du, ihr habt die Auszeit von dem kleinen Quälgeist bitter nötig. Und das nicht nur wegen der Vorbereitungen.«

Merle hat eine Überraschungsparty für Titus' siebten Geburtstag geplant, die unmittelbar nach unserer Rückkehr stattfinden soll. Sie wird ihn umhauen, da bin ich sicher.

»Auch wieder wahr«, sagt Merle. Sie weiß genau, dass sie noch eine Menge zu tun hat.

Peer kommt mit seinem Sohn auf dem Arm nach draußen. Etwas, was Titus nur noch höchst selten zulässt.

»Na, Großer?« Ich knuffe ihm in die Seite. »Wollen wir?«

Ich sehe, wie die Begeisterung in seinem Gesicht mit der jetzt schon einbrechenden Sehnsucht nach seinen Eltern kämpft. Ich weiß, wie ich ihn überreden kann. »Wir rufen Mama und Papa an, so oft du willst.« Ich reiche ihm feierlich mein Handy. Dann deute ich mit einem Kopfnicken auf den Bulli. »Und das Beste: Du darfst vorne sitzen.«

Titus bekommt große Augen. Er windet sich aus Peers Armen. Bei Merle dürfte er das nie, aber der Bulli ist als Wohnmobil ausgebaut. Es gibt nur noch Fahrer- und Beifahrersitz, auf dem bereits Hennes' Kindersitz befestigt ist.

»Versuch bitte, ihn mir in einem Stück wiederzubringen«, sagt Merle und übersät Titus' Gesicht dabei mit Küssen.

Peer schließt mich in seine Arme. Er liebt mich wie einen Bruder. Aber seinen Sohn liebt er noch mehr. Sollte ihm etwas passieren, wird er mir die Knochen brechen. Das alles packt Peer in diese eine Geste. Er war noch nie ein Typ großer Worte.

Mit einem Nicken gebe ich ihm zu verstehen, dass ich verstanden habe, und schiebe mich auf den Fahrersitz. Die Verantwortung macht mir keine Sorge. Titus ist aufgeweckt, aber nicht schlimmer als eine ganze Schulklasse, die sich durch das Museum für Hamburgische Geschichte quält.

Merle ist der Meinung, dass mich meine ruhige, lockere

und konsequente Art zu einem guten Lehrer macht, dem die Schüler sogar so einen Ausflug verzeihen.

Sie denkt, genau deswegen würde ich einen noch besseren Vater abgeben. Ausgesprochen hat sie das jedoch nur einmal. Nur um kurz darauf in Tränen auszubrechen, weil sie gedankenlos an meinem wunden Punkt gekratzt hat. Normalerweise schneidet niemand dieses Thema an. Dabei ist es acht verfluchte Jahre her, dass ich meine Tochter verloren habe. Nur ein komplett Geistesgestörter hält so lange an etwas fest, das kaum existiert hat.

Ein leichter Nieselregen setzt ein, und ich setze den Scheibenwischer auf Intervall, dann lenke ich den Bulli auf die Hauptstraße in Richtung Hafen. Ich wollte mein Leben mit Juna und unserem Kind verbringen. Nur wurde mir das zu spät bewusst.

Ein Teil von mir weigert sich bis heute, zu glauben, dass einige unüberlegte Worte die Kraft haben, alles zu zerstören. Für immer. Hätten wir an diesem Tag nicht gestritten, hätte ich nicht genug von den ewigen Vorwürfen gehabt und wäre nicht abgehauen. Dann wäre Juna mir nicht hinterhergelaufen. Sie wäre nicht gestürzt. Unser Baby würde leben. Unsere Liebe hätte eine Chance gehabt.

Ohne dieses Erlebnis wäre ich jetzt Vater. Ich hätte eine Frau. Ein Haus. Ich würde mich wie Peer beschweren, weil ich kaum noch Zeit für mich selbst habe. Gleichzeitig würde ich vor Glück fast platzen, weil meine Kinder über mich herfallen, sobald ich nach der Arbeit durch die Tür trete. Ich würde sogar den Standardsex mit meiner hinreißenden, normalen Ehefrau genießen und auf die wenigen besonderen Tage warten, an denen sie ihre heißen Dessous herausholt und extra für mich anzieht. Ich würde es lieben, wenn der Sex schmerzhaft innig, träge und köstlich warm wäre, anstatt rau und oberflächlich.

Diese Gedanken bringen nichts. Sie machen mich zu dem Typen, der mit achtzehn alles verloren hat. Und auch wenn ich dieser Mann nicht sein will, komme ich nicht von den Gedanken an Juna los.

Ich will sie. Ich will Juna lieben, anstatt mit ihr abzustürzen. Ich will sie beobachten, während sie schläft. Zusehen, wie die Lachfältchen rund um ihre Augen tiefer werden. Ich will sie necken, wenn die ersten grauen Haare erscheinen. Ich will mit ihr alt werden und jung bleiben. Dabei sollte ich in Bezug auf sie nichts mehr wollen. Diese Wünsche sind Vergangenheit, die mein Hirn störrisch versucht ins Präsens zu quetschen.

Ich drehe die Musik lauter und sehe, wie Titus begeistert den Takt einfängt und auf seine schmalen Beine trommelt. Ich sollte mich auf ihn konzentrieren. Er ist etwas, das mir Halt gibt.

Der Kleine hat ein erstaunliches Rhythmusgefühl. Zu schade, dass Merle der Meinung ist, seine Seele würde grässliche Kindermusik brauchen, um sich optimal zu entfalten. Zum Glück habe ich eine vernünftige Auswahl für unseren Trip zusammengestellt: die *Foo Fighters*, *Mumford and Sons*, *Kings of Leon*, *Metallica*, *The Cure*, *The Strokes*. Und noch ein paar weitere Größen. Wäre ja gelacht, wenn ich Titus' Musikgeschmack nicht umpolen und dabei meine Gedanken von Juna loslösen könnte. Dabei weiß ein Teil von mir genau, dass sie mir folgt wie eine Melodie, die man ums Verrecken nicht abschütteln kann.

Juna

Das von Jakob als »kleines Haus« bezeichnete Feriendomizil stellt sich als großer, moderner Bungalow heraus. Er liegt in erster Linie hinter den Dünen von Lakolk und ist umgeben von Heidelandschaft und Birken. Haus und Garten sind in das goldene Licht der tiefstehenden Abendsonne getaucht. Jakob lädt die letzten Lebensmittel aus, die wir vor der Grenzüberfahrt in einem großen Supermarkt gekauft und noch nicht hineingebracht haben. Ich stehe in der Küche und sehe aus dem Fenster auf die Heidelandschaft, die sich in sanften Hügeln bis an die Dünen erstreckt.

Die meiste Zeit der Fahrt haben wir geschwiegen. Jakob hat die Melodien im Radio mitgesummt, während ich mit angezogenen Knien auf dem Beifahrersitz saß und die am Fenster vorbeifliegende Landschaft in mich aufgesogen habe. Die Stille zwischen uns war vertraut und angenehm.

»Okay.« Jakob klatscht in die Hände und beendet damit mein Gedankenkarussell. »Genug Trübsal geblasen. Exfreunde und Mütter haben dieses Wochenende keinen

Zutritt, und der erste Schritt, um loszulassen, ist ...« Er wirft eine Zucchini in die Luft und fängt sie lässig wieder auf.

»... Kochen!«, beende ich seinen Satz und rümpfe die Nase.

»Du bist lernfähig, sehr gut!« Jakobs Lob verschwindet hinter einem breiten Grinsen.

»Ernsthaft? Du willst kochen? Hennes ist nicht hier.«

»Vertraust du mir etwa nicht?«, fragt er und zieht eine Flunsch.

Ich lache. »Also wenn ich ehrlich bin, glaube ich, dass wir ohne die strenge Hand des Mini-Chefkochs aufgeschmissen sind.«

»Okay, ich gebe zu, der kleine Tiger wird fehlen, aber zusammen schaffen wir das. Ich bin zuversichtlich.«

Ich tippe gegen die Pinnwand in der Küche, an der Nummern verschiedener Lieferservices stehen. »Für den Notfall ist ja zum Glück vorgesorgt.«

Polternd zaubert Jakob zwei Brettchen und scharfe Messer hervor. »Die Nummern werden wir nicht brauchen«, wiegelt er ab. »Du kannst sicher besser kochen, als du zugibst. Ich glaube ja nicht an diesen ganzen Schwachsinn von *der Apfel fällt nicht weit vom Stamm*. Sonst wäre ich wohl kaum einen Meter neunzig groß.«

Wenn Jakob und sein Vater nebeneinanderstehen, ist das Bild wirklich ungewollt komisch. »Punkt für dich«, gebe ich nach und wasche meine Hände, um ihm zu helfen.

»Hier, schneid die mal klein«, sagt er und wirft mir eine Paprika zu.

Es gelingt mir, sie zu fangen, und ich wiege sie in der Hand. Ich weiß, es gibt irgendeinen Trick, wie man die Dinger aufschneidet, ohne dass einem die Kerne überallhin kullern. Leider fällt mir nicht ein, wie das ging. Ich begutachte das Gemüse eingehend und schneide es schließlich einfach durch.

Jakob beobachtet mich, als wären die Paprika und ich ein tragischer Unfall. »Du hast nicht übertrieben, als du sagtest, du wärst keine Meisterköchin«, fasst er zusammen.

Mit präzisen Handgriffen zerlegt er den Rest des malträtierten Gemüses. Ich bemühe mich derweil, die Sauerei sauberzumachen, die ich angerichtet habe.

Jakob reicht mir eine weitere Paprika. »Und zerstückelt sie nicht wieder, Mylady.« Er fasst sich ans Herz wie ein Bühnenschauspieler und bringt mich damit zum Lachen.

Ich deute auf die Kiste mit den Lebensmitteln, die er zuletzt aus meinem kleinen Polo geholt hat. Ich habe darauf bestanden, dass wir mit meinem Wagen fahren, um wenigstens etwas zu unserem Urlaub beizusteuern. »Vielleicht setze ich erst mal den Reis auf, sonst haben wir am Ende nur Fleisch und Gemüse. Im Wasser aufsetzen bin ich einsame Spitze.«

Ich zwinkere ihm zu, und die aufkeimende Unbeschwertheit ist nicht gespielt. Ich fühle mich wirklich leichter und beschwingt. So, als hätte unser Trip ein Fenster aufgestoßen, durch das frische Luft in meine Lungen strömt.

Ich wärme meine Hände an einem Pappbecher mit herrlich heißem Kaffee, den wir uns auf dem Weg zum Strand geholt haben. Den Milchschaum durchziehen Schlieren hellen Karamells. Das ist genau das Richtige, um den eiskalten Temperaturen jetzt im Herbst etwas entgegenzusetzen.

Jakob läuft neben mir über den brettharten Sand des *Sønderstrands*. Außer uns hat sich niemand hierher verirrt. Ich nehme an, dass alle anderen in Lakolk am Strand sind und die Drachen bewundern, so wie wir es später vorhaben. Nach unserem Essen gestern haben Jakob und ich die halbe Nacht durchgequatscht. Trotzdem geht uns auch jetzt nicht der Gesprächsstoff aus.

»Hennes ist wirklich ein kleines Monster.« Jakobs Stimme wird zärtlich und warm, als er mir erzählt, sein Sohn habe seit neuestem ein Faible dafür, sich zu rasieren. Natürlich mit Jakobs Rasierschaum in riesigen Mengen. Er lacht bei der Erinnerung daran, wie er Hennes gestern im Badezimmer in einem See aus Schaum gefunden hat und wie es sein kann, dass er ihn selbst in dieser Minute geliebt hat wie verrückt.

Er schüttelt den Kopf und sieht mich entschuldigend an. »Tut mir leid. Wahrscheinlich sind kitschige Vatergefühle so ungefähr das Letzte, was du hören willst.«

Er will Rücksicht auf meine ganz eigene Geschichte nehmen. Das ehrt ihn, aber es ist nicht nötig. Nicht mehr. Ihn mit Hennes zu sehen tut nicht mehr weh. Es rührt nicht an den Erinnerungen. Im Gegenteil, an ihrem Leben teilzuhaben macht mich glücklich.

Ich streiche mir die Haare aus dem Gesicht und sehe ihn an. »Es gefällt mir, dass du so ein kitschig liebevoller Vater bist«, sage ich leise und lächle. »Ich mag die Geschichten von dir und dem Tiger.« Ich setze mich wieder in Bewegung, und Jakob bleibt an meiner Seite.

»Bist du sicher?« Er kickt einen Stock über den Sand. »Ich würde es verstehen, wenn es nicht so wäre.«

Ich nicke. Jakob sagt das nicht nur so. Er versteht mich wirklich. Eine Weile laufen wir schweigend nebeneinander her. Es ist sonnig. Nur wenige Wolken jagen über einen blassblauen Himmel.

»Okay, dann habe ich noch eine Geschichte für dich.« Jakob pustet sich warmen Atem in die Handschuhe. »Mit acht Monaten hat Hennes beschlossen, Holzleim wäre eine Delikatesse.«

Ich schüttle ungläubig den Kopf. »Er hat ihn gegessen?«, frage ich.

Jakob nickt. »Es hat ihm geschmeckt. Sehr sogar.« Er schiebt seine Hand in meine. Eine unaufgeregte Geste, die sich warm und vertraut anfühlt. Ich überlege kurz, sie ihm zu entziehen, weil ich Sorge habe, er könnte dieses Zugeständnis falsch interpretieren. Aber dann lasse ich es. Jakobs Nähe tut mir gut. Ich will sie nicht missen und mir gerade keine Gedanken darüber machen, wohin jede einzelne unserer Entscheidungen uns trägt.

»Ich hatte den Leim verschlossen auf dem Fernseher im Wohnzimmer gestellt«, fährt er fort. »So hoch, dass er unmöglich drankommen konnte. Er konnte noch nicht mal stehen. Und selbst wenn er sich hochgezogen hätte, befand sich das Zeug außerhalb seiner Reichweite. Ich habe das Zimmer für genau zwei Sekunden verlassen. Als ich wiederkam, saß er auf dem Boden. Vollkommen zufrieden und futterte Holzleim. Ich weiß bis heute nicht, wie er an die Flasche gekommen ist.«

»Und was hast du gemacht?«

Er lacht und bringt unsere Hände zum Pendeln. »Ich habe einen Herzinfarkt bekommen.« Er schließt die Augen und atmet tief durch. »Ich hatte echt Angst um ihn. Seitdem klebt die Nummer der Giftzentrale am Kühlschrank.«

»Gut zu wissen.« Ich beiße mir auf die Lippen. »Ich meine, sollte ich jemals auf ihn aufpassen, räumst du hoffentlich vorher alle Vorräte an Holzleim weg, aber falls nicht ...« Ich habe plötzlich das Gefühl, eine Grenze übertreten zu haben. Der Wunsch, ein Teil von Hennes' Leben zu sein, ist mir einfach so über die Lippen gerutscht.

»Hennes mag dich sehr.« Er sagt das, als wäre es eine unumstößliche Tatsache. »Er freut sich sicher, wenn du mal bei der Giftzentrale anrufst. Aber Holzleim hat sich als nicht giftig herausgestellt. Ihr müsstet euch also weiter durchs Sortiment des Baumarktes probieren.«

»Sehr erleichternd. Und nein danke, das muss nicht sein.«

Jakob nickt und grinst. »Er findet bestimmt trotzdem etwas, damit du dich nicht langweilst.«

Wir sind in einem weiten Bogen durch das Watt gelaufen und wieder beim Wagen direkt an der Strandzufahrt angekommen. »Und jetzt? Zum Drachenfest?«, frage ich.

Jakob nickt. »Nach dir.« Und hält mir die Wagentür auf.

Als wir auf dem Festivalgelände eintreffen, ist es bereits Mittag. Hunderte bunte Drachen tanzen am Himmel. Die Sonne wird durch deren Nylonstoffe in bunten Prismen auf den Sand geworfen. Und auf Bosse. Menschenmassen zerbrechen das Bild von ihm in kleine Fragmente, und jedes einzelne trifft mich mit der Wucht einer Diesellok.

Was zum Teufel tut er hier? Muss ich erst wieder ans andere Ende der Welt verschwinden, um ihm nicht mehr zu begegnen?

Bosse starrt mich an. Sein Gesicht ist ausdruckslos, aber ich kann die Wut sehen, die knapp unter der Oberfläche pulsiert.

Wahrscheinlich nimmt er an, ich wüsste von Merle, dass er hier ist, und wäre ihm gefolgt, weil ich mehr in unseren Ausrutscher hineininterpretiert habe als er. Dabei wollte ich eine Auszeit. Neben ihm steht Titus und schiebt seine Hand in Bosses.

Ich weiß, wie sich jeder Zentimeter dieser Hand anfühlt. Die leichte Hornhaut an der Innenfläche, wo die Bar des Kites immer aufliegt und Schwielen gebildet hat, und die weichen Fingerspitzen, die mir eine Gänsehaut über den Rücken gejagt haben.

Er sieht mich noch immer an, und ich habe das Gefühl, allein dieser Blick zerrt mich in seine Richtung. Bevor ich mich jedoch zur Idiotin machen kann, lenkt Titus Bosses Konzentration von mir ab. Er blendet mich aus. Kappt die Verbindung, als wäre es das Einfachste der Welt.

Ich wünschte, ich hätte zuerst weggesehen, wäre stark genug gewesen, ihm zu zeigen, dass mein Aufenthalt auf Rømø absolut nichts mit ihm zu tun hat. Es wäre eine Art Sieg gewesen. Jetzt fühlt es sich an, als hätte ich verloren. In einem Spiel, das ich nicht verstehe und niemals spielen wollte.

Titus springt neben Bosse auf und ab und zeigt aufgeregt in Richtung eines riesigen Runddrachens, der gerade startet. Bosse nimmt ihn hoch, setzt ihn auf seine Schultern und blinzelt in die Sonne, während er dem Kleinen irgendetwas erklärt. Titus' Hände graben sich tief in Bosses zerzauste Haare, während er laut lacht.

Bosse sieht glücklich aus. Wie ein stolzer Vater. Ich schmecke Bitterkeit und wende den Blick ab, um nach Merle, Peer und dem Rest der Clique Ausschau zu halten, aber sie sind nirgends zu entdecken.

Jakob kommt vom Getränkestand zurück. Mit zwei Bechern Glühwein stößt er schwer atmend gegen mich und bringt mich fast zu Fall.

»Was soll das?«, fauche ich ihn an und bereue die Härte meiner Worte augenblicklich. Er ist definitiv die falsche Adresse.

»Erdolcht mich nicht, bevor ich das holde Glück der wahren Liebe erlebt habe«, witzelt Jakob und stupst mich abermals an. Sanft und liebevoll diesmal.

»Wahre Liebe!« Ich stoße die Luft aus meinen Lungen und trete gegen einen Sandhügel, in dem mehrere Stöcke stecken.

»Das war mal eine Burg«, bemerkt Jakob konsterniert. »Was ist los?«

»Er ist hier.«

Ich rede über Bosse, als wäre er *Voldemort*. Der eine, dessen Namen man nie nennt. Das ist albern, aber ich weiß, dass ich mich daran verschlucken würde. Schon jetzt brennen Tränen in meinen Augen.

Jakob versteht, und für den Bruchteil einer Sekunde sehe ich, wie Unmut sein Gesicht verdunkelt. Er hat mich hierhergebracht, damit wie beide mal rauskommen, und nicht, damit meine Dramen unser Wochenende überschatten.

Aber er ist ein zu guter Freund, um mich auflaufen zu lassen. Verständnisvoll lächelt er mir zu und lässt dann seinen Blick über den Strand gleiten, bis er Bosse entdeckt.

»Ist er wegen dir hier?«

Ich schüttle den Kopf. »Nein. Er wusste nicht, dass ich nach Dänemark fahren würde«, antworte ich und fühle mich seltsam schwach. »Er ist bestimmt auch wegen des Drachenfestes hier – er hat Titus dabei.«

»Zeig ihm, dass es dir egal ist«, raunt Jakob mir zu. Er spürt, wie nah mir das Aufeinandertreffen geht. »Er hat kein Recht, dir dieses Wochenende kaputtzumachen.« Jakobs Umarmung wird inniger, und er lehnt seine Stirn gegen meine.

Die plötzliche Nähe irritiert mich, aber dann verstehe ich, was Jakob vorhat. Ich gehe auf das Spiel ein. Jakob will mir helfen, Bosse zu zeigen, dass ich über ihn hinweg bin. Er soll sehen, dass ich nicht wegen ihm hier bin und dass er mir nichts mehr anhaben kann.

An Jakobs Schulter vorbei sehe ich, wie Bosse etwa fünfzig Meter entfernt stocksteif stehen bleibt und uns durch das Menschengewirr anstarrt. Den Drachen hat er den Rücken zugekehrt. Titus windet sich auf seinen Schultern, damit er besser sehen kann, und versucht, ihn dazu zu bringen, endlich näher ans Geschehen heranzuziehen.

Bosse aber rührt sich nicht. Eben bin ich noch aus seinem Interessensfeld gefallen, jetzt bohrt sich sein Blick zwischen Jakob und mich.

Anstatt es gut sein zu lassen, lege ich einen Arm um Jakobs Mitte und entferne etwas Sand von seiner Wange. Mein Herz pocht.

»Wir machen uns ganz gut so als Paar, oder?«, flüstert Jakob an meinem Ohr.

Seine Stimme macht mir bewusst, was ich hier gerade tue. Ich benutze Jakob, um Bosse eifersüchtig zu machen. Das ist Irrsinn. Aber wenn er darauf reagiert, würde das bedeuten, dass Bosse gelogen hat, als er den Sex als Ausrutscher abtun wollte. Ich will, dass er gelogen hat. Ich wünsche es mir so unbändig, dass alle anderen Gefühle in mir zu Überläufern werden. »Wir sollten einfach gehen«, erwidere ich gedämpft und löse mich von Jakob.

»Ich finde es eigentlich ziemlich angenehm.« Jakob lacht

leise. »Und du wärmst hervorragend meine Hände«, fügt er hinzu und verschränkt seine Finger unter dem Schal in meinem Nacken. »Und, werden wir immer noch beobachtet?«, fragt er dann und lacht, als hätte ich etwas wirklich Witziges gesagt. Dabei ruht sein Blick auf mir, als gäbe es nichts Wichtigeres als mich.

Mein Mund ist staubtrocken, weil Jakobs Vorstellung eine Spur zu gut ist. Es bringt mich aus dem Gleichgewicht. Zum Glück beendet er den Moment, bevor es unangenehm wird.

»Hat er meinen Casanova-Blick geschluckt?«, fragt er.

Vorsichtig blinzle ich an Jakobs Arm vorbei, aber Bosse ist fort. Wo er eben noch stand, drängen sich jetzt andere Menschen. Er ist gegangen, als hätte er genug von dem Theater, das wir extra für ihn inszeniert haben. Ich bin ihn los. Das war der Plan, aber trotzdem bleibe ich wie zersplittertes Strandgut zurück.

Bosse

Der Bulli steht etwas abseits vom Trubel vor einer der Dünen. Eine Campinglampe erhellt den feuchten Sand. Der Schein reicht aber kaum bis zu uns auf das Dach des Wagens. Titus und ich liegen eingewickelt in jede Menge Decken und sehen der Nachtflugshow zu.

Starke Scheinwerfer beleuchten die verschiedenen Drachengebilde, die am Himmel schweben. Einige leuchten selbständig durch eingearbeitete LEDs. Es ist ein wirklich beeindruckendes Bild, das Titus nur halb mitbekommt. Er ist bereits so müde, dass ihm ständig die Augen zufallen. Zwischen uns liegt zugeklappt *Tom Sawyer*. Titus liebt die Geschichte. Obwohl ich sie ihm schon so oft vorgelesen habe, dass ich sie auswendig vortragen könnte, steckt exakt an der Stelle ein Lesezeichen, an der sich Tom in den Katakomben der Höhlen verirrt.

Ich lasse meine Finger über den Einband gleiten. Gedanklich bin ich weder bei Titus noch bei dem Buch unter meiner Hand. Mein Blick ruht auf Juna, die in der Nähe des Getränkestands steht. Sie flirtet mit dem Hotel-Boy.

Sie ist mit ihm hier. Als wären sie ein Paar. Sie gibt sich alle Mühe, deutlich zu machen, wie egal ich ihr bin. Und ich bin eifersüchtig, verletzt, wütend. Dabei sollte ich sie vergessen, anstatt auf dem Wagendach zu liegen und sie weiter zu beobachten. Anstatt mich an die winzige Hoffnung zu klammern, sie würde das alles nur tun, um mich aus der Reserve zu locken.

Tatsache ist, sie genießt es, wenn er sie berührt. Und das tut er. Oft. Er ist Hals über Kopf in sie verliebt. Das kann man sehen. Und Juna? Sie lacht über das, was er ihr erzählt. Sie sucht seine Nähe. Und vermutlich ist es richtig so. Sie sieht glücklich aus, fast ausgelassen. Zwischen uns gibt es nur Dramen in epischem Ausmaß – und die Vergangenheit. Ich sollte sie in Ruhe lassen und uns beiden eine Chance geben, neu anzufangen. Ich sollte einfach wegsehen, aufhören, mir vorzustellen, wie es wäre, der Grund für ihr Lachen zu sein.

Wie schafft der Typ bloß, was mir nicht mehr gelingt? Juna war immer der Überzeugung, dass wahre Liebe selbstlos ist. Meine Liebe aber ist egoistisch. Ein kaltes Biest. Vielleicht bin ich nicht in der Lage, wirklich zu lieben, sonst würde ich mich für sie freuen. Ich würde es gut sein lassen. Stattdessen trage ich den mittlerweile schlafenden Titus vorsichtig in den Bus und bin erleichtert, als er sich mit einem leisen Seufzen auf die Seite dreht. Vorsichtig schiebe ich die Tür des Busses zu. Auch wenn ich nicht weit weg sein werde, verriegle ich den Wagen, damit er sicher ist. Ich schließe sekundenlang die Augen, aber mein Entschluss ist unumstößlich. Vielleicht ist es nicht besonders klug, aber Eifersucht verwässert mein Blut.

Ich vergewissere mich ein letztes Mal, dass Titus schläft, bevor ich mir den Weg durch die feiernde Menge zum Getränkestand bahne. Ich erreiche den Bistrotisch, an dem Juna und Jakob stehen und miteinander reden. Sie stehen so eng, als müssten sie dringend verhindern, dass ein Blatt Papier zwischen sie passt.

Ich presse meine Wut in einen ruhigen, aber bestimmten Tonfall. »Hi.« Ich fahre mir mit der Hand über den Nacken. Eine unsichere Geste, die ich abrupt beende. »Können wir kurz reden?«

Juna zuckt zusammen, als sie meine Stimme hört. Für den Bruchteil einer Sekunde gelingt es ihr nicht, ihre Gefühle zu verbergen. Ich sehe, dass sie sich gewünscht hat, ich würde kommen. Und wie sehr sie sich gleichzeitig davor gefürchtet hat. Möglicherweise interpretiere ich aber auch meine eigenen Gefühle in ein bloßes Überraschungsmoment.

»Über was sollten wir reden?«, erwidert sie kühl. Sie hat sich wieder gefangen und mauert.

Mein Blick wandert zu Jakob, der noch keinen Ton von sich gegeben hat. Er vermeidet den Blickkontakt und macht einen Schritt zurück. Er gibt uns Raum. Das ist eine nette Geste. Trotzdem verachte ich ihn dafür. Juna hängt an seinen Lippen, und er hat nicht mal den Arsch in der Hose, um sie zu kämpfen.

»Dauert nicht lange, versprochen«, sage ich und nehme

ihre Hand. Juna wehrt sich nicht. Und das reicht mir. Ich ziehe sie hinter mir her, aber plötzlich erwacht wohl Jakobs Besitzanspruch zum Leben. Er hält Juna zurück und schiebt sich zwischen uns.

»Du musst nicht mit ihm gehen.« Er sieht sie eindringlich an.

Am liebsten würde ich ihm sagen, dass er sich verpissen soll, aber das würde die Situation nicht gerade entschärfen.

»Ich weiß«, sagt Juna und berührt ihn am Arm. »Es ist schon in Ordnung.« Sie nickt, obwohl sie nicht so wirkt, als wäre sie die Coolness in Person.

»Sicher?«, fragt Jakob.

Wieder nickt sie. »Ich werde das eben klären. Bin gleich wieder da.«

Wie reizend. Sie erübrigt also ein paar Minuten, bevor sie wieder zu ihm zurückgehen wird. Und mich abhakt. Ich weiß nicht, was ich erwartet habe. Ich weiß nicht einmal, was ich ihr sagen möchte, sobald wir allein sind. Auf keinen Fall kann ich ihr sagen, was ich wirklich möchte – mit ihr zusammen sein. Sowieso sollte ich mich zuerst darauf konzentrieren, meine Wut unter Kontrolle zu kriegen. Aber mit Jakob zwischen uns ist das gar nicht so einfach.

Endlich gibt er auf, zieht sich an den Stehtisch zurück und gibt Juna frei. Der Blick, den er mir dabei zuwirft, ist tödlich. Daran ist absolut nichts Platonisches.

Junas Hand liegt in meiner, als ich sie durch die Menge in Richtung Bus ziehe. Ich spüre ihren Puls rasen. Ihr Körper reagiert so auf mich, wie meiner es auch bei ihr tut. Und sie kann nichts dagegen tun.

Ich stoppe erst, als uns die Düne abschirmt und der Bus in Sichtweite ist. Die Geräusche des Festivals werden schwächer. Sie brechen sich an der Wand aus Sand, die jetzt zwischen uns und dem Platz liegt.

»Was soll das werden?« Juna macht sich von mir los, und ich frage mich, warum sie das erst jetzt tut. Sie hätte mich früher stoppen können. Die Schatten der Dunkelheit verleihen der Umgebung schwache Konturen. Das macht es etwas leichter, meine Gefühle in Worte zu packen.

»Du hast gesagt, zwischen euch wäre nichts!« Das ist nicht exakt, was ich sagen wollte. Vorwürfe haben uns schon mal ins Unglück gestürzt. Ich sollte ihr sagen, was wirklich wichtig wäre. Aber ich bin ein verfluchter Schisser. Es ist so viel einfacher, sie anzugreifen, als mein verdammtes Herz offenzulegen.

»Das geht dich überhaupt nichts an!«, bringt Juna hervor. Ihr Körper ist angespannt. Jeder Muskel in ihr vibriert.

Sie ist wütend. Gut. Ich bin wütender.

»Das zwischen uns war keine große Sache, oder? Deine Worte«, wirft sie mir vor die Füße.

Ich starre sie an. Keine große Sache. Meine Worte. Nachdem sie vorgeschlagen hatte, den Sex als Ausrutscher abzutun. Sie hat mit der Scheiße angefangen. Dabei frage ich mich schon die ganze Zeit, wie irgendetwas zwischen uns keine große Sache sein könnte.

»Und da denkst du, es wäre 'ne super Idee, dich mit dem Hotel-Boy abzugeben?« Ich höre selbst, wie verletzend und geringschätzig meine Worte klingen.

Sie verschränkt die Arme und tritt unsicher von einem Fuß auf den anderen. Ihre Lippen sind zu einem schmalen Strich zusammengekniffen.

Dann platzt es aus ihr heraus: »Er heißt Jakob, und ich gebe mich ab, mit wem ich will. Es geht dich zwar absolut nichts an, aber er ist für mich da.«

Wie ich es nicht bin. Wie ich es im entscheidenden Moment nicht war. Sie sagt es nicht, aber genau das ist, was zwischen uns steht.

Ich will es ändern. Mehr als alles andere. Ich will ihr sagen, dass ich gelogen habe, als ich behauptete, es wäre keine große Sache. Mein ganzes Leben steht Kopf, seitdem sie wieder hier ist. Sie muss wissen, dass ich sie noch immer liebe. Aber ich weiß nicht, wie.

Nichts wird Junas Sicht auf uns ändern. Sie ist ans andere Ende der Welt gezogen, um mich nicht mehr sehen zu müssen. Sie hat sich dazu entschieden, im Watt vor mir davonzulaufen. Und sie ist mit Jakob hier.

Das Einzige, was sie nicht beeinflussen kann, ist ihre körperliche Reaktion auf mich. Ich umfasse ihr Handgelenk und spüre den rasenden Puls. Ihr Atem stolpert. Das ist die einzige Ebene, die uns geblieben ist. Ich ziehe Juna an mich und küsse sie, um ihr zu sagen, was nicht in Worte passt.

Juna

Ich spüre Bosses Lippen auf meinen. Sein Kuss ist zunächst zärtlich, sanft. Ich kann Liebe darin schmecken. Dabei ist die Liebe zwischen uns zerbrochen. Da ist nichts Sanftes mehr. Und so werden Bosses Küsse fordernder. Verlangen überlagert die Gefühle, die längst tot sein sollten. Ich spüre die Wand aus Sand hinter mir, als er mich gegen die Düne drängt.

Mein Körper will einfach nachgeben, sich seinen Lippen ergeben, aber der winzige noch funktionierende Teil meines Hirns kratzt an meiner Vernunft. Wir tun einander nicht gut. Mit jeder Berührung, die wir austauschen, rutsche ich unaufhaltsam tiefer in die Vergangenheit. Eine Vergangenheit, die mich fast zerstört hat.

Das kann und will ich nicht zulassen. Auch wenn es mir unendlich schwerfällt, schiebe ich Bosse von mir. Wir stehen unmittelbar voreinander, und er zieht keuchend die Luft ein. Sekundenlang sieht er mich an, bevor er mit einer Hand durch seine Haare fährt. Die andere stützt er in die Seite, als könnte er sich nur so aufrecht halten.

»Ich will das nicht«, sage ich leise.

Bosse verzieht das Gesicht zu einer Grimasse. Ich kann nicht deuten, ob er sauer ist. Oder verletzt. Er macht einen Schritt rückwärts, und Kälte schiebt sich zwischen uns.

»Ich will das hier nicht«, wiederhole ich mich. Was immer das auch sein mag, es wird weh tun. Wenn ich dieses Mal Amrum verlasse, will ich nicht vor einem Scherbenhaufen flüchten müssen. Und Bosse und ich werden einen riesigen Haufen erzeugen, wenn wir so weitermachen.

»Ich kann nicht«, flüstere ich heiser.

Bosse weicht mit jedem Wort, das meinen Mund verlässt, ein Stück zurück. Er sagt nichts.

Ich sollte schleunigst zurück zu Jakob gehen. Er tut mir gut. Er beruhigt meine Seele, die Bosse auf links gedreht hat. Also, warum stehe ich noch immer wie angewurzelt da und starre Bosse an?

»Ich will, dass du mich in Ruhe lässt«, sage ich und bemühe mich um einen festen Tonfall, während mein Herz brüllt, er möge es nicht tun. *Dummes Herz.*

Ich drehe mich um und will einfach nur verschwinden. Aber einfach war noch nie eine Option zwischen uns, und so hält mich seine Stimme zurück.

»Wegen Jakob?«, fragt er schneidend. »Du hast also doch etwas mit ihm.« Er lacht bitter.

Ich sollte gehen, bevor ich Dinge sage, die wie damals in einer Katastrophe enden. Aber ich kann nicht. Ich stehe wie angewurzelt auf dem Strand und habe den völlig irregeleiteten Wunsch, Bosse möge mir glauben, dass nicht mehr zwischen Jakob und mir ist als Freundschaft.

»Wir sind Freunde. Das ist …«

»Du hast dich verdammt schnell getröstet«, fällt er mir ins Wort und ignoriert die Tatsache, dass ich ihm gerade das Gegenteil versichert habe.

»Du hast kein Recht, eifersüchtig zu sein, nur weil wir einander irgendwann einmal geliebt haben.« Meine Stimme ist zu laut, zu schrill. Vielleicht, weil ich nicht die Wahrheit sage. Ich liebe ihn immer noch.

»Aber du hast das Recht, jeden erstbesten Typen direkt vor meiner Nase zu ficken, oder was?«, brüllt Bosse und verstummt dann. Seine Worte stehen in der Stille zwischen uns. Sie fühlen sich an wie ein gezielter Schlag in die Magengrube. Ich habe immer nur ihn geliebt.

»Ja, das habe ich«, entgegne ich tonlos. »Ich ficke, wen ich will. Weil du alles getötet hast, was jemals zwischen uns war.« Meine Stimme ist bodenlos und schwarz. Ich müsste aufhören, aber ich kann nicht. »Und vielleicht hat Jakob ja heute Glück«, setze ich nach, und das ist der Schlag, der Bosse in die Knie zwingt. Seine Wut ist zwischen meinen Worten verloren gegangen.

»Das ist alles so falsch.« Er atmet tief durch und schiebt ein leises »Fuck« hinterher. Und mit dieser überaus treffenden Aussage bringt er so viel Abstand zwischen uns, dass die Dunkelheit ihn verschluckt.

Meine Beine fühlen sich taub an, als würden sie mich nicht mehr viel länger tragen. Wut brandet durch meine

Adern, und ein altvertrautes Gefühl von Verlust. Ich will ihm folgen und die Sache klären. Aber ich fühle mich nicht stabil genug. Wenn ich jetzt in seine Umlaufbahn gerate, werde ich Bosse nichts entgegenzusetzen haben. Er hätte leichtes Spiel, mir den Rest zu geben.

Zitternd atme ich die raue Nordseeluft ein und straffe meinen Rücken. Ich warte, bis sich mein Herzschlag beruhigt hat, und gehe zurück zu Jakob. Für Bosse soll es so aussehen, als würde es mir nichts ausmachen, Distanz zwischen uns zu bringen.

Jakob sieht sofort, dass etwas nicht stimmt. Er mustert mich, dann gleitet sein Blick hinter mich, in die Dunkelheit. Aber Bosse ist nicht da. Ich lasse zu, dass Jakob mich in seine Arme schließt.

»Können wir gehen?«, frage ich und spüre sein Nicken.

Jakob geht voran und dirigiert mich vorsichtig durch die Dünen. Zum Glück bringt er mich hier weg. Denn es fühlt sich an, als würde ich mich nicht mehr sehr viel länger zusammenreißen können. Schweigend gehen wir die kurze Strecke bis zum Haus. Jakob schließt die Eingangstür auf, und ich folge ihm ins Innere.

»Wollen wir noch eine Flasche Wein öffnen? Ich könnte den Kamin anmachen«, sagt Jakob und deutet über seine Schulter ins Wohnzimmer. Er wirkt ein wenig hilflos.

Ich schüttle den Kopf. »Ich glaub, ich würde lieber schlafen gehen«, murmle ich. Obwohl an Schlaf gar nicht zu denken ist.

»Was ist denn passiert?«, fragt er vorsichtig.

Ich kann nicht in Worte fassen, was mich noch immer an Bosse bindet. Warum mich jedes seiner Worte trifft.

»Ich hätte dich nicht mit ihm gehen lassen sollen.« Jakob ist wütend auf Bosse. Auf sich selbst. Und vermutlich auch auf mich, weil ich zulasse, dass meine Vergangenheit unseren Urlaub kaputtmacht.

»Du wolltest mich ja abhalten.« Ich hätte auf ihn hören sollen.

»Hab ich aber nicht«, sagt er leise. Echtes Bedauern schwebt zwischen seinen Worten, während er mir ins Schlafzimmer folgt. »Kann ich irgendetwas für dich tun?«

Ich streife meine Jeans ab und schüttle den Kopf. Darunter trage ich Leggins. Den Wollpullover schmeiße ich oben auf die Jeans und schlüpfe nur in Shirt und Hose unter die Bettdecke. Mir fehlt die Kraft, mich richtig bettfertig zu machen.

Jakob steht noch immer neben dem Bett. Seine hohe Gestalt sieht aus wie ein Fels in der Dunkelheit.

»Ich will nur noch schlafen«, murmle ich.

»Okay.« Er legt mir kurz seine Hand auf den Kopf, streicht liebevoll darüber und wendet sich seufzend ab.

Als er schon an der Tür ist, rufe ich ihn. Jakob bleibt stehen. Auch wenn mir klar ist, dass es falsch ist, Jakob da mit reinzuziehen, kann ich nicht anders.

»Kannst du mich noch mal fragen?«, flüstere ich leise. Schon am Strand hat er mir das Gefühl gegeben, er würde mehr empfinden. Ich sollte ihn nicht ermutigen, es könnte mehr zwischen uns entstehen. Denn ich kann seine Gefühle nicht erwidern, aber noch weniger kann ich jetzt allein sein.

Er senkt den Kopf. Jakob weiß sofort, was ich meine. »Kann ich irgendetwas für dich tun?«, wiederholt er seine Frage.

Ich nicke. »Könntest du heute Nacht bei mir bleiben?« Meine Frage ist dämlich. Die eines kleinen Mädchens, das nach einem Albtraum Angst hat, allein zu sein, und einen Freund an ihrer Seite braucht.

Wortlos verschließt er die Tür und kommt zurück. Er zieht sich Hose und Pullover aus. Nur in Boxershorts und Shirt bekleidet gleitet er unter die Decke und schlingt seine Arme um mich. Nur der Stoff unserer Kleidung trennt uns, als sein ruhiger Atem mein Herz entschleunigt.

»Besser?«, fragt er leise, und ich nicke. Es stimmt. Jakob rettet mich. Er macht, dass es mir bessergeht, und dennoch liege ich selbst dann noch wach, als Jakob längst eingeschlafen ist.

Irgendwann muss auch ich eingeschlafen sein, denn das Geklapper von Geschirr weckt mich. Ich bin allein. Das Bett neben mir ist zerwühlt, aber verlassen.

Ich setze mich auf und zucke stöhnend zusammen. Mein Kopf tut weh, und ich fühle mich zerschlagen. Als hätte ich die letzte Nacht durchgefeiert. Ich reibe mir die Schläfen und suche frische Sachen zusammen und nehme sie mit ins Bad. Ich dusche und ziehe mich an. Die nassen

Haare schlinge ich einfach zu einem Zopf zusammen. Als ich wieder einigermaßen vorzeigbar bin, gehe ich zu Jakob in die Küche. Er hat ein gigantisches Frühstück vorbereitet.

»Das sieht toll aus«, sage ich überrascht und habe ein schlechtes Gewissen, weil ich eigentlich gar keinen Hunger habe. Er hat sich wirklich Mühe gegeben. Frische Brötchen, Orangensaft, verschiedener Aufschnitt, Käse, Früchte und in Streifen geschnittene Paprika- und Gurkenstücke stehen auf dem Esstisch.

Jakob dreht sich um, als er mich hört, und zeigt auf die Berge von Essen. »Ich wusste nicht, was du möchtest.«

»Eigentlich …« Ich zucke entschuldigend mit den Schultern und beende den Satz nicht.

»Du musst was essen, Juna.« Er zieht sich einen der Stühle zurecht und setzt sich. Dann wartet er, bis ich es ihm widerstrebend gleichtue, und reicht mir den Brötchenkorb.

Ich greife zu. Eigentlich nur, um Jakob nicht zu enttäuschen, aber schließlich merke ich doch, wie hungrig ich bin, und nehme mir noch ein zweites Gebäckteil.

»Ich würde gern nach dem Essen losfahren«, bemerke ich zwischen zwei Bissen Croissant.

Jakob hält inne. »Ich dachte, wir bleiben bis heute Abend?« Meine plötzliche Planänderung gefällt ihm nicht, aber er lenkt ein. »Wenn du früher loswillst, fahren wir. Aber du gibst ihm zu viel Raum.«

Ich weiß, er hat recht. Trotzdem lasse ich seine Aussage unkommentiert.

»Wann immer du so weit bist.« Jakob beißt von seinem Brötchen ab und nickt mir zu. Er stellt die Musik auf seinem Handy an und legt es auf den Küchentresen.

Ich lächle ihm dankbar zu. Allerdings habe ich noch etwas vor, bevor wir fahren können. Leise Jazzmusik begleitet das ansonsten stille Frühstück, und in meinem Inneren festigt sich der Entschluss, dass ich mit Bosse reden muss.

Bosse

Ich sitze in einem Faltstuhl neben dem Bulli. Die Schuhe im Sand vergraben, mein Atem zerfasert in der kühlen Morgenluft, während die aufgehende Sonne die Schatten der Nacht frisst.

Das Meer hat sich bis an den Horizont zurückgezogen und eine schimmernde Watt- und Sandfläche freigelegt. Ich bin übermüdet. Der Streit mit Juna steckt mir in den Knochen. Ich wollte sie berühren, ihr zeigen, was ich nicht aussprechen kann. Aber ab dem Kuss ist alles schiefgelaufen.

Sie ist mit Jakob verschwunden. Ich habe hingesehen, als er sie in den Arm nahm. Als sie gemeinsam gegangen sind. Und ich bin ziemlich kreativ dabei, mir vorzustellen, was danach passiert ist. Juna hat keinen Zweifel daran gelassen. Sie schläft, mit wem sie will. Und mich geht es nichts an.

Jakob ist ein guter Typ. Ich habe mich umgehört. Jeder auf der Insel ist begeistert von ihm. Wenn ich es nicht so zum Kotzen fände, dass er Juna anmacht, würde ich ihn wahrscheinlich ebenfalls mögen.

Gerade aber jagt neongrelle Eifersucht durch meinen Körper. Ich befreie meinen Schuh aus seinem sandigen Gefängnis und male mit der Sohle Schlieren in den Sand. Ich wusste, dass ich diese Nacht kein Auge zutun würde. Und ich habe recht behalten. Weil Juna in jedem meiner Gedanken hockt.

Titus wacht langsam auf. Kurz bevor er sich aus seinen Träumen schält, bewegt er sich noch mehr als gewöhnlich. Ich rücke meine Beanie zurecht und kühle meine Augen mit den fast erfrorenen Händen. Dann puste ich warmen Atem in die Handflächen. Direkt neben dem Wagen schwingt sich eine Möwe in die Luft und wirft ihren typischen Schrei über das noch schlafende Festival-Camp. Der Küstenhahn kräht pünktlich mit dem Sonnenaufgang.

Ich stehe auf, recke meine steifen Glieder und beginne Kaffee zu kochen. Eine wacklige Angelegenheit, die mein Hirn in Anspruch nimmt.

Wir müssen heute noch zurückfahren. Zu Hause wartet die große Party auf Titus und mich. Merle und Peer richten die nachträgliche Überraschungsparty für den in die Ferien gefallenen siebten Geburtstag des Kleinen aus. Peer feiert gleichzeitig seinen achtundzwanzigsten. Und ich sollte dringend an meinem übernächtigten, finsteren Äußeren arbeiten. Sonst weiß bald die halbe Insel, dass mein Versuch, Juna aus dem Weg zu gehen, ein bombastischer Reinfall war.

Juna

Wir sind zurück auf Amrum. Die Fahrt über haben wir geschwiegen, aber jetzt zerbricht Jakob die Stille.

»Bist du sicher, dass ich dich nicht nach Hause fahren soll?« Jakob sieht mich vorsichtig von der Seite an, während er den Wagen auf die Gegenfahrbahn zieht, um einen Trecker zu überholen. Er wirkt zu groß für den winzigen Polo.

Ich nicke. »Ganz sicher.« Auf keinen Fall kann ich jetzt zu Ma und ihr einen ausführlichen Bericht liefern. Ich bin sicher, dass ich dann in Tränen ausbrechen werde. Dabei hasse ich es, in die Opferrolle zu schlüpfen.

Ich habe gekämpft, um nach meinem Fortgehen nicht unterzugehen. Ich habe es geschafft, all die schmerzhaften Erinnerungen wegzuschließen. Ich habe eine neue Sprache gelernt und mich in einem fremden Land zurechtgefunden. Ich habe einen guten Abschluss gemacht, das College geschafft, mir die Trainee-Stelle im Marriott besorgt, und egal wie sehr mir mein Ausbilder auch zugesetzt hat, ich habe es gepackt. Ich habe gekämpft und die Oberhand behalten. Aber Bosse schafft es mit nur einer verdammten Berührung, dass ich mich wehrlos fühle. Das muss sich ändern.

Nachdem wir alles zusammengepackt und im Polo verstaut hatten, bin ich deswegen allein zum Strand gefahren. Jakob wollte mich davon abhalten, aber das konnte er nicht. Ich wollte die Dinge zwischen uns klären, aber Bosse war nicht mehr da. Dort, wo gestern noch der Bus stand, war nur noch ein plattgepresstes Stück Sandstrand. Deswegen ätzen sich jetzt all die Worte, die ich an Bosse richten wollte, durch mein Innerstes.

»Wäre lieb, wenn du mich einfach bei Merle rauslassen könntest«, erwidere ich matt. Wenn es überhaupt jemanden gibt, mit dem ich über Bosse reden kann, dann ist es Merle – auch wenn das viele Jahre anders war.

Jakob zuckt mit den Schultern. Er versucht sich nicht anmerken zu lassen, wie sehr es ihn kränkt, dass ich Merle anvertrauen werde, was ich ihm seit drei Stunden Autofahrt vorenthalte.

Aber egal, wie viel Verständnis Jakob für mich aufbringt, er wird die Dynamik zwischen Bosse und mir nie verstehen. Er kennt uns nicht so, wie Merle es tut. Nicht so, wie wir damals waren. Und ohne das Damals ergibt das Jetzt keinen Sinn. Nur Merle hat jeden der Schritte von glücklich zu zerstört begleitet. Keiner unserer anderen Freunde hat sich so nah am Epizentrum befunden wie sie.

»Ich weiß nicht, was genau passiert ist, und es ist okay, dass du nicht darüber reden willst, aber eins weiß ich.«

Jakob blickt konzentriert auf die schnurgerade Fahrbahn. »Er tut dir nicht gut. Euch verbindet etwas, aber vielleicht ist dieses Band längst schwarz und nicht mehr bunt.« Er zuckt leicht mit den Schultern, als müsste er sich entschuldigen, weil er die Wahrheit sagt. Ich bleibe stumm und bin froh, dass er darauf keine Antwort erwartet.

Schließlich lenkt Jakob den Wagen ins Zentrum von Wittdün, schlängelt sich nach meinen Anweisungen durch die schmalen Gassen und verkehrsberuhigten Zonen, bis wir das Haus von Merle erreichen.

»Soll ich warten?« Jakob zeigt zur Tür. »Wenn sie nicht da sind, könnte ich dich nach Hause fahren oder ins Hotel, wenn du lieber nicht auf deine Mutter treffen willst.«

Wie immer weiß Jakob instinktiv, warum ich nicht nach Hause will, aber ich schüttle den Kopf, anstatt sein Angebot anzunehmen. »Das ist lieb von dir, aber nicht nötig.«

»Ich tue das nicht, weil es nötig ist.« Er nimmt eine meiner Haarsträhnen in seine Hand und dreht sie zwischen Daumen und Zeigefinger. »Du bedeutest mir viel, und ich kann einfach schlecht damit umgehen, wenn es dir nicht gutgeht. Wenn er dir weh tut.«

Ich versteinere, weil mir sein Blick, seine Gestik und seine Worte entgegenschreien, was ich schon das ganze Wochenende gespürt habe. Er will mehr als Freundschaft. Dabei brauche ich ihn als genau das. Als Freund. Meine Kehle zieht sich zu.

»Jakob«, protestiere ich schwach.

»Er sollte dich nicht unglücklich machen«, sagt Jakob und nähert sich meinem Gesicht, streicht mit einem Finger meine Wange entlang. Eine tröstliche Geste, die gleichzeitig mehr bedeutet. Zu viel. Mir wird schlecht, als ich mich an die gestrige Nacht erinnere und meinen Wunsch, er möge bei mir schlafen. Was habe ich mir nur dabei gedacht? Natürlich nimmt Jakob an, ich würde ähnlich empfinden wie er.

»Ich bin nicht unglücklich«, sage ich, obwohl wir beide wissen, dass ich lüge. »Jakob, ich …« Meine Stimme bricht.

Er beugt sich noch ein Stückchen weiter rüber, und ich bin unfähig, etwas zu sagen oder zu tun, was ihn aufhält. Seine Lippen streifen meine. Es ist ein sanfter Kuss, der mich völlig überfordert. Wie erstarrt sitze ich auf dem Beifahrersitz, spüre Jakob. Fühle, wie er den Kuss intensiviert, wie seine Hände mein Gesicht umfassen, um mich tiefer in den Kuss zu ziehen. Und endlich gelingt es mir zurückzuweichen. So vorsichtig, als könnte die Zaghaftigkeit der Geste die Wucht der Aussage dahinter mindern.

Jakob versteht. Atmet tief durch. Und zieht sich auf seine Seite des Wagens zurück. Steif nickt er, und sein Mund verzieht sich zu einem enttäuschten Grinsen, das auf halber Strecke verunglückt. Er braucht einen Augenblick, bis er sich gefangen hat. »Nur Freunde, nicht wahr?«

Er berührt in seiner üblich verständnisvollen Art meine Hand und gibt mir einen Kuss auf die Stirn, auch wenn es ihm offensichtlich schwerfällt. Es liegt so viel Liebe in dieser Berührung. Und es tut mir so leid, dass ich sie nicht erwidern kann. Nicht so, wie er es sich wünscht.

»Es tut mir leid«, sage ich leise und hoffe, die Worte verhindern, dass ich ihn wegen dieser Sache verliere.

»Entschuldige dich bitte nicht«, sagt er. Aber ich sehe die Enttäuschung in seinen Augen. Er streicht mir über die Hand und lacht sein leises melodisches Lachen. »Ich bin verdammt ausdauernd. Irgendwann siehst du vielleicht ein, dass ich die perfekte Wahl bin, und bis dahin …«, er zuckt mit den Schultern, »bin ich einfach der weltbeste, platonische Freund, den du dir vorstellen kannst.«

Er drückt meine Hand, und ich hoffe inständig, dass sein Herz damit klarkommt. Ich kann ihn nicht verlieren.

»Du solltest jetzt gehen.« Er deutet zu Merle und Peers Haus hinüber.

Es ist klar, dass er die peinliche Stille zwischen uns beenden will und Zeit braucht, um sich zu sortieren. Ich nicke. »Danke für dieses Wochenende. Für alles.« Ich würde gern mehr sagen, aber ich finde keine Worte. Also öffne ich die Tür und steige aus.

»Ich wünschte, es wäre anders gelaufen.« Jakobs Grinsen zeigt nicht, ob er damit die Sache zwischen Bosse und mir meint oder ob er sich selbst einen besseren Ausgang erhofft hatte. »Was soll ich mit der Schuhschachtel anfangen?«, fragte er und klopft auf das Lenkrad des Polos.

»Sei vorsichtig, das Auto hat Gefühle.« Ich streiche liebevoll über die Karosserie, als müsste ich den Kleinwagen besänftigen. »Lass ihn einfach bei dir stehen. Ich würde ihn dann morgen früh auf meiner Joggingrunde abholen?«

Die Frage ist mehr als bloße Organisation. Es ist die Frage, ob er mich nach meiner Abfuhr und dem verpatzten Wochenende überhaupt noch sehen will. Ob ich nach wie vor in das Haus am Strand kommen darf, um mit ihm in den Tag zu starten. Ich würde verstehen, wenn er Abstand braucht.

»Also dann. Morgen früh.« Er zwinkert mir zu, und das erste Mal ist die für Jakob typische Leichtigkeit gespielt. Er startet den Motor, der gequält stottert, und dreht den Wagen im Wendehammer. Ich winke ihm hinterher, als er davonfährt.

Wir werden uns morgen früh sehen, und vielleicht hat sich bis dahin die Unsicherheit verflüchtigt, die zwischen uns hängt.

Eine Weile stehe ich nur da und vergrabe meine Hände tief in den Jackentaschen. In mir herrscht Chaos, und ich versuche, mich zu sammeln. Zwei Minuten müssen reichen, dann erklimme ich die Treppe vor der Haustür und klingle. Es dauert eine gefühlte Ewigkeit, bis Merle endlich die Tür öffnet.

»Juna«, begrüßt sie mich fröhlich. Sie schließt mich in die Arme, als hätte sie mich bereits erwartet. Im Hintergrund höre ich das Gelächter von Kindern, Stimmen von Erwachsenen, Gläserklirren. Klingt verdammt nach einer

Party. Ich wünschte, ich hätte mich vorher bei Merle erkundigt, ob mein Besuch passt.

»Wo kommst du denn so plötzlich her?«, fragt Merle gutgelaunt. »Ich habe bei dir zu Hause angerufen, aber deine Ma meinte, du wärst das ganze Wochenende weg. Und dein Handy ist auch aus. Wir feiern, und ich wollte dich einladen, aber jetzt bist du ja da.« Sie lacht und zerrt mich ins Innere des Hauses. »Deine Ma hatte ihren Verschwörungston drauf. Du hattest also ein Date.« Ihre Augenbrauen wackeln. »Ich will jede Einzelheit hören.«

»Ich war mit Jakob in Dänemark. Aber es gibt keine Einzelheiten. Wir sind nur Freunde«, sage ich entnervt, weil ich auf keinen Fall thematisieren werde, was gerade draußen passiert ist.

»Ich wollte eigentlich mit dir quatschen«, erkläre ich meinen Besuch, während mein Blick über die Party-Gesellschaft wandert. »Ich komme am besten irgendwann anders wieder.« Ich sollte auf jeden Fall gehen. In meiner Verfassung bin ich für eine Party denkbar ungeeignet.

»Jakob? Dänemark?« Merle weiß, dass Bosse ebenfalls dort war. Sie gibt sich offenbar alle Mühe, alle Faktoren in die Gleichung einzubauen.

»Ihr seid früher abgereist.« Energisch zieht sie mich in den Flur. Der Geruch von Kaffee und Kuchen hängt in der Luft.

»Warum genau seid ihr früher abgereist?« Ihr bohrender Blick gleitet über mich hinweg und verharrt sekundenlang an meinen geröteten Augen und meinem wirren Haar.

»Es wäre echt besser, wir reden wann anders«, versuche ich den Rückzug anzutreten, aber Merle schüttelt unbarmherzig den Kopf.

»Was ist passiert?«

»Ich habe Bosse dort getroffen«, gebe ich zu. Merle kennt uns gut genug. Sie weiß, was das bedeutet. »Er hat Jakob und mich zusammen gesehen.« Ich verziehe das Gesicht zu einer Grimasse und warte, bis Merle den Satz für mich beendet. »… und er war eifersüchtig?«

»Auf jeden Fall war er nicht begeistert. Jakob auch nicht. Wir haben uns gestritten.« Ich verdrehe die Augen und hoffe, Merle sieht nicht, wie kurz davor ich bin loszuheulen. Irgendjemand bricht im Nebenzimmer in lautes Gelächter aus, und mindestens fünf andere Gäste stimmen ein. Das Haus ist voller Menschen, die unbeschwert feiern wollen.

»Das erklärt einiges.« Merle stößt die Luft aus, ohne ihre Aussage näher zu erklären. »Du gehst auf keinen Fall. Wir feiern Peers und Titus' Geburtstag nach. Ablenkung ist die beste Medizin. Du musst bleiben.«

Ich war nicht einmal eingeladen, aber bevor ich mir Gedanken machen kann, wieso ich nichts von der Feier wusste, sagt sie: »Geheimnisse sind vor Titus einfach nicht sicher. Ich habe alles erst organisieren können, nachdem Bosse Titus von der Insel geschafft hatte. War mega stressig, aber am Ende hat es geklappt. Sogar du bist hier, und das, obwohl du nie ans Handy gehst.« Sie scheint sich wirklich zu freuen.

Schuldbewusst ziehe ich mein Telefon aus der Tasche. Ich habe es ausgeschaltet, weil Ma stündlich einen Bericht wollte und mir das auf die Nerven ging.

Sie entwickelt langsam eine echte Fixierung, was Jakob angeht. Sie wäre sicher begeistert, wenn sie wüsste, dass er mehr in uns sieht als Freundschaft. Und mich würde sie vermutlich enterben, wenn sie wüsste, dass ich ihn abgewiesen habe.

»Ist ausgeschaltet«, murmle ich und lasse zu, dass Merle mich hinter sich her in das vollkommen überfüllte Wohnzimmer zerrt. Die Terrassentüren stehen weit offen, so dass die Luft trotz der vielen Körper angenehm frisch, aber nicht zu kalt ist. Mindestens ein Dutzend Kinder rasen durch den Garten und spielen Fangen. Ein Lagerfeuer brennt, und einige ältere Jungen schmeißen alles Brennbare auf die züngelnden Flammen. Daneben steigt Rauch von einem voll beladenen Grill auf. Überall stehen Menschen. Die meisten drinnen, einige in Grüppchen versprengt auf dem Rasen.

»Ich weiß nicht, ob das eine gute Idee ist«, wispere ich matt und bleibe stehen.

»Natürlich ist das eine gute Idee«, wischt Merle meinen lahmen Protest beiseite. »Neben Reden ist Prosecco die beste Waffe gegen Männerprobleme.«

Peer taucht von irgendwo her auf und schlingt seine Arme um mich. Er wird sehr anhänglich, wenn er getrunken hat.

»Juna, wie schön, dass du es geschafft hast«, lallt er mir

ins Ohr und drückt mir ein Glas mit Prickelwasser in die Hand.

»Herzlichen Glückwunsch nachträglich.« Ich betrachte das Glas und werfe Merle dann einen verzweifelten Blick zu.

»Hilft gegen Ärger, also runter damit. Wir reden, sobald hier etwas Ruhe einkehrt, versprochen.« Sie gibt mir keine Zeit zu antworten und trollt sich in die Küche, um sich ebenfalls ein Glas zu holen.

Mein Blick gleitet über die Menschen. Alles Freunde und Verwandte von Peer und Merle. Einige wenige kenne ich. Die meisten nicht, was mir wieder einmal mit der Brechstange deutlich macht, wie viel ich nicht über Merle weiß, weil ich so lange kein Teil ihres Lebens war. Dabei war sie meine beste Freundin. Während ich mich noch frage, wann ich die Vergangenheitsform nicht mehr brauchen werde, wenn ich über Merle und mich rede, bleibt mein Blick an einem Meter fünfundachtzig Bosse hängen. Der Beweis, dass hierherzukommen eine saudumme Idee war.

Er steht in der Tür zum Garten. Die Art, wie er mich anstarrt, macht deutlich, dass er mich hier nicht haben will. Aber da habe ich eine Neuigkeit für ihn. Ich habe genauso viel Recht hier zu sein wie er. Im Gegensatz zu meinem Wochenende werde ich mir die Feier nicht kaputtmachen lassen. Plötzlich ist es egal, dass ich eigentlich lieber gehen würde. Alles, was zählt, ist, Bosse die Stirn zu bieten und nicht wieder klein beizugeben. Tatsächlich sind es wenig später seine und nicht meine Augen, die unruhig flackern, ehe er sich abwendet und scheinbar lässig in die Küche schlendert.

Ich leere mein Glas in einem Zug und bin froh, als Merle mit zwei neuen in der Hand auf mich zusteuert.

Bosse

Das kann nicht Merles Ernst sein. Sie hat mich von der Partygesellschaft weg ins Bad gezogen und versperrt den Fluchtweg mit ihrem Körper.

»Du musst sie nach Hause fahren. Wir wollten nach der Feier reden, aber sie hat stattdessen den Sektvorräten den Kampf angesagt.« Sie macht eine bedeutungsvolle Pause. »Juna ist total betrunken. Sie möchte nach Hause.«

»Warum ausgerechnet ich?« Ich stöhne unterdrückt und fahre mir durch die Haare. Der Bulli steht eine Querstraße weit entfernt, damit ich nicht drei Parkplätze besetze, die eventuell von Merles Gästen gebraucht werden.

»Weil ich glaube, dass du der Grund für Junas plötzliche Affinität zu Sekt bist.«

Wohl eher dieser Jakob. Immerhin schläft sie mit ihm und nicht mit mir. Allein darüber nachzudenken macht mich rasend.

»Ihr solltet reden«, stellt Merle mit einem prüfenden Blick auf mein angespanntes Gesicht fest.

Ich zucke ergeben mit den Schultern. Wenn ich mich

jetzt weigere, diskutiert mich Merle in Grund und Boden, und dem bin ich gerade wirklich nicht gewachsen.

»Dann fahre ich sie eben nach Hause.« Das gibt mir auch zeitgleich die Möglichkeit, noch mal mit Juna zu reden. Wir müssen die Dinge zwischen uns klären. Sonst wird die Zeit, die sie hier auf der Insel verbringt, verdammt anstrengend. Amrum ist klein, wir haben gemeinsame Freunde, wir werden uns zwangsläufig ständig über den Weg laufen. Es muss irgendwie funktionieren.

»Du bist ein Schatz.«

Wohl eher ein Idiot. Merle hat ein Talent dafür, mich dazu zu bringen, Dinge zu tun, die ich besser lassen sollte.

»Weiß Juna Bescheid?«

Mit einem unschuldigen Blick öffnet Merle die Badezimmertür. »Du müsstest es ihr noch irgendwie beibringen. Ich habe ihr nur gesagt, dass ich ihr eine Mitfahrgelegenheit suche.«

Vielleicht hätte sie da besser diesen Jakob angerufen. »Ich werde Peer erzählen, dass du schmutzige Dinge mit mir da drin angestellt hast«, knurre ich, entlocke ihr aber nur ein Grinsen.

»Und er würde dir kein Wort glauben. Dafür bist du zu anständig.« Wenn sie wüsste, was für unanständige Sachen ich am liebsten mit Juna anstellen würde, käme ihr das Wort anständig nicht über die Lippen. Wahrscheinlich würde es mich auch gleichzeitig von der Verpflichtung des Chauffeurs entbinden.

Brüsk mache ich mich los und gehe auf die Suche nach

der Juna-Schnapsleiche. In einer Ecke des Wohnzimmers werde ich fündig. Sie hat sich auf einem der Sessel zusammengerollt, sieht aber erstaunlich normal aus. Nur die geröteten Wangen und die leichte Unsicherheit in ihren Bewegungen, als sie aufsteht, zeigen, dass sie getrunken hat.

»Wollen wir?«, frage ich knapp.

»Ist das dein Ernst?« Sie sieht mich an, und das Blut, das unter ihrer Haut pulsiert, beschleunigt seinen Rhythmus.

»Ist nicht auf meinem Mist gewachsen, das kannst du mir glauben.« Ich deute mit einer diffusen Kopfbewegung auf Merle, die sich an Peer schmiegt und aufmerksam eine von Super-Kais Geschichten lauscht. Ich frage mich, ob er in der aktuellen Erzählung die Welt oder gleich das ganze Universum gerettet hat.

»Was soll's. Ich will nur noch nach Hause.« Sie zuckt mit den Schultern, was nicht lässig aussieht, sondern kläglich. Sie wendet sich Peer und Merle zu, verabschiedet sich knapp und verlässt, ohne auf mich zu warten, das Haus. Ich gehe zu Peer, drücke ihn kurz an mich und tue dasselbe mit Merle.

»Ich hasse dich, das weißt du hoffentlich«, sage ich dicht an ihrem Ohr, bevor ich ihr einen Kuss auf die Wange drücke. Ich bitte Peer, mich bei den anderen zu entschuldigen, und folge Juna dann in die sternenklare, kalte Nacht.

Unausgesprochene Worte hängen im Wagen zwischen uns. Juna hat ein paarmal angesetzt, etwas zu sagen, bringt dann aber doch nichts über die Lippen. Ich sollte den ersten Schritt machen. Immerhin habe ich mich gestern wie ein Arschloch verhalten. Sie hat jedes Recht der Welt, mit Jakob glücklich zu werden. Ihr deswegen zu unterstellen, sie würde mit jedem erstbesten Mann schlafen, war deutlich unter der Gürtellinie.

»Ich wollte dich nicht verletzen«, sage ich, nachdem wir bereits einige Zeit gefahren sind.

»Ach nein?« Sie starrt aus dem Fenster. »Das hat sich aber anders angefühlt.«

»Das ist mir klar«, gebe ich zerknirscht zu. »Es tut mir wirklich leid. Dich und Jakob zu sehen … da hat bei mir etwas ausgesetzt.«

»Ich habe dir gesagt, dass zwischen ihm und mir nichts läuft.« Sie lehnt den Kopf müde gegen die Scheibe. »Er ist nicht der Grund, weshalb ich will, dass du mich in Ruhe lässt.«

Ihre Worte sollten mich nicht so verdammt erleichtern. Vielleicht verbindet sie wirklich nur Freundschaft mit Jakob. Obwohl das für mich anders aussah – zumindest auf Jakobs Seite.

»Warum dann?«, frage ich, obwohl ich die Antwort kenne.

»Das weißt du genau«, murmelt sie, und traurige Erinnerungen verdunkeln ihre Augen.

Ich nicke. Juna gibt mir die Schuld daran, unsere Tochter verloren zu haben. Sie denkt, ich hätte sie nicht genug geliebt, um mein Leben mit ihr und dem Kind zu verbringen. Sie glaubt, wenn ich unser Baby gewollt hätte, wäre es geblieben. Wenn wir nicht so viel gestritten hätten, wäre die Schwangerschaft so stabil gewesen, dass der Sturz ihr nichts hätte anhaben können. Es wäre überhaupt nie zu dem Unfall gekommen.

Ich habe oft darüber nachgedacht, ob sie recht hat. Zu oft. Fakt ist, ich habe Fehler gemacht. Aber ich habe mich nie von Juna getrennt. Und der Tod unserer Tochter war ein Schicksalsschlag, für den keiner von uns etwas kann. Ich lenke den Wagen in einen schmalen Feldweg und lasse ihn ausrollen.

Juna setzt sich kerzengerade auf. »Was soll das werden?«

»Wir müssen reden.« Ich löse den Anschnallgurt und drehe mich auf dem Sitz zu ihr um. »Das hätten wir längst tun sollen. Damals schon.«

»Ach ja? Ich möchte aber nicht reden.« Sie sieht mich herausfordernd an. »Deswegen bin ich damals gegangen. Und genau das werde ich jetzt wieder tun.«

Ich sehe, wie sie nach dem Türöffner greift und verriegele blitzschnell die Türen. »Nein!«

»Die Rolle des Arschlochs steht dir nicht«, sagt sie tonlos. Und sie hat recht. Ich wollte sie nie zwingen, sich mit dem Unglück auseinanderzusetzen. Aber jetzt tue ich, was ich vielleicht schon viel früher hätte tun sollen. Auch wenn ich nicht sicher bin, ob meine Gründe die richtigen sind. Wir müssen darüber reden. Ich schalte die Innenbeleuchtung ein und sehe Juna an. »Ich habe dich geliebt«, sage ich. »Du kannst bis in alle Ewigkeiten behaupten, ich hätte es nicht getan und ich wäre schuld an allem, aber das ändert nichts daran, dass ich dich wirklich und wahrhaftig geliebt habe.« Meine Stimme bricht, als ich leise hinzufüge: »Ich war ein unreifer Idiot, der in Panik geraten ist, aber ich habe dich geliebt. Euch.«

Und ich tue es immer noch. Die Bedeutung dieser Worte reißt den Schorf von einer längst verheilten Wunde, und der Schmerz zieht rasiermesserscharf durch meine Eingeweide.

»Du hast mich nicht geliebt«, widerspricht sie trotzig, aber ihre Stimme schwankt.

Ich schüttle den Kopf. »Du bist gegangen, und ich habe versucht, damit klarzukommen.« Ich halte kurz inne, als würden stumme Sekunden verhindern, dass ich längst dabei bin, mein Herz offenzulegen. »Du bist wiedergekommen, und ich habe versucht, damit klarzukommen. Aber eins steht wohl fest.« Ich atme geräuschvoll aus. »Ich bin nicht besonders erfolgreich darin, mit Dingen klarzukommen, die dich betreffen. Wir müssen das zwischen uns klären.«

Ich atme tief durch, während Juna mich anstarrt. In ihren Augen funkeln Tränen. Aber ich sehe auch Wut und Widerstand, der bröckelt.

»Es gibt nichts zu klären.« Ihre Stimme klingt hart. »Ich bin an allem schuld. Ich bin schuld, dass es nicht funktioniert hat. Ich hätte nicht weggehen dürfen, nicht wiederkommen sollen. Ich hätte nicht schwanger werden und deine Pläne von einem Leben in Südspanien damit torpedieren dürfen.« Sie fährt sich über den Nasenrücken und wischt eine verirrte Träne weg. »Das Baby habe *ich* verloren, nicht du. Also war alles meine Schuld. Das ist es doch, was du denkst.« Junas Körper bebt. »Aber soll ich dir etwas sagen? Ich bin nicht die Einzige, die Fehler gemacht hat. Du hast mich allein gelassen, lange bevor ich gegangen bin. Du hast mich nicht geliebt. Denn Liebe bedeutet, für den anderen da zu sein, auch wenn es scheiße läuft. Egal, was passiert.« Ihre Stimme wird immer lauter, und jetzt brüllt sie: »Also, wo warst du, Bosse?« Jedes einzelne Wort findet sein Ziel.

»Wo warst du, als ich einfach nur jemanden gebraucht hätte, der sagt, wir schaffen das? Wo warst du, als ich gefallen bin? Und wo, verdammte Scheiße, warst du, als unsere Tochter in meinem Bauch gestorben ist?« Tränen rinnen über ihre Wangen.

Ich will sie fortwischen und dafür sorgen, dass alles wieder gut ist. Aber das kann ich nicht. Das kann niemand.

»Ich hasse dich«, bringt sie schließlich kraftlos hervor und sieht mir dabei direkt in die Augen.

Die Innenbeleuchtung erlischt. Das tut sie nach einer gewissen Zeitspanne, um die Batterie nicht überzustrapazieren. Die plötzliche Dunkelheit hüllt uns in Stille.

»Es war ein Unfall.« Ich atme tief durch und wiederhole die Worte. »Es war ein beschissener Unfall, Juna.«

»Ich hasse dich.« Ein Schluchzen lässt ihre Worte zittern.

Aber ich glaube ihr nicht. Denn Hass ist nur die dunkle Seite dessen, was uns tatsächlich verbindet. Was uns immer verbunden hat.

»Ich wünschte, ich hätte damals anders reagiert.« Mehr als alles andere. »Ich hätte es verhindern müssen. Ich wünschte, ich hätte uns nicht verloren.« Ich hätte für sie da sein, für uns kämpfen müssen. Ich hätte sie nie gehen lassen dürfen.

»Ich hasse dich.« Ihre Worte sind zu sanft, um wahr zu sein.

Ich beuge mich vor, bis ich ihr ganz nah bin. Vielleicht zu nah. Ich lege meine Hand an ihre Wange und wische mit dem Daumen die Tränenspuren fort. Dabei versuche ich die Millionen Neurotransmitter zu ignorieren, die durch meinen Körper knallen. Synapsen-Verbindungen, die das Gegenteil von Hass zeigen.

Juna will mich von sich stoßen. Sie kämpft gegen uns an, während ich den Kampf bereits aufgegeben habe.

»Lass das«, murmle ich, umschließe mit meiner anderen Hand ihren Unterarm und halte sie davon ab.

Noch immer berühre ich ihre Wange. Mein Daumen folgt zärtlich den Konturen ihres Gesichts.

»Lass das«, flüstert Juna und nutzt dieselben Worte wie ich Sekunden zuvor. Aber ihre Stimme meint das Gegenteil.

Und selbst wenn ich es wollen würde, ich kann sie nicht freigeben. Vorsichtig nähere ich mich ihr, bis sich unser Atem vermischt. Meine Lippen gleiten flüchtig über ihre. Es ist mehr eine Ahnung als eine tatsächliche Berührung. Mehr Sehnsucht als Handeln.

Ich verharre und überlasse Juna die Wahl, was jetzt passiert. Sekundenlang zögert sie, aber dann überwindet sie die Distanz zwischen uns.

Sie schiebt ihre Hand in meinen Nacken und küsst mich zaghaft. Dann hungrig. Ich schmecke und spüre sie; vergrabe meine Hand tief in ihrem Haar und ziehe sie an mich.

Atemlos lasse ich zu, dass sie den Kuss unterbricht und auf meinen Schoss rutscht. Sie umfasst mein Gesicht mit den Händen. Winzige Küsse folgen ihren Berührungen. Es ist, als hätte sie Angst zu springen und dem Verlangen in letzter Konsequenz nachzugeben. Und es stimmt. Die Klippe, von der wir uns stürzen, ist hoch. Verdammt hoch. Und uns erwartet nur Ungewissheit und der Schmerz des Aufpralls, sollte das zwischen uns erneut schiefgehen.

Sekunden verstreichen, in denen unser Atem aufeinanderprallt, bis Juna ihre Lippen endlich auf meine senkt. Sanft und so unschuldig, dass es mir den Verstand raubt. Ihre Hände sind in meinem Nacken verschränkt, und ihr Körper reizt meine Erregung. Warme, weiche Rundungen, die sich auf mir bewegen.

Ich umschlinge sie, ziehe sie enger an mich und erobere ihren Mund, ihren Hals. Zwischen zwei atemlosen Küssen flüstere ich: »Halt dich fest«, und hebe sie im selben Moment hoch. Es sind nur wenige Schritte bis zum Bett im Fond des Wagens. Behutsam lege ich sie auf die Matratze, obwohl ich mich kaum noch beherrschen kann. Ich gleite neben sie und lasse meine Hand über ihren Arm, die Taille, ihren Schenkel gleiten.

Juna erzittert und sucht erneut meine Lippen. Sie küsst mich, und für eine Weile reicht das Gefühl ihrer Lippen auf meinen aus. Aber dann löse ich mich von ihr. Meine Zunge gleitet über den Hals zum Schlüsselbein. Die plötzliche Kälte, als ich ihren Pullover nach oben schiebe, verursacht eine Gänsehaut auf Junas Körper. Ich senke meinen Mund auf die kleine Erhöhung unter dem Stoff ihres BHs, umschließe ihren Nippel, knabbere daran. Juna wölbt sich mir entgegen und stöhnt leise, als ich den BH öffne und meine Zunge direkt auf ihre Haut trifft.

Ihre Hand gleitet suchend an meinem Oberkörper hinab. Sie öffnet meine Hose, umschließt mich genauso unschuldig, wie sie mich zuvor geküsst hat, und raubt mir damit den Atem.

Ich beiße mir auf die Lippen und schließe die Augen. Für einen Moment lasse ich mich in ihre Berührungen fallen, aber dann löse ich ihre Hand von mir. Ich führe sie über ihren Kopf und halte sie dort fest. Juna kann nichts anderes tun, als sich mir zu ergeben.

Meine Hände streichen an ihren Seiten hinab und folgen ihren Rundungen bis zur Knopfleiste ihrer Jeans. Ganz langsam öffne ich ihre Hose und schiebe Jeans und Slip hinab. Ich lasse beides auf den Boden fallen, bevor ich winzige Küsse auf ihren Knöchel platziere. Auf ihrem Bein. Dem Innenschenkel. Mit der Zunge umkreise ich ihren Nabel, male eine feuchte Spur in Richtung ihrer Brüste, während meine Finger an ihrer Mitte entlang streichen.

Juna klammert sich an mich. Ihre Hände vergraben sich in meinen Haaren, und die Laute, die sie ausstößt, als ich sie quälend langsam in Richtung Höhepunkt treibe, machen mich wahnsinnig. Ich will sie über die Klippe treiben. Ihr zusehen, wenn sie kommt.

Aber anstatt sich der Welle zu ergeben, die bereits durch ihr Innerstes brandet, drückt Juna mich auf den Rücken und schiebt sich über mich.

Ich bin ihr ausgeliefert und ziemlich sicher, dass ich mich nicht besonders lange werde beherrschen können. Juna bedeckt jeden Quadratzentimeter zwischen meinen Lippen und meiner Leiste mit heißen Küssen. Ich schließe die Augen und konzentriere mich allein auf ihre Lippen. Auf ihre Hände, die mich berühren. Auf sie.

Als sie sich schließlich auf mich herabsenkt, durchläuft mich ein unkontrolliertes Beben. Sekundenlang verharrt Juna, während ich tief in ihr bin. Ich ziehe ihr Gesicht zu mir heran, küsse sie. Unsere Zungen spielen zärtlich miteinander. Unser Atem kämpft rau um Nähe.

Ich knete sanft ihren Po, und ein Stöhnen entfährt mir, als sie sich auf mir bewegt. Verlangen durchströmt mich mit einer bittersüßen Intensität. Ich bin kurz davor, die Kontrolle zu verlieren. Und Juna geht es genauso. Ich schlinge meine Arme um sie und drehe sie in einer harten, fordernden Bewegung unter mich. Sie keucht leise und legt den Kopf in den Nacken. Wie von selbst suchen meine Lippen diesen einen Punkt an ihrem Hals, der sie wehrlos macht.

Juna reagiert wie früher darauf. Ihre Muskeln spannen sich an, und sie fordert mich fast schon verzweifelt auf, sie zu erlösen.

Ich hingegen bin nicht bereit, jetzt schon loszulassen und damit die Realität zurück in unser Leben zu lassen. Wir haben nichts wirklich geklärt. Nicht darüber gesprochen, wie es weitergehen soll. Juna wird Amrum wieder verlassen. Und ich kann nicht gehen, weil mich die Vergangenheit hier hält. Wir haben keine Zukunft als Paar. Auch wenn mein Gefühl ein anderes ist. Das hier ist alles, was uns bleibt, und ich will die Zeit mit ihr so lange hinauszögern, wie es mir möglich ist. Ich küsse sie, lange und innig. Eine zerklüftete, emotionale Geste, die in kurze, atemlose Berührungen übergeht, als Juna kommt.

Ihr Körper bäumt sich auf und reißt mich mit. Ich verliere die Kontrolle und komme tief in ihr, während Junas Hände über meinen Rücken und meine Schenkel streichen. Sie umschließt mein Gesicht und sieht mich an, während die letzten Beben unserer Lust verebben. Und ich frage mich, wie ich je wieder ohne diesen Blick zurechtkommen soll.

Juna

Als ich aufwache, kondensiert mein Atem vor meinem Gesicht. Die Luft ist eiskalt. Nebel liegt in der Morgendämmerung über dem kleinen Waldstück, in das Bosse den Bus gestern gelenkt hat. Merkwürdigerweise ist mir trotz der Kälte warm. Wahrscheinlich ist die schwere Daunendecke, die mich umhüllt, schuld daran. Und Bosse. Als ich ihn betrachte, breitet sich ein Lächeln auf meinem Gesicht aus.

Er liegt entspannt neben mir, einen Arm hat er sich unter den Kopf geschoben, und seine Atemzüge sind ruhig und regelmäßig. Ich wünschte, ich könnte für immer hier bleiben. Ihn ansehen, während Kondenswasser die Bulli-Scheiben undurchsichtig macht.

Ich habe versucht, ihn zu hassen. Er hat es getan. Und keiner von uns war erfolgreich damit.

Vielleicht steht zu vieles zwischen uns, um noch eine Chance zu haben, aber der körperlichen Anziehungskraft können wir uns nicht widersetzen. Und da ist noch etwas: In seiner Nähe kommt mein Herz zur Ruhe.

Ich verstehe nicht, wie das sein kann, denn die Emotionen, die bei jeder unserer Berührungen nach oben katapultiert werden, sind gleichermaßen süchtig machend wie schmerzlich. Trotzdem habe ich mich in der letzten Nacht besser gefühlt als all die vergangenen Jahre. Ich war glücklich in Amerika – aber auf eine unvollkommene Art, die in keiner Weise mit dem Gefühl vergleichbar ist, das Bosse in mir auslöst. Ich weiß, dass ich mich auf dünnes Eis begebe. Dass ich spätestens einbrechen werde, wenn mein Aufenthalt auf Amrum vorbei ist und ich ihn wieder verlassen muss. Höchstwahrscheinlich sogar früher. Denn ich bezweifle, dass Bosse mehr will als das hier. Nicht umsonst hat er gestern in der Vergangenheitsform von seiner Liebe zu mir gesprochen.

Dass wir Sex miteinander hatten, hat nichts mit Liebe oder dem Wunsch zu tun, sich wieder in eine Beziehung zu stürzen. Bosse und ich haben lediglich der körperlichen Anziehungskraft nachgegeben.

»Beobachtest du mich?« Ein Grinsen huscht über Bosses Lippen, obwohl er seine Augen nicht öffnet.

»Ist nicht der schlechteste Ausblick.« Ich lache leise und kann nicht glauben, dass er es schafft, meine Grübeleien zu beenden, und ich wie früher mit ihm herumfrotzle.

Noch immer hält er seine Augen geschlossen, tastet aber nach meiner Hand und begräbt sie unter seiner. Ein warmes Prickeln durchläuft mich. Und dann öffnet Bosse seine Augen. Ich weiß nicht, wie ich annehmen konnte, dass ich für seinen Blick gewappnet wäre. Ich muss tief Luft holen. Meine Zähne graben sich in meine Unterlippe. Wenigstens zeigt mir der Schmerz, dass ich wirklich hier bin.

»Tu das nicht.« Sein Lachen ist dunkel, amüsiert, erregt und ... liebevoll. Es legt ein Gewicht auf meine Brust und lässt mein Herz hämmern. Liebe ist nicht, was Bosse bereit ist zu geben, und ich sollte es nicht wollen.

»Warum nicht?«, flüstere ich leise und bin mir nicht sicher, ob es eine Erwiderung ist oder ob die Frage mir selbst gilt.

Er rückt näher an mich heran und küsst die Stelle, auf der nur Sekunden zuvor meine Zähne kaum sichtbare Wunden hinterlassen haben. Es sind träge, intensive Küsse, während er mir die Haare aus dem Gesicht streicht.

»Weil ich sonst für nichts garantieren kann. Und wenn ich mich nicht irre, musst du gleich arbeiten – für mich gilt dasselbe«, flüstert Bosse zwischen zwei Küssen und macht sich dann abrupt los. »Außerdem ist es saukalt. Wir sollten fahren.«

Ich nicke. Dabei wäre ich gern geblieben. Weil die Dinge, die gestern Nacht passiert sind, ein Ende finden, sobald wir fahren. Andererseits hat Bosse recht. Ich muss wirklich in einer Stunde im Hotel sein. Und ich muss mich noch frischmachen, etwas essen und mir überlegen, was ich in Bezug auf Jakob tun soll. Nicht nur, dass ich ihm gestern eine Abfuhr erteilt habe. Ich habe auch unser morgendliches Treffen auf der Veranda verpasst, weil ich mit Bosse im VW-Bus versackt bin. Ich habe ein verdammt schlechtes Gewissen.

Bosse steht auf und schlüpft in seine Hose, bevor er sich nach seinem Pullover umsieht. Die harten flachen Muskeln an seinem Bauch zittern. Seine Jeans sitzt eine Spur zu locker auf seiner Hüfte, so dass sein Hintern nicht genügend zur Geltung kommt. Dafür gibt die tiefsitzende Hose seine muskulösen Leisten frei, die sich unter dem Bund verlieren. Ich erwische mich dabei, wie ich ihn anstarre. Gott sei Dank hat er seinen Hoodie gefunden und streift ihn über.

»Na komm, Schlafmütze.« Er zwinkert mir zu und rutscht auf den Fahrersitz, wo er den Motor startet und die Heizung aufdreht.

Schnell ziehe ich mich an, quetsche mich an ihm vorbei auf den Beifahrersitz und schnalle mich an. Betont leicht sage ich: »Wir können.«

Er nickt und legt den Rückwärtsgang ein. Als er sich umdreht und den Arm auf meiner Kopfstütze ablegt, um den Wagen aus dem schmalen Feldweg zu lenken, steigt mir sein Geruch in die Nase. Ich atme Natur, Wasser und Bosse ein. Es bringt mich dazu, meine Hände nach ihm ausstrecken zu wollen. Aber anstatt diesem kitschigen Gefühl nachzugeben, schiebe ich meine Finger unter die Oberschenkel und sehe aus dem Fenster.

Wortlos lenkt Bosse den Wagen über die noch menschenleeren Straßen. Es ist kurz vor sechs am Morgen. Trotzdem hält uns eine rote Ampel auf. Niemand bekäme es mit, wenn Bosse sie missachten würde, aber er hält geduldig. Leise singt er den Refrain eines Lieds im Radio mit und umkreist dabei die richtigen Töne. Früher wäre er niemals mitten in der Nacht an einer absolut nutzlosen Ampel stehen geblieben.

Als die Ampel nach einer gefühlten Ewigkeit umspringt, fährt er zunächst nicht weiter, sondern sieht mich an.

»Kommst du noch mit zu mir?«, fragt er schließlich, aber bevor ich mich über die Einladung freuen kann, schiebt er sachlich hinterher: »Das Mindeste, was ich tun kann, ist, dir ein Frühstück anzubieten.« Er löst seinen Blick von mir und konzentriert sich auf die Straße.

Wenigstens redet er nicht um den heißen Brei herum. Er macht ziemlich deutlich, welchen Stellenwert die letzte Nacht für ihn hatte. Er hatte Sex mit mir. Mehr nicht. Und Bosse ist einfach nicht der Typ, der mit einer Frau schläft und sie dann aus dem Wagen schmeißt.

Ich muss mich entscheiden, ob ich damit umgehen kann, ihm nahe zu sein, ohne dass von seiner Seite aus Liebe im Spiel ist. Oder ob ich Abstand will. Und ich kenne bereits die Antwort. Ich kann Bosse einfach nicht ignorieren. Weil ich ihn mit jedem dummen Funken Verstand und jeder Faser meines illoyalen Körpers liebe. Noch immer.

Bosse

Juna streift durch den Wohnbereich meines Hauses, lässt ihre Finger über Oberflächen und Gegenstände gleiten und sieht sich jedes Detail meines Hauses an. Ich versuche, mich auf das Kaffeekochen zu konzentrieren und mir nicht vorzustellen, wie es sich anfühlt, von genau diesen Fingern berührt zu werden.

Dass Juna gestern Abend nachgegeben hat, bedeutet nicht, dass sie vergessen kann, was zwischen uns steht. Sie wird ihre Pläne, die Insel wieder zu verlassen, nicht wegen einer Nacht mit mir ändern. Oder mir jemals verzeihen. Ich sollte also verdammt vorsichtig sein, wie weit ich mich in diese Sache mit ihr verstricke.

Ich schichte die Croissants in den Brötchenkorb, die wir auf dem Weg bei Bäcker Jan gekauft haben, stelle Nutella, Marmelade und Butter dazu und gieße Kaffee in zwei große, bauchige Becher. Auch wenn ich mich seltsam aufgekratzt fühle, weiß ich, dass mich die Müdigkeit irgendwann einholen wird. Vermutlich zu einem denkbar ungünstigen Zeitpunkt. Zum Beispiel während ich versuche einer Horde Halbwüchsiger an einem Montag Algebra in die hormongetränkten Gehirne zu quetschen. Letzte Nacht war bereits die zweite, in der ich so gut wie gar nicht geschlafen habe.

Koffein kann da sicher nicht schaden. Ich setze eine weitere Kanne auf und befülle eine Thermoskanne mit heißem Wasser, um sie vorzuwärmen. Erst dann wende ich mich wieder Juna zu. Sie steht vor meinem Schreibtisch und fährt über die Bücher. Das meiste sind Fachbücher aus dem Studium. Einige Surf- und Kiteratgeber drücken sich an die dicken Schinken, deren Titel Juna gerade durchliest.

Ich durchquere den Raum und bleibe schräg hinter ihr stehen.

»Frühstück ist fertig.«

Sie dreht sich um und schlägt ein Buch über Didaktik auf, ohne wirklich darin zu lesen. Stattdessen mustert sie mich eingehend. »Was genau machst du eigentlich beruflich?«

Es wundert mich, dass Merle ihr nicht längst erzählt hat, was ich tue. Oder ihre Mutter. Aber vermutlich bin ich der blinde Fleck in jedem dieser Gespräche. »Was denkst du, was ich tue?« Ich nehme ihr das Buch aus der Hand und klappe die verstaubte Theorie zu, die denkbar wenig mit der Realität eines Klassenzimmers gemein hat.

»Ich hätte gedacht, dass du noch immer für Fiete arbeitest. Er müsste schon ziemlich alt sein. Er kann den Surfshop unmöglich allein führen.« Sie zuckt mit den Schultern. »Ich sehe dich am Strand und nicht in einem Büro.«

»Du liegst nicht weit daneben.« Ich stelle das Buch zurück und vergrabe meine Hände in den Hosentaschen. »Fiete ist fast neunzig und kann kaum noch das Haus verlassen. Es geht ihm momentan nicht besonders gut.«

Juna und Fiete haben sich immer gut verstanden. Und es fühlt sich natürlich an, meine Sorge um den alten Mann mit ihr zu teilen.

»Ich kümmere mich um ihn und den Surfshop. Leben könnte ich allerdings nicht davon. Ich öffne nur an drei Nachmittagen die Woche und gebe Kurse, um seine Rente aufzubessern. Er ist zu starrsinnig, um staatliche Hilfe anzunehmen.« Ich stelle das Buch weg und reiche Juna ihren Becher. Der Geruch nach Kaffee steigt zwischen uns auf. »Ich versuche seinen Verdienst so konstant zu halten, dass er über die Runden kommt.«

Sie lächelt. »Ja, so war er schon immer. Starrsinnig. Vielleicht versteht ihr euch deswegen so gut.«

»Sehr witzig.« Ich nehme ihre Hand, und es fühlt sich vertraut und richtig an. Ich ziehe sie zum Tisch, wo das Frühstück wartet, und zwinge mich, sie wieder loszulassen, bevor ein komischer Moment entstehen kann.

Juna setzt sich und beißt in eines der Croissants. Sie mochte die Dinger schon immer am liebsten pur. Ich schmiere stattdessen dick Nutella darauf und reiße ein großes Stück ab, das ich mir in den Mund schiebe.

»Wenn du mit dem Surfshop Fiete unterstützt, was tust

du, um dir das hier leisten zu können?« Ihre Handbewegung schließt das Haus und die beiden Wagen vor der Tür ein.

»Das glaubst du mir eh nicht.« Sie wird einen Lachanfall kriegen, und auch wenn ich ihr Lachen im Normalfall sehr gern höre, zögere ich.

»Jetzt sag schon.« Sie lehnt sich vornüber und funkelt mich über die Tischplatte hinweg an, so dass ich seufzend nachgebe.

»Also gut.« Ich lehne mich auf meinem Stuhl zurück. »Ich bin Lehrer.«

»Du bist was?« Tatsächlich bricht sie in schallendes Gelächter aus. Keine Spur mehr von Befangenheit oder der Unsicherheit, die direkt nach unserer Ankunft zu spüren war.

»Ja, der Klassenclown ist jetzt selbst Lehrer.«

Ihr Lachen erstirbt, als ihr klarwird, dass ich es ernst meine.

»Ich muss zugeben, dass ich eher die *Fack ju Göthe*-Variante bin als die Hallermann-Version, aber ich bin wirklich Lehrer an der Amrumer Gesamtschule.«

Hallermann, unser damaliger Klassenlehrer, hat mir zeit meines Schullebens den Unterricht zur Hölle gemacht. Ich habe mich revanchiert, indem ich ihm seine Arbeit auf bestmögliche Weise verleidet habe. Ich würde gern sagen, dass ich Lehrer geworden bin, um es besser zu machen. Tatsache ist aber, ich habe einfach den erstbesten Studienplatz genommen, den ich in der Nähe finden konnte. Zu meinem Glück habe ich ein gewisses Händchen mit den Schülern. Dass viele von ihnen bei mir surfen und kiten, macht es mir zusätzlich leicht.

»Ich hätte mir einen Lehrer wie dich gewünscht. Du bist bestimmt nicht so verstaubt wie die Exemplare, die wir früher hatten.«

»Dann wäre gestern Nacht aber schlecht für meine Karriere gewesen«, stelle ich fest, und ein Grinsen rutscht über meine Lippen.

Sie schlägt die Augen nieder und wird allen Ernstes rot. Es ist eine süße, blasse Röte, die wie ein Glänzen unter ihrer Haut pulsiert und mich da trifft, wo sie mich nicht treffen sollte.

Ich beuge mich über den Tisch und küsse sie. Ein schüchterner Kuss, der mir den Hals zuschnürt. Räuspernd schiebe ich den Stuhl zurück und drehe ihr den Rücken zu. Ich fülle den Kaffee in die angewärmte Kanne und stopfe sie zusammen mit den Unterrichtsvorbereitungen, die auf der Kommode liegen, in meine Tasche. »Ich muss wirklich los«, sage ich und fürchte den Moment, in dem sie durch die Haustür verschwinden wird und vielleicht nie wiederkommt. Mein Blick fällt auf die Schale mit den Schlüsseln. Ich schnappe mir den vom Geländewagen und schiebe ihn ihr zu. »Ich fahre mit dem Bulli in die Schule. Du kannst den Jeep nehmen, sonst kommt am Ende einer von uns zu spät zur Arbeit.«

»Bist du sicher?«

Ich zwinkere ihr zu. »Ja, ganz sicher. Solange du ihn

nicht im Meer versenkst, ist das Teil nicht kaputtzukriegen.« Ihre Finger schließen sich um den Schlüssel, und Erleichterung flutet meinen Körper. Sie hat meinen Wagen. Sie muss wiederkommen.

Juna

Es ist halb acht, als ich den Jeep auf dem Parkplatz der Seemöwe parke und ins Innere des Hotels eile. Heute Morgen muss ich mich um den reibungslosen Ablauf des Frühstücksbüfetts kümmern. Ich zwinge mich dazu, dabei nicht in Tagträumen von Bosses Körper abzudriften. Die Geräusche der einzelnen Gäste, die zu dieser Uhrzeit bereits auf den Beinen sind, dringen nur gedämpft zu mir durch, als würde ich mich noch immer in einer Juna-Bosse-Seifenblase befinden.

Ich bin mit der Überprüfung der vorbestellten Tische durch und habe die Kellner für den Morgen gebrieft. Auf dem Weg in die Lobby rücke ich noch das Besteck zurecht und steuere auf Paul zu, der am Empfangstresen steht.

»Der Frühstücksraum ist fertig und kontrolliert. Die Reservierungen für heute sind im System hinterlegt und das Personal informiert«, sage ich, als ich auf der gegenüberliegenden Seite des Tresens stehenbleibe. Ich zögere, aber dann frage ich doch. »Wäre es in Ordnung, wenn ich fünf Minuten Pause mache? Ich würde sehr gern mit meiner Tante in San Francisco telefonieren. Es geht um etwas Wichtiges. Wenn ich mich beeile, schaffe ich es vielleicht trotz der Zeitverschiebung, sie zu erreichen.« Ich schaue auf die Uhr und nicke. Es ist kurz nach fünf Uhr nachmittags in San Francisco. Eine gute Uhrzeit, um Tante Caro zu erwischen, bevor sie später ausgeht oder das Handy ausschaltet, um sich ganz auf eine ihrer Schmonzetten zu konzentrieren.

»Na, sicher.« Paul lächelt mir wissend zu, als könnte er das Heimweh nachempfinden, das ich nach San Francisco haben muss. Er ist ein toller Chef.

Ich haste in Richtung Aufenthaltsraum und rufe ihm über die Schulter ein »Danke« zu. Das Freizeichen ertönt bereits. Caro nimmt nach dem dritten Klingeln ab.

»Juna«, sagt sie sanft, und ich kann hören, wie sie raschelnd ihre Zeitung zusammenfaltet. Ich kann mir vorstellen, wie sie auf ihrem Sofa sitzt, die tiefstehende Sonne wirft goldene Lichtpunkte auf ihre schlicht, elegante Kleidung. Die Haare hat sie bestimmt wie so oft zu einem wirren Dutt auf dem Kopf aufgetürmt, was einen wilden Kontrast zu ihrem übrigen Äußeren bildet. Ein Lächeln gleitet über mein Gesicht, als ich an die unzähligen Male zurückdenke, in denen wir zusammen auf dem Sofa herumgelümmelt haben, ein Becher Chocolate-Chip-Eis zwischen uns und einen Film im DVD-Player des vollkommen überdimensionierten Flachbildschirms.

»Alles in Ordnung, Juna?«

Ich nicke. »Ja, alles okay.« Dabei ist mir nach heulen zumute. Ich vermisse Caro. »Ich habe mich nur gerade an unsere Eis-Sessions erinnert und die vielen Filme und daran, wie sehr du mir damit geholfen hast.«

Sie wiederholt ihre Frage. »Ist bei dir wirklich alles gut?«

Ich wünschte, ich könnte mich in diesem Moment in ihre Umarmung kuscheln. »Du wärst eine verdammt gute Mutter, weißt du das?« Ich habe das Gefühl, ihr das sagen zu müssen. Ich höre, wie sie seufzt, weil ich an ihrem wundesten Punkt rühre.

Trotzdem ist ihre Stimme fest, als sie weiterspricht. »Ich hatte leichtes Spiel. Du wolltest dir von mir helfen lassen. Deine Ma hast du von dir gestoßen. Sie hätte alles Erdenkliche tun können, du hättest sie nicht in deine Nähe gelassen. Wenn ich es mir recht überlege, ist es nicht so schlecht, die gute Tante zu sein.«

Es ist gut, dass sie die Sache so sehen kann, und trotzdem fühlt es sich ungerecht an, dass sie niemals eine Mutter sein wird, obwohl sie so warmherzig und liebevoll ist. Sie wäre die perfekte Insel. Die Wurzeln, die ein Kind braucht. Sie begleitet nur, anstatt sich an einem festzukrallen.

»Im Grunde will ich nicht über Ma sprechen«, bringe ich mühsam hervor.

»Das habe ich mir gedacht.« Sie lacht leise, und ihre Stimme ist warm. Dann wartet sie, bis ich mich gesammelt habe. Eine ihrer vielen Stärken ist, mich nicht zu bedrängen, obwohl ihr bestimmt klar ist, worum es geht.

»Ich frage mich ziemlich oft, seitdem ich hier bin, was für eine Mutter ich geworden wäre.« Ich schlucke trocken, weil es die Wahrheit ist. Diese Gedanken haben sich seit dem Gespräch mit Bosse verstärkt. Seitdem ich auf der Insel bin und meine eigene Mutter erlebe. Merle mit ihren Kindern. Und Jakob mit Hennes.

»Ich wünschte, ich hätte damals wie eine Mutter gehandelt.«

»Das hast du«, sagt Caro sanft. »Du warst jung. Es war ein Unfall.«

»Ich hätte mich auf sie konzentrieren müssen. Dieses ganze Drama mit Bosse gar nicht an mich heranlassen dürfen. Dann würde sie vielleicht noch leben.«

Caro atmet hörbar aus. »Du weißt, dass dich diese Gedanken nirgendwo hinbringen, mein Schatz?« Sie atmet tief durch. »Du darfst diese Fragen nicht dein Leben bestimmen lassen.«

»Ich habe zugelassen, dass sie sie einfach wegbringen«, sage ich erstickt.

»Du hast getrauert. Niemand macht dir einen Vorwurf daraus, dass du damals mit einer Entscheidung überfordert warst, und du solltest das auch nicht tun.«

Sie haben sie entsorgt, wie Müll, den niemand haben wollte, dabei hätte ich sie beerdigen lassen können. Ich hätte nur die Kraft einer Mutter aufbringen müssen, wenigstens nach ihrem Tod die richtigen Entscheidungen zu fällen und die nötigen Anträge auszufüllen. Ich stütze meinen Kopf schwer auf.

»Ich frage mich immer noch, wie sie wohl ausgesehen hat.«

»Du kannst diesen Tag nicht rückgängig machen.«

Etwas raschelt, und ich bin mir ziemlich sicher, dass Tante Caro gerade den Vorrat an Schokolade aus dem Nachtschrank plündert. Das tut sie immer, wenn Themen ihr zusetzen.

»Wir haben darüber gesprochen«, fährt sie fort. »Es gibt Dinge, die müssen wir akzeptieren, und ich weiß, dass du das kannst. Du hast das alles hinter dir gelassen. Du hast nach vorn geblickt, und es macht mir Sorgen, dass es dir anscheinend wieder sehr nahegeht, seitdem du zu Hause bist.«

Ich bin mir nicht mehr sicher, ob ich je auch nur einen Fitzel verarbeitet habe. Es fühlt sich eher danach an, als hätte ich es tief vergraben und Bosse, Amrum und all seine Bewohner würden nun durch die Sedimentschichten dringen.

»Du musst loslassen.« Sie zögert. »Und Bosse. Diese ganzen Gedanken haben mit ihm zu tun, oder?«

Ich nicke. Mein Blick fällt auf den Autoschlüssel des Jeeps. Ich schließe die Augen. Wir werden uns wiedersehen. Ich muss ihm den Wagen bringen. Vorfreude rieselt durch meinen Körper. Dabei sollte ich die Sache kritisch hinterfragen. Wie Caro. Der Kontakt mit Bosse macht mich unendlich angreifbar. Er ist der Grund, dass ich wieder über die Vergangenheit stolpere. Das Vernünftigste wäre, ihm die Schlüssel zu bringen und ihm zu sagen, dass ich Abstand brauche. Nur leider kann ich das nicht.

»Was ist, wenn ich ihn nicht loslassen kann?«, flüstere ich.

Eine Weile herrscht Stille in der Leitung.

»Allie hat Henry gesehen«, sagt Caro dann und überfordert mich zunächst mit dem plötzlichen Themenwechsel. »Er ist letzte Woche vorbeigekommen und hat seine Sachen aus der Wohnung geholt. Sie sagt, er sah schlecht aus und wollte unbedingt deine Nummer haben. Allie hat sie ihm nicht gegeben«, beeilt sie sich zu sagen und fährt dann fort: »Warum hast du dich von ihm getrennt, bevor du gegangen bist? Henry liebt dich. Er hat dich glücklich gemacht.«

»Fernbeziehungen haben nie eine Chance«, entgegne ich lahm.

Caros Kleidung raschelt leise, als sie sich aufsetzt. »Du weißt, dass das nicht stimmt. Er liebt dich genug, um damit klarzukommen. Es sind nur sechs Monate. Dann bist du wieder hier. Er hätte auf dich gewartet.« Sie zögert. »Ich bin mir ziemlich sicher, dass er noch immer warten würde, wenn du ihn darum bittest. Er ist jemand, der dir eine gesunde Basis gibt.«

»Ich kann nicht«, presse ich hervor und weiß nicht, wie ich es ihr erklären soll. Gesund ist gut, aber sollte Liebe nicht unser Herz höherschlagen lassen? »Ich liebe ihn nicht. Nicht genug.« Nicht so, wie ich Bosse liebe.

»Hat das Ganze etwas mit Bosse zu tun? Du suchst etwas, das es längst nicht mehr gibt«, wagt Caro sich vor. Sie wartet einen Augenblick ab, aber ich erwidere nichts.

Was auch? Sie hat recht. Trotzdem kann ich Bosse nicht ignorieren. Nicht die Intensität, mit der ich auf ihn reagiere.

»Hast du dich mit ihm getroffen?«, fragt Caro vorsichtig. »Habt ihr gesprochen?«

Ich habe das Gefühl, Caro zu enttäuschen, wenn ich ihr erzähle, wie viel mehr wir getan haben. »Ja, haben wir.« In gewisser Weise stimmt das.

»Das ist gut. Sehr gut«, sagt sie.

Ich muss ihr die Wahrheit sagen, wenn ich ihre Hilfe will. »Ich denke, ich liebe ihn noch!« Sechs Worte, die in der statischen Leere der Telefonleitung hängen und nichts als Stille erzeugen.

»Juna, er wird dir wieder weh tun.« Ich höre die Angst in Caros Stimme, ich könnte mich so sehr in Bosse verlieren, dass ich untergehe.

»Das hat keine Zukunft, und du weißt das.«

»Ja«, erwidere ich schlicht. »Aber es ist kompliziert.« Die Schlüssel gleiten durch meine Hände. Wenn ich die Augen schließe, fühle ich Bosses Finger auf meiner Haut. »Ich bin sein verdammtes Licht.« Und er mein Anker. Es ist die Wahrheit. Ich habe das Gefühl, angekommen zu sein, obwohl die reine Idee, er könnte mein sicherer Hafen sein oder jemals wieder werden, aberwitzig ist.

»Sei vorsichtig.« Ihre Stimme klingt alarmiert. »Du weißt, dass ich im Wir-hassen-Bosse-Club bin, seitdem er dich damals so verletzt hat.«

Was mit Sicherheit daran liegt, dass meine Erzählungen

von ihm rein schwarz gefärbt waren, als ich nach San Francisco kam.

Caro seufzt und fährt dann fort: »Aber wenn du ihn sehen musst, um mit allem abzuschließen, tu das. Triff dich mit ihm, sprecht euch aus, aber lass dich nicht wieder auf ihn ein, Juna.« Sie seufzt. »Du weißt, wie schlecht es dir letztes Mal ging.«

Ich nicke. Caro hat recht. Ich sollte Bosse den Wagen zurückbringen und ihm sagen, dass ich mich dem Ganzen nicht gewachsen fühle. Das ist das einzig Richtige. Auch wenn es sich nicht so anfühlt. Es wird mich davor schützen, erneut verletzt zu werden.

»Ich leg jetzt auf«, sage ich leise. »Ich bin bei der Arbeit und muss langsam weitermachen.« Ich sehe aus den Fenstern des Aufenthaltsraums und schiebe ein einfaches »Danke« hinterher.

»In Ordnung. Die Arbeit geht vor. Aber wenn du jemanden zum Reden brauchst, melde dich bitte. Okay, Süße?«

Caro legt auf, und ich horche einen Augenblick in die Stille der Leitung, bevor ich das Handy ausschalte und in meine Hosentasche stecke. Mit dem festen Vorsatz, heute Abend eine klare Grenze für Bosse und mich zu ziehen.

Ich habe Mittagspause und stehe an meinem Spind. Jakob habe ich den ganzen Tag noch nicht gesehen. Sein Wagen steht aber vor dem Hotel, also ist er hier. Normalerweise laufen wir uns ständig über den Weg. Heute nicht. Wahrscheinlich hat er sich im Büro seines Vaters hinter einem Stapel Arbeit verschanzt. Ich kann mir vorstellen, wieso.

Ich muss dringend mit ihm sprechen und ihm erklären, warum ich nach meiner Abfuhr gestern heute Morgen nicht zu unserem Treffen gekommen bin. Das würde aber bedeuten, ihm von Bosse und mir zu erzählen. Und das wäre wohl wenig feinfühlig.

Seufzend verstaue ich die Arbeitsweste in meinem Spind und hole meine Jacke, den Schal und die dicke Wollmütze heraus. Draußen ist es eiskalt. Trotzdem will ich meine Mittagspause zwischen den Dünen verbringen.

Ich stoße die Hintertür auf und stemme mich gegen den Sturm, der mir im ersten Moment den Atem nimmt. Ein schmaler Weg windet sich durch die Ausläufer der Dünen, steigt dann auf die höheren Sandberge empor und verliert sich zwischen dichtem Dünengras. Ich schlage den Weg zu Jakobs und meinem Pausenplatz ein, der auf dem Kamm der höchsten Düne liegt.

Der Aufstieg ist mühsam. Das Bild der rauen Nordsee entschädigt jedoch für die Strapazen. Meer und Wind haben mich schon immer beruhigt, und das tun sie auch heute. Ich stehe an unserem Stammplatz, einer Mulde aus plattgedrücktem Sand, und genieße den Blick auf den endlos wirkenden Strand. Wellen brechen sich daran.

Der Sturm fährt über mein Gesicht. Er pustet durch den Wirrwarr meiner Gedanken und gibt mir ein wenig meiner Zuversicht zurück, die Freundschaft zu Jakob würde trotz allem Bestand haben. Ich recke die Nase in die zaghaften Sonnenstrahlen, die der Kälte nichts mehr entgegensetzen. Erst als ich unkontrolliert zittere, setze ich mich in den Windschatten der mich umgebenen Dünen. Abrupt wird es still. Das Rauschen des Sturms hallt nur noch schwach in meinen Ohren nach, als mich eine Bewegung neben mir aufschreckt.

»Ist hier noch frei?« Als wäre nie etwas gewesen, lässt Jakob sich neben mich fallen, stößt mich mit seiner Schulter an und zieht seine Beine dicht an den Körper. Wie immer trägt er nur einen dicken Pullover, aber keine Jacke. »Pa hat mich bis eben mit dem Monatsabschluss in Beschlag genommen.« Er verdreht die Augen.

Ich nicke, obwohl ich nach wie vor glaube, dass er die Arbeit als Vorwand genutzt hat, um mir aus dem Weg zu gehen. Das ist okay. Er kann sich alle Zeit der Welt nehmen, solange er danach wieder mein Freund ist.

»Du holst dir noch irgendwann den Tod«, sage ich und deute lächelnd auf seinen Pullover. »Ist dir nicht kalt? Ich erfriere.«

»Nein. Dir ist das wohl entgangen, aber ich bin ein verdammt heißer Typ«, entgegnet er und zwinkert mir zu. Dann richtet er seinen Blick schnell auf die raue Nordsee, als wüsste er nicht, ob sein Humor angebracht wäre oder die Grenze übertritt, die ich gezogen habe.

»Sieht nach Regen aus«, sagt er unverbindlich und deutet auf die Wolken, die sich über dem Nordende der Insel bilden.

Ich kann nur schlecht mit der Befangenheit zwischen

uns umgehen. Jakobs Humor, die richtige Prise Ernsthaftigkeit und die Unbeschwertheit unserer Beziehung waren das, was unsere Freundschaft ausgemacht hat.

»Unterhalten wir uns jetzt übers Wetter?«, frage ich, weil ich dringend behalten will, was uns gerade verloren geht.

Anstatt einen seiner Witze zu machen oder weiter auf Distanz zu gehen, nickt Jakob. Er legt den Kopf auf seine um die Knie geschlungenen Arme und sieht mich ernst an. »Das Wetter ist sehr unverfänglich, und ich war mir nicht sicher, ob mehr Tiefgang okay für dich wäre.«

»Tiefgang ist genau richtig.«

Er nickt. »Okay. Es tut mir leid, dich gestern so überfallen zu haben«, beginnt Jakob. »Ich wollte das zwischen uns nicht durch meine Gefühle kaputtmachen.«

»Ich bin froh, dass du es mir gesagt hast.«

»Jetzt lügst du«, behauptet er mit einem düsteren Lächeln. »Die Situation im Auto war dir unangenehm.« Er schüttelt den Kopf. »Mir war es das auf jeden Fall. Ein Korb tut immer weh, aber ich verstehe, warum du nicht mit mir zusammen sein kannst. Du hast nicht mit ihm abgeschlossen. Trotzdem bist du mir wichtig, und daran ändert sich nichts, ob wir nun Freunde sind oder ein Paar. Hauptsache, du besuchst mich und den Tiger trotz allem.«

Ich lehne mich gegen Jakob. »Das würde ich sehr gern«, murmle ich und lasse Sand durch meine Finger rinnen. »Du hast keine Ahnung, wie sehr ich unsere Freundschaft brauche. Ohne dich schaffe ich das alles nicht. Diese Insel, Bosse, meine Ma ...« Ich mache eine verzweifelte Handbewegung, die Jakob unterbricht, indem er mich in seine Arme zieht.

»Als gäbe es etwas, was du nicht schaffst. Außer vielleicht Paprika zu schneiden.« Er grinst mich an. »Oder Zucchini.«

Ich schlage ihm spielerisch gegen die Schulter, und er fährt fort. »Oder Champignons. Dafür klappt Wasser nicht anbrennen lassen schon ganz gut.« Er weicht gerade noch rechtzeitig einem Büschel Dünengras aus, das ich nach ihm werfe.

Dann wird er wieder ernst. Er streicht mir eine Haarsträhne aus dem Gesicht und beendet diese zärtliche Geste widerwillig. »Du brauchst niemanden, Juna Andersen. Du würdest genauso gut ohne mich zurechtkommen, aber zum Glück ist das ja gar nicht nötig. Denn ich werde den Teufel tun und dich alleinlassen.«

Bosse

Der Montag will nicht enden. Ich habe mich durch einen elend langen Schultag gekämpft, an dem Ella die Atmosphäre bei jedem Aufeinandertreffen in die Antarktis verwandelt hat. Ich habe Streits geschlichtet, eine Klausur schreiben lassen und versucht, englische Vokabeln in verstopfte Köpfe zu zwängen. Am Nachmittag habe ich zwei Surfkurse betreut. Wenigstens war das Wasser so kalt, dass es mich davon abgehalten hat, auf dem Board einzuschlafen. Die Runde durch den völlig überheizten Supermarkt hat mir allerdings den Rest gegeben.

Der Bulli kämpft mit den Unebenheiten des Weges, an dessen Ende Fietes Haus liegt. Ich parke direkt vor dem Eingang und lade die Einkäufe aus. Die zwei Kisten Wasser verstaue ich unter der Treppe, die Fiete schon lange nicht mehr nutzt. Er ist zu schwach, um sich ins Obergeschoss zu quälen.

Den Karton mit Lebensmitteln bringe ich in die Küche, wo Fiete auf dem Bett schläft, das wir extra für ihn aufgestellt haben. Ich summe leise vor mich hin, während ich die Vorratsschränke fülle. Der Platz ist knapp, was mir verrät, dass Fiete zu wenig gegessen hat. Sein Appetit lässt immer mehr nach. Ich versuche, mir deswegen nicht allzu große Sorgen zu machen. Fiete will das nicht. Er möchte kein Mitleid. So ein Abgang passt nicht zu ihm, und ich werde versuchen, diesen Wunsch, so gut es geht, zu respektieren, auch wenn es mir schwerfällt.

»Wie war dat Drachenfest?« Fietes Körper ist schwach, aber seine Augen sind dafür von der Sekunde an hellwach, in der er sie aufschlägt.

»Moin, alter Mann.« Ich lächle ihm kurz zu und beantworte dann seine Frage, während ich mich wieder den Einkäufen widme. »Titus hat es gefallen. Ist sehr kommerziell geworden, aber trotzdem lohnt es sich«, fasse ich das zurückliegende Wochenende knapp zusammen. »Ich mag es, Zeit mit ihm zu verbringen. Der Kleine ist klasse.«

»Aha.«

»Was bitte bedeutet *Aha*?«, frage ich skeptisch, klappe den Korb zusammen und stelle ihn neben die Haustür, bevor ich eine der Pfannen erhitze und beginne, einen Salat zu schneiden.

»Wat machste da?«, stellt er die Gegenfrage, die es ihm erspart, mir zu antworten.

»Du isst zu wenig, und ich ändere das.«

»Na denn.«

Dass er es so einfach hinnimmt, ohne meine Hilfe vorher zehnmal abzulehnen, sollte mich skeptisch machen. So einsichtig ist Fiete nur, wenn er mich länger hierbehalten will, um an irgendwelche Informationen zu kommen.

»Also, wer hat es dir gesagt?« Ich bin zu müde, um das Spiel mitzuspielen, bei dem wir um den heißen Brei herumreden. Es ist mehr als offensichtlich, dass er von dem Zusammenstoß mit Juna auf Rømø weiß.

»Merle.« Er grinst. »Se war vorhin da. Die Lüdde is nich nur 'ne verdammt dolle Frau, sonnern auch 'ne hervorragende Spionin.« Er lacht, und das raue Geräusch geht in einen fiesen Hustenanfall über. Er hat das von Zeit zu Zeit. Dann erinnert sich seine Lunge daran, dass sie schon zu viele Jahre Sauerstoff in seinen Körper gepumpt hat.

Ich fülle ein Glas mit Leitungswasser und reiche es ihm.

»Ihr hebbt euch also geküsst?«

Ich nicke und lege ein Steak in die duftende, zerlassene Butter in der Pfanne. Ich habe einen Bärenhunger. Seit den Croissants heute Morgen habe ich nur zwei Äpfel gegessen, aber mein Magen muss sich noch gedulden, bis ich zu Hause bin. Ich bin mir sicher, dass ich nach dem Essen ins Koma fallen werde. Ich sollte also erst was in den Magen bekommen, wenn ich nicht mehr fahren muss. Schon jetzt brennen meine Augen vor Müdigkeit.

»Wir haben die letzte Nacht zusammen verbracht.« Ich weiß selbst nicht, wieso ich es Fiete erzähle. Und ich bin verdammt froh, dass ich ihn dabei nicht anschauen muss.

»Und nu?«

Ich habe keine Ahnung und zucke mit den Schultern.

»Sie hat meinen Wagen, also werde ich sie wohl wiedersehen.« Ich höre mich wie ein glücksbesoffener Idiot an.

»Und du meenst, dat is'n gute Idee?«

Ich lege etwas frisches Brot auf einen Teller, dazu kleingeschnittenen Salat und das Fleisch. Ich schneide es ebenfalls in Häppchen, bevor ich es zu Fiete hinübertrage.

Er sieht entgeistert auf das Essen. »Ich krieg noch 'ne rechte Wampe, wenn ich dat allens essen soll.«

»Du wirst es überleben«, entgegne ich und setze mich rittlings auf einen der Küchenstühle. »Und du wirst es essen, um dem Menschen einen Gefallen zu tun, den du auf der Welt am liebsten hast.«

»Die Ziehjung-Karte to spielen is nich fair.« Mit dem Kinn auf die Lehne gestützt sehe ich zu, wie er fast schon gequält auf dem ersten Bissen herumkaut.

»Das ist Steak vom Angusrind. Mein Mitleid hält sich also in Grenzen, alter Mann.«

»Wenn du mi schon zwingst, solche Massen zu futtern, erzähl wenigstens wat Interessantes. Wie geht's nu weiter?«

Ich hatte gehofft, dass er seine Frage vergisst, stattdessen stellt er sie erneut. Wo ist die Alterssenilität, wenn man sie mal braucht?

Ich zucke die Schultern. »Sie hat mir gesagt, dass sie mich hasst. Juna wird wieder gehen. Und es gibt da so 'nen Typ, der sie mag und der ständig an ihr klebt.« Auch wenn sie wirklich nur Freundschaft für Jakob empfinden sollte, er will definitiv mehr.

»Ich denke nicht, dass das mit uns irgendwo hinführt. Aber ich kann sie genauso wenig links liegen lassen. Habe ich versucht, und es hat beschissen hingehauen. Sie hat sich auf das Spiel zwischen uns eingelassen, also denke ich, dass wir spielen.«

Dabei fühlt es sich nicht wie ein Spiel an, sondern wie die Scheiß-Realität, die mir am Ende den Boden unter den Füßen wegreißen wird.

Juna

Als ich Bosses Haus nach der Arbeit erreiche, liegt es verlassen zwischen den Dünen. Bosse ist nicht da. Dabei wollte ich ihm den Jeep noch heute wiederbringen und mit ihm reden. Ich parke den Wagen in der Auffahrt und stelle den Motor ab. Der Orkan zerrt an der Karosserie des Jeeps, und die Kälte des Unwetters dringt unbarmherzig bis ins Wageninnere. Ich friere. Meine Entschlossenheit, die Sache zwischen uns noch heute zu beenden, löst sich langsam, aber sicher in der Kälte auf.

Mein Blick gleitet durch die Dunkelheit zu Bosses Haustür. Ich weiß, sie ist nicht abgeschlossen. Kaum jemand auf der Insel schließt sein Haus je ab. Das gehört zum Lebensgefühl auf Amrum. Man vertraut einander.

Ich muss mich entscheiden, ob ich unverrichteter Dinge wieder fahren soll oder ob ich bleiben und Bosse meine Entscheidung mitteilen will. Ich öffne die Wagentür und laufe durch den Regen zum Haus. Wie erwartet, ist die Tür nicht verschlossen, und ich stolpere ins Innere. Es ist merkwürdig, ohne Bosse im Eingangsbereich seines Hauses zu stehen. Ich fühle mich wie ein Eindringling. Trotzdem ziehe ich meine Jacke aus, hänge sie über eines der Kiteboards an der Wand und gehe ins Wohnzimmer. Ich setze mich auf das breite, sandfarbene Sofa und warte. Die Orkanböen heulen um die Hausfassade und lassen mich frösteln.

Endlich höre ich das tiefe Brummen von Bosses Bus. Das Motorengeräusch erstirbt. Erst höre ich eine Wagentür. Dann eine zweite. Auf die Idee, Bosse könnte vielleicht nicht allein nach Hause kommen, bin ich gar nicht gekommen. Adrenalin schießt durch meine Adern. Am liebsten würde ich im Erdboden versinken. Ich hatte vor, die Sache zwischen uns zu beenden. Es geht mich also rein gar nichts an, ob er jemand anderen hat. Warum also tut die Vorstellung dann so verdammt weh?

Bosse öffnet die Tür. Er balanciert eine Kiste mit Einkäufen herein und verschließt die Haustür mit einem gezielten Tritt. Erst jetzt bemerkt er mich und bleibt wie angewurzelt stehen. Immerhin ist er allein. Und er hat sich wesentlich schneller wieder im Griff als ich.

»Juna. Schön, dich zu sehen.« Er lächelt mich an und betritt die Küche. Die Kiste stellt er auf den Tisch und zieht sich die Jacke aus.

»Es tut mir leid, dass ich mich einfach so selbst reingelassen habe.« Ich deute auf die Haustür, durch deren Fenster das Licht der Außenbeleuchtung schimmert. »Ich wollte dir den Wagen zurückbringen und kurz mit dir sprechen. Vielleicht kannst du mich anschließend nach Hause bringen?« Ich zucke mit den Schultern. »Eigentlich wollte ich zu Fuß zurückgehen, aber bei dem Wetter ...« Das ist nicht, worüber ich vorhatte zu sprechen.

Bosse nickt und schüttelt sich das Regenwasser aus den Haaren. Viel zu nah bleibt er vor mir stehen, und die fehlende Distanz vernichtet meine Vorsätze.

»Ich hätte nicht einfach so reinkommen sollen.«

»Ist absolut in Ordnung«, sagt er und geht in die Küche, um die Einkäufe in die Hängeschränke zu räumen. Ich trete an den Tisch und reiche ihm die Lebensmittel.

»Danke«, sagt er, als er einen Bund Bananen entgegennimmt. »Ist schön, dich zu sehen.«

Sein Blick liegt sekundenlang auf mir, bevor er sich wieder den Lebensmitteln widmet. »Willst du sofort los? Ich hatte einen Mördertag und bin nicht mal zum Essen gekommen. Ich würde gern erst etwas in den Magen bekommen, bevor ich dich fahre.« Er runzelt die Stirn und sucht eine Auswahl an Zutaten zusammen. »Du kannst gern mitessen.«

Ich habe tatsächlich einen Bärenhunger. Der Moment, in dem ich ihm hätte sagen können, dass ich so nicht weitermachen kann, ist längst verstrichen. Eigentlich bereits in dem Augenblick, in dem er durch die Tür getreten ist.

»Wenn das für dich okay ist, würde ich bleiben.« Ich rede mir ein, dass ich das nur tue, weil es keine Alternative gibt, nach Hause zu kommen.

Knuts Taxiservice ist der Tratsch-Umschlagplatz der Insel. Wenn ich mir also ein Taxi bestelle, weiß morgen ganz Amrum, dass ich bei Bosse war. Merle würde direkt unser Happy End planen, wenn ich sie anrufe. Ma hingegen dürfte durchdrehen, wenn sie hiervon erfährt. Und Jakob würde es verletzen, wenn ich ihn bitte, mich ausgerechnet bei Bosse abzuholen.

Der Geruch von Butter und Zwiebeln steigt mir in die Nase, als ich hinter Bosse trete und ihn am Arm berühre. »Aber mach dir bitte keine Umstände.«

Er dreht sich zu mir um und kommt mir so nahe, dass ich leicht zurückweiche. Mit einem Grinsen greift er nach einem Kochlöffel, der hinter mir auf der Anrichte in einem hohen Gefäß mit Kochutensilien steht.

»Ich habe gesagt, du kannst gern bleiben. Wir essen, und ich fahre dich anschließend nach Hause.« Es klingt, als würde es ihn echt freuen, wenn ich bliebe.

»In Ordnung«, stimme ich zu, und Bosse grinst. Er klatscht in die Hände und schnappt sich eine Flasche Rotwein.

»Ich brauche jetzt erst mal was zu trinken.« Er entkorkt den Wein, gießt uns je ein Glas ein und stößt mit mir an. Dann leert er seines fast vollständig und gießt sich sofort nach.

»Ich glaube nicht, dass der Zeit hatte, zu atmen«, sage ich, und ein Lachen entschlüpft mir.

Er wendet sich einer übergroßen Paprika zu und zerteilt sie fachmännisch. »Der soll auch nicht atmen, sondern meine Laune verbessern.« Als wollte er nicht, dass ich mir Sorgen mache, fügt er hinzu: »Keine Angst, mehr trinke ich nicht.«

Eine Weile hantiert er mit dem Gemüse herum, und ich bemühe mich, ihm nicht im Weg zu stehen. Als er mit dem Zerkleinern fertig ist, nehme ich ihm das Messer ab und spüle es zusammen mit dem Brettchen ab.

»Wo hast du Teller?«

Er zeigt auf einen der Unterschränke. »Gib mir zwei«, dann deutet er auf das Sofa. »Ich fülle uns hier auf, und wir setzen uns ins Wohnzimmer. Ich muss die Beine hochlegen.«

»Weil du schon so ein alter Mann bist?«, entschlüpft es mir. Ich bin absolut nicht sicher, ob ich diese vertraute Unbeschwertheit zwischen uns zulassen darf.

Aber Bosses Lachen verhakt sich in meinem Herzen und löscht jegliche Unsicherheit aus.

Es dauert nicht lange, und er balanciert zwei dampfende Teller zum Sofa hinüber und stellt sie auf den schmalen Couchtisch. Ich platziere unsere Weingläser daneben, während Bosse leise Musik anmacht. Wir beginnen zu essen, als *Mr Brightside* von den *Killers* ertönt.

Ich versuche, nicht zu erstarren, aber jeder Ton beschwört Erinnerungsbilder herauf. Das Leuchten der Lichterkette auf unseren miteinander verknoteten Körpern. Das Gefühl von einfachem, purem Glück, das Bosse allein mit einem Lachen erzeugen konnte. Noch immer erzeugt. Ich spüre die schwere Wolldecke auf unseren Körpern, während wir im Surfshop liegen. Ich höre seine Stimme, mit der er mir leise aus einem seiner Bücher vorliest. Und nur verstummt, um mich zu küssen.

Ich berühre die Stelle direkt über meiner Kehle, als könnte ich seine Lippen noch heute, acht Jahre später, spüren.

»Alles in Ordnung?« Bosse rückt näher und sieht mich besorgt an. »Wenn du willst, kann ich etwas anderes auflegen.« Er weiß genau, was mich getroffen hat wie eine harte Linke. Die Vergangenheit.

»Nein.« Mein Mund ist trocken wie die Sahara. »Ich liebe dieses Lied.« Ich habe es immer geliebt. Wir haben uns geliebt zu diesem Lied.

»Ich weiß«, sagt er leise und nimmt seinen Teller. Er beginnt zu essen und verdreht mit einem genießerischen Seufzen die Augen. Das zerbricht den fragilen Moment, der meinen Puls in etwas Unbeständiges verwandelt hat.

»Hast du gerade einen Foodgasmus?«, frage ich belustigt.

»Ich habe gerade einen Ich-verhungere-doch-nicht-gasmus«, entgegnet er über den Rand seines Löffels hinweg. »Erzählst du mir von deinem Tag?«

Er unterhält sich noch immer lieber als sich vom Fernsehprogramm berieseln zu lassen. Früher haben wir ganze Nächte durchgeredet.

Ich nehme einen Schluck Wein. »Ich habe heute einen ziemlich guten Tag gehabt, denke ich. Ein nettes Mittagessen in den Dünen, zufriedene Gäste. Und ich glaube, ich habe den Computer überlistet.«

Während ich ihm von dem neuen Betriebssystem erzähle und den Macken, mit denen wir in der Anfangsphase zu kämpfen hatten, leert Bosse seinen Teller. Er hat sich neben mir ausgestreckt und die Füße auf dem Tisch abgelegt. Die Nähe unserer Körper fühlt sich vertraut an und erzeugt winzige Funken, die bis in jeden Winkel meines Körpers kriechen.

»Wie war es bei dir?«, frage ich dann.

Er winkt ab und gähnt. »Die Kinder sind Monster, aber ich hoffe, dass ein paar Vokabeln hängengeblieben sind. Nachmittags habe ich dann versucht, einem übergewichtigen, Bewegungslegastheniker beizubringen, wie man surft.« Er verzieht das Gesicht. »Wir hatten starken Westwind. Keine guten Voraussetzungen. Danach habe ich bei Fiete vorbeigeschaut und dafür gesorgt, dass der Dickschädel etwas isst. Und voilà, hier bin ich.«

»Bist du jeden Tag bei ihm?«

»Meistens.« Er wiegt den Kopf hin und her. »Ist aber keine große Sache. Er hat sich mehr um mich gekümmert, als ich je zurückgeben könnte. Außerdem bin ich gern mit ihm zusammen.«

Bosse ist für Fiete da. Für seine Schüler, seine Freunde. Für Merle und die Kinder. Selbst für einen übergewichtigen Touristen. Und für mich. Er hat mich gerettet. Damals im Watt. Und jedes Mal, wenn wir uns nahe sind. Durch ihn fühle ich mich lebendig und ganz. Das ist die einfache Wahrheit, auch wenn ich das lange Zeit nicht sehen wollte.

Bosse sitzt ruhig neben mir. Ich stelle den Teller zurück auf den Tisch und drehe mich zu ihm. Aber seine Augen sind geschlossen, sein Atem ist ruhig und gleichmäßig. Er wollte mich nach Hause bringen und ist stattdessen einfach eingeschlafen. Ich bin unsicher, nicht böse. Wie soll ich damit umgehen? Ich sehe ihn eine Weile einfach nur an. Präge mir jeden Millimeter von ihm ein. Als könnte ich so ein Bosse-Vorratslager anlegen.

Was soll ich nun tun? Ich könnte den Wagen nehmen und morgen einen neuen Versuch starten, ihm den Jeep zurückzubringen. Das würde allerdings bedeuten, mich erneut Bosses Anziehungskraft auszusetzen. Oder ich bestelle mir doch ein Taxi, auch wenn das Gerede bedeutet.

Ich beuge mich vor, um mein Handy vom Tisch zu angeln, als Bosse sich neben mir bewegt. Er verändert seine Position auf dem Sofa so, dass er liegt. Dabei schlingt er einen Arm um meine Mitte. Es ist eine unwillkürliche Geste. Sein Körper ist warm, schwer und vertraut. Das ist zu nah. Zu sehr Bosse und Juna.

Aber anstatt aufzustehen und zu gehen, bleibe ich. Ich spüre seinen Atem auf meiner Haut. Es gibt nichts, was ich dem Wunsch entgegensetzen könnte, hier sein zu wollen. Ich schließe die Augen und konzentriere mich auf die Wärme. Seine Nähe. Auf das Kribbeln, mit dem mein Körper auf ihn reagiert. Ich messe der Berührung zu viel Bedeutung zu. Bosse schläft. Er weiß nicht, was er tut.

Ich ziehe eine graue Wolldecke von der Sofalehne und breite sie über ihm aus. Schweren Herzens löse ich seinen Arm von mir und rutsche Zentimeter für Zentimeter von ihm weg. Ich will uns den peinlichen Moment ersparen, wenn er aufwacht und keiner von uns weiß, wie er reagieren soll.

Aber Bosses Schlaf war schon immer leicht. Ich habe es nie geschafft, mich aus dem Bett zu stehlen, ohne ihn zu wecken. Gerade als ich die Kante des Sofas erreiche, schlägt er seine Augen auf. Sekundenlang sieht er mich entrückt an. Als wüsste er nicht, wo er sich befindet und wie er ausgerechnet mich in dieses Bild einsortieren soll. Dann schließt er die Augen wieder. Er greift nach meiner Hand und zieht mich zurück in seine Umarmung. Eine Berührung, schlicht wie das Wort »Bleib«, das darin mitschwingt. Ich zögere und gebe dann nach, egal, wie unvernünftig das ist. Bosses Nähe erfüllt mein Innerstes, während er die Decke um unsere Körper schlingt.

»Juna«, murmelt er an meinem Ohr und reibt schläfrig seine Nase an meiner Wange. Ich schmiege mich an ihn, vergrabe meinen Kopf an seinem Hals und genieße seine starken Arme, die mich umschlingen. Das hier ist kein Sex. Das sind wir.

In der Regel sind wir eine Katastrophe. Es gibt keine Zukunft für uns. Ich weiß das. Aber ich finde trotzdem keine sinnvollen Argumente, warum ich nicht eine Nacht lang träumen soll. In diesem Moment zählt nur, dass ich sein Herz spüre. Ich stolpere seinem Takt hinterher. Atme seinen Duft ein und schließe die Augen. Ich lasse los, und es fühlt sich an, als würde ich endlich ankommen und nicht fallen.

Bosse

Eine träge, wohlige Wärme bedeckt meine Haut, als ich aufwache. Juna-Bruchstücke purzeln durch mein halbwaches Hirn.

Sie war hier. Und ich unendlich müde. Sie wollte gehen, aber ich habe sie einfach in meine Arme gezogen.

Meine Hand fährt über den Stoff des Sofas. Er ist noch warm. Von ihr. Sie ist geblieben. Eine Welle aus Freude tobt durch meinen Körper und zerbricht an der Erkenntnis, dass sie nicht besonders viele Möglichkeiten hatte, hier wegzukommen. Ich sollte nicht zu viel in die ganze Sache hineininterpretieren. Sobald ich geduscht habe, fahre ich sie nach Hause. Ich stehe auf und fahre mir durch die Haare.

»Na, schon wach?«

Ich würde alles geben, um diese Stimme jeden Morgen zu hören. Auch wenn ich das nicht tun sollte. Sie wird nicht bleiben. Nicht auf der Insel. Nicht bei mir. Und wenn sie geht, wird sie mir das Herz brechen. Und die Scherben, die dabei entstehen, werden mit Sicherheit kein Glück bringen.

»So einigermaßen«, antworte ich und durchquere das Wohnzimmer, um auf einen der Küchenstühle zu rutschen. »Du hast Frühstück gemacht?« Ich beäuge das Rührei kritisch und entlocke ihr damit dieses Lachen, das sich tief in meinen Körper schraubt. Entrüstung liegt darin.

»Willst du etwa behaupten, ich könnte nicht kochen?«

»Ich behaupte, du kannst kochen – aber es ist gefährlich, das Gekochte zu essen.«

Sie grinst und knabbert an dem leicht angebrannten Ende des Rühreiklumpens herum. »Ist köstlich.«

»Ich sehe da andere Dinge, die zweifelsohne köstlicher sind«, rutscht es mir heraus.

Juna zuckt kurz zusammen, bevor sie wohl beschließt, den Kommentar als Kompliment anzunehmen. Sie lächelt mir zu. Allein dieses Lächeln ist es wert, abermals die Grenze zwischen uns übertreten zu haben.

Aber urplötzlich verfliegt die Leichtigkeit und weicht einem ernsten Ausdruck. »Was ist das hier?« Sie zeigt auf mich, auf sich. Auf das verunglückte Frühstück und das Chaos, das sie wie früher in mein Leben bringt. Das alles stiehlt mir das Herz.

»Ich würde sagen ein Frühstück, das wir gegen Croissants vom Bäcker eintauschen sollten, und ein bisschen Wir.«

Sie runzelt die Stirn. »Und was ist dieses Wir?« Sie seufzt.

Ich überlege einen Augenblick, wie ich in Worte fassen kann, was ich empfinde, ohne mich allzu angreifbar zu machen. Ich stütze die Arme auf und sehe Juna prüfend an. »Da ist etwas zwischen uns. Das ist nicht weggegangen, nur weil uns Tausende von Kilometern getrennt haben. Oder weil wir krampfhaft versucht haben, dagegen anzukämpfen, seitdem du wieder hier bist.«

Sie nickt.

»Uns aus dem Weg zu gehen hat nicht besonders gut geklappt«, stelle ich fest und berühre dabei ihren Arm, als könnte die Nähe den folgenden Worten die Härte nehmen. »Wir haben vielleicht keine Zukunft als Paar.« In meiner Brust zieht sich etwas schmerzhaft zusammen. Selbst wenn man die zerbrochenen Stücke von uns zu einem Mosaik formen würde, könnte es nicht uns reflektieren, sondern nur etwas Verzerrtes. Etwas, das längst kaputt ist.

»Dazu ist zu viel passiert«, fahre ich leise fort. »Und du wirst zurück nach Amerika gehen. Ich kann hier nicht weg. Wegen Fiete, meinem Job, meinen Freunden.« Ironischerweise ist es inzwischen sie, die alles daransetzt, so bald wie möglich von der Insel zu verschwinden.

»Ich will nicht mehr streiten. Die Situation kann nicht jedes Mal eskalieren, wenn wir uns sehen. Das macht uns beide fertig.« Ich streiche über ihre Haut und starre auf die Gänsehaut, die meine Berührung auf ihrem Unterarm hinterlässt. »Ich will die kurze Zeit, die uns bleibt, nicht mit Streiten verbringen.« Ich deute auf sie und mich. »Lass uns versuchen, die nächsten Monate das Beste aus diesem Wirrwarr zu machen. Vielleicht schaffen wir es dieses Mal, als Freunde auseinanderzugehen und uns in besserer Erinnerung zu behalten als damals.«

Ich kann nicht glauben, was ich da von mir gebe. Dass ich ernsthaft vorschlage, Freunde zu werden. Der Plan hat gewisse Schwächen. Da wäre zum Beispiel mein Herz, das in Anbetracht dieses Vorhabens bockig außer Takt gerät.

Ich sehe, wie Juna sich zu einem Lächeln durchringt, das auf halbem Weg verendet.

»Freunde also?«

Das hört sich an wie aus einem Drehbuch für eine schwachsinnige Sitcom. Nicht so, als würde es Juna und mich betreffen. Trotzdem nicke ich.

Angespannt warte ich auf ihre Antwort. Wenn Juna zustimmt, werden wir uns zumindest sehen. Aber ich sollte mich nicht so sehr an diese Aussicht und die paar Monate klammern, die uns noch bleiben.

Juna sieht mich nur an, stumm, nachdenklich, zweifelnd. Aber sie entzieht sich mir nicht und lässt zu, dass ich sie in meine Arme schließe, während sie zögerlich nickt.

Mein Körper reagiert wie gewohnt auf sie. Auch wenn es nie zur Routine werden wird, wie sich mein Herzschlag beschleunigt, sobald wir uns berühren. Das ist absolut nicht freundschaftlich. Ich schiebe sie auf Abstand, bevor sie bemerkt, was in mir vorgeht.

»Ich muss echt duschen, wenn ich nicht wie ein Neandertaler in der Schule aufkreuzen will«, sage ich, und meine Stimme klingt rau und angeschlagen. Ich dämpfe diesen

Eindruck durch den Stoff des Hoodies, den ich mir über den Kopf zerre. Benommen stolpere ich in Richtung Bad. Ich müsste mich freuen, dass sie eingewilligt hat. Warum fühlt es sich dann verflucht nochmal so an, als hätte ich gerade alles verloren?

Juna

Als ich Jakobs Haus erreiche, bin ich durchgeschwitzt und völlig außer Atem. Anstatt der üblichen fünf Kilometer bin ich heute zehn gelaufen. Meine Beine sind zittrig und taub. Vermutlich kann ich mich morgen nicht mehr bewegen, aber die extra Kilometer haben sich gelohnt. Ich fühle mich sortierter.

Jakob sitzt auf den Stufen der Veranda und nippt an seinem Kaffee. Neben ihm steht wie jeden Morgen der Thermobecher mit meiner Kaffeeration. Ich lasse mich auf die Holzstufen fallen und trinke gierig ein paar Schlucke. Jakob greift hinter sich und schlingt eine Wolldecke um meinen Körper, damit ich mir, verschwitzt, wie ich bin, nicht den Tod hole. Erst als ich die Hälfte des Kaffees getrunken habe, bricht er das Schweigen.

»Du und Bosse seid jetzt also Freunde, ja?« Er sieht mich zweifelnd an.

Ich bin mir nicht sicher, ob es gut war, ihm von der Vereinbarung zwischen Bosse und mir zu erzählen. Ich wollte es nicht, aus Rücksicht auf seine Gefühle, aber Jakob hat darauf bestanden. Er sagte, ich müsste ihm erlauben, für mich da zu sein. Ansonsten hätte unsere Freundschaft wenig Sinn. Mit all seiner Beharrlichkeit hat er es schließlich aus mir herausgekitzelt. Dabei dürfte die Situation für ihn alles andere als leicht sein. So ist Jakob. Eine Welle der Zuneigung rollt über mich hinweg.

»Wie geht es dir damit?«, fragt er und nippt an seinem Kaffee.

»Ich weiß es nicht.« Das ist die Wahrheit. Es wird schwer werden, Bosse regelmäßig zu sehen und dabei nicht meinen Gefühlen zu erliegen. »Was denkst du?«

Jakob zuckt die Schultern und lässt sich Zeit mit seiner Antwort. »Ich denke, er ist sich nicht bewusst, wie leicht er dich verletzen kann.« Dann fährt er fort: »Ich mache mir einfach nur Sorgen um dich.« Er stößt mit seinem Knie gegen meins und lächelt mich an. »Ich hoffe einfach, dass er dir nicht das Herz bricht mit diesem ganzen Pseudo-Freundschaftskram.«

Vermutlich wird er das. Und ich lasse es zu, weil ich es nicht schaffe, eine klare Grenze zu ziehen. »Was für ein verworrener Mist«, murmle ich leise.

Jakob sieht mich an und nimmt mich dann in den Arm. Ich wäre an seiner Stelle niemals so selbstlos, aber in Jakobs Umarmung liegt nur Akzeptanz. Er akzeptiert meine Entscheidung, weiter Bosses Nähe zu suchen. Ich bin dankbar dafür, dass er mir nicht sagt, wie bescheuert und irrational diese ist. Ich bin unendlich dankbar, dass er seine Gefühle für mich zurückstellt und ein Freund ist.

Als wäre es das Selbstverständlichste und Einfachste der Welt. Dabei weiß ich, wie schwer es ihm fallen muss.

Die Strandbars, die im Sommer auch spät abends noch geöffnet haben, liegen jetzt Mitte November verlassen da. Die Saison ist vorüber. Die Strände sind leer bis auf jede Menge Algen, die von den Herbststürmen an den Strand gespült werden, und Möwen, die nach Beute suchen.

Ich sollte nach Hause gehen, anstatt auf Bosse zu warten. Sich allein im Dunkeln am Strand zu treffen fällt nicht gerade unter die allgemeine Vorstellung eines lockeren Treffens unter Freunden. Trotzdem bin ich hier. Mein Herz pumpt Adrenalin durch meine Adern, während die Kühle des Sands unter meinen Füßen durch die Gummisohlen meiner Sneakers kriecht und mich frösteln lässt.

Ein leises »Hi« neben mir lässt mich zusammenzucken. Bosse ist über den Strand gekommen und nicht, wie ich angenommen hatte, über den Parkplatz. Er bleibt vor mir stehen und lächelt mich an. Und dieses Lächeln haut mich fast um.

»Hi«, erwidere ich und kann nichts dagegen tun, dass ich zittere. Ich hätte meine Boots anziehen sollen.

Bosse mustert mich prüfend und schlingt dann wie selbstverständlich seine Arme um mich. Als müsste er sich für unsere Nähe rechtfertigen, sagt er: »Du frierst.«

Es fühlt sich so verdammt vertraut an, einfach nur mit ihm hier zu stehen. Unsere Atemwölkchen verschmelzen miteinander, und ich spüre seinen Körper an meinem. Ich lehne meinen Kopf an seine Schulter und sehe das Leuchten einer Positionsbarke. Vielleicht ist es aber auch ein Ufo. Bei meinem Orientierungssinn läge das sicher im Bereich des Möglichen.

»Hier draußen kriege ich dich nie warm«, stellt Bosse fest, und seine Stimme setzt sich als Vibrieren in meiner Brust fort. »Wir sollten gehen.«

»Es geht schon.« Aber das unkontrollierte Zittern meiner Muskeln straft mich Lügen. Dabei würde Bosses Nähe selbst die Arktis erträglich machen.

In der Windstille seiner Arme erkundigt er sich nach meinem Tag. Er erzählt von Fiete, der heute den Arzt beim Hausbesuch in den Wahnsinn getrieben hat.

Noch immer zittere ich. Bosse küsst mich auf die Stirn und greift wortlos nach meiner Hand.

Ich wünschte, es hätte mehr zu bedeuten als Freundschaft. Aber das haben wir geklärt. Er zieht mich hinter sich her zu meinem Polo, der vereinsamt in der Ecke des Parkplatzes steht. Die Vorstellung, mit Bosse in der Enge des Wagens allein zu sein, lässt mein Herz stolpern.

Während ich die Tür aufschließe und mich hinter das Lenkrad schiebe, setzt Bosse sich neben mich.

»Ich würde dich ja wärmen«, sagt er kurz darauf und zuckt entschuldigend mit den Schultern. »Aber dieses Auto ist eine Hutschachtel. Wir würden uns dabei vermutlich etwas ausrenken.« Er lacht leise. »Wir sollten unser Treffen vertagen, oder was meinst du? Du mutierst zu einem Eisblock, wenn wir noch länger hierbleiben.«

Selbst das wäre mir egal. Aber anstatt genau das zu sagen, stecke ich den Schlüssel ins Zündschloss. Ich drehe ihn um, und die Lüftung setzt gemeinsam mit dem ungesunden Stottern des Motors ein. Das Radio springt an, und irgendein Gangsterrapper röhrt aus den viel zu kleinen Lautsprechern. Ich will noch nicht fahren, aber die Lüftung frisst hastig den Nebel auf den Scheiben und damit den einzig vernünftigen Grund, noch zu warten.

»Früher waren wir oft hier.« Ich zeige aus der Frontscheibe auf den Parkplatz.

Bosse nickt und fährt sich unruhig durch die Haare. Es missfällt ihm, dass ich die Vergangenheit ins Jetzt hole.

»Früher haben wir bessere Musik gehört«, sagt er.

Ich erinnere mich an so viele Stunden, die wir in dem Auto von Bosses Vater auf diesem Parkplatz verbracht und gemeinsam Musik gehört haben. Nicht, dass Bosse damals schon einen Führerschein hatte oder den Volvo seines Vaters hätte nutzen dürfen. Aber das hat ihn nicht abgehalten. Manchmal haben wir geredet, meistens aber hat es uns gereicht, nur eng umschlungen dazusitzen. Ich erinnere mich an die Vollkommenheit dieser Augenblicke und an die Musik, die tatsächlich besser war. Ich zucke entschuldigend mit den Schultern.

»Der Wagen hat 500 Euro gekostet. Ein CD-Spieler oder USB-Anschluss war da nicht drin.« Ich tippe gegen das völlig veraltete Kassettendeck und runzle dir Stirn. »Ma hat all ihre alten Kassetten weggeschmissen, nachdem ihr irgendwer die Musik auf CDs gebrannt hat, und ich bekomme nicht mehr als drei Sender rein. Ich kann versuchen, etwas Besseres zu finden, aber vermutlich wird das Programm eher schlechter.«

Der Sendersuchlauf stoppt, und ein Shanty-Chor schmettert *Alle, die mit uns auf Kaperfahrt fahren*. Bosse prustet los. Sein Lachen ist wie eine Welle, die sanft aussieht, einen aber mit der Wucht eines Tsunamis von den Füßen reißt. Ich kann nicht anders und stimme ein, bis wir beide atemlos innehalten.

Bosse sieht mich an und wird mit einem Mal todernst. Sein Blick brennt sich in meinen, und ich wünschte, er würde damit aufhören. Auch wenn es mein Herz höherschlagen lässt.

»Ich habe das hier vermisst!«, sagt er leise und zerreißt dann den Moment, indem er ruckartig die Tür öffnet. Mit einem Satz springt er auf den Asphalt, dessen aufgeplatzte Risse sich mit dem Sand füllen, der vom Strand herüberweht.

Ich will etwas sagen, aber bevor ich die richtigen, unverfänglichen Worte in dem Bosse-Wust finden kann, beugt er sich noch einmal zu mir in den Wagen.

»Schön, dass wir uns gesehen haben, und hey, wir haben es geschafft: Ein ganzes Treffen ohne Katastrophen. Sieht aus, als wären wir ganz gut in diesem Freunde-Ding.« Er lächelt mir zu, wirft die Tür ins Schloss und trabt über den Parkplatz zum Strand, bis die Dünen ihn verschlucken.

Unser erstes Treffen ohne Katastrophen hat er es genannt. Ich umklammere das Lenkrad und lehne meinen

Kopf zwischen die Hände auf das kühle Leder, konzentriere mich auf meine Atmung. Ein und aus. Ein und aus. Denn seine Nähe war genau das. Katastrophal herzraubend.

»Und, habt ihr geredet?« Merle hockt auf dem Boden ihres Wohnzimmers und sortiert Fotos. Warme sonnengetränkte Luft verwirbelt winzige Staubpartikel zwischen uns. Sie verteilt die Bilder auf fragile Kleinst-Foto-Haufen, um Ordnung in das Chaos zu bringen.

»Du weißt aber schon, dass man Bilder heutzutage digital archiviert?«, lenke ich ab und drehe zweifelnd ein Foto zwischen den Fingern, bis Merle es mir aus der Hand zupft.

»Halte ich nichts von.« Sie bläst sich eine Haarsträhne aus dem Gesicht, ohne eine Erklärung nachzuschieben. Wenn sie von irgendetwas nichts hält, wird sie kein noch so gutes Argument vom Gegenteil überzeugen.

Hennes und Titus spielen oben, und der Geräuschkulisse nach zu urteilen, reißen sie gerade den Dachstuhl ab. Ich habe Jakob angeboten, heute auf den Kleinen aufzupassen. Er hat einen Arzttermin auf dem Festland, und sein Vater muss arbeiten. Hennes hat mit Titus definitiv mehr Spaß, als wenn er stundenlang in einem Wartezimmer sitzen muss. Und ich freue mich, Jakob einen Gefallen tun zu können. In der Regel ist er derjenige, der etwas für mich tut. Es ist schön, ein wenig zurückgeben zu können. Außerdem ist mir Hennes ziemlich ans Herz gewachsen.

Seufzend gleite ich neben Merle auf den Fußboden und beginne, wahllos in dem Wust an Fotografien zu wühlen.

»Also, ich warte.«

»Worauf?«, stelle ich mich unwissend. Dabei werden Merle nicht einmal die gefühlten eine Million Bilder davon ablenken, erfahren zu wollen, was genau nach der Party zwischen mir und Bosse passiert ist.

»Im Grunde gibt es nichts zu erzählen.«

Immerhin hat sie nach unserem ersten Kuss im Watt sehr deutlich gemacht, dass sie nicht zwischen den Stühlen sitzen will, nur weil Bosse und ich Sex miteinander hatten. Zweimal. Und das gehört laut Vereinbarung der Vergangenheit an. Also, warum sollte ich unsere Freundschaft damit belasten?

»Er hat mich nur gefahren«, versuche ich, die Klippe zu umschiffen.

Merle sieht mich skeptisch an. »Ich bin nicht doof, Juna. Ich merke doch, dass seitdem etwas anders ist. Ich habe dir gesagt, ich will wenigstens vorgewarnt werden, wenn ihr beschließt, es noch mal miteinander zu versuchen. Weiß der Himmel, was da zwischen euch abgeht.«

»Wir versuchen es nicht miteinander. Und es geht auch nichts ab«, flüstere ich leise. Ich verschlucke mich fast an den Worten, auch wenn sie wahr sind. Wir sind jetzt Freunde. Nicht mehr.

Merle hält mitten in der Bewegung inne. Sie setzt sich auf und lehnt sich mit einer Handvoll Fotos in der Hand gegen die Wand.

»Warum hat Peer euch dann neulich zusammen gesehen?« Sie schüttelt den Kopf, und ich kann spüren, wie sie sich von mir zurückzieht. Sie denkt, ich würde sie anlügen.

»Das war nur ...«, beginne ich, aber Merle unterbricht mich.

»Soll ich dir sagen, wie ich die Sache sehe?« Sie wartet keine Antwort ab, sondern fährt fort. »Seitdem du wieder hier bist, war jedem klar, dass ihr euch wieder ineinander verrennen würdet. Ich habe trotzdem gehofft, ihr würdet es nicht tun. Wirklich. Weil ich weiß, wie groß euer Talent ist, einander weh zu tun.« Sie seufzt, und ihre Stimme wird weicher. »Gleichzeitig habe ich aber mindestens genauso sehr gehofft, ihr würdet euch aussprechen und wieder zueinanderfinden. Ich bin eben eine unverbesserliche Romantikerin. Ohne ein Happy End kann ich nur schlecht leben.« Sie legt die Fotos auf den Boden und zieht die Beine dicht an den Körper. »Peer hat euch gesehen. Am Strand. In einer engen Umarmung. Ich hätte einfach erwartet, ihr würdet mir davon erzählen. Aber das habt ihr nicht getan. Weder du noch Bosse.« Sie klingt verletzt.

»Wir sind nur Freunde.« Benommen starre ich auf ein Bild, das Merles Familie am Meer zeigt. Die pinke Ringelhose, die Marie trägt, sticht mir ins Auge. Und das Glück in Merles Gesicht. »Es tut mir leid, dass ich nicht mit dir darüber gesprochen habe. Irgendwie musste ich das alles selbst erst mal für mich klarkriegen«, sage ich matt.

Sie nickt, zögert und beugt sich dann doch zu mir rüber. »Entschuldigung angenommen.« Sie reicht mir ihren kleinen Finger und hakt ihn in meinen, bevor sie fortfährt.

»Aber mal ehrlich: Wir wissen beide, dass ihr alles seid – nur keine Freunde.« Sie malt Gänsefüße in die Luft, als sie das Wort Freunde ausspricht.

Merle hat recht. Zwischen Bosse und mir existiert viel mehr als bloße Freundschaft. Trotzdem habe ich der Vereinbarung zugestimmt. Weil ich nicht will, dass es jedes Mal in einer Katastrophe endet, wenn wir einander über den Weg laufen. Ich möchte mich an das Gute klammern, das Bosse und mich verbindet. Und ein verbotener Teil von mir hofft wirklich, es könnte uns gelingen, Freunde zu sein. Dann könnten mich dieses Mal gute Erinnerungen nach Amerika begleiten. Ich könnte vielleicht endlich mit der Vergangenheit abschließen und die Insel als ganzer Mensch verlassen. Bosse ist der Schlüssel dazu. Und die Art, wie wir mit der Situation umgehen.

Aber da ist dieser verfluchte Berg aus Gefühlen für ihn, der meine Vorsätze torpediert und mein Leben kontinuierlich ins Chaos stürzt.

»Juna?«

Ich spüre Tränen in mir aufsteigen, aber ich schlucke sie hinunter. Ich habe mir geschworen, nicht mehr wegen Bosse und mir zu heulen.

»Wir haben uns ausgesprochen. Als er mich von eurer Feier nach Hause gefahren hat. Wir haben uns darauf geeinigt, dass wir Freunde sein wollen. An dem Abend am Strand haben wir uns getroffen, um zu sehen, ob dieses Freunde-Ding funktioniert. Wir wollen einfach versuchen, miteinander auszukommen.« Obwohl mir genau dieses

Treffen deutlich gemacht hat, wie wahnwitzig das Vorhaben Freundschaft ist. Mein Herz kümmert sich einen Scheiß darum, was vernünftig wäre.

Merle mustert mich stirnrunzelnd. »Ist das dein Ernst?«

Ich zucke die Schultern. »Ich denke schon.«

»Wir sprechen über Bosse. Bei euch gibt es kein Miteinanderauskommen. Ihr seid Juna und Bosse. Ihr seid wie Romeo und Julia.« Sie legt den Kopf schief. »Oder besser noch: wie Bonnie und Clyde.«

»Jetzt übertreibst du«, bringe ich mit einem schiefen Lächeln hervor.

»Nee, bestimmt nicht. Wundert mich, dass Simon Harker dich überhaupt wieder auf die Insel gelassen hat.« Sie zwinkert mir zu.

Simon Harker ist der Inselpolizist, den Bosse und ich in unserer Jugend in den Wahnsinn getrieben haben. Er dürfte in der Tat nicht begeistert sein, dass ich zurückgekehrt bin.

»Fakt ist, ihr seid kein Paar, das einfach nur miteinander auskommt«, fährt Merle fort. »Entweder ihr seid zusammen und vollkommen besessen voneinander, oder ihr seid getrennt und zwar verbunden mit dem Drama einer weltverändernden, gescheiterten Liebe.« Sie sieht mich nachdenklich an. »Und wenn da noch mal etwas zwischen euch passiert, wüsste ich gern Bescheid!«

»Wir sind nicht mehr siebzehn. Das ist lange her.«

»Und du kollabierst immer noch, sobald er durch die Tür kommt«, kontert Merle.

»Vielleicht«, gebe ich kleinlaut zu. »Aber das ändert nichts. Du hast selbst gesagt, dass ich ihn damals aus der Bahn geworfen habe. Und er mich. Das wird nicht noch einmal passieren.« Es darf nicht.

»Aber ihr habt Gefühle füreinander. Er liebt dich.«

Ich schüttle den Kopf. »Wir haben das aus der Welt geschafft, Merle. Wir haben gesprochen, und er hat eines sehr deutlich gemacht: Er liebt mich nicht.«

»Und wie sieht es bei dir aus? Liebst du ihn noch?«

Ich wünschte, ich müsste nicht auf diese Frage antworten. Früher hat Merle gespürt, wenn Worte zu schwierig waren, um ausgesprochen zu werden. Dann hat sie die Musik angestellt und mit mir getanzt. »Nein, nicht mehr. Was da neulich zwischen uns war, gehört der Vergangenheit an«, presse ich hervor. Eine glatte Lüge. Ich hasse mich dafür, dass ich sie Merle ins Gesicht sage. Und noch mehr hasse ich, dass die Worte nicht wahr sind.

»Dann stört es dich also nicht, wenn Peer und ich euch übermorgen zu einem gemeinsamen Abendessen einladen? Wir haben schon überlegt, wie wir das handhaben sollen, aber wenn ihr jetzt hochoffiziell Freunde seid, dürfte das ja kein Problem darstellen.«

Merle glaubt mir kein Wort. Und das ist ihre Art, zu überprüfen, ob Bosse und ich tatsächlich in der Freundschaftszone angekommen sind. Mir bleibt also nichts anderes übrig, als zu nicken, wenn ich sie nicht hellhörig machen will. Dabei glaube ich kaum, dass ich ein gemeinsames Abendessen mit Bosse überstehen werde.

Bosse

Ich habe Juna das letzte Mal am Strand getroffen. Seitdem haben wir uns weder gesehen noch miteinander geredet. Ich habe sie nicht angerufen. Zum einen, weil ich mir beweisen musste, dass ich es ohne sie aushalte. Zum anderen, weil ich wohl gehofft hatte, sie würde sich zuerst melden. Aber das hat sie nicht. Stattdessen sehen wir uns hier bei Merle und Peer, an ihrem riesigen Esstisch, das erste Mal wieder.

Juna wirkt entspannt, gelöst. Nicht so, als würde es ihr etwas ausmachen, mir gegenüberzusitzen.

Neben mir spielt Marie mit ihrem Essen und sieht aus, als würde sie eine zweiwöchige Notration in ihrem Gesicht anlegen. Ich sollte sie vermutlich davon abhalten, aber ich kann nicht. Meine Aufmerksamkeit wird von Juna aufgesogen. Ihr sonst glattes Haar fällt in lockeren Wellen auf ihre Schultern. Sie trägt ein schlichtes, schwarzes Kleid, das ihre Figur betont. Ich reagiere darauf. Ob ich will oder nicht. Jedes Wort aus ihrem Mund, jede Geste und ihr Lachen nehme ich überdeutlich wahr.

Titus stößt mich an. Es scheint nicht das erste Mal zu sein, dass er mich anspricht.

Ich bemühe mich, ihm meine ungeteilte Aufmerksamkeit zu schenken.

»Weißt du, wie der Urknall zustande kam?«, fragt er mich mit einer solchen Ernsthaftigkeit in der Stimme, als wären wir zwei Professoren auf einem Astronomie-Kongress.

Geistesabwesend schüttle ich den Kopf. »Tut mir leid, Großer. Keine Ahnung. Ich google es, wenn wir hier fertig sind, okay?«

Titus befriedigt meine Antwort nicht. Dass meine Aufmerksamkeit schon wieder von ihm zu Juna abdriftet, stoppt er, indem er an meinem Hemd zupft. »Ich meine, wie soll denn etwas knallen, wenn vorher doch gar nichts da war?«, bleibt er beharrlich.

»Das ist eine ziemlich gute Frage.« Ich wuschle ihm durch die Haare und schiebe meinen Stuhl zurück. »Ich gucke es später nach, und dann reden wir drüber, versprochen!«

Er hat ziemlich feine Antennen und offenbar kapiert, dass mit mir heute nicht viel anzufangen ist. Auf jeden Fall gibt er auf und isst weiter.

»Ihr entschuldigt mich kurz?« Ich werfe meine Serviette auf den Teller. Das Essen darauf habe ich so gut wie nicht angerührt. Merle und Peer, unsere Freunde, Fynn und Magnus, und Juna diskutieren gerade über die verschiedenen Ansätze unserer Lokalpolitiker und lassen sich kaum davon stören, dass ich den Tisch verlasse. Titus hingegen guckt mir enttäuscht hinterher.

Ich muss einfach einen Moment meine Ruhe haben. Nur einen Augenblick weg von Juna, deren Nähe ich kaum ertragen kann. Nicht ohne die gezogenen Grenzen einzureißen. Unsere Freunde wissen, dass wir uns auf eine rein platonische Beziehung geeinigt haben. Sie denken, es wäre in Ordnung für mich. Dabei sind meine Gedanken an Juna alles andere als freundschaftlich. Ich muss dringend lernen, sie besser im Griff zu haben.

Junas klares Lachen begleitet mich aus dem Zimmer. Sie ist glücklich. Ausgelassen. So sollte es sein, und ich werde mich verdammt nochmal zusammenreißen, um ihr das nicht kaputtzumachen. Eine Auszeit wird mir sicher dabei helfen.

Ich laufe die Treppe in den ersten Stock hinauf und öffne die Tür am Ende des Flurs. Das Bad ist hell und geschmackvoll gestaltet. Weiß mit wenigen, ausgesuchten maritimen Accessoires. Nur in der Eckbadewanne türmen sich bunte Quietscheentchen, Playmobilboote und Spritztierchen.

Ein leises Klopfen an der Tür unterbricht meine Gedanken, die ich erfolgreich von Juna weggelotst hatte. Ich stelle den Wasserhahn aus, den ich zwar aufgedreht, aber nicht genutzt habe.

»Ja«, sage ich laut.

Die Tür öffnet sich, und Juna schiebt sich durch den Spalt. Mit dem Körper verschließt sie die Tür wieder. Sie sieht mich durchdringend an.

Warum zum Teufel ist sie mir gefolgt? Wir sind allein, und das ist Gift für meine Selbstbeherrschung. Ich deute auf die Tür, um anzudeuten, dass ich ihr das Bad überlasse und zu den anderen zurückgehe, aber Juna lehnt sich dagegen.

Sie versperrt mir den Weg und lächelt mich an. Sie sagt kein Wort. Und ich tue genau das, was ich nicht sollte. Ich drehe dem Waschbecken den Rücken zu und komme ihr so nah, dass ich den Puls an ihrem Hals rasen sehe. Ihr Geruch steigt mir in die Nase und beschleunigt meinen Atem. Ich beiße die Zähne fest aufeinander. Sie in diesem Moment nicht zu küssen kostet mich alle Kraft.

»Du hast getrunken«, sage ich und lehne mich an die Wand neben ihr. Eine ziemlich coole Pose. Aber wenn ich ehrlich bin, hat sie rein gar nichts mit Lässigkeit zu tun. Eher damit, dass ich Angst habe, meine Beine könnten mich nicht mehr tragen.

Juna nickt und lacht leise. Dabei hält sie ihre Finger einen Spaltbreit auseinander.

»Ein bisschen viel«, setze ich nach.

Sie nickt wieder und tippt gegen die Knopfleiste meines Button-down-Hemdes. »Der Wein ist wirklich gut. Solltest du probieren.«

Dann wären wir schon zwei, die sich nicht mehr unter Kontrolle hätten.

»Was machst du hier?«, frage ich sie tonlos. Spätestens morgen wird sie bereuen, was sie gerade in ihrem Rausch initialisiert.

»Ich unterhalte mich mit dir.« Sie sieht mich unschuldig an. »Über Wein«, fügt sie unnötigerweise hinzu.

»Ich denke, ich bleibe lieber bei Wasser.«

Sie verzieht den Mund zu einem bedauernden Grinsen. »Du verpasst etwas.«

Als wüsste ich das nicht. »Was soll das, Juna?« Sie hat zu viel getrunken. Sonst würde sie mich nicht ansehen, wie sie es gerade tut.

Sie zuckt die Schultern und stößt sich von der Wand ab. Ihre Finger wandern über die Armatur des Waschbeckens und die schmale Mosaikbordüre, die auf halber Höhe die Fliesen trennt.

Ihr Blick, die Art, wie sie sich bewegt, lässt Bilder auf meine Netzhaut entstehen, die definitiv in hormongetränkten Regionen entstehen. Juna, wie ich sie gegen die Tür presse. Wie ich sie hart und fordernd küsse. Ihr Atem stolpert dabei. Es ist, als könnte ich spüren, wie sie ihre Schenkel öffnet und ich mich dazwischenschiebe. Ich spüre das Stöhnen tief in meinem Brustkorb und stelle mir vor, wie Juna es zurückhalten würde, indem sie mir ihre flache Hand auf den Mund presst. Es würde mir den letzten Rest Beherrschung rauben – und das darf auf keinen Fall passieren.

»Wir sollten zurück zu den anderen gehen.« Meine Stimme klingt rau, als ich die Bilder abschüttle. »Sonst müssen wir ihnen am Ende noch erklären, was wir zusammen im Bad gemacht haben.«

Juna zuckt mit den Schultern. »Was sollten wir ihnen

schon erklären. Wir tun gar nichts. Immerhin sind wir nur Freunde, oder?« Dabei betont sie das Wort *Freunde* genauso blöd, wie es auch Merle die ganze Zeit tut.

Es ist, als wollte sie, dass ich ihr widerspreche. Ich weiß, dass das nur am Alkohol liegt, und bleibe an die Wand gelehnt stehen. Sie macht es mir verdammt schwer, ihr nicht zu zeigen, was sich mein Hirn gerade ausgemalt hat.

»Geh du vor«, fordere ich sie trotzdem auf und ignoriere das hartnäckige Ziehen in meinem Körper.

Juna nickt und senkt den Blick. Ich sehe, wie sie meine Abfuhr hinunterschluckt und zögert, als wollte sie protestieren. Aber dann berührt sie kurz meinen Arm, dreht sich um und schlüpft durch die Tür.

Ich höre ihre Schritte auf der Treppe und wie Marie sie freudig am Tisch begrüßt. Die Kleine kräht fröhlich, und Juna reagiert auf Marie, als wäre nichts vorgefallen. Eine Weile bleibe ich noch im Bad und versuche mich zu sammeln. Dann kehre ich ebenfalls zurück an den Esstisch und tue so, als hätte Juna nicht jede meiner Zellen elektrisiert.

Juna

Leichter Nieselregen fällt auf die Scheiben des Polos und lässt die Umgebung verschwimmen. Ich habe heute lange gearbeitet, und es ist bereits dämmrig. Ich kann die Umrisse des Mehrfamilienhauses erkennen, in dem unsere Wohnung liegt. Der Scheibenwischer erzeugt ein leises Quietschen, als der Intervall einsetzt. Die Stille am anderen Ende der Leitung macht mich fertig.

Tante Caro schweigt seit einer gefühlten Ewigkeit. Sie hat sich vermutlich gesetzt und versucht zu verarbeiten, was ich ihr gerade gestanden habe. Ich habe mit Bosse geschlafen. Obwohl sie mich davor gewarnt hatte.

»Eigentlich ist ja alles gut«, sagt Caro schließlich. »Ihr habt geredet. Vielleicht hättet ihr euch den Sex davor sparen sollen, aber ihr habt schon immer ein Händchen dafür gehabt, es euch unnötig schwerzumachen.« Sie verstummt, dann fährt sie leise fort. »Wenigstens ist das jetzt geklärt. Ihr habt eine Abmachung, und du kannst endlich mit ihm abschließen.«

Das würde jeder normale Mensch tun. Ich seufze.

»Juna?«

Als ich nicht antworte, höre ich, wie sie aufsteht und im Zimmer herumläuft.

»Du glaubst nicht ernsthaft immer noch, du würdest ihn lieben?«, fragt sie dann.

Genau das ist aber es, was jede meiner Zellen schreit, sobald ich ihn sehe. Ich weiß, dass es verrückt ist, aber die Vernunft kann mein Herz nicht überstimmen.

»Nein!« Tante Caro reagiert heftiger, als ich gedacht hätte. »Tu das nicht, Juna. Bosses Vorschlag ist eindeutig. Er sagt dir auf die nette Art, dass die Sache für ihn beendet ist. Freundschaft ist nur der Code für: Schließ damit ab, ich habe das auch getan. Wenn du das nicht schaffst, solltest du ihn auf keinen Fall wiedersehen. Hast du gehört?«

»Ich weiß, dass du recht hast.« Ich schüttle den Kopf und fahre die verstaubten Lüftungsschlitze mit den Fingern nach. »Aber es ist nicht so leicht.« Ich kann mich nicht von ihm fernhalten. Das habe ich vergeblich versucht.

»Niemand hat gesagt, dass es leicht ist, aber es wird nicht leichter, wenn du ihn weiterhin siehst.« Ihre Stimme klingt plötzlich wie Mas. »Du warst schon einmal an diesem Punkt. Ich kann nicht fassen, dass du überhaupt darüber nachdenkst, dich wieder auf ihn einzulassen.«

»Und ich kann nicht glauben, dass du mich nicht verstehst«, entgegne ich brüsk.

Caro stand immer hinter mir, egal was ich getan habe. Dass sie es jetzt nicht tut, trifft mich. Caro kämpft wie Ma um jeden Zentimeter Boden, und wie ihre Schwester mutiert sie zu einem Granitfelsen. Ich habe sie so schon gesehen, wenn sie mit ihren Geschäftspartnern verhandelte, aber mir gegenüber war sie noch nie dermaßen unnachgiebig. Ich bin sicher mit schuld daran, dass ihre Meinung über Bosse in tiefstes Schwarz gehüllt ist und ihr Verständnis in Bezug auf ihn knappe Grenzen hat.

Ich habe allen Ballast, den Bosse in meinem Herzen hinterlassen hat, bei ihr abgeladen. Sie kennt nur die dunklen Momente. Die Fehler, die er begangen, und den Schmerz, den er mir zugefügt hat. Sie weiß, dass ich ihn geliebt habe und wie katastrophal schief diese Liebe gegangen ist. Aber sie weiß nicht, wie gut er mir tut. Wie gut es sich anfühlt, wenn sich mein Körper, mein Herz und meine Sinne nach ihm ausrichten. Wie sehr er mir das Gefühl vermittelt, sein Zentrum zu sein. Ich mag es, wie er mich ansieht. Er allein schafft es, mit nur einem Blick einen Herbststurm durch meine Venen zu jagen. Selbst wenn klar ist, dass nichts mehr zwischen uns sein wird.

»Du weißt, dass du nicht zurechnungsfähig bist, wenn es um ihn geht«, stößt Caro verzweifelt hervor.

Sie hat recht, aber es fühlt sich trotzdem wie eine Beleidigung an. »Ich werde jetzt auflegen«, sage ich tonlos. Und zum ersten Mal tue ich das, was früher die Streitigkeiten zwischen Ma und mir beendete. Ich knalle sinnbildlich die Tür zu, indem ich das Gespräch ohne weitere Verabschiedung beende.

Bosse

Fiete liegt auf dem Sofa. Ich sitze auf dem Fußboden und nutze die Couch als Rückenlehne. Wir tun beide ziemlich erfolglos so, als würde uns der heutige Tatort fesseln. Der dickbäuchige Kommissar tapst unbeholfen durch ein stockdunkles Waldstück direkt in die Hände des Mörders. Natürlich ohne vorher seinen Standort durchgegeben zu haben oder Verstärkung anzufordern. Mir entweicht ein Knurren, das im besten Fall als verächtlich durchgeht.

»Dat war vernichtend«, kommentiert Fiete hinter mir und gluckst leise. »Willst du wat andres kieken?«

»Nein, schon gut.« Nichts könnte mich heute von dem Scheiß-Tag ablenken, der hinter mir liegt. Ich war einen ganzen Tag mit Ella in der Schule.

Das Gewaltpräventionsseminar hatten wir vor langer Zeit für die Schüler der Mittelstufe zusammen geplant, was uns zwang zusammenzuarbeiten. Ich spüre ihre tödlichen Blicke immer noch auf mir. Jedes Wort zwischen uns war hart. Schmerzhaft. Distanzsuchend. Ich wünschte, es wäre nicht so weit zwischen uns gekommen. Aber ich verstehe Ella. Sie ist verletzt. Und sie hat allen Grund dazu. Nur Juna könnte diesen verdammten Tag verbessern. Und genau dieser Gedanke ist vollkommen krank. Ich zwinge mich dazu, nicht an sie zu denken. Was natürlich den gegenteiligen Effekt hat.

Fiete schaltet schließlich den alten Röhrenfernseher aus und tippt mich mit seinem Bein an. »Nu hau endlich ab und fahr zu Juna. Dein Herz macht Spektakel bis hier hin ...«

Der alte Mann hat nicht verstanden, dass Juna und ich keine Beziehung führen. Dass ich vielleicht seit der Sache damals generell kein Beziehungstyp mehr bin. Ich kann nicht einfach abends zu ihr fahren und ihr von meinem schlechten Tag erzählen. Das wäre definitiv ein Paarding. Und egoistisch. Ich sollte nicht einmal darüber nachdenken.

Langsam rapple ich mich auf und gehe in die Küche, wo ich eine Flasche Wasser aufdrehe und neben das Bett stelle. Fiete trinkt zu wenig, aber er weigert sich, eine Schnabeltasse zu benutzen, die es ihm erleichtern würde. Alles, was ich tun kann, ist, ihm den Deckel der Flasche zu lösen. Nachdem ich die Schränke inspiziert habe, stelle ich eine geöffnete Packung Kekse neben die Flasche. Wahrscheinlich wird er sie nicht anrühren. Trotzdem gibt es mir das illusorische Gefühl, etwas gegen seinen stetigen Verfall zu tun.

»Soll ich dich noch rüberbringen?« Ich gehe zurück ins

Wohnzimmer und lehne mich gegen den Türrahmen. Das raue Holz fühlt sich tröstlich an. Beständig.

»Nee, ik kiek noch de Rest vom Tatort. Wird vielleicht noch gut, ohne din ewiges Knurren, weil in dein Kopp 'n Hamster umherläuft.« Er tippt mir gegen den Schädel, als ich mich unbeholfen bücke und ihm einen Kuss auf die Schläfe drücke. Seine ausgemergelte Hand schiebt sich in meinen Nacken und zieht mich sekundenlang in eine enge Umarmung.

Das, was Fiete ausgemacht hat, geht immer mehr verloren. Ich nehme mir vor, ihn zu überreden, endlich mal wieder mit an den Strand zu kommen. Er sollte nach Wind, Wasser und Sonne riechen. Wie früher.

»Okay, ich bin dann weg«, stoße ich hervor und klopfe gegen das Holz des Türrahmens. Ich ziehe die Tür hinter mir zu, gehe zum Bulli und rutsche hinter das Steuer.

Juna

Ma sieht mir zuliebe einen Hollywood-Blockbuster, der ihr im Grunde zu kommerziell und zu schlecht umgesetzt ist. Sie hat mir schon dreimal nahegelegt, ich solle doch lieber die Buchvorlage von Nicholas Sparks lesen. Trotzdem schaltet sie nicht um. Sie schont mich, und ich habe den Verdacht, dass sie es im Stillen genießt, einmal die Verständnisvollere der Schwestern zu sein. Der Streit mit Tante Caro heute Nachmittag, aber vor allem meine Art, ihn zu beenden, setzen mir nach wie vor zu.

Ich kenne Caro und mich nicht so. Das Einzige, was den Tag jetzt noch retten kann, ist eine Liebesschnulze und jede Menge Eis. Als es klingelt, sind die Vorräte an Ben & Jerrys bereits vernichtet. Ich schäle mich aus zwei Zentner Bio-Patchwork-Decke, um zur Tür zu gehen.

»Wenn das Ingrid ist, ich komme später zu ihr rüber«, ruft Ma mir hinterher. Ingrid ist eine von Mas ältesten Freundinnen. Solange ich sie kenne, streitet sie sich schon mit ihrem Mann. Ich bin mir nicht sicher, ob es mich beeindruckt oder erschreckt, dass sie trotz dieser Hassliebe noch immer ein Ehepaar sind. Was ich hingegen weiß, ist, dass ich nicht in der Lage sein werde, Ingrid abzuwimmeln. Das Ende des Films mitzubekommen rückt damit in weite Ferne. Unmotiviert schleppe ich mich in den Flur und fasse auf dem Weg zur Tür meine Haare in einem wilden Knoten auf dem Kopf zusammen. Dann öffne ich und warte darauf, dass Ingrid mit einem Schwall Verwünschungen über ihren Mann in die Wohnung schwappt.

Stattdessen steht dort Bosse. Sein Grinsen trifft mich vollkommen unvorbereitet.

Dabei beschreibt »unvorbereitet« mein Aussehen nicht einmal annähernd. Meine Haare sehen aus wie ein Vogelnest, und die schwarzen Leggins, über die nur ein weiter, an der Seite zusammengeknoteter Pullover fällt, sind auch nicht gerade Haute Couture. Verzweifelt versuche ich, das Desaster zumindest in Teilen hinter der schweren Holztür zu verstecken.

»Hi,«, sagt Bosse. Seine Stimme klingt rau und dunkel, so gar nicht freundschaftlich. »Kann ich reinkommen?«

Ich nicke, und Bosse macht einen schnellen Schritt in die Wohnung. Dabei klemmt er mich zwischen der Wand und seinem Körper ein.

»Meine Mutter ist im Wohnzimmer«, bringe ich atemlos hervor.

»Ich bin nur ein Freund, der zu Besuch kommt. Was sollte sie dagegen haben?« Er wirkt eine Spur zu amüsiert dafür, dass er genau weiß, wie Ma zu ihm steht. Egal ob Freund oder mehr. Sie ist Pazifistin, aber wenn sie auf

Bosse trifft, kann sie zu einem Warlord mutieren. »Du erinnerst dich an meine Mutter?«, frage ich. »In etwa so groß wie ich, blonde Locken und verdammt engstirnig, wenn es um dich und mich in einem Raum geht.«

Sein Grinsen wird breiter. Er tippt gegen die Trommeln, die auf der Kommode im Flur aufgetürmt sind. Natürlich gerät das wacklige Gebilde ins Rutschen und fällt polternd zu Boden.

Ich verdrehe die Augen. »Eine Diskussion mit Ma kann ich heute wirklich nicht auch noch gebrauchen. Du musst gehen«, sage ich und schiebe ihn vor die Wohnungstür. Ich weiß nicht, warum er hier ist. Ich weiß nur, er muss verschwinden, bevor Ma kommt, um zu sehen, was den Lärm verursacht hat.

»Juna, das ist albern«, sagt er und verhindert, dass ich die Tür verschließe. Er kneift ein Auge halb zu. »Seit wann interessiert es dich, was deine Mutter über uns denkt?«

Ich sehe auf den Boden und verschränke die Arme vor der Brust. »Sie ist mir nun mal nicht egal. Und ich habe einfach keine Kraft, mich heute zu streiten«, erwidere ich.

»Was ist passiert?«, fragt er alarmiert und berührt meine Hand, anstatt endlich zu gehen.

Warum weiß er eigentlich immer noch sofort, wann etwas nicht mit mir stimmt?

»Ist einfach ein Scheiß-Tag«, sage ich. »Und deswegen musst du auch dringend gehen. Sonst wird er noch schlechter, weil Ma dich vierteilt.«

»Was ist passiert?« wiederholt er unbeirrt seine Frage. Er

sucht meinen Blick, aber ich lasse es nicht zu. Stattdessen schaue ich über meine Schulter, wo sich die Tür zum Wohnzimmer öffnet. »Geh!«, bitte ich ihn flehend.

»In Ordnung.« Er gibt sich geschlagen. »Aber sobald du kannst, komm raus und erzähl mir, was los ist. Ich warte vor der Tür auf dich.«

Ich nicke. Nicht, um ihn rechtzeitig loszuwerden, sondern weil ich ihm vom Streit mit Caro erzählen möchte. Weil es sich zwischen uns so anfühlt wie früher, als ich ihm einfach alles erzählt habe. Und er nur, weil er da war, meine Welt wieder geradegerückt hat.

»Wer war das?« Ma schaut um die Ecke. Meine Hände umklammern noch immer die Klinke.

»Niemand.« Ich sehe, wie sie die Augenbrauen zusammenzieht, und beeile mich zu sagen, »da hatte sich nur jemand im Stockwerk geirrt.«

»Komm. Der Film ist zwar schlecht umgesetzt, aber da du das Buch nicht kennst, ist er wohl ganz okay. Du verpasst noch alles.«

»Ich glaube, ich würde lieber noch etwas rausgehen. Irgendwie brauche ich frische Luft und keine Liebesschnulzen.«

Sie nickt. »Dein erster Streit mit Caro, oder?« Sie wartet keine Antwort ab und gibt mir einen Kuss. »Lass dir Zeit, Juna-Maus.« Sie drückt meinen Arm und signalisiert damit Verständnis, das sicher verpuffen würde, wenn sie wüsste, wer draußen auf mich wartet. Eilig verschwindet sie wieder im Wohnzimmer.

Ich weiß nicht, ob ich mich darüber freue, dass sie meine Ausrede geschluckt hat. Vielleicht wäre es besser, sie würde mich davon abhalten, zu Bosse zu gehen. Ich nehme meinen Schlüssel aus der Tonschale neben der Tür, schnappe mir meine Jacke und schlüpfe aus der Wohnung.

Im Treppenhaus ist es dunkel bis auf das Mondlicht, das seitlich durch die Fenster fällt. Ich blinzle und kriege fast einen Herzinfarkt, als Bosse mich an der Schulter berührt.

»Also, was ist los?«, setzt er das Gespräch genau an dem Punkt fort, an dem Ma uns unterbrochen hat. Das Halbdunkel lässt die Grenze verwischen. Er macht einen weiteren Schritt auf mich zu und legt seine Hand an meine Wange, streicht vorsichtig unter meinen Augen entlang. Als könnte er die Tränen noch spüren, die ich heimlich und allein in meinem Wagen vergossen habe.

»Ich habe mich mit meiner Tante gestritten. Zum ersten Mal«, sage ich tonlos und ziehe unbeholfen die Schultern hoch. Sein Blick ruht noch immer auf mir und löst dieses Kribbeln aus, das ich nicht bezwingen kann. Je länger ich hier stehenbleibe, umso größer wird das Chaos in meinem Inneren. Also wende ich mich ab und laufe die Treppe hinab.

Bosse folgt mir. Aber erst auf dem Parkplatz holt er mich ein.

»Juna, jetzt warte doch mal.« Seine Hand auf meiner Schulter lässt mir keine Wahl. Ich bleibe stehen und verschränke die Arme.

»Was?«, frage ich, obwohl der Trotz in meiner Stimme bereits bröckelt. Er sieht mich nur an und zieht mich dann in seine Arme. Ich müsste mich wehren, kann es aber nicht.

»Du solltest sie anrufen. Es klären.« Er sieht mich ernst an, und ich weiß, dass er recht hat. Das Problem ist, dass Caro Tausende Kilometer weit entfernt ist. Wie legt man so einen Streit übers Telefon ad acta? Noch immer umschließen mich Bosses Arme.

»Das tut mir wirklich leid«, flüstert er dicht an meinem Ohr, während seine Umarmung alles auslöscht. »Ich weiß, wie nahe ihr euch steht.«

Gerade als ich mich an das Prickeln auf meiner Haut gewöhnt habe, schiebt er mich ein Stück von sich weg. Er umfasst mein Gesicht mit seinen Händen und sendet damit Sturmtiefs in meinen Unterleib.

»Bosse«, bringe ich rau hervor und löse mich von ihm. Ich muss ihn daran hindern, etwas zu tun, was er später bereuen und was mich gleichzeitig aus der Bahn werfen würde.

Bosse lässt seine Hand sinken und tritt einen Schritt zurück.

»Ich würde dir gern etwas zeigen«, sagt er zögerlich und hält mir seine Hand hin. »Um dich auf andere Gedanken zu bringen.«

Das ist keine gute Idee.

Und als hätte er meine Gedanken erraten, sagt er: »Das machen Freunde so.«

Ich lasse meinen Blick zu den erleuchteten Fenstern unserer Wohnung hinaufwandern, aber meine Entscheidung ist längst gefallen.

Die Nacht ist kühl. Der Sturm der letzten Tage ist einer klaren Stille gewichen. Sterne glitzern an einem wolkenlosen Firmament. Der Regen vom Nachmittag ist weitergezogen. Ich suche den Nordstern, während Bosse den Wagen nach einem kurzen Stopp beim Surfshop weiter Richtung Norden lenkt.

Ich bin nicht mit in den Container gegangen, in dem der Surfshop untergebracht ist. Wir haben so viele gemeinsame Nächte dort verbracht. Das war unser Ort. Jetzt dort zu sein wäre fatal.

Ich betrachte den Plastikhaifisch, der an einer Schnur am Spiegel des Bullis baumelt. Den hatte Bosse damals schon. Ich ziehe den Haifisch nach unten und lasse los. Sofort frisst er sich knatternd wieder nach oben und verschlingt, am Ende angekommen, einen Surfer. Ich lächle, und Bosse tippt gegen das Plastikspielzeug.

»Hält schon verdammt lang, das Ding.« Länger als unsere Liebe. Wir schweigen beide, als wir Norddorf passieren. Eine kleine Ansammlung von Häusern, in dessen Ortskern die Kurklinik liegt und direkt hinter der nördlichen Ortsgrenze das Schullandheim Ban Horn. Noch immer weiß ich nicht, wo Bosse mit mir hinwill. Das Hotelgebäude der Seemöwe thront als dunkler Schatten zwischen den Dünen und ist das letzte Haus, das wir passieren, bevor das Naturschutzgebiet beginnt.

Ein Schild kennzeichnet die Grenze auf dem schmalen Feldweg und weist ihn gleichzeitig als Sackgasse aus, die nur mit spezieller Genehmigung befahrbar ist. Ich glaube nicht, dass Bosse die besitzt, sage aber nichts, als er das Schild passiert. Der Weg versandet zusehends, bevor Bosse den Wagen stoppt und den Motor ausstellt. Einen Moment bleibt er bewegungslos sitzen, bevor er aussteigt und den Wagen umrundet. Ich rutsche ebenfalls von meinem Sitz und sehe mich um.

»Wo sind wir?«, frage ich, aber Bosse schüttelt nur den Kopf und legt seine Finger an die Lippen.

»Du warst noch nie gut darin, dich überraschen zu lassen.« Er lacht leise. Dann öffnet er den Kofferraum.

Tief atme ich die leicht salzige Luft ein, filtere die verschiedenen Nuancen heraus, die nach Heimat riechen. Der mineralische Geruch nach Sand und Steinen, die leicht fischige Note, der Duft von Wasser und dem Rest Sonne, der noch im Boden gespeichert ist.

Bosse hantiert am Heck des Wagens herum und kommt mit einem Surfbrett und einem Rucksack wieder. Ich sehe ihn irritiert an, aber er grinst nur. Er wird mir nicht verraten, was er vorhat. Stattdessen steuert er auf die Dünen zu, und ich folge ihm. Als wir den Fuß der Sandberge erreichen, bietet er mir seine Hand an, um mir hinaufzuhelfen. Es dauert eine Weile, bis wir den höchsten Punkt erklommen haben. Bosse hält inne und atmet tief durch. Er braucht nichts zu sagen. Ich verstehe, was ihn innehalten lässt.

Die Nordsee liegt ungewohnt still vor uns. Wellen rollen leise glucksend am Strand aus. Das Mondlicht bricht sich in der Wasseroberfläche. Langsam gehen wir hinunter zum Strand. So weit nach Norden verirrt sich höchstens eine Handvoll Leute. Das Gros sucht die Nähe zum Meer an den ausgewiesenen Badestränden im Kniepsand westlich von Norddorf.

Als wir den schmalen Ring aus zerborstenen Muscheln erreichen, legt Bosse das Board auf den Sand. Das Gepäck stellt er darauf ab und öffnet den Reißverschluss. Dann zieht er zwei Neoprenanzüge heraus. Bis eben hatte ich noch gehofft, dass das Board nur als Sitzgelegenheit dienen und der Rucksack Wolldecken beinhalten würde, aber nun muss ich den Tatsachen ins Auge sehen. Bosse will ins Wasser.

Ich erinnere mich noch genau an meinen letzten Zusammenstoß mit der Nordsee. Damals war ich acht Jahre alt und wäre um ein Haar ertrunken. Ich liebe das Meer zwar trotzdem, aber nur, wenn es mir nicht zu nahe kommt. Ich war seitdem nie weiter im Wasser als bis zu den Knöcheln.

»Ich bin nicht gerade ein Wasserfan«, versuche ich mich herauszureden. Es hat fast etwas Ironisches, dass ich sowohl in Deutschland als auch in Kalifornien direkt am Meer gewohnt habe. Als würde ich die Nähe der See suchen, obwohl ich Angst davor habe.

Bosse hält mir den Anzug hin und nickt mir zu. »Ich weiß.«

Mehr sagt er nicht, als wüsste er, dass allein seine Nähe ausreicht, um diese Angst zu überwinden. Ich könnte nein sagen, mich zurückfahren lassen und mir erneut den Kopf über den Streit mit Caro zerbrechen. Oder aber ich springe über meinen Schatten. Ehe ich noch länger darüber nachdenken kann, streife ich mir schnell die Boots von den Füßen. Ich schlüpfe aus Hose, Jacke und Pullover und stehe nur in Unterwäsche vor Bosse.

Er lächelt, aber sein Blick ist nicht anzüglich. Er hilft mir in den Anzug, und die Handgriffe, mit denen er die zweite Haut über meinen Körper zieht, sind routiniert. Sein Atem streift mein Gesicht, als er mich umrundet und zufrieden nickt. »Sieht gut aus.«

Ich fühle mich zwar wie ein Pinguin auf Landgang, aber sein Kompliment freut mich. Bosse entledigt sich ebenfalls seiner Kleidung und ist in Sekundenschnelle angezogen. Dann grinst er mich an und ergreift wieder meine Hand. Langsam gehen wir ins Wasser. Als die Kälte meine Beine umspült, schnürt mir die Angst die Kehle zu.

»Entspann dich und vertrau mir«, raunt Bosse mir zu.

Es dürfte gar kein Vertrauen mehr zwischen uns geben. Und doch folge ich ihm in das immer tiefer werdende Wasser. Der Neoprenanzug hält den Großteil der Kälte ab, aber trotzdem zittere ich.

Als wir etwa hüfttief im dunklen Wasser stehen, hilft Bosse mir auf das Surfboard. Es schwankt und droht umzukippen, aber ich schaffe es irgendwie, daraufzuklettern. Bosse fährt beruhigend meinen Arm entlang und streicht über die Haut an meinem Nacken, die von einer Gänsehaut überzogen ist.

»Entspannen, ich weiß schon«, stoße ich leise hervor und bemühe mich, nicht zu verkrampfen. Immerhin hat sich das Board etwas stabilisiert, aber dann stößt Bosse sich vom Boden ab und landet mit einer eleganten Bewegung vor mir. Es wackelt. Nicht so sehr wie zuvor bei mir, aber genug, um meinen Herzschlag zu beschleunigen.

»Alles in Ordnung?«, fragt er fürsorglich.

Ich nicke, obwohl die unendliche Weite des Meers mir Angst macht.

Bosse bringt uns mit kräftigen Armbewegungen weiter hinaus aufs Wasser. Das Board gleitet erstaunlich schnell und fast lautlos über die Oberfläche, bis Bosse stoppt und sich gerade hinsetzt. Sobald das Surfbrett still auf dem Wasser liegt, dreht er sich vorsichtig um und nimmt wie selbstverständlich meine Hände.

Er legt den Kopf in den Nacken. Unter uns ist nur schwarzes Nass. Über uns der sternenklare Himmel und der Mond, der auf dem Wasser zerfließt. Es ist so still. Unsere Beine baumeln im kalten Wasser, während mein Herz die Hitze seiner Berührung durch meinen Oberkörper treibt.

Er sieht noch immer in den Himmel. »Wenn ich einen Scheiß-Tag hatte und das Wetter es zulässt, komme ich hier raus. Man hört nur das Wasser, den eigenen Herzschlag, und die Weite rückt die Sicht auf die Dinge wieder zurecht.« Er zuckt mit den Schultern, während das Wasser leise gegen das Board gluckst. »Es hilft mir, all den unwichtigen Scheiß zu vergessen und mich besser zu fühlen.«

Bosse hat mich hierhergebracht, damit ich den Streit mit Caro vergesse. Diese Geste fühlt sich nach mehr als Freundschaft an. Ich lege ebenfalls den Kopf in den Nacken, weil ich nicht darüber nachdenken will. Nicht jetzt. Stattdessen lasse ich die unendliche Weite, die uns umgibt, auf mich wirken. Die Schönheit des Mondes und der Nacht. Und Bosses Nähe, die meine Angst vor dem Meer auslöscht.

Ich spüre, wie er näher rückt und mich ansieht. Ein Blick voller Zuneigung. Und dann küsst er mich auf die Stirn. Eine flüchtige Berührung, die mein Herz stiehlt. Wir sehen uns eine kleine Ewigkeit lang an, während uns lediglich das Mondlicht und ein Stück Surfbrett voneinander trennen.

Ich liege auf meinem Bett und starre auf das Telefon in meiner Hand. Vor meiner Spätschicht in der Seemöwe will ich den Streit mit Caro beilegen. Ich kann nicht damit leben, dass seit mittlerweile zwei Tagen Funkstille zwischen uns herrscht. Ich werde sie einfach anrufen und mich entschuldigen. Sie hat sich Sorgen um mich gemacht, und ich bin wütend geworden. Dabei weiß ich, dass sie recht hat.

Ausgerechnet mit Bosse befreundet zu sein ist waghalsig. Es könnte mir das Genick brechen. Trotzdem hätte ich mir ein wenig mehr Verständnis von Caro gewünscht.

Aufzulegen und damit eine Klärung unmöglich zu machen war hingegen total kindisch von mir. Entschlossen nehme ich das Telefon und wähle ihre Nummer.

Sie geht nach dem dritten Klingeln ran. »Juna.«

Ich fahre mir über das Gesicht. Tränen kann ich jetzt nicht gebrauchen. »Hi«, sage ich. »Ich rufe nur an, weil ich mich entschuldigen wollte.«

Tante Caro atmet tief durch. »Mir tut es auch leid. Ich hätte dich nicht so anfahren dürfen. Du bist eine erwachsene Frau. Das vergesse ich manchmal.«

»Du hattest recht, was mich und Bosse angeht. Und ich brauche deinen Rat. Egal wie alt ich bin. Immer. Ich hätte nicht einfach auflegen dürfen.«

»Nein, hättest du nicht«, sagt Caro und schnieft leise. »Aber ich hätte auch anders reagieren müssen. Ich wollte dich schon anrufen. Aber dann hatte ich einfach Schiss.« Sie lacht. »Ich weiß jetzt auf jeden Fall, was wir gemeinsam haben, meine Schwester und ich. Mir ist noch nie etwas so schwergefallen wie die Funkstille der letzten achtunddreißig Stunden.«

»Du hast gezählt?«, frage ich, aber es fühlt sich nicht einengend an. Einfach so, als würde sie mich lieben.

»Jede Sekunde«, sagt Caro und drückt einen Schmatzer auf den Hörer. »Gesa hat mich im Übrigen angerufen.«

»Was wollte sie?«, frage ich verwundert. Ma ruft Caro nie an.

»Ich bin nicht rangegangen. Ich meine, ich hatte noch nicht einmal meinen Morgenkaffee. Das ist definitiv zu früh, um mit deiner Mutter zu streiten. Ich vermute aber, es ging um dich. Sie macht sich Sorgen.«

Ich stöhne unterdrückt. »Ich werde Ma nie verstehen.«

»Das tut keiner von uns beiden«, stellt Caro sachlich fest. »Aber sie liebt dich. Auf ihre eigene, verquere Art.«

»Vielleicht.«

»Ganz sicher«, sagt Caro. Eine Weile schweigen wir, bevor ein schriller Ton die Stille zerreißt. Ihre Türklingel.

»Oh, verdammt!«, zischt Caro.

»Was ist los?«, versuche ich ihr Fluchen zu ergründen.

»Ich habe mein Date mit Juanes verschwitzt. Ich bin immer noch im Schlafanzug. Und ich sehe so alt aus, wie ich bin.« Sie fiept verzweifelt.

»Nimm das blaue Kleid und die Ballerinas. Das hast du in drei Minuten an, und deine Haare bindest du zu einem Pferdeschwanz zusammen. Das geht schnell. Lässt dich jung aussehen. Mindestens so heiß wie Juanes, dem Namen nach zu urteilen.«

»Was würde ich nur ohne dich machen.« Ich höre, wie sie auf einem Bein durchs Zimmer hüpft, und muss grinsen. Dass Caro nicht vorbereitet ist, geschieht selten. Unser Streit muss ihr wirklich zugesetzt haben.

»Auflegen«, fordere ich sie auf.

»Was«, fragt sie atemlos.

»Du sollst auflegen. Ich will nicht schuld sein, wenn Juanes dich, statt ins Frühstücksdiner, in die Notaufnahme bringen muss.«

»Okay!« Sie konzentriert sich für einen Moment ganz

auf mich, obwohl Juanes schon wieder klingelt. »Ist zwischen uns alles okay?«

Ich nicke. »Ja.«

»Und du, versprich mir, dass du mir alles erzählst. Auch wenn es um du weißt schon wen geht.«

»Bosse ist nicht Valdemort. Aber klar, versprochen.« Ich halte mir drei Finger aufs Herz, obwohl sie es nicht sehen kann. »Und jetzt sieh zu, dass du dein Date hereinlässt. Tu alles, was ich nicht tun würde.«

Sie lacht und legt auf. Ich schmeiße das Telefon auf das Bett und fahre mir durch die Haare. Mir ist etwas leichter ums Herz. Trotzdem hat mich das Gespräch angestrengt. Das war nie so. Und ich hoffe inständig, dass sich das wieder ändern wird.

Ma hat Monate auf diesen Moment gewartet. Der erste Dezember. Ab heute schmückt sie das gesamte Haus mit Weihnachtsdeko, die ich im Laufe meiner Kindheit gebastelt habe. Ich bin lieber geflüchtet und verbringe den Nachmittag mit Jakob und Hennes.

Jakob steht neben seinem Wagen und wartet darauf, dass Hennes sich anschnallt. Das Ganze dauert eine halbe Ewigkeit, denn *Dertutnix* hat es irgendwie geschafft, sich halb aus dem Kofferraum auf die Rückbank zu quetschen und torpediert Hennes' Versuche – bis es Jakob reicht und er kurzen Prozess macht, indem er den Labrador beiseite drängt und den Gurt einklickt.

»Du verrücktes Hundevieh«, schimpft er leise, was *Der-*

tutnix ungerührt mit einem Hundekuss quittiert. Ich muss mir ein Lachen verkneifen.

Schnaufend lässt sich Jakob auf den Fahrersitz fallen. »Das findest du also witzig, ja?«

»Irgendwie schon«, gebe ich zu, während Jakob den Wagen aus der Auffahrt seines Hauses und in Richtung Wittdün lenkt.

Ich habe zugestimmt, ihn und Hennes heute zum neuen Jugendzentrum zu begleiten. Lange Zeit gab es gar keinen Platz für die Jugendlichen der Insel. Die finanziellen Mittel fehlten. Aber dann suchten die Kinder in einem schulinternen Projekt Investoren und haben Jakob und seinen Vater für das Thema begeistern können. Die beiden haben es geschafft, ein altes Bootshaus aufzutreiben, das die Kids jetzt für ihre Zwecke umgestalten. Mit viel Kraft und Liebe. Noch soll es eine ziemliche Bruchbude sein, aber das wird sich bald ändern. Auch wenn es zwei engagierte Lehrkräfte gibt, die das Projekt betreuen, will sich Jakob heute selbst ein Bild machen und ein wenig mit anpacken. Es reicht ihm nicht, sich finanziell zu engagieren.

Ich kuschle mich in den Sitz und genieße die Geräusche um mich herum. *Dertutnix* hechelt im Kofferraum, während Jakob und Hennes herrlich schräg und vor allem laut ein Lied im Radio mitsingen.

Jakob stößt mich an. Noch immer brüllt er den Text mit und fordert mich auf, es ihm gleichzutun. Eigentlich ist meine Stimme nicht zum Singen geeignet. Schon früher mit der Clique am Strand habe ich mich immer erfolgreich gedrückt und habe lieber zugehört, wenn Fynn Gitarre gespielt und die anderen gesungen haben. Doch jetzt tue ich es. Ich stimme einfach mit ein. Wider Erwarten fühlt es sich gut an. Befreiend.

Viel zu schnell erreichen wir das ehemalige Bootshaus. Mit dem Motor erstirbt auch die Musik, während ich noch immer singe. Hastig kappe ich den letzten Ton. Jakob sieht mich lächelnd an.

»Das war ziemlich gut, Frau Andersen«, sagt er und steigt aus, ohne eine Reaktion auf sein Kompliment zu erwarten. Stattdessen hilft er Hennes aus dem Wagen. *Dertutnix* muss im Kofferraum bleiben, was er mit einem jämmerlichen Winseln quittiert. Jakob hat kein Erbarmen und nimmt Hennes an die Hand. Der Kleine schiebt seine noch freie Hand in meine. Als Dreierkette laufen wir zur Tür und betreten das noch nicht fertige Jugendzentrum.

So verlassen es von außen aussah, drinnen tummeln sich etwa zwei Dutzend Jugendliche verschiedenen Alters. Einige tragen Zeitungshüte auf dem Kopf und albern mit Pinseln herum. Andere räumen Unrat beiseite und putzen. Eine kleine Gruppe schmirgelt die rauen Balken mit Schleifpapier, damit sich später keiner an dem verwitterten Holz verletzt.

»Herr Kruse.« Eine junge Frau mit langen, schwarzen Haaren steuert auf uns zu und streckt Jakob ihre Hand entgegen. Ihr Lächeln ist mir auf Anhieb sympathisch. Ihre Haut ist mit Farbresten gesprenkelt. Sie pustet sich die Haare aus der Stirn. »Schön, dass Sie es einrichten konnten. Ich bin Ella Gabriel.« Sie wischt sich die Hände an einem derben Karohemd ab, schüttelt erst Jakob und dann mir die Hand.

»Andersen«, stelle ich mich vor, aber Ella Gabriel wendet sich schon wieder dem Chaos hinter sich zu.

Sie deutet entschuldigend auf die Jugendlichen. »Heute geht es hier etwas wüst zu. Ich bin quasi schon auf dem Sprung, weil ich noch einen Termin habe, und die Unruhe überträgt sich auf die Kids. Ich wollte unseren Termin trotz allem nicht verschieben und würde Sie gern an meinen Kollegen verweisen. Wir betreuen das Projekt gemeinsam. Er müsste jeden Moment eintreffen und wird Sie dann herumführen.« Sie scheucht eine Gruppe Mädchen zu ihren Aufgaben und zuckt entschuldigend die Schultern. »Wenn ich sie nicht antreibe, werden wir hier erst fertig, wenn sie das Abi schon in der Tasche haben.« Sie steckt ihren Pinsel in ein Gefäß mit Lösungsmittel, zieht sich das dreckige Hemd aus, das ein schlichtes Tanktop geschützt hat, und bindet es sich um die Hüften.

»Sie warten einfach hier, und ich schicke Ihnen gleich meine Ablösung, in Ordnung?« Mit diesen Worten eilt sie aus dem Bootshaus.

Jakob sieht mich verwundert an und lacht. »Okay, prima.« Er klatscht in die Hände und grinst. »Warten wir.«

Er zieht sein Jackett aus und wirft es über einen der Stühle. Dann schnappt er sich den Pinsel, den Ella in das Gefäß auf dem Tisch versenkt hat, und wendet sich einem Jungen zu, der in unserer Nähe die Wand streicht. »Ich bin zum Malen eingeteilt, aber mir wurde nicht gesagt, wo ich mich künstlerisch betätigen darf«, spricht Jakob ihn an. Der Junge mustert ihn mit großen Augen und zeigt dann stumm auf einen Eimer weißer Farbe, der auf einem Stuhl neben ihm steht, und deutet anschließend auf die Wand, die er bearbeitet.

»Alles klar, wozu reden, wenn wir etwas schaffen können«, fasst Jakob die stumme Aussage des Jungen zusammen und beginnt die Ecken und Kanten vorzustreichen.

»Wollen wir uns ein bisschen umsehen?«, frage ich Hennes und nehme ihn an die Hand, als er nickt. Wir laufen durch die Räume im Erdgeschoss. Neben dem größten Zimmer, das sich direkt hinter der Eingangstür erstreckt, gibt es noch drei weitere Wohnräume, ein Bad und eine Treppe in den ersten Stock. Auch von dort sind Geräusche zu hören. Es beeindruckt mich, wie viele Kinder hier mithelfen und voll bei der Sache sind.

»Juna, ich muss mal«, sagt Hennes und zupft an meinem Ärmel. Das Bad ist der einzige Raum, der bereits provisorisch fertiggestellt ist. Das erspart mir, einen passenden Busch im Garten zu suchen, hinter dem Hennes verschwinden könnte.

»Gehst du allein, oder soll ich mitkommen?«

Hennes überlegt kurz und zieht mich dann zu sich herunter, um mir etwas ins Ohr zu flüstern. »Ich kann alleine, ich bin ja kein Baby mehr,«, wispert er. »Aber die haben hier gar keine richtige Tür.«

»Ich könnte Wache stehen. Ich gucke auch nicht, versprochen«, schlage ich vor. Ebenfalls im Verschwörungsflüsterton. Hennes nickt, und ich folge ihm in das kleine Bad, dessen Tür nur mit einer milchigen Plane verhangen ist. Obwohl ich den Pipiwachposten mime, sehe ich durch das Fenster, wie Bosses Bulli auf dem Parkplatz hält. Genau neben dem BMW von Jakob. Was macht er hier?

Er steigt aus und holt einen Werkzeugkoffer aus der Seitentür. Natürlich. Er ist Lehrer an der hiesigen Schule. Das hat er mir gesagt. Und natürlich hätte ich den Schluss ziehen können, dass er Teil des Projekts ist. Der Kollege, mit dem Ella Gabriel das Ganze aufgezogen hat. Der Verantwortliche, mit dem sich Jakob treffen will.

Ich beiße mir auf die Lippen und unterdrücke den ersten Impuls, einfach wegzulaufen. Das ist kindisch. Trotzdem zieht sich mein Magen zusammen. Auch wenn Bosse und Jakob voneinander wissen, ist es noch mal etwas ganz anderes, wenn sie wegen dieser Sache zusammenarbeiten müssen. Und die Tatsache, dass ich mit Jakob hier bin, wird die Situation nicht gerade vereinfachen.

Unten sehe ich Ella Gabriel aus der Tür treten, dann steuert sie auf Bosse zu. Ihre Körperhaltung ist steif, ihr Gesichtsausdruck undurchdringlich. Mit einer knappen Bewegung drückt sie Bosse einen Schlüsselbund in die Hand. Er sagt etwas, aber sie reagiert nicht darauf. Stattdessen dreht sie sich abrupt um und geht zu ihrem Wagen.

Sieht nicht so aus, als könnten die beiden sich besonders gut leiden. Bosse sieht ihr nach und schüttelt den

Kopf, bevor er die Schlüssel in seiner Jackentasche verstaut und zur Tür geht.

Hennes ist fertig, und ich halte die Plane zum Flur hoch. »Na los«, sage ich zu dem Kleinen. »Wollen wir uns auch noch den Rest des Hauses ansehen? Dein Papa ist bestimmt noch mit Streichen beschäftigt.«

Er nickt begeistert, und ich biege direkt in Richtung Treppe ab. Es wäre naiv zu glauben, wir würden früher oder später nicht auf Bosse treffen, aber so bleibt mir wenigstens noch etwas Zeit, bis es so weit ist.

Bosse

Ich hatte gehofft, Jakob Kruse wäre schon weg, wenn ich auf der Baustelle eintreffe. Aber Ella hat mir soeben gesagt, er wäre gerade erst gekommen. Und sie hat ziemlich deutlich gemacht, dass das Jugendzentrum zwar unser gemeinsames Projekt ist, sie aber nicht vorhat, sich gleichzeitig mit mir in diesen vier Wänden aufzuhalten.

Also habe ich jetzt das Vergnügen, Jakob *Hotelboy* Kruse über die Baustelle zu führen und die Ausgaben mit ihm zu besprechen. Ich drücke die Tür auf und blicke mich suchend um. Die meisten Kids arbeiten bereits fleißig. Lasse und Sven spielen wie immer auf ihren Handys. Das tun sie selbst in den Schulstunden, was ihnen schon die ein oder andere Strafarbeit eingebracht hat.

»Lasse, Sven, habt ihr nichts zu tun?«, frage ich und nehme ihnen im Vorbeigehen die Handys ab. »Kriegt ihr später wieder.«

»Och, Mann, Herr Aklund.« Sven verzieht das Gesicht, während Lasse eine theatralische Handbewegung macht.

»Wir sind ja nicht mal Schule. Chillen Sie mal«, mault er.

Ich verstaue die Smartphones in meinem Werkzeugkoffer, ohne auf ihre Einwände einzugehen. »Das heißt, in der Schule«, berichtige ich ihn. »Der Artikel ist nicht optional, nur mal so als Tipp.« Ich klopfe ihm auf die Schulter und schiebe ihn zu einem der Farbeimer.

»Du kommst gut mit den Jungs aus.« Jakob richtet sich neben mir auf. Ich hätte ihn fast übersehen, weil er auf dem Boden hockt und gemeinsam mit Henri die Wand zum Garten streicht. Ein sympathischer Zug, direkt mitzuarbeiten. Missfällt mir irgendwie. Wäre einfacher, wenn er ein feiner Pinkel wäre, der sich nicht schmutzig machen möchte.

Ich reiche ihm meine Hand. »Wir hatten schon mal das Vergnügen, aber noch nicht so richtig offiziell«, sage ich und bemühe mich, meine Stimme neutral zu halten. Er schüttelt meine Hand. Ein kräftiger, warmer Händedruck.

»Jakob.«

»Bosse.« Womit wir wohl offiziell beim Du wären. »Du hast dich schon umgesehen?«

Er schüttelt den Kopf. »Irgendwie bin ich direkt hängengeblieben, aber mein Sohn und Juna müssten irgendwo durchs Gebäude geistern.«

Er steckt direkt die Grenzen ab. Sie ist hier. Mit ihm. Und seinem Sohn. Er betont es so, dass er die Aussage dahinter auch direkt mit einem Neonstift hätte markieren können.

Ich atme tief durch und versuche, mir nicht anmerken zu lassen, wie sehr es mich trifft. Ich muss an etwas anderes denken als an Juna, wie sie mit meinem Gegenüber auf heile Familie macht. Sonst endet das hier in einer Katastrophe.

»Was hältst du davon, wenn du Henri noch etwas hilfst? Ich bringe mein Werkzeug eben nach hinten, und dann führe ich dich rum. Anschließend erkläre ich dir unsere Planung und die Finanzen?«

»Hört sich gut an.« Er schlägt mir freundschaftlich gegen den Oberarm. Vielleicht eine Spur zu hart, aber nicht so sehr, dass ich es ihm negativ auslegen könnte. Ich nicke ihm zu und verschwinde aus seinem Blickfeld. Abstand. Den Werkzeugkoffer und meine Handschuhe deponiere ich eilig unter der Treppe und haste, immer zwei Stufen auf einmal nehmend, nach oben.

Ich vermute, dass Juna irgendwo hier ist. Unten konnte ich sie auf den ersten Blick nicht entdecken. Im hintersten Zimmer des ausgebauten Dachgeschosses werde ich fündig. Sie steht am Fenster und zeigt einem Jungen ein verwittertes Vogelhaus, das im Geäst der Linde draußen thront. Sie hat fürsorglich ihren Arm um die Schultern des Kleinen gelegt und lacht leise, als er sie etwas fragt.

Ich lehne mich gegen den Türrahmen und sehe ihnen eine Weile zu. Schließlich dreht Juna sich um. Sie zuckt kurz zusammen, lächelt dann aber und kommt zu mir herüber. Der Junge folgt ihr wie ein Schatten.

»Hi«, sagt sie und bleibt vor mir stehen. Sie lächelt und wuschelt dem Kleinen durch die Haare. »Das ist Hennes, Jakobs Sohn.«

Ich nicke und halte Hennes die Handfläche zum Highfive hin. Dafür gehe ich in die Hocke. »Ich bin Bosse, ein Freund von Juna.« Ein Freund. Um ein Haar hätte ich mich an der Bezeichnung verschluckt, aber es gelingt mir, den Jungen anzugrinsen. Er zögert, schlägt aber schließlich doch ein und lächelt zurück.

»Darf ich runter zu Papa?« Er sieht Juna erwartungsvoll an. Der Junge fragt sie um Erlaubnis. Das Verhältnis der beiden scheint ziemlich eng zu sein, und diese Erkenntnis macht mich eifersüchtig. Dabei ist es albern, neidisch auf einen Sechsjährigen zu sein.

»Ja, na sicher, aber sei vorsichtig. Das ist eine Baustelle. Nichts anfassen und nicht rennen!«

Er schlüpft hinter ihrem Körper hervor, wo er sich noch immer halb versteckt gehalten hat, und flitzt zur Treppe.

»Nicht rennen, Hennes!«, ruft Juna ihm hinterher und schüttelt den Kopf.

»Hattest du etwas gesagt?«, frage ich und lache leise.

Sie geht nicht darauf ein, sondern zeigt durch das Fenster auf den Parkplatz. »Ich habe dich kommen sehen. Ist schön, dich zu treffen, wenn auch unerwartet.« Sie fährt sich durch die Haare. »Ich bin mit Jakob hier«, sagt sie und verlagert unsicher ihr Gewicht.

Ich will nicht, dass sie sich unwohl fühlt. Wie sehr es mich trifft, dass sie mit Jakob hier ist, braucht sie nicht zu wissen. Wenn dieses ganze Freunde-Ding zwischen uns hinhauen soll, muss ich ihre Freundschaft zu Jakob akzeptieren und mich in den Griff kriegen.

»Ich weiß«, sage ich deshalb und lächle so entspannt wie möglich. »Ich habe ihn schon getroffen. Gleich zeige ich ihm alles.«

»Bist du sicher, dass das eine gute Idee ist?« Juna sieht mich skeptisch an.

»Klar«, erwidere ich leichthin. »Er ist ein Freund von dir. Ich bin ein Freund von dir. Alles gut.«

Wir haben uns alle lieb, wie im verdammten Bullerbü. Ich seufze und versuche es mit etwas, das näher an der Realität liegt. »Er und sein Vater finanzieren dieses Projekt, wofür ich wirklich dankbar bin. Mir liegt das Jugendzentrum am Herzen. Es ist gut für die Kids, wenn sie einen Ort haben, der nur ihnen gehört.«

»So wie wir den Surfshop hatten.« Juna lächelt mich an und haut mich damit um.

Ich nicke. »So wie der Surfshop.« Ich verschränke die Arme vor der Brust und sehe sie eine Weile nur an. Dann reiße ich meinen Blick von ihr los und richte ihn auf meine Schuhspitzen. Ein Fleck weißer Farbe zerteilt das Leder.

»Ich werde nett zu ihm sein«, sage ich leise. »Er bedeutet dir etwas, also ist er vermutlich kein schlechter Typ.« Aber er will Juna. Ich atme tief durch. Im Grunde sitzen Jakob und ich in demselben Scheiß-Boot.

Ohne Vorwarnung nimmt sie mich plötzlich in die Arme, und ich habe alle Hände voll damit zu tun, meine aufwallenden Gefühle in Zaum zu halten.

»Danke«, sagt sie leise und löst sich dann wieder von mir.

Ich fahre mir durch die Haare und verschaffe mir damit etwas Zeit, um mein Innerstes wieder geradezurücken.

»Lass uns runtergehen.« Ich überlasse ihr den Vortritt und folge ihr die Treppenstufen hinab. Jakob sieht uns kommen, und in seinem Blick steht dasselbe geschrieben wie vermutlich in meinem. *Sie gehört mir*. Und das, obwohl die Chancen für uns beide mehr als schlecht stehen.

Juna

Bosse und ich sitzen am Strand. In einigen Metern Entfernung brennt ein Lagerfeuer, und Fynn klimpert auf seiner Gitarre herum. Seitdem Jakob und ich Bosse im zukünftigen Jugendzentrum getroffen haben, sind einige Tage vergangen. Zunächst habe ich dem Frieden zwischen ihnen nicht trauen wollen, aber sie verstehen sich tatsächlich. Besser, als ich erwartet hätte. Ich glaube, sogar besser als die beiden selbst vermutet hätten. Sie gehen fast schon freundschaftlich miteinander um. Bosse fand es sogar eine gute Idee, dass ich Jakob und Hennes zum heutigen Treffen am Strand mitgenommen habe.

Titus und Jakobs Sohn haben einen Narren aneinander gefressen, seitdem ich ihn vor zwei Wochen mit zu Merle und Peer nach Hause gebracht habe. Sie jagen schon seit Stunden mit *Dertutnix* über den Strand. Und Jakob integriert sich in die Clique, als wäre er seit Jahren ein Teil davon. Ich wusste, die anderen würden ihn mögen. Dass Bosse es tut, ist hingegen merkwürdig. Er hat wohl endgültig aufgegeben. Wenn er mehr als Freundschaft für mich empfinden würde, wäre er nicht so entspannt. Da ist kein Fitzelchen Eifersucht mehr, welches die beiden zu Gegnern machen würde. Und das sollte etwas Gutes sein.

Ich blinzle Bosse an. Er sitzt neben mir. Etwas abseits von den anderen auf einem halb verrotteten Baumstamm.

»Ich habe darüber nachgedacht, einen Tanzkurs an unserer Schule anzubieten«, sagt er unvermittelt. »Es gibt Kinder, die sich einfach nicht für Fußball oder Wassersport interessieren.«

Tanzen. Es fühlt sich fast so an, als könnte ich den Tanzboden unter meinen nackten Fußsohlen spüren. Wie die Musik mich damals mit sich fortgetragen hat. All das bringen Bosses Worte für den Bruchteil einer Sekunde zurück in mein Leben. Dabei habe ich mir seit Jahren keinen Gedanken ans Tanzen erlaubt. Ich schiebe die Gefühle weg. »Und den leitest dann du?«, frage ich und lache leise.

Alles, was Bosse je mit dem Tanzen verbunden hat, war ich. Er hat es geliebt, mir zuzusehen, wenn ich trainiert habe. Er war überhaupt der Einzige, der das durfte. Mit Merle bin ich als Kind in Madame Gertrudes Ballettschule gegangen. Wie alle anderen Mädchen der Insel auch. Rosa Tütüs, verzückte Eltern bei den jährlichen Aufführungen im Sommer und zu Weihnachten. Als ich Madame Gertrudes Ballettschule hinter mir ließ, um Contemporary zu tanzen, tat ich das nicht, um erfolgreich zu werden. Ich bin nicht übermäßig talentiert, aber diese Stilrichtung hat es mir erlaubt, meine Gefühle auf dem Tanzboden zu lassen. Das Training war mein Ventil. Was Bosse die Weite des Meers bedeutete, war für mich das Tanzen.

»Ich hatte eigentlich mehr an dich gedacht«, sagt Bosse, sieht mich aber nicht an.

»Ich tanze nicht mehr«, sage ich mit fester Stimme und verschlucke das ›seit damals‹. Bosse versteht es trotzdem. Ich zucke traurig mit den Schultern. »Ich jogge jetzt.«

»Du joggst?« Er grinst belustigt und schüttelt den Kopf. »Du?«

»Was ist daran so lustig?« Ich boxe ihm spielerisch in die Seite.

»Ich weiß nicht.« Er sieht über das Meer und zieht die Schultern hoch. »Irgendwie habe ich dich nie als Läuferin gesehen. Hätte nicht gedacht, dass es dir Spaß bringen könnte.«

»Tut es aber«, sage ich. Zu laufen ist auch eine Form, sich mit der Musik zu bewegen. Es ist kein Tanz. Und irgendwie doch nah dran.

»Warum tanzt du nicht mehr?«, fragt Bosse und heftet seinen Blick fest auf den Horizont.

Ich antworte nicht. Stattdessen suchen meine Augen dieselbe Weite wie seine. Das Tanzen ist mit Amrum verbunden. Mit meiner Vergangenheit. Mit Bosse. Ich habe nie für jemand anderen getanzt als für ihn und mich. Als es uns nicht mehr gab, war ich plötzlich jemand anderes, und dieses Mädchen konnte nicht mehr tanzen. Wahrscheinlich wüsste ein Psychologe, warum das so ist, aber ich habe nie einem erlaubt, in meiner Seele herumzustochern. Stattdessen habe ich angefangen zu laufen. Das könnte ich Bosse erzählen, aber was für einen Sinn hätte das?

Deswegen sage ich nur: »Dinge verändern sich eben.«

Bosse nickt, zieht die Beine an seinen Körper und malt Kringel in den Sand. Vom Feuer weht Gelächter zu uns herüber. Jakob unterhält sich mit Merle, auch wenn er ab und an zu uns herüberblickt.

»War auch nur so eine Idee. Ich wollte dich damit nicht überfallen«, erklärt Bosse und schlägt sich dann auf die Oberschenkel. »Wir sollten zu den anderen zurückgehen. Fiete muss bald nach Hause.« Aber anstatt aufzustehen, blitzt er mich vergnügt an.

»Was?«, frage ich und weiß im selben Moment, dass er etwas plant, was mir nicht gefallen wird – aber auf diese verrückte Art, die einem das Adrenalin durch die Adern treibt und Unwillen mit übermütiger Freude mischt.

Ohne meine Frage zu beantworten, greift Bosse neben sich und lässt etwas Sandiges, Glitschiges zwischen meine Füße fallen.

»Ernsthaft? Algentick?« Ich sehe erst ihn und dann die glibberige Masse an.

»Komm schon«, bettelt er und erinnert mich in diesem Augenblick sehr an Titus und Hennes.

»Das habe ich ewig nicht gemacht.« Weil es widerlich ist, wenn einen die schmierigen Algen treffen. Ich schüttle mich.

»Es hat sich so viel verändert. Das nicht. Also, komm

schon. Das macht noch genauso viel Spaß wie früher. Besonders, wenn du Fynn das Zeug hinten in den Pulli steckst.« Er stupst mich an, als würde es nur einen kleinen Schubs benötigen, damit ich einwillige.

Und tatsächlich schließen sich meine behandschuhten Hände um die Pflanze, und ich laufe los. Bosse tut dasselbe und schnappt sich im Laufen einen weiteren Algenwust.

Fynn ist der Erste, der den bevorstehenden Angriff bemerkt. Er schmeißt seine Gitarre auf die dazugehörige Tasche und bringt sich mit weit ausholenden Schritten in Sicherheit. Leider ist er nicht schnell genug und immer noch in Reichweite von Bosse, der die Algen in seiner Hand wie eine Keule schwingt. Er wirft, verfehlt Fynn, aber trifft um ein Haar Fiete an der Schulter. Bosses Ziehvater sitzt in einem Strandrollstuhl, den wir uns bei der Diakonie geliehen haben. Er lacht, anstatt wegen der Sauerei wütend zu sein, die das linke Rad des Rollstuhls erwischt hat.

Die untergehende Sonne streichelt Fietes runzlige Wangen, während ein wilder Kampf um ihn herum entsteht. Er streckt das Gesicht in die Luft, als wollte er jedes Geräusch der Schlacht in sich aufnehmen. Jeden Sonnenstrahl. Und die nordseegeschwängerte Luft. An seinem Kinn sprießen einige wirre Haare, die sich der Rasur von Bosse entzogen haben. Er schließt die Augen.

Ich spüre, wie mich Algen am Rücken treffen, und bleibe dennoch stehen. Ich betrachte den alten Mann vor mir, anstatt mich in Sicherheit zu bringen. Fiete sieht vollkommen glücklich aus. Aber bevor ich ergründen kann, wie er dieses Gefühl gefunden hat, rempelt mich Bosse von hinten an. Seine Arme umschließen mich, und wir stolpern gemeinsam ein Stück durch den Sand.

»Du musst in Deckung gehen, sonst machen die anderen dich gnadenlos fertig«, bringt er atemlos hervor. Als er dasselbe sieht wie ich, hält er sekundenlang inne.

Aber dann öffnet Fiete die Augen. Er zeigt warnend hinter uns. Bosse duckt sich instinktiv und reißt mich mit sich, aber es ist zu spät. Das Algenknäuel trifft mich am Kopf. Prustend schüttle ich die Stücke, so gut es geht, aus meinen Haaren. Bosse hilft mir, ist aber hauptsächlich damit beschäftigt, uns in die Deckung des Rollstuhls zu ziehen. Gleichzeitig erwidert er das Feuer.

Fiete lacht. Es ist ein ansteckendes Geräusch, das Bosse und mich zurück in unsere Jugend katapultiert. Fietes Hand liegt väterlich auf Bosses Schulter, während wir einander ansehen. Nach Atem ringend. Adrenalin pulsiert durch unsere Adern. In diesem Moment gibt es nur ihn und mich.

»Fertig?« Bosse nimmt meine Hand. »Wir brauchen Munition, wenn wir noch eine Chance haben wollen.«

Ich nicke und kämpfe mich zurück in die Gegenwart.

»Alter Mann, mach dich mal nützlich und sag uns, wann die Luft rein ist«, fordert Bosse.

Fiete gibt uns Bescheid. Auf sein Startzeichen jagen Bosse und ich hinunter zur Wasserlinie. Durch einen Regen aus Algenfetzen und Sand. Ich höre das Lachen der anderen. Fynn und Peer ringen miteinander und reiben sich mit kaltem Sand ein, als wäre es Schnee. Die Kinder quietschen begeistert, weil sich die Erwachsenen schlimmer aufführen als sie.

Aber ich kann mich nur auf Bosse konzentrieren. Auf seine Muskeln, als er vor mir her zum Wasser sprintet. Ich spüre seine Hand in meiner und seine Nähe, als er mich in den Schutz der Uferböschung zieht. Lachend und atemlos bleiben wir einen Moment liegen, bevor wir uns bewaffnen und erneut in den Kampf ziehen.

Bosse

Juna hat sich bereit erklärt, Fiete mit mir nach Hause zu bringen. Sie sitzt auf dem Beifahrersitz des Jeeps. Ihre Haare sind voller Sand und Algen. Die Wangen sind leicht gerötet von der Anstrengung, und ein Lächeln liegt auf ihren Lippen. Sie sieht perfekt aus. Ihr Lachen vom Strand dreht noch immer Extrarunden durch meine Brust. Ich habe sie lange nicht mehr so ausgelassen gesehen.

Es ist still im Wagen. Fiete döst auf der Rückbank vor sich hin. Der Ausflug hat ihn angestrengt, und das monotone Wackeln des Jeeps tut sein Übriges.

»Es war schön, dass du ihn überreden konntest. Ohne ihn wäre es nicht dasselbe gewesen«, sagt Juna und deutet nach hinten, wo Fiete jetzt ein leises Schnarchen von sich gibt. Zum Glück sind wir noch nicht im Kreissägen-Stadium angekommen.

»Vor allem hätten wir das Algenticken ohne ihn nicht gewonnen.« Ich klopfe den Takt der Musik mit, die leise aus dem Radio dringt. »Er sollte öfter aus seinen vier Wänden rauskommen. Er ist dann mehr Fiete.« Ich biege in den Schotterweg zu seiner alten Reetdachkate ein und schalte runter, um den Wagen langsam durch die Schlaglöcher rollen zu lassen.

Juna nickt. Sie versteht, was ich meine. Ich muss es nicht extra erklären. Ich stoppe den Wagen und mache den Motor aus.

Die plötzliche Stille veranlasst Fiete zu einem besonders lauten Schnarchgeräusch. Juna lacht leise, und ich muss ebenfalls grinsen. Ich möchte noch nicht aussteigen, weil es hieße, einen Strich unter einen durchweg schönen Tag zu ziehen.

Juna scheint es ähnlich zu gehen. Anstatt sich abzuschnallen, beugt sie sich nur vor und blinzelt zu den Sternen hinauf. Ich kann nicht anders, als ihr eine Alge aus dem Haar zu zupfen. Auch wenn ich dadurch Gefahr laufe, die Grenze zu verletzen. Sie reagiert auf meine Berührung, in dem sie an derselben Stelle durch ihre Haare fährt. Etwas Sand rieselt zu Boden.

»Ich sehe bestimmt aus wie eine verunglückte Ariel«, sagt sie und lacht unsicher.

»Vielleicht eher wie diese komische Krabbe«, schlage ich vor.

»Sebastian?« Sie schubst mich spielerisch. »Sehr schmeichelhaft.«

Ich öffne nun doch die Tür und bringe Abstand zwischen uns. Diese Vertrautheit macht mich fertig. »Ich werde ihn mal reinbringen«, murmle ich.

Juna ist ebenfalls ausgestiegen und umrundet den Wagen, während ich Fiete vorsichtig wecke und ihm vom Rücksitz helfe. Schweigend bringen wir ihn ins Haus. Ich helfe ihm, sich bettfertig zu machen. Juna setzt in der Zwischenzeit einen Tee auf, der ihn aufwärmen soll, bevor er sich hinlegt. Ich drehe die Heizung hoch und verfrachte ihn unter einen Berg aus Decken.

»Watt'n verdammt schöner Tach«, murmelt Fiete.

»Fast een büschn to gut.«

»Zu gut gibt es nicht, alter Mann«, entgegne ich und stopfe die Decke um seinen ausgemergelten Körper fest. Ich muss noch die restlichen Sachen aus dem Auto holen, aber bevor ich mich umdrehen kann, hält Fiete mich zurück.

Sein Griff ist erstaunlich fest. Fast so als hätte er seine kargen Reste mobilisiert, dabei hätte ein einfaches ›*warte noch*‹ ausgereicht.

»Was ist?«, frage ich und lege meine Hand auf seine. Die Haut fühlt sich an wie zerknittertes Papier.

»Ik will, dat du mii zuhörst. Richtich zuhörst, versteihst do?«

Ich setze mich auf die Bettkante und schiebe die Decken etwas zur Seite. »Ich höre immer richtig zu«, witzle ich, höre aber auf, als er nicht darauf anspringt. »Okay. Was ist los, Fiete?«

Er seufzt leise und drückt meine Hand. »Wenn ik mol nimmer bin …«

Ich winke ab, bevor er weitersprechen kann. Ich will nicht hören, wie endlich sein Leben ist. Dass es bald passieren könnte. Aber Fiete fährt trotzdem fort.

»Wenn ik mol nimmer bin, dann will ik inne Noordsee verstreut werdn. Versprichst mii dat?«

Ich nicke, dabei würde ich lieber sagen, dass er seinen knochigen Hintern gefälligst hier bei mir lassen soll.

»An akkurat di stelln, wo wii heut gesessen hamm.« Er nickt und hustet trocken. »Bi miin Surfladen. Wo wie beeden hingehörn.«

Ich nicke ein weiteres Mal. Zu mehr bin ich nicht in der Lage. Ich brauche etwas, bis ich meine Stimme wieder unter Kontrolle habe. »Solange du mir versprichst, dass du dir noch Zeit lässt, bis ich dieses Versprechen einlösen muss.« Ich werde seinen Wunsch erfüllen, wenn es so weit ist, aber ich wünschte, er würde aufhören, mich ständig daran zu erinnern, dass uns nicht mehr allzu viel Zeit bleibt. Ich stehe auf und gehe zur Tür, als mich Fietes Stimme abermals zurückhält. Dieses Mal durchsetzt vom Schalk.

»Un dann will ik, dat ihr allns 'ne gehörige Feier schmeißt. Ohne so 'n Shiet mit Tränen un so. Mit Musik und Tanz. Un ik will, dat du lachst, mien Jung. Ihr sollt dat Leben feiern, nich bedröppelt siin wegen dem Tod.«

Ich klopfe gegen den Türrahmen. Ein Zugeständnis, dass ich es probieren werde, aber versprechen kann man so etwas unmöglich. Ich verlasse die Küche und hole die restlichen Sachen aus dem Auto. An der frischen Luft verschnaufe ich einen Moment. Versuche, die Schwere abzuschütteln, die Fietes Worte ausgelöst haben.

Als ich erneut den Flur betrete, höre ich ihn leise mit Juna reden. Ich kann nicht verstehen, über was sie sprechen, aber es klingt vertraut. In Junas Stimme liegt so viel Zuneigung für diesen alten Mann, dass ich sie am liebsten dafür küssen würde. Zugegebenermaßen käme mir jeder Grund gelegen, um sie zu küssen. Ich suche förmlich danach. Ein schwaches Grinsen überfliegt mein Gesicht. Ich lehne mich gegen die Wand. Mit geschlossenen Augen höre ich den Stimmen und Geräuschen zu, die die alte Kate erfüllen. Ich wünschte, ich könnte den Moment einfrieren. Denn eins ist sicher. Fiete wird nicht ewig bleiben. Und Juna wird ebenfalls gehen.

Im Flur ist es kühl, und das erscheint mir sinnbildlich für die Kälte, die mich umgeben wird, wenn mich erst beide verlassen haben.

Juna

Ich stelle die Tüten auf der Veranda ab und klopfe gegen die Hintertür von Jakobs Haus. Hennes ist als Erster an der Tür. Dicht gefolgt von *Dertutnix*. Es gelingt mir gerade noch, die zwei Papiertüten in die Höhe zu reißen, bevor der Labrador sie niedermähen und den Inhalt verspeisen kann.

»Juna«, quietscht Hennes und hängt sich an mein rechtes Bein. Ich wuchte die Lebensmittel, mich und die Fracht an meinem Bein in den Flur, als Jakob auftaucht.

»Hi.« Er nimmt mir die Tüten ab, während ich meinen Mantel und den Schal ablege. Ich kitzle Hennes und schlüpfe aus den Schuhen, sobald er von meinem Bein ablässt. Dann begleite ich Jakob in die Küche, wo er den Inhalt vor sich auf der Arbeitsplatte ausbreitet und genauestens inspiziert.

»Was ist das?«, fragt er und deutet auf die Ansammlung von Lebensmitteln.

»Ich dachte, ich bringe etwas mit und lade mich zum Kochen ein.« Ich hebe eine Avocado hoch. »Ich hatte an

Tortillas und Guacamole gedacht, aber egal, was ihr aus den Zutaten zaubern wollt, ich biete mich als Küchenfee an. Ich schnipple, was immer ihr mir gebt.«

»Hört sich toll an, oder was meinst du, Tiger?« Jakob hebt Hennes hoch, setzt ihn auf die Arbeitsplatte und wirft mir eine Paprika zu. »Fangen wir an? Da kannst du gleich mal zeigen, was du im Kruse-Ausbildungscamp bereits gelernt hast.«

Hennes nickt und stellt sich auf die Arbeitsplatte, um das Küchenradio anzuschalten. Musik von *Kaleo* erfüllt den Raum.

»Grandiose Idee«, sagt Jakob und zeigt mir hinter Hennes' Rücken seinen ausgestreckten Daumen. Hennes rutscht von der Arbeitsfläche und flitzt los, um seine Kochjacke und die dazugehörige Mütze zu holen. Die Kluft ist dem Kleinen heilig.

»Wir haben das viel zu lange nicht mehr gemacht.« Die vertraute Fröhlichkeit erfüllt die Küche.

»Das stimmt.« Jakob schnappt sich den gekühlten Weißwein, gießt ihn in zwei langstielige Gläser und schiebt mir eins rüber. Der Inhalt ist angenehm kühl und fruchtig.

»Und du hast wirklich alles für Tortillas mitgebracht? Nicht nur die Telefonnummer eines Lieferdienstes?« Er prostet mir mit einem anerkennenden Blinzeln zu.

»Ich bin beim besten Küchenchef der westlichen Hemisphäre in Ausbildung«, sage ich und schlage mit Hennes ein, der, gerade fertig transformiert zu einem winzigen Maestro, in die Küche kommt.

»Bald werde ich dich an die Wand kochen, Herr Kruse.«

»Tatsächlich?« Jakob lacht, »Herausforderung angenommen.«

Eine Country-Schnulze dudelt im Hintergrund als wir Seite an Seite die Zutaten kleinschneiden, vermischen, würzen und gemeinsam kochen. Jakob frotzelt nicht nur gegen Hennes, sondern auch gegen mich. Schließlich stürzen wir uns auf ihn und verbannen ihn ins Wohnzimmer, wo er den Tisch deckt.

Gegen acht sind wir mit dem Essen durch. Hennes fragt mich, ob ich ihn heute Abend ins Bett bringen könnte.

Ich werfe Jakob einen fragenden Blick zu, und er nickt mir aufmunternd zu. Also folge ich dem Jungen ins Bad. Er putzt Zähne und zieht sich den Schlafanzug an, der über dem Badewannenrand liegt. Dann dirigiert er mich neben sich in das schmale Ikea-Bett, das mittig in seinem von Dinosauriern bevölkerten Zimmer steht. Ich lese ihm eine Geschichte vor.

Die Wärme seines kleinen Körpers, die Liebe, die er mir so selbstverständlich entgegenbringt – all das ist ein Geschenk, und ich versuche es als genau das zu betrachten.

Irgendwann zwischen Drache Lungs Abenteuer bei den Zwergen und dem Weiterflug nach Osten, fort von der Burg des Goldenen schläft Hennes schließlich ein, und ich lege Cornelia Funkes *Drachenreiter* auf den Nachttisch. Dann schleiche ich mich aus dem Zimmer.

Jakob erwartet mich im Halbdunkeln auf dem Flur, er lehnt an der Wand, das Weinglas hat er in der Hand.

»Er hat dich sehr gern«, sagt er unvermittelt und gleitet an der Mauer hinab.

Ich setze mich neben ihn und lehne mich ebenfalls an. »Ich habe ihn auch sehr gern.«

Es ist so. Auch wenn das nie der Plan war. Jakob und Hennes haben sich in mein Herz geschlichen.

Jakob nickt und trinkt sein Glas in einem Zug leer. Er stellt es dennoch nicht ab. Er dreht den Stil gedankenverloren zwischen den Fingern, bevor er meine Hand ergreift. Er verschränkt seine Finger nicht mit meinen, wie er es früher getan hat. Er hält sie einfach. Eine Geste, die irgendwo in dem luftleeren Raum zwischen Freundschaft und Liebe taumelt.

Seit unserem ersten Ausflug vor zwei Wochen sind Fiete, Bosse und ich jeden Samstag an den Strand gefahren. Manchmal haben wir uns mit den anderen getroffen. Dann waren auch Jakob und Hennes mit von der Partie. Oft sind wir aber auch nur zu dritt gefahren. Es fällt Fiete unsagbar schwer, die Kraft dafür aufzubringen. Aber er genießt es. Das Meer. Den Sand. Die Möwen, die über unseren Köpfen ihre Bahnen ziehen. Das alles gehört zu ihm, ist Teil von ihm.

Lärmend kreisen freche Vögel über unserer Picknickdecke. Sie hoffen auf unser Abendbrot. Fiete ist vielleicht schwach, aber sein Geist ist noch immer so scharf wie früher. Ich liebe es, ihm zuzuhören, wenn er von seiner Zeit als aktiver Sportler erzählt. Ich wusste, dass er Profisurfer war, aber nicht, wie erfolgreich er gewesen ist. Obwohl er allen Grund dazu hätte, hat er nie mit seinen Erfolgen angegeben. Auch jetzt erheitert er mich lieber mit witzigen Anekdoten seiner Konkurrenten. Oder mit skurrilen Liebesgeschichten.

Bosse ist vor einer ganzen Zeit mit dem Kite aufs Meer hinausgefahren. Während Fiete aus seinem Leben erzählt, sehen wir ihm dabei zu, wie er über Wellenkämme gleitet und halsbrecherische Sprünge absolviert.

Für mich sieht das Ganze selbstmörderisch aus. Aber Fiete erklärt mir, was Bosse gerade tut und warum es im Grunde vollkommen ungefährlich ist. Es bringt angeblich sogar einen Heidenspaß. Wenn Fiete so begeistert schildert, was Bosse tut und wie man sich dabei fühlt, fällt es mir leicht, ihn mir als junger Mann auf einem Surfbrett vorzustellen.

Die Dämmerung setzt bereits ein, als Bosse zurück an den Strand kommt. Das Lagerfeuer ist fast runtergebrannt, und ich lege noch zwei Scheite Holz auf.

Er verstaut das Board und den Kite im Fond des Jeeps, bevor er sich neben mich in den Sand wirft. Mit seinen nassen Haaren stupst er mich an, und zahlreiche Wassertropfen fallen auf mein Shirt. Ich kann die Kälte fühlen, die er vom Meer mitgebracht hat. Ich sollte nicht so halsbrecherisch glücklich sein, denn es ist ein gestohlenes Gefühl.

»Ich bin platt«, bringt Bosse atemlos hervor und rollt sich auf den Rücken. Sein Atem beruhigt sich langsam.

Eine Weile betrachten wir drei schweigend, wie die Sonne langsam untergeht. Ein flammendes Spektakel, das den Himmel in ein buntes Farbspektrum hüllt.

Ich bin noch ganz gefangen von dem Schauspiel, als Bosse sich neben mir aufsetzt und beginnt, sich zitternd aus dem Neoprenanzug zu schälen. Er war wirklich lange auf dem Meer und hätte sich besser sofort umziehen sollen. Den Neoprenanzug hängt er über den Ersatzreifen des Jeeps, und ich stehe auf, um ihn in eine der Decken zu hüllen, die wir mitgebracht haben.

Seine Haut ist eiskalt. Eilig schlinge ich die freien Enden der Decke um ihn und trockne mit dem überstehenden Teil notdürftig seine Haare. Ich bin nicht darauf vorbereitet, was die plötzliche Nähe dabei in mir auslöst.

»Ich muss mir etwas Warmes anziehen, sonst erfriere ich«, sagt er und zerbricht den Moment.

Fiete lacht leise und schüttelt den Kopf. Es ist nicht klar, weswegen, und er lässt es offen.

Ich bin froh, dass er sich nie kritisch zu dem Herzseilakt äußert, den Bosse und ich vollführen. Er hätte allen Grund dazu. Denn egal wie richtig es sich anfühlt, Zeit mit ihm zu verbringen, Bosse und ich sind eine Illusion. Wir schlittern von einer herzraubenden Situation in die nächste. Daran ist überhaupt nichts Freundschaftliches. Und trotzdem versuchen wir genau das zu sein. Freunde. Und halten auch deswegen das schwache Echo dessen aufrecht, was wir einmal waren.

Als ich am nächsten Samstagabend von einem Abendessen bei Hennes und Jakob komme, brennt im Bootshaus noch Licht. Kurzentschlossen parke ich meinen Wagen neben Bosses Bulli. Ich mache mir nichts vor. Der direkte Weg nach Hause führt nicht am alten Bootshaus vorbei. Ich hatte gehofft, dass Bosse hier ist, und habe deswegen den Umweg in Kauf genommen.

Ich gebe mir einen Ruck und steige aus dem Wagen. An der Tür angekommen, klopfe ich vorsichtig und trete dann ein.

Das Gebäude ist von provisorischen Lampen erhellt, die gefräßige Schatten an die Wände werfen. Bosse sitzt im größten Zimmer des ersten Stocks auf dem Boden. Vor sich eine Schachtel vom Asia-Imbiss, in seiner Hand ein Buch. Er sieht auf und lächelt mich an, als ich den Raum betrete. Fast so, als hätte er mich erwartet.

»Juna«, sagt er. Mehr nicht. Er legt das Buch neben sich, ohne es loszulassen. Es versetzt meinem Herz ein unbeständiges Flattern, ihn so zu sehen. Das ist Bosse. Ein Buch in der Hand. Das Meer im Herzen. Einfach er.

»Was liest du?«, frage ich, um Normalität zu finden. Ich setze mich ihm gegenüber hin. Die Kälte des Bodens dringt durch den Stoff der Decke, auf der ich sitze. Ich schlinge meine Jacke fester um mich.

Bosse dreht und wendet das Buch. »Ein alter Schinken aus Fietes Sammlung. Ist nicht besonders gut.«

»Und du liest es trotzdem zu Ende?«, frage ich, weil er das immer getan hat.

»Ich versuche es«, sagt er. »Aber ich tue es nicht mehr um jeden Preis, so wie früher.«

Damals hat er kein Buch aufgegeben. Er meinte, jeder Autor hätte sich Mühe gegeben. Eine Menge Arbeit investiert. Das müsste man honorieren und sei es nur, indem man bis zur letzten Seite durchhält.

»Ich dachte, du würdest noch arbeiten.« Ich deute auf die Lampen und dann in Richtung der Straße. »Ich habe die Lichter brennen sehen und wollte nur kurz Hallo sagen.«

»Ich wollte das Zimmer noch fertigkriegen.« Er zuckt die Schultern. »Aber das war mehr Arbeit, als ich dachte. Ich brauchte eine Pause.« Er tippt die Essensverpackung mit der Schuhspitze an und schiebt sie zu mir rüber. »Willst du? Ist noch genug da.«

Ich schüttle den Kopf. »Ich habe schon mit Jakob und Hennes gegessen.«

Bosse sieht auf und schaut mich an. Sein Blick ist unergründlich. Und es ist gefährlich, wie sich unsere Blicke ineinander verhaken. Zumindest für mich.

Bosse scheint zu merken, wie es mich verunsichert, und senkt die Augenlider. Er schlägt das Buch auf und beginnt, leise daraus vorzulesen.

Ich schließe die Augen und erinnere mich an früher. Als er mir immer vorgelesen hat. Meistens lagen wir eng umschlungen da. In meinem Zimmer. Nachdem Bosse heimlich durch mein Fenster eingestiegen war. Unzählige Nächte haben wir so verbracht. Und mehr als einmal hat Ma uns dabei erwischt.

Bosse hat Welten mit seiner Stimme erschaffen, und ich habe mich hineinfallen lassen. Ich habe mich in ihn fallen lassen. Es ist, als würden mich seine Arme umgeben wie damals. Dabei trennen uns Meter rissigen Betons.

Aber wenn ich die Augen geschlossen halte, ist es, als würde er mich trotz der Distanz berühren. Nur mit seiner Stimme.

Wir überschreiten keine Grenze, indem wir hier sitzen und er mir vorliest. Außer vielleicht der in meinem Herzen.

Als Bosse das Kapitel beendet hat, entsteht eine Stille, die gefüllt ist von uns. Bosse zerbricht sie, indem er das Buch neben sich wirft und die Luft ausstößt.

»Ich sagte ja, es ist nicht so besonders.«

»Ich mag es«, widerspreche ich. Aber es ist wohl eher seine Stimme, die ich mag.

»Ich sollte weiterstreichen«, sagt er und steht auf. Er klopft sich den Staub von der Hose und geht zu den Farbeimern rüber.

Ich rapple mich ebenfalls auf. »Darf ich dir helfen?« Ich will noch nicht gehen.

Er zieht skeptisch eine Augenbraue nach oben. »Du willst streichen?«

»Warum nicht?«

Er öffnet einen der Eimer. »Ich erinnere mich noch ziemlich gut daran, wie du versucht hast, Fietes Schuppen zu streichen.« Er lacht. »Der Farbfleck ist immer noch zu sehen.«

»Ich konnte nichts dafür, dass der Deckel klemmte«, verteidige ich mich, muss aber ebenfalls grinsen. »Und noch weniger dafür, dass Merle ihn plötzlich doch aufbekommen hat. Und der Farbton ...« Ich stupse ihn mit dem Pinsel an, so dass ein weißer Fleck auf seinem Pullover zurückbleibt. »Der Baumarkt hat einfach die falsche Farbe angerührt.«

»Pink war nicht geplant?« Er sieht nicht so aus, als würde er mir glauben. Noch immer lachend wendet er sich der Wand zu und beginnt mit raschen Zügen, die weiße Farbe aufzutragen. Ich streiche währenddessen mit einem Pinsel die Kanten vor.

Bosse legt sein Handy auf die Leiter und schaltet Musik an. Seine Nähe ist mir überdeutlich bewusst. Ich sehe den entschlossenen Ausdruck in seinem Gesicht, und Ninja-Schmetterlinge mischen mein Innerstes auf. Ich konzentriere mich gewissenhaft auf den Pinsel in meiner Hand. Darauf, zu arbeiten. Ich will die Möglichkeit, ihm nah zu sein, nicht zerstören, nur weil mein dummes Herz Amok läuft.

Bosse

Jakob kommt regelmäßig zu unseren Treffen am Strand. Er bringt Hennes mit. Und diesen verrückten Hund. Es ist in Ordnung für mich, auch wenn ich ständig mit meiner Eifersucht kämpfe.

Ich bin mir allerdings nicht sicher, ob ich es gut finde, dass er jetzt auch noch bei meinen Freunden zu Hause auftaucht. Ich hatte mir Merles alljährliches Weihnachtsessen anders vorgestellt. Wie jedes Jahr am zweiten Weihnachtsfeiertag haben sich all unsere Freunde versammelt, die Kinder, Juna, Peer, Merle, ich. Und Jakob.

In der Küche köchelt ein duftendes Curry vor sich hin. Jakob steht mit Juna in der Küche und unterhält sich. Es wäre einfacher, wenn ich ihn hassen könnte. Dann würde ich ihn vor die Tür befördern und hätte sie für mich.

Das Problem ist, er bedeutet Juna etwas. Allein deswegen muss ich mit ihm auskommen. Außerdem ist er ein wirklich guter Typ. So durch und durch anständig, dass es fast nervt, aber eben nur fast. Er engagiert sich für die Jugendlichen auf Amrum, kommt mit jedem gut aus und kümmert sich liebevoll um seinen Sohn. Er bietet Juna genau die Familie, die wir nicht haben konnten.

Ich weiß, es ist kindisch, deswegen eifersüchtig zu sein. Trotzdem ist es nicht leicht, zu sehen, wie gut er sich mit ihr versteht. Wie er sie ansieht. Wie glücklich sie mit ihm und dem Jungen ist.

»Soll ich dir eine Axt leihen?« Peer setzt sich auf den freien Stuhl neben mich. Er reicht mir ein Glas mit einer bernsteinfarbenen Flüssigkeit. Mit einem unterdrückten Lachen stößt er mit mir an. »Ich meine, das wäre sicher einfacher, als ihn mit Blicken zu vierteilen.«

Ich schlage ihm sanft gegen den Hinterkopf, um ihn zum Verstummen zu bringen. »Witzig«, murmle ich und leere das Glas zur Hälfte.

»Ich habe versucht, Merle davon abzubringen, ihn einzuladen. Hab mir gedacht, dass es nicht einfach für dich wird, wenn er hier ist. Ich konnte mich aber leider nicht durchsetzen.« Er nimmt einen theatralisch großen Schluck und schüttelt den Kopf. »Sein Sohn und Titus verstehen sich sehr gut. Der Kurze wollte ihn unbedingt dabeihaben. Und Merle befindet sich auf einer Mission, seitdem sie erfahren hat, wie wenig Anschluss Jakob auf der Insel hat. Dagegen komme ich nicht an.«

Ich zucke mit den Schultern. »Ist mir egal.« Als Peer mich zweifelnd ansieht, füge ich hinzu. »Ehrlich. Er ist nett. Und wenn deine Frau sich ein neues Ziel sucht, kann das nur gut für mich sein.«

»Vielleicht solltest du darüber nachdenken, dich mit

ihm anzufreunden. Das würde Merle gefallen.« Er nickt bestätigend. »Und Juna wäre bestimmt tief beeindruckt. Du weißt ja, was man sagt: Sei deinen Freunden nah. Aber deinen Feinden am nächsten.« Er gluckst.

Das Ganze scheint ihn zu amüsieren. Wenn sogar Peer problemlos sieht, was in mir vorgeht, obwohl er sonst eher eine lange Leitung hat, habe ich wohl kein halb so gutes Pokerface, wie ich dachte.

Ich lasse mich von ihm in die Küche zerren, wo Jakob, Merle und der Rest des Haufens zusammensteht, redet und lacht. Bis das Essen fertig ist, wird die Hälfte vermutlich schon betrunken sein. Ich zumindest habe das auf jeden Fall fest vor. Wenn ich wirklich in Betracht ziehe, so bescheuert zu sein, mich mit Jakob anzufreunden, schreit das nach Alkohol.

Juna

Ma ist krank und hat schniefend erklärt, sie würde den Jahreswechsel im Bett verbringen. Ich habe sie mit frischen Berlinern, einem alkoholfreien Sekt und einer ganzen Armada an Filmen alleingelassen.

Ursprünglich hatte ich vor, trotz ihrer Erkältung mit ihr zu feiern, aber Ma wollte nur ihre Ruhe und hat mich aus der Wohnung gescheucht. Merle und Peer sind mit den Kindern bei ihren Eltern. Jakob und Hennes sind zum Jahreswechsel nach Hamburg gefahren, um Emily zu besuchen.

Ich schlendere durch die Dünen. Es ist nicht mehr lange bis Mitternacht. Am Strand brennen kleine und große Lagerfeuer. Die zentralen Treffpunkte, um das neue Jahr zu begrüßen, sind hier am Wasser oder an der Kirche. Später gehen viele noch in die Kniepsandhalle, um bis in die frühen Morgenstunden zu feiern.

Ich unterbreche meinen Spaziergang und lasse mich an einem Punkt nieder, von dem aus man nicht nur das Farbenspiel der Lagerfeuer sieht, sondern um Punkt Mitternacht auch das Feuerwerk nur wenige Kilometer entfernt auf dem Festland.

»Darf ich?«, erschreckt mich eine Stimme hinter mir. Ich erkenne sie sofort. Bosse. Ich muss lächeln. Früher haben wir jeden Jahreswechsel gemeinsam an dieser Stelle verbracht. Ich hätte nicht gedacht, dass er noch immer hierherkommt. Ich klopfe auf den Sand neben mir und nicke.

Bosse setzt sich. Schweigend lassen wir die letzten Momente des alten Jahres verrinnen. Und dann ertönen die Kirchenglocken und läuten das neue Jahr ein. Auf dem Festland bricht ein Gewittersturm aus Raketen los und färbt den Himmel bunt. Am Strand werden Hunderte Wunderkerzen an den Lagerfeuern entzündet. Es ist eine alte Tradition auf Amrum, das neue Jahr so zu begrüßen.

»Wir sollten dringend auch welche anzünden.« Es nicht zu tun bringt angeblich Pech. Bosse hält mir eine von zwei Wunderkerzen entgegen, die er aus seiner Jackentasche gezaubert hat, und entzündet sie. »Frohes neues Jahr«, sagt er leise und schließt mich in seine Arme.

»Dir auch ein frohes neues Jahr.« Ich sehe ihn an. Das Funkeln der Wunderkerzen spiegelt sich in seinen dunklen Augen. Ich spüre seinen Atem, als er sich zu mir beugt. Ein heißes Kribbeln schießt durch meine Blutbahnen. Weil dieser Moment so überhaupt nicht freundschaftlich ist. Er wird mich küssen, und ich tue absolut nichts dagegen. Im Gegenteil: Ich schließe meine Augen und erwarte ihn. Ich spüre seine Lippen knapp über meinen. Aber dann streifen seine Bartstoppeln meinen Mundwinkel, und er küsst mich nur auf die Wange. Ich sehe, wie er mit sich kämpft. Er müsste sich zurückziehen, aber das tut er nicht. Unser beider Atem stolpert, während wir einander gefangen ansehen. Noch immer schwebt der Kuss, den Bosse in etwas Platonisches gezwängt hat, zwischen uns und jagt Verlangen durch meinen Körper.

Aber dann senkt er den Blick und räuspert sich. Er fährt sich durch die Haare und beendet den Moment, indem er sich aufrichtet. Sein Blick heftet er auf die Feuer am Strand.

»Tut mir leid«, sagt er, und seine Stimme ist belegt.

»Muss es nicht«, erwidere ich leise und male mit meiner Wunderkerze Kringel in die Dunkelheit. Es ist eher tröstlich, dass es ihm genauso schwerfällt wie mir, mit der Anziehungskraft zwischen uns umzugehen.

Bosse steckt die noch brennende Wunderkerze in den Sand. Erst als meine erlischt und das Knallen vom Festland unbeständiger wird, wage ich es, erneut zu ihm hinüberzusehen. Er hat mich beobachtet und bemüht sich nicht, es zu verbergen. Stattdessen rutscht er wortlos näher und schlingt seinen Arm um mich. Als wäre es das Selbstverständlichste der Welt. Und ich schmiege mich an ihn, als wäre es das tatsächlich. Dabei hat keines der Gefühle, die dabei mein Innerstes fluten, Platz in den engen Grenzen unserer Vereinbarung.

Es ist einer dieser Tage, die nicht enden wollen. Jakob und ich sitzen seit dem Vormittag im Büro. Silvester und der Beginn des Jahres liegen hinter uns. Jetzt muss der Jahresabschluss vorbereitet werden. Die Unterlagen sollen schon in der nächsten Woche an den Steuerberater rausgehen. Dabei liegen wir noch Meilen von der Fertigstellung entfernt.

Das Telefon klingelt und erinnert mich daran, dass ich arbeiten sollte. Ich richte meinen Blick auf den Bildschirm, während Jakob sich knapp mit seinem Nachnamen meldet. Wie immer fällt es mir schwer, seinen geschäftlichen Tonfall mit dem Mann zu vereinbaren, der privat immer ein Lachen in seiner Stimme trägt.

»Juna, ist für dich.« Jakob sieht mich viel zu ernst an. Sein Blick beunruhigt mich. Ich kann nicht ergründen, was es genau ist. Aber die Alarmglocken in meinem Inneren beginnen zu lärmen. Er reicht mir das Telefon über den Tisch. Mit klammen Fingern nehme ich es entgegen.

»Andersen«, sage ich fest.

»Juna? Ich bin es, Merle.« Mein Herz hämmert. Es gibt absolut keinen vernünftigen Grund, warum sie mich bei der Arbeit anruft. Das hat sie noch nie getan. Und würde es auch nie tun. Es sei denn, etwas Schlimmes wäre geschehen.

»Ist etwas passiert? Ich bin bei der Arbeit«, stammle ich und fühle mich bescheuert. Wahrscheinlich will Merle nur etwas Dringendes besprechen. Sie ist ungeduldig. Mein Handy habe ich während der Arbeitszeit immer auf lautlos gestellt. Ich zerre es aus der Handtasche. Sechs Anrufe von Merle.

»Du hast versucht, mich zu erreichen?«, schiebe ich tonlos hinterher. Denn mir ist klar, dass es bei ihren Anrufen nicht um eine Verabredung zum Essen geht. Dann hätte sie auf meinen Rückruf gewartet.

»Er braucht dich jetzt, Juna.« Mir ist klar, wen sie meint. Obwohl ich nicht verstehe, wieso Bosse mich brauchen sollte. Merle schluchzt, und Adrenalin flutet meine Adern.

»Was ist los?«, wiederhole ich meine Eingangsfrage mit einem leicht hysterischen Unterton in der Stimme.

»Fiete ist letzte Nacht gestorben.«

Da ist sie. Die Emotionsbombe, die mein Innerstes innerhalb einer Sekunde in Schutt und Asche legt. Ich kann nichts sagen. Nicht reagieren. Meine Finger krampfen sich um den Hörer. Ich spüre Feuchtigkeit auf meinen Wangen. Alles andere erscheint unendlich weit weg.

»Peer und ich haben versucht, mit Bosse zu reden, aber er lässt niemanden an sich ran.« Sie weint immer noch. Keine Schluchzer, sondern ein leises, zerstörtes Wimmern. »Wir machen uns echt Sorgen um ihn. Sein Handy ist ausgeschaltet. Er hat niemandem gesagt, wo er ist.«

»Er wird mich genauso wenig sehen wollen«, quetsche ich hervor. »Ihr steht ihm doch viel näher.«

»Du weißt, dass das nicht stimmt.« Sie macht eine kleine Pause. »Ich glaube nicht, dass jetzt der richtige Zeitpunkt ist, um dieses dämliche Spiel weiterzuspielen und dir etwas vorzumachen.«

Wie immer nimmt Merle kein Blatt vor den Mund. Sie hat unsere Entscheidung akzeptiert. Uns mit der Situation umgehen lassen, wie wir es für richtig hielten. Aber Fietes Tod hat alles verändert.

»Wirst du ihn suchen?«, fragt sie, und ich nicke. Nicht nur, weil ich Peer und Merle helfen will oder weil ich für Bosse da sein will. Sondern wegen Fietes Worten, die in meinem Kopf Kreise drehen. »*Kümmer dii um mien Jung, versprich mii dat. Er is een guten Jung.*«

Schwach geflüsterte Worte am Abend, als Bosse und ich ihn nach dem Algenticken nach Hause gebracht hatten. Es kommt mir vor, als wäre das Jahrzehnte her.

»*Een büschn aufn Kopp gefalln, wat de Liebe angeht, aber een guten Jung.*«

Tränen laufen meine Wangen hinab. »Ich fahre sofort los«, sage ich und lege dann auf. Ich habe Fiete etwas versprochen, das ich nicht halten kann. Weil Bosse mich nicht nah genug an sich heranlassen wird. Weil immer ein Riesenbrocken Vergangenheit zwischen uns stehen wird. Und weil ich aus genau diesem Grund nicht hier auf Amrum bleiben kann.

Mein Nacken kribbelt, meine Beine werden mich nicht tragen, wenn ich jetzt aufstehe. Jakob tritt hinter mich und legt mir die Hände auf die Schultern. Er ist einfach da. Gibt mir Kraft. Während die Tatsache bis in jede meiner Zellen sackt: Fiete ist nicht mehr da.

Wahllos klaube ich Dinge vom Schreibtisch zusammen und werfe sie in meine Handtasche. Mein Handy, einen

Schal, Kugelschreiber und Kaugummis. Als würde ich jetzt Kaugummis brauchen.

»Ich muss Bosse suchen«, bringe ich brüchig hervor. Meine Stimme zittert unter der Tragweite der folgenden Worte. »Fiete ist gestorben. Letzte Nacht.«

Jakob lässt sich auf seinen Stuhl sinken. »Merle klang schlecht. Ich wusste, dass etwas Schlimmes passiert sein muss, aber damit habe ich nicht gerechnet.« Er schüttelt betroffen den Kopf. »Es tut mir so leid.«

Ich sehe ihn an und bemühe mich nicht, meine Tränen zurückzuhalten. Mir entgeht nicht, dass er eine Sekunde zögert.

»Fiete hat ihm viel bedeutet«, sagt er dann ruhig. »Du solltest jetzt für ihn da sein.«

Das Verständnis in seiner Stimme ist echt. Auch wenn es ihn Kraft kostet. Er gibt mir einen Kuss auf die Stirn und drückt mich kurz an sich. »Wenn du mich brauchst. Ich bin hier.«

Fynn und Magnus suchen die Strände ab. Es ist die sprichwörtliche Suche nach der Nadel im Heuhaufen. Sollte Bosse mit dem Kite rausgefahren sein, wird sie vergeblich sein. Merle und Peer sind mit den Kindern zum Surfshop gefahren, um zu überprüfen, ob er dort ist. Außerdem will Peer sehen, ob Bosses Ausrüstung noch im Container hängt. Sie werden dort warten, falls Bosse auftaucht.

Ich habe mich bereit erklärt, zu seinem Haus zu fahren und danach die Insel abzusuchen. Es dämmert mittlerweile, und wir haben ihn noch immer nicht gefunden. Zu Hause ist er auch nicht. Dabei steuere ich das Gebäude zwischen den Dünen mittlerweile zum dritten Mal an.

Ich wähle erneut seine Nummer und bin überrascht, als das Freizeichen ertönt. Die letzten Versuche landeten direkt auf der Mailbox. Ich drehe meinen Rücken gegen den Sturm und nutze die Kapuze, um einen fragilen Windschatten zu erzeugen, als Bosse abnimmt. Er sagt nichts.

»Bosse?« Ich laufe zum Wagen zurück. Hastig steige ich ein und werfe die Tür hinter mir zu. »Bist du dran?« Mir antwortet nur Stille. Eine Stille, die mir Bosses Traurigkeit entgegenbrüllt. »Wo bist du?«, frage ich leise. Ich schließe die Augen und lehne den Kopf gegen den Sitz. Er hat nicht aufgelegt. Ein gutes Zeichen, das mir die Geduld abringt, ihn nicht weiter zu drängen.

Sein Haus hebt sich als dunkler Umriss gegen das schwarze Firmament ab. Ich presse das Telefon gegen mein Ohr, als würden diese wenigen Millimeter mehr Nähe Bosse helfen. Ich warte. Sekunden. Minuten. Eine kleine Ewigkeit.

Bis er plötzlich »im Bootshaus« sagt. Nicht mehr. Das folgende langgezogene Tuten zeigt, dass er aufgelegt hat. Dort hatte ich zuallererst nach ihm gesucht, aber die Türen des zukünftigen Jugendzentrums waren verschlossen. Die Räumlichkeiten dunkel. Sein Auto stand nicht auf dem Parkplatz. Ich hätte noch mal dort nachsehen sollen.

Ich lasse das Handy sinken, schreibe Merle eine knappe Nachricht, dass ich ihn gefunden habe, und schmeiße es dann neben mich auf den Sitz. Ich wende den Polo und beschleunige so hart, dass der Motor protestierend bockt.

Von Bosses Haus bis zum Jugendzentrum sind es normalerweise acht Minuten Fahrtzeit. Ich schaffe es in fünf. Aber dann stehe ich auf dem Parkplatz des alten Gebäudes und weiß nicht, was ich tun soll. Was soll ich Bosse sagen? Wie ihm den Schmerz nehmen? Fiete war wie ein Vater für ihn.

Ich kann niemals die Stütze sein, die den Pfeiler ersetzt, der gerade weggebrochen ist. Trotzdem löse ich den Gurt und steige aus. Ich laufe zum verwitterten Eingangsbereich hinüber und lehne für einen Moment die Stirn an das kühle Holz, bevor ich die Tür aufschiebe.

Nur das fahle Mondlicht erhellt Teile der Baustelle. Vorsichtig winde ich mich durch das Chaos aus Gerätschaften, Pinseln und Farbeimern. Ich mache mir nicht die Mühe, im Erdgeschoss nach Bosse zu suchen. Es zieht mich in das Zimmer, wo Bosse mich mit Hennes überrascht hat. Das Zimmer mit dieser wunderbar alten Linde vor dem Fenster.

Ich schließe die Augen, atme tief durch und steige dann die Stufen hinauf, während das Bild von Bosse, wie er damals im Türrahmen lehnte und grinste, ein trauriges Lächeln auf meine Lippen zaubert. Ich wünschte, das Schicksal würde Bosse nicht kennen.

Er sitzt an den Heizkörper gelehnt auf dem Boden. Seine Augen sind geschlossen. Er sagt nichts. Nur eine kaum merkliche Veränderung seiner Körperspannung zeigt, dass er mich bemerkt hat.

Ich durchquere den Raum und lasse mich neben ihm an den Rippen der alten Heizung hinabgleiten. Die ganze Zeit habe ich mir Sorgen gemacht, wie ich die richtigen Worte finden könnte. In seiner Nähe weiß ich plötzlich, wieso ich keine Antwort gefunden habe: Weil es hierfür keine Worte gibt. Fietes Tod tut weh. Kein Gespräch der Welt wird das ändern. Alles, was ich tun kann, ist, hier zu sein.

Bosse zieht seine Beine eng an den Körper, umschlingt sie mit den Armen und atmet tief durch. Ich schiebe meine Hand über seine. Seine Haut ist kühl. Zu kühl. Eine Decke wäre gut. Etwas, das uns beide wärmen würde. Aber dafür müsste ich mich von ihm lösen.

Bosse

Ich muss eingeschlafen sein. Irgendwann. Mit Juna an meiner Seite. Ihre Finger verschlungen mit meinen.

Auch wenn das die landläufige Meinung ist: Nichts wird besser, nur weil man darüber schläft. Mein Körper schmerzt. Und das meine ich nicht nur im übertragenen Sinne. Meine Knochen verzeihen mir die Nacht im Sitzen, angelehnt an eine kalte Heizung, nicht. Von meinem Herzen, das heute noch schwärzer ist als gestern, fange ich gar nicht erst an.

Neben mir wird Juna langsam wach. Ich sehe sie an. Mein Kopf noch immer angelehnt. Das Metall der Heizung gräbt Kälte in meine linke Wange.

Juna dreht sich zu mir, und unsere Blicke treffen sich. Unsere Gesichter sind nur Zentimeter voneinander entfernt. Sie hebt ihre Hand und streichelt vorsichtig über meine Wange. Und plötzlich kommen mir Tränen. Ihre Geste macht es unmöglich, stark zu bleiben. Es sollte mir peinlich sein. Aber dafür lässt Juna keinen Platz. Sie umarmt mich solange, bis ich endlich aufhören kann zu heulen. Bis nur noch Leere, Traurigkeit und Juna Platz in mir haben. Nur sie verhindert, dass die dunklen Emotionen überhandnehmen.

»Er wollte, dass wir sein Leben feiern. Das hat er sich gewünscht«, sage ich, nachdem wir lange einfach nur so dagesessen haben. Meine Stimme ist angeschlagen. »Er wollte, dass wir Musik spielen, dass wir lachen.« Ich zucke hilflos mit den Schultern. »Wie soll das bitte gehen?« Ich atme geräuschvoll aus.

Juna senkt den Blick. Sie löst sich von mir und stemmt sich hoch. Sie geht zur Tür und poltert kurz darauf die Treppe hinab. Ich höre die Autotür des Polos, und für einen Augenblick schnürt mir die Angst, sie könnte verschwinden, die Kehle zu.

Aber sie kommt zurück. Ihr Gesichtsausdruck ist entschlossen. Sie stellt eine kleine Bluetooth-Box auf die Fensterbank und legt ihr Handy daneben. »Ich habe den Kampf mit dem Autoradio aufgegeben«, sagt sie, um zu erklären, warum sie eine Mini-Hifi-Anlage mit sich rumschleppt. Die ersten zarten Worte von *Birdy* erklingen, als Juna ihre Schuhe abstreift. Sie steht barfuß auf den bloßen Holzdielen und hält mir ihre Hand hin.

We know full well there's just time ... Zeit, die nie genug sein kann. Juna hat Fietes Wunsch entsprochen. Musik füllt den Raum. Und es fühlt sich richtig an. So richtig, wie es sich nach Fietes Tod nur anfühlen kann.

Ich lege meine Hand in ihre, und sie hilft mir auf. Mit einer eleganten Bewegung dreht sie sich in meine Arme. Sie tanzt nicht mehr. Nie. Das hat sie gesagt.

Aber jetzt tut sie es. Für Fiete. Für mich. Und ich frage mich ernsthaft, wie ich sie nicht lieben sollte.

Sie nimmt meine Arme und legt sie um ihre Taille. Sie bewegt sich. Nimmt mich mit, bis wir uns dem Rhythmus der Musik um uns herum angepasst haben. Ich nehme ihre Hand, während ihr Körper die Emotionen des Liedes übersetzt und meiner Trauer ein Gesicht gibt.

It's not about angels. They will come, they will go, make you special …

Fiete hat mich zu etwas Besonderem gemacht. Juna tut es. Ich halte sie, als sie sich nach hinten lehnt, sich in meine Berührung fallen lässt, und ich unterstütze mit meinen Händen die geschmeidige Bewegung, mit der sie sich wieder aufrichtet. Mein Atem geht schwer, genau wie ihrer. Wir stehen voreinander. Ich nehme ihre Hand und drehe sie zaghaft, bevor ich mehr Schwung in meine Bewegungen lege. Kraftvoll drehe ich sie von mir weg, nur um sie dann wieder an mich zu ziehen.

Mein Körper stoppt ihre Bewegung. Ein trauriges Lachen schüttelt ihren Brustkorb, vermischt sich mit den Tränen auf ihrem Gesicht. Und auch ich lache. Weine. Tanze. Und nichts daran fühlt sich falsch an. Es ist der Versuch, ein Versprechen einzuhalten.

Juna

Es ist unwirklich. Fietes Tod ist erst drei Tage her. Die gesamte Insel hat sich an diesem Januarmorgen zur Trauerfeier in die mattgrün gestrichenen Bänke der St.-Clemens-Kirche gedrängt.

Fiete geht so schlicht, wie er gelebt hat. Der einzige Schmuck in der Kirche sind die vielen Menschen, in deren Leben Fiete im Laufe seiner fast neunzig Jahre Spuren hinterlassen hat.

Nach der Zeremonie stehen wir im Nieselregen vor dem weißen Kirchengebäude. Die Menge zerfasert zusehends. Ein Teil verschwindet bereits im Gemeindehaus, wo die anschließende Feier stattfindet. Wer diesen Teil der Beerdigung meidet, flieht vor dem Regen nach Hause.

Bosse sieht nicht so aus, als würde er den obligatorischen Leichenschmaus durchhalten. Am liebsten würde ich ihn stützen. Aber ich überlasse Merle und Peer den Vortritt und halte mich bewusst zurück. Vor den Augen der gesamten Inselbewohner für Gesprächsstoff zu sorgen ist vermutlich das Letzte, was Bosse jetzt gebrauchen kann.

Es reicht, dass Gerrit, Fietes Sohn, ihm das Leben schwermacht. Die beiden können einander nicht riechen. Gerrit hat die Insel mit seiner Mutter verlassen, als er noch jung war. Sein Verhältnis zu Fiete war seitdem stark unterkühlt. Ich kann mich kaum noch an ihn erinnern. Nur an die Gerüchte, Fietes Frau hätte den Kontakt all die Jahre unterbunden.

Ich glaube, Gerrit war Zeit seines Lebens eifersüchtig auf die Bindung zwischen Bosse und Fiete. Vielleicht ist er das selbst jetzt noch. Auf jeden Fall fordert er seit seiner Ankunft emotionslose Fakten: Wann findet die Trauerfeier statt? Wie lange wird das dauern? Wie viel wird der Spaß kosten? Welche Vermögenswerte sind noch da? Wie schnell kann man das Haus entrümpeln lassen und zu Geld machen?

Ich weiß, dass sie sich heute Morgen gestritten haben, weil Gerrit Fietes Urne am liebsten anonym verscharren lassen will. Bosse hingegen hat darauf bestanden, ihn in der Nordsee bestatten zu lassen. So wie Fiete es sich immer gewünscht hat. Schon das war ein Zugeständnis. Denn eigentlich wollte er nie auf festgelegten Seepfaden in einer Urne versenkt, sondern vor dem Surfshop im Meer verstreut werden.

Ich bin mir nicht sicher, ob die beiden einen Konsens gefunden haben. Alles, was ich weiß, ist, dass heute nur die Trauerfeier stattfindet und die eigentliche Beisetzung in wenigen Tagen erfolgen soll.

Ich frage mich, warum Gerrit überhaupt aufgetaucht

ist. Ich wünschte, er würde einfach verschwinden. Nach Hamburg. In sein teures Loft in der Hafencity, mit dem er so gern angibt.

»Gruselig, oder?«, fragt Merle und stupst mich an.

Wir sind den anderen ins Gemeindehaus gefolgt. Das Gros der Leute hat sich gesetzt und macht sich über Kaffee und Kuchen her. Auch Merle hat einen Butterkuchen auf ihrem Teller. Sie rührt ihn nicht an.

»Die essen alle und unterhalten sich und lachen und …« Sie wischt sich eine Träne weg und bricht ab.

»Das ist, was Fiete sich gewünscht hat«, erinnere ich sie, verstehe aber, was sie stört. In dem Geräuschpegel der Menschen bleibt kaum Platz für wirkliche Trauer.

»Bosse ist rausgegangen«, sagt sie und schlüpft dann in Peers Arme, der neben uns auftaucht. Er flüstert ihr etwas ins Ohr, und Merle nickt. Sie kuschelt sich an ihn.

Ich lasse sie allein. Auf meinem Weg nach draußen höre ich Gesprächsfetzen. Anekdoten aus Fietes Leben. Aus seiner Jugend. Von der starrsinnigen, alten Version von ihm. Von seinem Schlag bei Frauen und seiner sozialen Ader. Wie er den Kindern der Insel das Surfen beigebracht hat, genau wie Bosse. In jeder Erzählung schwingt ein wenig Fiete mit. Aber keiner der Menschen zeichnet das richtige Bild. Das alles sind nur Bruchstücke.

Ich bin sicher, Bosse kannte Fiete am besten von allen hier. Bis in die letzten Winkel seines Lebens. Bosse wusste, was ihn glücklich und was ihn traurig gemacht hat. Er kennt jede noch so alberne Geschichte. Ich verlasse den Gemeindesaal und trete in den stärker werdenden Regen.

Bosse sitzt auf der Natursteinmauer, die das Kirchengrundstück von der Straße abgrenzt. Ich ziehe mir die Kapuze über und laufe zu ihm. Als ich mich neben ihn setze, sieht er kurz auf. Aber dann starrt er wieder in den verhangenen Himmel. Seine Haare kleben an der Stirn. Sie sind vor Nässe ungewohnt dunkel. Er trägt keine Jacke. Lediglich einen schlichten, dunklen Pullover, der bereits durchnässt ist.

»Vielleicht sollten wir reingehen?«, frage ich vorsichtig, aber Bosse reagiert gar nicht darauf.

»Wusstest du, dass Fiete den Regen geliebt hat?« Er deutet unbeholfen gen Himmel. »War sein liebstes Wetter. Er hat immer gesagt, dass dann weniger Landratten auf dem Wasser sind.« Er lacht, aber es ist ein gequälter Laut.

Ich strecke mein Gesicht in den Regen und nehme bewusst das Zerplatzen der einzelnen Tropfen wahr. Es hilft, mich Fiete nah zu fühlen.

»Ist, als wäre er noch hier, oder?«, fragt Bosse und lächelt. »Ich werde Zeit brauchen, um zu kapieren, dass er für immer weg ist.« Er stockt. Zögert. »Gerrit wird ihn anonym beerdigen lassen.« Er senkt den Blick und wischt sich das Regenwasser aus dem Gesicht. Seine Stimme ist tonlos. »Ist die kostengünstigste Variante. Und so braucht sich niemand um ein Grab zu kümmern.«

Ich verstehe nicht. »Fiete wollte immer im Wasser beerdigt werden. Das weiß Gerrit.«

»Ist ihm zu teuer. Nicht, dass er die Kohle nicht hätte, aber Fiete ist es ihm einfach nicht wert.« Bosse tritt gegen ein Büschel Heidekraut, das zwischen den Steinen hervorlugt. »Ich habe mich erkundigt. Er darf entscheiden. Er ist Fietes Sohn. Ich nicht. Es ist bereits alles in die Wege geleitet. Pastor Jansen tat es wirklich leid, aber ihm sind die Hände gebunden.«

Die Erkenntnis, dass Gerrit wirklich vorhat, sich über den letzten Wunsch seines Vaters hinwegzusetzen, verdreht mir den Magen. Vielleicht ist das Gerrits letzte Trotzaktion, um Bosse eins auszuwischen. Der Schlag geht tief unter die Gürtellinie.

Meine Hände krampfen sich um den rauen Naturstein. Ich kann Bosse nicht ansehen. Ich sollte eine Stütze für ihn sein. Ihm sagen, dass alles gut wird. Die wirklich beschissenen Tatsachen irgendwie abmildern, aber ich bin so wütend. Eine Weile sitzen wir stumm da. Der Dauerregen wird erst schwächer, dann versiegt er ganz. Nur von den umliegenden Weiden fallen noch Tropfen in die Pfützen ringsum.

»Was wirst du jetzt tun?« Ich muss ihn das fragen. Denn mein Bauchgefühl sagt mir, dass er das nicht einfach hinnehmen wird.

Bosse zuckt mit den Schultern. »Was könnte ich schon tun?« Er klingt eine Spur zu gelassen, als dass ich es ihm abkaufen würde.

»Was genau hast du vor?«

»Nichts«, sagt Bosse. Aber in diesem Nichts schwebt so viel Widerstand mit, dass ich lächeln muss.

»Ich bin es«, erinnere ich ihn. »Juna. Die zweite Hälfte des Duo infernale.« Mein Grinsen verrutscht.

Bosse nickt. Trotzdem lässt er sich Zeit mit der Antwort. »Ich werde ihn da rausholen«, sagt er schließlich.

Es dauert einen Augenblick, bis mir die Tragweite seiner Worte bewusst wird. »Nein!« Ich schüttle den Kopf. »Das kannst du nicht machen.«

»Wieso nicht?«, fragt Bosse ruhig.

»Wo soll ich anfangen? Du machst dich strafbar. Du könntest deinen Job dadurch verlieren. Dein Ruf wäre hinüber.« Ich hole tief Luft, stoße sie aber aus, ohne noch weiter auszuführen, auf wie viele Arten Bosses Vorhaben noch verwerflich ist.

»Ich weiß«, sagt er. Nur das. Aber es macht glasklar, dass sein Entschluss unumstößlich ist.

»Wenn du das wirklich machst, wirst du Hilfe brauchen.«

Bosse schüttelt den Kopf. »Auf gar keinen Fall. Ich zieh dich da nicht mit rein, Juna.«

»Tust du nicht«, erwidere ich. Ich will es. Für Fiete. Für Bosse. Für mich. »Ich entscheide für mich selbst, genau wie du.«

»Du bist nur hier, weil du auf dein Visum wartest. Wenn sie uns erwischen, kannst du den Antrag auf dein nächstes Leben verschieben. Das werde ich nicht verantworten.«

Das Visum ist mir gerade total egal. Das ist irre und nicht rational erklärbar. Aber es ist so. »Dann schlage ich vor, wir lassen uns nicht erwischen«, sage ich leise.

»Ich werde dich nicht davon abhalten können, oder?«

Ich schüttle den Kopf und sehe zu, wie er seinen Schuh gegen meinen stößt. Unsere Beine geraten ins Trudeln. Ich sehe den schlingernden Füßen zu, und es fühlt sich alles richtig an, obwohl meine Kleidung durchnässt ist, Traurigkeit mein Herz füllt und ich vor Kälte zittere.

Ma sitzt im Lotussitz am Küchentisch, als ich von der Beerdigung nach Hause komme. Sieht aus, als hätte sie einen Knoten in den Gliedmaßen.

»Deine Tante hat heute angerufen«, sagt sie anstelle von einer Begrüßung. »Du bist ganz nass«, fügt sie hinzu und betrachtet mich eingehend.

»Es regnet«, sage ich lapidar. »Was wollte Caro?«

»Sich mit mir unterhalten. Ich hatte sie neulich mal angerufen, aber niemanden erreicht.« Ma zieht die Augenbrauen hoch. »Wir haben es tatsächlich geschafft, zehn Minuten miteinander zu sprechen, ohne uns an die Gurgel zu gehen.« Sie sieht ziemlich zufrieden aus. Obwohl die Gewaltfreiheit der Unterhaltung auch darauf zurückzuführen sein könnte, dass sie sich auf unterschiedlichen Kontinenten befinden.

»Das ist toll, Ma«, sage ich trotzdem und schäle mich aus meinen nassen Klamotten.

»So wie du das sagst, hört es sich an, als wären wir Teil einer Selbsthilfegruppe.« Ma entwirrt ihre Beine und rührt in einer undefinierbaren Sauce, die auf dem Herd blubbert. Ich schnuppere. Ingwer, irgendwelche Nüsse, Zimt und Orange. Ein Lächeln gleitet über mein Gesicht. Hennes wäre stolz auf mich.

»Wusstest du, dass sie einen superheißen Fotoassistenten hat, der sie vögelt?«

»Juanes, ja!« Ich stupse meinen kleinen Finger in die Sauce, lutsche ihn ab und verschlucke mich fast. Das Zeug ist unsagbar scharf. »Sie hat mir von ihm erzählt, und es waren eindeutig zu viele Informationen für meinen Geschmack«, fasse ich Caros Erzählungen über Juanes zusammen, während ich mich beeile, Saft aus dem Kühlschrank zu nehmen und die Schärfe der Gewürze damit fortzuspülen.

»Die wirklich interessanten Details bekomme ich natürlich wieder als Letztes mit.« Sie seufzt resigniert. »Wieso ziehst du so ein Gesicht? Schmeckt es dir nicht?«, fragt sie und beginnt, Tofu mit der Sauce zu bestreichen. Mir dreht sich der Magen um. Sieht nicht gerade appetitlich aus. Zum Glück bin ich heute Abend nicht da. Ich muss mir also keine Gedanken machen, wie ich Ma beibringe, dass sie in diesem Leben keine Martha Stewart mehr wird. »Es ist ziemlich gut gewürzt«, sage ich. *Sehr diplomatisch*, beglückwünsche ich mich.

Skeptisch sieht Ma mir zu, wie ich mir ein Brot mache, und hält inne. »Ich dachte, dass ich uns etwas Leckeres koche. Aber du scheinst andere Pläne zu haben.« Sie zeigt auf das Brot.

»Ich wollte gleich wieder los.« Ich zucke entschuldigend mit den Schultern.

»Du hättest mir sagen können, dass du nicht da sein wirst.« Ma wirkt enttäuscht.

»Es ist lieb, dass du dir solche Gedanken um mich machst. Aber ich wusste nicht, dass du kochen würdest, und bin jetzt verabredet. Ich esse nur eine Kleinigkeit, hüpfe unter die Dusche und fahre dann. Es gibt noch eine Abschiedsfeier für Fiete am Strand.« Keine offizielle. Eine, bei der nur Bosse und ich anwesend sein werden und die uns in Teufels Küche bringen könnte.

Ma stellt das in Sauce getränkte Tofugebilde in den Backofen und schiebt die Ofentür zu. »Kannst du nicht bleiben? Du warst ja schon auf der offiziellen Trauerfeier. Das könnte zu viel für dich werden.«

»Nein, Ma. Es tut mir leid, aber es geht schon. Ich weiß, was ich tue.« Da bin ich mir zwar nicht zu einhundert Prozent sicher, aber es ist längst zu spät, um einen Rückzieher zu machen. Es überrascht mich, dass Ma dagegen ist. Normalerweise ist sie begeistert, wenn ich soziale Kontakte pflege.

»Ich bin schon spät dran«, beende ich das Gespräch und will gerade ins Bad huschen, als Ma an mir vorbeirauscht.

Sie verschwindet in ihrem Schlafzimmer und beginnt, lauthals Möbel zu rücken. Ich verdrehe die Augen und folge ihr.

»Ma, was ist los.« Sie kann doch nicht ernsthaft vorhaben, mit einem Toten zu konkurrieren. Warum ist es ihr so wichtig, dass ich bleibe? »Warum willst du nicht, dass ich gehe?«

»Ich habe mir Mühe gegeben mit dem Kochen!«, behauptet sie störrisch, aber es ist klar, dass mehr dahintersteckt.

Sie trägt die Leselampe auf den Flur hinaus, um das Bett um 180 Grad drehen zu können. So stand es bis vor zwei Wochen. Da hat Baldi endgültig mit ihr Schluss gemacht. Sie hat es gedreht, nur um es heute in die Ursprungsposition zurückzuhieven. Seufzend helfe ich ihr, das Ungetüm von Boxspringbett zu bewegen. Es hat keinen Sinn, ihr das Möbelschieben auszureden.

»Wenn es dir um die Mühe geht, die du dir mit dem Essen gemacht hast – ich probiere es, sobald ich zurück bin.«

Ma hört plötzlich auf, zu schieben. Auf mich allein gestellt, habe ich dem Bettgestell nichts entgegenzusetzen.

»Es geht nicht um das Tofu«, sagt sie und lehnt sich mit dem Rücken gegen die Bettkante. »Du gehst nicht wegen Fiete zu dieser Feier.« Sie atmet geräuschvoll aus. »Nicht wegen deiner Freunde. Es ist wegen Bosse.« Sie stößt die Luft aus und fährt sich durch die Haare. »Ich wusste, dass du ihn einige Male getroffen hast, aber nicht, dass ihr …« Sie bricht ab, als wüsste sie nicht, wie sie Bosse und mich bezeichnen soll. »Ich wünschte, du hättest es mir erzählt.«

»Ich habe dir gesagt, dass wir versuchen, Freunde zu sein.«

»Ich habe dich heute mit ihm gesehen. Auf der Mauer vor der Kirche. Ich habe gesehen, wie ihr einander angesehen habt.« Sie schließt die Augen. »Ich habe immer versucht, dir alle Freiheiten zu lassen. Du solltest mir vertrauen können. Das war immer mein Ziel. Aber ich habe versagt. Du lügst mich an, wegen ihm!«

»Ich habe nicht gelogen«, versuche ich mich zu verteidigen, verstumme aber.

Es bringt nichts, die Tatsachen weiter zu leugnen. Ich empfinde mehr für ihn, als gesund ist. Mehr als unsere Abmachung zulässt. »Ich habe dir nur nicht alles erzählt«, gebe ich zu.

Ich setze mich neben Ma. Das Bett steht schräg im Zimmer. Schief, wie das Leben. »Ich wusste einfach nicht, wie ich etwas in Worte fassen sollte, was ich selbst nicht verstehe.«

»Das, was ich heute auf der Mauer gesehen habe, war keine Einbildung, oder?«, fragt sie, und ihre Stimme klingt unendlich müde. So, als hätte sie lange gekämpft, um das zwischen Bosse und mir zu verhindern, und müsste nun einsehen, dass sie verloren hat.

»Wir haben uns nur unterhalten.« Ich schließe die Augen, weil Ma recht hat. Sie hat es verdient, dass ich ehrlich bin. Das ist längst überfällig. Caro hat behauptet, ich hätte Ma nie eine Chance gegeben. Vielleicht sollte ich das endlich ändern.

»Wir haben eine Abmachung, nur Freunde zu sein. Ich versuche wirklich, mich daran zu halten. Aber es ist schwer.« Fast erwarte ich, dass Ma wegen meines Geständnisses ausflippt, aber sie schließt nur die Augen. »Ich habe immer noch Gefühle für ihn«, gebe ich zu.

Sorge steht in Mas Gesicht, aber sie verkneift sich einen Kommentar, was mich dazu ermutigt, weiterzusprechen.

»Als ich ihn nach all den Jahren wiedergesehen habe, war es wie früher. Nicht, als hätte uns fast ein Jahrzehnt getrennt. Wir haben uns hinreißen lassen und sind prompt miteinander im Bett gelandet. Das war direkt nach meiner Rückkehr auf die Insel.«

»Ein Nostalgiefick?«, fragt sie leise, und es ist merkwürdig, dass mich ihre Wortwahl nicht auf die Palme bringt.

»Ma«, kommentiere ich ihre Bezeichnung trotzdem strafend. »Vielleicht war es so was, ja«, muss ich zugeben. »Aber uns war klar, dass das Ganze keine Zukunft hat. Die Grenzen verschwammen. Deswegen die Abmachung. Um uns zu schützen.«

Ma umschließt meine Finger und reibt sie gedankenverloren zwischen ihren Handflächen. So wie sie es immer getan hat, wenn sie mich im Winter nach einem Spaziergang wieder aufgewärmt hat.

»Es ist schwer, aber es ist das Richtige. Bosse meint, dass wir uns so in besserer Erinnerung behalten können, wenn ich dieses Mal abreise. Zurück in die USA ...« Ich breche ab.

Ma nimmt meine Hand und schlingt ihre Finger um meine. »Und was meinst du, Juna-Maus?«

Ich meine, dass ich mir dieses Gespräch vor acht Jahren gewünscht hätte. Und ich bin vorsichtig, weil ich erwarte, dass ihr Verständnis für Bosse und mich in gewohnte Ablehnung zurückfallen könnte. »Ich hätte früher mit dir sprechen sollen, aber Bosse ...«

»... Bosse war immer ein Minenfeld zwischen uns«, beendet Ma meinen Satz. Sie hat Tränen in den Augen. »Ich hätte dir zuhören sollen. Auch in Bezug auf Bosse. Gerade wenn es um ihn ging, aber ich hatte Angst.« Sie lacht leise. Traurig. »Ich hab immer noch eine Scheiß-Angst, wenn wir schon mal ehrlich sind.«

»Warum warst du immer so vehement gegen ihn?«

Ma denkt gründlich darüber nach, bevor sie antwortet. »Ich glaube, ich habe gewusst, dass du dich in Bosse verlieren würdest. Dass du mir dadurch entgleiten könntest. Wenn ich dieses Gefühl habe, neige ich zu unverhältnismäßigen Reaktionen.«

Das erklärt auch, warum sie sich nicht nur darauf versteift hat, Bosse zu hassen, sondern auch Caro.

»Außerdem war er als Jugendlicher echt eine Plage.« Sie winkt ab. »Du warst vermutlich zu sehr damit beschäftigt, ihn anzuhimmeln, um das zu sehen, aber ...« Sie grinst mich schief an.

»Dass ich ihn geliebt habe, heißt nicht, dass ich vollkommen unkritisch war«, entgegne ich. Aber ziemlich. Das muss ich zugeben.

»Er hat etwas aus sich gemacht. Ich sehe ihn ab und an mit Merles Kindern. Er ist ruhiger geworden. Aber Lehrer?«, wendet sie ein. »Ich meine, er verkauft sich ans System. Immerhin ein Punkt, den ich ihm noch vorwerfen kann. Sonst würde ich dir am Ende noch raten, auf dein

Herz zu hören und diese bescheuerte Abmachung zu ignorieren.«

»Wäre das so schlimm?« Die Entscheidung, mich nie wieder auf Bosse einzulassen, – Amrum, Ma und meine Freunde bald wieder zu verlassen – hat sich aufgeweicht. Mir ist längst nicht mehr klar, wieso das der einzig richtige Weg sein sollte.

»Das zwischen euch ist so ...« Sie hebt die Hände und lässt sie zurück in ihren Schoß fallen. Sie findet kein Wort dafür. »Für ihn ist es so verdammt einfach, dir weh zu tun. Und er neigt dazu, es auch zu tun.«

»Er hat sich verändert«, sage ich und blinzle zu ihr hinüber. »Das hast du selbst gesagt.«

»Du hast doch vor, wieder zu gehen.« Ma reibt sich über den Unterarm, als würde das Akzeptieren dieser Tatsache körperlich weh tun. »Wenn du dich auf ihn einlässt, wird es dir das Herz brechen. Dafür muss er nicht einmal etwas tun.«

»Oder er ist der Prinz mit dem Gaul, der es schafft, mich glücklich zu machen. Ich bleibe auf Amrum, und Merle bekommt ihr kitschiges Hollywood-Happy-End«, flüstere ich, obwohl die Idee wahnwitzig ist.

Ma schüttelt den Kopf und lacht. »Bosse Aklund als Prinz auf dem Schimmel – das ist eine lustige Vorstellung. Aber du hast selbst gesagt, dein Märchen sieht heute anders aus.«

Ich weiß, dass sie recht hat. Ich bin keine Prinzessin mehr. Und Bosse wird nie mein Prinz sein. Nicht, weil ihm das Potential dazu fehlt, sondern weil wir eine Vereinbarung haben, die Prinzen, Aschenputtel und das gemeinsame Reiten in den Sonnenuntergang kategorisch ausschließt.

»Ich spinne nur rum«, tue ich meinen bescheuerten Einfall ab.

Sie nickt und tätschelt meine Hand, bis ich mich losmache.

»Ich sollte duschen gehen«, sage ich, bleibe aber noch einige Minuten bei Ma sitzen, bevor ich mich fertigmache, um Bosse zu treffen und Fiete in einer Juna-Bosse-Bonny-und-Clyde-Aktion seine letzte Ruhe zu schenken.

Bosse

Ich sollte vermutlich etwas sagen. Das tut man so bei einer Beerdigung, oder nicht? Das Problem ist, mir fehlen die Worte. Es fühlt sich surreal an, neben Juna am Strand zu stehen, die Urne von Fiete im Arm. Am Horizont ballen sich dunkle Gewitterwolken zusammen. Vereinzelt dringen Sonnenstrahlen durch das Grau des Himmels.

Insgesamt hatte ich es mir schwieriger vorgestellt, einen Toten zu entführen. Die Türen des unscheinbaren Häuschens am Rande von Wittdün, in dem Jensen Rieplig sein Bestattungsunternehmen betreibt, waren nicht einmal verschlossen. Das ist einer der Vorteile, wenn man auf einer winzigen Insel lebt. Niemand schließt sein Haus ab. Die ganze Aktion hat keine fünf Minuten gedauert. Ich bin reingegangen, habe mich durch den schmalen Flur in den rückwärtig liegenden Trauerraum geschlichen. Jensen Rieplig hatte mich tags zuvor hier reingeführt, damit ich mich allein und in Ruhe von Fiete verabschieden konnte. Er hat mir versichert, dass Fietes Urne nach der Kremierung und der Trauerfeier in genau diesem Raum verbleiben würde, bis die eigentliche Beisetzung in einem anonymen Grab in zwei Tagen erfolgen sollte. Ich könnte jederzeit anrufen und noch einmal vorbeikommen, um zu trauern, hat er gesagt. Ich habe mir die Urne gegriffen, bin wieder raus zu Juna, die mit laufendem Motor auf dem Parkplatz wartete. Das war's.

Und jetzt stehen wir am Strand. Der Wind zerrt an unserer Kleidung. Ich spüre Junas Blick auf mir, aber sie sagt nichts. Ich schließe die Augen. Wir sollten uns nicht ewig Zeit lassen. Das Risiko, uns könnte doch noch jemand erwischen, ist einfach zu groß. Auch wenn wir derzeit, aufgrund des Scheiß-Wetters, die einzigen am Strand sind.

Ich knie mich hin und drehe den Deckel der Schmuckurne auf. Ein hässliches schwarzes Teil, das Fiete mit Sicherheit nicht gefallen hätte. Ich nehme an, dass es das günstigste Modell war, das Gerrit auftreiben konnte.

Die Aschekapsel ist in den Hals der Urne gepresst. Der Deckel versiegelt. Zum Glück hilft einem Google sogar bei solchen nicht allzu alltäglichen Problemen. Ich ziehe einen breiten Schraubenzieher aus der Jackentasche und führe ihn unter den Rand des Deckels, wie es im Internet beschrieben stand. Dann verkante ich ihn, und tatsächlich hebt sich der Deckel etwas an. So arbeite ich mich rund um den Verschluss, bis er sich öffnen lässt und die Asche sichtbar wird.

Wie kann so wenig von einem so großen Mann übrigbleiben? Die Dose ist viel zu klein. Ich ersticke ein heiseres Schluchzen in meinem Jackenärmel und richte mich wieder auf. Die Urne halte ich fest in den Windschatten meines Körpers gepresst. Alles hieran fühlt sich falsch an. Außer Juna, die meine Hand hält.

Ich mache einen Schritt in das eiskalte Wasser und erwarte fast, dass sie zurückbleiben wird. Juna hat Angst vor der Nordsee. Insbesondere wenn das Meer so aufgewühlt ist wie heute. Wellen klatschen gegen meine Jeans, lecken bis über meine Knie und schleudern uns wütend ihre Gischt ins Gesicht. Ich spüre, wie Juna zögert, sich aber nicht von mir löst.

»Du musst nicht mit reinkommen«, sage ich und drehe mich dabei zu ihr, damit der Wind meine Worte nicht schluckt.

Sie nickt. »Ich weiß.«

Sie wird mich nicht alleinlassen. Und ich wünschte, ich könnte mich in dem warmen Braun ihrer Augen verlieren. Einfach so tun, als wäre Fietes Tod nur ein Albtraum. Nicht die verdammte Realität. Aber das Wasser, das mir Kälte unter die Haut treibt, lässt keinen Zweifel. Das alles ist verdammt real. Meine Beine fühlen sich an wie gefrorene Fremdkörper. Trotzdem wate ich tiefer ins Wasser.

Juna hält noch immer meine Hand, und unsere ineinander verschränkten Finger berühren die Wasseroberfläche, werden von den Wellen geschluckt, tauchen schließlich ganz unter.

Juna schnappt nach Atem, als das Wasser ihren Oberkörper erreicht. Das ist tief genug. Ich löse meine Hand aus ihrer und bin froh, dass sie sich nicht zurückzieht. Sie legt ihre eine Hand auf meine Schulter. Die andere zwischen meine Schulterblätter. Ich bin mir ziemlich sicher, dass mir allein das die Kraft gibt, eine Handvoll Asche aus der Kapsel zu nehmen. Ich verstreue sie in einem weiten Bogen über dem Wasser. Tränen rinnen meine Wangen hinab. Verlieren sich in der Gischt auf meiner Haut. Nach und nach bringe ich Fiete an den Ort, an dem er seine Ewigkeit verbringen wollte.

Als die Urne leer ist, tauche ich sie langsam unter Wasser. Gurgelnd füllt sie sich und geht schließlich unter. Sie trudelt Richtung Grund und ist bald schon nicht mehr zu sehen. Bei so rauer See ist die Sichtweite niedrig. Obwohl ich sie nicht mehr ausmachen kann, starre ich auf die Stelle, an der sie versunken ist. Meine Hände liegen auf der Wasseroberfläche. Heben und senken sich in dem steten Rhythmus der Wellen. Das war es. Fiete ist nicht nur tot. Er ist fort. Ich habe ihn der Nordsee übergeben. Alles in mir ist taub, und ich glaube nicht, dass das auf meine stetig sinkende Körpertemperatur zurückzuführen ist.

»Mach's gut, alter Mann«, sage ich. Es sind erstickte Worte, in einsetzendem Regen. In einem Kitsch-Roman würde jetzt der Himmel aufbrechen und Sonnenstrahlen würden Hoffnung und Trost verbreiten. Aber das hier ist die beschissene Realität, in der stattdessen riesige Tropfen auf unserer Haut zerplatzen. Juna nimmt mich in den Arm, und ich schlinge meine Arme um ihre Mitte und vergrabe mein Gesicht an ihrem Hals.

Es fühlt sich an, als würde die Welt ohne Fiete tatsächlich untergehen. Juna zittert, genau wie ich. Trotzdem gehen wir nicht zurück ans Ufer. Wir stehen einfach da. Eng umschlungen, während die Wellen an unseren Körpern reißen.

Irgendwann streicht Juna mir die nassen Haare aus dem Gesicht und sieht mich an. Ich weiß, dass ich meine Tränen nicht vor ihr verbergen muss, und erwidere ihren Blick, bis sie mich sanft küsst. Ich spüre ihren Atem. Ihre Nähe. Unsere Lippen lösen sich so träge wieder voneinander, als würden sie Einspruch erheben. Es ist ein Kuss, der die beschissene Realität verschwinden lässt.

Juna

Fiete ist tot. Die Tragweite dieser Tatsache wird auch nicht dadurch gemindert, dass wir seinen letzten Wunsch erfüllt haben. Es hat Bosse bis ins Mark erschüttert. Er sieht krank aus, grau und eingefallen. Im Wasser hatte ich das Gefühl, meine Umarmung würde ihm helfen. Ihn zu küssen hat sich richtig angefühlt. Aber jetzt bin ich nicht mehr sicher, ob ich es dadurch nicht noch schlimmer gemacht habe.

Seitdem wir uns voneinander gelöst haben, hat er mich nicht mehr angesehen. Er zittert, und seine Lippen sind bläulich verfärbt. Wassertropfen fallen ihm in die Augen, aber er reagiert gar nicht darauf. Unternimmt keinen Versuch, sich die nassen Strähnen aus dem Gesicht zu streichen. Er kämpft sich wortlos und unbeirrt durch den Sand zurück zum Parkplatz. Als müsste er etwas tun. Weil Stillstand bedeuten würde, den Schmerz zuzulassen.

Wir erreichen den Bulli, und Bosse öffnet die Seitentür. Er deutet mit einem Kopfnicken auf den Innenraum, und ich klettere in den Bus. Die Windstille im Inneren tut gut.

»Ich habe trockene Sachen mitgebracht.« Er zeigt auf einen Stapel Kleidung, der auf dem Bett im Fond liegt. »Zieh dich um, okay?« Er fährt sich müde über das Gesicht. »Sonst holst du dir dieses Mal mehr als eine Grippe.«

Ich werde nicht mit ihm diskutieren, wer sich als Erster umzieht. Ich weiß, er wird nicht nachgeben, und ich will ihm nicht deswegen zusetzen. Auch wenn ich denke, dass er deutlich angeschlagener aussieht als ich. Eilig schlüpfe ich in eine Jogginghose und einen von Bosses Kapuzenpullis. Der Hoodie ist mir drei Nummer zu groß, aber er riecht angenehm nach Bosse und ist wundervoll warm. Ich steige aus dem Wagen und tippe Bosse gegen die Brust. Er lehnt mit dem Rücken an der Karosserie und schaut zum Wasser. Diese überflüssige Gentleman-Geste lässt ein Lächeln über mein Gesicht huschen.

»Du solltest dich auch umziehen.«

Bosse stößt sich vom Bulli ab und schüttelt den Kopf. »Ich bin okay. Erst mal sollten wir hier wegkommen.« Er deutet auf den klapprigen, hundert Jahre alten Golf von Simon Harker, der den Weg zum Parkplatz entlangfährt.

Bosse umrundet den Bulli, aber bevor er den Fahrersitz erklimmen kann, hält der Dorfsheriff bereits neben uns.

Der Beamte steigt aus. Zweimal hindert er die Polizeimütze daran, fortgeweht zu werden, bevor er es aufgibt und sie schließlich mit den Händen vor seinem imposanten Bauch fixiert. Ich kann nicht glauben, dass er noch immer dieselbe Klapperkiste fährt, die ihm schon vor meinem Weggang von der Insel gehörte.

»Hallo, Bosse«, sagt er und schüttelt ihm die Hand.

Eine weitere Person sitzt in dem Auto des Polizisten. Mir reicht ein knapper Blick, um diese als Gerrit zu identifizieren.

»Was gibt es, Simon?«, fragt Bosse mit seinem besten Pokerface. Ich bin froh, dass er das Wort ergreift. Meine Stimme würde sicher verraten, dass wir gerade gegen mindestens vier Gesetze verstoßen und uns damit strafbar gemacht haben.

»Du weißt, warum ich hier bin?« Simon Harker deutet auf Bosses tropfnasse Kleider.

»Ich habe nicht die blasseste Ahnung«, erwidert Bosse. »Wenn es um das Baden bei roter Flagge geht?« Er senkt den Blick und blinzelt den Polizisten an. »Schuldig im Sinne der Anklage.«

»Müssen wir dieses Spiel jetzt wirklich spielen?« Simon Harker stößt geräuschvoll die Luft aus und verdreht die Augen.

Gerrit steigt hinter ihm aus dem Wagen und geht wie ein Racheengel auf Bosse los. Simon kann ihn gerade noch durch ein beherztes Auftreten davon abhalten. Er schiebt Gerrit auf Armeslänge von sich weg. »Sie sollten doch im Wagen warten. Herrgott nochmal. Was ist heute nur los?«

»Sie wissen ganz genau, dass dieser Idiot die Asche meines Vaters gestohlen hat.« Fietes Sohn läuft dunkelrot an, und eine Ader an der Schläfe pulsiert gefährlich.

»Bosse?«, wendet sich Simon Harker wieder an ihn.

»Ich weiß nicht, wovon ihr überhaupt redet«, entgegnet Bosse unschuldig.

Simon deutet auf den Bulli. »Setz dich bitte da rein! Sonst bin ich am Ende schuld, wenn wieder Unterrichtsausfall in der Schule ist, nur weil du dir wegen meiner Befragung den Tod holst.«

Er setzt diesen väterlich strengen Ausdruck auf, mit dem er Bosse und mich früher regelmäßig bedacht hat. Wir haben ihn in unserer Jugend echt in den Wahnsinn getrieben. Simon ist immer ruhig mit uns geblieben, wenn auch unnachgiebig. Heute weiß ich, wie viel es ihm abverlangt haben muss.

Bosse gehorcht, rutscht auf den Fahrersitz, und Simon Harker positioniert sich strategisch günstig zwischen der Türöffnung und dem noch immer vor Wut schäumenden Gerrit.

»Jensen Rieplig hat vor etwa einer Stunde einen Diebstahl gemeldet. Die Urne mit Fietes sterblichen Überresten wurde entwendet, und sein Sohn ist sich sicher, dass du etwas damit zu tun hast.« Er zieht die Augenbrauen hoch und lässt seinen Blick wieder über Bosses nasse Sachen gleiten. »Du hast dich heute Morgen vor der Trauerfeier mit Herrn Hansen gestritten, weil er Fietes Wunsch einer Seebestattung nicht entsprechen wollte.«

Bosse nickt. »Stimmt. Was ist falsch daran, kontroverse Meinungen zu diskutieren? Es ist kein Geheimnis, dass ich sein Vorgehen falsch finde.«

»Nichts, aber es gibt dir ein gewisses Motiv. Dass ich

dich dann auch noch ausgerechnet hier finde ...« Er zeigt auf den Container des Surfshops. »... mit klatschnasser Kleidung, lässt gewisse Rückschlüsse zu. Hast du dazu was zu sagen?«

»Er war es. Nehmen Sie ihn einfach fest«, geifert Gerrit und wird nur durch die korpulente Gestalt des Beamten davon abgehalten, sich auf Bosse zu stürzen.

»Wenn Sie sich nicht beruhigen können, Herr Hansen, muss ich Sie bitten, sich zurück in meinen Streifenwagen zu begeben.«

Definitiv eine Übertreibung, den alten Privatwagen als Streifenwagen zu bezeichnen, aber es gefällt mir, dass Simon Harker Gerrit zurechtweist. Im Übrigen deutlich harscher, als er Bosse gegenübertritt. Ihm scheint Gerrits großkotzige Art ebenfalls auf die Nerven zu gehen.

Fietes Sohn fährt sich mit der Hand über das Gesicht und zuckt entnervt mit den Achseln.

»Also, Bosse, ich höre! Oder kannst du etwas Licht ins Dunkel bringen, Juna?«, wendet sich Simon jetzt an mich.

»Ich denke, man sollte die Wünsche eines Toten achten«, sagt Bosse und verhindert mit seiner eiligen Antwort, dass ich Simon eine Lüge auftischen muss.

»Heißt das, du gibst zu, die Urne gestohlen zu haben?« Simon fährt sich über die Stirn und schüttelt den Kopf. »Ich war echt froh, als du die Kurve gekriegt hast und vernünftig geworden bist, Aklund. Ich wollte dich nie wieder mit auf die Wache nehmen müssen, verdammt.«

»Ich habe nicht gesagt, dass ich es war. Nur dass derjenige, der es war, meinen Respekt hat«, entgegnet Bosse. »Sei doch froh, Gerrit. Du wolltest deinen Vater am liebsten in einem Pappkarton verscharren. Jetzt sparst du sogar dafür das Geld.« Er funkelt Fietes Sohn an, der kurz vorm Platzen steht.

Simon Harker lenkt Bosses Aufmerksamkeit wieder auf sich. »Und was hast du hier zu suchen, Bosse?«

Es dauert einige Sekunden, bevor Bosse seinen Blick von Gerrit löst und wieder Simon ansieht.

»Die Beerdigung hat mich mitgenommen. Fiete und mich hat das Meer verbunden. Deswegen sind Juna und ich hier. Dann hatten wir die Idee, schwimmen zu gehen. Ist sicher zu dieser Jahreszeit ungewöhnlich und saukalt, aber nicht verboten. Selbst mit roter Flagge nicht.«

Simon kratzt sich über das Kinn und mustert Bosse eindringlich. »Du gehst also abends, bei Gewitter und Sturm, baden und behältst deine Kleidung an. Zeitgleich verschwindet die Asche deines Ziehvaters, und du befindest dich genau da, wo er immer seinen Frieden finden wollte. Trotzdem bestreitest du, etwas damit zu tun zu haben?«, fasst der Polizist zusammen.

»Ja«, bestätigt Bosse knapp und hat den Nerv, Simon zuzuzwinkern.

Der kneift die Augen zusammen, aber dann legt sich ein Lächeln auf sein Gesicht. Er dreht sich zu Gerrit um und zuckt mit den Schultern.

»Ich kann hier leider nichts machen.«

»Was soll das jetzt bitte heißen?« Gerrits Gesichtsfarbe

wird noch dunkler. »Er hat es quasi zugegeben, und Sie lassen dieses Arschloch einfach laufen?«

»Zügeln Sie Ihre Zunge, Herr Hansen, sonst muss ich am Ende noch eine Anzeige wegen Beleidigung schreiben.«

Bosse schüttelt großzügig den Kopf, als Simon ihn fragend ansieht.

»Wissen Sie«, fährt der Polizist fort. »Im Beerdigungsinstitut sind nicht einmal Spuren eines Einbruchs zu finden.«

»Weil niemand auf dieser Scheiß-Insel seine Türen abschließt«, ruft Gerrit.

»Ich habe keine Aufnahmen der Überwachungskamera, weil diese seit Jahren kaputt ist«, fährt Simon Harker unbeirrt fort. »Es könnte demnach jeder gewesen sein, auch Sie. Ich kann niemanden festnehmen, nur weil er an einem Mistwettertag baden gegangen ist. Oder irgendwann einmal geäußert hat, dass er alles daransetzen würde, dem Wunsch eines jetzt toten Mannes zu entsprechen. Das ist ein sehr ehrenwerter Zug, aber ein Lippenbekenntnis. Mehr nicht.« Er wendet sich wieder Bosse zu. »Auch wenn derjenige, der das getan hat, in Zukunft überlegter handeln sollte.«

»Sie wissen genau, dass er es war«, bäumt Gerrit sich ein letztes Mal auf. »Nehmen Sie Fingerabdrücke oder was weiß ich!«

»Vielleicht haben Sie recht«, antwortet Simon Harker sanft und klopft Bosse auf die Schulter. »Aber beweisen kann ich es nicht. Und wir sind hier nicht bei CSI Miami.

Ich kann kein Spurensicherungsteam auf die Insel beordern, nur weil eine Urne verschwunden ist. Und rein moralisch kann ich diese Sache nicht einmal verurteilen.« Damit tritt er einen Schritt zurück und wirft die Tür des Bullis zu.

Bosse startet den Motor und atmet tief durch. Er wendet den Bus und lässt den noch immer schimpfenden Gerrit Hansen mit Simon Harker auf dem Parkplatz zurück. Uns beiden ist klar, wie knapp das war. Wir sind nur heil davongekommen, weil Simon Harker beschlossen hat, das Gesetz zu beugen, um Fiete und damit uns zu helfen.

Ich quäle mich seit Stunden mit den Buchungsbestätigungen herum, komme aber kaum voran. Immer wieder ertappe ich mich dabei, wie ich den Cursor anstarre. Dann denke ich an Fiete, an Bosse und daran, wie es ihm wohl gehen mag. Die Beerdigung ist eine Woche her, und ich habe seitdem nichts von ihm gehört.

Jakob sitzt mir gegenüber. Er macht sich Sorgen um mich und wollte sogar, dass ich mir ein paar Tage freinehme. Auch wenn mir das rein gesetzlich nicht zusteht, weil Fiete nicht mit mir verwandt war.

Ich habe abgelehnt, denn ich will keine Privilegien, nur weil ich mit dem Juniorchef befreundet bin. Außerdem würde es mir nicht helfen, zu Hause zu sitzen und unendlich viel Zeit zum Nachdenken zu haben.

Dann würde ich mich vermutlich fragen, ob der Kuss im Wasser Bosse genauso viel bedeutet hat wie mir. Oder ob der Kuss der Grund für die Funkstille zwischen uns ist. Vielleicht hat er auch einfach nur zu viel um die Ohren. Ich weiß von Merle, dass Gerrit dabei ist, Fietes Kate zu entrümpeln. Und dass er Bosse keine Chance gibt, Sachen von ideellem Wert zu bergen. Er entsorgt den ganzen »Schrott« und stellt komplett auf stur.

Ich wünschte, ich könnte Bosse beistehen, aber ich bemühe mich, ihm den Freiraum zu lassen, den er anscheinend benötigt.

Seufzend reiße ich mich von den ewig gleichen Gedanken los und schreibe die E-Mail weiter, der ich schon fast eine halbe Stunde widme.

Ein Klopfen zerreißt meine sowieso schon angeschlagene Konzentration. Als ich den Kopf hebe, steht Bosse im Türrahmen. Ich versuche nicht allzu überrascht auszusehen, scheitere aber.

Bosse sagt nichts, und mir fällt auch nichts Geistreiches ein, womit ich die Stille füllen könnte. Also schenke ich ihm ein Lächeln. Und er erwidert es.

Jakob ist es schließlich, der den Moment zerbricht, nachdem er uns eine Weile beobachtet hat. »Hi, wie geht's dir?«, fragt er Bosse. Er steht auf und geht zu ihm hinüber, um ihm die Hand zu geben. »Mein Beileid«, sagt er und löst seine Hand erst mit einiger Verzögerung.

»Danke.« Bosse versucht nicht zu verbergen, wie hart Fietes Verlust für ihn ist. »Ist eine Scheiß-Zeit.« Er kratzt sich am Unterarm und fragt dann: »Meinst du, du könntest Juna für den Rest des Tages entbehren?«

Jakob sieht zweifelnd zu mir. »Es ist nicht so, dass sie besonders effektiv arbeitet. Ich hatte ihr sowieso angeboten, dass sie sich freinehmen soll, aber ...«

Er bricht ab. Es ist klar, was er am liebsten sagen würde. *Geh auf keinen Fall mit ihm. Er ist er. Und du bist du.* Aber anstatt es auszusprechen, macht Jakob einen Schritt zurück und murmelt. »... aber das ist nicht meine Entscheidung, sondern Junas.«

Er kann die Hoffnung nicht ganz verbergen, ich würde mich für die Arbeit entscheiden. Für ein Abendessen mit ihm und Hennes, zu dem er mich nach Feierabend eingeladen hat. Er wünschte, ich würde ihn wählen und nicht Bosse.

Ich stehe auf und schalte den Computer aus. »Was hast du vor?« Ich habe mich längst entschieden.

»Überraschung.« Seine Augen blitzen für einen Moment auf. »Ich weiß, du hasst Überraschungen, aber ...« Er zuckt die Schultern, als ließe sich das eben nicht ändern. »Ich möchte mich dafür bedanken, dass du da warst. Ich war ziemlich hinüber, und du hast mich ...« Er wirft einen kurzen Blick auf Jakob, beschließt dann aber, den Satz trotz der Tatsache zu beenden, dass wir nicht allein sind. »... gerettet.«

Ich nicke, auch wenn ich das Gefühl habe, nicht genug getan zu haben.

Jakobs Räuspern drängt sich zwischen uns. »Dann solltet ihr jetzt gehen.« Er macht eine vage Handbewegung, die uns Richtung Tür scheucht. »Bring sie auf andere Gedanken«, sagt er ruhig zu Bosse. »Jemand sollte das dringend tun.« Und das wird nicht Jakob sein, weil ich mich für Bosse entschieden habe. Und gegen ihn.

Es tut mir so unendlich leid, ihn zu verletzen. Das habe ich nie gewollt. »Jakob«, setze ich an, aber er unterbricht mich.

»Komm schon, Juna. Es geht hier nicht um mich.« Er schüttelt den Kopf, als könnte er nicht glauben, dass er das sagt, anstatt mich aufzuhalten. »Es ist wirklich okay.«

Bosse

Ich habe den Jeep genommen, weil wir damit schneller ans Ziel kommen. Der Bulli fährt höchstens achtzig. Die Reifen dröhnen über nachtschwarzen Asphalt. Aus dem Radio erklingt leise Musik. Juna und ich haben seit der Abfahrt nicht gesprochen, selbst auf der Fähre haben wir uns wortlos verständigt. Saßen still auf einer der Bänke des Sonnendecks. Obwohl es schweinekalt war und der Wind an unseren Haaren und der Kleidung zerrte.

Es müsste beklemmend sein, dass keiner von uns etwas sagt, aber das Gegenteil ist der Fall. Es fühlt sich an, als würde es keine Worte brauchen, um zu erklären, wie die Dinge seit Fietes Tod zwischen uns stehen.

Ich wollte das hier nicht tun, solange ich vollkommen am Boden war. Nicht, dass es mir eine Woche nach Fietes Tod gutgehen würde. Es wird ewig dauern, um den Verlust zu verarbeiten.

Aber nach den ersten Tagen habe ich zumindest wieder das Gefühl, es ginge langsam bergauf. Mich auf Juna zu konzentrieren ist mit Sicherheit hilfreicher, als mich weiter mit Gerrit herumzustreiten. Der Typ treibt mich langsam, aber sicher in den Wahnsinn. Da ist es weitaus angenehmer, an unseren Kuss im Meer zu denken. Es ist, als wäre er das letzte Stück eines skurrilen, komplizierten Puzzles. Und jetzt, wo das Bild vollständig ist, ergibt alles einen Sinn. Wir ergeben einen Sinn. Nicht nur körperlich. Das, was seitdem schweigend und unverrückbar zwischen uns liegt, geht tiefer.

Wie selbstverständlich lege ich meine Hand auf Junas und sehe, wie sie mit einem Lächeln darauf reagiert.

Neben der Autobahn erstrecken sich die ersten Ausläufer Hamburgs. Die Bebauung wird immer dichter, bis schließlich die Ausfahrt Stellingen vor uns auftaucht.

Ich fädle mich in die vierspurige Straße ein, die eine der Hauptverkehrsadern ins Zentrum Hamburgs darstellt. Aber schon an der ersten Kreuzung verlasse ich sie wieder und lenke den Jeep durch ruhigere Straßen. Weg vom Zentrum. Kurz vor unserem Ziel biege ich in ein flaches Parkhaus ein. Es hat nur zwei Etagen und quetscht sich eng an eine im Dunkeln liegende Nebenstraße.

Das Geräusch des Motors erstirbt, als ich den Schlüssel drehe und mich in derselben Bewegung abschnalle. Ich öffne die Fahrertür und schließe meine Jacke gegen die Kälte des Abends. Das heiße Metall des Wagens knackt, als würde es gegen den plötzlichen Stillstand und die niedrigen Temperaturen protestieren.

Juna schnallt sich ebenfalls ab und schlängelt sich zwischen dem Jeep und einem Kleinwagen hindurch, bis sie vor mir steht. Ich kann die Frage, was jetzt kommt, auf ihrem Gesicht sehen, beantworte sie aber nicht. Viel lieber würde ich ihr sagen, dass ich ihre Ungeduld liebe. Das totale Fehlen der Fähigkeit, sich einfach überraschen zu lassen. Dass ich *sie* liebe.

Aber ich lasse es bleiben. Ich habe es ihr damals gesagt. Mehr als einmal. Und sie hat mir nicht geglaubt. Sie konnte es nicht. Warum also sollte sie es jetzt tun? *Ich liebe dich* sind nur drei Worte, die jeder Vollidiot sagen und nicht so meinen kann.

Fiete hat immer behauptet, dass uns Taten ausmachen, und nicht die Dinge, die wir sagen. Er hatte recht. Juna hat mich geküsst, anstatt belanglose Floskeln auszupacken. Sie hat sich überwunden und für mich getanzt, um Fietes Versprechen einzulösen, als ich es nicht konnte. Sie war für mich da, als ich es am dringendsten brauchte.

Jetzt bin ich dran. Ich ziehe Juna hinter mir her, den Mund voll ungesagter Dinge, die ich hinunterschlucke. Wir laufen einige Meter an einem hohen Zaun entlang.

»Mach die Augen zu!«, fordere ich sie auf, als wir an ein Eisentor kommen. Es ist der unscheinbare Hintereingang des Hagenbecker Tropariums. Juna sieht mich an, als wollte sie protestieren, bevor sie nachgibt und mit einem Seufzen die Augen schließt.

»Ich hoffe, ich bereue das nicht«, sagt sie und seufzt ergeben. »Wenn das hier etwas mit Wasser zu tun hat, bringe ich dich um, Bosse Aklund.«

»Wirst du nicht«, flüstere ich dicht an ihrem Ohr. Hoffentlich behalte ich damit recht. Ich bedecke ihre Augen mit meinen Händen. Sonst wird sie schummeln. So viel steht fest. Sie ist viel zu neugierig, um es nicht zu tun.

Mit meinem Körper dirigiere ich Juna so weit an das Gebäude heran, dass ich die Tür mit dem Fuß erreiche. Ich trete zweimal dagegen. Wie verabredet, öffnet Magnus mir.

Er grinst dämlich, und ich schwöre, wenn er jetzt irgendeinen Spruch bringt, werde ich ihm in den Hintern treten. Egal wie dankbar ich ihm bin, weil er seine Verbindungen hat spielen lassen, um das hier zu ermöglichen.

Während seines Studiums der ozeanischen Mikrobiologie hat er im Hamburger Troparium gearbeitet und noch immer einen guten Kontakt zu den Verantwortlichen. Er lässt uns herein, und ich rufe ihn später an, damit er und sein Kollege hinter uns abschließen. So lange gehen sie in einer der Kneipen rings um das Gelände etwas trinken. Magnus winkt mich hinter sich her.

»Der kleine Blaue ist für die Tür.« Er deutet auf eine Tür am Ende eines schmalen Gangs. Sie ist komplett mit schwarzem Filz bezogen. »Die anderen beiden sind für die Außentüren. Nur für den Fall der Fälle, aber du rufst ja an, wenn ihr fertig seid.« Er schwenkt den Schlüsselbund vor meiner Nase und stopft ihn dann in meine Hosentasche, weil ich keine Anstalten mache, meine Hände von Junas Augen zu lösen.

»Und tut nichts, was ich nicht auch tun würde.« Er kichert.

Ich stoße ihm spielerisch meinen Ellbogen in die Rippen. Subtilität ist nicht gerade Magnus' Stärke.

»Ich wollte nur sagen ...« Er schnappt theatralisch nach Luft, ohne dass sein Grinsen verschwindet. »Baut einfach keinen Scheiß, okay? Sonst komm ich in Teufels Küche.«

»Werden wir nicht.« Ich nicke ihm zu und hoffe, er sieht in dieser Geste, wie verdammt dankbar ich ihm bin. Falls nicht, werde ich das bei einem unserer nächsten Treffen mit einem Kasten Bier deutlicher machen.

»Magnus, bist du das?«, fragt Juna.

»Wohl eher der indiskreteste Dösbaddel auf der Erde«, entgegne ich lachend und gebe meinem Freund einen Schubs. Eine unmissverständliche Aufforderung, dass es Zeit ist, sich zu verziehen.

»Kann ich jetzt endlich wissen, was hier vor sich geht?«

Ich schüttle den Kopf. »Noch nicht.« Ich warte, bis Magnus das Gebäude verlassen hat, und öffne dann die Filztür. Es ist, als würden wir eine andere Welt betreten. Magnus mag oft ein Idiot sein, aber er ist ein Dösbaddel, der sich gerade selbst übertroffen hat.

Juna

»Du darfst gucken«, raunt Bosse mir zu. Er steht ganz dicht hinter mir. Ich kann seinen Atem auf meiner Haut spüren. Ganz vorsichtig blinzle ich in das blaue Halbdunkel, das vor mir liegt. Der Raum um uns herum ist mit dunklem Filz bespannt. Er wirkt wie eine gigantische Dunkelkammer, die das Funkeln des Meeres aufsaugt, das durch eine riesige gewölbte Glasscheibe fällt. Wir stehen mitten im Ozean. Stille umgibt uns. Genau wie riesige Haie und kleinere Schwarmfische, die durch das klare Blau flitzen.

Für einen Augenblick verschlägt mir der Anblick den Atem. Ein Teil der Panik, die bei mir an Unmengen Wasser gekoppelt ist, steigt in meiner Brust auf, schafft es aber nicht, sich festzusetzen. Zum einen, weil es einfach wunderschön ist; zum anderen, weil Bosse meine Hand hält.

Ich bin ihm in die Nordsee gefolgt. Habe eine Urne geklaut. Und jetzt stehe ich hier. Er hebelt all meine Ängste aus, einfach, indem er da ist.

Direkt vor der Glasscheibe hat irgendjemand ein Lager aus Decken und exotisch gemusterten Kissen ausgebreitet.

Ein üppiges Picknick aus verschiedenen Leckereien ist daneben ausgebreitet.

»Ist das Magnus' Werk?«, frage ich leise. Als könnte Lautstärke die Perfektion des Moments zerstören.

Bosse zuckt mit den Schultern. »Er scheint verborgene Talente zu haben.« Er lacht. Wie habe ich das Geräusch vermisst! Viel zu schnell ist es vorbei.

Ich trete an das Glas heran und berühre die kühle Scheibe. Bosse tritt hinter mich und streicht meinen Arm entlang, bis sich unsere Finger vor dem Blau des Wassers treffen.

»Wenn man ganz nah an die Scheibe herantritt, ist es, als wäre man mit ihnen unter Wasser.« Er löst sich von mir, lehnt sich gegen das Glas und dreht einem gerade vorbeiziehenden Hai den Rücken zu. Er legt den Kopf in den Nacken. Seine Finger sind noch immer mit meinen verschränkt, und er zieht kurz, um mich in dieselbe Position zu bringen wie sich. Jetzt stehe ich genau vor ihm. Ich lasse meinen Kopf nach hinten sinken, so dass er auf seiner Schulter ruht, und schaue in unser Stück Ozean.

Bosse hat sich gemerkt, dass ich einmal in meinem Leben tauchen wollte. Ein blödsinniger, nicht zu realisierender Wunsch für jemanden, der Angst vor Wasser hat. Ich habe vor einer Ewigkeit damit abgeschlossen.

Ma hat mich wegen dieses Wunsches für verrückt erklärt. Merle hat gefrotzelt. Bosse nicht. Er hat sich nicht nur daran erinnert. Er hat ihn erfüllt.

»Es hat etwas mit Wasser zu tun«, sagt er und lacht leise.

»Wenn du mich also umbringen willst, wäre jetzt die passende Gelegenheit. Bevor ich dir einen Teil des Picknicks streitig mache.«

Wir lehnen noch immer eng umschlungen an der Scheibe. Umgeben von Wasser. Ich kann sein Lachen spüren. Unser Atem sucht denselben Rhythmus. Es ist still. Bosses Arme umgeben mich, genau wie die Tausenden Farbprismen, die das Wasser auf uns wirft. Mein Herz schlägt in seinem Takt, während er sanfte Bahnen auf meine Haut malt und seine Finger dann stillstehen. Wie die Zeit.

Ich drehe mich in seinen Armen um. Bosses Gesicht ist nur Millimeter von meinem entfernt. Ich zögere nicht, sondern überwinde die letzte Distanz zwischen uns und küsse ihn.

Es ist eine sanfte Berührung. Bosse reagiert darauf, indem er seine Hand in meinem Haar vergräbt. Er zieht mich noch näher an sich. Seine Zunge erobert meinen Mund, und als wäre es ein Reflex, gleiten meine Hände unter seinen Pullover. Ich erkunde seinen Oberkörper, während er mich küsst, bis uns beiden der Atem fehlt. Gefangen hält Bosse inne, bevor er mich wortlos zu dem Deckenhaufen zieht.

Ich erwarte, dass es wie immer zwischen uns sein wird. Dass unsere Körper sich wie zwei Magnete verhalten, deren Anziehungskraft man nichts entgegensetzen kann. Aber Bosse wartet nur ab. Er kniet sich hin und sieht mir zu, wie ich mich rücklings in die Kissen gleiten lasse. Da ist kein Drängen. Außer dem in meinem Inneren.

Sein Blick ist durchdringend, aber er rührt sich nicht. Er gibt mir Zeit, meine Entscheidung zu überdenken. Denn eins ist klar: Wir sind dabei, die gezogene Grenze unwiderruflich zu überschreiten. Nicht die sexuelle. Worauf wir uns hier einlassen, ist mehr als Sex. Und verdammt, ich will genau das. Egal, wo es uns hinführt.

Ich nicke kaum merklich, und Bosse beugt sich über mich. Er küsst mich. Ein Kuss, wie eine Frage, ob ich sicher sei.

Als Antwort ziehe ich ihn enger an mich und intensiviere das Spiel unserer Lippen. Unsere Berührungen werden wilder. Genau wie unser Atem. Bosse küsst den Rand meiner Lippen, saugt daran und lässt mich voll prickelnder Begierde zurück. Er löst sich von mir. Seine Augen sind dunkel. Seine Haut ist gemustert von den Reflexionen des Wassers über uns, als er seinen Pullover auszieht. Ich berühre die Muskeln an seinem Bauch, streiche über seine Brust und genieße, wie er auf mich reagiert.

Zärtlich streift er mir Strickjacke und Shirt vom Körper. Er tut es, ohne auch nur einmal den Blick von mir zu lösen. Ich helfe ihm, auch meine Jeans auszuziehen. Er wirft sie achtlos in das uns umgebende Dunkel.

Ich liege vor Bosse auf dem Boden, und seine breiten Schultern heben sich gegen das Licht im Becken ab. Ganz langsam hebt er mein Bein an und platziert winzige Küsse auf meinem Fuß. Meinem Unterschenkel. Dem Knie. Ich seufze unterdrückt, als seine Hände das Spiel seiner Lippen und das der Zunge unterstützen. Ganz sanft streicht er über meinen Schenkel und lässt sich Zeit, bevor seine Hand zwischen meine Beine gleitet. Seine Finger liebkosen jeden der Zentimeter, den er dort findet. Ich beiße mir auf die Lippen, aber trotzdem entfährt mir ein tiefes Stöhnen. Es sind seine Berührungen und die Tatsache, dass er mich noch immer unverwandt ansieht, die mein Verlangen unerträglich machen. Ich lege den Kopf in den Nacken, und es ist, als würde ich mich in dem winzigen Stück Ozean über mir auflösen. Aber ich will mich nicht auflösen. Noch nicht. Ich will hier sein. Mitten in diesem Moment. Ich will Bosse fühlen. Uns. Und wenn ich loslasse, will ich es mit ihm tun. Atemlos richte ich mich auf. Bosse kniet noch immer vor mir.

Jeder bebende Muskel seines Körpers zeigt, wie sehr es ihn anmacht, mich so zu sehen. Ich rutsche näher an ihn heran und küsse ihn, streiche an seinem Körper hinab. Ich berühre ihn. Und Bosse lässt mich gewähren. Seine Arme hängen an seinem Körper hinab. Er hält den Atem an, als ich seine Hose öffne und ihn umschließe. Er zieht die Luft ein, schließt die Augen und gibt sich meinen Berührungen hin. Heiß prallt sein Atem gegen meine Haut, während seine Lippen meinen Körper erobern. Ich spüre seine Küsse. Seine Zunge, als er gegen die Leidenschaft verliert und mich in die Kissen drängt. Seine Hände suchen meine. Er umschließt sie. Führt sie über meinem Kopf zusammen und folgt der Bewegung, bis er direkt über mir ist. Ich erwarte, dass sein Kuss hart sein wird. Wild. Dass er in mich eindringt und uns beide erlöst. Ich sehne mich danach.

Aber Bosse tut selten, was man erwartet. Anstatt die Kontrolle zu verlieren, legt er seine Stirn gegen meine. Er sieht mich lange nur an. Dann küsst er sich an meiner Nasenspitze hinab, bis seine Lippen kaum merklich über meine streifen. Ich schlinge meine Schenkel um seine Hüften, löse meine Hände und verschränke sie in seinem Nacken. Als könnte ich den Augenblick, in dem er endlich in mich eindringt, so festhalten. Ihn festhalten.

Ich presse mich an ihn. Meine Finger suchen Nähe. Mein Körper tut es mit jeder Bewegung, mit der ich mich noch enger an ihn schmiege. Und Bosse entspricht meinem Wunsch. Er dringt tief in mich. Wird zu meinem perfekten Gegenstück. Unsere Körperlinien verschmelzen. Ich kann nicht mehr spüren, wo er beginnt und ich aufhöre. Und dann liebt er mich. So quälend intensiv, dass es fast weh tut. Ich atme Bosse, spüre ihn, empfange jeden seiner Stöße. Meine Lippen berühren die Muskeln seines Nackens. Mein Atem kollidiert mit seiner Haut. Ich habe das Gefühl, zu zerplatzen. Vor Glück. Vor Liebe. Und wegen des bittersüßen Schmerzes, der immer schon zwischen uns liegt.

Bosse vergräbt sein Gesicht an meinem Hals und bringt uns Richtung Höhepunkt. Er reibt mich auf.

In diesem Moment spüre ich nur Bosse. Keine Befürchtungen, was sein wird. Kein Bedauern, über das, was war. Nur uns.

Bosse

Mein Herzschlag hat sich noch immer nicht beruhigt. Juna liegt auf meiner Brust, meine Lippen berühren ihre Haare. Mein Atem verwirbelt einige ihrer Strähnen.

»Das war nicht gerade das, was ich geplant hatte«, flüstere ich und streiche über ihren Oberarm. Eines ihrer Beine liegt träge auf meinem. Ich möchte, dass sie weiß, dass ich sie nicht hergebracht habe, um Sex mit ihr zu haben. Zugegebenermaßen habe ich mich nach ihr verzehrt, aber der wahre Grund geht weitaus tiefer.

»Nicht?« Sie lacht, während ihre Hand an meiner Leiste entlangstreicht und ein leises Beben durch meinen Körper sendet. Ihre Stimme ist wie der Wind, der beim Kitesurfen in meinen Ohren rauscht. Er schenkt mir Frieden. Einen Frieden, der gleichermaßen ruhig und stürmisch ist.

»Nein«, sage ich bestimmt. Sie dreht sich um und sieht mich an. Dabei verschränkt sie die Hände auf meiner Brust. Das Dunkel ihrer Augen erinnert an geschmolzene Schokolade. Wie bin ich nur darauf gekommen, wir könnten ausschließlich Freunde sein? Wir waren selbst dann mehr, als Juna auf einem anderen Kontinent gelebt hat. Ich weiß nicht, wohin uns das alles führt. Nicht, ob dieses Mehr ausreicht, um Junas Pläne von einem Leben in Amerika umzuwerfen.

»Ich denke, Freunde sein ist nicht so unser Ding«, sage ich. Vielleicht, weil ich hoffe, sie würde mir Verbindlichkeit signalisieren. Dabei weiß ich genau, was sie daran hindert, zu bleiben und uns eine Chance zu geben. Amrum – und vor allem ich – erinnern sie an unsere Tochter. Ich umfasse ihr Gesicht und ziehe sie an mich. Ich küsse sie und rette mich in die Vorstellung, es könnte mir trotz allem gelingen, sie zu halten.

Anstatt einer Antwort löst sich Juna aus dem Kuss, setzt sich auf und zieht eine sanfte Bahn aus Berührungen meinen Körper hinab, bevor ihre Lippen mich umschließen. Lust schießt schmerzhaft durch meine Lenden. Sammelt sich als dunkler, tiefer See in meinem Herzen. Ich schließe die Augen. Als ich es kaum noch aushalte, suchen meine Hände Juna. Finden sie. Ich ziehe sie in einen langen, tiefen Kuss, während sie sich auf mich herabsenkt und unsere Körper miteinander verschmelzen.

Junas Augen sind geschlossen, ihr Kopf in den Nacken gelegt, als sie beginnt, sich auf mir zu bewegen. Meine Hände streichen über ihren Bauch aufwärts zu dem Tal zwischen ihren Brüsten. Ich knete sie sanft, genieße wie Juna unter meinen Händen erzittert und wie dieses Beben auch mich erfasst. Mich mit sich reißt. Sie beugt sich zu mir hinunter, und ich liebkose ihre Brüste mit meiner

Zunge. Ich kann mich kaum noch beherrschen. Und Juna gibt mir nicht das Gefühl, dass ich das sollte. Die Laute, die ihrem Mund entweichen, machen mich fertig. Ich schlinge meine Arme um ihre Taille, zwinge sie zum Stillstand, nur um dann mitten in ihre Erregung zu stoßen. Sie stöhnt auf und lässt zu, dass meine Bewegungen, meine Zunge, mein Kommen sie mit über den Gipfel tragen.

Juna

Seitdem wir vor drei Tagen aus Hamburg zurückgekehrt sind, tobt ein Orkan über die Insel. Wir haben die letzte Fähre erwischt, bevor der Betrieb aufgrund des Wetters eingestellt wurde. Die Wellen lecken gefräßig am Strand, von dem nur noch ein schmaler Streifen übrig ist. An einigen Stellen ergießen sich bereits Wassernasen bis weit in die Dünen – Vorboten der drohenden Sturmflut.

Ma sagte heute Morgen, dass der Hafen bereits unter Wasser stünde und die Uferpromenade ein Ort für besonders Mutige wäre. Diese Verrückten stellen sich in die peitschende Gischt der Brecher, die sich an der Kaimauer brechen.

Ich habe ihr von Bosse und mir erzählt, und sie hat nicht versucht, es mir auszureden. Stattdessen hat sie mir zugehört. Ihr Versprechen, mir in meinen Entscheidungen zu vertrauen, scheint ihr wirklich ernst zu sein. Sie hält sich gut, obwohl ich weiß, dass sie Angst um mich hat.

Bosse und ich sind nordwärts Richtung Odde spaziert

und befinden uns jetzt auf dem Rückweg. In einiger Entfernung liegt der Container des Surfshops. Er ist geschlossen. Die Saison beginnt frühestens im März wieder. Bis jetzt ist jedoch nicht klar, ob er überhaupt wieder öffnen wird. Der Pachtvertrag ist testamentarisch auf Gerrit übergegangen. Der Container und sein Inhalt gehören sowieso ihm.

Es wundert mich, dass er das alles nicht längst zu Geld gemacht hat, aber nachdem Fietes Haus ausgeräumt und die Schlüssel dem Makler übergeben worden waren, hat Gerrit die Insel verlassen. Vielleicht musste er zurück nach Hamburg, weil die Geschäfte riefen. Er hat sich weder verabschiedet noch gesagt, wann er wiederkommen würde, um die übrigen Dinge zu regeln.

Bosses Lippen auf meinen jagen ein Prickeln durch meinen Körper und bringen meine Gedanken zum Stillstand. Wir knutschen, als wären wir allein auf der Welt.

Nach einer gefühlten Ewigkeit löst er sich von mir, und wir schlendern Hand in Hand weiter über den feuchten Sand. Lachend weichen wir den heranrollenden Wellen aus. Mehr als einmal ist es verdammt knapp, und ich rette mich in Bosses Arme. Als wir den Surfshop endlich erreichen, sind seine Stiefel klatschnass. Ich wette, darin steht das eiskalte Nordseewasser, aber Bosse scheint es gar nicht zu merken. Er sieht über das Meer, bückt sich und berührt die schäumenden Ausläufer der Dünung. Er zerreibt die Feuchtigkeit zwischen seinen Händen und atmet tief den Geruch der See ein. Ich streiche ihm durch das feuchte

Haar im Nacken. Mir ist klar, dass er an Fiete denkt. Es ist nur ein Augenblick des Innehaltens, bevor er wieder bei mir ist und mich küsst.

Dann schließt er den Container auf. Sand hat sich vor der Tür gesammelt, und Bosse muss sein komplettes Körpergewicht einsetzen, während ich die Minidüne davor mit den Schuhen bearbeite. Im Inneren riecht es muffig. So als hätte man Feuchtigkeit weggeschlossen, die dann langsam gekippt ist.

Bosse wirft seinen Schlüsselbund auf den Tresen.

»Ich will nur eben ein paar Sachen holen. Wer weiß, wann der Blutsauger wiederkommt. Dann lässt er mich hier sicher nicht mehr rein«, sagt er und beginnt, Dinge in einen Karton zu schmeißen. Es ist klar, dass er von Gerrit spricht. Sein Vergleich ist äußerst treffend.

»Kann ich dir irgendwie helfen?«

Bosse sieht sich suchend um und reicht mir schließlich eine Kiste, die er hinter dem Tresen hervorzieht. »Du könntest die Bücher einräumen, die hinten im Regal stehen«, sagt er und wirft eine Wachstube zu dem anderen Kleinkram, den er schon zusammengesucht hat.

Ich nicke und verschwinde nach hinten. Es ist acht Jahre her, dass ich hier war, und es ist, als würde ich durch ein Zeitloch springen. Hinter der Trennwand befindet sich ein Mischmasch aus Büro und Freizeitraum. Der Treffpunkt unserer Jugend.

Die schwarze Couch steht noch immer da. Die Jahre haben das Leder brüchig werden lassen. Die Leiste am

Kopfende ist zerbrochen. Noch immer herrscht das altvertraute Chaos auf dem Schreibtisch. Ich berühre die wackligen Türme aus Rechnungen, Buchungsbestätigungen und Papieren. Nicht nur für mich ist dieser Ort wie aus der Zeit gefallen.

Bosse hat die Abläufe hier nie technisiert. Zum einen, weil die Feuchtigkeit jeden Computer innerhalb kürzester Zeit ins Jenseits befördert hätte. Aber vor allem, weil er Fietes Lebenswerk nicht verändern wollte.

Ich lasse mich mitsamt der Kiste auf das Sofa fallen. Das Regal neben dem Sofa ist voller Bücher. Im Sommer verbringt Bosse oft nicht nur die Tage, sondern auch die Nächte im Surfshop. Er liebt es, spät am Abend am verlassenen Strand zu sitzen und der Sonne beim Untergehen zuzusehen. Wir haben so oft gemeinsam im Sand gesessen, geredet oder geschwiegen und das Farbspektrum bewundert. Morgens fuhr er dann in aller Herrgottsfrühe hinaus, um noch eine Runde zu kiten, bevor er sich für den Alltag bereitmachen musste. Für die wenigen Stunden dazwischen reichte die Couch vollkommen aus.

Zumindest war das früher so. Und dem Vorrat an Büchern nach zu urteilen, hat sich daran wenig geändert. Es sind alte Taschenbuchausgaben, die er der Feuchtigkeit im Container geopfert hat. Sie wellen sich und sind angegriffen. Trotzdem will Bosse sie nicht zurücklassen. Ich muss lächeln.

Ich setze mich auf das Sofa und beginne die Bücher aus dem Regal in die Plastikbox zu schichten. So schön es im

Sommer hier sein mag. Jetzt, im Winter, ist es bitterkalt. Ich reibe meine Handflächen aneinander, als Bosse im Durchgang auftaucht.

Er lehnt sich gegen die Wand und sieht mich lächelnd an. »Wir hatten hier ziemlich gute Zeiten.«

Ich nicke, weil es stimmt, und bin überrascht, dass die Erinnerungen kaum weh tun. Ich drehe mich zu der Wand und fahre über die Worte, die ich vor fast einem Jahrzehnt mit Edding dort hinterlassen habe. *Ich bin dein Licht. Wo immer du auch bist.*

Bosse kommt langsam zu mir herüber und setzt sich neben mich. Die Kiste stellt er auf den Boden.

»Du hast damals die Lichterkette mitgenommen.«

»Du hast keine neue aufgehängt«, erwidere ich.

Er nickt und setzt sich neben mich. Die Lichterkette steht sinnbildlich dafür, dass ich ihn nie losgelassen habe und auch er mich nicht ersetzen konnte. Das ist die unbestreitbare Wahrheit. Er beugt sich über mich hinweg, greift nach einer Decke, die auf dem Kühlschrank neben dem Sofa liegt und breitet sie über uns aus.

»Scheiße, ist das kalt heute«, sagt er und nimmt das oberste Buch. Ein Roman, den ich nicht kenne. Er schlägt ihn auf, und ich kuschle mich an ihn. Wir nehmen so Abschied von diesem Ort, wie wir ihn in Empfang genommen haben. Gemeinsam. Während Worte zwischen uns schweben und unsere Körper einander unter einer Decke wärmen.

Bosse

Wir fahren in diesem unmöglichen Wagen über die Insel, den Juna ihr Eigen nennt. Ich habe wirklich versucht sie davon zu überzeugen, den Jeep zu nehmen. Aber Juna kann verdammt stur sein. Ein Charakterzug, der mir meistens ziemlich gut gefällt. Nur dann nicht, wenn es bedeutet, meine 1,85 Meter Körpergröße in ein pizzakartonkleines Auto zu quetschen.

Ich halte ihre Hand und sehe aus dem Fenster, während sie den Wagen beschleunigt. Die wütenden Winterstürme haben einer sonnengetränkten Windstille Platz gemacht. Sie trägt einen Hauch Frühling in sich. Nicht, dass ich etwas gegen die verregnete letzte Woche gehabt hätte. Das Wetter war die perfekte Ausrede, um jede freie Minute mit Juna im Bett zu verbringen. Sie zu lieben. Ihr vorzulesen und mit ihr herumzualbern. Ein paarmal hat sie sogar für mich getanzt. Nackt und so sinnlich, dass die Tänze ein ziemlich abruptes Ende gefunden haben.

Ich hebe ihre Hand an meine Lippen und küsse sie. Juna sieht mich kurz an, und ich weiß echt nicht, wie ich es acht Jahre ohne diesen Blick geschafft habe. Wie ich es je wieder sollte. Ich lächle, und sie tut es ebenfalls, löst ihre Hand aus meiner und fährt zärtlich durch meine Haare.

Sie folgt der Linie meiner Schulter bis in meinen Nacken, wo sie ihre Finger liebevoll kreisen lässt, während ihr Blick unverwandt auf die Straße gerichtet ist. Ich schließe die Augen und konzentriere mich auf das stetig unrunde Rasseln des Motors, die Wärme der Sonnenstrahlen, die durch die Scheibe verstärkt wird, und das Kreischen der Strandläufer, die im Frühjahr auf ihrer langen Reise auf Amrum Rast machen.

Ich könnte ewig so neben Juna sitzen und über die Insel fahren. Was natürlich allein deswegen nicht geht, weil die Insel winzig ist. Wir kämen unweigerlich schneller an ihren Rand, als mir lieb ist. Außerdem hat Juna versprochen, heute auf Jakobs Sohn aufzupassen. Ich mag den Kleinen. Wenn ich ehrlich bin, mag ich sogar Jakob, auch wenn mir nach wie vor nicht gefällt, was er für Juna empfindet. Dass sie sich für mich entschieden hat, schrumpft meine Eifersucht ihm gegenüber aber auf ein erträgliches Maß.

»Aufwachen, Schlafmütze!« Juna biegt gerade in den Schotterweg ein, der zu Jakobs Haus führt.

»Ich habe nicht geschlafen«, sage ich, aber Juna hat den Wagen bereits angehalten und geht nicht auf meinen schwachen Protest ein. Stattdessen springt sie aus dem Auto, um Hennes zu begrüßen. Der Kleine kommt mit *Dertutnix* aus dem Haus gestürmt und fällt ihr in die Arme, während der Hund die beiden laut bellend umkreist.

Ich schäle mich ebenfalls aus dem Wagen und strecke meine Gliedmaßen, bevor ich zu Juna und Hennes gehe. *Dertutnix* fängt mich jedoch auf halbem Weg ab. Ich bin ein noch nicht besetztes Opfer, das er versucht mit seiner stürmischen Hundeliebe zu Fall zu bringen. Ich wuschle ihm durch das Fell und ertrage stoisch seine feuchte Nase und den Sabber, den er mit jedem Zungenschlag auf meiner Kleidung verteilt.

Ein Stock, den ich am Boden entdecke, ist meine Rettung. Ich werfe ihn, und *Dertutnix* winselt verzweifelt, als das Holzstück in einem weiten Bogen hinter der ersten Düne verschwindet. Als Apportierhund kann er seinem Instinkt wenig entgegensetzen, will aber auch nicht von mir ablassen. Die Gene gewinnen schlussendlich, und ich bekomme Gelegenheit, Hennes zu begrüßen.

»Hi, Kumpel.« Ich lasse meine Faust gegen seine prallen, und Hennes öffnet seine zu einer Explosion, die er mit einem ›Wohaaa‹ begleitet.

»Ihr seid schon da?« Jakob kommt aus dem Haus. In seiner linken Hand trägt er einen Rucksack und umarmt Juna mit dem freien Arm. Ich nicke ihm zu und nehme den Rucksack entgegen.

»Hi, Bosse.« Wie immer ist Jakob freundlich, seine Stimme ausgeglichen und ruhig, als er mich in eine deutlich kürzere, männlichere Umarmung zieht. Er hat seine Gefühle für Juna nie zwischen uns gestellt. Das ist mehr, als ich von mir behaupten kann.

Ich erwidere seine Umarmung, klopfe ihm auf die

Schulter und löse mich von ihm, um noch einmal das Stöckchen für *Dertutnix* zu werfen. »Wie geht es dir?«, frage ich ihn, als ich mich wieder aufrichte.

»Viel zu tun. Du kennst das ja.« Eine vage Umschreibung für das, was ihn heute erwartet. Eine Besprechung mit seiner Exfrau, bei der sie organisatorische Dinge in Bezug auf Hennes klären wollen. Mehr als diese vage Umschreibung hat er von Emily nicht bekommen und die Anweisung, dafür nach Hamburg zu kommen, weil seine Ex sich auch am Wochenende nicht von ihrer Arbeit freimachen kann. Ich denke, sie will einfach nicht, und Jakob spielt nach ihren Regeln, um den wackligen Frieden nicht zu gefährden. Es setzt ihm zu, und das tut mir ehrlich leid.

»Ich weiß noch nicht, wann genau ich zurück sein werde«, wendet er sich an Juna. »Er schläft überall, wenn man ihm vorliest, aber das weißt du ja.« Jakob zuckt die Achseln. »Ich hole ihn dann nachher bei euch ab. Ich hoffe, es wird nicht allzu spät.«

»Mach dir darüber keine Sorgen. Wir werden unseren Spaß haben. Bosse wird es guttun, mal von einem Sternekoch verköstigt zu werden.«

Sie nimmt Jakob noch einmal in den Arm und flüstert ihm etwas ins Ohr. Er nickt und lächelt sie dankbar an. Ich schiebe die Eifersucht weg, die die Vertrautheit zwischen den beiden hervorruft, bevor sie zu einem Flächenbrand wird.

»Er kann gern bei uns übernachten, und du holst ihn

dann einfach morgen ab. Dann musst du dir keinen Stress machen«, biete ich an und bin froh, dass meine Stimme nicht verrät, was seine Nähe zu Juna in mir auslöst. Ich brauche Zeit, um mich daran zu gewöhnen, dass sie mit mir zusammen ist. »Wäre wirklich keine große Sache«, schiebe ich hinterher.

Ist es doch, und es gelingt Jakob nicht, das zu verbergen. Es fällt ihm schwer, Hennes abzugeben. Schon wenn die Rahmenbedingungen gut sind, aber jetzt muss er es tun, um sich mit seiner Exfrau herumzuschlagen. Juna sagte, sie würden sich sehr gut verstehen, aber wenn eine Besprechung erforderlich ist, kann es nicht vollkommen unkompliziert zwischen ihnen stehen. Und damit nicht genug, passe ausgerechnet ich in der Zeit auf seinen Sohn auf.

»Mal sehen. Aber danke für das Angebot«, sagt er ausweichend, stößt prustend die Luft aus und klatscht in die Hände. »Ich muss los.« Er bückt sich und umarmt Hennes, drückt ihm einen Kuss auf den Mund, auf den Nacken und platziert dann ein Stakkato von ihnen in dessen Halsbeuge. Der Kleine quietscht laut und macht sich los, um mit *Dertutnix* zu Juna zu flüchten.

Sie hilft ihm auf die Sitzerhöhung, die auf der Rückbank steht, und schnallt ihn an, was sich als echte Herausforderung erweist. Der Hund hat einen siebten Sinn dafür, zu erspüren, wann er nicht mitdarf. Er drängt sich permanent zwischen die beiden.

Ich schlage Jakob sachte gegen die Brust. »Ich wünsche dir alles Gute für den Termin heute.«

Er nickt und macht bereits einen Schritt rückwärts in Richtung Tür, als ich ihn aufhalte.

»Jakob?« Ich will ihm sagen, dass ich ihn verstehe. Er soll wissen, er wird keinen Quadratzoll seines Sohnes an mich verlieren, aber alles, was ich hervorbringen könnte, wäre kitschig und passt nicht in den Raum zwischen uns.

Jakob scheint mich trotzdem zu verstehen. Er nickt mir zu und tippt sich dann an die Stirn. Dann pfeift er *Dertutnix* zu sich, den er mit nach Hamburg nehmen wird, und verschwindet mit ihm im Haus.

Ich sehe ihm nach und frage mich, ob wir es irgendwann schaffen werden, Freunde zu werden. Ob wir es gerade wegen der schwierigen Umstände und der Tatsache, dass wir uns deswegen nicht längst an den Kragen gegangen sind, vielleicht bereits sind.

Ich schnalle mich an und höre Hennes hinter mir fröhlich plappern. Er ist eines dieser Kinder, die so viel reden, dass man sie dafür lieben muss. Auch wenn man sich von Zeit zu Zeit einen Ausschaltknopf wünscht.

Und während er von irgendeiner Kochsendung redet, kann ich nur eines denken: Genauso hätte es immer sein sollen. Juna, ich und ein Kind. Eine Konstellation, die mich seltsam glücksbesoffen macht. Auch wenn ich weiß, dass es ein geklautes Glück ist. Hennes ist nicht unser Kind. Unsere Tochter ist tot. Und genau deswegen ist unsere gemeinsame Zeit endlich. Es können nur noch Wochen sein, höchstens ein Monat, bis Juna ein neues Visum beantragen kann. Sie wird die Insel verlassen. Wir hätten schon längst darüber sprechen müssen, aber das würde bedeuten, unser Glück zu vergiften. Wir sperren die Realität aus. Es ist erschreckend, wie gut mir das gelingt. Obwohl mir klar ist, dass diese Vogel-Strauß-Politik auf Dauer nicht hilfreich sein wird.

Ich klopfe den Takt der wirklich schrecklichen Kindermusik mit, die Juna für Hennes auf ihr Handy geladen hat und die nun aus der Bluetooth-Box dröhnt. Alles, was zählt, ist dieser Augenblick.

Juna

Wir sitzen auf Merles Couch, zwischen uns zwei Becher mit dampfendem Kakao, dem Merle einen Schuss Rum beigemischt hat. Sie hatte schon immer ein Faible für Lumumba. Ich nippe an dem Getränk und sehe nach draußen, wo Peer und Bosse versuchen das Stelzenhaus, das Titus zum Geburtstag bekommen hat, aufzubauen. Ein wirklich tolles Teil. Zumindest auf der Abbildung, denn derzeit liegen nur Einzelteile auf dem Rasen. Und das, obwohl die Männer mit Unterstützung von Titus und Hennes schon seit zwei Stunden über den Plänen brüten.

»Vielleicht sollte ich doch Fynn anrufen, sonst stürzt der ganze Kram am Ende über meinen Kindern zusammen.« Merle legt den Kopf schief. Sie kneift die Augen zu schmalen Schlitzen zusammen, als würde das helfen, die Situation besser einschätzen zu können.

Ich nicke. »Gute Idee, aber warte noch ein bisschen. Sie sind so schön beschäftigt.«

»Er sieht glücklich aus«, stellt Merle vorsichtig fest. Ihr Blick liegt auf Bosse, der Titus gerade kopfüber über den

Bretterstapel hält. Er lässt Merles Sohn eines anheben, trägt ihn dann an die Stelle im Gras, wo er das Holz ablegen soll. Langsam, aber sicher wird so ein Grundgerüst erkennbar.

Der Kleine quietscht, und Bosse lacht. Er tut so, als würde er eine viel zu schwere Last tragen, und lässt sich schließlich mit dem Jungen ins Gras fallen.

Ich nicke, und ein Lächeln huscht über mein Gesicht, als Bosse sich tot stellt und Hermes verzweifelt versucht, ihn wieder auf die Beine zu hieven. Nicht nur Bosse ist glücklich. Ich bin es auch. Ich reiße meinen Blick von der Idylle im Garten los und wende mich meiner besten Freundin zu.

Sie hat etwas auf dem Herzen. Das spüre ich.

»Was ist, Merle?« Ich muss einfach fragen.

»Du wolltest sechs Monate bleiben.« Sie stellt den Lumumba weg, und die folgenden Worte sind zäh wie Knetmasse. »Die sind fast um. Ich muss dich das fragen: Was passiert, wenn du gehst?« Sie zeigt auf mich und dann auf Bosse, der mit Peer die ersten Bolzen einschlägt. »Habt ihr darüber gesprochen?« Sie sieht mich nicht an. »Ich habe Angst, dass es euch beiden das Genick brechen wird.«

»Ich überlege, zu bleiben«, sage ich vorsichtig. Ich habe es noch nie laut ausgesprochen. Aber das ist, worum sich meine Gedanken seit Tagen drehen. Es ist, was ich will. Und gleichzeitig habe ich so viele Zweifel.

Mein Leben ist in San Francisco. Caro. Meine Freundinnen. Meine berufliche Zukunft, für die ich so hart gearbeitet habe. Was, wenn ich all das aufgebe und mich in ein paar Wochen oder Monaten, wenn das erste Verliebtsein abgeklungen ist, die Vergangenheit einholt? Was ist, wenn zu viel zwischen uns steht, um eine gemeinsame Zukunft aufzubauen?

Wenn ich in Bosses Armen liege, eliminiert er diese Gedanken. Aber sobald er von mir entfernt ist, kommt mir allein die Idee wie ein irrationaler Wunsch vor.

»Du hast doch gesagt, deine Abreise wäre nicht verhandelbar?«, fragt Merle ungläubig. Hoffnung und Freude stehlen sich in ihren Blick. Sie holt schon Luft, um alles über diese Neuigkeit aus mir herauszuquetschen, als Marie der Länge nach auf den Terrassenfliesen aufschlägt.

Die Kleine bricht in ein ohrenbetäubendes Geschrei aus. Es rettet mich vor einer Antwort, die ich noch nicht geben kann. Alles, was ich weiß, ist, ich bin noch hier.

Und das, obwohl ich mein Visum bereits vor zwei Wochen neu beantragt habe. Die Bestätigungsmail liegt ungeöffnet in meinem Postfach. Genau wie die Mail, in der die Marriott Group auf eine Zusage ihres Arbeitsangebotes drängt.

Ich kann Bosse unmöglich verlassen. Ich brauche ihn. Weil ich ihn liebe. Egal, wie verrückt das ist. Und weil er diesen blinden, schmerzenden Punkt meiner Vergangenheit nahezu verschwinden lässt. Ich habe mich nie wieder ganz gefühlt, seitdem ich Amrum vor acht Jahren verlassen habe. Jetzt tue ich es. Und das kann ich nicht aufgeben. Ich kann uns nicht aufgeben.

Merle kommt mit der noch immer schluchzenden Marie ins Wohnzimmer und setzt sie auf den Tisch. Die Knie sind aufgeschürft, und ich tröste sie, während Merle Pflaster aus dem Küchenschrank nimmt.

Marie kuschelt sich eng an meine Brust und verströmt diesen unverwechselbaren Duft nach Kleinkind, nach Toben, verschwitzten Haaren und Tränen. Ich drücke sie an mich und flüstere ihr ins Ohr.

»Ich bin ja hier. Ich bin hier, meine Süße.« Und so, wie es aussieht, werde ich tatsächlich bleiben.

Bosse

Hennes ist auf der Heimfahrt von Peer und Merle eingeschlafen. Er hängt in einer halbliegenden Position auf der Rückbank. Nur der Sicherheitsgurt und die Sitzerhöhung halten seinen kleinen, erschöpften Körper. Ich löse den Gurt und ziehe das schlafende Kind in meine Arme. Er windet sich im Halbschlaf und kuschelt sich an mich, wacht aber nicht auf.

Juna ist ebenfalls ausgestiegen und schließt die Haustür auf, während ich Hennes hinter ihr hertrage. Sie lässt das Licht aus, um den Kleinen nicht aufzuwecken.

Ich schiebe mich an ihr vorbei, schlängle mich im Halbdunkeln durch das Erdgeschoss und drücke mit meiner Schulter die Tür zum Schlafzimmer auf. Dann lege ich Hennes in das breite Boxspringbett und decke ihn vorsichtig zu.

Er wühlt sich in eine Position, in der er bequem liegt, und ich warte kurz, ob ihn der Schlaf wieder fest eingehüllt hat. Erst als er ganz ruhig liegt, gehe ich zu Juna ins Wohnzimmer. Die Tür lehne ich an. Sollte Hennes doch wach werden, soll er nicht denken, er wäre in einer fremden Umgebung allein.

Juna hat die Stehlampe neben der Couch angeschaltet, die ein warmes, diffuses Licht verbreitet. Ich lasse mich auf das Polster des Sofas fallen und atme geräuschvoll aus. Dabei hebe ich meinen Arm an, so dass Juna sich an mich schmiegen kann. Ich sehe sie an, streiche ihr die Haare aus dem Gesicht und gebe ihr einen sanften Kuss.

Eine Weile sitzen wir nur da, und ihre Nähe reicht als Berieselung vollkommen aus. Ich brauche keine Musik, kein Fernsehbild, um den Abend ausklingen zu lassen. Nur sie.

Trotzdem schalte ich kurz darauf den Fernseher an. Ich brauche etwas, das dieses pure, reine Empfinden stört. Ich sollte mich nicht in Juna verlieren. Nicht so, wie die Dinge stehen. Denn es bedeutet, mich zu verlieren, wenn sie geht.

Irgendwelche Blödelbarden üben gutgemachte, sarkastische Gesellschaftskritik, und Juna lacht. Ich schließe die Augen und genieße ihre Nähe, das Lachen und die Gefühle, die Juna in mir auslöst, bis es einige Zeit später an der Tür klopft.

Juna

Ich winde mich aus Bosses Armen, als Jakob um kurz vor Mitternacht klopft. Doch anstatt ihn hineinzulassen, umarme ich ihn zur Begrüßung und schiebe ihn gleichzeitig zurück auf die Veranda. Er sieht furchtbar aus.

»Ich hatte 'nen echt langen Tag. Ich will nur schnell Hennes holen. Bin so gut wie weg«, sagt er und wehrt meine Bemühungen ab, ihn zu einem Gespräch unter vier Augen zu bewegen.

»Jakob«, sage ich. Mehr nicht. Aber ich halte ihn am Arm zurück. »Würdest du bitte mit mir reden?«

Jakob senkt den Blick. »Ihr wart beschäftigt, wenn ich mich nicht täusche.« Die Bitterkeit in seinen Worten passt nicht zu ihm. Irgendetwas hat ihn so aus der Bahn geworfen, dass seine Akzeptanz für Bosse und mich Risse bekommen hat. Ich zeige auf die Holzbank, die eng an die Hausmauer gequetscht im Windschatten der Verandaverkleidung steht.

Seufzend setzt er sich, verschränkt aber die Arme und schafft damit Distanz.

»Du weißt, dass ich mit ihm zusammen bin. Warum wirfst du mir das jetzt vor?«

»Vielleicht bin ich es leid, immer der Verständnisvolle zu sein, während alle anderen kotzglücklich sind.« Er stützt seine Arme auf die Oberschenkel und fährt sich durch die Haare. »Tut mir leid«, erwidert er zerknirscht.

»Was ist bei deinem Treffen mit Emily passiert?« Mir ist klar, dass er nicht nur über seine unerwiderten Gefühle für mich gesprochen hat.

Er zuckt die Achseln und stößt Luft aus. Noch immer mauert er.

Ich berühre ihn leicht und sehe ihn fragend an. Er braucht einige Minuten, in denen er zum Signallicht des rot-weißen Leuchtturms hinauf starrt.

»Emily wird berufsbedingt in die USA ziehen.« Er zuckt die Schultern und lacht blechern auf. »Scheint sich durch mein Leben zu ziehen wie ein roter Faden.«

Ich müsste ihm sagen, dass sich meine Pläne geändert haben, aber jetzt ist der falsche Zeitpunkt. Erst mal muss ich verstehen, warum Emilys Entschluss Jakob so sehr ins Wanken bringt.

»Sie hat es mir nur mitgeteilt.« Er lacht tonlos auf. »Und ich sollte das Ganze am besten nur noch absegnen. Dabei spricht man doch über so einschneidende Dinge, wenn man ein gemeinsames Kind hat, oder nicht?« Er schüttelt den Kopf. »Sie hat schon alles in die Wege geleitet. In einem Monat bricht sie ihre Zelte hier ab. Und das war's.« Er stößt den angehaltenen Atem aus.

»Du hast sie kaum noch gesehen. Warum trifft dich das so sehr?«, frage ich vorsichtig.

»Wir waren nicht mehr zusammen. Mit unserer Beziehung habe ich schon vor Jahren abgeschlossen. Aber wir sind nach wie vor Eltern. Und auf der Ebene waren wir ein verdammt gutes Team.« Er blickt gegen die Holzdecke der Veranda. »Wie soll das weiterhin funktionieren, wenn sie auf einem anderen Kontinent lebt?«

»Wie stellt sie sich das vor?«, frage ich bestürzt. Sie muss einen Plan haben. Immerhin ist Hennes ihr Kind. Das kann sie nicht einfach Jakob überlassen und aus dem Leben der zwei verschwinden.

»Sie denkt, es wäre machbar, Hennes in den Ferien allein in ein Flugzeug zu setzen, damit er sie besucht.« Er verdreht die Augen. »Das ist ein Zehn-Stunden-Flug, und er ist sechs Jahre alt.«

Ein Gedanke breitet sich in meinem Kopf aus, wie ein Infekt. Was, wenn Emily klar wird, dass die Distanz zu ihrem Sohn zu groß ist? Was, wenn sie merkt, dass ihr Plan nicht funktioniert? Dann wird sie wollen, dass Hennes mit ihr geht. Ich spreche meine Gedanken nicht aus, denn ich will nicht den Teufel an die Wand malen. Noch hat sie nichts in diese Richtung geäußert, und ich will Jakob nicht noch mehr verängstigen. Schon jetzt wirkt er angeschlagen und nicht wie er selbst.

»Ich weiß einfach nicht, wie ich es Hennes erklären soll«, flüstert Jakob, und Tränen schimmern in seinen Augen. Als könnte er den Schmerz seines Sohnes, ohne

Mutter aufzuwachsen, bereits spüren. Ich nehme ihn in den Arm und sehe, wie Bosse die Tür halb aufdrückt. Er kommentiert unsere Umarmung nicht, obwohl ich sehen kann, dass es ihn nicht kalt lässt.

»Hennes ist wach geworden. Ich dachte, du würdest gern selbst zu ihm gehen«, sagt er zu Jakob und geht ins Haus zurück.

Jakob löst sich von mir und streicht sich über die Augen. »Dann werde ich mal. Ich hole den Tiger und fahre nach Hause. Ich sollte schlafen, denke ich.« Er zwinkert mir zu, aber das dazu gehörige Lächeln missglückt. »Schwarzsehen ist eigentlich nicht mein Ding. Muss wohl die Müdigkeit und eine zu große Portion Emily sein. Morgen sieht es bestimmt schon anders aus.«

Ich nicke. »Dann sehen wir uns morgen.« Und ich hoffe wirklich, dass sich nur dieses eine Mal das Sprichwort bewahrheitet, am nächsten Morgen würde alles besser aussehen.

Bosse

Juna löscht das Licht, als das Motorengeräusch von Jakobs BMW in der Nacht verhallt. Sie war eine halbe Ewigkeit mit ihm auf der Veranda. Sie haben einander umarmt. Ich werde nicht behaupten, es würde mir nichts ausmachen. Aber selbst ein vollkommen Blinder konnte sehen, wie schlecht es Jakob ging. Also habe ich mich zusammengerissen. Und es hat erstaunlich gut funktioniert. Vielleicht hat mein Hirn endlich kapiert, dass Juna wirklich nur einen Freund in ihm sieht. Und dass er ehrenhaft genug ist, ihre Entscheidung nicht in Frage zu stellen.

Ich ergreife Junas Hand und ziehe sie im Halbdunkel des Wohnzimmers an mich. »Alles in Ordnung bei ihm?«

»Ja, ich denke schon«, murmelt sie an meiner Brust. »Emily macht es ihm gerade nicht leicht.«

»Jakob schafft das. Immerhin hat er dich an seiner Seite.« Ich weiß nicht, ob ich ihr das Gefühl geben will, es wäre in Ordnung für mich, wenn sie für Jakob da ist. Oder ob meine Aussage egoistischer ist. Vielleicht brauche ich einfach mehr Sicherheit. Ich muss hören, dass sie nicht fortgehen wird.

Sie hätte längst abreisen können. Merle hat mir zwischen zwei Brüllattacken von Marie erzählt, dass Junas Visum bereits vor zwei Wochen bewilligt wurde. Ganz offensichtlich dachte Merle, ich wüsste davon. Und ich habe sie in dem Glauben gelassen, weil ich nicht darüber nachdenken will, wieso Juna nicht mit mir darüber geredet hat.

Tatsache ist, sie ist noch auf Amrum, und jeder Tag hat mir mehr Zuversicht gegeben, sie würde bleiben. Es zu hören würde die Hoffnung hingegen zu einer Tatsache machen.

»Ja, ich werde für ihn da sein«, sagt sie leise. Sie löst sich von mir und verschwindet im Schlafzimmer. Ich bleibe noch einen Augenblick im Wohnzimmer stehen und versuche die Essenz aus ihren Worten zu extrahieren. Das ›ich werde bleiben‹, das darin mitschwingt.

Erst mit einiger Verzögerung folge ich ihr. Sie hat ihre Jeans und den Pullover auf den Sessel gelegt und trägt nur ein weißes Spaghetti-Trägertop und einen Slip. Nichts an der Wäsche ist aufregend. Außer der Tatsache, dass Juna sie trägt. Sie sieht umwerfend aus.

Ich ziehe sie in meine Arme, bevor sie unter die von Hennes zerwühlte Bettdecke schlüpfen kann, und küsse sie. Nicht wie auf dem Sofa, sondern fordernd. Und sie reagiert darauf, indem sie den Rücken durchdrückt und ihre Hände die Konturen meines Gesichts suchen. Unter wilden Küssen ziehe ich sie zum Bett. Ein Lachen stiehlt sich zwischen unsere Lippen, als wir schließlich als ein Wirrwarr aus Gliedmaßen und erhitzten Körpern auf die Matratze fallen.

Juna streicht mir die Haare aus dem Gesicht und küsst mich wieder. Sie knabbert an meinen Lippen und fixiert dabei mein Kinn mit ihrer Hand. Ich versuche ihre Lippen einzufangen, aber sie hält mich zurück. Sie brennt ihren Blick in meinen, und als ich das Gefühl habe, es kaum noch auszuhalten, erlösen mich endlich ihre Lippen.

Sie küsst mich. Lange und leidenschaftlich, bevor sie sich von mir löst. Grinsend und in einem Tonfall voller Unschuld sagt sie: »Wir sollten jetzt echt schlafen. Du hast Peer versprochen, morgen dieses komische Kinderhaus fertigzubauen.« Und tatsächlich setzt sie mich auf Entzug, dreht sich um und deckt sich zu.

Ist das ihr Ernst? Ich stöhne frustriert. Lust pulsiert heiß durch meinen Unterleib und lässt mir keine Wahl. Ich rutsche sanft an Juna heran. Mein Unterleib berührt ihr Becken, und mit einem leisen Kichern schmiegt sie ihren Po an mich. Es zerstört jeden Funken Beherrschung, den ich bis eben noch in mir hatte. Atemlos schlinge ich meinen Arm um ihre Taille, schiebe ihren Slip beiseite und dringe in sie ein. Sie kommt meiner Bewegung entgegen, gibt den Takt vor, während meine Hände ihre Brüste liebkosen und mein Atem ihren Hals in Flammen setzt. Jede Berührung ist explosiv, und bereits nach wenigen Stößen ziehen sich ihre Muskeln um mich zusammen. Ihr ganzer Körper bäumt sich auf. Sie klammert sich an meinen Armen fest, als sie der Höhepunkt überrollt. Nur Momente später folge ich ihr und versinke in den Nachbeben ihrer Lust.

Erschöpft bleiben wir aneinander geschmiegt liegen. Ich spüre überdeutlich jeden Millimeter ihres Körpers. Genieße die absolute Nähe. Die Art, wie sie sich in meine Umarmung drängt. Selbst dann noch, als wir langsam Richtung Schlaf driften.

Juna

Peer und Bosse sind immer noch hilflos, was das Stelzenhaus von Titus angeht, aber Rettung in Form von Fynn naht. Er wird vorbeikommen, sobald er sich gegen Mittag von seiner Baufirma loseisen kann. Bis dahin wird Bosse noch etwas im Jugendzentrum helfen. Ich habe ihn auf meinem Weg zu Jakob dort abgesetzt und werde ihn nach meinem Besuch wieder abholen. Ich freue mich auf einen Kaffee auf Jakobs Veranda. Und auf ein Gespräch mit ihm. Endlich kann ich auch einmal für ihn da sein, und ich habe nicht vor, diese Gelegenheit zu verpassen. Ich parke den Wagen in der Einfahrt und sehe sofort, dass das Carport leer ist. Trotzdem steige ich aus und klingle. Lana öffnet die Tür. Mehl bedeckt ihren Pullover. Aus der Küche dringt Musik. Ich nehme an, Hennes hat sie dazu genötigt, mit ihr zu backen.

»Jakob ist nicht da«, sagt Lana, bevor sie ein verspätetes »hi« hinterher schiebt.

»Hi, wie geht es dir?«, frage ich und überspiele meine Enttäuschung. Jakob hat heute Morgen frei. Ich war fest davon ausgegangen, er wäre zu Hause. Vielleicht hat er sich in Arbeit gestürzt. Das ist ein probates Mittel, um nicht über lästige Dinge nachzudenken.

»Mir geht es super, aber du bist sicher nicht wegen mir hier.« Ihr Blick fliegt über die Schulter, als könnte sie durch die Wand sehen, ob in der Küche alles in Ordnung ist. »Jakob wollte für eine Weile den Kopf freikriegen und hat mich deswegen herbestellt. Er war auf der Veranda.« Sie deutet auf einen vereinsamten Kaffeebecher. »Aber dann hat diese Frau vom Jugendzentrum angerufen.« Sie schnipst dreimal, um sich zu erinnern, und schnalzt dann mit der Zunge. »Ella Gabriel, glaub ich.« Sie verzieht das Gesicht. »Er war, glaub ich, erleichtert, sich mit etwas anderem beschäftigen zu können als mit dieser blöden Ex-Kuh.«

Zweifelsohne kennt Lana Emily und kann sie nicht besonders gut leiden.

»Danke«, rufe ich ihr zu, während ich schon zurück zum Auto laufe. Von Jakobs Haus aus sind es nur wenige Minuten, bis ich wieder auf dem Kiesplatz vor dem alten Bootshaus halte. Irgendjemand hat in den letzten Tagen ein riesiges Schild mit dem Schriftzug *Jugendzentrum* und diversen Tags gesprayt, das jetzt über der Eingangstür hängt. Jakobs Wagen ist nirgends zu sehen, aber er wird sicher noch auftauchen, wenn er hier mit Ella Gabriel verabredet ist. Vielleicht ist er noch im Hotel vorbeigefahren oder gönnt sich fünf Minuten allein am Strand, bevor er sich wieder unter Menschen begibt.

Solange ich auf ihn warte, kann ich mich bestimmt nützlich machen und Bosse bei irgendetwas helfen. Ich schiebe die Tür auf und schlüpfe in den Eingangsbereich, wo eine Vielzahl an Daunenjacken hängt. Ein paar Mützen und Schals sind auf den feuchten Boden gefallen. Ich sammle sie auf und drapiere den Wust auf einem kleinen Tischchen mit Flyern.

Der Aufenthaltsraum für die Kids hat sich komplett verändert. Sämtliche Wände erstrahlen in hellem Weiß. Bilder, die die Jugendlichen selbst geschossen haben, hängen daran. Jedes trägt ein Kürzel. Einige sind künstlerisch, andere wiederum von kindlicher Handschrift geprägt, genau wie die Motive.

Ein vereinsamter Werkzeugkoffer steht am Durchgang zu den hinteren Räumen, aber das ist auch alles, was an das Baustellenchaos erinnert, das noch bis vor kurzem hier herrschte. Ansonsten wirkt dieser Raum durch einen Tischkicker, einen ziemlich zerschrammten Billardtisch und zwei Sofas, die um einen schmalen Couchtisch herumstehen, sehr einladend. In der hinteren Ecke wurde aus Paletten eine Bar errichtet. Mehrere Kisten Cola, Fanta und Sprite stehen bereit. Vermutlich eine wohlwollende Spende von Getränke-Margowski.

Ich sehe mich um, aber außer einigen Kids, die lautstark herumalbern, ist hier niemand. Ich grüße, ohne dass mir allzu viel Beachtung geschenkt wird, und schlendere in den Flur und zu den hinteren Zimmern. Hier muss noch viel getan werden, bevor die Räume in ihrer eigentlichen

Funktion genutzt werden können. Aus dem letzten Zimmer am Ende des Flurs höre ich Stimmen. Das soll irgendwann einmal das Büro für die Aufsichtspersonen werden und hat bisher am wenigsten Beachtung bekommen. Bosse meinte lachend, dass ein Ort, an dem er streng gucken könnte, so ziemlich als Letztes auf der Agenda stünde. Deswegen befindet sich der kleine Raum noch fast in seinem Ursprungszustand. Wahrscheinlich bemüht Bosse sich gerade, das zu ändern. Allerdings hört es sich nicht an, als würde er arbeiten. Er ist nicht allein. Eine weibliche Stimme mischt sich mit seiner. Die Stimme ist aufgebracht. Sie liefert sich ein hartes Wortgefecht mit Bosse. Seine Stimme ist tief und dunkel. Ich höre das Bemühen darin, Ruhe zu bewahren, aber die Worte kann ich nicht verstehen. Dann endet der Schlagabtausch abrupt.

Ich erreiche die Tür, und mein Kopf verarbeitet das Bild vor mir mit einer quälenden Verzögerung. Bosse steht mit dem Rücken zum Flur. Seine Arme umschlingen Ella Gabriels Körper. Er streicht ihr durch das schwarze Haar, redet leise auf sie ein. Die Art, wie er sie festhält, ist zu vertraut, zu innig, um keine Bedeutung zu haben.

Es ist, als würde mich in dieser Sekunde ein Hammer zu Boden schmettern. Wie konnte ich das all die Monate übersehen? Bosse und Ella verbindet mehr als die Arbeit und dieses Projekt. Ich hatte nie angenommen, dass er mir all die Jahre nachgetrauert und nie etwas Neues angefangen hat. Aber er hätte mir davon erzählen müssen. Er hätte niemals verheimlichen dürfen, dass er noch Gefühle für eine andere Frau hat. Er hat nie aufgehört, sie zu sehen.

Ich kann nicht atmen. Das erklärt, warum er mich nie gefragt hat, wann ich gehen würde. Ob ich mich ihm zuliebe umentscheiden würde. Er hat nie eine Zukunft in uns gesehen. Er hat es mir sogar gesagt. *Wir haben keine Zukunft, aber vielleicht können wir uns dieses Mal in besserer Erinnerung behalten, wenn du gehst.*

Mir wird schlecht, als mir klarwird, dass seine Worte noch immer Gültigkeit besitzen. Ich habe das Gefühl, als müsste ich mich auf den staubigen Boden vor mir übergeben. Angestrengt presse ich die Hand vor den Mund, zwinge mich, ruhig zu atmen. Ich berühre das schwere Holz der Tür, nicht sicher, was ich tun soll. Dazwischengehen? Mit welchem Recht? Aufhalten, was als Nächstes kommt? Verschwinden, bevor das schwarze Loch, das Bosse gerade in mein Herz reißt, noch größer wird?

Die Zeit hat winzige Wurmlöcher in das Material der Tür gefressen. Es fühlt sich uneben an, wie der Bruch in meinem Inneren. Abzuhauen wäre die einzig logische Konsequenz, aber ich stehe wie erstarrt im Türrahmen.

Ich sehe, wie Ella sich langsam aus Bosses fester Umarmung dreht. Ihre Lippen streifen seine Wange. Die winzigen Bartstoppeln darauf elektrisieren ihre Lippen. Sie dreht ihm das Gesicht zu und küsst ihn. Vertraut und leidenschaftlich zu gleichen Teilen. Bosse reagiert auf den Kuss. Er hebt seine Hände, umfasst ihr Gesicht. Die Lippen noch immer mit ihren verschmolzen.

Ich kann nicht atmen. Nicht gehen. Nicht bleiben. Mein Atem poltert, als ich rückwärts taumle. Keiner der beiden nimmt mich wahr. Und endlich schaffe ich es, mich umzudrehen. Die Welt um mich verschwimmt, als ich mich an der Wand entlang Richtung Ausgang taste. Tränen laufen meine Wangen hinab, während all die Bilder von Bosse und mir tosend untergehen, die so eindeutig Liebe geschrien haben. Wie konnte ich so scheiß-dumm sein, zu denken, er würde mich jetzt lieben, obwohl er es nicht einmal damals konnte?

Es hätte mir nicht reichen dürfen, die vermeintliche Liebe zu spüren. Ich hätte die Worte einfordern müssen. Dann hätte ich Klarheit gehabt, bevor ich mein Herz ein zweites Mal an ihn verloren habe. Dabei bin ich offensichtlich die Einzige, die sich in etwas verbissen hat, das längst tot war.

An der Tür pralle ich mit Jakob zusammen, der von draußen hereinkommt und Kälte mit sich trägt. Ich spüre sie kaum. Die Baumaterialien in seiner Hand knallen scheppernd gegeneinander. Aber ich höre es kaum. Das Schluchzen in meiner Brust macht mich taub für alles andere.

»Juna?«, versucht Jakob mich aufzuhalten, aber ich reiße mich los und stolpere blind zum Parkplatz. Die raschen Schritte hinter mir zeigen, dass Jakob mir folgt. Es ist mir egal. Ich drehe mich nicht um. Selbst dann nicht, als er mich erreicht und seine Hände mich zum Anhalten zwingen.

»Was ist passiert?«

Wie aus weiter Ferne höre ich ein ersticktes Wimmern. Mir ist bewusst, dass ich das sein muss, auch wenn ich nichts fühle. Gar nichts.

»Okay, steig ein.« Jakob übernimmt die Regie und führt mich unnachgiebig zur Beifahrerseite. Er verfrachtet mich auf den Sitz und schlägt die Tür zu. Dann schiebt er sich auf den Fahrersitz des Polos und startet den Motor. Ich ziehe die Beine an den Körper. Umschlinge die Knie mit den Armen und weine. Ich lasse niemanden in diesen abgeschlossenen Raum. Nicht einmal Jakob, der den Wagen schweigend über die Insel lenkt. Von Zeit zu Zeit legt er mir die Hand auf den Arm, den Kopf oder die Schultern. Ich spüre die Wärme dieser Berührungen. Aber sie dringt nicht tief genug, um einen Unterschied zu machen.

Bosse

Es ist Abend geworden, als Titus Stelzenhaus endlich steht. Peer hält mir voller Stolz ein kühles Bier entgegen, aber ich lehne lachend ab. Zum einen, weil Fynn den Großteil der Arbeit erledigt hat. Peer und ich haben uns wenig mit Ruhm bekleckert, dass uns wohl kaum eine Belohnung zusteht. Zum anderen, weil ich zu Juna will.

Mir ist bewusst, wie manisch sich das anhören muss. Immerhin sind wir erst wenige Stunden getrennt. Trotzdem kann ich nichts dagegen tun, dass ich sie vermisse. Außerdem habe ich ein merkwürdiges Gefühl im Bauch, weil sie immer noch nicht aufgetaucht ist und auf keine meiner Nachrichten oder Anrufe reagiert hat.

Eigentlich wollte sie mich nach ihrem Besuch bei Jakob im Jugendzentrum abholen. Als sie nicht kam, habe ich Peer angerufen und mich von ihm fahren lassen.

Juna habe ich geschrieben, sie solle direkt zu Peer und Merle kommen. Das hat sie nicht getan.

Ich vermute, es geht Jakob echt dreckig und sie ist noch damit beschäftigt, ihn wieder aufzubauen. Aber warum hat sie mir dann nicht Bescheid gegeben, dass sie sich verspäten wird?

Ich mache mir ernsthaft Sorgen, ihr könnte etwas passiert sein, und rufe mich im selben Atemzug zur Ordnung. Ich sollte nicht sofort durchdrehen, nur weil nicht alles nach Plan läuft. Trotzdem beschließe ich, nicht zum Essen zu bleiben, sondern nach Hause zu fahren. Vielleicht ist Juna längst dort.

Ich verabschiede mich von Peer und Fynn. Die beiden sitzen mit einem kühlen Bier und gemütlichen Liegestühlen auf dem Rasen und genießen den kalten sonnigen Februartag. Vor ihnen thront das hoch aufragende Kinderhaus.

Auf meinem Weg nach draußen suche ich Merle, um mich auch von ihr zu verabschieden. Sie ist oben und bringt gerade Marie ins Bett. Die Kleine steckt in einem Daunenschlafsack, hat rosige Wangen und vor Müdigkeit glänzende Augen.

»Du gehst schon?«, fragt Merle überrascht und mit ehrlichem Bedauern in der Stimme.

Ich nehme ihr Marie ab, damit sie die Windel entsorgen kann.

»Ich dachte, du würdest noch bleiben.«

Ich vergrabe mein Gesicht an Maries Brust und atme den Geruch nach Baby und Sorglosigkeit ein.

»Juna und ich waren eigentlich verabredet. Ich denke, ihr wird etwas dazwischengekommen sein. Wahrscheinlich ist sie längst zu Hause und zerlegt meine Küche. Aber ich will sichergehen, dass alles in Ordnung ist.« Ich reiche ihr die Kleine zurück, und Merle legt sie ins Bettchen.

»Du hast heute nicht zufällig etwas von ihr gehört?«

»Nein.« Merle beäugt mich und zieht die Stirn kraus. »Ist bei euch alles in Ordnung?«

Ellas überfallartiger Kuss hat mir die Augen geöffnet. Als ich sie von mir schob, habe ich gewusst, ich muss endlich aussprechen, was Juna und ich seit Wochen totschweigen. Ich muss mit ihr reden. Über meine Gefühle für sie. Darüber, dass mein Herz Juna nie losgelassen hat. Darüber, dass ich eine Zukunft mit ihr will. Ich muss endlich wissen, ob sie dasselbe möchte. Mit einem Grinsen denke ich an gestern Nacht, und Zuversicht breitet sich in mir aus. Ich nicke. »Ja, mehr als das. Ich wollte nur mit ihr reden, und es ist untypisch für Juna, sich den ganzen Tag nicht zu melden, aber ich mache mir wohl nur zu schnell zu viele Sorgen.«

Merle nickt, weil sie das schon seit Jahren über mich sagt, und drückt mich kurz an sich. Dann widmet sie sich wieder ihrer Tochter, während ich den Raum verlasse. Sie zieht die Spieluhr auf und streicht Marie über das Haar. Ich stecke meinen Kopf noch zu Titus ins Zimmer. Er liegt auf dem Bett und blättert in einem Superhelden-Comic.

»Tschüss, Großer.«

Titus guckt nicht von seinem Heft auf, sondern hebt nur vollkommen verdreht den Arm und winkt mir. Lachend schließe ich seine Zimmertür und verlasse wenig später das Haus. Wenn ich mich beeile, schaffen Juna und ich es noch, irgendwo etwas essen zu gehen. Auf dem Festland vielleicht. In Dagebüll hat ein neuer Italiener aufgemacht, den wir ausprobieren könnten.

Ein Grinsen überfliegt mein Gesicht, aber schon als ich den Jeep vor dem Haus halte, ist mir klar, dass sie nicht da ist. Die Fenster sind blicklose Höhlen, die nur Dunkelheit in den sandigen Garten werfen.

Ich springe wider besseren Wissens die Verandastufen hinauf, gehe ins Haus und rufe nach ihr. Auf meiner Suche hinterlasse ich eine Spur aus Sand und feinen Steinchen.

Vielleicht ist sie doch noch bei Jakob oder ihrer Mutter. Ich wähle ihre Nummer, während ich zum Auto zurückkehre. Über der Nordsee schwebt ein halbrunder Mond und wirft ein diffuses Licht auf die aufgeraute See. Das Freizeichen ertönt. Fünfmal, bevor ich wie zuvor auf die Mailbox weitergeleitet werde.

Genervt versuche ich es noch mal. Wieder die Mailbox. Ich hinterlasse ihr eine Nachricht, dass ich mir Sorgen mache und sie sich bitte melden soll. Die siebte dieser Art, die sich nur durch den Dringlichkeitsgrad in meiner Stimme unterscheidet.

Ich lege auf und klemme mich dann wieder hinters Steuer. Ich beschleunige den Jeep auf fast achtzig. Simon Harker wird wohl kaum noch einmal das Gesetz beugen, um meinen Hintern zu retten, weil er mich mit dieser Geschwindigkeit in einer Dreißig-Zone erwischt. Also zwinge ich mich dazu, den Fuß vom Gas zu nehmen.

Ich halte den Wagen vor dem Gebäude, in dem die Wohnung von Junas Mutter liegt, lasse den Motor laufen und klingle. Erst ein Mal, dann ein zweites Mal. Etwas ungeduldiger. Beim dritten Mal schließlich Sturm. Nichts tut sich. Ich laufe zurück zum Wagen und fahre viel zu scharf an. Ich verstehe selbst nicht, wieso ich so aufgebracht bin. Juna ist etwas dazwischengekommen. Das sollte mich nicht so aus der Bahn werfen.

Ich fahre mir über die Augen, als könnte ich so die Erinnerungen vertreiben, die meine Gefühle durch den Mixer jagen. Erinnerungen an die Nacht, in der Juna die Insel verließ und ich es nicht wahrhaben wollte. Ich habe sie gesucht. Genau wie jetzt. Aber sie war längst aus meinem Leben verschwunden. Das hier fühlt sich verdammt so an wie damals.

Ich weiß, meine Gefühle sind irrational. Sie ist bei Jakob oder mit ihrer Mutter unterwegs. Vielleicht braucht sie einfach mal Zeit für sich. Ich schüttle den Kopf, weil ich mir selbst nicht glaube. In meinem Kopf hat nur der Gedanke Platz, sie könnte weg – oder alternativ – verunglückt sein.

Ich wende den Jeep und jage ihn über die Insel zu Jakobs Haus. Sein Wagen ist nicht da. Im Haus brennt kein Licht. Trotzdem klingle ich, umrunde das Gebäude und klopfe gegen die Hintertür. Niemand öffnet.

Ich rufe Juna noch mal an. Mailbox. »Zum Teufel, wo steckst du? Ich mache mir echt Sorgen!« Ich versuche die Härte meiner Worte zu zügeln. »Ruf mich bitte zurück, okay?« Ich drücke das Gespräch weg und wähle stattdessen Merles Nummer.

Nach endlos langem Klingeln geht sie ran, und ihrer Atemlosigkeit entnehme ich, dass sie gerannt ist, um noch rechtzeitig ranzugehen, bevor sich der Anrufbeantworter dazwischenschaltet. Mittlerweile ist es zehn Uhr.

»Ist sie bei euch?«, frage ich anstelle einer Begrüßung.

»Was?« Ich höre die Verwirrung in Merles Stimme. »Bosse? Wovon redest du bitte?«

»Ist Juna bei euch?«, wiederhole ich geduldig, auch wenn Geduld das Letzte ist, was ich gerade übrighabe.

»Nein, wieso sollte sie? Ich habe dir doch gesagt, dass ich heute nichts von ihr gehört habe.« Sie seufzt. »Wir lagen schon im Bett. Du weißt, dass Peer früh aufstehen muss, und Marie schläft im Moment so schlecht, dass ich für jede Minute Schlaf dankbar bin.«

Ich fahre mir über die Stirn. »Tut mir leid.« Ich atme tief durch und versuche mich zu beruhigen. »Ich kann sie nicht erreichen. Sie ist nicht zu Hause, und sie ist auch nirgendwo sonst zu finden.«

Wahrscheinlich mache ich einen Idioten aus mir, aber das ist mir gerade vollkommen egal. Wieder wandert mein Blick zu dem stetig voranschreitenden Zeiger meiner Armbanduhr und zu Jakobs leerem Carport.

»Ist sie vielleicht bei ihrer Mutter?«, fragt Merle und schickt ein Gähnen hinterher.

Ich schüttle den Kopf. »Da war ich schon. Keiner zu Hause. Bei Jakob auch nicht.« Ich stöhne unterdrückt.

»Meinst du, sie ist so spät noch mit ihm unterwegs?« Das wäre die Variante, in der ich zumindest noch um sie kämpfen könnte. In der sie nicht verschwunden, verletzt oder tot ist. Trotzdem setzt es mir zu, sie mir mit Jakob vorzustellen.

»Jetzt entspann dich, Bosse.« Merle lacht. »Egal wie süß ich deine Eifersucht finde. Das ist echt übertrieben. Du weißt, dass die beiden befreundet sind, und du hast gesagt, es wäre okay für dich.«

»Ist es auch«, erwidere ich dumpf. War es. Solange ich das Gefühl hatte, alles wäre in Ordnung. Mich gänzlich zu ignorieren und zu versetzen degradiert unsere Beziehung hingegen zu etwas, das Jakobs Gefühlen vielleicht nicht standhält.

»Vielleicht sind sie zusammen aufs Festland gefahren. Jakob ging es nicht gut. Bestimmt wollte sie ihn auf andere Gedanken bringen. Ganz spontan.«

»Und dann schreibt sie noch nicht mal eine kurze Mitteilung?« Ich presse die Hand gegen meine Augenlider. »Ich meine, sie sollte mich im Jugendzentrum abholen, und taucht einfach nicht auf.«

»Vielleicht hat sie es vergessen.«

Ich sage lieber nicht, was es mit mir macht, wenn sie mich tatsächlich wegen Jakob vergessen hat.

»Und warum geht sie nicht ans Handy?«, quetsche ich das letzte Indiz hervor, etwas könnte nicht stimmen.

Natürlich hat Merle auch hierfür eine Erklärung. »Wenn sie sich einen Film ansehen, hat sie es bestimmt auf lautlos gestellt. Sie meldet sich schon. Oder sie ist längst wieder zu Hause und wartet auf dich, Blödmann.«

Vielleicht hat Merle recht. Ich sollte nach Hause fahren. Es wird sich alles aufklären. Ganz langsam löst sich die Anspannung aus meinen Gliedern.

»Okay«, gebe ich nach. »Ich bin artig, fahre nach Hause und warte dort auf sie.«

»Sehr gut. Und hey, Bosse.« Einen Augenblick füllt Stille die Leitung. Stille und das leise Schnarchen Peers im Hintergrund, bevor Merle leise sagt: »Sie löst sich nicht einfach in Luft auf, wie damals. Du darfst dir nicht so viele Gedanken machen, okay? Sie liebt dich, vertrau darauf.«

Ich nicke. »Das wäre gut, weil ich sie nämlich auch liebe«, murmle ich.

Würde Merle jetzt neben mir stehen, würde sie mich anstoßen, und ich könnte ein zufriedenes Blitzen in ihren Augen sehen, weil ich es endlich ausgesprochen habe.

»Geh schlafen und ruf sie morgen früh vor der Arbeit an, wenn sie bis dahin nicht längst bei dir aufgetaucht ist.« Sie lacht, und ich stimme ein, obwohl mir nicht nach Lachen zumute ist. Dann lege ich auf.

Ich lasse das Handy in meiner Hand rotieren, rufe noch einmal Junas Nummer an und drücke den Anruf weg, als ich auf der Mailbox lande. Seufzend gleite ich auf den Fahrersitz, starte den Motor und setze den Wagen zurück. Der Kies unter den Rädern knirscht, aber das Geräusch verliert sich nach einigen Metern auf der Asphaltstraße.

Juna

Wir stehen schon seit Stunden auf dem vollkommen vereinsamten Wegstück zwischen Vogelkoje und Eisenzeithaus. Hier geht grünes Weideland in Sand über. Tageslicht wird zu Dunkelheit.

Jakob ist nur einmal ausgestiegen und hat telefoniert. Ich vermute mit seinem Vater, damit er Lana ablöst und Hennes zu sich holt. Ich müsste ihm sagen, dass es nicht nötig ist, länger neben mir zu hocken und darauf zu warten, es würde besser werden. Das wird es nämlich nicht.

»Was ist passiert, Juna?« Nach all den Stunden bricht Jakob die Stille. Als ich nicht antworte, versucht er es weiter. »Was wolltest du im Bootshaus?«

»Dich fragen, wie es dir geht. Wegen Emily und allem. Du warst nicht zu Hause, und Lana sagte, du wärst zum Jugendzentrum gefahren. Deswegen war ich viel früher dort, als Bosse annehmen musste.« Ich zucke mit den Schultern, und ein hysterischer Laut entschlüpft mir. Wieder fließen Tränen, die ich entschlossen mit dem Ärmel eliminiere. Die Haut rund um meine Augenpartie fühlt sich bereits wund an. Rau, wie mein Herz.

»Es geht mir gut«, sagt Jakob sanft und zwingt mich, ihn anzusehen, indem er meine Wange berührt. »Dir aber nicht. Also, was ist dort passiert?«

»Ich würde lieber nicht darüber sprechen, wenn das okay ist?«, bringe ich hervor.

»Nein.« Er schüttelt den Kopf. »Nein, das ist nicht okay.« Er sieht mich ernst an. »Du kannst nicht zusammenbrechen und von mir erwarten, dass ich danebenstehe und dich damit allein lasse. Ich werde so lange mit dir auf diesem Stück Feldweg stehen, bis du mir sagst, was los ist!« Er atmet tief durch, und mir ist klar, dass er nicht nachgeben wird.

»Bosse …« Meine Stimme stockt.

Natürlich weiß Jakob längst, dass es um ihn geht. Es gibt sonst nicht viel, das mich so aus der Bahn werfen könnte. »… er hat Ella geküsst.«

»Er hat was?« Jakob sieht mich ehrlich verblüfft an.

»Ich habe es gesehen.« Ich kneife die Augen zusammen, als könnte ich das Bild so zerstören, aber es hat sich auf meine Netzhaut gebrannt. »Sie waren so vertraut miteinander. So geht man nur miteinander um, wenn man schon länger ein Paar ist.«

»Ich hätte Bosse vieles zugetraut, aber nicht, dass er falschspielt.« Jakobs Stimme ist belegt. »Ich wusste nicht, dass Ella und er etwas miteinander hatten.« Er zuckt hilflos die Schultern.

»Haben«, sage ich tonlos. »Sie hatten nichts miteinander, sie haben. Das war mehr als eindeutig.« Ich war eine nette Ablenkung. Wie sagte Ma so schön: ein Nostalgiefick. Ich schluchze leise auf. »Er hat mir etwas vorgemacht. Ihr vielleicht auch. Ich weiß es nicht.«

Jakob schiebt seine Hand in meine und streicht vorsichtig mit dem Daumen an meinem Handballen entlang. »Ich frage dich nicht, wie es dir damit geht.« Er stockt. »Das sieht ein Blinder mit dem Krückstock. Aber was wirst du jetzt tun?«

Das ist alles so falsch. Ich zucke verzweifelt mit den Schultern. »Ich sollte vermutlich mit ihm reden.«

»Aber das willst du nicht?«

»Ich denke, es wird mich umbringen, die Wahrheit zu hören.« Schon wieder rinnen Tränen über meine Wangen, aber ich wische sie nicht fort. »Im Grunde habe ich genug gesehen. Was sollte es da noch bringen, zu reden?«

»Dann scheiß auf das Gespräch mit ihm. Du bist ihm nichts schuldig«, sagt Jakob leise. »Nimm das Angebot der Marriott Group an und geh, bevor er dich komplett kaputtmacht.« Er sieht mich nicht an. Nur sein Daumen streicht stetig über meine Handinnenfläche.

»Du willst, dass ich gehe?«, frage ich vorsichtig. Ich hätte nicht gedacht, dass ausgerechnet er mir diesen Rat geben würde.

Er presst die Lippen aufeinander. »Du weißt, ich möchte dich mehr als alles andere hier behalten, aber es geht jetzt nicht um mich.«

So etwas Selbstloses kann nur Jakob sagen. Ich schlinge meine Arme um ihn. Ich weiß, sein Vorschlag ist der einzig richtige. Ich muss so viel Distanz wie möglich zwischen mich und Bosse bringen. Das hat mir schon einmal das Leben gerettet. Aber gleichzeitig bedeutet es, dass ich auch Jakob verlieren werde.

»Du hast recht«, flüstere ich trotzdem. »Ich gehe zurück nach San Francisco.«

Bodenfrost überzieht die Insel. Und mein Herz. Denn ich muss meinen Entschluss auch Ma und Merle beibringen, die fest davon ausgehen, ich würde bleiben.

»Wann wirst du fahren?«

»Sobald wie möglich«, sage ich leise. Die Worte klingen so endgültig, dass es mich frösteln lässt. Aber je schneller ich hier wegkomme, desto besser. Ich will nicht auf Bosse treffen. Die Flugtickets online zu buchen ist im Handumdrehen erledigt. Meine Sachen zu packen und Caro anzurufen dauert nicht wesentlich länger. Mit meinem Kontakt bei der Marriott Group werde ich telefonieren, sobald ich wieder in San Francisco bin. Das Visum liegt bereit. Ich könnte schon morgen auf dem Weg zurück in mein altes Leben sein.

»Ich wünschte, es wäre anders gekommen«, flüstert Jakob. »Am liebsten würde ich Bosse dafür in den Arsch treten.«

Ich weiß, das wird er nicht tun. Jakob ist nicht der Typ, der seine Gefühle an anderen auslässt, und genau dafür liebe ich ihn. Dafür, dass er anders ist als Bosse. Stumm schiebe ich meine Hand in seine und nehme Abschied von meinem besten Freund.

Ich habe die Nacht genutzt, um meine Sachen zu packen und die Flugtickets zu buchen. Ich hätte sowieso kein Auge zugetan, und so kann ich die erste Fähre am Vormittag nehmen. Das Visum und meine Papiere stecken in meinem Rucksack, der neben der Reisetasche steht. Mein Handy vibriert leise und in einem steten Rhythmus. Zunächst war es nur Bosse, der in immer kürzer werdenden Intervallen anrief. Mittlerweile blinkt auch Merles Nummer von Zeit zu Zeit auf dem Display auf. Ich drücke den Anruf weg und stopfe das Handy zurück in meine Jackentasche. Wenn ich ihr von meiner bevorstehenden Abreise erzähle, dann sicher nicht am Telefon. Ich werde auf dem Weg zur Fähre bei ihr halten.

Bis auf dieses Gespräch ist alles in die Wege geleitet. Caro ist verständigt, dass ich komme. Ich kann bei ihr wohnen, bis die Untermieterin aus meinem WG-Zimmer auszieht. Ich habe ihr nicht erzählt, weswegen ich mich auf einmal doch für San Francisco und die Arbeit im Marriott entschieden habe, obwohl zunächst alles so aussah, als würde ich in Deutschland bleiben. Ich denke, sie weiß, dass es keine rein berufliche Entscheidung war.

»Juna-Maus?« Ma steht im Türrahmen und versucht die Fassung zu bewahren. Ihr Blick gleitet über das Gepäck. Als könnte sie so verhindern, erneut in Tränen auszubrechen. Sie hat bereits die halbe Nacht geweint. Im Grunde von dem Moment an, als ich ihr meine Entscheidung mitgeteilt habe. Ich nehme sie in die Arme.

»Warum konnte er nicht einfach der Prinz mit dem Pferd sein?«

Ich schüttle den Kopf. »Ich weiß es nicht. Aber du darfst ruhig sagen, dass du es mir prophezeit hast.«

»Und ich habe trotzdem gehofft, ich würde mich irren. Nicht nur, weil ich dich nicht gehen lassen mag.« Sie starrt auf ihre Schuhspitzen. »Ich wollte immer nur, dass du glücklich bist. Mit ihm. Ohne ihn. Das ist mir egal.« Sie zuckt die Schultern.

Vielleicht war Ma nie wirklich im Anti-Bosse-Club, sondern immer nur im Team Juna. »Ich habe dich lieb, Ma«, flüstere ich.

»Soll ich dich nicht doch fahren?« Ich sehe ihren zierlichen Körper an, der auf einmal gebrechlich wirkt, ihre tränennassen Wangen. Und schüttle den Kopf.

»Ich will noch zu Merle, bevor ich die Fähre nehme. Und ich möchte allein mit ihr sprechen. Außerdem hasst du Abschiede. Du weinst sogar, wenn wildfremde Menschen abreisen. Das würde dich nur fertigmachen.« Und mich auch.

Ein letztes Mal drücke ich meine kleine, chaotische, liebevolle, mich in den Wahnsinn treibende Mutter und schultere dann meine Tasche. Den Polo werde ich am Hafen stehenlassen. Jakob wird ihn später abholen und meiner Mutter als Geschenk überreichen. Er wollte nicht mit zum Hafen kommen, und ich verstehe das. Wir haben uns bereits verabschiedet. Ich hoffe, dass Ma den Wagen annehmen wird. Auch wenn der Polo ihr vielleicht den akkurat sauberen Fußabdruck kaputtmacht, den sie auf der Erde hinterlassen will. Ich verfrachte die Tasche und den Rucksack auf die Rückbank und atme geräuschvoll ein. Das war's also.

Bosse

Merle macht sich mittlerweile genauso viele Sorgen wie ich. Keiner von uns hat Juna erreichen können. Sie ist noch immer nicht aufgetaucht. Ich habe letzte Nacht kaum geschlafen. Mich die meiste Zeit nur im Bett herumgewälzt und versucht, mir nicht allzu bildhaft auszumalen, was passiert sein könnte. Seufzend kippe ich den zu heißen Kaffee herunter und ignoriere, dass ich mir daran die Zunge verbrenne. Im Vorbeigehen schnappe ich mir den Autoschlüssel vom Tisch und lasse den Motor aufheulen, noch bevor ich die Fahrertür des Jeeps geschlossen habe.

Zum Glück habe ich heute die ersten beiden Stunden frei. So kann ich vor der Arbeit noch einmal bei Jakob vorbeifahren. Juna wollte zu ihm, als sie von der Bildfläche verschwunden ist. Ich schüttle die Bilder von den beiden in eindeutiger Pose ab und trete das Gaspedal durch. Ich sollte ihr vertrauen und mir Sorgen machen, anstatt eifersüchtig zu sein.

Jakobs Wagen steht wieder nicht vor seinem Haus. Wie gestern steuere ich als Nächstes das Hotel Seemöwe an.

Und tatsächlich entdecke ich dieses Mal seinen dunklen BMW auf dem Parkplatz vor dem Hotel. Ich parke schlampig und zwei Parkplätze einnehmend daneben und sprinte den Kiesweg hinauf. Den kniehohen Friesenzaun nehme ich mit einem Sprung, anstatt die Pforte zu öffnen. Ich stürze durch die Tür und werde von der gediegenen Atmosphäre der Hotellobby entschleunigt.

Am Empfang stehen mehrere Gäste und warten darauf, einchecken zu können. Die Auszubildende bemüht sich redlich, der Situation Herr zu werden. Der Röte ihres Gesichts nach zu urteilen, hat sie jedoch massive Probleme mit dem Buchungssystem. Juna hat mir von den Kinderkrankheiten des neuen Programms erzählt.

Ich zwänge mich zwischen einem älteren Ehepaar hindurch und ignoriere die empörten Blicke, weil ich mich nicht anstelle, sondern vordrängle. Am Tresen angekommen, tippe ich die Auszubildende an. Ich kenne sie von meinem ersten Besuch hier. Da habe ich sie auch schon nach Juna gefragt. Ich bezweifle jedoch, dass sie sich noch daran erinnert. Das ist fast ein halbes Jahr her, und das Hotel schleust in so einem Zeitraum sicher hunderte Menschen durch.

»Du bist Nina«, spreche ich sie an. »Wir kennen uns. Ich war schon mal hier. Bosse Aklund«, stelle ich mich vor.

»Bitte gedulden Sie sich einen Augenblick«, sagt sie höflich und hackt weiter auf ihrer Tastatur herum.

»Ich bin ein Freund von Jakob.« Gerade bin ich mir da zwar alles andere als sicher, aber der Zweck heiligt die Mittel. »Ich müsste dringend mit ihm sprechen. Könntest du mir bitte sagen, wo er ist?«

»Sie müssen bitte warten«, sagt Nina verzweifelt, und ich bin nicht sicher, ob sie meine Beharrlichkeit an den Rand der Belastbarkeit bringt oder der Computer.

»Ist er oben?« Den Weg ins Büro finde ich allein. Schwierig wird es, wenn er sich irgendwo anders in diesem Kasten aufhält.

»Hören Sie mal!« Der ältere Herr, den ich weggeschoben habe, um an Nina heranzukommen, drängt sich neben mich. »Sie können sich nicht einfach vordrängeln. Wir waren zuerst da.«

»Zum Glück haben Sie ja Urlaub«, kanzle ich den Schnauzbart ab und wende mich wieder Nina zu. »Ich will nur wissen, ob er in seinem Büro ist?«

»Erst vordrängeln und dann unverschämt werden.« Der Schnauzbart schüttelt verständnislos den Kopf und sucht nach Zustimmung bei den anderen Wartenden in der Schlange.

»Es ist dringend«, sage ich zu Nina und ignoriere den aufgebrachten Gast.

»Ich weiß nicht, ob er gerade Zeit hat. Wenn Sie sich einen Augenblick gedulden, könnte ich versuchen, ihn zu erreichen.«

Er ist also in seinem Büro. Ich haste zu den Aufzügen. Die Verwaltungsräume liegen in der obersten Etage des Hotels. Ich überlege gerade, ob ich besser die Treppe nehme, als die Aufzugtüren endlich aufgleiten. Den Weg nach oben kann ich mir sparen, denn Jakob steigt aus dem Lift und betritt die Lobby. Er erblickt mich und versteift. Aus zusammengekniffenen Augen mustert er mich. Es ist das erste Mal, dass eine deutliche Feindseligkeit von ihm ausgeht.

»Zu dir wollte ich«, komme ich direkt zum Punkt.

»Verschwinde aus meinem Hotel«, sagt er ruhig. Es liegt so viel Verachtung in seinen Worten, es würde mich ehrlich erschüttern, hätte ich Zeit für so etwas.

»Ich gehe nirgendwohin«, zische ich.

Wir bieten eine hervorragende Show für die Gäste. Jakob ist professionell genug, um das zu erkennen und das Schauspiel zu beenden. Er packt mich am Arm und zerrt mich in einen der Nebenräume. Kaum schließt sich die Tür hinter uns, lässt er mich los und legt so viel Distanz zwischen uns wie möglich.

»Juna ist gestern nicht nach Hause gekommen. Sie geht nicht an ihr verfluchtes Handy und antwortet nicht auf meine Nachrichten. Es ist mir mittlerweile fast egal, ob zwischen euch letzte Nacht etwas gelaufen ist. Ich will einfach nur wissen, ob es ihr gutgeht.«

»Sie würde dich nie hintergehen. Nicht einmal jetzt. Da könnte ich mich auf den Kopf stellen.« Jakobs Lippen bilden einen schmalen Strich. »Im Gegensatz zu dir verfluchtem Heuchler!«

Er sieht aus, als würde er mir am liebsten den Hals umdrehen. Und ich kann mir keinen Reim auf das Ganze machen. Sie hatten nichts miteinander. Aber sie war bei ihm. Und irgendetwas macht ihn sehr wütend. Auf mich.

»Ihr hättet mir Bescheid geben müssen, dass alles in Ordnung ist. Ich habe mir verdammt nochmal Sorgen gemacht«, bringe ich hervor.

Jakob lacht bitter auf. »Warum hätten wir das tun sollen? Es geht ihr dermaßen beschissen. Und das ist deine Schuld. Tu, verdammt nochmal, nicht so, als würde sie dir etwas bedeuten.« Er dreht sich um, kommt näher und versetzt mir einen Stoß gegen die Brust. »Du Arschloch.«

»Spinnst du?« Ich bin kurz davor, ihm zu zeigen, was ich von ihm halte, aber bevor ich dazu komme, ziehen mir seine Worte den Boden unter den Füßen weg.

»Wenn du nicht so ein blöder Idiot wärst, hätte ich sie nicht verloren.«

Seine Worte sickern in mein Bewusstsein. »Wo ist sie?«, frage ich erstickt. Ich habe keine Kraft mehr, den Überlegenen zu spielen. Es gibt nur einen Verlust, der nicht nur ihn, sondern auch mich hart treffen würde. »Verdammte Scheiße, Jakob, erklär mir sofort, was hier los ist!«

Er sieht mich herausfordernd an. »Du hast sie verarscht, und jetzt ist sie weg. Das ist los. Keiner von uns wird sie haben.« Er schluckt trocken und lässt sich auf den Drehstuhl fallen, der an einem der Tische steht. Als würde ihm erst jetzt bewusst werden, dass uns das zu Verbündeten macht.

»Was heißt weg?« Alles war gut. Bis sie zu ihm gefahren ist. Wie sollte ich schuld an irgendetwas sein, das zwischen ihnen vorgefallen sein muss?

»Ich habe sie nicht verarscht. Sie war bei dir. Was immer hier los ist, das geht auf deine Kappe.« Ich bin nah daran, ihn zu schütteln.

Er sieht mich verächtlich an. »Ich würde ihr nie weh tun. Meinst du echt, dass es jetzt noch Sinn macht, dieses Theater weiterzuspielen?« Er zuckt resigniert mit den Schultern. »Also gut. Dann helfe ich dir auf die Sprünge. Sie hat euch gesehen, du Genie.« Er wartet auf eine Reaktion von mir, aber ich kann ihm immer noch nicht folgen.

Jakob verdreht die Augen und fügt seufzend hinzu. »Dich und Ella! Gestern! Im Jugendzentrum!«

Ich stoße fassungslos die Luft aus. »Das …« Mir fehlen die Worte. Ich kann nicht glauben, was Jakob mir offenbart. Diesen blöden Zwischenfall kann sie unmöglich gesehen haben. Sie war zu dem Zeitpunkt bei ihm zu Hause. Nicht im Bootshaus. Und es hatte keinerlei Bedeutung. »Das kann nicht sein«, bringe ich ungläubig hervor.

»Ist es aber. Sie hat alles gesehen.«

Als würde es ein alles geben. Ella hat mich geküsst. Mich damit überrumpelt. Und ich habe vielleicht einen Moment zu lange gebraucht, um sie von mir zu schieben, aber das ist auch alles. Ich vergrabe mein Gesicht in den Händen und atme tief durch. Mir ist kalt. Und gleichzeitig pumpt Adrenalin durch meinen Körper. Wenn Juna glaubt, ich hätte sie die ganze Zeit hintergangen, wird sie mir das nie verzeihen. Unser Fundament ist zu porös, um so einer Erschütterung standzuhalten. Sie hat nicht einmal versucht, mich zur Rede zu stellen. Sie gibt mir keine

Möglichkeit, meinen Standpunkt zu erklären. Stattdessen flieht sie. Wie damals.

»Wo ist sie?«, frage ich schwach.

»Vermutlich auf halbem Weg in die USA«, bestätigt Jakob meine Befürchtungen. Er zuckt mit den Schultern, und sein Bedauern ist echt.

»Sie hätte mit mir sprechen müssen, anstatt einfach zu verschwinden. Ich hätte es ihr erklärt.«

Jakob sieht aus dem Fenster. »Ich habe ihr geraten, sich keine weiteren Lügen von dir anzuhören. Das war das Vernünftigste, was sie in dieser Situation tun konnte.«

Er hat ihr dazu geraten, die Insel zu verlassen, ohne mit mir zu reden? Ich versuche wirklich, Jakob in diesem Moment nicht zu hassen, bin aber nicht besonders erfolgreich. Es gibt nur einen Weg runter von der Insel. Die Fähre.

Ich springe auf und will zur Tür. Juna aufhalten, aber Jakob stellt sich mir in den Weg.

»Lass sie in Ruhe. Du glaubst doch nicht, dass ich dich gehen lasse, nur damit du sie zurückholst und ihr weiter weh tust.« Er sieht entschlossen aus, aber ich bin entschlossener.

Mit Gewalt versuche ich mich an ihm vorbeizudrängen, aber Jakob meint es ernster, als ich dachte. Seine Faust trifft mich unvorbereitet mitten ins Gesicht. Ich gerate aus dem Gleichgewicht, taumle rückwärts und klammere mich an den Tisch hinter mir, um nicht zu Boden zu gehen. Ich lache ungläubig und fahre mit dem Handrücken über meine Nase. Ein tauber Schmerz breitet sich von da aus. Ich schwanke zwischen Wut und Respekt, weil er sie beschützt und dafür über seine Grenzen geht.

»Verdammt, Jakob, lass mich durch«, zische ich ihm zu. »Ich habe Ella nicht geküsst. Sondern sie mich. Wäre Juna nur zwei Sekunden länger geblieben, hätte sie gesehen, wie ich Ella unmissverständlich klargemacht habe, dass sie kein Recht mehr dazu hat.« Ich versuche meinen Atem zu beruhigen.

Jakob sieht nicht so aus, als würde er nachgeben. Ich fahre mir über die Augen.

»Ella und ich waren ein Paar, bevor Juna zurückgekommen ist. Aber das ist vorbei.« Ich verziehe das Gesicht und taste unter meiner Nase nach Blut. Da ist keins. Obwohl es sich anfühlt, als hätte Jakob mir das verdammte Nasenbein gebrochen. »Ich habe mit ihr Schluss gemacht, als mir klarwurde, dass ich noch etwas für Juna empfinde. Sie hat es nicht besonders gut aufgenommen. Von da an hat sie nicht mehr mit mir geredet. Es vermieden, mit mir in einem Raum zu sein. Das Projekt hat darunter gelitten. Unsere Arbeit mit den Kindern. Deswegen habe ich zugestimmt, ein klärendes Gespräch zu führen, als sie mich darum bat. Ella war total am Boden. Ich habe sie getröstet, weil mir leidtat, wie das zwischen uns gelaufen ist. Sie hat das falsch interpretiert. Das ist alles.«

Ich will mir gar nicht vorstellen, was Juna gedacht haben muss, als sie den Kuss beobachtet hat.

Jakob hört mir zu, verdeckt aber immer noch die Tür.

Seine Überzeugung, ich sei ein Arschloch, hingegen schwankt. Das kann ich sehen.

»Ich liebe Juna, und das weißt du, Jakob. Es gab immer nur sie.« Vorsichtig mache ich einen Schritt in seine Richtung.

Er senkt den Blick, und jegliche Kraft weicht aus seinem Körper. »Warum hast du ihr nie etwas von Ella erzählt?« Er winkt müde ab. »Ist auch egal. Ich habe ihr dazu geraten, nicht mit dir zu sprechen und stattdessen den Job in San Francisco anzunehmen«, gesteht er leise. Er zuckt mit den Schultern. »Vielleicht wollte ich, dass sie das zwischen euch so beendet.«

Weil er sie nicht haben konnte, sollte ich auch nicht mit ihr glücklich werden. Ich atme gepresst aus.

»Das Ganze ist meine Schuld«, gibt er zu. »Sie wollte die Sache klären. Aber ich habe es ihr ausgeredet. Ich bin ein egoistischer Idiot.«

Ich widerspreche ihm nicht. Irgendwann werde ich ihm diese Nummer vielleicht vergeben. Ich hätte an seiner Stelle vermutlich nicht anders gehandelt. Aber gerade bin ich stinksauer auf ihn.

»Sie liebt dich. Vermutlich mehr als gesund oder gut wäre.« Er seufzt und ringt sich dann durch weiterzusprechen. »Sie nimmt die Fähre um halb zehn.«

Das ist in zehn Minuten. Wie elektrisiert gehe ich auf Jakob zu, der noch immer halb die Tür zum Foyer verdeckt. Er öffnet sie. Lässt mich vorbei und nickt mir zu. Ich renne los, am Empfangstresen vorbei, Richtung Ausgang. Um ein Haar kollidiere ich dabei mit dem Schnauzbart, der noch immer mit dem Check-in beschäftigt ist. Zusammen mit seinem Koffer kommt er gefährlich ins Trudeln und wirft mir eine Tirade aus Schimpfwörtern hinterher.

Ich habe nicht den Kopf frei, mich bei ihm zu entschuldigen. Mein Hirn ist vollauf damit beschäftigt zu hoffen, dass ich Juna erwische, bevor die Fähre ablegt und sie aus meinem Leben verschwinden kann.

Der Wind am Anleger zerklüftet meine Haare. Das stählerne Heck der Fähre zerteilt die Wassermassen jenseits des Hafenbeckens. Ich habe sie verpasst. Fluchend kicke ich einen Stein in eine der Pfützen, die sich auf dem aufgerissenen Asphalt gebildet hat. Verdammte Scheiße. Ich habe keinen Schimmer, wo Juna von Dagebüll aus hinfährt. Von wo aus ihr Flug nach San Francisco startet. Oder wann der Flieger geht. Ich weiß nur, dass ich sie nicht verlieren darf. Nicht noch einmal.

Ich atme tief durch und versuche meine Gedanken zu sortieren. Alles, was ich kenne, ist ihr Ziel. San Francisco. Und ich weiß, ich werde nicht noch mal acht Jahre ohne sie verbringen. Wenn es sein muss, werde ich bis nach San Francisco reisen, um sie zurückzugewinnen. Konrektor Pflüger erleidet wahrscheinlich einen Herzanfall, wenn ich ihm eröffne, dass ich so kurzfristig freinehme, aber da muss er durch. Ich brauche ein Visum. Muss meine Sachen packen. Und den Flug buchen. Jetzt, wo ich einen

Plan gefasst habe, verzieht sich die taube Verzweiflung, die meine Brust zusammengequetscht hat. Ich muss einfach darauf vertrauen, dass alles gut wird, sobald ich Juna erklären kann, was wirklich vorgefallen ist.

Entschlossen gehe ich zurück zum Wagen, der mittig auf der Zufahrt zum Parkplatz steht, und rase nach Hause.

Wenn ich mich beeile, schaffe ich es, die nächste Fähre, runter von der Insel, zu erwischen. Dann könnte ich gegen Abend in Frankfurt sein und einen Nachtflug in die USA nehmen.

Ich wähle Pflügers Nummer. Er wird meinen überstürzten Aufbruch nicht gutheißen, aber ich vertraue darauf, dass er es mir durchgehen lassen wird. Bei dem derzeitigen Lehrermangel und den wenig attraktiven Konditionen unserer kleinen Schule kann er es sich eigentlich nicht leisten, mich zu feuern. Ich drücke den Anruf weg, als ich vor der Veranda in die Bremsen steige. Wahrscheinlich ist Pflüger in einer Besprechung oder brütet über irgendwelchen Unterlagen. Auf jeden Fall geht er nicht ran. Ich werde ihn von der Fähre aus noch mal anrufen.

Ich springe aus dem Wagen und stürze ins Haus. Im Vorbeigehen zerre ich meine Sporttasche unter der Treppe hervor, laufe ins Ankleidezimmer und werfe wahllos Kleidungsstücke hinein. Dann trage ich die halbvolle Tasche ins Bad, schaufle das Nötigste oben auf den Kleiderwust und kehre zurück in den Wohnraum. Vor dem Schreibtisch schmeiße ich das Gepäck auf den Boden und fahre den Rechner hoch. Das erste Angebot für einen Flug mit nur einem Zwischenstopp in Pittsburgh buche ich. Der Preis ist mir egal. Ich lasse das Ticket auf mein Handy senden und fülle nebenbei online die Visums-Unterlagen aus. Nachdem ich das erledigt habe, suche ich noch meinen Pass, das Ladekabel für das Handy und mein Portemonnaie, werfe all das ebenfalls in die Tasche am Boden und ziehe den Reißverschluss zu. Ungeduldig warte ich auf die Genehmigung des Visums und hoffe, dass sich die Amerikaner nicht allzu viel Zeit lassen. Als die E-Mail mit der Einreisegenehmigung endlich in meinem Postfach landet, seufze ich erleichtert auf. Ich klicke auf den Printbutton und warte, die Tasche in der Hand, darauf, dass der Drucker die Papiere ausspuckt. Eilig schalte ich dann den Rechner aus, schnappe mir meine Jacke und werfe die Haustür hinter mir zu. Ich muss Merle von unterwegs anrufen, damit sie den Müll rausbringt und die verderblichen Lebensmittel aus dem Kühlschrank räumt. Ich kann keine Zeit mehr verlieren. Ich schmeiße Jacke und Tasche auf den Rücksitz und will gerade in den Jeep steigen, als ich abrupt innehalte. Die Wagentür fühlt sich kühl und real an, auch wenn ich das Gefühl habe zu halluzinieren. Ich presse meine Finger fester um das Metall, aber das Bild von Juna auf meiner Auffahrt verschwindet auch dann nicht.

Sie sieht blass aus, mitgenommen, aber sie ist es. Oder ich habe meinen verdammten Verstand verloren. Ich lasse die Tür los, überwinde die Distanz zwischen uns und bleibe unmittelbar vor ihr stehen.

»Du bist noch hier?«, frage ich leise.

Sie antwortet nicht, wischt sich nur eine verirrte Träne aus dem Gesicht.

»Ich war am Hafen, aber die Fähre war schon weg«, sage ich und komme mir dumm vor, weil ich belangloses Zeug von mir gebe. Dabei wollte ich gerade um die halbe Welt reisen, um das Richtige zu sagen.

»Warum?«

Ich will ihre Hand nehmen, aber sie zieht sie zurück.

»Ich wollte, dich davon abhalten, wegzugehen. Jakob hat mir gesagt, dass du die nächste Fähre nimmst, und ich wollte ...« Ich breche ab, weil es unwichtig ist, dass ich für sie bis nach San Francisco gefahren wäre. Sie ist hier.

»Er hat mir erzählt, was du gesehen hast.« Ich schlucke trocken. »Ella hat mich geküsst, nicht ich sie.« Sie glaubt mir nicht und zieht sich stattdessen immer mehr zurück. »Es hatte keine Bedeutung. Wärst du nur zwei Sekunden länger geblieben, hättest du gesehen, dass ich Ella genau das unmissverständlich klargemacht habe.« Ich berühre ihren Arm, streiche sanft daran entlang. »Bitte, Juna, du musst mir glauben.«

»Liebst du sie?«

»Ob ich sie liebe?« Ich kann nicht fassen, dass Juna das ernsthaft denkt. »Nein! Ich will das hier.« Ich zeige auf sie und mich. »Ich will uns. Dich und mich. Für den Rest meines Lebens. Weil ich dich liebe. Niemanden sonst.«

»Das hast du schon mal gesagt. Und es hat nicht gestimmt«, flüstert sie störrisch. Sie sieht mich nicht an.

Starrt auf ihre Schuhspitzen, und mir ist klar, dass ich dabei bin, sie zu verlieren.

»Doch, hat es!«, entfährt es mir. Ich nehme ihre Hand und lasse nicht zu, dass sie mir ausweicht. Ich ziehe sie wortlos hinter mir her in Richtung Strand. Sie muss sehen, was sie mir bedeutet. Was sie mir schon immer bedeutet hat. Sie glaubt mir nicht, wenn ich ihr sage, dass ich sie liebe. Sie hat dem Gefühl nicht vertraut, das uns in den letzten Wochen verbunden hat. Vielleicht glaubt sie mir endlich, wenn sie den Ort sieht, der mich seit ihrem Weggang an diese Insel bindet. Der Ort, an dem ein Teil unserer Liebe begraben liegt.

Juna

Bosse zerrt mich hinter sich her über die niedrigen Ausläufer der Dünen hinter seinem Haus. Seine Hand in meiner fühlt sich so vertraut an, dass ich schon wieder losheulen könnte. Er sagt, er hätte Gefühle für mich. Er würde sein Leben mit mir verbringen wollen. Aber ich weiß, was ich gesehen habe. Er sagt, es bedeutet nichts. Wie kann ein Kuss nichts bedeuten? Selbst wenn Ella die treibende Kraft war, hat er sie dennoch nicht von sich gestoßen. Er hat sie vor dem Kuss in den Arm genommen. Hat sie gehalten und ihr ins Ohr geflüstert.

Trotzdem kapituliert mein Körper. Mein Herz gibt auf. Ich folge Bosse, der um uns kämpft. So wie ich es mir damals gewünscht habe. Dieses Mal gibt er nicht auf. Zärtlich, aber bestimmt, zieht er mich hinter sich her. Er sagt nichts. Seine Kiefer sind fest aufeinandergepresst, sein Blick ist dunkel und entschlossen. Genauso plötzlich wie er losgestürmt ist, bleibt Bosse mit einem Mal stehen.

Vor uns ragt eine Skulptur aus Strandgut in den Himmel. Muscheln schlagen gegeneinander und erzeugen die

Melodie unserer Jugend. Sie hängen aufgefädelt an Bändern ganz oben im Wind. Ich habe schon oft solche Kunstwerke an den Nordseestränden gesehen. Jeder, der Unrat und Weggeworfenes zwischen den Dünen findet, fügt der Skulptur etwas Neues hinzu, erweitert sie. So wird aus Zerstörtem etwas Neues geschaffen.

Es erinnert mich an uns und berührt mein Herz. Bosse kniet sich in den Sand. Seine Hände streichen vorsichtig über einen Findling, der am Fuß der Skulptur liegt. Zarte Buchstaben sind hineingraviert.

Er schließt die Augen und schluckt trocken. »Dieser Stein erinnert mich immer an unsere Tochter.« Bosse sieht mich nicht an, sondern befreit den Findling von Sand und Algenresten. »Sie ist der Grund, warum ich auf Amrum geblieben bin.«

Ich lasse mich neben ihn in den Sand sinken und presse die Beine an meinen Körper. Ich mache mich klein, als würde ich seinen Worten so weniger Angriffsfläche bieten.

»Ich möchte dir von ihr erzählen.« Er sieht mich kurz an, und als ich nicht widerspreche, fährt er sanft fort. »Sie war ein Wunder.« Er hält seine Tränen nicht zurück, schenkt ihnen aber auch keine Beachtung. »Sie hatte deine Ohren. Deine Nase. Deinen Mund. Überhaupt sah sie aus wie du.« Er schließt seine Augen. »Sie war wunderschön.«

Ich wusste nicht, dass er unser Baby gesehen hat. Ein feiner Nadelstich aus Neid durchzuckt mich. Er durfte sie kennenlernen. Und dann mischt sich ein anderes, warmes Gefühl dazu. Er wollte sie sehen. Hat sie gehalten, sie angesehen und sich verabschiedet. Er hat wie ein Vater gehandelt. Und er wird ein Leben lang die Erinnerung an sie in sich tragen. Er teilt sie mit mir. Warum hat er mir vorher nie von diesem Tag, von diesem Ort erzählt? Ich kneife die Augen zusammen, denn ich kenne die Antwort. Ich habe ihm nie das Gefühl gegeben, es wäre in Ordnung für mich, über sie zu sprechen.

»Ich habe ihr einen Namen gegeben.« Er sieht mich unsicher an. »Es hat sich falsch angefühlt, dass sie keinen hatte.« Er setzt sich genau neben mich, zieht ebenfalls die Beine an den Körper und sieht eine ganze Weile nur den Stein an, die Skulptur. Altes Segeltuch schlägt über unseren Köpfen im Wind und bietet die Baseline für das sanfte Klingen der Muschelketten.

Ich rutsche näher an den Stein heran und fahre die Buchstaben mit den Fingern nach. »Louise«, flüstere ich und schmecke salzige Tränen. Louise bedeutet die Kämpferin, die Starke. Das weiß ich, weil meine Großmutter so hieß. Ich habe Bosse oft von ihr erzählt und wie viel sie mir bedeutet hat. Unsere Tochter war nicht stark genug.

Ich schlucke und richte meinen Blick auf den Stein, auf die Worte, die Bosse hineinmeißeln ließ. Ein Name. Ein Datum. Und ein Gedicht mit dem Titel *Verlust*, bestehend aus drei Worten, die durchgestrichen sind. Darunter steht: ›*Weil man Verlust nicht sehen, sondern nur fühlen kann.*‹ Es ist ein Zitat aus einem meiner Lieblingsfilme. Dieser Stein gehört nicht nur unserer Tochter und Bosse, sondern auch mir. Dass er dafür gesorgt hat, lässt mein Herz beben.

»Ich habe sie geliebt.« Er beugt sich zu mir, streicht mir zärtlich über die Wange. Ich lasse es zu, schmiege mich in seine Berührung. »Du musst verstehen, wie sehr, damit du endlich kapierst, dass ich dich genauso sehr liebe, Juna.«

Er ist noch hier auf dieser Insel, weil er das schon immer getan hat. Er hat uns geliebt. Unsere Tochter. Mich. Uns. Ich habe es gespürt, wollte es aber nicht akzeptieren. Ich habe es gesehen, aber von mir geschoben. Ich bin davor weggelaufen. Bis ans andere Ende der Welt. Und selbst als ich wiederkam und es gefühlt habe, konnte ich es nicht glauben.

»Warum bist du nicht mit der Fähre gefahren?«, fragt er, steht langsam auf und zieht mich in seine Arme.

Weil ich ihn auch liebe. »Ich konnte nicht gehen«, flüstere ich im Windschatten seines Körpers. Denn ich bin sein Licht. Und Bosse ist mein Anker. Das sind wir. Unsere Liebe ist echt. Wir sind richtig. Und mir ist klar, dass nichts, absolut nichts, das je ändern wird.

Zwei Jahre später ...
Epilog

Ich stehe im Flur am Fuß der Treppe und ziehe mir die Beanie über die Augen. Wenigstens in diesem abgeschlossenen Raum herrscht kein Chaos. Allerdings sieht man auch keine Gefahr kommen. Deswegen trifft mich Fynns Fußtritt in den Hintern vollkommen unvorbereitet.

»Jammerlappen!«, sagt er und lacht sich dabei tot.

»Freut mich, dass ich dich amüsiere«, nuschle ich an dem Stoff der Mütze vorbei. Ein schmales Fenster Licht stiehlt sich in mein Blickfeld, als Juna sie nach oben schiebt und mir den Mund mit einem Kuss verschließt. Fynn beobachtet uns. Meine zerwühlten Haare. Die wüst auf dem Kopf sitzende Beanie. Juna, die mich trotz meines schrägen Äußeren ansieht, als wäre ich Adonis höchstpersönlich, und ihren Kuss intensiviert.

»Mit so viel Honeymoon komme ich nicht klar«, stellt Fynn mit einem Gesichtsausdruck fest, der zeigt, wie absolut widerlich schwer verliebte Paare sind. »Da geh ich lieber arbeiten.«

Kaum ist er oben, knallt es ohrenbetäubend. »Vermutlich baut er uns eine fliegende Untertasse aufs Dach, anstatt das Obergeschoss fertigzustellen«, seufze ich. »Sind wir sicher, dass das sein muss?«

Schon wieder gibt es einen dumpfen Knall, der mir zeigt, dass ich mit meiner Skepsis, was Fynns Bautrupp angeht, nicht gänzlich danebenliege. Ich weiß, sie leisten hervorragende Arbeit. Aber ich bin mir nicht sicher, ob ich mein Haus danach noch wiedererkennen werde.

»Sind wir.« Juna schiebt die Beanie auf meinem Kopf zurecht, bis sie mit meinem Anblick zufrieden ist.

»Ich hätte das auch allein geschafft«, brumme ich, obwohl ich weiß, dass es nicht stimmt.

Juna umschlingt ihren Bauch mit den Armen und fährt zärtlich über die Wölbung. »Hättest du, aber vermutlich wäre unser Sohn bis dahin bereits an der Uni.«

»Sehr komisch«, flüstere ich, ziehe sie in meine Arme und beiße ihr spielerisch ins Ohr. Ich lege eine Hand auf Junas Bauch und liebe es, wie sie ihre darüber schiebt.

»Wir haben nur noch vier Wochen bis zum Geburtstermin. Fynn ist in einer Woche fertig. Das musst du erst mal unterbieten.«

Kann ich nicht, und das weiß sie auch. Genau deshalb haben wir uns entschieden, ihn zu engagieren. Ich selbst habe ihn angerufen und dachte auch wirklich, es wäre in Ordnung für mich. Aber das war, bevor ein ganzer Trupp Fremder durch mein Haus tobte und alles auf links gedreht hat.

»Moin! Das sieht …« Jakob betritt das Haus und schüttelt sich den Regen aus den Haaren, bringt aber den Satz nicht zu Ende. Es gibt wohl nicht besonders viele Worte, die das Chaos aus Staub, Plastikplanen und Bauschutt beschreiben.

Ich umarme ihn zur Begrüßung und sage. »Du weißt doch, es muss immer erst schlimmer werden, um dann ...« Ich mache eine Handbewegung, die einer aufgehenden Sonne ähnelt, und verziehe das Gesicht.

Jakob sieht mich skeptisch an, lacht und umarmt dann Juna. »Er ist immer noch nicht überzeugt.«

»Nein.« Sie schüttelt den Kopf und grinst.

»Er kann euch hören.« Ich versuche grimmig zu gucken, gebe es aber auf. »Unser Sohn ist winzig. Er wird am Anfang sowieso bei uns im Schlafzimmer bleiben. Wozu braucht er ein eigenes Zimmer? Und bis er so groß ist wie Titus und Hennes, die zugegeben wachsen wie Unkraut, wäre ich längst fertig mit allem.«

»Ich bin froh, dass du so heldenhaft und ohne Jammern erträgst, dass du nicht bis an unser Lebensende mit der Fertigstellung des Hauses zubringen darfst«, erwidert Juna, und ihr Kuss hindert mich daran, ihr böse zu sein. Der Kuss und die Tatsache, die sie in einem Nebensatz erwähnt, dass sie vorhat, bis an ihr Lebensende mit mir zusammenzuleben.

»Ich wollte mit dir über Hennes sprechen«, wendet sich Jakob an mich.

»Mathe?«

Er nickt, und ich sehe, wie sehr er sich sorgt, weil

Hennes absolut nicht an Mathematik interessiert ist und seine Noten deswegen unterirdisch sind.

»Wenn du willst, setze ich mich mal mit ihm hin, aber mach dir keine allzu großen Sorgen. Die Fünfte ist quasi nur dazu da, alle auf ein Niveau zu bringen und abzuklopfen, wo jeder Einzelne steht.« Hennes wird im Sommer auf die weiterführende Schule wechseln. »Uns bleibt also ein Jahr, um ihn auf Vordermann zu bringen.«

Jakob sieht nicht so aus, als würde er darauf setzen, dass ich es bis dahin bewerkstelligen kann.

»Wenn ich darf, geh ich mal gucken, was sich oben verändert hat.«

Ich setze einen düsteren Blick auf. »Ich trau mich nicht mehr. Aber klar, tu dir keinen Zwang an.«

Jakob springt mit wenigen Sätzen die Treppe hinauf, weicht elegant Umbaumaterial und Farbeimern aus und verschwindet im Obergeschoss.

»Du sagtest etwas davon, dass ich heldenhaft wäre«, wende ich mich an Juna, als wir allein sind.

Sie lacht und zieht mich an meiner Sweatjacke näher, bis ich ihren Atem auf meiner Haut spüre.

»Kriegt der Held nicht am Ende immer das Mädchen?«

Sie nickt, und ein unwiderstehliches Lächeln umspielt ihre Lippen. »Ich denke, das hast du schon längst.« Sie sieht an sich hinab. »Und du kriegst nicht nur mich, sondern gleich noch eine Zugabe.«

Ich streiche ihr die Haare aus der Stirn und küsse sie. »Ich liebe Zugaben«, murmle ich an ihren Lippen. Ich liebe

Juna. Bedingungslos, wie Liebe sein sollte, ohne Grenzen. Sie hat jede Zelle meines Körpers verwirbelt. Mein Ich zersetzt und neu zusammengefügt. Und genau deswegen liebe ich sie, wie ich noch nie vor ihr einen Menschen geliebt habe. So wie ich nie jemand anderen lieben werde.

ENDE

Dank

Ich danke von ganzem Herzen:

Meinen Eltern, die sich stets um meine Kinder kümmern, wenn ich mich auf Messen, Lesungen und Verlagstreffen herumtreibe. Danke, dass ihr meine Liebe zu Büchern immer gefördert habt und für eure Nähe.

Meiner Schwester, Kendra, fürs Kinderhüten, ein immer offenes Ohr, für Shopping-Touren, bei denen ich immer zu viel Geld ausgebe, für die Joggingrunden im Moor, wenn es eiskalt, aber atemberaubend schön ist, jede Menge Spaß, Chai-Latte-Rettungen, gemeinsames Kochen und unvergessliche Stunden bei unseren verrückten Vierbeinern. Da soll noch mal jemand sagen, das Leben wäre kein Ponyhof – der kennt uns nicht. Danke, dass du die beste große Schwester der Welt bist.

Meinen Kindern, die stets ihre überbordende Begeisterung für Eisenbahnen, Computerspiele oder die verrückte

Katze zügeln, bis ich den Satz aufgeschrieben habe, an dem ich gerade sitze. Danach höre ich euch so gern zu – immer! Ich liebe euch für das Verständnis, mit dem ihr mich mit den Protagonisten meiner Bücher teilt. Und für so viel mehr.

Meiner Freundin Jana, die mir mit stoischer Ruhe beim Kommataverteilen hilft, all meine Texte gegenliest und sich trotzdem jedes Mal neu dafür begeistern kann. Ich kann es nicht erwarten, mit dir erneut gegen Bären zu kämpfen, unbekannte Wege zu befahren, egal auf welchem Kontinent, und ich sage dir, wenn wir nur lang genug suchen, finden wir irgendwo einen sexy Sheriff. Auf noch ganz viele durchwachte Nächte bei Rotwein, in denen wir gemeinsam plotten. Nach müde kommt albern und dann durchgedreht. Das macht uns aus. Mit dir kommen mir die besten Ideen.

Meiner Freundin Ricarda Oertel, mit der ich am liebsten frühstücke. Natürlich mit Prosecco, während wir neue Geschichten aushecken und Ideen wälzen. Mit niemandem kann man so herrlich über sexy Männerleisten diskutieren wie mit dir.

Meinen Lektorinnen Carla Grosch und Lexa Justine Rost, die so lange an dem Manuskript gefeilt haben, bis es wirklich rund war. Danke, dass ihr mich auf meinem Weg begleitet und mit mir um jedes Wort ringt. Nur so werden meine Bücher zu dem, was sie sind. Es bringt mir so viel Spaß mit euch.

Den S. Fischer Verlagen für den Glauben an das Projekt, das wunderschöne Cover und die tolle Zusammenarbeit.

Meiner Agentin Kathrin Nehm, die immer ein offenes Ohr hat und mir stets beratend zur Seite steht.

Hauke Carstensen, dem lustigsten und definitiv sympathischsten Hausmeister auf ganz Föhr, der mir dabei geholfen hat, Fiete seine plattdeutsche Stimme zu geben, auch wenn wir das Platt ein wenig anpassen mussten, damit jeder diesen schrullig, liebenswerten Charakter verstehen kann. Moin, moin, lieber Hauke.

Ein fettes Hangloose geht an Nils Diel und Matthäus Merkle von der Amrumsurfers-Crew (www.amrumsurfers.de), die mir mit Rat und Tat zur Seite standen, als es um das Kitesurfen ging. Wer wie Bosse die Freiheit über den Wellen suchen will, sollte das unbedingt bei diesen Jungs tun. Sollte ich mich jemals trauen, mich selbst an einen Kite zu hängen, komme ich vorbei.

Und zum Schluss danke ich euch, meinen Lesern. Ihr seid die Besten. Ohne euch könnte ich nicht tun, was ich so sehr liebe. So einfach ist das. Danke, dass es euch gibt.

Leonie Lastella
Brausepulverherz
Roman
Band 03546

Jiara lebt eigentlich in Hamburg, jobbt aber den Sommer über in einer Trattoria an der italienischen Riviera. Ihr ansonsten so strukturiertes Leben steht Kopf, als sie Milo trifft. Naja, von einem „Treffen" kann hier nicht die Rede sein, eher von einer Explosion, einem Tsunami, einem Feuerwerk. Nein, Letzteres wäre dann doch zu kitschig. Sofort ist da dieses Knistern und Kribbeln. Nur manchmal fühlt es sich eher an wie viele kleine Stromschläge – so grundverschieden sind die beiden. Und eigentlich darf das alles nicht sein: Jiara hat einen Freund, ein Leben und eine Zukunft in Hamburg – oder?

Ein Roman über die große Liebe, die einen trifft wie eine Explosion und die die Welt aus den Angeln hebt!

Das gesamte Programm gibt es unter
www.fischerverlage.de

Mia Williams
Pure Desire – Nur du
Band 1

»Ich habe wirklich versucht, mich von dir fernzuhalten, Liz Carson, aber ich fürchte, ich bin nicht besonders gut darin«, flüstert er heiser, und sein Blick brennt sich in meinen.

Seit dem Tod ihrer Eltern ist Liz für ihre Schwestern, den verschuldeten American Diner ihrer Familie und ihr altes Holzhaus am Lake Tahoe verantwortlich. Beziehungen? Liebe? Sex? Fehlanzeige. Dann lernt sie Cole kennen. Er ist sexy, selbstbewusst und lässt sie in einem unwiderstehlichen Strudel aus Verlangen und Gefühlen alle Regeln vergessen. Was Liz nicht weiß: Diese heiße Affäre könnte sie schon bald sehr viel mehr kosten als nur ihr Herz.

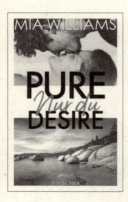

304 Seiten, Klappenbroschur

Weitere Informationen finden Sie auf
www.fischerverlage.de

Cecilia Lyra
Schwestern für einen Sommer
Roman

Der Tod ihrer Großmutter trifft die Halbschwestern Cassie und Julie hart. Denn die Sommer, die sie als Mädchen in dem alten Strandhaus in den Hamptons verbracht haben, war für sie immer die schönste Zeit des Jahres. Dort fühlten sie sich frei und einander nahe zugleich. Wie eine Familie. Und doch haben sie nun seit fast fünfzehn Jahren nicht mehr miteinander gesprochen. Zu groß ist Cassies Schmerz, zu schwer lastet ein erdrückendes Geheimnis auf Julie. Nun bringt die beiden das Testament ihrer Großmutter wieder zusammen – für einen letzten Sommer in dem Haus am Meer. Aber können Cassie und Julie die Ereignisse von damals vergessen?

Aus dem Englischen
von Heidi Lichtblau
608 Seiten, broschiert

Weitere Informationen finden Sie auf
www.fischerverlage.de

Paige Toon
Sommer für immer
Aus dem Englischen von Andrea Fischer
Band 03208

Sieben Monate nach ihrer Traumhochzeit erfährt Laura durch eine Facebook-Nachricht, dass ihr Mann sie auf seinem Junggesellenabschied betrogen hat. Laura ist am Boden zerstört. Um sie aufzuheitern, nimmt ihre Freundin Marty Laura mit in den Urlaub nach Florida. Aber auch dort kann sie das, was ihr Mann ihr angetan hat, nicht vergessen. Vielleicht kann ein harmloser Urlaubsflirt sie ablenken? Als sie den kubanischen Tauchlehrer Leo trifft, verliebt sie sich Hals über Kopf. Ist Leo nur die willkommene Ablenkung von ihrer Trauer oder steckt mehr dahinter?

»In einem Rutsch auf der Liege verschlungen
– die perfekte Sommerlektüre!«
Cosmopolitan

Das gesamte Programm gibt es unter
www.fischerverlage.de

Marie Force
Alles, was du suchst
Aus dem Amerikanischen von Tatjana Kruse
Band 03628

Cameron ist Webdesignerin in New York. Weil sie diesen Auftrag wirklich dringend braucht, macht sie sich auf ins tiefste Vermont. Dort soll sie für einen Country-Store einen Online-Shop entwerfen, aber das gestaltet sich schwierig. Will, der Sohn des Auftraggebers, ist zwar unglaublich sexy und sympathisch, doch von der Idee eines Internet-Auftritts ist er alles andere als begeistert. Trotzdem kann er das Verlangen, das er für Cameron empfindet, nicht leugnen – und die beiden verbringen eine leidenschaftliche Nacht miteinander. Aber da ist mehr zwischen ihnen. Vielleicht sogar wahre Liebe?

Ein prickelndes Abenteuer für dein Herz – der Beginn der unwiderstehlichen Bestseller-Serie ›Lost in Love‹

Das gesamte Programm gibt es unter
www.fischerverlage.de